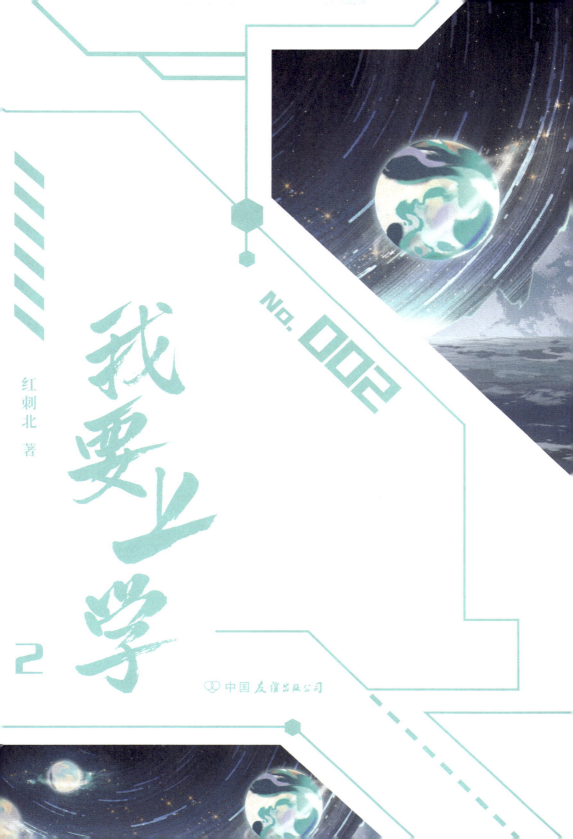

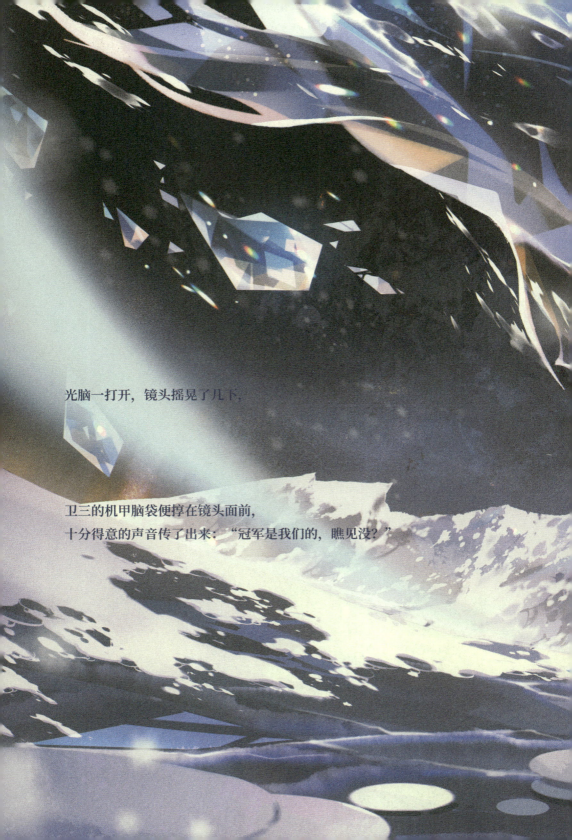

光脑一打开，镜头摇晃了几下，

卫三的机甲脑袋便撑在镜头面前，
十分得意的声音传了出来："冠军是我们的，瞧见没？"

如今只剩下这么一段路，
她怎么也得走完，登上终点岛，拔下达摩克利斯军旗。

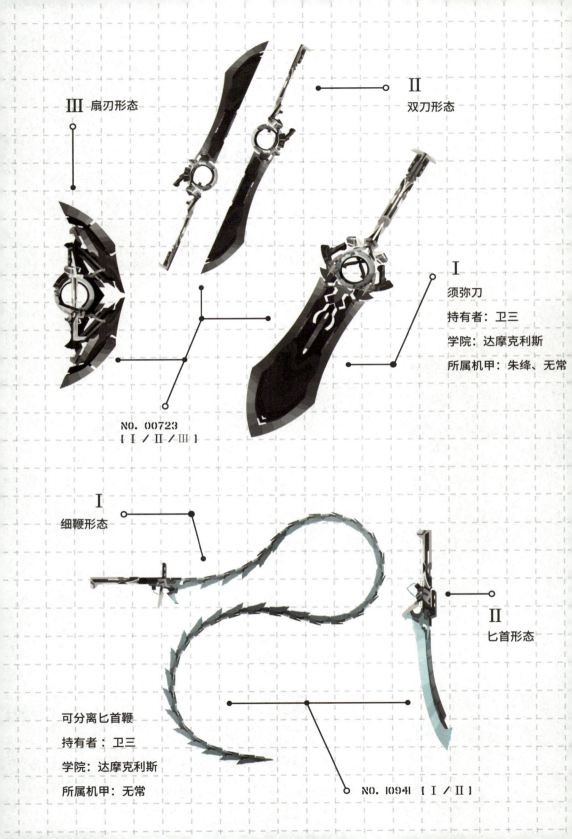

III 扇刃形态

II 双刀形态

I 须弥刀

持有者：卫三

学院：达摩克利斯

所属机甲：朱绛、无常

NO. 00723
【 I ／ II ／ III 】

I 细鞭形态

II 匕首形态

可分离匕首鞭

持有者：卫三

学院：达摩克利斯

所属机甲：无常

NO. 1094 【 I ／ II 】

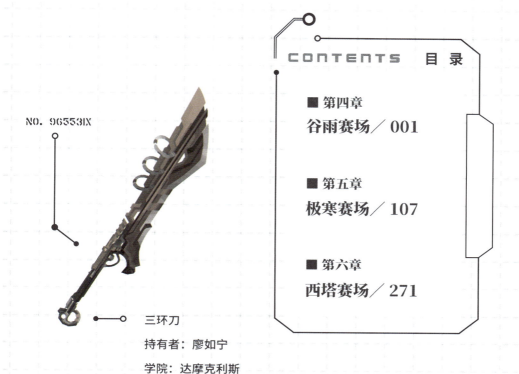

NO. 96553IX

三环刀

持有者：廖如宁

学院：达摩克利斯

所属机甲：泰山

CONTENTS　目　录

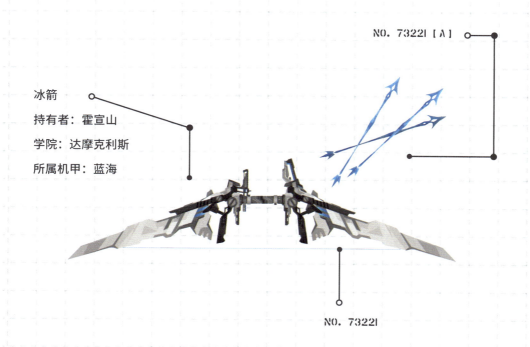

NO. 7322I【A】

冰箭

持有者：霍宣山

学院：达摩克利斯

所属机甲：蓝海

NO. 7322I

■■■

没办法，最厉害的一定是我们，
谁让达摩克利斯军校名字最长呢。

Weekly plan

Mon. 训练 ✓

Tue. 设计机甲 ✓

Wed.

Thur.

Fri. 比赛 ☆☆☆

Sat.

Sun. 这么好的头发……

第四章

谷雨赛场

第 80 节

检查完所有的房间，确定里面设备无误后，卫三下去和其他人会合，发现五个人所在楼层都不一样，但他们旁边或对面多少都有自己军校的人，只有她不光夹在两所军校的主力成员中间，对面也都是其他军校的人。

卫三：总感觉自己未来的训练处在危机中。

"放心，我们也不是天天来这儿训练，大多数还是小队一起。"金珂安慰她，"你还可以顺便打探敌情，观察宗政越人和应星决有什么小动作。"

现在金珂不担心卫三被其他主指挥控制，一个超 3S 级机甲单兵，除了同是超 3S 级的应星决，其他人不用太在意。

"个人室有门，你要我蹲在他们门口听还是摸进去看？"卫三对金珂的敷衍表示不满。

霍宣山倒是想起一件事："应星决作为一个超 3S 级指挥，感知能力极强，卫三在他隔壁房间，虽然房间墙体加了防窥网，但会不会还能被感知到所有动静，或者被攻击控制？"

上次在沙漠赛场，应星决完全展现出了他感知的强大，不光探测出三条异化双头蝰蛇的方位和动静，还能攻击并控制雄性双头蝰蛇，那相当于超 3S 级星兽的存在。

"项老师已经给她加了一门感知屏障训练。"金珂不太担心应星决动手，刚刚卫三说了一遍她周围十六楼的人，只有应星决一个主指挥。谁感知出了问题，势必和他脱不了干系。"而且谷雨星这个训练场是鱼青飞修建，后经公仪柳改造，虽年代久远，但坚固防护性能却在十二星中排前几名。"

几人检查完后，回寝室休息。

第二天，卫三的房门被敲得砰砰响，她猛然起身去开门，主力队其他四人皆站在外面等她。

"我去换训练服。"卫三重新关上门，手脚利落地换好衣服，跑去洗漱，最后才把门打开，"好了。"

"幸好第一节训练课不是解老师，不然刚才我就不是敲门。"廖如宁示意卫三看他伸出的一只脚，"直接破门而入了。"

卫三向下一瞥，随即伸脚踩去。

廖如宁见状立刻收脚，反踢回去。

两个干脆打了起来，一路往前，后面三个人纯粹当看猴戏。

第一节课是模拟环境体能训练，校队和主力队一起，不用机甲，同时还有比例缩小的星兽虚影攻击。

高十五米的天花板上不停落下"雨滴"，众人被拘在一起和星兽虚影战斗。

卫三的头发首先被淋湿，由于训练服材质特殊，防水耐高温，但"雨滴"会顺着头发往下淌，顺着脖子流进去，灼烧皮肤的感觉不断加强。

她手里握着一把和朱绛武器一样的虚拟刀，但比例也缩小至适合人用，握在手里有实物感。

这种感觉其实还是虚拟的。

她和霍宣山、廖如宁分开站成三角，对付四面而来的星兽虚影，护着中间的金珂和应成河。

"雨滴"还在不断地落下，他们的眼睛甚至有些睁不开，脸像是在油锅里滚了一圈，灼烧般的刺痛，身上同样好不了多少，更严重的是呼吸道问题，随着战斗时间拉长，渐渐喘不上气。

后面的校队成员已经开始有人倒下，被老师们喂了东西，起来自动出局。

卫三浑身都疼，情绪逐渐暴躁，后面干脆不用什么招数，怎么样能伤星兽就怎么来，各种招数都来了个遍。

黎泽看着主力队三人，两个人标准的战斗招数，不会出错，至于另一个……现在已经骑到星兽身上去了，拎着一把大刀，直接抹了星兽脖子。

这还不算，后面又来了一头星兽，卫三的大刀被击落，她准备去捡，差点遭攻击。刀要捡，星兽也要对付，刚好那头星兽虚影冲了过来，卫三手脚并用，甚至到最后连嘴都派上了用场。

十足的流氓打法。

这可是星兽，她居然上嘴直接咬，换头有坚硬外壳的星兽，牙都能崩掉。

黎泽："……"一想到他即将要教这么个学生，仿佛已经预料到同僚们的嘲笑。

"她从入学开始，学的明明是正统学院招数，为什么现在像个野路子出身？"旁边老师看着看着发出灵魂拷问。

开始还能舞几下正统招数，到后面彻底乱套，连嘴都能用上。

黎泽："大概有些人是天生的野路子，纠不回来。"没关系，还有这么多老师一起陪着他。

一时间居然没有老师反驳，都默认黎泽说得对，并且此刻内心活动和黎上校达到了同步。

"差不多了。"项明化看着时间道，"校队换了几轮，主力队到了休息时间。"

黎泽："让他们关了系统。"

整个训练场的星兽虚影顿时消失，"雨滴"也不见了。

卫三伸手摸了摸湿漉漉的头发，感觉浑身的灼烧感一直没下去过。

项明化过来递给他们每人一支药："喝了吧，滴在你们身上的只是普通的水。"但里面加了致幻剂。

"下午你们上完解老师的课后，卫三继续留下，有老师过来教你怎么建立感知屏障。"项明化盯着他们喝完后道。

卫三问："上多久？"

"课还没上，先问时间？"项明化恨铁不成钢，"没见过你这种学生。"

"老师，严格意义上讲，你确实没见过像我一样的超 3S 级机甲单兵。"卫三竖起大拇指，对着自己，"卫三，就一个词……"

"异类，我知道。"项明化面无表情地打断。

卫三："……天才。"

午饭的时候，卫三收到光脑上的一条信息，立刻起身准备溜。

溜之前，她还对应成河使了个眼色，表示自己的材料到了。

廖如宁夹了一筷子菜，不明就里："卫三刚才对你抛媚眼干什么？"

应成河："她大概只是眼睛抽筋。"

卫三没听见应成河说的话，否则要摇着他问两人之间的默契去哪儿了。

店主帮忙寄过来的须弥金到了，由于地点特殊，卫三只能从训练场入口一路抱回来。

一名军校生抱着那么大的箱子，招摇过市，又赶上五大军校休息的时间，不少人都见到了。

"卫三抱着一个大箱子？"

"难道是她的机甲材料？"

"哪儿来的机甲材料，达摩克利斯军校那边肯定为她准备好了 3S 级机甲。"

"啧，她现在和他们那个打了三届的学长换位置，不知道人家心里会不会不平衡。"

"大赛的规则需要改一改了，凭什么换位置等于换替补，谁知道两场比赛结束后，她偷着修改了自己机甲什么地方？还可以不用军校队伍的资源。"

"达摩克利斯军校这么一通骚操作，我觉得下一届绝对会改规则，我们这些军校的人又不是傻子。"

"……"

卫三抱着箱子回寝室，又给应成河发了消息，说须弥金已经到了，待会儿让他帮忙带去他那边的改造室。

应成河收到消息正好已经吃完饭了，还听其他人说卫三抱着一个大箱子。

成河大师："不要告诉我，你抱的那个大箱子里面装的就是须弥金。"

暗中讨饭："就是须弥金，怎么了？"

成河大师："……这么贵重的东西，你寄过来？"

还大张旗鼓抱着走了一圈。

暗中讨饭："哦，这个没事，我拆开看了，须弥金好好的。"

成河大师："算了，不说这个。你抱着大箱子，里面有多少须弥金？"

他以为只有一点儿，毕竟须弥金是珍稀材料，用一点儿也能加强武器性能。

暗中讨饭："50kg，应该够打一对武器。"

成河大师："……你哪儿来这么多须弥金？打劫去了？"

第 81 节

午休时间，应成河进了卫三房间便见到里面一个四方大纸盒，他凑近一看，甚至发现纸盒侧边有个脚印。

这里面真的是须弥金？

应成河内心复杂地打开纸盒，里面有个银白色冷链箱子，一种专门用来存储特殊材料的箱子。这种箱子的价格并不便宜，他这才有三分相信里面可能是须弥金。

将银白色箱子拎出来，应成河小心翼翼地打开箱子，一股冷煞之气迎面而来，这是须弥金自带的材料属性。果然是好大一块须弥金。

应成河蹲在地上，盯着这么大一块须弥金发呆，他还没见过 50kg 一块的须弥金。

刚刚回来的时候，几所军校已经把卫三抱着大箱子从训练场入口进来溜达一圈的消息传变了味，说达摩克利斯军校现在十分张狂，在各个军校主力队辛苦训练时，恢复真实身份的超 3S 级机甲单兵卫三，不去训练，还在星网上购物。

众所周知，联邦快递专门运送吃喝玩乐的东西，压根和机甲扯不上关系。

对此，应成河只想表示，即便卫三不是超 3S 级机甲单兵，她也没低调过。

"你跑卫三的房间干什么？"廖如宁看到应成河进来，多事地跟了过来。

他一说话，客厅的霍宣山率先过来看热闹，金珂紧跟其后。

廖如宁背对着他们俩，探头朝应成河那边看，见到须弥金，下意识地道："居然真的寄了过来。"

金珂的目光在房间里三个人之间来回转了一圈，随后冷冷道："所以卫三刚才抱着的箱子，你们都知道是什么，只有我不知道？"

应成河抢先把自己择出来："卫三说她有须弥金，让我帮她一起设计机甲武器，这东西的来源我不清楚。"不关他的事，他只是个认真负责的主力队机甲师。

金珂目光移向廖如宁，也没问他，而是直接说出自己的推断："你知道卫三要寄什么东西过来，霍宣山应该也知道，刚才他脸上的故作惊讶太假了。既然你们俩都清楚须弥金，说明你们三个人和这材料的来源都有关系。从两个多月前我们便开始比赛，期间只有那次沙都星翻墙的两天我不知道你们仨去干了什么，所以你们那几天是去弄须弥金了。"

廖如宁："……"此时此刻，他该说些什么挽回呢？

金珂继续推断："这么大一块须弥金，不是哪里都有，至少沙都星市面上不会有。即便放在帝都星，须弥金的出现也照样能引起轰动。你们无声无息地弄来这么一整块，有七成可能性是地下渠道。"

廖如宁没想到自己不过说了一句话，老底都快被翻干净了，他悄悄朝霍宣山靠去，试图汲取一点点力量。

金珂低头打开光脑，他作为主指挥，平时最擅长的便是整合各渠道消息，再得出结论。

他们几个又极有可能是从沙都星的地下渠道弄来的须弥金，金珂查看自己掌握的几个大型地下渠道消息。

五分钟后，金珂一字一句念着上面的消息："沙都星黑厂分赛冠军奖品，须弥金。被'打翻黑厂'队所得。"

随后，他抬头看向霍宣山和廖如宁两人："队伍名字取得不错。成员三个，'向生活低头'这 ID 一看就是卫三，'起岸西'是霍宣山的 ID，至于'干食泥'……一定是廖如宁你的 ID。"

都连名带姓喊名字，这是生气了？廖如宁有点心虚地望向天花板。

应成河自觉地脱离暴风口，金珂也没隐藏光幕，便起身凑过来想看热闹。

应成河一见那三架 3S 级机甲便认了出来："这是我们达摩克利斯军校收藏室的机甲。"

火上浇油。

金珂呵了一声："卫三想要材料做机甲，所以你们仨一合计，就去黑厂打黑赛？"

霍宣山解释："不是，我们参加大赛前已经认识了。"

应成河："在星舰那边你第一次见面，明明不像认识的样子。"

"这件事解释起来比较复杂。"廖如宁插进来道。

"我现在的心情也复杂。"金珂面无表情地看着他。

廖如宁走到金珂背后，替他揉肩捏背："这一切都是巧合，真的。既然现在我们拿到了须弥金，就让应成河做好卫三的武器，到时候拳打塞缪尔，脚踢平通院，再和帝国军校争冠。"

"不是我做，是卫三自己做。"应成河纠正他的说法，"她是兵师双修。"

廖如宁："？"

霍宣山："什么叫卫三是兵师双修？"

"表面意思，卫三她还能设计机甲，不过目前只会设计 A 级机甲，3S 级还是刚刚接触，武器我只会在旁边指导，设计还是她自己。"应成河诧异地看着霍宣山和震惊的廖如宁，"你们认识这么久，还组队打比赛，不知道？"

金珂一直知道卫三对设计机甲感兴趣，但不清楚她已经可以独立设计出 A 级机甲："这么短时间她能做出 3S 级机甲的武器？"

"应该可以，她进步很快。"应成河点头。

霍宣山突然幽幽道："卫三曾经告诉我，她有个朋友是机甲师，会改造机甲。"

不知为何，金珂心情又好了几分："通常情况下，卫三说'有个朋友'就是她自己。"

霍宣山："……"机甲确实改造得好，但现在的情况下，他感受到了刚才金珂的微妙情绪。

就像朋友和另外的朋友分享秘密，但唯独他不知道的复杂微妙情绪。

廖如宁最后下结论："卫三太渣。"

罕见地，在场其余三人都同意廖如宁的说法。

翻车的卫三还完全不知情，她正在黎泽那边，和医生视频会诊。

"鼻血还在流？没事。"医生示意黎泽可以把夹在卫三手指上的仪器取下，让他报数值，"平时营养补充剂和营养液都要喝，这段时间我要去别的星找合适的药，等找到后会去找你。"

"还要吃什么药？"卫三觉得现在自己精力充沛，除了鼻血多了点，其他方面完完全全是个正常人。

"营养液只是我临时根据以前应星决的专用营养液成分配比出来的，你和他情况不同，后续还要进行改良。"医生严肃道，"比赛期间，按规定你只能用战备包里的东西，专用营养液带不进去，所以要防止自己狂化。一下子完全提升感知，对身体是极重的负担。"

卫三听完后问："应星决在比赛中也不用特制的营养液？"

"他会在赛前喝，只要不超过十五天，完全可以撑得住。"旁边的黎泽解释。

医生记下卫三这边测得的数据："总之，使用3S级机甲可以，但避免过于兴奋，一旦感知突然拔高，你身体会崩溃，切记。"

医生叮嘱完后，便关了视频，卫三眼前的光幕暗下来。

她目前感知等级用仪器测的结果依旧是S级。

医生说这是好事，说明她的身体在慢慢恢复，现在调整身体底子，后续感知应该会自动升上来。至于S级感知能操控3S级机甲，医生推测因为她本身是超3S级感知，和寻常人不同。

"我听说你对大赛很自信，还有心情买东西，收联邦快递。"黎泽收起测量仪器，意味不明道，"你之前在达摩克利斯操场上的总兵发言，我刚才看了一遍，希望你能做到。"

卫三犹豫："……收快递不可以吗？"

黎泽："可以。"

卫三松了一口气："那就没事。"

"你买了什么？"黎泽突然问道，这句话纯粹出于个人好奇。

因为他不知道卫三会不会又搞出骚操作。

"零食。"卫三主动"承担"起谣言的头子，甚至客气地问黎泽，"上校，要不要分你一点儿？"

回去之后得和应成河串一串口供，让其他人以为是应成河弄来的材料，这样便不会让人发现她和霍宣山他们在黑厂打黑赛。

黎泽不像是会吃零食的人，且他这种铁血军人绝对不会收学生的东西。

"可以。"

"好，那我就不……"卫三话说到一半，才反应过来黎泽居然同意要她的零食。

"你不什么？"

"我不日就送过来。"卫三硬生生地圆了过来，"老师，我该去训练了，再见。"

一出门，卫三便立刻登上星网商城，下单买了一大堆零食。

卫三乱七八糟地搞一圈，午休时间已经过了，直接往训练场走，这次老师换成解语曼，来训练的学生只有主力队五人。

卫三一过去便见到金珂他们已经在那儿了，上去打招呼。

四个人皆不理她。

卫三伸手分别在四个人眼前挥了挥："你们在干什么？"

廖如宁最先憋不住："孤立你。"

卫三："？"

这种话，她只在上辈子的幼儿园听过。

金珂冷脸："我已经知道你们三个人的勾当。"

霍宣山："原来你认识的那个会改造机甲的朋友是你自己。"

卫三站在原地，反应半天才知道他们俩的意思。

她当即长叹一声："要不是因为穷，谁会去打黑赛呢？"

此话一出，杀伤力颇大。

原本知道卫三是孤儿，且靠着垃圾场的问题营养液为生后，金珂便是最愧疚的人。

卫三满意地见到金珂收回冷脸，又对着霍宣山方向叹气："当初虽然穷，但我有一颗积极向上、奋力勤学的心，收了你五千万，为力图改造完美，还倒贴钱，一个月吃不起肉。"

霍宣山并不知道这件事，但机甲改出来的水平，确实不输市面上任何 A 级机甲师。

"……抱歉。"霍宣山当时以为卫三是散学世家出身，并不在意那点钱。

应成河主动道："那我还是好的，免费送你 S 级机甲引擎。"

"你什么时候送过卫三 S 级引擎，不是送论坛认识的一个中年男子？"金珂问完应成河，又眯眼望向卫三，"你披了几个马甲？"

卫三："……"这糟心的一天。

金珂冷声："你和他们私聊，孤立我一个？"

"我不是，我没有。"卫三否认，此刻她决定祸水东引，扭头看向廖如宁，严肃道，"干干，有件事一直没告诉你，我心中十分过意不去。"

旁边廖如宁不解："什么事？"

卫三沉痛："我们四个人有一个群，而你不在里面。"

廖如宁拳头硬了："什么时候的事？"

卫三："很久了，还在帝都星的时候，金珂主动把宣山拉进来，就是不拉你。"

"小胖子,我就知道你一直看不惯我!"廖如宁冲着金珂道。

"你喊谁小胖子?"金珂听到"胖"字,立刻炸了,他现在分明是翩翩少年郎!

卫三退后一步,将"战场"留给他们俩,深藏功与名。

最后以廖少爷成功加进四人群为结果,结束这场"战争"。

金珂冷静下来,要求自己也加入"打翻黑厂",美其名曰他们需要主指挥的统筹。

"你们还需要一个机甲师。"应成河自荐。

五人达成一致。

"你拿了冠军,又用须弥金做武器,大赛直播出去,沙都星黑厂那边的人应该很快就会认出你们三人的身份。"金珂最先想到的是身份问题。

"须弥金这个不用担心。"应成河道,"须弥金虽珍稀,且传言具有成长性,但对绝大部分单兵皆无用,这点一直只是一个噱头。"

感知并不会成长,因此须弥金做成的武器一般情况下便永远无法成长。

这样看来,须弥金简直是为卫三量身定制的材料。

应成河列举了几种材料,道:"这些材料做出来的性能和须弥金类似,只有对战方才能感受到细微不同,常人观察不出来。你们比赛用的 3S 级机甲除非有机甲师系的老师,否则也认不出来是达摩克利斯军校内的机甲。"

"他们三个 3S 级机甲单兵在大赛上一出现势必会被人发现端倪。"金珂摇头,"两男一女的 3S 级机甲单兵,只有你们。"

卫三咳了一声:"平通院有没有 3S 级机甲女单兵?"

金珂:"为什么这么问?"

卫三和廖如宁及霍宣山有一瞬间不自然。

"有人把我当成了宗政越人。"卫三压低声音道。

金珂:"?"除非眼睛瞎了,否则怎么能将卫三认成身材高大的宗政越人。

"有很多观众认为平通院的人有秘法,能让人可男可女。"卫三还是从店主那里听到的八卦。

"……"

应成河想起了一件事:"宗政越人的妹妹下半年入学,她也是 3S 级。"

金珂:"这件事交给我处理,成河你教卫三将武器的性能进行伪装。"

他要将各种消息传播扩大,混淆视听,卫三几个人在黑厂比赛的事,暂时瞒住,于大赛有益。

"聚在一起讨论什么?"解语曼走进来,问站在一块儿的五人,"看不出你们感情这么好。"

解语曼站在五人面前："其他四位都认识我，卫三我也认识你。"

卫三悄悄瞥向旁边的几人，发现他们皆抬头挺胸，目视前方，全然没有以前的轻松。

"眼睛看哪儿？"解语曼朝卫三走去，伸出手捏住她下巴，扳正。

卫三："……"如果说陈慈带有射击者的锐利明亮气质，现在的解语曼则是艳丽冰冷。

解语曼松开手，退后一步："我的训练没有那么多名堂，你们和我打就行。"

话音刚落，她便陡然朝卫三发起攻击。

卫三甚至没有察觉出空气流动声，解语曼就突然出现在她面前。

疾速往后退去，卫三试图躲开解语曼，下一秒却发现她已然转到自己背后。

卫三反应不及，被解语曼一脚踹倒在地，她伸出手撑住地面，想要避免受伤，结果解语曼鬼魅般地出现在上方，朝她手臂踢来。

卫三结结实实地摔在地面上，痛感从半边身体传来。

站在附近的四人，有的伸手挡住眼睛，有的低头看脚，有的抬头看天，应成河甚至已经开始双手合十了。

上解语曼老师的课，每一次都会对痛苦产生新的认知。

解语曼到现在，双手甚至没有动一下，只是出右脚。

饶是如此，卫三依然被她横着踢，竖着踢，各种方向的攻击，压根无力反抗。

解语曼出招太快。

左、右……卫三闭上眼睛，被解语曼踢倒一次又一次，情绪反而逐渐稳定下来。

卫三猛然睁开眼。她找到了！属于解语曼的节奏。

解语曼再次飞踢过来时，卫三压腰成功躲过，她甚至已经在脑海里演示了一遍，怎么反击回去。

结果，反击还没成形，解语曼料到她的动作，卫三便被踢了屁股，飞到高处又径直朝地面倒去。

这次她学乖了，不伸手撑地，而是倒下去那瞬间打滚卸力。

完全无用，解语曼的脚仿佛鬼影一般，如影随形，她屁股又被踢了一次。

卫三："……"

待那只脚再踢来时，卫三双膝跪地，正面迎上去，双手强行抱住。

解语曼试图抽开，一时间竟挣脱不济："……放开，别要赖皮。"

卫三誓死不放："老师，我屁股疼。"

脸面是什么？卫三没有。

解语曼："……"

"松开。"

"不松。"

解语曼仰头，随后心平气和道："我不和你打了，廖如宁过来。"

卫三看着视死如归的廖如宁，这才松开手，且一溜烟躲到对面去，防止再次被解语曼踢。

不知道是不是受到卫三无赖的影响，解语曼对廖如宁下手特别重。

卫三听着解语曼踢在廖如宁屁股上时发出的敦实声音，不由得想起自己屁股被踢时火辣辣的痛。

"老师，我屁股也痛！"廖如宁从卫三刚才那招得到灵感，试图也撒娇耍无赖。

解语曼冷笑一声："痛就对了！"说罢又一脚踢在廖如宁屁股上。

整个训练场充斥着廖如宁痛苦的号叫声。

等他下场时，已经一瘸一拐，手捂着屁股，双眼发红地蹲在卫三旁边："解老师，重女轻男。"

卫三扭头看了他一眼："所以……之前金珂说你被解老师打哭的事是真的。"

"一派胡言！"廖如宁呵了一声，"你以为他们好到哪里去。"

接下来天之骄子们被解语曼打得毫无还手之力，坚强点的如霍宣山，咬牙撑住没疼出声，夸张的有卫三抱腿，廖如宁号叫撒娇。

总而言之，一下午的训练课上完，解语曼像是运动一番，出了个汗，诡诡然走了。

留下五个蹲在墙角，悄悄摸屁股摸腿的人。

下午课结束，他们可以自行去训练休息，卫三还得去学感知屏障。

她一瘸一拐地去另一个地方，老师正在里面等她，见到卫三这副模样，轻言细语地问："刚从解老师那里过来？坐。"

"嗯。"卫三刚坐下，屁股顿时剧痛，强行忍住没有出声。

这位老师见状，眼中的笑意更深，也不揭穿："先和你简单聊聊感知的事。"

卫三试图放松下来，听老师讲解。

"S级指挥的感知最为复杂，能设立屏障，防止星兽精神力攻击，你可以理解为盾。如果攻击星兽，使其失控，则可以看作矛。"老师正色道，"同时感知等级越高的指挥，他的感知覆盖范围越广，且有些极个别厉害的人物甚至能控制人。"

"像帝国军校的应星决，他在比赛中已经展现出控制星兽的本事，凭他的等级，未来控制人也不会是难事。"老师举完例子后道，"3S级指挥虽不能完全控制你们机甲单兵，但却可以进行干扰，所以才需要你们学习如何建立屏障。"

老师坐在对面，闭上眼睛，半晌后睁开，问卫三："你有什么感受？"

卫三："……我该有什么感受？"

老师一愣："我刚才给你下了心理暗示，你现在身上没有伤，应该一点儿也不疼。"

卫三感受了一下自己浑身传来罢工的信号："挺疼的。"

老师有点尴尬："从你进来开始，我便已经用感知干扰你的意识，没感觉？"

卫三再仔细感受了一下，摇头："没有。"

两人对视，房间内一片沉寂。

最后卫三打破这片诡异的安静："暗示是什么样的？我只在脑子里听过金珂的指挥，他的声音突然冒出来。"

老师调整了一下情绪："暗示是你无形中认定的事，不会感到有人在你脑子里说话。可能哪里有问题，没关系。一个机甲单兵要建立屏障，首先不能让指挥的感知进入你脑海中，当他们探寻到你的所思所想后，就是你最危险的时候，他们可以立刻控制你。"

卫三想了想道："如果我故意让他们看到，干扰他们呢？"

老师点头："这便是其中一种方式，但属于最为冒进的方法，我们更主要的讲传统的屏障建立方法。"

这堂课一直上到晚上九点。

卫三出来后，没有回寝室，而是去大楼训练。机甲单兵的个人室内有模拟舱、小型体能训练场等，适合一个人独自练习。

刷卡进入，卫三直接朝模拟舱走去，她今天暂时不想进行体能训练，心理受到了重大打击。

进入模拟舱后，卫三选择了和谷雨星一样的环境，她没有用机甲，而是直接穿梭在雨中。

熟悉的灼烧感传来，卫三弯腰进入一片丛林中，顺势检查自己小腿靴子内的匕首。

周围阴暗昏沉，时不时传来野兽阴沉的声音，雨不断落下。

卫三偏头，察觉有活物朝她攻击过来，顿时拔出匕首，在其冲过来时，一个躲闪，抬手刺进活物体内。

做完这一系列动作后，卫三才发现活物只是一团蠕动的黑雾。

她的匕首完全无用。

活物顿时向四面八方散开。

第82节

还有这种星兽?

卫三愣神,随后继续往前探去,完全无视身上的灼烧感。

她一天基本上没有休息时间,为的是能在大赛中不给主力队拖后腿。从现在开始,之后的每一场比赛,她要面对皆是双 S 级以上的对手。如果不努力训练,丢脸的不光是她自己,还有她身后的达摩克利斯军校。

卫三来到谷雨星后,并未出去过,也不知道谷雨星的环境是否如现在模拟舱中这样恶劣。

她轻踩地面,身手灵活地躲开丛林中的枝叶,快速前行。

刚才进来时设置完参数后,她需要完成的任务是找到一把耀日剑。

走了不到一公里,同样的黑雾再次从后方偷袭,卫三躲开,没有花力气去刺它,而是观察这团黑雾是什么。

这一看,她皮肤涌起一股难言的痒意。

那团黑雾是由密密麻麻的黑色小虫组成的,身体极小,唯一能看清的只有口器。任何人见到这团黑雾的构成,皆无法冷静下来,尤其卫三刚才"亲密"接触过。

还未待她做出其他反应,卫三突然闻到一股烧焦味:"嗯?"不能吧。

卫三陡然睁眼,从模拟舱回到现实中,起身一看。

果然,模拟舱的机体烧坏了。

卫三:"……"不是才检查过一遍?还是她自己检查的。

模拟舱被烧坏,卫三也无法继续进入,只能下楼去找管事,说明情况,换一台新的模拟舱。

与此同时,旁边房间内的应星决收回搭在墙壁上的手,安静坐回自己的位子,继续训练感知。

一楼。

"模拟舱烧坏了?"管事大叔怀疑地看着卫三,"好好的,你对它做了什么?"

卫三:"我只是躺在里面,接着闻到一股烧焦的味道,一睁眼,模拟舱主机就烧坏了。可能是你们这模拟舱太老了。"

沙都星用的模拟舱虽不及帝都星,但也是主流款式,而到了谷雨星,这里所有模拟舱皆是旧款,机体甚至有些发黄。

管事大叔跟着卫三上楼检查一遍,发现真的是模拟舱机体烧坏了。

"明天给你换好的，这台我先搬下去。"

卫三看着管事大叔找人过来处理模拟舱，也没心情继续在个人室待，干脆去找应成河。

应成河在个人室研究和须弥金类似性能的材料，听见外面的敲门声，打开发现是卫三。

"你的感知训练结束了？"

"结束了。"卫三蹲在须弥金面前，伸手轻轻摸了摸，又飞快收回，"刚才在模拟舱，没走两步，模拟舱的机体就烧了，所以来找你看看武器。"

"模拟舱怎么会烧了？"应成河诧异地问道，"那天晚上你不是检查过了？"

"可能机型太老，管事大叔说明天帮我换上。"卫三盯着须弥金，"成河，你觉得我应该设计什么武器？"

"你擅长什么便设计什么。"应成河看着光幕参数对比图，"武器看你喜欢。"

"那我擅长的东西可太多了。"卫三毫不谦虚道。

应成河笑了："我看你光刀用得不错。"

"我鞭子甩得也还可以。"卫三再次伸出手指杵在须弥金上，"其实我觉得以前我用的双链弯刀不错。"

"在黑厂用的那对武器？"应成河在午休时见到卫三在黑厂用的那架 A 级机甲照片，丑到他精神恍惚，武器倒是还可以。

"也可以，50kg 须弥金加进去，应该有多余。"应成河算了算体积道。

卫三蹲在地上，单手托腮："我用双链弯刀，沙石星黑厂的人可能会认出来。"

"这样……"应成河走过来，"那先不设计成双链弯刀，还是打成一把刀，等这届大赛完，你再改回来。"

"可以改回来？"卫三顿时来了兴趣。

应成河点头："你可能还没有学到那部分。"

想起这件事，卫三便叹气："如果能把脑接口的芯片借出来……"她天天熬夜都得去见鱼青飞。

"大师所做的芯片都不能带出军校外。"应成河道，"这是规定，不过我已经向校长申请了，等校长办完事，见到申请书后，便会有回应，到时候看能不能有例外。"

卫三起身，精神大振："那我去想想做成什么形状的刀。"

应成河欲言又止。

"你还有话要讲？"卫三问他。

"……要不然你直接告诉我需要什么性能的刀。"应成河犹犹豫豫道。

他担心卫三又设计出那些丑出天际的东西，虽然效果不错，但实实在在给人一种暴殄天物的感觉。

卫三见到他别扭的神色，明白了。

"不行。"卫三直接拒绝，"以前是生活所迫，囿于经济困难。我，卫三是一个有高级审美情趣的机甲设计师。"

大概是受到同行歧视，卫三回去后，一晚上没睡，就坐在桌前设计武器。

第二天，卫三顶着两个硕大的黑眼圈出门。

"你……"金珂还未问出口她昨天晚上去干了什么，便见卫三径直朝应成河走去。

"看看。"卫三塞给应成河一张卷好的图纸，"我的高级审美情趣。"

"什么情趣？！"廖如宁闻言，立刻凑了过来，催着应成河快点给他们看。

应成河打开图纸，一把大刀出现在眼前，确实凌厉好看，但刀把显得有点长，占了刀身三分之一。

"这是卫三设计的刀？还挺有模有样。"廖如宁第一次亲眼见到卫三展示机甲师的天赋。

应成河盯着看了一会儿，发现端倪："双刀？"

卫三挑眉："对。"她左右手都一样用。所以合起来是大刀，但大刀还能一分为二，变成双刀。

应成河看着图纸，最令他震撼的不是卫三设计的刀，而是她画出来的图，完美地像用光脑制作而成。

作为一个联邦机甲师，基本都习惯用光脑设计，这样能省很多事，也不用一笔一笔地画，便能直接画出来一套完整的机甲武器。

"既然设计出来了，趁早做完，卫三也能多练练手。"金珂在旁边道。

五人往训练场走，开启新一天的训练。

卫三中午又收到了联邦快递的消息，这次真是零食。

她照旧跑去训练场入口拿快递，抱着一大箱零食，这次卫三朝食堂走去，当着众人的面打开，分零食。

"你居然舍得买零食给我们吃？"廖如宁一边说，一边将零食往自己怀里搂。

卫三分完，将剩下的送给对面的黎泽。

"我的呢？"解语曼轻飘飘地问。

一听她的声音，卫三的屁股条件反射性地疼，立马从黎泽箱子里掏出一半，孝敬给解语曼："老师，您请！"

黎泽："？"他人还在这儿。

不过，这次卫三抱箱子没有引起轰动。因为联邦现如今不知道从哪儿出来的八卦消息，说平通院的人都可男可女，随时能变性。

这种匪夷所思的传言，平通院的学生听后先是啼笑皆非，随后又被人告知，有人见到平通院的天才宗政越人就是个变性人，用秘法将自己变成女人，还参加地下黑赛，用的就是枪法。

3S级机甲单兵，又用枪，除了宗政越人没有其他人。

还有小道消息说，那个被人看见的女机甲单兵，其实是宗政越人的妹妹，她为了锻炼自己，特地去打地下黑赛。

卫三讨好完一众老师，回来时听见这个八卦消息，问金珂怎么做到的。

"别人看不出，平通院的人一看比赛视频就明白我是假冒的。"卫三朝那边的宗政越人看去，脸色似乎有点阴沉。

金珂抬眼："不是我怎么做到，而是你们那场比赛的视频消失了，无论用什么手段都找不到。"

第 83 节

金珂用的词是"消失"，而不是"删除"。

他原本想要把这摊水搅浑，结果深入调查发现卫三他们那场比赛视频压根没有播出来，黑厂官方给出答复是当晚录制仪器突然坏了，所以挑战冠军赛的最后一场视频没有录制下来。

只有卫三几人驾驶3S级机甲站在台上的一张照片。

也正是那天应成河看到的那张。

"摄像头没坏。"卫三确定道，"我们比赛时还是好的，周围也没有工作人员反映。"

她习惯观察周围的环境，即便是在擂台上比赛。

"我查过，不过黑厂是地下组织，没有太多有效信息。"金珂道，"你们对手那支队伍属于黑厂自己的组织，对那次的冠军志在必得，但你们突然冒出来赢了，所以我猜测黑厂那边干脆将比赛视频毁了。"

"我们以前在黑厂的比赛视频全部下架了。"卫三原本想要去验证金珂说的话，却未料他们的视频全部看不了。

"这个我查了，是惯例。"金珂解释，"黑厂各分区比出总冠军前，分区冠军的视频都会暂时下架。"

"正好除了那天看擂台挑战赛的观众，没人知道我们。"廖如宁毫不在意，他们又不以黑厂比赛为生，还能往平通院身上泼脏水。

五人朝平通院那边看去，中间坐着的宗政越人低头在点着光脑，大概让人调查什么情况，不过现在最关键的视频消失，他们也查不出什么。

"阁主一夜之间可男可女，平通院一定气死。"廖如宁幸灾乐祸道，好像罪魁祸首不是他们。

此八卦消息传出，立刻在各大军校传播，众人当然知道宗政越人不是女人。但人的天性使然，许多人见到他，便想起这个八卦，下意识地往宗政越人身上扫视。

更有甚者，将这种目光转移到平通院其他军校生身上，一度导致平通院上下情绪压抑。

至于罪魁祸首，每天忙于训练，无暇关注这些事。

模拟舱换成新的后，卫三用起来还算顺手，不过类似那天晚上的任务不见了，可能是模拟舱系统不同的缘故。

隔壁房间。

应星决扭头朝那边墙看去，谷雨星这栋大楼的防护虽好，却抵挡不了他的感知，只要他想，便能覆盖整栋大楼所有的房间。

应星决对此没有兴趣，但隔壁距离太近，加之卫三完全不控制自己的感知，他不得不被迫接收对方的情况。

从对方进房间的两个小时内，已经在模拟舱濒死过七次，每一次休息间隔不到二十分钟。

再一次被迫感受到对方情绪，应星决起身去旁边敲门。

卫三刚从模拟舱出来，面色苍白，但心情不错。她已经找到解决方法，再进去一次，便能完成模拟舱任务。

她听到敲门声，诧异地去开门，以为是金珂他们谁来找自己。

结果一开门便见到眉目间带着郁色的应星决。

"……你个人室在旁边。"卫三好心道，言下之意是敲我门干什么。

应星决把目光从房间内的模拟舱移到卫三脸上："没有人教你不能在短时间内陷入濒死状态？"

卫三扬眉："我在模拟舱怎么样，你都一清二楚。帝国之……星，你一直用感知探测我？"

对于她的怀疑，应星决轻声道："你的感知散了过来，干扰我正常训练。"

卫三认真思考半晌，问他："指挥不是能建立屏障？"

"……我在训练。"

"那没办法了，要不然你去和管事说一声，找人跟你换个房间。"卫三"贴心"地提出建议。

"不必，以后我会建立屏障。"应星决退后一步，看着她的眼睛，"卫三，不是什么训练都可以乱来。"

等应星决回隔壁房间，卫三低头嗅了嗅身上，感知还能散发出来？怎么不见应星决去敲宗政越人的门？

晚上训练完，卫三回到寝室，随口问客厅的金珂："我在模拟舱训练，如果你在隔壁，会不会受到我的感知干扰？"

金珂扭头看她："人都在模拟舱，我怎么受你的感知干扰，除非你陷入濒死状态，我特意关注，可能会受到干扰。"

应星决的感知比金珂强，而且她今天在模拟舱已经死了好几回，所以对方真的受到她的干扰？

"突然问这个干什么？"廖如宁打着哈欠走过来。

"刚才在训练大楼，我干扰到应星决。"卫三伸腿钩过一张椅子坐下，"被他找上门。"

金珂反应极快地抓住重点，皱眉道："你陷入过濒死状态？"

见卫三不语，金珂突然起身过来："卫三，模拟舱也会死人，你知不知道？"

卫三被他吓一跳："模拟舱里面……不是假的吗？"

那种滋味确实不好受，但卫三脑海中一直有个声音告诉自己，模拟舱的感受全是假的，所以只要醒过来，休息一会儿便好。

客厅里其他几个人脸上的笑意也逐渐消失，应成河问她："痛觉设置在百分之九十最适合 3S 级机甲单兵，达到百分之百后，机甲单兵在其中极易面临濒死状态，在模拟舱中很危险。"

小队一起训练时，所有参数皆由机甲师来调，个人室内只有卫三自己一个人，因此到现在众人也不知道她会直接设置到百分之百。

联邦各军校训练的方式皆由前人以生命为代价一点一点试探出来的，轻易不能更改。

"我是超 3S 级，应该可以设置高一点儿？"卫三试探道。

"不行，等彻底恢复 3S 级再说，现在必须调到九十。"金珂黑脸道，"如果不是应星决提醒，你什么时候出事都不知道。"

这点倒是奇怪，各军校互不干涉，按理说其他主指挥碰见卫三这种情况，只会建立屏障，并不会提醒。

他们是竞争对手，损失一个主力队成员于对手而言，是件好事。

应星决敲门说受到干扰，实则为提醒。

金珂脑海中转过几个可能，只当应星决不屑用这种手段。

从这天开始，主力队成员时刻注意卫三有没有做出什么违背军校训练常识的事，抓住一切机会对她进行科普。

卫三被他们念经式的科普扰得头疼不堪。

至于隔壁应星决，大概是没有再受到她的感知干扰，基本不和卫三有所交谈。

反倒是临比赛的前两天，平通院的宗政越人主动对训练完出来的卫三说了一句话。

"不管你是不是 3S 级，休想越过平通院。"

卫三一愣，进进出出她已经尽可能保持低调，不惹是生非，但这位突然撞上来挑衅，她当即道："我们为什么要越过你们平通院，上个赛场达摩克利斯拿第二位，我们目标是总冠军呢。"

这时候，另外一边的应星决从房间内出来，恰好听见她最后半句话，那双漆黑如水墨画的眼眸意味不明地扫过卫三，随即绕过两人，往楼下走去。

卫三："……"前段时间她才对应星决说他们目标是拿第三位。

宗政越人不知其中的差别，只当卫三张狂无度，他目光沉沉："我期待达摩克利斯挑战平通院。"

"你说期待挑战就挑战？"卫三心情顿时变得恶劣，丢下一句，也不顾宗政越人脸色如何，掉头就走。

怎么老有人喜欢冲她来，她不过是个忙碌又普通的人。

临比赛前一天，各大媒体记者赶来谷雨星，要采访五大军校，尤其是达摩克利斯军校，星网上都对达摩克利斯军校的卫三突然由 A 级变成 3S 级的事相当感兴趣。

因谷雨星环境特殊，这次主办方专门在训练场内部设采访区，给他们一个统一采访的时间。

达摩克利斯军校主力队和老师们面前围着一堆媒体记者，堪称多年来的第一次。

"卫三真的是 3S 级吗？"

"请问你们为什么故意隐瞒卫三的等级？"

"达摩克利斯军校后期是不是还有什么大计划？"

…………

面对各种媒体镜头的项明化面带微笑，心中却道什么大计划，原本达摩克利斯军校的计划是等申屠坤毕业后，换上 S 级替补，谁料到卫三是个问题 3S 级机甲单兵。

这点还得感谢帝国军校的应星决，如果不是他试探出来，达摩克利斯也不会知道。

不过心里想的，和表面说的自然不同。

项明化用官方化的口吻道："达摩克利斯军校的一切安排皆为了能在大赛中取得好成绩，隐瞒卫三的等级只是我们计划中的一部分，相信其他军校也会有自己的安排。"

在场媒体记者：胡说八道！其他军校再怎么安排也不能凭空变出一个 3S 级。

采访完领队老师，后面是每场比赛前必须要采访的主力队员，也即放狠话时刻。

这次，众人一股脑地将话筒递到卫三面前："卫三，上次沙漠赛场是你拔下的旗，荣获第二。这次有什么对其他军校说的吗？"

旁边金珂几人退到后面，让卫三站在最前方，她双手捧着几个话筒："没什么想说的，我只有一个小愿望。"

"什么愿望？"

"说出来不灵了，等实现我自然会告诉你们。"卫三微微扬眉道。

有记者想要得到更直接的话，便高声问道："达摩克利斯军校如今也是全员 3S 级，所以你们认为，全员 3S 级的帝国军校和平通院相比，谁最可能拿到总冠军？"

记者问话声极大，连站在其他位置的军校主力队都听得清清楚楚，不知是故意还是巧合，采访区突然安静了下来。

卫三叹了一口气："没办法，最厉害的一定是我们，谁让达摩克利斯军校名字最长呢。"

记者们："……"居然还有这个说法？

左边帝国军校主力成员司徒嘉站在采访台，闻言嗤笑一声，显然对卫三这不知所谓的话感到不悦。

红衫媒体记者不依不饶："既然达摩克利斯军校名字最长，应该是拔旗所花时间最长才对。"

卫三语带惊讶："原来是红衫媒体，怎么还没倒闭？放心，一定很快了，到时候你就不用像现在一样辛苦工作。"

红衫媒体记者："……"

另一边的平通院，有记者问主力队对近日流传的关于秘技可使人在男女之间转化的消息有什么看法。

宗政越人手握长枪，立在采访台，闻言目光凌厉，扫视记者。

路时白低声道："阁主，我来回答。"

宗政越人往右一偏，让路时白上前："诸位应该见到红衫媒体造谣的后果，相信你们一定不会想落到他们那种地步。"

正要转移去旁边平通院采访的红衫媒体记者："……"他们没得罪过平通院吧。

昔日最大的联邦媒体，如今居然落得如此地步，在场同行不由得偷偷朝达摩克利斯军校那边罪魁祸首望了一眼，最后在心中齐齐叹息：这届五大军校生中没有一个好说话的。

晚上，应成河带着卫三进自己的工作室。

"最后一道成型程序，需要用你的感知去构建武器的模型，武器形成期间，感知不能中断，也不可有杂念。"应成河示意卫三看着被特殊容器罩住配比好的材料道。

和制作 A 级武器不同，S 级以上的材料单用工具无法做成武器，更偏重机甲师的感知控制能力。

卫三站在特殊容器面前，依言照做，伸手放在容器下方的操作面板中，将感知导入，已经融合成一体的材料因加入须弥金而导致周围带有冰冷寒气，她站在前方能清晰感受到。

材料一点点被感知引上来，停在容器内半空中，卫三控制感知，材料便挤压在一起，像是可随意揉搓的面团。

旁边的应成河此刻比卫三还要紧张，他不知道卫三能不能成功。

应成河当年学制武器时，学了大半年，才敢使用材料实战，失败多次，才摸索出一点儿规则，而卫三只学了短短半个月时间，其间还有各种单兵训练。

分刀成功成形，应成河心中松了一口气，扭头去看卫三，却发现她又开始流鼻血。

应成河连忙转身拿纸，上前两步停住，这时候去碰卫三，并不明智。他只能看着她鼻血滴下，站在旁边干着急。

好在卫三做完一把合刀之后，再做另一把时速度加快不少。

两把刀在半空中合在一起，形成一把刀把过长的大刀。

应成河一见大刀闪过一丝光，便知道武器没有失败，而此刻特殊容器的操作面板也亮起了灯，表明初步成功。

"再进行表面一层处理，武器就做好了。"应成河递给卫三纸，"最重要的材料配比和构建武器形体两个步骤做完，基本没有问题。"

卫三接过纸巾，擦干净血，又从口袋里拿出一支营养液喝下，头晕眼花的症状立刻消失。

过了今晚，明天进去谷雨赛场，她便不能再喝这种专用营养液。

"没时间试武器了。"应成河盯着容器内的长刀道，处理须弥金比他想象中还要复杂耗时。

"金珂说在比赛中会尽量争取机会给我试练。"

主力队三个机甲单兵，廖如宁和霍宣山的机甲皆是从小用到大，和卫三这种完全不同。实际上，五所军校也只有卫三一人用的是全新机甲、全新武器。

像黎泽上校被毁去机甲后，即便得到新机甲，也不能立刻回到军区，而是跟着他们，提前在赛场清扫处理星兽。

"这把刀……"应成河突然发现有点不对，"怎么和你设计图纸上的不一样？"

中间多了一个凹陷处。

"临时改了。"卫三解释，"我看宗政越人的枪法挺有意思，想试试枪法，刀把不能浪费。"

应成河："……"不知为何，他有一股不祥预感，提前替宗政越人默哀。

第84节

谷雨赛场。

一大早未下雨，但周围环境灰暗，即便有树有草，也不见任何青绿，它们皆带着灰色。

五大军校准备抽取战备包，达摩克利斯军校主力队在讨论谁去抽。

"谁手气好？"廖如宁问，"反正我手气不好。"

应成河目光移向卫三："开学时她抽中了唯一一间空寝室。"

光听手气就很好的样子。

卫三谦虚："那是意外。"

直播现场从这里已经开播，鱼天荷笑道："达摩克利斯军校队伍的氛围好像一直不错，其他军校队伍太严肃，气氛有点压抑。"

其他军校负责抽取战备包的人从第一个赛场到现在皆没有换过，帝国军校是应星决负责，平通院是宗政越人……全是主力队话语权最大的人。

底下坐着的各位领队老师虽然脸上没有什么变化，心中皆嘁道：分明以前达摩克利斯军校才最严肃压抑，今年也不知道为什么招到这么一批不要脸皮的人。

"卫三你抽，下次廖如宁抽。"金珂干脆道，"既然手气都差，也没有什么区别。"

五大军校各出一个人排队抽取战备包，卫三夹在应星决和宗政越人中间。

按理，卫三应该感到拘谨才对，大赛前各方综合数方面判断本届最强的三人：应星决、姬初雨及宗政越人。

她现在站在两个人中间，多少要觉得有压力。

但此时此刻，无论是直播现场观众，还是直播镜头前的网友，只见到卫三双手插在训练服上衣口袋，一条腿伸出队伍，脚跟靠地，脚尖朝上，悠闲地一抖一抖，丝毫没有感到任何压力。

该姿势常见于各种普通民众排队的群体中，而不是个个身姿挺拔的军校生队伍中。

众人："……"这位真的无时无刻不在刷新别人的认知。

卫三等着主办方那边准备战备包，目光落在前面应星决的长发上，看着乌黑柔顺，十分好摸，和他堂弟干枯粗糙的头发完全不同。

恍惚间，卫三从口袋抽出手，悄悄往前，试图神不知鬼不觉摸一摸。

先踩个点，以后动起手来方便，卫三心想。

她手指摸上他的长发尾，冰凉柔顺的触觉从指尖传来，这么好的头发……不烧太可惜了。

卫三还未摸第二下，应星决便扭头看来："你在做什么？"

她立刻收回手，插进口袋，仰头望天，假装没听见。

难道超 3S 级连头发丝上都有感知？明明动作那么轻。

一直看着镜头的鱼天荷："……"这个她该怎么解说？

直播间的观众——

"卫三在干什么？！"

"她怎么敢对应星决动手，这一定是对帝国的挑衅！"

"臭不要脸！还用手搓了一下！"

…………

观众看到这一幕，皆炸了！

应星决是什么人，大世家出身，相貌、能力无一不出众，加上矜贵华丽的气质，属于高不可攀的类型。

这个卫三居然上手摸应星决头发，试图玷污挑衅帝国双星之一。

接下来，一定会发生一场争执吧，所有观众不约而同有一个想法：打起来打起来！

应星决视线掠过她的手指，两人离得这么近，从卫三抬手的那瞬间，他便感知到她的动作，之所以不转身是想知道卫三要做什么。却未料到她会动自己头发。

那边老师已经在喊应星决上前抽战备包，他垂眸转身，往前走去。

应星决抽完后便轮到卫三，她仿佛没有被抓包过，自如地伸手去抽战备包，拿回去给队员们看。

"你真上手摸我堂哥？！"应成河拉过卫三，那是他堂哥！帝国双星之一！从来没有被人这么冒犯过！

卫三瞥向他："成河，用词须严谨，我只是摸了一下他的头发。"

他说得好像她非礼了应星决一样。

金珂接过战备包，打开检查，沉默良久："这次比赛要用的材料居然……"

"满额？"廖如宁探头过来问。

"一个都没有。"金珂抬手捂着自己心脏处，感觉自己急需救心丸。

"不关我的事，一定是达摩克利斯军校风水问题。"卫三立刻推卸责任。

当他们思考接下来比赛要怎么做时，塞缪尔那边忽然传来欢呼声。

塞缪尔军校抽中的机甲循环材料以及个人防护品皆满额。

达摩克利斯军校五人皆对塞缪尔投去仇视的目光，这个赛场不好抢战备包资源，他们隔得远，塞缪尔落到最后一名，且进入谷雨赛场，空气中的有害物质会立刻进入呼吸道，他们没时间拖，最好的结果是进入机甲战斗，以斩杀的星兽来兑换资源。

战备包抽完，五大军校开始按上次排位相继进入谷雨赛场。

帝国军校照样第一个进入赛场，待他们一踏进去，天空便开始飘雨。

"帝国军校这次抽的战备包也不怎么样，个人防护材料尤其短缺，应该只能开启机甲状态，但这样一来，极消耗能源。"鱼天荷道，"不知道帝国军校的主指挥会如何抉择。"

"暂时无惧谷雨星环境的军校队伍，只有兑换材料的南帕西和抽中满额材料的塞缪尔。"习浩天看着雨势有加强的趋势，"其他军校运气不好，一进入便开始下雨。如果稍微晚一点儿，或许他们能斩杀星兽以兑换材料。"

主指挥应星决突然停住脚步，帝国军校队伍瞬间停下，在镜头前的众人以为他要让所有人开启机甲模式。

应星决微微闭眼，随即升起感知屏障，将外界的雨滴隔绝在外。

屏障范围刚刚好罩住帝国军校每一个人。

直播现场传来一阵吸气声。

这是感知屏障实质化！

连主解台上应月容的脸色都变了。

这份能力曾在联邦史上出现过，那个群英荟萃的时代，无数大师出世，任何一个人放到现在，皆是顶尖的人物，但那个时代，他们不过是普通的天才，还有一批人凌驾于他们之上。

"想不到他竟然能做到这个地步。"鱼天荷喃喃道。

应家这是出了什么怪物。

今天之后，应星决的名字将带着震慑，传遍整个联邦。

这个场景只有在直播镜头前的人能见到，其他军校皆不知晓。

排在第二位的达摩克利斯军校，所有人也没有防护，进入时，雨更大了。

直播观众将心中的惊骇压下，试图看同样没有防护的达摩克利斯军校，等他们进入机甲平复心情。

金珂站在入口处，打开地图，定下一个方向，释放感知，想要快速寻找到星兽，斩杀之后兑换材料。

卫三自己先放出机甲，杵了杵应成河，指着机甲朱绛的小臂处："你帮我把这块拆下来。"

那是一块防护甲，在对战时，以手当盾，可抵御对手的攻击。

应成河也不问为什么，爬上去，打开工具包，拆解了下来。

防护甲虽只是机甲的小臂一块，但足够五人遮挡，卫三顶着防护甲，顿时没有了雨滴砸在身上的灼烧感。

"还是你牛！"廖如宁说罢挤进来躲雨。

霍宣山和应成河紧跟其后，后面的校队有样学样，每个小队开始拆下一块机甲，用来挡雨。

金珂探查到一个星兽小群，刚睁开眼想要告诉他们，突然发现头顶有大块阴影，抬头一看："……"

和金珂同样震惊的还有直播前的观众们，看着他们，连刚才对帝国军校主指挥应星决的震撼感都消散不少。

"论骚操作，哪所军校也比不过达摩克利斯军校。"

"为什么以前没人想过这个操作？我觉得挺好。"

"他们机甲单兵向来把机甲当成命，哪舍得动不动就拆下了。"

"不过他们还需要尽快斩杀星兽，以兑换个人防护材料，虽然挡住了雨，但空气中还有毒气。"

"前面有星兽小群，每小队的重型机甲单兵出来侦察，其他人快速跟上。"金珂带领队伍，随着自己侦察到的方向奔去。

由于没有雨滴的伤害，达摩克利斯军校的速度比训练时快了许多，很快赶到金珂所指目的地。

很快他们发现一件事，这里确实有小型星兽群，而且还有一头高阶星兽。

这头高阶星兽藏在星兽群中间，隐藏了自己的气息，等达摩克利斯军校过来后才出现。

这头高阶星兽以小型星兽群为诱饵，专门吸引猎物。

所有人立刻进入战斗状态。

金珂要卫三对付这头高阶星兽，同时他护着校队对付小型星兽群。

这头高阶星兽不断嘶吼，以口中发出的声音干扰达摩克利斯军校队伍，与此同时加强了小型星兽群的攻击力。

卫三装好机甲小臂的防护甲，拉出大刀。

直播现场。

鱼天荷是机甲师，一眼便认出来了这架机甲的来源："这架机甲陪着前主人获得不少荣耀，朱绛原来的武器不是这把刀，应该是达摩克利斯军校针对卫三修改过了，看来她很擅长用刀。"

这头高阶星兽似狼非狼，头部有两只坚硬的角，身后还有一根尾巴，它兴奋地朝卫三攻击而来。

卫三操控机甲跃过底下其他星兽，单手握刀，朝这头高阶星兽砍去。它根本没有躲闪的迹象，冲着她嘶吼。

一刀砍在高阶星兽的背上，深可见骨，然而她收刀回来，这头高阶星兽背上的伤立刻恢复如初。

什么鬼东西？

操作舱的卫三眯了眯眼，这是她第一次见到这种星兽。

而随着这头高阶星兽的叫声，那边的星兽群越来越振奋，攻击力还在增强，校队虽不受精神攻击，但很难对付这些星兽，因为同样的事情发生在这些 A 级星兽身上。

它们的伤恢复极快，只要攻击一收回，便会恢复原样，甚至实力得到增强。

子弹打在 A 级星兽身上，它们甚至可以利用伤口内肌肉的收缩，将子弹排挤出来。

金珂面无表情地看着这些星兽，谷雨星环境特殊，星兽体质变化多样，很多星兽甚至没有记录在册。达摩克利斯军校运气差到极点，刚开始便遇上没有记录过的星兽。

他们不知道这种星兽的弱点在哪儿，但目前看来，伤害它们，反而能给这些星兽提升力量。

金珂微微闭上眼睛，通过校队的指挥们和所有机甲单兵连接上，形成一张无形的网，他们在一体化，所有人所有动作，每个人都知晓，每一次攻击都带着奇特的韵律，伤害值也在不断加大。

一个单兵的射击准度原本只有百分之八十，这时候一体化，射击者的天赋便加成到该单兵身上，命中率瞬间提高到百分之九十五以上。

这便是主指挥将校队单兵连接一体化后的好处，和现在高阶星兽做的事有类似之处。

卫三还在砍这头高阶星兽，她已经试了各种部位，但它每一处都能立刻复原。她每一刀都像砍在水上，收刀之后，水便恢复原样，平白消耗她的体力。

操作舱内卫三盯着对面的高阶星兽，它不可能没有弱点。

头部、眼睛、躯干、四肢……卫三目光凝在这头高阶星兽的尾巴上。

只是一根看起来极为普通的尾巴，灰扑扑的，几乎要和谷雨赛场周围环境融为一体。

卫三眯眼，再次开始试探。刀同样砍上去，收回来后，这头高阶星兽便立即恢复，没有任何受伤的痕迹。

只是经过第二轮试探后，卫三发现一件事：每一次这头高阶星兽受伤后，那条尾巴会开始不停摆动，速度快到产生幻影。只不过他们目光皆放在恢复好的伤口处，忽视了它的尾巴。

不管这头星兽的尾巴是因为疼所以才摆动极快，还是什么缘故，卫三都要试一试。

她操控机甲躲过这头高阶星兽的爪子，侧身移到它身部，一刀砍在高阶星兽的背上。

这头高阶星兽双眼闪过类似人的讥笑，仿佛在嘲讽卫三的不自量力。

卫三抽出刀，它的伤口复原。

她作势还要砍去，下一秒左手握住刀把，拉开一半合刀，疾速朝星兽尾巴扔去，另一把合刀砍在它背后。

高阶星兽尾巴被砍中，开始流血，没有像其他部位一般复原，而卫三眼尖地察觉它背部的伤恢复速度慢了下来。

找到了。

卫三验证了自己的猜测，朝金珂那边看了一眼，顿时所有校队单兵被通知攻击这些星兽群的尾巴。

接下来的时间，只要有星兽尾巴受到重创，身体再被伤害，便无法恢复如初，和普通星兽毫无二致。

卫三则重新对付这头高阶星兽，它显然因为被发现弱点而开始狂化，借着暂时还能恢复的身体，疯狂攻击卫三。

卫三以付出机甲腹部被高阶星兽两角刺穿的代价，砍中高阶星兽尾巴。

直播现场内和镜头外的观众，只见朱绛微微偏头，一只手顶住高阶星兽的头，机甲往后迈步，和星兽两角分开，随即握住高阶星兽一角，硬生生地将其掰断。

卫三捏着断角，发现它的角不可再生，便握住断角刺进它的颈部。

高阶星兽脖子上的伤恢复不了，卫三啧了一声，原来这只角才是克星。

她飞脚踢中高阶星兽腹部，立马靠近，将角送进它的腹部，算是还了一部分，随后，合刀扔出手，钉住这头高阶星兽的尾巴。

高阶星兽发出痛苦的嚎叫声，不断挣扎，想要躲开卫三。

卫三并不拿回合刀，也没有砍断高阶星兽的尾巴，反而走到它面前，掰断另一只角。但凡伤害她机甲的东西，她一定会率先处理掉。

卫三握住这只断角，将其送入高阶星兽头部，这时候血终于流了出来，不再复原。

高阶星兽身体开始抽搐，那边的星兽群早已经乱成一团，被校队围剿。

卫三操控机甲走到这头高阶星兽尾部，拔出合刀，毫不犹豫地砍断它的尾巴。

"达摩克利斯军校斩杀一头未知高阶星兽、十七头 A 级星兽。重复一遍……"光束和广播声同一时间出现。

直播现场。

"运气差也不一定是坏事。"鱼天荷道，"未知高阶星兽兑换资源可以翻倍。"

习浩天不在意这个，他反倒对卫三刚才的表现感兴趣，她作为一个 3S 级机甲单兵，就刚才表现而言。

——完全不及格。

第 85 节

从习浩天说出心里那句"完全不及格"的话后，直播现场的观众皆竖起耳朵，听他讲为什么。

"作为一个 3S 级单兵，她花的时间太长，这只是一头双 S 级星兽。"习浩天补充道。

鱼天荷不太同意他这个说法："这还是一头未知星兽，又具有完全复原的特殊能力，时间上耗费多，可以理解。"

习浩天摇头："这头星兽角、尾皆是弱点，一个合格的 3S 级单兵要学会在更快的时间内发现这些，换上霍宣山或者廖如宁，他们绝对少花一半时间便能斩杀这头星兽，她缺乏 3S 级机甲单兵特有的敏锐。再者，这届大赛中的 3S 级机甲单兵皆有属于自己特习惯的招式，卫三……感觉她到现在还是乱打一通。不知道达摩克利斯军校那边怎么教的，在我看来，卫三所有的打法完全没有改变，更像是还未从校队总兵的身份里走出来。"

项明化：……还真被他说中了，卫三本来就是临时上岗，机甲都没拿到几天，武器更是昨天晚上才做出来，怎么可能和其他 3S 级机甲单兵比。

"也许这就是卫三的风格。"鱼天荷笑道。

习浩天没再否认："能斩杀高阶星兽便算合格的单兵，只不过现在看来卫三并不具有我所想的王牌实力，达摩克利斯军校之所以选择隐藏她的等级，大概是因为卫三从无名星出身，不在大众眼里。"

这些 3S 级主力成员，从一开始入学时便被各方势力所关注，实力也随着每一次训练不断被评估，唯独卫三游离在外。

现在看来，对达摩克利斯军校也并非完全是好事，他们师资不行，把卫三隐瞒下来，看样子也没进行多好的训练。

说实话，习浩天是失望的，他以为大赛中会多出一名高手。

"不过，卫三手里这把大刀看起来比较特殊。"鱼天荷道，"可以一分为二，分开后两把刀的刀身有弧度，刚才她朝高阶星兽扔刀时，有种扔飞刀的感觉。"

习浩天看着平通院进入的镜头，随口道："不是感觉，她的手法确实是扔飞刀。"只不过她扔的是 plus（加强）级版飞刀。

平通院那边已经进入赛场，他们抽的战备包中只有三分之一的防护服和机甲循环材料。

经前面两所军校，一个实力超强，一个骚操作后，平通院全员进入机甲模式，显得平平淡淡了。

他们驾驶机甲，快速寻找星兽，显然和达摩克利斯军校一样的目的，想要换取防护服和机甲循环材料。

平通院的能源比达摩克利斯多，但他们也不愿意在谷雨赛场多消耗，后面还有更难的赛道，甚至有可能需要一直开启机甲模式，到时候所耗能源是巨大的。

平通院一进入谷雨赛道，便听见广播和光束，宗政越人朝那个方向看去，最后带着队伍走另一个方向，他们拿不到冠军，第二也不会再让给达摩克利斯军校。

"全换上。"金珂拿来兑换包。

他和应成河兑换资源回来，防护服和机甲所要用到的材料齐全了。

"我们运气好，碰上的是未知星兽，兑换力翻倍，抵得上3S级高阶星兽。"金珂解释给卫三听。

帽子、面罩及手套和防护服连接在一起，但和训练服类似，并不会松松垮垮，影响活动。

有了防护服，他们不用全员进入机甲状态，能源可以省下来，机甲师则现场负责将机甲的循环系统改好。

卫三穿好了防护服，脸上还有一张面罩，可以过滤空气中的有害成分。

雨还在下，没事干的机甲单兵暂时可以休息，等待机甲师改好系统。

廖如宁和霍宣山在周围把守，金珂还在看地图，卫三找了一根横断的枯木，直接坐在上面休息，甚至开始抖腿。

单看她一个人，谁也看不出来她正在参加一场紧张的比赛。

卫三低头看着地，伸出手指戳了进去，挖出一坨泥。

土灰色的泥，颗粒感强，没有任何生机，像是搅拌好的粗砾水泥。

这样的地方，人待在这儿是为了守护谷雨星，不让星兽出去，星兽待在这儿又是为了什么？

根据卫三所了解的联邦历史，最初人类受到星兽攻击，便是有遥远星系上的星兽无视太空，突然跨过本星系，攻击人类，以人类为猎物捕食，占据星球。所以后来才会形成联邦，机甲才能诞生。

"卫三，走了。"金珂喊她动身。

谷雨星环境恶劣，主力队暂时不和校队分开，校队成员全速跟在主力队后面。

"帝国军校斩杀两头双S级星兽，四十三头A级星兽。"

"平通院斩杀三头双S级星兽，二十一头A级星兽。"

"帝国军校斩杀三头双S级星兽。"

三道光束分别从不同方向传来。

"帝国军校分了两队？"应成河仰头看着其中两个方向的光束，心下不由得感叹他堂哥感知的强大。

两支队伍意味着应星决需要将感知分开护着他们，从刚才光束和广播声方向，刚才有一支队伍离得太远了。

应成河还不知道帝国军校没有用防护服，而是靠着应星决的感知实体化屏障，挡住谷雨星外部的恶劣环境。

"他高调了很多。"金珂皱眉望着帝国军校那两道光束，应星决前两个赛场，并没有怎么出手，和姬初雨一样，只算护着帝国军校，唯一上次设套以验证卫三的等级。

分两支队伍，除了应星决自己的考量，在金珂看来他更像是示威震慑。

不过……震慑他们这些后面的军校？

金珂想不太通应星决此举用意。

他朝卫三看了一眼，因为达摩克利斯军校现如今也是全员 3S 级，帝国军校又多了一个竞争对手？

"看我干什么？"卫三未进入机甲，双手试图插兜，没找到，抬头对上金珂眼睛，问道。

"防护服没有口袋。"金珂幽幽道，卫三这么不靠谱的人，应该不至于让应星决突然要震慑各军校。

卫三放下手，用一种了然的口吻："我知道。"

"不过，为什么他们都能找到那么多高阶星兽，我们这边只有一头？"卫三发出疑问，"金珂，你是不是不行？"

金珂皮笑肉不笑："……这是我的计划。"要不是为了让卫三适应 3S 级机甲，他早往平通院那个方向走了，不过没想到是未知星兽，也算没亏。

"行吧。"卫三叹气，"你是指挥，你说了算。"

金珂面无表情地揪住卫三手臂："你又在阴阳怪气什么？"

"我没……"卫三目光落在前面的路，"这里看起来有点眼熟。"

第 86 节

比起山丘赛场和沙漠赛场的自然地理环境，谷雨赛场内更像是一座废弃的大型城市，灰蒙蒙的天空、时不时落下的雨、废弃的建筑、到处生长的灰绿色杂草、干瘪的树木……

"这里的环境和谷雨星外面都长得差不多。"金珂仔细打量完道，"我们乘飞行器来赛场前，有见到过类似的半倒塌楼，也有那个商标。"

卫三盯着看了会儿，摇头："不是今天见到的，我好像在模拟舱见到过这里。"

应成河闻言道："模拟舱早期本身便以现实投影，导入各种参数形成的，在谷雨星你见到过同样的场景并不是不可能。"

这样……

卫三心底那点怪异感随之消散，继续往前走。

在雨声的掩盖下，一切外界声音皆被削弱，似乎只剩下自己和周边的队伍。达摩克利斯军校主力队目前是霍宣山操控机甲，飞在最前方观察情况，后面的校队中每个小队也有一个人保持机甲状态。

金珂和所有校队指挥感知勾连，借助他们的力量，将探测范围再一次扩大，但他没有探测到其他星兽，可以说周围什么都没有。

饶是如此，金珂也没有让队伍放松警惕，反而示警，要所有人打起精神。

从之前帝国军校和平通院斩杀星兽后，整个谷雨赛场便没有任何动静，似乎所有人都陷入一种安宁平和的状态中。

这种状态不对，更像是暴风雨来临前的片刻平静。

金珂手里的地图，能看到有个加粗红色圈起的地方，这是他们要抵达的终点，但主办方在旁边标了四个字："未知星兽"。

这意味着终点附近的星兽是联邦未统计在册的未知星兽，可能容易对付，也可能更难对付，但照目前的情况来看，金珂更倾向于后一种情况。

雨声、有节奏的轻微脚步声交织在一起，越发显得周围安静得诡异，连带直播镜头前的观众也一起跟着紧张起来。

其他人不一定清楚，但此刻直播现场的观众能看到五所军校的镜头，知道每所军校皆陷入同样一种诡异宁静之中。

五所军校没人出声，都快速前行，这时候如果有人动作异样，主解员势必会将目光投过去。

鱼天荷望着达摩克利斯军校的直播镜头："卫三在干什么？"

镜头内，卫三一边跟着往前走，一边拉开防护服，甚至还在取面罩。

习浩天看过去："脱防护服。"

鱼天荷："……"她能不知道卫三在脱防护服？她是想知道卫三为什么要脱防护服。

大概知道自己说得不对，习浩天补充道："也许是挠痒。"目前来看，以卫三的个性也不是不可能。

鱼天荷：她听完居然觉得有点道理。

镜头内只见卫三扯下面罩，鼻子下面一道血，她伸进自己训练服中，拿出一包纸，团成一条堵住鼻子，熟练地做完这一系列动作，又重新穿戴好防护服。

直播现场观众及观看达摩克利斯军校直播的观众："？"

"这是……之前和星兽对上的缘故？"鱼天荷诧异，都过这么长时间，才反应过来？

不少人的目光落在达摩克利斯军校的领队老师身上。

项明化干咳了一声："这孩子老上火，就喜欢流鼻血。"还好应星决身体跟不上感知时，并不会流鼻血，否则卫三也隐瞒不下去。

达摩克利斯军校直播镜头前。

"小卫会不会还是营养不良？"江文英担忧地望着镜头内的卫三。

"营养不良会流鼻血？我看她怕是想了什么不该想的东西。"李皮不阴不阳道，他还对入场前卫三对别的男孩子动手动脚而耿耿于怀。

小流氓！谁都敢惹，那可是应家人！听说是联邦最有权势的世家，万一惹祸上身怎么办？

江文英皱眉："小卫突然从一个 A 级变成 3S 级，肯定需要补充营养。"

"这倒是。"李皮回忆起以前的事，不由得感叹，"在我们学院的时候，开始我还以为她是个 B 级，没想到转眼间小卫已经是 3S 级机甲单兵。"

以前他连 A 级都极少接触，年少时倒是有幸去直播现场看过一回赫菲斯托斯大赛，那个印象一直深深刻在脑海里。

卫三调整好防护服，又突然停下来，十分事多。

"刚刚有东西经过我这儿。"卫三指着脚下道。

金珂顺着看去，示意众人警备，他控制感知朝地下渗透而去。

没有探测到活物，但却能感知到一丝残留的痕迹。

"高阶星兽，至少双 S 级。"

所有成员皆"听见"金珂的声音，主力成员进入机甲状态，其他校队成员继续保持原来的速度前行，卫三和廖如宁分散开，守着校队几个最易被攻击的位置。

金珂没有将感知重心移入地下，而是和原来一样，不断往外扩张。

半个小时之后，谷雨赛场的雨势再一次变大，达摩克利斯军校队伍所有人，甚至连眼睛都不敢多眨一次，担心星兽会偷袭，而此刻藏匿在地下的星兽似乎终于找到机会，无数粗壮锋利的藤蔓从地下猛然蹿出，攻击他们。

饶是他们所有人已经做好会有星兽偷袭的准备，见到这些藤蔓心中也吃了一惊。

好在校队成员反应极快，加上有主力成员在周围护着，所有人成功进入机甲，开启战斗模式。

直播现场，三位一起出现的主解员皆直起身，神色严肃地望着直播镜头。

——五所军校竟然同一时间陷入同样的埋伏偷袭。

"巨型变异植物。"应月容脸色深沉。

巨型变异植物能吞噬周围一切活的生物，曾经在某一个星系中嚣张横行，后来由于军区每年为对付巨型变异植物所耗费人力资源过大，便联合各大军区，齐手将那个星系毁去。

这种被污染之后变异的植物，自那之后便十分少见，没想到谷雨赛场居然会有这种东西。

但联想到这里环境特殊，植物发生变异也不是不可能，只是半个月前，军区清理一些星兽时居然没有发现异样。

五所军校队伍皆被同样的巨型变异植物偷袭，这时候便能看出些不同。

帝国军校有应星决在，那些巨型变异藤蔓应该早在一开始便被发现，所以在它们异动之时，主力队三位机甲单兵瞬间出手，压制巨型变异藤蔓。

观众甚至不知道帝国军校成员们是什么时候发现的。

达摩克利斯军校则是观众最先注意到的一支队伍，因为只有他们明确讲出有东西。

由于不知道是什么，主力成员先进入战斗模式，掩护校队成员成功进入机甲。

而平通院、南帕西军校以及塞缪尔军校只是在警惕安静得过分的环境，巨型变异藤蔓的偷袭让三所军校措手不及。

这时候主力成员发挥出他们的能力，率先进入机甲，开启战斗模式，塞缪尔和南帕西军校主力单兵下意识地往机甲师和指挥靠去，而平通院那边路时白反应最快，快速给三位机甲单兵下了命令，护住校队成员。

等两位主指挥反应过来后，立刻要求机甲单兵去帮助校队成员，只是这时候，他们的校队已然失去百人，且多为校队指挥和校队机甲师。

"路时白的指挥素养不错。"应月容重新靠回椅子，淡淡道，"南帕西和塞缪尔的指挥差了一筹。"

她没说应星决和金珂，前者太强，无须多言；后者……有卫三的示警，多了那么长时间思考，暂时体现不出来能力。

"我看卫三适合侦察，用轻型机甲最好，怎么是个中型机甲单兵。"习浩天目光复杂，甚至有点可惜，上次在沙漠赛场，卫三也是先于其他3S级机甲单兵发现双头蟒蛇的，这次又率先发现地下有异动，感知倒是敏锐，虽然选了中型机甲，可惜战斗意识一般。

"其实达摩克利斯三个主力单兵配合不错。"鱼天荷看了会儿道，三个人虽然比不上平通院和帝国军校那边，但能胜过塞缪尔军校主力单兵间的默契。

鱼天荷说完之后，便开始反省自己，她像个达摩克利斯军校粉，时不时就要吹一下。反倒是南帕西，她以前的母校，没有怎么说过。

实在是总被卫三那边吸引，而南帕西那边中规中矩，没什么特别的表现。像现在由于主指挥反应慢半拍，导致校队受到重创。

鱼天荷心中叹息，今年她作为主解说员，旁边一个应月容，加上一个习浩天，这两个人对解说给现场观众听都没什么太大的兴趣。她带起话题，习浩天还能说几句。至于应月容，完全随心。

倒霉，怎么抽到今年当主解员？

鱼天荷忽然给自己找到一个总关注达摩克利斯军校的理由，大概是他们手气都很差的缘故。

巨型变异藤蔓对五支军校队伍的冲击力更大，即便是达摩克利斯军校已经提前做好心理准备，也有点接受不了这些不断伸出缩回的藤蔓形状。

"少爷快吐了，这什么鬼东西？"廖如宁从一开始刀就没停过，硬着头皮砍下去。

他最怕这种长条弯曲的东西聚集在一起，太恶心了。之前还以为双头蟒蛇是他的极限，没想到这次还能碰上这种玩意。

"变异植物，按理说应该早在联邦消失了。"霍宣山知道一点儿。

除去开始的混乱后，现在他们已经适应这种战斗，巨型藤蔓反而被压着打。

卫三为了节省时间，也不用大刀，直接拆开分成两把刀，她手指稍稍移动，原先的长刀把便缩短变形，成为封闭的环，而长刀身折叠形成扇形刀。

朱绛握着两把扇形刀，穿梭在扭动攻击他们的巨型变异藤蔓中间，每路过一块地，那边便倒下数条藤蔓。

直播现场的鱼天荷没有忍住："这把刀居然还能变形，等他们比完赛，我一定要问是哪位机甲师设计的。"

习浩天看她一眼："达摩克利斯军校有能力做 3S 级机甲武器的机甲师，你应该都熟悉。"

"……也是，那只能是应成河设计的。"鱼天荷感叹，"小朋友有点儿本事。"

"霍宣山前方开路，卫三带着队伍往前走，廖如宁断后。"

廖如宁听到金珂的指挥后，忍不住在机甲舱内心态爆炸。

但命令就是命令，他只能留下来。

"这就不行了，以后真在哪个赛场碰到蛇群，你是不是得吓跑？"卫三离开前带着笑意，留下一句。

廖如宁急了："……卫三你闭嘴！不要乱说！"

万一成真怎么办？！他廖少爷一世英名，岂不毁于一旦。

第 87 节

巨型变异藤蔓关键在于数量多，至于等级，还是 A 级居多。

达摩克利斯主力队护着校队离开巨型变异藤蔓攻击范围中心，金珂用感知探测周围地下，确定没有巨型藤蔓的踪影之后，才让众人停下休整，机甲师们抓紧时间，开始修理自己小队的机甲。

那边廖如宁终于过来，老远看去，机甲的脚步透着一丝慌张。

"搞完了，我们什么时候走？"廖如宁现在想冲到终点，拔下旗，头也不回地离开赛道。

"等机甲调修完，我们应该能走。"应成河开始检查廖如宁的机甲。

廖少爷闻言刚想松口气，金珂出声："还不能走，这里应该有高阶变异植物，我们先除了。"

廖如宁人麻了。

"那些藤蔓更像是什么根系，不是本体。"金珂单膝跪地，手放在地面上，"这里应该有本体。"

但他察觉不出来，感知仿佛失灵了一般。

直播现场。

应月容望着渐渐从藤蔓攻击中结束的各军校队伍，道："变异植物和星兽是两种完全不同的物种，植物虽发生变异，但仍旧是联邦中存在的植物，而星兽是外来物种，所以主指挥能轻易发现星兽，却无法立刻找到变异植物。"

"所以其他军校的主指挥一直没有察觉到脚底下巨型变异藤蔓的异动。"鱼天荷若有所思，"那为什么应星决能这么快发现巨型变异藤蔓？"

"既然他能将感知屏障实体化，做到这一点并不算稀奇。"应月容一双凤眼盯着直播镜头内的卫三，反倒是这个卫三，实力分明一般，却次次反应敏锐，提前察觉异样。

习浩天："那些出局的校队成员，暂无死亡。"

这是必要程序，刚才受到巨型变异藤蔓攻击，南帕西和塞缪尔校队成员瞬间出局的人数众多，不得不出动大半救助员将学生带离赛场。绝大部分出局成员是机甲师和指挥，他们进入机甲来不及被小队单兵保护，防护性不够的，立刻被藤蔓刺穿，能源灯一灭，自动出局。

还有些甚至没来得及进机甲，被刺穿身体，幸而救助员出动，将这些受伤严重的学生放进治疗舱。不过这些人需要进行心理辅导。

"要不然，再去看看那些藤蔓长什么样？"卫三出主意。

"不行！我不去！"廖如宁第一个反对，见他们都看过来，他咽了咽口水，"你们现在去也晚了，我刚才过来，那些巨型变异藤蔓已经缩回地底下了。"

金珂起身："没关系，我已经找到本体在哪儿了。"

"在哪儿？"卫三问道。

金珂没有回答她这个问题，而是看向廖如宁："你和卫三联手，去斩杀巨型变异藤蔓。"

廖如宁下意识想反对，一对上金珂的眼睛，怂了。

大赛中一切听主指挥吩咐。

金珂的话突然出现在卫三和廖如宁脑海中："你们往回走，注意周边的树木，如果发现有树身上缠着藤蔓后，立刻动手。那条藤蔓极有可能是本体。"

金珂怀疑达摩克利斯军校从一开始便掉入变异植物的陷阱，本体曾在地面上看过他们。

等应成河检修完后，卫三和廖如宁便收了机甲，原路返回。

一路上被藤蔓缠着的树不少，有些树的躯干甚至被藤蔓勒出深深的痕迹。

卫三和廖如宁全部用刀斩断，皆没有发现异样。

"为什么不好好长，要长成那副鬼样子。"廖如宁一边戳着各种藤蔓，一边吐槽，"又长又扭曲，藤蔓身上还光溜溜的。"

像现在他斩断的藤蔓的藤体基本都是粗糙表面，有些还带刺，廖如宁感觉自己接受能力强了那么一点儿。

"要按你的心意来长，它们也不叫变异植物了。"卫三不怕这些东西，一条又一条地挑，动作极快。

廖如宁："……算了，我们动作快一点儿，还要赶路。"

卫三挑断一根树干上的藤蔓，正要跟进，忽然往后退一步，继续看着这棵树和已经被挑断的藤蔓。

"怎么了？"廖如宁一扭头发现卫三停了下来，也跟着退后几步，转身问，"你在看什么？"

"这条藤蔓已经死了。"卫三指着地上的藤蔓道，刀口断裂处已经干涸枯死，一看便是死了很长一段时间。

"看表面挺正常的。"廖如宁凑过来，弯腰打量这条断了的藤蔓，离得比卫三还近。

"小心！"卫三猛然拉开廖如宁。

两人瞬间进入机甲，操控机甲远离刚才那棵树。

那条分明已经死了许久的藤蔓，从断口处伸出数条细小藤蔓，直接攻击过来。

如果不是卫三反应快，两人的身体恐怕要被这些细小藤蔓刺穿。

机甲舱内的廖如宁，面如土色，只要一回想刚才的情形，胃里便开始不停翻滚。

"这什么玩意？"廖少爷有气无力的声音从机甲舱内传出来。

卫三握着刀，目光没有落在那些细小张狂的藤蔓上，而是被之前藤蔓缠着的树上。

这棵树谈不上多茂盛，甚至还有些被环境摧残的阴暗干瘪，立在路边，和其他的树木完全没有差异。

只是……卫三之前挑断那条藤蔓时，意外察觉藤蔓外表过于完整，和树木搭在一起，甚至有一种诡异的和谐感。

而挑断后，那条藤蔓却早已死去。

"树有问题。"卫三肯定道，刚才金珂也说过那些攻击他们的巨型变异藤蔓像根须。

他们陷入固定思维，以为藤蔓本体应该和这些藤蔓长得差不多。

实际上树可能是学着身上的那条藤蔓，慢慢将自己的根须变异成那条藤蔓的样子。

"树？"廖少爷的胆子忽然又大了起来，"原来是树捣鬼，砍它！"

卫三退到旁边："少爷，您请。"

廖如宁雄起起气昂昂拔刀，朝那棵看起来普通至极的树砍去，突然周围一里路的地下冒出比之前他们见到的更粗、更长的藤蔓。

"啊！"廖如宁吓一跳，转身就逃，躲在卫三背后，"你快动手，帮我！"

"……你是一个 3S 级机甲单兵。"卫三对他这么没出息的行为表示唾弃。

廖如宁吓白了脸，还不忘吐槽："这树看起来又小又矮，怎么能有这么多这么粗的根须！"

卫三侧身躲过两条巨型藤蔓的攻击，伸脚踢廖如宁："我对付这些藤蔓，你去砍了那棵树。"

廖如宁一听自己最讨厌的东西被分走，立马打起精神，来对付那棵树。

然而他靠近那棵树才发现，越是离树近，根须就越发密集起来。

"卫三！你诓我！"廖如宁一边慌手慌脚地到处砍，一边不忘指责她。

卫三丝毫不在意，她一双刀越用越快，根本是在拿这些根须练手，到后面扇形刀甚至可以脱离开她的手，砍断数根藤蔓之后，又回旋到她手中。

直播间的习浩天，原本在看帝国军校的战斗，分出一点儿余光，观察到卫三的战斗，心下诧异：怎么感觉她偶尔几招还像那么点儿样子？

"啊！"廖少爷的声音快喊得突破天际，手下的刀却没慢下来，喊声越高，砍得越快。

这些根须仿佛无穷无尽一般，即使卫三和廖如宁刀再快，砍得再多，地底下依然不断冒出新的根须。

廖如宁被数目众多的变异藤蔓逼得后退，终于不再费力气叫喊。

"别退，不要让它们将树包裹起来。"卫三在不远处提醒。

"知道了。"机甲舱内的廖如宁手指在操控面板上滑得飞快，操控机甲挥刀。

此刻三环刀的环轻轻砸在刀身上，那些巨型变异藤蔓的收缩速度慢了下来，廖如宁抓住机会，砍断已经结成小部分茧的根须。

同一时间，卫三也斩断周围的巨型变异藤蔓，赶到廖如宁身边，一起攻击这个不断结成的茧。

或许是感到前所未有的危机感，这棵树连树干都在无风摇摆，根须的数量越发多了起来。

卫三无心多想，率先跳进那个又结成一半的茧内。

廖如宁见状，心中一惊，三环刀再次挥起，想要克制巨型变异藤蔓的结茧速度，只可惜这棵树不再受到影响，反而更加疯狂地加快速度，后面的根须也在不断攻击他。

廖如宁已经没心情再关注自己害怕的这些东西，继续挥刀，想要破坏树茧，让卫三从里面出来。

无数巨型变异藤蔓从地底下钻出，密密麻麻，甚至呈遮天蔽日的效果，廖如宁的刀再砍在树茧之上，已经起不了多少作用。

因为他发现，即便自己砍断一层，在这个时间内，内圈又形成了一圈树茧，那种根须形成茧的力量，毫无疑问能将任何东西绞碎。

"卫三！"廖如宁手有点抖，一开始他就不应该退后，让卫三进去。

"又干什么？"卫三的声音从树茧内传出来。

廖如宁心下一松："你没事？"

"我能有什么事？"卫三的声音透过机甲，再从树茧里传出来，有点沉闷，"等会儿，我马上砍了这棵树。"

不知道是不是廖如宁的错觉，在卫三说完这句话时，根须动得更厉害了。

廖如宁扬起三环刀，快速砍断一层树茧，它结一层，他便砍一层。

最后里面突然传来一阵轰然倒地声，这些层层树茧开始垂落掉地，那些破土而出，不断挥舞的巨型变异藤蔓也陡然倒地。

卫三扛着合起来的大刀，从渐渐松开的树茧中走出来："这树太难砍了。"

无论是廖如宁还是直播镜头前的观众，谁也没看到卫三在里面怎么将树砍断的。

这时候廖如宁也没心思关注，他见到卫三平安出来，操控机甲抱了抱朱绛：

"刚才我被你吓住了。"

卫三啧了一声，踢着地上死去的藤蔓："你不是早被这玩意吓得魂飞魄散，怎么还拿我当借口？"

廖如宁："……之前是之前，刚才本少爷很担心你。"

"行，谢谢少爷你的担心。"卫三转身看着从根部以下被砍断的树，"这树能不能兑资源？"

"帝国军校斩杀一棵巨型变异植株。重复一遍……"

"达摩克利斯军校斩杀一棵巨型变异植株。"

听见声音，廖如宁抬头伸手指了指光束："有这个就可以。"

卫三仰头："帝国军校那边也碰见了这种东西？"

廖如宁："说不定都碰上了呢。"这么邪恶的东西，大家都碰上才公平。

等那边主办方负责人到，收掉这些东西后，卫三和廖如宁才转身回去找大部队。

他们没有兑资源，一所军校的成果是同步的，金珂那边也能看到，他是主指挥，这些都是金珂和主机甲师应成河负责。

金珂等人见到他们回来，起身准备继续前进。

第88节

"树才是本体？"

路上，金珂听卫三说完不由得陷入沉思，所以是树发生变异后，利用根须模仿缠绕在身上的藤蔓。

"你们没见到那些根须扭成一团形成茧的样子。"廖如宁想起之前的场景，只觉得胃里翻涌，"我怀疑那棵树有意识，会模仿周边见到的一切东西。"

金珂："巨型变异植物有意识很正常，辛苦你们了。"

"那时危机情况下，我当机立断，克服心理障碍，拼命砍断那些根须，不让树茧结成。"廖如宁开始吹，"三环刀对变异树都起不了作用，我只能咬牙一刀一刀砍下去，努力突破自我。"

霍宣山："所以最后树是被你打倒的？"

廖如宁一僵，随即神情自若："当然不是，我负责外面的变异根须，卫三跳进树茧内，在里面不知道搞了什么，变异树被弄断，树茧和那些变异藤蔓全部没了动静。"

众人皆将目光投向卫三。

卫三："……看我干什么？"

她刚刚走神，压根没有听见廖如宁在说什么。

"你在树茧内怎么对付变异树的？"金珂问道。

"直接锯断它。"卫三说得简单明了。

"锯断"这个词必须在一定条件下才能形成，卫三用刀，应该说"砍断"才对。

显然廖如宁和金珂以及霍宣山都不明白卫三具体的操作。

"她机甲手臂上有把电锯。"应成河在旁边解释，这东西还是他主动加上去的。

卫三没什么战术可言，又刚被通知"上岗就业"，成为 3S 级主力机甲单兵，应成河想着光靠一把刀不够，需要尽可能让机甲适合卫三的打法。

所以他从卫三之前 A 级机甲武器上得到灵感，在朱绛手臂设计一把电锯，如果和对手近战僵持不下时，卫三可以让电锯从手臂护甲内出来，攻击对手。

听完应成河解释，金珂等人没什么特别的想法，倒是直播现场观众内心统一升起一个想法：骚操作还是你们达摩克利斯玩得溜。

等级越高的机甲，武器越简单，尤其是 3S 级机甲，基本只有一种武器，这个级别的单兵们追求的是极致纯粹。

联邦很多年没见过这种 3S 级机甲堆砌武器的情况出现，武器一多，单兵的注意力会被分散，不能精通某一种武器，水平反而下降。

"直接锯断变异树，它就失去了所有能力？"金珂还有疑问，在他看来树的根部才是关键，有些类型的树躯干断了之后，还能再生。

卫三哦了一声："锯断后，我把刀插进它根部里面，转了一圈。"

金珂瞥了一眼卫三，她说得很轻松，但光是这棵树的根须都那么难对付，数量极多，当时在树茧中，卫三已然威胁到本体，不可能光靠着一把电锯便能轻松解决。

有些事出了赛场再问。

金珂要所有人打起精神，不要放松警惕。这次的谷雨赛场想来不会太简单，从第一次的未知星兽到现在的巨型变异树，难度皆比往届大。

负责收取五所军校斩杀的星兽和变异植株的工作人员，正在往回搬运达摩克利斯军校刚才斩杀的变异树。

"这树看起来和正常的树没什么区别，还蔫蔫的，没什么生气，居然能分化出这么多巨型根须。"

"之前在那边负责回收的人说那些根须乍一看像藤蔓，完全想象不出来是树的根须。"

几个工作人员一边将残留的根须搬运上飞行器，一边交谈。

"这就是变异树的根部？"工作人员低头看着土里剩下的一小截变异树的根部。

"是哪个单兵动的手？这是在变异树根正中间干了什么？"工作人员看着中间的大洞，一脸惋惜，"都被毁得差不多了，这变异树估摸着死得透透的，材料性能得打折扣。"

"这个还算好的。"另外刚搬完根须的工作人员过来，"我听那边负责回收帝国军校材料的人说，应星决亲自动手处理变异树，直接用感知攻击，变异树的根部已经被彻底粉碎，连根须都完全不能用。"

"白让他们兑换资源，那边的负责人悔死了。"

"应星决的感知已经可以攻击变异植株了？"有工作人员诧异问道。

"对，主办方那边开始商量继续抽调军区的人手过来，务必护住这次大赛，防止出现意外。"

"我看是防止应星决出现意外才对，不过他感知都这么强了，也不用怕谁吧，估计可以直接用感知攻击单兵了。"

"谁知道主办方那边怎么想的。"

第89节

夜深雨停，达摩克利斯军校队伍依旧没有停下来，而是抓紧时间往前赶。

两个小时前，平通院斩杀星兽的光束在西南方向亮起，那个位置在达摩克利斯队伍前面。后方塞缪尔和南帕西两所军校，皆有所收获。

金珂不像外界能看到直播，不知道五所军校都碰到同样的变异树，只从南帕西和塞缪尔军校骤然损失众多校队成员来猜测，两所军校可能也遇到了类似情况。

达摩克利斯军校前行的速度加快，想要多往前赶点路，存在和这两所军校拉开距离的想法，避免产生交集。

实际上三所军校皆碰到偷袭，只是没有心思去找变异本体。平通院，因为赶路时白指挥迅速，避免校队成员大量出局，他们虽有余力找变异本体，但平通院选择赶路。

达摩克利斯军校中途又碰上一批星兽，等处理完，平通院已经走到了他们前方。

金珂预判现在停下休息，明天有被后面军校赶上的可能性，便让全体继续往前走。他在地图上一个标示废弃大楼的地方圈了圈，准备到那儿再集体休息。

谷雨赛场经常有窄路，加上周围废弃倒塌的建筑，影响机甲前行，如果要开飞行状态，又会耗能源，所以全员皆收了机甲，快步往前赶，每个小队的三位机甲单兵将机甲师和指挥围在中间，只有鞋底踩在泥泞路面发出的轻微声音，无人说话。

金珂勾连所有指挥的感知，这一次不光探测周围，还有地底下的动静，但感知对侦察变异植株不明显，他只能尽最大可能关注地底下是否有异动。

好在他们一路有惊无险地赶到目的地。

这栋废弃大楼有七十多层，但从中间断了一半，还有一半摇摇欲坠，上面黑金色的圆徽要掉不掉，整栋大楼给人的感觉像是随时要倒下来。金珂之所以选择这里，是因为这座大楼在地图上都用蓝色三角形标示。

——公仪柳的大楼。

公仪柳和鱼青飞齐名，他直接奠定了中型机甲的位置，在他之前，轻型机甲和重型机甲各占一半天地，谁也不承认对方机甲强，至于中型机甲则被所有人看不起，觉得这种类型的机甲和它名字一样，性能中不溜，根本无法将力量发挥到极致。

然而中型机甲经过公仪柳的改革后，直接越过轻重两种类型机甲，成为吸取两者长处的最佳机甲类型。

到如今，一个标准小队中三个机甲单兵，最关键的多是操控中型机甲的人。如帝国军校的姬初雨、平通院的宗政越人、塞缪尔军校的习乌通及南帕西的昆莉·伊莱，这四人相比其他主力单兵，受到各方的关注更多。

同时公仪柳还是个商业奇才，欣赏型机甲便是由他主导发明的，打出让普通人也能完成机甲梦想的口号，结交一大批没有高感知的有钱人，获得大量投资。现在 A 级机甲材料零件机械化，正是他一手推动起来的。

在公仪柳那个时代，谷雨星还是一个正常的星球，他的办公大楼在这里屹立起无数座，后来这里环境变得恶劣，公仪家也从谷雨星搬到帝都星，从此中立派成为第一军区的主要投资人。

谷雨星也成为其中一个赛场。

地图上这些蓝色三角形标示很久之前便有，据说是主办方为了致敬公仪柳。

不过金珂一个指挥，当然对公仪柳这个机甲师没什么特别的崇拜之情，他停在这里有另外的目的。

"卫三，你和霍宣山、应成河上楼。"金珂等所有校队在废弃大楼的一楼大厅驻扎好后，道。

霍宣山最先警惕起来："大楼里有星兽？"

金珂示意他不用紧张："没有，成河之前说公仪柳喜欢在谷雨星大楼藏材料，往届的比赛视频我看过了，发现只剩下这栋楼没有被机甲破坏过，你们进去看看，说不定能发现什么好东西。"

赫菲斯托斯大赛办了这么多届，无数队伍进进出出，大部分建筑多少都受到战斗波及。

"据说，真实性有待考证。"应成河提醒。

"无风不起浪，反正现在路过驻扎休息，你们去看看。"金珂觉得可以一探。

直播镜头前的观众："？"

还以为达摩克利斯军校主指挥特意在这里停下休息是有什么特别目的，结果是将谷雨赛场当成了寻宝赛？过分！嚣张！

观众们听完金珂的话后，越发觉得这届达摩克利斯军校队伍的主成员全是奇葩。

听见这个，卫三突然兴奋，免费的材料，还是公仪柳藏的，一定是好东西！

"我也想去，让霍宣山留下。"廖如宁也想参加寻宝之旅。

金珂不同意："大楼活动范围不够，发生什么霍宣山更容易带着成河脱身。"

廖少爷郁闷地去附近巡逻。

三人就这么在全联邦的注视下，准备去找传说中机甲大师公仪柳藏在大楼的材料。

赛场上不是所有地方都有摄像头，装摄像头的位置最开始经过各军区指挥推算，各校队伍会经过哪些地方、驻扎在哪里而装上的，又经过这么多届大赛，摄像头位置基本上已经固定下来。

像这种废弃大楼，除了空间大，里面基本没有机甲的施展空间，所以主办方不会装摄像头，也没队伍会在这里浪费时间。

谁能知道达摩克利斯军校队伍，会为了一个小道消息，而上楼去"寻宝"。

虽然看不到三个人怎么寻宝，但大晚上观看直播的观众还是被达摩克利斯军校刺激了，盯着他们的直播镜头，想等着卫三几个人下来，看看是不是真的有"宝贝"。

五分钟后，卫三和应成河、霍宣山下来了。

观众："？"这么快？

金珂也诧异："你们查完了？"

"没有。"卫三丢下一句，和应成河开始打量一楼。

"那里有摄像头。"应成河率先发现一个。

别说直播镜头前的观众，就连直播现场的几位主解员都看得一头雾水。这时候鱼天荷去休息了，只剩下习浩天和应月容，还在看夜里直播的现场观众都在眼巴巴地看着主解员，等他们解说。

应月容：……别的军校都在好好休息，达摩克利斯这伙人就不能安分点儿？

"他们想要拆摄像头？"习浩天干巴巴地开口，他一个机甲单兵除了战斗讲解，其他的东西实在不懂，尤其这届达摩克利斯军校这些人的迷之操作。

应月容："……大概。"她堂堂一个 3S 级军区指挥，也完全看不明白。

直播现场及达摩克利斯军校直播镜头面前的观众，瞌睡也不打了，睁大眼睛看着卫三径直朝这个摄像头冲来，脚踩在墙壁上，蹬上来。

此刻全联邦还在观看达摩克利斯军校直播的观众，皆看到卫三一张脸出现在镜头内。

3212 星。

李皮正在打瞌睡，被江文英喊醒，他一睁眼见到镜头内卫三的脸，吓一跳："这孩子怎么回事？"怪吓人的。

众人只见卫三冲着镜头笑了一下，便退后下来。

那一瞬间观众清晰地明白对着镜头笑的卫三不是对他们笑，甚至带了点漫不经心，但还是差点沦陷进去。

至于第二天，卫三骚粉又翻了几倍，这一笑也被粉丝称作"卫三朝他们心上开的第一枪"。

卫三跳下来，顺着摄像头摸到主办方储备的能源转化电力。

她和应成河蹲在那里不知道搞了什么，偷了主办方直播的能源，转到大楼内部。

直播现场所有人看到他们折腾半天，最后大楼灯亮了。

应月容和习浩天："……"

项明化单手撑头，挡住其他军校老师的视线，只当自己不存在。

"只让电梯转起来，把一楼灯切掉。"应成河连忙道，"试试那条最粗的线。"

"我在试。"卫三蹲在一楼闸道下面，不停地试着线路。

不得不说公仪柳建的大楼充满了金钱的味道，所有线路到现在还是好的，只是沾了不少灰尘。

这时候军方的直播镜头特意切到大楼外面，观众清楚地看到大楼的灯这一层亮一下，那一层亮一下，十分亮眼。

观众："……"大晚上，你们低调了个寂寞，再这么下去，不出现个星兽来攻击，都不符合常理。

好在卫三和应成河很快搞定了，三人诡诡然穿过大厅，在所有人的目光下，走进了电梯。

廖如宁说出了所有人的心声："……这也行？"

坐在地上休息的金珂朝摄像头那边看了一眼，特意高声道："大赛规则没说不允许用直播镜头的能源电力。"

这种能源和机甲能源不同，机甲用不了，因此也没人想过打直播镜头能源的主意。

直播现场两位主解员心下同一个想法：下一赛场马上给你加这条规则。

"听说7是公仪柳最喜欢的数字，我们先去那层楼看看。"应成河站在电梯内道。

"你还挺清楚他的事。"卫三也在星网上搜过公仪柳，不过没什么实质的内容。

应成河笑了："我和公仪觉以前是同学，他老吹他祖宗。"

两个人皆是3S级机甲师，又都在帝都星，学校班级以及指导老师的重合率极高。谁没个小时候，天之骄子以前也是小孩，和普通孩子没什么区别。

公仪觉有个特别牛的祖先，小孩时期自然控制不住要和别人炫耀。

"所以你要来挖他祖宗的坟？"霍宣山幽幽道。

卫三和应成河齐齐扭头看向霍宣山。

"寻宝而已，怎么能说是挖坟呢。"应成河毫无愧色道，"而且公仪柳没埋在这儿。"

卫三拍了拍应成河肩膀，理直气壮："我们找到了，也算给他一个交代。"

电梯开了，三人走出去，地面厚厚的一层灰，很多年没有人来过。

"其实我觉得应该不太可能有，都是公仪觉吹的。"应成河道，"公仪柳离世那么长时间，他后代还管着这些大楼，真有什么应该早找到了。"

七楼应该是机甲师的工作室，一间间空荡大房间，里面的东西撤离时都搬空了，倒是还有不少废纸。

卫三弯腰捡起来看，有那个时代的广告纸还有机甲师写的一些乱七八糟的废话，和机甲无关，难怪会遗弃在这儿。

"公仪柳有没有自己的工作间？"卫三问应成河。

"就在七楼。"应成河想了想道，"公仪觉说他们现在家族都保持这个习惯，所有最好的机甲师都会在七层。"

三人找到七号房间，里面更空，一张废纸都没有。

"好像没什么特别的。"霍宣山打量一圈道。

应成河绕着围墙敲了一圈，也没发现有什么特别的："我们去别的地方看看。"

卫三站在房间通风口下面，突然问旁边两人："你们有没有闻到什么味道？"

第 90 节

"什么味道？"霍宣山走过来嗅了嗅，没有闻到任何味道。

卫三站在原地，又闻了闻："腐臭味。"

"这栋楼长时间没有人进来过，保不齐有老鼠之类的尸体。"应成河抬头看着天花板上的通风口，"这种地方很容易有。"

"不只腐臭味，还有……"卫三顿了顿，没说话。

旁边两个人也反应过来，一时间7号房间极为安静，最后还是应成河开口："穿上防护服，戴好面罩后，按理闻不到任何异味，你的面罩坏了？"

这种高分子过滤面罩，会过滤空气中一切异分子，只留下对人体有益的空气成分，他们闻不到任何特别的味道，更别提香臭了。

卫三直接伸手将面罩取下，嗅着空气中的味道。霍宣山同样将面罩取了下来，旁边应成河抽过卫三手里的面罩检查，并未发现她面罩有损坏。

两人站在毒空气中闻了一会儿，卫三确定道："是一股混合腐臭和香气的味道，从上面传过来的。"

应成河也拿下面罩嗅了嗅："我没闻到，哪里来的香气？"

三人找不到合理的解释，但目前还有更重要的一件事：为什么隔着面罩，卫三都能闻到这种味道？

"换个面罩。"霍宣山把自己的面罩和卫三的面罩交换，"试试能不能再闻到。"

卫三戴好："没有。"

"我没闻到任何气味。"霍宣山戴好之后，也道。

最后三人决定继续上去，看看能不能发现什么特别的。电梯内卫三伸手按到四十层，也是这栋楼电梯能到的最高楼层，再往上，楼已经往外倾斜，时刻要倒的样子。

"我又闻到了。"卫三按完电梯道，"好像在上面。"

霍宣山和应成河没有质疑，卫三是超3S级，且将来极可能成为兵师双修的人，她更敏锐是正常的事。

电梯一开，卫三率先走出去，她直接拉下面罩，站在外面闻了闻，扭头将目光投向另一个地方。

跟着出来的应成河也取下面罩，抓紧时间闻了闻。不知道为何他有种感觉，这味道似乎在哪里听过。

是听过，不是闻过。

腐臭香气，谁曾经对他描述过，应成河一时间想不起来。

"从那边传过来的？"霍宣山跟着卫三走过去，看着倾斜向下的大楼上半部分。

卫三点头："在里面。"

几人顺着倾斜的走廊，快速往上走，脚步如飞，应成河被他们两个夹在中间提着手臂，脚甚至没有着地过。

应成河："……"

不过他没有表示异议，因为卫三没有戴面罩，在不断吸入有毒空气。

"还在上面。"卫三抬头看了一眼道。

机甲在这里施展不开，只能人上去，但她觉得那股味道的来源不在楼顶上。

半个小时后，三人终于在 57 层停下。

"我感觉在这层。"卫三戴上面罩，"我们到处找找。"

这层建筑已经半横了过来，三人靠在一起慢慢移着。

"越来越近了。"卫三示意他们转弯朝一个楼道走去。

他们此刻正走在楼道的一面墙壁上，走了六十米左右，卫三停了下来，她让两人抬头看向脚下："这里。"

脚下是一道特制门，用蛮力打不开。

应成河蹲下，用手擦拭门旁边的验证锁上的灰，等露出本来的模样后，他抬头："是密码锁。"

卫三也跟着蹲下："能不能打开？"

应成河点了几下，发现验证锁亮了，这里的能源应该是和大楼能源共存又独立："瞳孔密码和游客口令……"

他选择游客口令。

一道声音传来："说出我的口令。"

"芝麻开门。"卫三下意识地冒出一句。

应成河和霍宣山皆看向卫三，显然对她这句话感到奇怪。

"口令失败，还有两次机会。"是一道男人的声音。

三人："……"

应成河认真想了想："公仪柳最牛？"

"口令失败，还有一次机会，夸我没用。"

卫三："鱼青飞比你牛。"

站在旁边的霍宣山一头雾水，三次口令机会就被这两人不到一分钟就轻飘飘地折腾完了，难道不应该努力思考是什么口令？

迟迟没有第三次口令失败的话响起，但门也没有开，就在三人以为是能源耗尽时，锁突然开了。

霍宣山："？"居然真开了。

开锁时还伴随着一句话："公仪柳你迟早比鱼青飞强！"语气中充满了鼓励打气，十分激励人心。

应成河："……"原来当年的大师都是这样的，一个比一个奇怪。

"这种口令你都能想到。"霍宣山朝卫三比了个大拇指。

卫三扬眉："你应该问为什么公仪柳会设这种口令。"

三人站在门侧，弯腰低头朝门内看去，皆愣住：里面和之前看到的房间状态一样，东西基本被搬空，但此刻房间内散发着幽幽淡紫光。

公仪柳离世这么长时间，公仪家又曾在这里办公过很长一段时间，想必有什么重要的东西应该都被他们带走了。卫三几个上来，一半是真心想探探，另一半纯粹是上来玩的，当放松。

"就在里面，我下去看看。"卫三想要扒着门下去。

"别。"应成河拉着她，"等等。"

他总感觉自己马上要记起来这种腐臭夹杂香气的话在哪儿听说过。

霍宣山跳到另一侧门边，弯腰朝里看去，声音变得严肃："你们过来看看。"

卫三和应成河跳过去，看向门内：里面原来是背墙的一面，现在因为楼横倒变成地面，靠近天花板的墙角长出来一棵紫色半透明的蘑菇。

应成河："……我觉得我们可能要完。"

"什么？"卫三没明白。

应成河也来不及说，直接跳了下去。

"成河？！"霍宣山下意识地跟着跳下去。

应成河跳下去后，直冲紫色半透明蘑菇，小心又快速地将它摘下，装进战备包内，喊着卫三和霍宣山："走走走，我们直接进机甲，快逃！"

卫三和霍宣山也没问，三人冲出房间，跑出楼道，直接原地放出机甲。

机甲体积大，他们这么一冲出来，直接把半塌的楼弄塌了。

底下一楼大厅，金珂等人听见声音，立刻开启战斗模式，从大厅跑了出来。

"金珂，我们快冲去终点，完蛋了！"一会合，应成河立刻喊道。

"你们干了什么？"金珂问道。

机甲舱内的应成河已经满头大汗，快速道："我们找到一株紫液蘑菇，来不及了，我们先走再说。"

他在见到紫液蘑菇的那瞬间才想起来，自己曾经在鱼青飞的教学中听过，但当时鱼青飞只是一笔带过，应成河也没注意。

金珂瞬间在脑海中算出一条碰到星兽概率低的路，带着达摩克利斯军校队伍逃离这里。

直播现场，两位主解员皱眉看着达摩克利斯军校队伍狼狈逃走，也不清楚紫液蘑菇是什么东西。

两位主解员暂时离台，派人去找鱼天荷过来。

十分钟之后，鱼天荷乱着头发跑过来，连鞋子都只穿了一只："紫液蘑菇在哪儿？"

应月容指了指墙上达摩克利斯军校的镜头："他们队伍里，不知道在谁身上。"

鱼天荷只能看到他们在跑，她低头打开自己在蓝伐媒体订阅的直播视频，可以看到回放，她往前拉着快进看，一直看到应成河说的话。

"荒唐！"鱼天荷对这三个人的行为感到愤怒，尤其是对应成河，"既然应成河知道紫液蘑菇，就该当即通知我们过去收，现在干什么？一个机甲师在比赛中做出这种选择！置自己军校和其他军校于何地？"

应月容和习浩天还是不明白鱼天荷的怒火。

"紫液蘑菇内的紫液可以融入机甲材料，只要一滴便能让机甲延展性和韧性得到充分发挥，甚至达到一定量，可以提升机甲品质，即升级。而这种液体同样对星兽有着致命吸引力，可以使星兽提升等级。"鱼天荷平复心情后，沉声解释，"他们现在等于随身揣着炸弹，谷雨赛场所有的星兽都会朝他们奔去。"

紫液只对星兽和机甲有效，对人无用，也无法提升人的感知，加之联邦没有展示过，所以只有小部分顶尖机甲师才知道紫液蘑菇。

现在只能庆幸赛场外围设立屏障，谷雨星的星兽暂时闻不到这种味道，但最多坚持三天。

"鱼家有专门用来收纳紫液蘑菇的盒子，可以屏蔽这种吸引力，我申请暂离谷雨星，返回鱼家。"鱼天荷肃声道。

后台经过一阵骚动，皆明白事情严重性，军方立即派人护送鱼天荷回鱼家。

达摩克利斯军校领队老师们大晚上临时聚在一起，神情不一。

"成河这次为什么这么鲁莽？这种东西，自己摘了，接下来怎么办？"

他们虽没见到三人怎么弄到紫液蘑菇，但这种东西只有少部分机甲师能知道，三个人中只有应成河是机甲师，这事自然是他做的。

"金珂也是，好好休息不行，非要他们去搞什么'寻宝'，吃撑了？"

"这场名次不用想了，我只希望他们能平安出来，鱼天荷已经回去，看来没有屏蔽盒，事情的严重性绝对会超出我们的控制范围。"

老师们只要一想到刚得知的消息，便心惊肉跳：这帮学生这次不是捅了马蜂窝，而是捅破了天！

解语曼和项明化对视一眼，他们倒是知道应成河这么做的目的。

卫三作为一个超 3S 级机甲单兵，假如能在她机甲上用上这种材料，实力势必得到提升。

不过，还是太冒险了，这已经威胁到整个谷雨星，而不单是赛场。

赛场内，帝国军校。

应星决朝某个方向深深看过一眼，最后转身对主力成员道："我们加快速度去终点。"

姬初雨："不再找星兽？"

"直接去终点。"应星决下令，让所有成员起来赶路。

"这里暂时不会有星兽，变异植株应该也没有。"金珂示意众人可以停下。

应成河拿出紫液蘑菇，让金珂保管，同时用感知竖起屏障，尽可能地防止气味外扩，全员依旧保持机甲战斗模式。

他跑进自己机甲，用平生最快的手速，拆自己的机甲舱，让其空间变大。

"卫三，你进来护着我。"应成河改造好后，可以两个人进去，但不死龟堪称完美的防护能力被破坏了。

应成河先是拿回紫液蘑菇，让金珂的屏障继续立在他机甲外，然后对金珂等人解释，也故意说给镜头外的人听："鱼青飞曾经教过怎么暂时制作工具屏蔽紫液蘑菇散发出来的气味，我进去将工具做出来，保证我们两天时间不被星兽发现。卫三在里面驾驶机甲。"

像帝国军校之前的两人舱，为的是省能源，同时防护机甲移交给单兵驾驶，可以赶路时给机甲师腾出时间，让其做一些必要的事。

达摩克利斯军校队伍继续赶路，卫三进入机甲后，操控机甲的还是应成河。

"卫三，我说，你做。"应成河认为卫三能更好地做出屏蔽箱，鱼青飞只随口提过一句，在外面突然碰见紫液蘑菇，手里又没有必须材料要怎么办。

当时应成河听的是鱼青飞讲制作工具的课，重点不是紫液蘑菇，他也没想到真有一天会碰上紫液蘑菇，还来得这么快。

如果他们不打开那道门，紫液蘑菇可能会逐渐腐败，消失在无人的角落。那些门、那些墙一定是公仪柳特意做的，谁也想不到他会搞来紫液蘑菇种在天花板的墙角处。

紫液蘑菇生长时期太长，且除了鱼青飞见过，一直没人见到，没料到公仪柳还能搞来紫液蘑菇的孢子。

"你左手边是刚才拆下来的一块不死龟防护甲，还有一半能源，融入你的感知……"应成河仔细说着。

他拆下来的那块防护甲是不死龟心脏部位的防护甲，所有材料中最好的一块。

这段时间对金珂和卫三都是折磨。

为了不让紫液蘑菇的气味散发出来，金珂建立的感知屏障已经到了最大极限，而卫三在应成河的指导下，将自己的感知灌入用防护甲和能源混合做好的盒子内。

"现在够不够？"卫三伸手摸掉自己鼻子下方的血，问应成河。

"你把紫液蘑菇放进去试试。"

卫三依言抱起紫液蘑菇，蘑菇头是透明的，能清晰见到里面紫色液体在缓缓流动，且还发着淡淡的光芒。

她移开目光，将紫液蘑菇放进盒子内。

"怎么样？你能不能闻到味道？"应成河问道。

见卫三摇头，他松了一口气。

第 91 节

在他们临时屏蔽盒做好后，主办方那边负责回收资源的工作人员主动露面。

"达摩克利斯军校生，你们要不要用紫液蘑菇兑换资源？"工作人员劝道，"你们机甲师应该知道紫液蘑菇的可怕之处，现在交给我们带出去，谷雨赛场的屏障可以杜绝这里面的星兽闻到紫液蘑菇的气味，你们不光能继续比赛，还能兑换大量资源。"

"你们拿出去，不是照样吸引星兽？"应成河反问，"谷雨星的星兽比谷雨赛场更多，你们要为了一个紫液蘑菇，让整个星球陷入暴动中？"

谷雨星那么多地方的星兽都往一个地方涌来，没有大型军区队伍在，谷雨星上的人恐怕会沦为暴乱星兽口中的食物。

工作人员："……鱼天荷大师现在已经回去拿屏蔽盒，我们有信心暂时将紫液蘑菇封存好。"

"不必。"金珂不同意，"我记得比赛规定第 208 条，在大赛期间军校生是否兑换资源属于自愿选择，我们选择不兑换。"

大赛最开始各军校斩杀星兽皆是自己处理，再做成材料用，后来兑换系统才渐渐形成，军区主办方联合组织，收取一定的手续费，兑换资源给各军校，以便他们最快能在当场就可以使用。

至于手续费，则是处理下来的一些材料。

工作人员："达摩克利斯军校生，我再一次提醒，假如交给我们兑换成资源，你们这场比赛还有赢的希望。"

"说了不交就是不交，你们怎么非赖在这儿？"廖如宁不耐烦道，"我们就是输也不交。"

工作人员："……希望你们不要后悔。"

几个工作人员坐上飞行器离开，背影都带着气冲冲。

等他们走后，应成河才道："临时屏蔽盒的最大效率只有两天，之后每过一分钟都会吸引大量的星兽过来。"

"不能再做一个临时屏蔽盒？"霍宣山问道。

应成河摇头："紫液蘑菇的气味特殊，临时屏蔽盒使用过一次，再用无效。"

金珂想了想问道："公仪柳种下孢子，没有想过紫液蘑菇的这种副作用？你们在哪儿发现的，没有屏蔽盒？"

"应该是公仪柳以前的工作室，他种在天花板的墙角上，我怀疑墙里面有什么特殊的成分。"应成河解释，"进去时，我观察过门，是特殊材质，但关键在夹层里加入的物质，切割下来无用。"

他让卫三做的临时屏蔽盒在材料中间夹层放入自己的感知，暂时掩盖紫液蘑菇的气味，和公仪柳那间工作室是相同的原理。

公仪柳那间工作室的墙和门中间夹层应该被放了特殊物质，才能起到隔绝紫液蘑菇气味的效果，只不过应成河猜测，一旦破坏，中间的物质接触现在的外界环境，会立刻失效。

既然刚才来回收的工作人员说鱼前辈回去拿屏蔽盒，应成河怀疑公仪柳的那间工作室是鱼青飞做的屏蔽盒的放大版。

公仪柳就算不是鱼青飞的粉丝，也一直以鱼青飞为目标努力奋斗，简直感天动地的刻苦，连口令都充满了干劲，他又有钱，搞一个鱼青飞做过的放大版屏蔽盒太简单不过。

而且应成河怀疑昨天晚上他们去的时候刚巧紫液蘑菇成熟，现在时间越往后，紫液蘑菇散发出来的味道越浓郁，对星兽吸引力越致命，应成河只要一想到那场面，背后汗都出来了。

这次真的……一个搞不好要玩完。

应成河看了一眼旁边的几个人，稍微安定下来。摘都摘了，就这样吧。

金珂快速计算后道："机甲状态全速前行也要两天多，势必吸引星兽，而且到时越靠近终点，高阶星兽越容易出现。从现在开始，我们主力队带着紫液蘑菇全速赶往终点，到时候所有星兽会被我们吸引，校队落在后面避开高阶星兽可能出现的位置，你们和我们保持距离，不用再浪费能源。"

十二场比赛，现在才在第三赛道，不可能全员机甲状态飞去终点，否则第四赛道没有足够的能源，直接出局。

"申屠学长，校队交给你了。"金珂离开前嘱咐道，"你们尽可能留守后方，不要陷入星兽群中。"

申屠坤答应下来："你们注意安全。"

五人进入机甲内，全速朝终点飞去，同时能源在大量消耗。

"有星兽在后面。"金珂道。

"冲着我们身上沾上的气味来的。"应成河毫不意外，以他对紫液蘑菇的了解，仅限于鱼青飞随口带过去的一句话，但材料那么多，总有类似的情况，只是没有紫液蘑菇这么疯狂的吸引力，以此类推，也能得到概念，"昨天晚上那时候紫液蘑菇刚刚成熟，气味没有那么浓烈，我们身上沾的气味估计会吸引一些S级星兽。"

他们动作不算太慢，加上正好赶上紫液蘑菇刚成熟，散发的味道并不浓郁。那些高阶星兽在没有得到确认的情况下，不会轻易冒险离开自己的领地，除非临时屏蔽盒失效，那时候紫液蘑菇的气味彻底涌现出来，才是灾难。

现在只有某些对气味敏感的S级星兽会冒险冲他们来。

"我们先走，等它们能追上再说。"金珂让几人继续前行。

"阁主，有些不对劲。"路时白站在一道断裂建筑物上良久道。

宗政越人握着长枪，睁开眼："什么不对劲？"

"帝国军校从昨天深夜到现在没有任何动静。"路时白皱眉，帝国军校在前面几场会大量斩杀星兽，来堆积资源，到后面的赛场再一次和其他军校拉开差距。但从昨夜到今天完全没有了消息。

"或许在休息。"机甲师季简猜测。

路时白摇头："还有一件事，有些S级星兽似乎在向某个方向聚集。"

主指挥的感知覆盖范围也随着每一个赛场进步，路时白能感知到前面有S级星兽在不断增加。

"帝国军校用的手段。"宗政越人道，"第一场他们校队成员便到处引诱星兽群，这次也不会例外。"

路时白沉默，他说不清楚，只是隐隐感觉有什么东西在脱离掌握。

赛场外，同样并不平静，甚至起了争执。

"你们达摩克利斯军校生捅了这么大娄子，万一搞不好，不光谷雨赛场内的其他军校生出事，连带着整个谷雨星都得出事！"塞缪尔军校的老师满腔怒火地拍着桌子，"这次比赛结果无论如何，达摩克利斯军校不能排在其他军校前面。"

他有一半对达摩克利斯队伍弄到这种传说中的材料感到忌妒，另一半是因为接下来，达摩克利斯主力队临时屏蔽盒一失效，吸引赛场中所有高阶星兽过去，不管达摩克利斯主力队是死是活，势必会挡住后面塞缪尔的路。

南帕西军校方同意塞缪尔那边说的话："你们的学生行事过于鲁莽，完全不顾赛场其他军校的人，又不愿意将紫液蘑菇兑换资源，平白给赛场内所有人带来危险，这次比赛后势必要付出相应的代价。"

"你们这话说得有意思。"解语曼双手环胸，脸上带着冷笑，"进了赛场还要管其他军校死活，是不是你们学生受伤，我们达摩克利斯军校生还要去慰问？早年看你们也没说过自己队伍给其他军校带来什么麻烦，怎么，轮到我们达摩克利斯，你们就不愿意了？"

平通院的老师出声："这次性质不同，更为恶劣。往届赛场的事赛场解决，现在你们学生贸然得到紫液蘑菇，还不愿意兑换资源，已经威胁到整个谷雨星。"

"说白了，你们就是忌妒。"解语曼嗤笑，"他们凭着自己能力找到紫液蘑菇，兑不兑换都是规则之内的事。何错之有？兑换那些资源后，好被你们瓜分？"

平通院老师皱眉："用紫液蘑菇兑换资源，达摩克利斯军校势必能得到相当客观的资源，对后面的赛场极为有益，这是公平交易。况且资源处是五所军校一起管理，瓜分也有你们达摩克利斯一份。"

"请诸位不要忘记，紫液蘑菇是从哪里得来的，这是我们公仪家的东西。"帝国军校的一位老师道。

"那栋大楼在谷雨赛场内，不再属于公仪家，即紫液蘑菇也不属于你们。"南帕西老师反驳道。

现在被达摩克利斯军校拿在手里，其他各校还有机会分到，若被帝国军校得到，紫液蘑菇势必会全部落入公仪家手中。

项明化对几位老师道："我们先看接下来的情况，也许不会出事。"

公仪家的人再次出声："他们不可能在两天之内赶到终点，即便赶到了，也不可以让他们出来。"

解语曼拍桌："你什么意思？"

"什么意思？在鱼天荷拿来屏蔽盒之前，紫液蘑菇绝对不能出来，否则我们直播现场是第一个被星兽踏平的地方。"公仪家的人冷冷道，"既然拿了东西，就要付出代价。"

五所军校领队老师吵得不可开交，到后面直接联系各校方和军区。

"小孩子冲动是正常的，等他们从赛场出来，老师们一定会好好教训。"达摩克利斯校长和稀泥道。

"能不能出来还是个问题。"塞缪尔老师说话声音虽低，却让会议室的人都能听得一清二楚。

平通院的军方代表："你们达摩克利斯军校这届一直踩在赛规边缘，我希望你们能付出相应代价，否则本院不介意再申请一次公投。"

会议室众人瞬间安静下来，神色各异。

"赛规用来界定军校生行为，既然学生没有违反赛规，就不存在什么踩不踩边缘的话。"达摩克利斯几位老师背后的光幕中，军区代表正色道，"'违规'和'没有违规'，这两个词，不存在中间地带，望各位悉知。"

这时，帝国军校军区那边视频姗姗来迟，众人抬头一看，愣了愣，是姬元德元帅。谁也没想到帝国军校的军区代表是姬元德。如此一来，帝国军校占据这次会议的绝对领导地位。

姬元德面带倦色，随后朝会议室内的人敬礼。

会议室所有老师起身，回礼。

"事情我听说了，刚刚从战场下来，抱歉晚了。"姬元德脱掉白手套，"达摩克利斯军校那些孩子没有做错什么，谁见到那么好的材料都会下手。"

会议室里众人都在安静地听着他讲话。

"紫液蘑菇，谁拿到的谁得。不过，他们的行为给所有军校带来的危险性直线上升，尤其落在后面的塞缪尔军校和南帕西军校。"姬元德沉声，"达摩克利斯军校这次无论排名如何，皆作废。"

第 92 节

"如果临时屏蔽箱失效，我建立感知屏障能不能继续防止紫液蘑菇气味外泄？"路上，金珂不忘问道。

"应该不能，我当时摘下来，紫液蘑菇已经成熟，放在屏蔽箱中 48 小时，屏蔽一失效，那些被挡住的气味会成倍释放出来。"

之前金珂建立的屏障也只堪堪掩盖而已，到后面紫液蘑菇彻底熟透，他一个 3S 级指挥的感知屏障不可能再防止外泄。

"后面 S 级星兽队伍越来越多了。"霍宣山飞到最上空道。

他们一路过来，身上残留的一点儿紫液蘑菇气味吸引了沿途绝大部分S级星兽，导致后面很快形成了S级星兽群。

"随它们。"金珂在机甲舱内思考，他发现帝国军校很长时间没动静，现在完全不清楚帝国军校成员在哪个方向。

几人继续赶路，中途没有休息时间，只是在机甲舱分别喝了几支营养液。

卫三面罩已经取下来，鼻子一侧塞着新纸团，防护服也拉下一半，单手操控机甲，嘴里还叼着半支营养液。

这还是她第一次喝3S级专用营养液，不得不说，比以前卫三自己在学校买的那种普通A级营养液要好太多。这个能瞬间补充3S级单兵体能，喝完后精神会得到提升。味道还挺好。

和医生给的营养液也不同，之前医生说她底子太差，要修复过来不容易，营养液加了不少特殊物质。每次卫三喝完，并不能瞬间感受到区别。

正在观看直播的观众一脸蒙，不知道为什么只是一个晚上过去，帝国军校和达摩克利斯军校开始疯狂奔向终点。

帝国军校直播间。

"晚上去睡觉了，有谁能告知帝国军校在干什么吗？怎么突然不搞星兽了，不要能源了？"

"好像是达摩克利斯军校的主力队搞事了，我也没看他们的直播，不太清楚。"

"想知道的，可以去看达摩克利斯军校直播回放，从凌晨两点十六分开始。"

"没有订阅达摩克利斯军校直播频道，有没有好心人讲一下原因。"

"简而言之，达摩克利斯弄到了宝贝，但是把其他军校一起拉下了水。不过我也不清楚为什么帝国军校会突然跑了，难道应星决已经厉害到这种地步，什么都逃不过他的感知？"

"说起来达摩克利斯军校那伙人也是有毒，好端端的，半夜突然说要去寻传言中公仪柳大师留下的宝贝，这么紧张的比赛时刻，其他军校连休息整顿的时间都要掰开算，他们居然还搞什么寻宝？！"

"关键是还真被他们找到了宝贝……"

"一个敢信，一个敢留，一时间不知道该说谁更会玩。"

直播间的观众有上帝视角，虽然不知道紫液蘑菇到底是什么好宝贝，但帝国军校和达摩克利斯军校都跑了，加上达摩克利斯军校主力队背后跟着那一长串S级星兽群，其他三所军校的粉丝们慌了。纷纷回到自己喜欢军校的直播间内，拼命发着弹幕，好像这样，镜头里的人就能看见一般。

随便点开一个直播间，都是：

"逃！快逃！"

"你们怎么还在打星兽，快点跑啊！再不跑就被星兽群拦住了路！！"

"求求你们了！快跑！清醒点！帝国军校都快到终点啦！！"

然而其他军校还是按着自己步调来，达摩克利斯校队则避开所有可能出现高阶星兽的路，慢慢往前走。

"还有一个小时，临时屏蔽箱失效。"金珂对四人道，"做好战斗准备。"

饶是不眠不休全速赶路，他们离终点还有很长的距离，再按照这个速度，只要四个小时便能到达，但现在大批星兽要过来，时间上说不好。

紫液蘑菇在金珂那里，他的不死龟没有被破坏，是五人中防护性最好的机甲。三位机甲单兵将金珂和应成河护在中间，速度依旧没有放缓，只是又多喝了几支营养液，补充体能。

现在每过一分钟都是煎熬，连带着观看直播的观众也都盯着镜头，不敢大喘气。

"帝国军校到了。"习浩天看着最中间的镜头，帝国军校队伍已经抵达终点附近，"应星决为什么要放弃斩杀星兽，直接去终点？"

他和观众一样想不通，应星决做决定太快了，那时候星兽甚至还没有跟上达摩克利斯军校。

"应星决的感知到了现在的地步，可以感受到谷雨赛场上星兽的任何异动，做出这种决定并不意外。"应月容靠在椅子上道，不过他的反应确实太快，至少应月容将自己摆在他那个位置也要过段时间才能做出选择。

说是玄学也罢，厉害的主指挥，熟悉战场后，会对突发情况有一种预判，类似射击者的第六感。

赛场内，应星决直接让姬初雨出手，众人虽不解，但还是让开位置，将战场交给姬初雨。

姬初雨站出来，脚步踩在地面。观众只见到他的机甲并没有多用力，像是轻轻碾地。

然而地面一寸寸裂开，并迅速蔓延开。

突然一条根须从暗处打过来，姬初雨轻跃躲开，直接伸手握住那条根须，用力一扯。3S级星兽被迫从阴暗中出现。

直播现场和镜头前的观众倒吸一口气，这头3S级星兽……变异了。

身体巨大，像是一头巨型灰熊，但从脖子处却生出一棵小树，正是之前两所学校对付的变异树，只不过这棵变异树生长地方诡异，根须虽不如之前他们见到的粗，但无论是速度还是坚韧度都要强。

姬初雨沉默地站在原地，右手抽出太武刀，周围的气氛似乎瞬间凝结。

直播现场的观众甚至没有看清姬初雨的动作，也没有见到巨型灰熊脖子上的变异树什么时候伸出来的根须，只见到了身影一闪，随后有断裂的根须掉落在地上。

那断裂的根须甚至还在地上扭曲半天，才渐渐停止下来。

和霍剑带有凌厉的传统武学招式不同，姬初雨所有的动作只透着一个信息——嗜杀。招招致命。

这边观看帝国军校终点战的观众，觉得紧张刺激。那边达摩克利斯军校直播间的观众也不遑多让，甚至满屏的倒计时，所有人都在紧张地等着。

"还有一分钟。"金珂示意他们继续往前加速。

"那些星兽闻到味道，应该还要一段时间才能赶过来。"廖如宁道，"我们只要全力冲刺，拔完旗，出去应该就没事了。"

"要看情况，鱼天荷去拿屏蔽盒，来回路上所花时间最快三天，这是在不会出现任何差错的情况下。"金珂并不认为这么简单，"如果我们到了终点，拔下旗子，鱼天荷没有回来，我不认为我们能出去。"

"帝国军校斩杀一头变异 3S 级星兽。重复……"

"那是……"应成河听到广播声，朝光束方向看去，"终点附近？"

金珂抬眼望着光束方向，有种石头落地的感觉："这么快的速度到达终点附近，除非帝国军校和我们一样全速开机甲。从成河抱出紫液蘑菇，星兽异动，他已经察觉不对。"

同样平通院那边。

路时白听见广播声后，看向光束方向，霍然起身："他们没有斩杀星兽，直接去了终点！"这个速度，要连续开机甲前行才能到达。

"阁主，一定出了什么事。"路时白肯定道，"我们要赶过去。"

无论什么原因，让应星决做出这个决定，平通院现在不能再落后。

另外两所军校的主指挥也同样反应过来。

塞缪尔军校主指挥高学林眯眼："有什么理由能让应星决放弃获取资源？"

南帕西军校主指挥高唐银若有所思："帝国……达摩克利斯军校也一直没有动静，所有人开启机甲模式，全速前行。"

临时屏蔽箱失效，下一秒。

"啊！这什么味儿？"廖少爷坐在机甲舱内干呕，"香味里混着一股尸臭味！"

临时屏蔽箱一失效，紫液蘑菇堆积的气味顿时暴发出来，扩散极快，赛道内的高阶星兽对此反应也异常快。

和紫液蘑菇待在一个机甲舱内的金珂，听到廖如宁粗暴的话："……"

他受到的伤害才是最大的，戴上面罩都无法彻底过滤紫液蘑菇不断涌出的气味，太多太密集。

此刻，赛道内原本安静的氛围骤然一变，不用感知甚至都能察觉地在震动，大批星兽往某个方向聚集。

五所军校的人皆愣住。

"星决？"

之前姬初雨斩杀 3S 级变异星兽，帝国军校成员迅速赶到终点大楼，应星决驾驶机甲落在大楼顶上，站在平台上，迟迟没有伸手拔旗，而是望着大楼下方黑暗处。

一直到现在，星兽暴动。

应星决瞥向下方的姬初雨，淡声道："有军校招惹了不该招惹的东西，我们留下来看看。"

帝国军校成员对此没有异议，旗子就在手边，随时能拔。虽然下场比赛的入场间隔时间与拔旗时间有关，但这时间会按待在赛场的天数换算，他们等一等也无妨。

这种事以前帝国军校也干过，对象是平通院，纯粹示威。

地上跑的星兽，天上飞的星兽，黑压压的一群，遮天蔽日，朝达摩克利斯主力队方向涌来。

"啊！为什么这些星兽来得这么快？！"廖如宁扭头一看，顿时一边驾驶着重型机甲蹿得比卫三还快，一边大喊，"它们真的能生吃这种臭蘑菇？"

霍宣山："人都能生吃，吃蘑菇算什么。"

金珂："……闭嘴，节省力气，后面还有硬仗要打。"

"本少爷接受不了这种味道，说两句怎么了？"廖如宁偏要喊。

金珂祭出杀招："再废话，我把臭蘑菇扔到你机甲舱内。"

廖如宁顿时闭口无言。

一行人趁着赛场上所有星兽都往这边赶的时间，硬生生地又往终点前进了一段距离。

最后有两头飞行星兽率先赶了上来。

"今天应该不会是我的忌日。"廖如宁停下来，仰头看着天空上的两只飞行星兽，"本少爷还没成年呢。"

"战场比这可怕多了。"霍宣山检查机甲手臂，"这关过不了，也不用去军区参战了。"

两人站在原地，等候飞行星兽攻击。

卫三则护着金珂和应成河继续往前，只不过，没走多远，就有高阶星兽拦住了他们的路。

"老师，记得统计好数目，不能私吞，这些都是我们要兑换资源的星兽。"卫三仰头对空中喊了一句，操控机甲手朝上方比了个"心"。

隐蔽在高空中的资源处工作人员："……"

能不能活下来都是一个问题，还不忘要宝，真有你的。

第93节

直播现场，各军校老师已经回到自己的座位上。

项明化心中紧张，垂在桌下的双手扣在一起，表面还是淡定得很。

解语曼低声道："迟早要过这么一关。"

这种大面积受到星兽群攻击的情况，以后还会越来越多。

"鱼天荷现在到哪儿了？"项明化问旁边的老师。

"听说已经在回来的路上，他们撑到凌晨应该就行。"

"凌晨？"项明化心中一窒，现在天才刚刚暗下去。

"这是最快的速度。"旁边老师道，"不知道鱼天荷那边怎么操作的，让她家人抢了屏蔽盒一路送过来，她自己中途接手转身赶回来。"

鱼家是鱼青飞的后代，最开始他们待在沙都星，和达摩克利斯军校绑定在一起。后来鱼家独立出去，搬去南帕西星，并建立起南帕西军校。至于鱼青飞的遗产，除去脑接口芯片和一堆乱七八糟的书留在达摩克利斯军校，其他所有东西全被鱼家带走。

后面经过发展，鱼家内部也不断分化成几派，这也是大世家无法避免的问题。无论是哪个世家，时间一长，内部自然会分化派系，谁强谁的话语权大。

鱼家目前掌权的是另一派，且掌权多年，鱼天荷是分支出身，凭着自己努力一路进入军区，站到现在的位置，拿本家东西，尤其是鱼青飞留下的东西，要经过层层手续。

所以她要亲自回去，不过中途不知道发生了什么，鱼天荷这一派直接上门动手抢了。

赛场内。

应成河在里面努力修理自己的防护甲，想要重新装上去。

至于金珂，他在给三位机甲单兵建立感知屏障，虽然快被机甲舱内的紫液蘑菇熏晕过去。

"砍掉它们的鼻子有没有用？"卫三拔刀跃起，抽空问旁边两位。

应成河也抽空回答："你试试。"

这头星兽也不知道是从哪儿冒出来的，浑身都是淤泥，长得像黑皮野猪，一对长长的獠牙趁机朝卫三冲过来。

"锵——"

卫三躲开巨型黑皮星兽的攻击，大刀砍在它头颈部，却只发出一道类似撞击在金属上的声音。

又来？卫三瞄了一眼自己的大刀，很好，刀刃没卷。

"头颈部坚硬无……"

金珂准备告诉卫三这头星兽可攻击的点，结果下一秒，卫三再次挥刀砍在头颈处。

这一次，巨型黑皮星兽金属化的部分被砍破了。

金珂：……行吧，不愧是须弥金做出来的武器。

巨型黑皮星兽估计也没有预料到，自己最坚硬的部位被人破坏，顿时龇着獠牙威胁对方。

卫三只当没看见，从头至尾大开大合地攻击星兽，甚至没有对机甲做任何防守。

3S级高阶星兽，被她一个新手3S级机甲单兵逼得不断后退。

在巨型黑皮星兽伸出爪子袭来时，卫三操控机甲屈膝横躺，与地面完全平行，躲过它的攻击，单刀朝上，削掉这头星兽一半鼻子。

"吼！"巨型黑皮星兽连连退后，不由得发出低吼，对准卫三，喉间猛然吐出一堆淤泥。

卫三只觉得一团黑影朝自己扑过来，立刻起身跃起，躲过。

淤泥落在地上，渐渐化成黏液，发出"滋滋"声。

卫三扭了扭脖子，努力控制情绪，冷静下来。

正对巨型黑皮星兽，一兽一机甲对视，同时朝对方冲来。

在还有一半距离时，巨型黑皮星兽猛然跃起，要将卫三扑倒。卫三同时一跃，比巨型黑皮星兽更高，她左手伸出，握住拿着大刀的右手，瞬间分成两把合刀。

卫三腾空，双手松开合刀，随即反手握住刀把，脚踩在巨型黑皮星兽背上，两把刀直插它背部。

巨型黑皮星兽被踩倒在地，还想愤然反抗，卫三抽出双刀，再一次插在它的腹部，用力一转。

星兽发出无力的嚎叫声，慢慢失去挣扎的力气。

成功解决一头高阶星兽，卫三伸手抹了一把鼻子上的血，重新换了新纸团。

"走走走！"

廖如宁从后面赶来，机甲身上带了点血，领着金珂和应成河继续往终点赶。

"后面高阶星兽越来越多了。"霍宣山紧随其后，和卫三一起走。

五人硬扛过几轮，又前进了一段路，星兽越聚越多。

"是我产生了错觉？"应成河已经把自己的机甲勉勉强强恢复成原先的防护状态，"到现在也没听见帝国军校抵达终点的声音。"

"我也没听见，他们在搞什么？"廖如宁问金珂，"指挥，你知不知道什么原因？"

"不知道。"金珂道，"或许也遇上了高阶星兽。"

"这么惨？"廖如宁惊讶，赛道终点，3S级高阶星兽一般会控制在一两头之间，只有高难度赛场会出现多头3S级高阶星兽，甚至是各种变异高阶星兽。

金珂："……再惨也比不了我们现在。"

五人齐刷刷地往后一看，密密麻麻的高阶星兽追着他们，时不时地还有从前面跳出的星兽。

卫三连喝营养液的时间都没有，鼻子上的纸团早扔了，任由鼻血流下，眼中只有前方的星兽，所有挡住路的星兽都要杀。

"卫三，控制自己情绪。"

金珂大概察觉到卫三的状况，不断在她脑海中出声提醒。

卫三睁大眼，清醒过来，双手握刀，对付面前的星兽，让廖如宁带着金珂和应成河继续往前走。

三个人开始轮流殿后，一点一点往终点挪动。

这时候达摩克利斯直播间内没有任何弹幕，所有观众都在安静地看着他们五个人战斗，不过是一条赛道而已，要面对这么多星兽，真正的星兽潮呢！

所有人都沉浸在和星兽的战争中，没有人注意卫三手中的刀把覆盖上一层浅浅的白霜。

与此同时，其他三所军校主力队皆全速赶往终点。

其中平通院最快，南帕西次之，塞缪尔落在最后面。

"所有星兽都在往一个地方走。"路时白收回感知，"帝国军校在终点，但各方向的星兽赶去的地方似乎不在终点。"

宗政越人："达摩克利斯军校？"

路时白点了点头："只能是他们。不过帝国军校到现在还未拔旗，不知道和这些星兽有没有关系。"

"赶到之后便知晓。"宗政越人面无表情道。他讨厌事情超出掌控范围。

原本大赛前，平通院内院进行过无数次推算，他只负责对付姬初雨，路时白负责应星决，他们有三成的机会赢下帝国军校。

而现在突然冒出一个达摩克利斯军校，以及那个突然冒出来的卫三。

宗政越人操控机甲疾驰，这一次无论如何，绝不能让达摩克利斯军校走在他们平通院前面。

第94节

"那是……星兽群？"霍剑站在大楼顶上往远处黑暗处看去，甚至他们站在这儿都能感到地面在震动。

"引来这么多高阶星兽？"听到广播声的司徒嘉下意识道，"达摩克利斯军校那些人疯了吧！"

泰吴德作为校队总兵，领着校队站在后方护着应星决这边，他悄悄往远处望去，不知道为什么，他感觉这事和卫三脱不了干系。

卫三还是A级都能搞得塞缪尔去和平通院联手，最后成功得罪两所军校，现在突然升上3S级，不搅得天翻地覆就不是她风格。

反正以泰吴德短暂的人生经验来讲，得罪谁都不要得罪卫三，想当年他在3212星也是个天之骄子，还不是因为欺负卫三班里的人，结果被盯上，成天被她压着打。

到了帝国，因为被人压着打都习惯了，平时屡败屡战，心理素质强得连老师都看不下去，给他开小灶。

唉，往事不堪回首，说多了都是泪。

泰吴德站在校队最前方，心想不知道他们军校能不能拿到总冠军。当初和班里同学一起押了帝国军校，后来看到参赛者名单上有卫三后，他又偷偷押了一笔达摩克利斯军校。

不过……泰吴德朝前面的主指挥看了一眼，应该还是他们帝国能赢吧，其他军校最多也是全员3S级，主指挥可是超3S级的存在。总不能卫三从A级升到 3S 级，还可以往上再蹿一蹿，又不是蹿天猴。

"我去看看。"司徒嘉回头对应星决道，见他没有反对，直接从大楼一跃而下，坠入黑夜，下一秒刃风张开翅膀升空，径直朝远处飞去。

司徒嘉驾驶刃风往星兽群那边飞，凑近才发现前方有五个人，显然是达摩克利斯军校的主力队。

"那是帝国军校的鸟人？"卫三从星兽身上抽出自己的刀，"他们不拔旗，留下来看戏呢。"

鸟人？金珂几人反应了一会儿，看着不远处司徒嘉的翅膀才了然。

霍宣山双脚蹬在飞行星兽腹部，在空中翻转两圈："你管这种轻型机甲单兵叫鸟人？"

"没有。"卫三等着对面的星兽冲过来，随即腾空，露出赶到背后的廖如宁，她落地和廖如宁交换了位置，对付另一边星兽，不忘解释，"并不是，其他军校人太多，记不清名字。"

这时候三人机甲其实已经有大大小小的伤痕，偏偏一有机会就开始聊天。

反倒把直播间观众急得够呛。

"求求你们闭嘴，别说话了！节省点力气，后面还有那么多星兽！"

"为什么他们一点儿都不紧张，我看得心都跳出来了。"

"话说他们打了多长时间，五个小时？还是七个小时？"

"没注意，不过他们硬生生打到终点附近来了，已经差不多能看见大楼。"

…………

司徒嘉飞在半空，离他们还有一段距离，他看了一会儿，最后转身想要回去汇报。

"现在就走，不多留会儿？这里这么多星兽，你们确定不要？"卫三见司徒嘉要走，朝他那边喊道，"都是资源呢。"

已经转身的司徒嘉听到这句："……"达摩克利斯军校的人没病吧？

他扭头朝下方看了看，又不自觉地在心中算了算，好像……是可以兑不少资源。

刃风展翅，返回终点，司徒嘉在踏上楼顶前便收了机甲，从半空中跳下，单膝落地。

他径直朝应星决那边走去："是达摩克利斯军校主力队。"

姬初雨："只有主力队？"

司徒嘉点头："没见到他们校队，他们主指挥身上似乎有什么东西，那些星兽一直往他那个方向去。"

站在旗下的应星决抬眸："你们闻到了什么味道？"

众人一愣，姬初雨直接拿下面罩，暴露在有毒空气中，他闻了一会儿："腐臭香气。"

谷雨赛场一年开放一次，里面环境恶劣，空气不光有毒还不好闻，面罩能有效过滤有毒空气，开始有一丝若有若无的气味，众人未在意，只当正常。

"达摩克利斯军校可能得到了什么好材料。"公仪觉皱眉，他作为机甲师，知道少数天然材料气味会吸引星兽，越吸引星兽，说明那种材料品质越高。

"从那天晚上开始，谷雨赛场的星兽便蠢蠢欲动。"应星决最初自然不知道是哪所军校，他只是在那一瞬间，感知到所有星兽的情绪，这才当机立断要帝国军校的队伍率先赶到终点，以防意外。

第一，必须是帝国军校。

留在这儿，他想知道是什么引起星兽异动。

"要抢吗？"司徒嘉直接道。

"不必。"应星决走下旗台，站在大楼边缘，"他们既然敢带着材料往终点跑，谁都抢不了。"

众人想起当年大赛上达摩克利斯做出来的事，这帮人就是不要命的死脑筋，敢拉着人一起死。

应星决侧脸问公仪觉："你所知道的材料中，有哪一种不能屏蔽气息？"

公仪觉"没有"两个字刚到嘴边，突然一惊：达摩克利斯军校那帮人为什么没有用斩杀的星兽兑换能屏蔽材料的东西？

像现在三个人拼命对付源源不断的星兽，图什么？

除非……兑换处没有合适的屏蔽盒。

联邦发展到现在，还找不到合适屏蔽盒的，要么是新材料，要么是罕见到兑换处都没有的材料。

公仪觉此刻产生了和司徒嘉同样的想法："他们疲于对付星兽，我们那时动手，不一定会……"

应星决抬手，示意他不用再说："霍剑、司徒嘉你们去斩杀星兽，挑3S级。"

司徒嘉一愣："真要去？"

姬初雨闻言冷声道："高阶星兽潮不容易遇上，尤其是前面赛场，现在是积累资源的最好时机，你有什么不满？"

司徒嘉："……没有。"他只觉得再过去，有点没面子，尤其被那个达摩克利斯单兵说过之后。

"卫三，你机甲背部受损，再任由下去，会影响双臂发力。"应成河在机甲舱内看着三个人的机甲实时数据，"找机会，让我修。"

"修什么修。"卫三双手转刀，快步上前，和星兽尖齿对上，"你待在机甲舱内，别出来！"

他们只要一停下，星兽便从四面八方围过来，卫三已经记不清这是第几次劈开包围圈了。

廖如宁和她背对背，霍宣山在空中对付飞行星兽，两人抵御后面的星兽，卫三则负责前面开路。

金珂咬牙："我给你们五分钟时间修好。"

卫三双手握着刀把，往腿侧一拉，合刀瞬间变为扇形刀，她穿梭在两头高阶星兽中间，近身肉搏，朱绛脸上皆是血迹："……哪儿来五分钟？"

话音刚落，前方的星兽便突然动作慢了下来，在原地打转。

"快！"金珂沉声喊。

是感知攻击！

在极限情况下，金珂强行顿悟如何运用感知去攻击星兽。

应成河最先从机甲舱内下来，周围全是星兽，卫三吓一跳，立刻操控机甲，跑到他身边。

"指挥都这么厉害的吗？"卫三一边警惕周边星兽，一边望着金珂道。

不用动手，直接动动感知，连星兽都不用近身。

原技术人员卫三慕了，她也想学会这种光动动脑子就能搞事的技能，面对这些臭的臭、丑的丑的星兽，单兵真的太难了。

应成河忙着给她现场修理机甲，手都快移出残影了，压根听不见她说话。

"好了！"应成河从卫三机甲上跳下来，冲金珂那边喊。

机甲舱内金珂一脸苍白收回感知，前面星兽便瞬间朝他们疯狂攻击。

卫三挡在应成河前面，扇形刀一甩又变回了合刀，一人在前方开路。

她表面若无其事和几个人插科打诨，实则在机甲舱内，流出的鼻血甚至打湿了衣领，但自始至终，没有停止过战斗。

不光她，背后的其他四人也从来没有放松过。

直播现场。

"胆子够大。"应月容望着镜头内达摩克利斯军校的主力队，也不知道是在说赶鸭子上架的金珂，还是在说不停找机会，直接出机甲给三个单兵维修的应成河。

"这次对达摩克利斯军校而言，应该是利大于害。"习浩天道，"他们主指挥现在已经开始用上感知攻击了。"

生死之间进步最大。

至于达摩克利斯领队老师那边，项明化已经冷静不下来，开始暗中抖腿，低声不停道："快点、快点！"

解语曼挡住其他军校领队的视线，踢了项明化一脚："冷静点，卫三在呢。"

项明化："她在，我才紧张。"

卫三的不安定因素太多了。

他一会儿担心卫三身体吃不消，一会儿又担心卫三可能突然搞事。

"帝国军校的人到了。"解语曼仰头看着镜头。

只不过霍剑和司徒嘉并没有直接落在达摩克利斯军校那边，反而赶去旁边，从后侧方扫割星兽。

"切，还不是回来了。"廖如宁把刀放在死去星兽的皮毛上擦拭干净血迹，"帝国军校那些人怎么会放过这么好的机会。"

"卫三，你去拔旗，不要管我们。"金珂看着前面开始增加的星兽，突然道，"动作快，第二拨星兽要赶过来了。"

"知道了。"卫三仰头朝终点大楼看去，楼顶上站着帝国军校的人，那些人正看向他们这里。

她将刀回拢成最开始的大刀，握着长长的刀把，双腿用力，朝终点大楼奔去，大刀拖在后方，见兽杀兽，以杀为守，一往无前。

"这个卫三的刀有点意思。"公仪觉站在大楼顶层往下看，诧异道，"我还不知道应成河能做出这种武器。"

第95节

终点附近的星兽已经被帝国军校处理过一遍，卫三要对付的星兽数量没有后面的多，也不用管金珂和应成河，速度越来越快，离终点大楼也越来越近。

"指挥？"公仪觉下意识地看向应星决，"她要上来了。"

达摩克利斯军校另外两个机甲单兵也是厉害，居然生生挡住了那道防线，不让后面的星兽过来。

应星决居高临下地望着快冲到大楼的卫三，开口："卫三，第一是我们的。"

卫三仰头看向大楼顶上的应星决，突然转身反杀扑过来的星兽，最后从它身体中缓缓抽出大刀，漫不经心道："所以呢？"

隔这么远，还有机甲的阻拦，公仪觉都能感受到卫三的张狂，下意识地先出声："所以你上来是找死。"

"哦。"卫三被追上来的一头 3S 级星兽挡住路，她退后几步，"好怕呢。"

公仪觉："……"

应星决望向远处："平通院来了。"

他深深看了一眼底下正在和星兽厮杀的卫三，转身走到旗台，姬初雨还站在帝国军旗下。

"要拔旗？"姬初雨问道。

"再等等。"应星决抬头朝高空望去，那里隐藏的飞行器到现在还没有动静。

前两届他们一到终点，高空隐藏的飞行器便开始发动，准备下来接人，这一次自始至终没有动静。

直播现场，所有观众有相当一部分注意力放在另一道光幕上，那里站着联邦久负盛名的元帅姬元德。他在和观众一起看比赛前，下了一道命令。

——在鱼天荷带回屏蔽盒前，无论谁拔得旗子，皆不能从赛场出来。

谷雨赛场外围有层层屏障，只有主办方打开屏障，放飞行器出来，军校生们才能从出口回来。

姬元德一句话断了所有军校的出路。

"这些人将来肩上担负着联邦的希望，如果这点事都扛不住，不配进入军区，成为一名真正的军人。"

"元帅，这些事是否要通知场内的各军校学生？"习浩天问道。

姬元德直接拒绝："所有消息暂时不得告知场内学生，我要看他们的选择，这些人到底会选择联合共同作战，还是各为己利。"

赛场内的学生俨然不知道自己即将要面对什么，卫三还在兢兢业业杀星兽，终于瞅准机会，驾驶机甲靠近大楼。

朱绛靠近大楼顶层，卫三收了机甲，凌空跳下，单膝跪在地面，慢慢起身。她没有戴面罩，防护服也松松垮垮地拉在肩膀下，衣领周围大片血迹，脸上更有还未干涸的血迹，比起干干净净的帝国军校生们，她狼狈不堪。

然而在她撑膝起身，抬眼看来那一刻，来自 3S 级的战意，让帝国校队所有成员都不自觉地全身戒备。

"你们拔不拔旗？不拔让我拔了。"卫三露出标准微笑，像是在商量，不过满脸血迹，衬得她多了一丝无端煞气。

"我说过了，第一只能是帝国。"应星决淡声道。

"我还说我一定要拔旗呢。"卫三伸手慢慢拉好自己的防护服，但没有戴上面罩，"不知道让帝国双星出局是什么滋味？"

张狂。

帝国军校多数人怒了，还从来没有人敢踩在他们头上，连平通院都不敢直接说出这种挑衅话。

应星决并不受影响，朝远处看去，随后道："达摩克利斯军校所斩杀星兽数量分三分之二给帝国军校，我便现在拔旗，达摩克利斯第二。"

卫三冷嗤："要走三分之二的资源，还让我们第二拔旗？都别拔旗了，我们拔刀。"

应星决收回目光，静静看向卫三，似乎在等什么。

"卫三，将数量压到三分之一，答应他。"金珂的声音在她脑海中响起。

刚才应星决的话实则通过感知，在对远处金珂说的。

卫三："……"你们指挥玩这一套？

"现在这里就两个单兵，这么确定你一定能赢？"卫三向前走了一步，对应星决道。

后面的泰吴德：……他不是人？他后面那么多单兵不是人？卫三数学不好。

"即便这里没有单兵，我也能赢。"

应星决的声音突然出现在卫三脑海中，无视了她的感知屏障。

和熟悉的金珂不同，卫三一听见应星决的声音，脸色便骤然沉下来："应星决，这是最后一次。"

除非队友经过训练，或者指挥感知低于机甲单兵，对单兵无法造成伤害，否则同阶机甲单兵对指挥的感知最排斥。

如果同级指挥入侵经过系统训练的机甲单兵的大脑，极有可能被反噬，强悍的单兵甚至可以在自己大脑中困住指挥。

应星决的感知不再进入卫三大脑，淡声道："你们撑不下去多久，我要星兽兑换资源，你们要拔旗出去，金珂会同意我的说法。"

"三分之一。"

"三分之二。"

卫三舌尖抵住齿列，尝到淡淡的铁锈味，她扭了扭手腕："三分之一，不同意，我拉着你们帝国单兵一起死。"

公仪觉：……这帮疯子，已经疯到明面上了！

应星决盯着卫三看了许久，从落地后，她便一直没有戴面罩，无视有毒空气，脸上所有情绪能看得一清二楚，足够让人看明白她的决心。

一个还没有成长起来的超 3S 级机甲单兵，抱着必死的决心，姬初雨在她手里也讨不了好处，甚至还可能暴露她的身份。

要震慑联邦底下那股暗流势力，他一个人便够了，现在的卫三还不够资格，只会招来杀身之祸。

应星决侧脸看向姬初雨："拔旗。"

姬初雨向来听他的指挥，闻言毫不犹豫伸手拔下帝国军旗。

后面的泰吴德：……居然真信了，卫三明显在演戏。

泰吴德仰头望天，算了，反正无论帝国赢还是达摩克利斯赢，他都不吃亏。

"恭喜帝国军校成功抵达终点。"

卫三立刻上旗台，拔下达摩克利斯军旗，等着广播。

一分钟过去，两分钟过去……广播迟迟没有响起那道恭喜声。

卫三："？"

她仰头喊："你们行不行，快点下来接人。"下面廖如宁和霍宣山快撑不住了。

负责广播的工作人员回头看组长："要不要回应？"

组长："我去联系外面的人问问。"

卫三不知道什么情况，已经等不及，直接跳下楼，在半空中进入机甲，朝金珂那边奔去。

他们已经被星兽围成圈了，内圈还在不断缩小，她只能重新杀进去。

金珂见到卫三冲下来，对着她喊："什么情况？"

刚才那道关于帝国军校的广播声一出来，那两个单兵收手杀回去，金珂便知道交易达成，但到现在都迟迟未听见第二声。

"拔了，没反应。"卫三面无表情地盯着周围的星兽，手中的刀没有空过一次，每挥动一次皆带起鲜血。

"仪器坏了？"应成河语气中带着不易察觉的焦急。

"刚才帝国的广播响了，不可能是仪器坏了。"金珂皱眉看向高空某处，"事情不对，帝国军校的人也没被接走。"

自始至终没见过飞行器的踪影。

"之前工作人员说的是鱼天荷去拿屏蔽盒，"金珂后知后觉，"不是鱼家送来。谷雨星到南帕西一来一回最快要五天，鱼天荷现在还没回来。"

应成河："……我们还要在这里撑几天？"

他们不知道鱼家的情况，潜意识以为等到达终点，拔旗之后便有人来接，他们可以将紫液蘑菇放进屏蔽盒。但现如今鱼天荷还没到，便意味着他们还不能出去。

"成河，到现在为止没有人下来帮忙。"金珂看着周围的星兽道。

情况不对。

外面还有达摩克利斯军校领队老师守着，一定会为他们争取利益，而现在广播没有出声，救援人员也没有下来。

"帝国军校那边也没有。"应成河注意到另一头儿逐渐被星兽围住的霍剑和司徒嘉，诧异道。

成功拔旗后的队伍，如果还在面对星兽，上面会派人下来斩杀星兽，再尽快将学生接出去。

但没人来接他们。

达摩克利斯军校领队老师或许力量小，但外面的帝国军校老师不为学生争取合理利益，完全说不通。

"要么外面出了事。"金珂低声道，"要么有大人物出面。"

只有一个人出面，能让所有军校老师噤声。

"搞什么？那些救助员呢？"司徒嘉从听见广播声后，便开始等人过来，结果到现在一个人都没有出现。

霍剑朝大楼那边望去，似乎姬初雨和应星决都站在顶层边缘，看向他们这里。

"为什么还没有飞行器下来？"公仪觉仰头看着高空，没有广播达摩克利斯军校便算了，他们又是怎么回事？

这时广播突然响起："由于达摩克利斯军校寻得特殊材料，该材料气味异常，能引发星兽暴动，出口暂不开放。请拔完旗的军校队伍稍等片刻，为表补偿，在出口开放前，你们还能斩杀星兽，可计入兑换。"

"所以为什么达摩克利斯拔旗没有广播？"

应星决凝目望向远处，星兽还在不断增加，他缓缓道："元帅出面了，达摩克利斯军校此次排名会作废。"

"元帅？"姬初雨愣了愣，到底什么材料能让他大伯出面，之前在帝都星出面，也是因为本届五所军校主力队中 3S 级太多。

这条广播透露出来的信息很有意思，事情由达摩克利斯军校引起，且特殊材料在他们身上，所以能一直吸引星兽过来，其他军校暂时出不去，拔完旗还可统计斩杀星兽数量。

接下来，其他军校完全可以选择绕路，先拔旗，后在边缘绞杀星兽，至于达摩克利斯……

突然，应星决像是感应到什么，朝星兽潮中的卫三看去。

第 96 节

有一瞬间应星决察觉到卫三的感知再次外溢，但又极快收回，比起她之前在训练室中肆无忌惮地释放感知，到现在有了些进步。

不过照她这么疯狂的打法，感知只会越来越受刺激。

应星决站在大楼顶层，望着星兽群中的人，她绝不能现在暴露。

"卫三！"

金珂看着疯狂屠杀，失去任何招式的卫三，心中着急。入场前老师要他看着卫三，别过了头，现在卫三怎么看怎么像失去了理智。

她感知还不稳定，现在强行升上去，百害而无一利。

"……我没事。"卫三一直杀进他们内圈才出声，她声音有点哑，"先拖帝国下水，他们两个机甲单兵在那边。"

现在金珂带着的紫液蘑菇就是指挥星兽行动的"旗子"，他往哪儿走，星兽就往哪儿走。

廖如宁喘了口气："一个都别放过，待会儿就往终点大楼走，我看哪所军校不动手绕得过我们。"

"走了。"霍宣山直接道，"平通院就在后面，下一个拖他们下水。"

赛场外的观众：好家伙，姬元帅的算盘肯定落空了，达摩克利斯军校这是要拉所有军校下水，强行团结。

那边霍剑正开大杀招，司徒嘉已经快冲出星兽圈了，卫三突然疯狂地带着金珂杀过来，廖如宁和霍宣山在两旁开道，后面如潮水般的星兽顿时围了过来。

司徒嘉连世家子弟的风度也维持不住，咒骂一声，他是喜欢斩杀星兽累积资源，但不是喜欢这种密密麻麻的高阶星兽全部围过来。

"要下去吗？"姬初雨问。

应星决垂眸掩下眼中神色："去。"

帝国军校队伍全员战斗状态，朝他们那边赶去。

应星决站在最前方，他左侧站着姬初雨，后方是摆阵校队。星兽察觉到背后有人，想要攻击领头的人，却连动手的机会都没有，直接被感知攻击大脑。

帝国校队逐渐扩大范围，所有人直接受应星决控制，无论是指挥还是机甲单兵，他们如同一个松紧口袋，一会儿张开，扩大他们范围；一会儿收紧，将小部分星兽统一绞杀。

至于姬初雨，则在周边收割 3S 级星兽。

"他们过来了。"霍宣山一直在半空中对付飞行星兽，一眼便看见帝国军校的行进速度。

别的不说，应星决确实是超 3S 级指挥的水准，远超其他军校指挥。

这边卫三双手握着合刀，星兽杀得越多，她刀把上的白霜结得越多，甚至挥刀时还带上了冷气。

但这时候谷雨赛场又开始下起了雨，在雨中并没有人能看清她刀的异样。

应成河盯着操控面板的数据，心跳得厉害，须弥金果然具有传言中的可成长性。卫三的刀用得太狠了，数据已经有波动的迹象。

同时卫三也在极速适应朱绛，不知道是卫三感知等级高，还是她同时作为一名准机甲师的缘故，她适应这架机甲的速度太快了。

其他人看来，她招式越来越乱，已经失去了冷静，但应成河一直有卫三机甲的数据，可以对比发现卫三每一招都在试探机甲的极限。

他透过机甲的视窗看向外面的那台红色朱绛机甲，在这种场合，还有心思试机甲，恐怕也只有卫三一个人了。

"校队的人快来了。"金珂忽然道。

其他人一愣，廖如宁砍掉靠近金珂的一头 S 级星兽："他们怎么这么快到？"按时间算，校队至少还要一天才赶到。

走前，金珂命令他们不要开机甲状态前行，为了节省能源，同时避开星兽潮。当然现在计划失败了，谁也没料到出口被封，他们拔旗无效。

"既然来了就参战。"霍宣山望向远处，还见不到校队，"机会难得。"

他们看不到校队情况，但观众能选择镜头观看，达摩克利斯校队自从和主力队分开后，申屠坤并没有按部就班走，而是带着他们尾随落单 S 级星兽走，所有指挥勾连，虽没有主指挥统筹，但一千人对付少数 S 级星兽，不算太难。

申屠坤带着校队对付星兽兑换能源，再开启飞行状态前进，能源耗完，再继续战斗。一路打，一路兑换，不耗上两场的资源。

他太适应这种困境，加之这届校队中有不少老校队成员。咬牙撑着，为的便是尽快赶到，和主力队会合，如果卫三他们能拔旗最好，不能，还有后方赶来的校队支撑。

达摩克利斯的精神此刻体现得淋漓尽致。

应星决带着帝国队伍行进速度极快，很快和司徒嘉、霍剑会合，同时内圈还有卫三等人。

卫三看着姬初雨潇潇洒洒地在旁边杀星兽，忌妒了：他机甲看起来油光水滑的。

她一忌妒，手下力度又无形中加重，旁边星兽隐隐有退让之势。

"平通院的人要绕过去了。"应成河发现后面平通院的主力队快杀出去了，"塞缪尔军校和南帕西军校都到了，但只有主力队。"

金珂朝应星决看去，这是两位主指挥第一次在赛场内见面。

"星兽这么多，不如喊他们一起进来玩玩？"金珂对应星决道，"这么多人，压力能减轻不少，你们弄资源也方便。"

应星决伸手，直接用感知回击一头从天上俯冲下来的高阶星兽。那头星兽连嚎叫都未来得及，径直坠落，重重砸在底下星兽身上，带起一小阵星兽骚动。

金珂："……"超3S级指挥了不起吗？是……有点厉害。

应星决朝帝国成员扫了一圈，发现没有人对金珂的建议表示抵触，甚至那个校队总兵已经跟在卫三背后冲了。

在赛场上所有军校都是敌人，同时可以是合作对象。

现在帝国第一的位子已经拿到手，还有机会继续积累资源，蹚一蹚浑水似乎也未尝不可。

且正如金珂所说，将其他军校拉进来，那么多3S级单兵，无论是达摩克利斯军校还是帝国军校，面临的压力都会骤然减小，尤其帝国军校目前是现场唯一带有校队的队伍，能斩获的星兽更多。

"好。"应星决答应下来。

帝国军校和达摩克利斯军校联手，朝终点方向奔去，有金珂在，星兽顿时开始往终点涌去。

平通院主力队速度越来越慢，最后被星兽拖住了脚步。

"达摩克利斯军校连累所有军校，你还要帮他们？"路时白转身问不远处的应星决。

"朋友，话不能这么说。"卫三斩杀星兽的速度不但没有随着时间减缓，反而隐隐有所提高，她率先杀到平通院背后，"我们为你们带来了无穷无尽的资源呢。"

路时白："……路某从未想过有一天达摩克利斯军校会有你这种人。"

浑身只透着一种信号——地痞流氓。

"失败。"卫三亲切喊道，"我这种人呢，最烦你这种装腔作势的人。"

路时白本不予再和卫三说话，谁料她握着大刀，刺进他左侧星兽脖子上，抽刀带出来的血溅在他机甲身上，甚至污了他的视窗。

"怎么办？"卫三夸张地叹气，"我这种人救了你这种人。"

路时白："我有界，无须你救。"

界是平通院机甲师季简为他们做的防护型机甲。

随着金珂带着紫液蘑菇靠近，平通院被迫陷入泥潭，和他们一起对付周围的星兽。

卫三左侧站着廖如宁，右侧是宗政越人，她扭头朝右看去："其实你们也不用急，上去拔了旗也没用，我们刚拔回来，那边触发器坏了，播完帝国军校的就没有了动静，你们去也一样。"

"难道不是达摩克利斯军校受到了惩罚？"路时白先冷笑，"恐怕你们这次排名作废了。"

都不是傻子，现在出口都关了，不让拔旗军校出去，外面肯定有军方出面，唯一能让帝国军校领队安静下来的，只有姬元帅。

卫三啧了一声，现在的人太精，一点儿都不好骗了。

"那边南帕西的人要上去了。"金珂继续游说，"我们的排名是可能作废了，难道要让其他军校抢在平通院前面？倒不如大家先一起积累资源。"

一阵沉默后，平通院加入两所军校。

先后被堵住的南帕西军校和想捡漏的塞缪尔军校："……"真是一群神经病！

赛场外的观众：要开始了吗？"相亲相爱"的五所军校合作。

有了这么多3S级单兵入圈，廖如宁和霍宣山肩上的压力一松，应成河趁此机会，帮他们修了机甲破损的关键部位。

旁边没人分散注意力，又都是高阶星兽，卫三有点杀红了眼，只能看见周遭的星兽。

金珂一直盯着她的状态，正要提醒，应星决绕到卫三旁边，用感知摧毁了两头3S级高阶星兽，帝国校队也开始朝那边收紧。

见卫三状态回转，金珂悄悄松了一口气，幸好应星决专挑3S级高阶星兽对付。

"卫三，你去接应校队，学长他们到了。"

金珂的声音在卫三脑海中响起，她转头朝后面看去，达摩克利斯校队已然接近星兽潮尾部，他们停在那儿一会儿，随即开始绕路，想要从侧方包围过来。

校队只有一个双S级单兵，机甲还是A级，这时候需要主力成员在旁护着，主指挥统一布阵才能发挥最好的效果。

像帝国军校现在这般，靠着主力队解决双S级及以上高阶星兽，校队则负责绞杀其他星兽，扩张战斗领地。

金珂瞬间和达摩克利斯军校所有指挥勾连，控制他们如同一把利剑破开星兽潮，迅速朝卫三这个方向会合。

主指挥的控场能力开始体现。

第 97 节

如果说三名主力队单兵是刀尖，校队更像是主指挥手中可随时变形的武器。

此刻，帝国校队像灵活收缩的口袋，不停地实施绞杀星兽的行动，一批一批人补上，但凡被围住的星兽皆再出不来。而达摩克利斯校队在金珂的指挥下则像一把长刀，从侧方直接撕开一道口子，不断靠近主力队。

卫三的作用是清扫达摩克利斯校队周边的 3S 级星兽，为他们扫清障碍。

校队更多是对付 S 级星兽，再往上的星兽则交由主力队。

虽说谷雨赛场的高阶星兽皆聚集过来，但有些 3S 级星兽一直在周围打转，并未靠近，它们想等这些人体力不支后再动手。

五所军校的人也顾不了蹲守的那些精明的 3S 级星兽，帝国军校主力队专门挑附近的 3S 级星兽，另外三所军校现在只想去拔旗，对帝国这种"抢资源"的行为权当没看见，正好保持体力冲出去。

"你们能不能别跟这么紧？"塞缪尔军校的肖·伊莱冲着金珂喊，"让我们先去拔旗，待会儿我们肯定会下来，帮你们一起对抗这些星兽行不行？"

这什么世道？

肖·伊莱觉得自己从踏入帝都星港后就没有顺利过，先是被达摩克利斯一个校队总兵打了，想着在赛场上找回脸面，结果反而拖累塞缪尔军校，一开始队友对他就有意见。后面联合平通院，居然还是输了，好家伙，那个卫三居然是个 3S 级单兵，跑去装 A 级校队总兵。

从卫三恢复成 3S 级机甲单兵后，肖·伊莱就知道自己那一巴掌是报复不回来了。

现在三所军校都被达摩克利斯军校拖下水，偏偏他们主指挥老往塞缪尔这边挤，星兽全涌了过来。

金珂在机甲舱内咧嘴一笑，眼下他就是全场最讨嫌的人，所有人都想躲着他。

偏偏金珂到处跑，除了不靠近达摩克利斯军校队员，对其他军校"雨露均沾"，哪一所军校那边压力一小，他就往哪儿跑。

肖·伊莱见金珂还往他这边挤，脸黑了，他往旁边一扫，开始朝卫三那边挤。

既然金珂要靠近他，那他就去靠近达摩克利斯军校的人。

"你们快去拦住那些人！"肖·伊莱突然发现平通院的校队冒出来，想要偷偷去拔旗，扭头就冲卫三喊，"快让你们主指挥往那边走，把星兽引过去。今天这事不解决，谁都不能上去拔旗！"

塞缪尔得不到好处，其他军校也不能得到好处！

他们本身离终点大楼便近，只要稍微移动一点儿，平通院的校队便可以被拉入战场中。

不用肖·伊莱说，金珂都要将他们拉进来。

整个赛场一片混乱，外面的人看着看着，心反而稍稍落了下来。

虽然终点大楼附近形成了星兽潮，但五所军校的主力成员皆下水战斗，一时间居然能抵御住星兽。

"鱼天荷还有多久到？"项明化难掩焦急地问，现在还能扛一扛，但周围还有那么多 3S 级星兽没有动手，万一这些星兽联合对付学生，恐怕撑不了一刻。

"已经开始进入谷雨星系，还要一点儿时间就到。"解语曼双手抱胸，"他们应该能撑到那个时候。"

只要周围那些可以搅乱现在局面的 3S 级星兽不加入进去。

然而他们的担忧，最终还是成真了。

赛场内星兽渐渐开始急躁，不断有星兽发出嚎叫声，到后面，场中的声音越来越大，周围那些 3S 级星兽像是回应般仰头嘶叫。

五所军校的主力队员们似有所觉，皆开始聚拢，校队攻势也慢慢收缩。

果不其然，周围 3S 级高阶星兽，天上飞的、地上跑的，全部动了，不再袖手旁观，等候猎物乏力，而是选择联手攻击。

廖如宁和霍宣山皆回到金珂身边，应成河和卫三以及校队待在一边，开始往他们那边走。

这些 3S 级高阶星兽目标很明显，只针对金珂一个人。

南帕西和平通院主力成员悄然往后退，显然还在想着拔旗。倒是离得最近的塞缪尔军校没有立刻走，甚至肖·伊莱还提醒金珂，说那两所军校的人想跑，赶紧往那边移。

然而这招对这些 3S 级星兽并不好使，它们的目标只有一个——金珂。

这些 3S 级高阶星兽，完全不会主动攻击周边的人，这给了其他军校退出的机会。

"大家未来都是军区的人，为联邦做贡献，现在抛弃达摩克利斯军校的人走，未免太没有人性。"肖·伊莱义正词严道，"请诸位同学放下成见，助他们一臂之力！"

所有人："？"

他这话说得好像往届针对达摩克利斯军校的不是塞缪尔军校一样，分明下手最狠，一直想要达摩克利斯军校队伍全军覆灭在赛场内的军校，难道不是塞缪尔？

在肖·伊莱说完后，塞缪尔军校的主力成员居然真的留下来，帮着达摩克利斯军校对付 3S 级高阶星兽。

旁边的帝国军校一直没有什么动作，他们已经拔完旗，现在只用累积资源，自然挑高阶星兽对付，也没有走。

平通院和南帕西两所军校主力队员稍稍犹豫，还未做出决定时，广播响起。

"恭喜塞缪尔军校成功抵达终点。"

广播没有坏，这是谷雨赛场响起的第二道抵达终点的广播声。

众人抬头，塞缪尔军校的校队居然绕在大楼后方上去，躲过了所有人的目光，成功拔下塞缪尔军旗。

机甲舱内的金珂深深吸了一口气，果然，达摩克利斯军校的排名应该是作废了。

平通院和南帕西的人对视一眼，皆选择冲上大楼，不再为达摩克利斯军校所拖累。

金珂也没有了机会去拖他们下水，周围的 3S 级星兽全部挤了过来，低阶星兽甚至开始往后退。

"别急，我们现在就帮你。"场面急转，现在轮到肖·伊莱对着金珂笑。

塞缪尔军校拔下旗，拿到积分后，接下来他们只需要斩杀星兽，积累资源。

这么难得的机会，可要感谢达摩克利斯军校的真诚付出。

不过至于是哪里的 3S 级星兽，塞缪尔军校当然不会和达摩克利斯军校抢，对付边缘的 3S 级星兽就够了。

一下子拥过来的 3S 级星兽太多了，即便帝国军校和塞缪尔军校在旁边分担压力，那些高阶星兽目标紧盯金珂，廖如宁和霍宣山稍微分开一点儿距离，其他 3S 级高阶星兽便转头去攻击金珂。

金珂靠着不死龟挡住 3S 级高阶星兽的攻击，但这只能提供短暂的安全。

霍宣山机甲双翅周边已经有大大小小的伤口，依然飞行在半空中，和两只 3S 级飞行星兽搏斗。

而廖如宁不光要对付地面上的 3S 级高阶星兽，还有飞行星兽伺机偷袭。

这些 3S 级高阶星兽观察这么长时间，已然知道哪几个需要最先处理，它们最先要拔除的便是霍宣山和廖如宁两人。

机甲舱内金珂微微闭眼，他在寻找之前那种用感知攻击星兽的状态，不能坐以待毙下去。

这种玄妙状态，以感知来攻击星兽，需要自己感悟，谁也教不了，金珂不知道自己还能不能找到那种感觉。

他在捕捉自己的感知，并试图改变感知状态。

不是屏障，而是能够攻击星兽的感知，金珂在脑海中不断深入回想之前的状态，他要攻击那些星兽。

找到了！

金珂瞬间睁开眼，控制原先只能设置屏障的感知，变形成一丝一丝带有攻击性的感知。

只控制一点儿，他便立刻感受到感知的消耗有多剧烈，和信手拈来的屏障相比，感知攻击所带来的负荷绝对成倍增长。

虽然指挥使用感知攻击极为消耗体能，金珂也顾不得太多，睁眼对上一头偷袭廖如宁的飞行 3S 级高阶星兽。

一人一兽僵持着，金珂在用感知攻击这头星兽，该高阶飞行星兽同样能用精神力攻击他，只看谁先熬得住。

金珂大脑压力骤增，眼白渐渐爬上血丝，紧咬牙关，将感知控制得如同针细，刺向那头飞行星兽。

这头飞行星兽扇着翅膀，低头朝金珂嘶吼，精神力随着声波向他扩散攻击。

金珂到底没忍住，吐出一口血，感知一松，被 3S 级高阶星兽的精神力刺激，连给达摩克利斯其他成员设置的感知屏障都差点散了。

那些 3S 级星兽抓住这个时机，同一时间从四面攻击霍宣山和廖如宁，两人机甲很快受伤严重，招式一退再退。

卫三还在另一边，赶不过来。那一瞬间她见到半空中的霍宣山被下方 3S 级星兽跃起拉住一条腿，两边飞行星兽尖爪朝他胸口、背部抓去，廖如宁背后的 3S 级灰狼张开血盆大口，四颗獠牙暴露在空中，朝他头部咬去。

卫三停下奔向他们的脚步，握住扇形刀的双手合一，刀身瞬间拉长，刀把合拢弹出，恢复成原来长刀把粗刀身的样子。

她脚未动，双手握住长刀把，面无表情地朝地砍下一刀，从刀把起，到刀身，一层白霜缓缓结起。只此一刀，似乎什么也没砍中。

赛场内，以她所站地方为起点，刀落为方向，地面逐渐开裂，那个方向 3S 级灰狼的嘴还朝廖如宁张着，半空中的两只飞行星兽尖爪还伸向霍宣山。

星兽潮内所有人若有所察，扭头朝她这边看过来。

原本战斗喧闹的赛场顿时安静下来，有一种无声凝固的氛围。

下一秒两头飞行星兽尖爪忽然断裂，嘴里发出尖叫，这似乎是一道信号。赛场内，以那个方向为中心，地动山摇。

3S 级巨型灰狼张着嘴死去，被卫三这一刀震碎了心脉。

不光如此，终点大楼正好在她一刀的范围内，竟然被切成两半，缓慢轰然倒地。

平通院最先升空的小酒井武藏被刀势所伤，一只金属翅膀凌空掉落，他用另一只翅膀撑着，扭头看向星兽潮中的卫三，甚至忽略了机甲翅膀断裂给他带来的疼痛，眼中皆是难以置信。

大楼倒塌，旗台自然掉落，南帕西军校的山宫波刃反应最快，又距离旗子最近，骤然飞起，竟抢在平通院前率先拔得旗子。

"恭喜南帕西军校成功抵达终点。"

这道广播声似乎按下了播放键，所有人回过神，目光皆聚集在卫三身上。

卫三握着还砍在地面上的刀，前面是被她砍出来的一道深沟，再往前是死去的 3S 级巨型灰狼，最后是倒塌的终点大楼。

她缓缓直起身，握起大刀，一步一步朝金珂那边走去，周遭的高阶星兽甚至下意识地往后退让。

第98节

直播现场，各军校老师神色各异，谁也没料到卫三这一刀有这么大的威力。

其中以帝国军校和平通院领队老师的脸色最为难看，这一刀，能与之抗衡的主力单兵大概也只有姬初雨和宗政越人。

这一刻，对两所军校而言，达摩克利斯军校更具威胁性了。

"我看走眼了。"习浩天突然道，"达摩克利斯军校的卫三还有点本事，不过之前瞎打一通也不知道为了什么。"

虽然姬元德还在，但主解员还要负起解说的责任，应月容看着一步一步朝金珂那边走去的卫三："大概需要条件触发。"

言下之意，是实力不够稳定。

"这个单兵不错。"光幕上的姬元德看着卫三道，"她手里那把刀是哪个机甲师做的？也不错。"

达摩克利斯军校不知情的老师，看了卫三的表现，又听到元帅夸奖，心中都很高兴，只有旁边的项明化和解语曼心中紧张，生怕赛场内的卫三失控。

现在还能推说卫三潜力被激发，发挥出最好的一刀，再加上武器加成，如果卫三再搞出什么事，就不好说了。

赛场内，应星决的手已经微微屈起，只要卫三稍微失控，他便动用感知控制她。他有这个自信，瞒过在场所有人。

好在，卫三走到达摩克利斯军校那三个主力成员身边后，并没有过分的异样。

"你这一刀太强了。"廖如宁扭头就见到背后死去的3S级高阶灰狼，他抓住机会，一边对付前面的3S级星兽，一边抽空道，"回去我也要改一改刀！"

"多杀点3S级星兽，兑换好材料。"卫三走到金珂身边，重新拉出合刀，"这么多星兽，够我们改好几轮。"

她语调正常，没有任何异常，应星决也没有察觉到她感知外泄，他微微松手，掌心有丝微汗。

多出一个卫三，廖如宁和霍宣山压力大减，得以喘口气。

卫三握着刀，对付周边的星兽，这一次她不再是乱七八糟，反而每一刀都带着招式，但即便如此，直播现场的众人越看脸色越怪异，连光幕中的姬元德都忍不住皱起了眉。

终于塞缪尔军校领队老师忍不住扭头对项明化嘲讽："一直知道你们达摩克利斯军校没什么实力好的老师和学生，但没想到已经缺到这个地步。真的可怜呢，如果实在消化不了，倒不如让这个学生转到我们塞缪尔来，我们一定会好好培养。"

项明化单手撑着头，掌心挡住脸，难得没有反驳塞缪尔领队老师的话。

无他，赛场内卫三使用的招式，全是其他军校单兵用过的招式，还学得有模有样。这个卫三真是……

项明化也不知道该说什么好。是，机甲才刚选，武器入场头天晚上才做好，她没时间和达摩克利斯军校的老师们学。

原本项明化以为她就这么乱七八糟打完这场，好歹用着3S级机甲和3S级武器，总比双S级机甲单兵强。熬过这一场，等下一场，好好让老师带着她训练也行。

结果现在，她倒好，自己先学上了塞缪尔、南帕西，甚至还有平通院的招式，全给模仿得三五成像，关键是她什么时候学好的？

五所军校在星兽潮中大乱斗，她忙着对付星兽，还有时间偷师，项明化沉默了。

而且最匪夷所思的是，刚才项明化居然从卫三挥刀的招式上隐隐看到南帕西山宫波刃的招式。

项明化："……"人家挥的是鞭子，她卫三用刀，这个也能学？！

"她刀身那层白霜是什么？"习浩天现在目光一直都放在卫三身上，自然而然注意到她的武器。

可惜鱼天荷不在这里，应月容又是指挥，对武器并不了解。

旁边几个军校的机甲师老师商讨后，一致认为，卫三的武器被他们机甲师加入了特殊材料，能制造冷煞气，增强攻击力。

能有这种功效的材料屈指可数，达摩克利斯军校倒是舍得下血本。

赛场内的 3S 级星兽只被卫三震慑过短暂的时间，紫液蘑菇对它们而言，诱惑力太大，足够豁出性命去争取。

星兽群内再一次响起各种星兽的叫声，这似乎是一种联合信号，那些 3S 级高阶星兽，皆冲金珂而来。

"想必主办方那边应该也快到了，你们再不动手，这些星兽全是我们的。"金珂冲其他军校的人喊道，"难得拔旗后还计算斩杀星兽数量，你们要这么放弃，赛场上对手可不止达摩克利斯军校一个。"

最先冲过来动手的是平通院的人。

他们拔旗失败，落到第四，这次比赛没有积分，唯一还能争取的只有 3S 级高阶星兽，用来兑换资源，以利于后面的赛场。

平通院一动，其他军校自然不甘落后，五所军校再一次"团结"在一起。

卫三、霍宣山、廖如宁三人围在金珂身边，不让他有被 3S 级高阶星兽伤害的机会。

平通院宗政越人不知道是不是将未拔得旗子的怒气发泄在 3S 级高阶星兽上，招式极为狠辣，佛枪头上皆是带出来的血肉碎块。

南帕西和塞缪尔军校同样不再关注达摩克利斯这边，他们都拔得旗子，自信心大增，想要获得更多的资源，便需要斩杀更多的 3S 级高阶星兽。

一时间赛场如战场，3S 级单兵和 3S 级高阶星兽搅和在一起，像大型绞肉机，连带周边的低阶星兽都被殃及。

上方负责统计被斩杀星兽数量的工作人员已经快数不过来，这算是这些军校中的主力单兵第一次全部发力。

不愧是将来要进入军区重要位置的人，他们开始还有些不适应，后面五所军校的单兵竟然隐隐有种对付这些星兽的默契。

"出口已开，所有拔旗军校可返回现场，各军校再斩杀星兽数量无效，请注意飞行器顺序。"

广播声突然响起，星兽潮内众人先是一愣，随后高空中出现一批救助员，落在五所军校周围。黎泽上校便在其中。

这些人才是真正的战争机器。一落地，动手速度比五所军校的这些天之骄子快太多。

连 3S 级高阶星兽都被硬生生逼退。

中间空出一大块，帝国军校队伍率先被接上飞行器，应星决最后上去，他朝下看了一眼，那里还站着四所军校的人，没人知道他看谁。

达摩克利斯军校众人互相看了看，其他军校相继离开，他们要怎么办？

周边的星兽甚至还在往金珂这边冲，不过被黎泽上校挡住了。

"金珂，你出来。"

高空中，响起一道女声，随后一架防护型机甲出现在达摩克利斯军校众人面前。

——是鱼天荷赶到了。

她一落地，便从机甲内跳了出来，手里还拿着一个黑色盒子。

金珂立刻从机甲内出来，怀里抱着紫液蘑菇。

"装好。"鱼天荷没有让金珂把紫液蘑菇放进来，而是将盒子塞给金珂。

随即进入机甲，跟在南帕西的飞行器后面一起出去。

金珂将紫液蘑菇放进黑色盒中，盖上盖子，一瞬间周边的 3S 级星兽便有些茫然，但这些人身上还有淡淡的气味，乱了套的 3S 级高阶星兽还想朝达摩克利斯几个身上气味沾得最重的人冲过来，皆被救助员挡住。

随着平通院成员被飞行器接走，最后一拨飞行器终于停在了达摩克利斯众人面前。

上面的工作人员打开门："进来。"

校队成员最先进去，随后是主力成员，金珂抱着盒子走上飞行器。

卫三落在最后，她跳出机甲，上半身全是血，脸色苍白得吓人，完全看不出来之前说话还和正常人无异。

她刚收起机甲，便双膝跪了下来，连手都没有来得及撑地。

直播现场达摩克利斯军校的老师齐齐下意识地站起身，焦急地看着镜头内的卫三。

快要进入飞行器舱的霍宣山和廖如宁察觉不对，立刻转身。

"卫三？！"

廖如宁匆忙过去扶起卫三，霍宣山在前面示意里面的人让开。

观众只看得到卫三被扶进了飞行器中，再往后，直播镜头已经黑了下来。

"喝下。"金珂找来几支 3S 级专用营养液，喂给卫三，"有没有好点？"

卫三还未说话，飞行器内的医疗师过来，看着她满身的血也吓一跳："这是伤了哪儿？这么多血，快把她送进治疗舱！"

卫三睁开眼："不用，我没事。"

"还没事？"医疗师严肃道，"我知道你们机甲单兵反感治疗舱，但你都流了这么多血，必须要进去躺治疗舱，否则时间一长，会留疤。"

卫三伸手去摸旁边金珂的口袋，从中掏出两支营养液，折断封口，倒进嘴里，喝完："没伤，这些血是我吐出来的。"

医疗师反应半晌："……你真能吐。"

他一走远，达摩克利斯军校所有人皆彻底松了一口气。

"还好，只是排名作废。"廖如宁感慨一声，他身上其实有伤，机甲背部被一头星兽划穿，他的背也受了伤，不过现在都快差不多愈合了。

"紫液蘑菇能到手就行。"金珂低头看了一眼手中黑色盒子，上面还刻有繁复的花纹。

卫三没力气说话，闭上眼。旁边霍宣山盯着她的脸看了许久，观察她的呼吸，确定她没昏迷，只是睡着了，才收回目光。

乘坐飞行器抵达出口，达摩克利斯军校众人没像前两个赛场一样，直接出来，而是被工作人员喷了一堆刺鼻的物质。

"鱼天荷带过来的东西，说是能掩盖人身上留下的气味，也是鱼青飞的东西。所有从赛场出来的人都要喷。"项明化站在出口，和他们隔着一道玻璃。

轮到卫三，工作人员朝她脸上、身上喷扫过来，她差点没站稳，还好被后方的应成河抵住背。

五所军校的人皆被喷得精神恍惚，才能走出来。

"其他事以后再谈，你们先去洗洗，休息一会儿。"项明化挡住媒体记者，让达摩克利斯的学生们先走。

解语曼扶着卫三往休息处走，顺便暗中塞给她一支超 3S 级专用营养液："那一刀好样的。"

卫三抹了一把脸，手上顿时黏糊糊的，血和刚才那种刺鼻的东西混在一起，她胸中呕了一下，嘴上道："老师，商量一下，下次别踢我屁股。"

解语曼一顿："看你本事。"

"老师，我劝你别再踢我屁股。"卫三再次正色道。

"不然呢？"解语曼丝毫不吃威胁这套。

"不然，我继续抱你腿。"卫三严肃道。

解语曼："……到现在还贫嘴，小心待会儿其他军校老师找你麻烦。"

卫三进休息处，关门前，伸手对解语曼比心："还有老师你们呢。"

第99节

"是元帅？"应成河已经整理好自己，换了一身新军服，待会儿要现场颁奖。

金珂点头："我们的排名是元帅出面废的，出口也是他下令封的。"

应成河随手把头发扎好："紫液蘑菇能保住吗？"

"能，刚才十三区将军打来电话，祝贺帝国军校再次取得第一。"金珂坐下来，靠在墙上闭眼。

明面是祝贺，实则将军在提醒所有人不要太过了，达摩克利斯军校背后不是没人支撑。

好在姬元德元帅没有再说什么，只道了一声："这些小辈还需要锻炼。"便关了光幕。

至于他说的小辈是指达摩克利斯军校生还是五所军校生，那就见仁见智了。

"卫三呢？"廖如宁跟着霍宣山一起走进休息室，扫了一圈没见到她，"是不是晕倒在浴室了？"

"你才晕了。"卫三推门进来，换了一身干净的军服，脸上没了任何血迹，精神谈不上多好，不过这些人也没多好的精神。

五个人并排靠墙休息，齐齐出了一口气，太累了。

不光是在赛场上体力的消耗，还有当时对情况完全无法掌握的累。

"幸好熬过来了。"廖如宁打了一个哈欠，结果带动脸上的伤，安静地缩小动嘴的弧度，扭头去看卫三他们，"也是服了，公仪柳居然真的留下了好东西，而且你们怎么搞到手的？公仪柳他自己家那些人都没发现过？"

霍宣山和应成河皆看向卫三，她旁边的金珂也随着扭头看去。

卫三本来眼睛都闭上了，被他们硬生生看得睁开眼睛："看我干什么？"

"如果我们没有说对公仪柳的口令，我们也找不到紫液蘑菇。"霍宣山道，"还是你厉害。"

"是应成河厉害。"卫三谦虚道，"我只是顺着公仪柳的话说，夸他没用，那就贬低他。"

应成河想起自己拍的马屁："……因为公仪觉总是说公仪柳很牛。"他潜意识罢了。

金珂和廖如宁听这几个人说完怎么打开公仪柳工作室的门后："……"这么轻而易举搞到手，也只有他们了。

"想睡觉。"卫三仰头道。

"我也想。"廖如宁跟着道。

"待会儿还要去看他们站在奖台上，我们还要接受媒体采访。"霍宣山打破他们的幻想。

休息室再次响起一阵叹息声。

帝国会议室。

公仪觉脸色难看："达摩克利斯军校从公仪家的大楼中找到紫液蘑菇？"

"颁完奖，你自己去看直播回放，你以前和他是同学，这件事只有你告诉过他。"帝国军校其中一个老师，也是公仪家的人，皱眉道，"下次注意别什么事都和外人说。"

这位老师丝毫不在乎会议室里还坐着另一个应家人，毕竟应成河一个分支，还去了达摩克利斯军校，应氏主家应该不会在意这样一个人。

姬初雨转着自己的机甲戒指："紫液蘑菇有什么功效？值得那么多星兽疯狂。"

领队老师冷笑："功效大了，用在3S级机甲上，品质可以直接超3S级机甲，而机甲单兵不需要任何改变。"

"那达摩克利斯军校下一场岂不是直接多出一个超3S级机甲单兵？"司徒嘉一惊。

这场那个卫三突然变成3S级，一下子跃到和平通院一样的危险级别。如果这次用上这个紫液蘑菇，3S级机甲单兵变成超3S级机甲单兵，那岂不是……直接和帝国军校对上？

领队老师一想起这件事，面沉如水，他厉声道："星决，为什么不抢了达摩克利斯手中的材料？"

"达摩克利斯军校的人敢在赛场自爆，你们不是没见过。"应星决淡声道。

领队老师嗤笑："当时那个卫三一个人在大楼顶层，姬初雨和你两个人，拿不下她一个？你用感知控制她，来威胁达摩克利斯的主指挥，他们一定会放弃。"

达摩克利斯的死穴——不放弃任何成员，这些年各大军校早已经知晓。塞缪尔正是次次踩中这个点，来威胁他们。不过那届翻了车，达摩克利斯军校的学生直接开始自爆，导致两所军校伤亡惨重，塞缪尔军校这才有所收敛。

有应星决在，自爆完全可以控制。

应星决微微向后靠，抬眸深深看了领队老师一眼："你在教我指挥？"

会议室陡然突升威压，所有人都感受到不可名状的窒息感，尤其会议桌前的领队老师。

领队老师脸色煞白，一句话都说不出来，旁边的老师出面艰难道："星决，姬老师他不是这个意思。"

这时候，外面广播在喊所有主力队成员赶到直播现场，要开始颁布谷雨赛场的排名奖。

应星决这才收回感知，缓缓起身，整理衣袖，走出会议室。

第二个起身的是姬初雨，他走前瞥向那位领队老师："姬姓不是你的保命符。"

两个阎王一走，所有老师才松了一口气，也不敢看其他主力队员的眼神，低头假装整理东西。

从开赛以来，应星决太好说话，导致所有老师差点忘记他不是受摆布的人。

五所军校主力队皆换了崭新的军服，等候颁布名次。

底下的媒体记者都在疯狂拍照，尤其对准达摩克利斯军校五名主力成员。这次的赛场太刺激了，还是第三场就能搅得元帅都出面了。

不愧是历届以来 3S 级成员最多的一届，精彩。

负责颁奖的嘉宾是鱼天荷，她和之前蓬头散发从机甲出来时的状态完全不同，又恢复以往坐在主解台前的优雅。

"我们都知道出于某些原因，所以达摩克利斯军校这次的排名作废，不过每所军校的优秀表现，我们都看在眼里，希望拿到排位的军校成员不要骄傲，没拿到的也请下一场继续努力。"鱼天荷微微一笑，"现在有请帝国军校、塞缪尔军校及……南帕西军校上台。"

现场观众、老师及底下两所没有获奖的军校成员都在一起鼓掌。

卫三第一次站在主力成员这个位置朝领奖台鼓掌，她仰头看着台上领奖的三所军校主力成员，啧了一声："站在上面，好像很嚣张的样子。"

"不是好像，是本来就嚣张。"廖如宁侧头悄声道。

"那我们下场也站上去试试？"卫三道。

旁边金珂踢她一脚，示意她看向旁边平通院的人，他们扫过来的目光能杀人。

卫三看过去，停下虚假的鼓掌，伸出一只手朝宗政越人挥了挥，打招呼："下次你们还有机会，别伤心。"

平通院其他人："……"

第 100 节

平通院和达摩克利斯之间也不过两肩距离，足够他们将旁边的达摩克利斯五人看得清清楚楚。

这次谷雨赛场，三所军校拿得排位，达摩克利斯军校排名被废，但有紫液蘑菇，唯独平通院一无所获。

这一切都和达摩克利斯军校的人脱不了干系，偏偏那个卫三还耀武扬威地冲他们打招呼。

宗政越人握着长枪，下颌收紧，盯着卫三："黑厂是你冒充我？"

之前卫三在赛场内那些招式中不乏平通院的招式，他不知道卫三什么时候学会的，那把大刀倒握，她握着刀把中间，异常长的刀把被当作枪，宗政越人从中看到了属于平通院的特殊招式韵律。

几乎一瞬间，宗政越人便想起之前有关平通院男变女秘技的传言，他没看到视频，只知道是两男一女，现在看来，分明是达摩克利斯军校这三个主力单兵。

卫三收回手，扭头，正了正衣领，若无其事地问旁边的金珂："你听见有人对我说话吗？我怎么好像觉得有人在说话。"

金珂朝她看了一眼："没听见，谁说话了？"

卫三垂下手，一本正经："那大概是我听错了。"

旁边宗政越人握着长枪的手背，青筋爆出，强忍怒意。

平通院和达摩克利斯军校的仇怨无形中又加深几分。

但达摩克利斯军校五人皆当没看见，仰头看着台上颁奖。

台上站着三所军校的主力队，每个人都有一枚勋章，还有一个大奖杯。

卫三眼馋："那奖杯的材质看起来很值钱的样子。"

应成河："还算值钱，奖牌的材质更好，回去给你看。"

达摩克利斯军校前两场都拿到了排名，有奖杯和奖牌，不过卫三不是主力队，中途两次都溜了，没看颁奖。

颁奖人是谷雨星本土势力的代表，台上塞缪尔军校的人格外高兴，尤其是肖·伊莱，他感觉第二位来得太快，原本他们还在想要怎么才能拿到积分，结果突然情况发生大转变，不光拿到了第二排位，还斩杀不少高阶星兽，虽然机甲受损，不过和所兑换资源相比，还是他们赚了。

南帕西军校的五人表情似乎有点高兴，又好像不太高兴，不知道什么情况。

卫三看来看去，目光最后落在帝国军校那几个人身上。或许是拿惯了第一，这几个人都没有特别情绪，倒是公仪觉的视线老往他们这边瞟，想必已经知道紫液蘑菇是他祖宗留下来的。

颁完奖后，惯例是媒体采访，帝国军校的发言人是公仪觉，他被媒体记者问到对达摩克利斯军校找到紫液蘑菇什么想法。

"谷雨赛场所有东西属于主办方，已经不再属于我们公仪家，我对此没有任何想法。"公仪觉推开话筒，"抱歉，我们还要去训练。"

不止这一处，媒体记者一窝蜂围上来，到处采访各军校。

"请问塞缪尔军校抢在平通院之前拿到第二排位是什么感受？"

"这是我们的实力，任何挡在塞缪尔军校前的障碍都会被清除。"肖·伊莱有点飘，说起话来没有半点谦虚，平通院的人就站在他们附近。

正好也有媒体记者在问平通院："请问这次平通院错失第二排位有什么感受？"

这次回答的人是宗政越人，他冷漠道："平通院的目标是总冠军，不过是阿猫阿狗乍然得富罢了。"

卫三刚从人群中穿过，便听见宗政越人的话，她不由得吹了声口哨，挑事："肖·伊莱，有人说你是阿猫阿狗。"

对着媒体镜头的肖·伊莱嘴角的笑变得僵硬，心里将卫三骂得狗血淋头，他一个3S级单兵能听不见旁边宗政越人说的话？现在是放狠话的阶段，说得越狠越有气势，她为什么要过来戳穿？！

偏偏旁边的媒体记者都等着他回复，眼底都带着看热闹的神情，明明白白、清清楚楚写着：打起来，快打起来！

肖·伊莱："……"

这时候也有媒体记者钻过来，抓住卫三采访："卫三，请问你们是怎么找到紫液蘑菇的？"

"寻宝就那几个步骤，你们多看点寻宝节目，一起学。"卫三敷衍完就想跑，又有好几家媒体记者挤了过来。

卫三看着已经溜到下面去的金珂几人，心道不妙，这帮人居然全部散开，也不提醒她，留她一人在这里。

已经快溜出去的廖如宁对卫三眨了眨眼，投去一个好自为之的眼神，转身就和霍宣山一起跑了。

卫三："……"

"请问下一场你们是不是要用紫液蘑菇呢？"

"请问达摩克利斯军校排名被废，你现在的感受是什么？"

卫三被问得烦不胜烦，目光落在已经快下去的某人身上，下意识地对着话筒道："应星决，你头发没干。"

第101节

媒体记者听见这句话，下意识地朝应星决看去。他大概出来得急，没有打理好，长发微湿，披在肩上。

应星决站在领奖台上时，众人的目光皆被他的清淡黑眸吸引，也没人注意过这件事，现下被卫三点出来，有种奇怪的感觉，原来帝国双星之一的应星决也有这样的时刻，像是高高在上的天之骄子突然被拉入凡间。

应星决垂眸扫向肩上微湿的发，再抬眼时，却只见到一堆媒体记者在上面，说话的人已经离开，他收回目光，情绪并未有所变动，转身如常离开。

记者们顺着他的视线回头，发现原本被堵在中间的卫三已然消失不见，刚才说完那句话后，趁机逃走了。

"……"

卫三一说完就弯腰挤了出来，追上金珂他们。

这几个人已经在商量先睡一觉，晚上起来吃什么。

"吃什么，加我一个。"卫三挤过来，"谷雨星有没有特产？"

"以前有，现在不知道。"应成河往旁边站了站，让出一个位置给她。

"谁请客？"霍宣山问出一个关键问题。

"谁问谁请。"廖如宁快速道。

霍宣山："我觉得应该是成河请，他摘的蘑菇。"

应成河立刻把卫三推出来："是她说对了口令。"

卫三："金珂是我兄弟，他请就是我请。"

"也可以。"廖如宁点头。

霍宣山和应成河皆表示同意。

"我不同意。"金珂一个主指挥，所有的心计在这几个耍无赖的人身上完全无效。

"四比一。"卫三拍了拍他，"安心付钱。"

一帮搞起机甲眼睛都不眨一下的人，为了一顿饭钱居然争来争去，也不知道出于什么心理，大概是占一占最抠的那个人便宜，就会高兴一点儿。

他们从谷雨赛场出来，天才刚刚亮，颁完奖也不过九点钟。虽洗去一身疲惫，但从颁奖现场下来，和星兽长时间缠斗后产生的疲惫感又如同潮水一般涌来。

五人回到寝室后，各自回房间睡觉。

卫三一进房间便倒下睡过去，等再睁眼时，天已经黑了。

她仰面躺在床上，没动，反应了半天，最后才抬手看时间，凌晨一点。

卫三翻身起来，开灯，外面没声音，估计都还在睡。她登上魔方论坛，浏览几个网页，随手回答一些 A 级机甲师发布的问题后，发现自己账户里的积分忽然多了起来。

卫三还没想明白这个积分用来干什么，论坛界面中间便跳出一个方框，提示她账户升级。

账户升级？

她点进自己的账户看了一眼，除了显示 L1 外，没什么区别，等再退出来想要继续浏览其他页面时，卫三发现魔方论坛多了几个版块。

所以账户升级可以看到以前账户看不到的版块？

卫三来了兴趣，开始继续在问答版块答题，积分继续增长，不过还有一些发布人未确认，积分没能立即到账。她答完一堆，退出去看了看，账户积分多了，但还是 L1 级。这年头什么都要升级。

卫三到处看了看，魔方论坛上也没写升级的规则，只能回去答题，不过身为一个前技术人员，对回答问题，她十分感兴趣，能看到各种稀奇古怪的提问，权当长见识。

"卫三，你醒了？"廖如宁在外面敲门。

他刚饿醒，起来吃东西，见到卫三房门下面有光漏出来。

"醒了。"卫三把论坛关了，起身去开门，"其他人呢？"

"估计还在睡。"廖如宁将手上一包吃的，堆到卫三手里，"我去喊他们起来。"

大半夜，廖如宁一个一个敲门，把人叫起来。

金珂和应成河出来，靠在客厅沙发上，肩并肩打瞌睡，他们不比机甲单兵，像霍宣山被喊出来后，立刻清醒了。

"大晚上，哪里还有吃的？"金珂不想去。

"吃的有，你只是想赖掉账。"廖如宁毫不犹豫地拆穿道。

金珂："……"

五人凌晨收拾整齐，穿着常服，准备出训练场去觅食。

走出去，路过训练场见到了南帕西军校的人出来，经过训练大楼，发现平通院主力队从门口出来。

金珂反省了一下："我们是不是太松散了？"

不光睡到这么晚，还要出去玩，别的军校都已经又开始训练一轮了。

"劳逸结合。"应成河觉得他们做得对，"吃饱喝足，睡够觉，下一场才有精神打。"

因为紫液蘑菇的事，五所军校所有的计划都被打乱，出赛场也提前了好几天，现在离抽下一个赛场还有好几天，他们可以待在这儿短暂休息一段时间。

五人坐着飞行器出去，金珂负责查谷雨星凌晨还有什么地方有好吃好玩的，应成河本来靠在一边继续打瞌睡，卫三蹭了过去。

"你论坛什么等级？"

"什么论坛？"应成河不解。

"魔方论坛，我今天刚刚升级，发现多了版块。"卫三打开光脑让他看自己的账号和论坛。

应成河盯着那些版块看了会儿，指着那个多出来的版块道："我没有这个。"

说完，他打开光脑，解开隐私，让旁边的卫三也能看到光幕："没有显示等级。"

魔方论坛属于那种民间组织论坛，在帝都星，学院出身的人大多看不起这种论坛，应成河还是来到达摩克利斯军校之后，好奇注册了，一直也只和卫三一样在里面逛逛，大多数内容甚至都涉及不到 S 级，之前发现"穷鬼没钱做机甲"就是卫三后，他也没兴趣再登录了。

卫三想了想道："可能是我答了题的缘故。"

"这个等级看起来还能继续往上升。"应成河指着她 ID 头像那一圈，右下角的 L1 道。

廖如宁带着霍宣山挤过来，想看他们在说什么。

"L1 这个等级模式，有点像黑厂。"霍宣山看着卫三光脑上的 ID 道。

"可能都喜欢用这个等级。"廖如宁装模作样地认真看了一会儿卫三的光脑，问她，"你真的还能当机甲师？"

卫三瞥向廖如宁："你要不要试试我的武器？"

"算了，我信。"

五人最后进了一条巷子，据说里面有家深夜美食店，老板世世代代都在那里开店。

戴着面罩，慢慢往黑漆漆的巷子走，最前面的霍宣山见到一个亮起的牌子："有家面馆，是这里？"

金珂点头："对。"

廖如宁在后面嘀咕："居然是家面馆，你该不会是不舍得花钱吧。"

要进面馆，得过两道门，客人在第一道门卸下面罩，再进第二道门。他们进去，发现这么晚，人不少，全都是本地人。

墙上正在回放大赛直播视频，而且放的还是达摩克利斯军校的。面馆内的人讨论得热火朝天。

"谷雨赛场居然还有宝贝，往届的军校生没人发现？"

"往届哪有这么多 3S 级军校生，而且都顾着去终点，谁还有心思去寻宝，我看这宝贝注定就是达摩克利斯军校的。"

"为了这个蘑菇，排名都作废了，不知道他们后不后悔。"

"蘑菇用处大了去了，据说是能提升主力单兵机甲的品质。你没看见颁奖仪式上，旁边平通院的人，看着达摩克利斯的眼神有多凶，往届平通院都不给达摩克利斯一个眼神。"

五人伸手挡脸，找到一张角落的桌子悄悄坐下。

"没想到老板居然在这里放直播回放。"应成河遮脸小声道。

"我们这家面馆从祖辈开业起，就一直在播大赛视频。"老板走过来，面前竖着一块光幕，"几位要点什么？"

"你们这里除了面还有别的？"廖如宁问他。

老板认真想了想："没有，只有一碗面。"

五人："……"所以你为什么还过来问点什么？

老板快速在光幕上点了五碗面："给你们多加个鸡蛋，算是支持。"

看着他离开，霍宣山道："他认出我们了？"

"大概。"金珂扭头朝老板那边看去，他往后厨走去，应该是去做面了。

五人坐在角落里，小声说话。

"过两天，申屠学长要走了。"金珂道。

"这么快？"卫三记得之前说的是下个月到岗。

"黎泽上校希望申屠学长能尽快去军区训练，不必再留在这儿。"金珂道，"等那天，我们去送送学长。"

几人点头，安静地捧着杯子坐在桌前，只有杯中白汽缓缓升起。

"你们的面。"老板肩上搭着一条白毛巾，端着大盘子过来，将五碗面放下。

廖如宁扫了一眼所有人的面，指着卫三面前那碗："老板，不对吧，为什么她的面有两个蛋，肉还那么多？"

老板哦了一声："没错，她碗里就是这么多。"

卫三当即拿起筷子，开始夹起鸡蛋，吃了起来。

"你刚才说多加个鸡蛋，支持。"金珂还记得老板刚才说的话。

"对。"老板看着卫三，比了个加油的手势，"我是你骚粉！只为你加蛋。"

卫三一口鸡蛋差点没被噎死，好在强行维持住了冷静。

其他人没什么好说的了，唯独廖如宁忌妒地朝她看去："怎么你还能到处有骚粉？"

"你再优秀一点儿，或许也有。"卫三真诚地提出建议。

廖如宁当真思考了一会儿，最后觉得只要有卫三在一天，他就比不过她，只能作罢。

吃完面，几人又去隔壁小食店买东西，回来继续坐在这儿边看直播回放，边听着周围的人讨论。

"卫三，你又有新闻。"霍宣山将自己光脑隐私关闭，转给他们看。

这次不是红衫媒体，而是另一家媒体，光标题就取得十分吸引人注意。

"细数从开赛起，卫三得罪的人，究竟她下一个目标是？"

卫三："？"她有什么目标？

"快点开看看。"廖如宁不嫌事大道。

一点开，一个记者首先第一句便是："以下纯粹是本频道记者根据收集资料所总结，无任何诽谤之意，纯属娱乐，请勿当真。如有不妥，可联系本频道删除。"

可谓十分谨慎了，想必经过红衫媒体一事，各家媒体都不太敢那么明目张胆了。

"首先在帝都星时，卫三当时还是一个校队总兵，一入星港，她立刻给塞缪尔一个下马威，扇了肖·伊莱的脸，至今肖·伊莱没有报复回来，且前两个赛场损失校队成员数十名，包括两次折损在她手里的校队总兵，这是她第一个目标。"记者掷地有声，"接下来第二场，平通院联手塞缪尔对付卫三，得罪了她，结果第三场平通院连第三都未拿到。今天！就在今天！！"

记者大喘气一声："卫三当众挑衅帝国双星之一的应星决！没错，你没听错，正是应星决！卫三居然对应星决说他头发没干，观众朋友们，根据以往的推测，这就是卫三的赛前挑衅！"

最后记者慷慨陈词："根据本台记者推测，应星决就是卫三下一个目标！"

卫三："……"

"其实他也没说错。"金珂憨笑，"帝国之火还没燃烧呢。"

"那目标就是他了。"卫三想了想道，"下次我也想站在最高领奖台上体会一下。"

在这家面馆一直待到凌晨五点，几人才转身回去。

路过训练场时，正好被项明化见到，他把卫三喊了过去。

"医生过来了。"项明化将卫三带到一间房内。

医生这次没穿白大褂，而是一身达摩克利斯军区兵服，十分不起眼，像是随着领队老师来的小兵。

他正在看墙上的直播回放，全是卫三的单人视频。

医生转过身示意卫三坐下，他还在看直播回放，看过她劈的那一刀之后道："你在里面好几次濒临爆发，卫三，如果接下来你不能很好地控制自己，我不建议你继续参加比赛。"

一个超 3S 级单兵比一场大赛的总冠军重要。

卫三一愣："医生你不是在研发营养液？"

"专用营养液需要根据身体状况不断进行调整，不是一次就够了。帝国军校的应星决，这么多年了，他的营养液每一年都得进行调整。"医生也不知道想起什么，面上有点一言难尽，"你这种破烂身体，还能活蹦乱跳的，我是没见过。"

卫三："……"倒也不必这么说。

"可能是因为机甲单兵抗造。"医生上下打量卫三，"这段时间，每天过来一次，我帮你记录身体数据，进行第二期营养液调整。"

"知道了。"卫三指着桌子上一堆营养液，"我的？能喝吗？"

医生："……你的，喝吧。"

他起身打开带来的小型仪器箱，给卫三塞上头套，还有指套，然后按下测试仪器。

测试需要一段时间，医生继续看直播回放，看一会儿停一会儿，扭头问卫三："你这时候什么感受？"

"想睡觉。"卫三努力回忆，"也没什么太多的想法。"

"你不疼？"医生皱眉打量卫三，"应星决每次超出身体负荷，使用感知，会给他带来极大的痛苦。"

"还行。"卫三叼着支营养液，仰头喝光后才道，"你说的是指挥，我看金珂感知使用过度也挺痛苦的。"

医生仔细思考半天："你说得也有一定道理，指挥本身就敏感。没有其他样本，超 3S 级就你们俩，我很难比较。"

他继续看，感觉后面卫三一直都处于那种不稳定状态，偏偏都收了回来。

"看起来你控制得还不错。"医生松了口气道，"到后面都收了回来。"

"大概因为我们主指挥一直在旁边用感知暗中提醒我，当然得控制。"卫三随意道，那时候那么混乱，还有一道感知时刻跟着她，也只有金珂了。

她听见仪器嘀的一声好了，把指套和头套取下来："没事，我先走了。"

医生抱着头套出神，随意挥手。

卫三见状，把桌子上的营养液全搂了过来，这才走出去。

等人走后，医生才喃喃道："3S 级指挥还能提醒濒临爆发的超 3S 级单兵？"

第 102 节

申屠坤要去军区的事，达摩克利斯军校的人很快都知道了。他早上起来，下面就已经站着不少人，见到他喊学长。

"学长，明年我去十三军区找你！"

"还有我。"

"加我一个。"

申屠坤点头："好，我在十三军区等你们。"

很快主力队的人也过来了，廖如宁上去就是一个拥抱："学长，等我们拿总冠军过来。"

申屠坤没忍住笑："你们好好的就行。"

廖如宁："今年不行，明年，明年不行还有后年，总之等我们去军区的时候，一定抱着总冠军的奖杯过去。"

"想得美，奖杯放在达摩克利斯军校，带不进军区。"金珂伸手拉开他，也和申屠坤抱了抱，"不过，将来学长如果能当上救助员，来找我们，到时候就能一起摸总冠军奖杯。"

"好。"申屠坤答应下来，"我等着你们拿总冠军。"

他们在训练场告别，其他来往的军校生自然能看见。

"一个双S级单兵离开，搞这么大阵仗。"塞缪尔的肖·伊莱讽刺道，"不知情的还以为是什么厉害的人物要走。"

"等你离开的时候，恐怕没有人会送。"南帕西的昆莉·伊莱路过，丢下一句。

"你！"肖·伊莱脸黑，骂了句分支出身的人就是差劲。

两人虽都是伊莱家的，但肖·伊莱是现今伊莱主家出身，而昆莉·伊莱家已经从上届主家沦落到分支。

"卫三，接下来好好打。"申屠坤走到她面前，认真道。

"学长，我知道。"卫三拍了拍自己肩膀，"上面有你一半。"

申屠坤最后带着笑上了军用飞行器，和其他一批毕业的校队成员一起赶赴十三军区。

"打起精神。"项明化从另一个地方走出来，"你们也休息一天多时间了，该重新收心，好好训练，等待抽赛场的那天到来。"

看着卫三也要跟着其他人走，项明化喊住她："给你加了几个训练。"

"又加？"卫三心有戚戚，幽幽道，"老师，从你带我起，就不停地给我加训练，加课。"

"你少抱怨。"项明化瞪了卫三一眼，"知不知道那天直播之后，其他军校都在嘲笑我们达摩克利斯军校无人，学生还要去偷师。"

卫三理直气壮："我光天化日之下，当着他们面学的，怎么能叫偷学呢？"

项明化早就不吃她这一套，把训练表发到她光脑上："少贫嘴，训练给你安排上了，你必须学，赶紧跟上进度。"

卫三打开一看，一眼溜下来，新增的五门课程里面有两门的老师是解语曼，顿时屁股疼，腿软："老师，我觉得我吃不消。"

项明化无情地转身离开，留下一句："老师相信你。"

卫三："……"

五门课程都是机甲训练，近身搏斗、刀法使用等，想要根据卫三情况量身定做。五门课程一起练，看卫三最终适合哪个武器招式，再继续深入练习。

不过项明化被她想偷懒的话给气走了，忘记告诉卫三这件事，让她以为五门课程都必须一直练下去。导致后面带教老师汇报总结都一个观点：卫三适合这门课程，可以继续深入学习。

现在还不知情的卫三每天苦哈哈地跟着老师练习，自己稍微得空就去登魔方论坛刷题攒积分。

"南帕西的机甲师出什么问题了？"廖如宁趁休息时间偷偷八卦，"我之前在训练大楼看到他好像脸色很奇怪。"

南帕西军校这次拿到第三应该高兴才对，高阶星兽也没少杀，兑换出来的资源应该比以往多很多。

"鱼家变天了。"金珂随口道，"他脸色好看才奇怪。"

这届南帕西主力队的机甲师鱼仆信是鱼氏主家的儿子，和鱼天荷感情也一直不错，据说从小由鱼天荷亲手带出来的。

借这次屏蔽盒的事，鱼天荷突然联合自己分支那边，反了主家，现在鱼家做主的人变成鱼天荷，她彻底在鱼家成了说一不二的人，掌控实权。

"所以她不只是为了我们去拿屏蔽盒？"

现在的人心太复杂，廖少爷感觉自己还是一个天真无邪的孩子。

金珂瞥了他一眼："不然，你以为鱼天荷为什么要亲自返回去拿屏蔽盒。"

不过是一个借口，主家那边不同意鱼天荷直接让人带走，需要走程序，鱼天荷便亲自过去施压，走到一半，那边主家的人再后悔已经来不及。鱼天荷已然以主家不分轻重，无视联邦民众生命为由，让她那支分支清了主家。

这么多年鱼天荷虽是分支出身，却一直是鱼家最有天赋的机甲师，代表鱼家参加各种活动，手底下势力无形中增强。加上她无私带着鱼仆信，主家对她没有太多的防备，也因此才敢拿乔，被鱼天荷找到理由，反了。

廖如宁听完之后："？"

"不过，鱼天荷这么做有点……"金珂想了想道，"别扭。"

在他看来鱼天荷已经是鱼家第一人，她的地位不可能被撼动，要反早几年也可以反，如果怕伤了名声，现在似乎也没好太多。

至少稍微了解情况的人，皆明白这次屏蔽盒事件是鱼天荷一手导致的。

她只要再施压，主家那边自然会亲自送过来，退一万步讲，赛场内还有个鱼仆信，主家人不可能让他出事。

"你们这些人做事都别扭。"廖如宁摇着头，往卫三那边挪了挪，远离金珂，"说到底还是我们机甲单兵最单纯。"

卫三正低头刷题，便见到一个头伸了过来问："你在干什么？"

"答题。"卫三面无表情地推开廖少爷的脑袋，"走开。"

"现在升级了吗？"应成河问她。

"升了一级。"卫三答完页面最后一道问题，退出来给应成河看，"L2，但没有跳出来提醒，ID 头像那圈也是灰色。"

她猜还要继续升上去，才是完整的 L2 级，因为现在她界面版块并没有增多。

应成河干脆也登上去："我试试。"

"试什么？"解语曼过来，手里拿着一条教鞭，朝卫三点了点，"你出来。"

卫三身体一僵，没有立刻起身，原先盘腿坐着，现在双膝抵在地板上，唰地滑了过去，抱住解语曼的大腿："老师！"

解语曼动了动被她抱住的腿："松开，起来。"

卫三在她裤子上开始蹭，装可怜："老师，我昨天的伤还没好。"

解语曼抬头吸了一口气，冷冷道："你现在不起来，我让你从今以后都起不来。"

唰——卫三立刻松手起身。

"你们几个下午见。"解语曼说完，拎着卫三离开。

"打起精神，我听说你在别的老师那儿精神得很，怎么，这么嫌弃我？"解语曼放出自己的机甲，扭头对旁边垂头丧气的卫三道。

"怎么会呢，我最喜欢的就是解老师。"卫三当即否认，"一定是金珂他们造谣。"

解语曼瞟了她一眼："赶紧上机甲，你那点心思我能不知道。"

卫三："……"

别的不说，解老师动起手来真的狠，手劲还大，卫三宁愿去和黎泽打，还能有点回旋的余地。

"黎泽是我下属，你觉得我和他谁厉害？"

卫三还以为自己心里的想法被解语曼看穿，不由得一愣神。

解语曼猛然靠近，抬手便将卫三连人带机甲掀翻在地："在战场上，无论何时何地都不能分神，知不知道？"

解语曼语气冷厉，和刚才闲聊的样子完全不同，手肘垂下，直接敲在卫三心口处。

卫三双眼微睁，背后升起一阵冷气，立刻用尽全身力气逃开，只避开了心口要害处，下腹被解语曼一击，那种从机甲上传来的痛苦，让她头皮一炸。

"哪怕是亲眼见到最亲密的战友出事，你都不能停止攻击，不能分神，否则下一秒死的人就是你。"解语曼边攻击她边道，"你一死，旁边其他的战友万一也分神，他们也同样是这个下场，懂不懂？你不光自己死了，还有可能连累其他战友。"

卫三操控机甲向后弯腰，想躲过解语曼的武器攻击，却不料对方直接腾空而起，单腿狠狠踢下，她腹部被重重踢中，并且双膝折下，直接落地。

一时间卫三甚至不知道是折了的腿疼，还是被踢中的腹部更疼。

见她没有反击之力，解语曼这才收手，操控机甲站在一旁，低头看着朱绛内的卫三："你有什么想要说的？"

卫三缓了缓，操控机甲坐起来，一坨机甲坐在那儿，双手抱膝，居然有点可怜。

"解老师……"卫三不时倒吸一口气，显然是疼极了，"你真的是黎泽上校的领导？"

"你是不是还不清楚我的头衔？"解语曼略带傲气道，"我是十三军区的少将。"

"所以……黎泽上校也被你这么打过吗？"卫三真挚问道。

解语曼沉默半晌后，咬牙切齿道："……卫三，我看你就是欠打！"

她等在这儿，以为卫三能问出什么深刻的问题，结果就这？

"打了吗？"卫三坚持不懈地问道。

解语曼冷笑："自然打过，我还没用上当年打他的招式来对付你，现在你就来体验一下。"

卫三：危险！

她立马开启逃跑模式，只是能在解语曼手里逃过的人，也就不会再被打了。

很快，卫三便被解语曼揪了回来，按在地上打。

卫三被打得毫无反抗之力，疼都喊不出来了，生无可恋地望着训练场的天花板：原来上校是这么被打出来的。

第103节

后面在谷雨星的几天，卫三经常一瘸一拐地进出训练场和训练大楼，早上一睁眼便痛不欲生想逃课。

解语曼实在是太可怕了！甚至卫三每天少挨几次打，都高兴得很。

对此，廖如宁和霍宣山示意她淡定，这只是开始。

他们面带安慰，但眼中的幸灾乐祸半点没有掩饰，卫三看得清清楚楚！

"没事，还好有你们俩一直陪着我。"卫三豁达道，"反正我们三个，解老师都要打的，也算同甘共苦。"

霍宣山、廖如宁：……谁要和你同甘共苦！

然而无论他们三个人怎么想，训练课程还是要进行，加训的加训，该挨的打一次不漏。

这几天金珂在训练感知，应成河一直在联系校方那边。

他想要将鱼青飞的脑芯片带出来，但和校方说的是自己要学习，暂时没说也给卫三用。

这一点上，达摩克利斯军校和其他军校完全不同。其他军校机甲师会随身带着脑芯片，同时为了一起学习，军校内所有 S 级机甲师会跟着队伍随行。但达摩克利斯军校一直要求鱼青飞的脑芯片留在军校内，不得带出，这也要求即将参赛的主力队机甲师，必须在短时间内学习大量知识，否则后面没有机会学。

这也是达摩克利斯军校排名逐渐后退的重要原因之一，主力队的机甲师往往跟不上进度，如果没有 3S 级机甲师出现，每一届都会换新的机甲师这样交错。

但很早之前，达摩克利斯军校的脑芯片也可以带出来，只不过有一届赛中被盗，差点没找回来，所以从此定下这么一个规定。

应成河向校方提出这个申请，一半是因为他确实没有学完，另一半原因是卫三也需要学，但他下意识地隐瞒卫三可以兵师双修的事。

不只他，金珂和霍宣山、廖如宁都没有向任何人说卫三能设计构建机甲的事。

这件事说出来不比超 3S 级单兵所带来的震撼少，联邦从确认三系分化后，也只有鱼青飞可以兵师双修。

可以说这个词是鱼青飞的专用词。

卫三现在超 3S 级不稳定，倒不如低调一点儿。

干脆四人谁也不说，以免消息外泄。

校方只回了考虑中，并没有直接拒绝或答应，但应成河认为校方那边答应的可能性很大。

他们这一届 3S 级单兵占比太高，加上校方那边已经知道卫三是超 3S 级，足以争冠，脑芯片再不能带出来，机甲师出现问题，达摩克利斯军校可能会错失最后一个挽救排名的机会。

等到抽下次赛场的前一天，五所军校被通知去兑换资源。

当时谷雨赛场内星兽数量太多，又有那么多3S级高阶星兽，来不及和兑换处现场兑换，主办方便统一集中在一天处理。之前达摩克利斯军校拔旗后斩杀的星兽数量也有效，没被扣除，也能去兑换。

"我也去？"卫三问应成河。

"你看看有什么喜欢的材料，能用上的挑走。"应成河点头，"金珂和我商量过了，这次资源紧着你来。"

卫三虽然比任何人都更快适应朱绛，但这毕竟是一架成型多年的3S级机甲，即便用上紫液蘑菇，品质提升有限，但如果卫三学习设计3S级机甲后，重新构建一台属于自己的全新机甲，绝对比现在更好。

卫三想了想道："我只学了武器材料和制作。"而且没学完。

"现场有详细材料说明，你觉得哪个顺眼挑哪个。"应成河也会去，材料这种东西，当然是越高级越好，只要属性不相冲，他会在旁边把关。

"行。"

"不是说带我来？"卫三面无表情地看着旁边的廖如宁和霍宣山，问应成河。

她早上起来，还想着今天两个人会被解老师多打一顿，心中愉悦，结果他们都过来。

应成河咳了一声："金珂替你们三个都请了假。"

金珂用的理由是：有些材料数量有限，五所军校同时选，机甲单兵过去壮胆，可以先抢到。

四人站在兑换处临时设点地前，大门还没开，金珂也还没来。

过了一会儿，金珂才坐着黎泽上校的飞行器过来。

"幸好让你们过来了。"金珂一下来便道，"其他军校的机甲单兵也来了。"

黎泽上校没下来，他直接掉头回去。

等他走后，卫三悄声问旁边的霍宣山："上校被解老师打的事，你们知不知道？"

霍宣山双目望向远处："……知道。"

卫三一见他这种表情，便知道解语曼也用过同样的招数让他们分神。

"真想看一次。"卫三感慨。

大概十分钟后，其他军校的人也到齐了，主力队全部都在。

兑换处的工作人员过来开门，看着这么多人吓一跳："怎么全来？"

非比赛期间，一帮双S级及以上的军校生杵在这儿，还挺可怕的。

工作人员打开门，自己先进去，示意这些人进来。

门就那么点大，最多三个人并排进去，达摩克利斯军校和塞缪尔军校的单兵唰地蹿过去，想要最先进去。

"先来后到不知道？"廖如宁踩住肖·伊莱的脚，手臂用力向后推。

"门开了才算！"肖·伊莱被廖如宁和霍宣山挤在中间，脸都变形了。

卫三趁机蹲下试图钻进去，但塞缪尔的吉尔·伍德也蹲下钻了过来，她不得已，伸出一条腿挡住吉尔·伍德。习乌通挤在门边缘，上半身进去了，下半身两只脚却被底下卫三伸手扯住。

两所军校的人竟然就这么把大门给堵住了。

工作人员原本想提醒他们非选勿碰，结果一回头，再次被这帮扭曲的人吓住。

但这不算完。

外面应星决微微偏头朝霍剑看了一眼，下一秒，霍剑走到大门旁边，直接一拳打出洞来。

以为是星兽突袭的工作人员："……"

挤在大门的六人："……"

站在后面围观的其他军校众人："……"

霍剑还在继续，一直到打出一道能通行的门出来，才停止，但他没有进去，而是转身等着应星决。

工作人员呆若木鸡地望着帝国军校一行人从那道硬生生被打出来的门进来，已经找不到语言。

应星决抬眸，客气礼貌道："抱歉，所有损失，帝国军校翻倍赔偿。"

工作人员：……有钱了不起？所以……精神损失费有吗？

第二个进去的是廖如宁，不过他进去也还得等后面的金珂和应成河。

"你们答应的三分之一。"应星决转身，对进来的卫三道。

卫三扯了扯被挤乱的马尾，随手拉紧，闻言扬眉："你去和金珂说，我手里没有。"

她语气散漫，没有丝毫对应星决的畏惧或者仰视。

应星决旁边的姬初雨眯眼，抬脚踏出一步，属于3S级单兵的气息瞬间充满整个空间。

后面进来的平通院和南帕西军校机甲单兵下意识地警惕起来。

卫三不耐烦地啧了一声："发情呢？管好自己的感知。"

工作人员闻言倒吸一口气，早知道今天就不来了，换同事接班，再这么下去，他心脏受不了。

机甲单兵的感知不能像指挥一样攻击，也无法实体化，但释放出来，其他机甲单兵皆能感受到，算是警告。

应星决抬手，示意姬初雨收敛。

正好金珂过来，他把卫三拉到身后，抬手打开光脑："加个好友，约定好的，我们达摩克利斯不会毁约。"

金珂加了应星决好友之后，便将达摩克利斯军校所获三分之一的星兽数量转到他账户上："好了。"

金珂转身拉着卫三往货架那边走，应成河等人见状，也分散开来，寻找材料。

里面是一个大型库房，临时存放着各种材料，卫三一进去便看花了眼。

机甲单兵对这些东西一窍不通，但每个人手里都有清单，是来之前主指挥和主机甲师拟定好的常规材料和能源，他们负责这个，其他特别的由指挥和机甲师来挑。

卫三虽拿着清单，但她在看其他材料。

应成河在帮她挑机甲引擎和发动机用的材料，她走过几排货架，最后目光停在前方一个大货架前，那里只摆了一个金属大箱子，里面是一副黑色骨架，且骨架上竟然泛着淡淡的光泽。

她老远便看到旁边悬浮的光幕：无相骨，未知 3S 级变异星兽骨架，可用作机甲关节，承受能力强，珍稀材料。

卫三下意识地朝那边走过去，刚走到，应星决从另一边绕过来，两人同一时间站在大箱子前。

且应星决已经提前伸了手出来，卫三和他目光对上，双手快速搭在箱子上，用力硬生生将箱子往自己这边拉。

应星决伸出去的手落了空。

卫三微微一笑："我的。"

应星决垂眸看着自己收回的手，随即抬头，低声道："这副骨架你拿走，会占达摩克利斯一半资源。"

卫三已经将箱子往自己这边揽了，她这时候才发现一些以前没有注意到的细节：帝国之火身上居然有淡淡的香。

啧，指挥就是过得精细，大赛期间还有心思喷香水？

"堂哥。"应成河不知道从哪儿蹿出来，手搭在卫三肩膀上，"我让她专门来找这种珍稀骨架，你不介意我们收了吧。"

应星决视线落在他搭在卫三肩膀上的手，眉心微蹙，他认为达摩克利斯军校主力成员之间，相处没有分寸感。

最后应星决未多言，转身离开。

"幸好我抢了过来。"卫三这才转身去看这副骨架；"我看中了这个，能换吗？"

"能换。"应成河低头在光脑上输入信息，"好了。"

Weekly plan

Mon.
捡漏 ✓

Tue.
学习机甲制作 ✓

Wed.
``

Thur.
比赛 ☆ ☆ ☆

Fri.
``

Sat.
``

Sun.
``

第五章

极寒赛场

就喜欢看别人恨我
又没有办法的样子 〰

第104节

兑换一副无相骨，花去了达摩克利斯军校这次斩杀星兽数量的大半，其他资源自然相应减少。再加上应成河挑的引擎，剩下能兑换的资源少得可怜，因此达摩克利斯军校最先挑完离开。

不过五所军校一起进仓库挑，有些东西隐瞒不了。

"他们挑了骨架和引擎？"塞缪尔机甲师南飞竹若有所思，"看来要么对朱绛做改造，要么准备做一架新机甲。"

"紫液蘑菇只给那卫三一个人？"肖·伊莱难以置信，"廖如宁和霍宣山不用？"要是他，早闹翻了。大家一起辛辛苦苦护着的紫液蘑菇，到头来只给一个人。

高学林瞥了一眼肖·伊莱："另外两个人的机甲属于量身定做，不好改。卫三一个无名星出身的人，机甲没有用太长时间，相反是最好改造的。况且……之前的那一刀你们也看见了，卫三的潜力或许能和姬初雨、宗政越人相提并论。"

无论从哪方面看，提升卫三实力，比三人平均分紫液蘑菇更合适。

与此同时，其他军校对达摩克利斯军校的做法也有所思考。无一例外，接下来，所有人都将重点警惕人物放在机甲单兵卫三身上。

等五所军校的人都兑换完材料离开后，工作人员低头看着光脑上一笔巨款，再抬头看看漏风的墙壁，决定找维修公司过来紧急处理。

通信还未接通，突然一批人冲进来，是他上司带着兑换处的高层们过来了。工作人员吓一跳，心想只是一堵墙破了而已，不至于上面的高层全下来吧。

高层们进来后，看也不看破损的墙，径直跟着兑换处负责人朝一个货架上走。

"666号货箱不见了。"

工作人员悄悄探头看去，发现听到这句话后，高层们的脸色变得极为难看。

"应该是被哪所军校兑走了。"兑换处负责人点开光脑查询，"是达摩克利斯军校。"

"整理货物，被你们整理成什么样了？！"突然，其中一个高层爆发，对着负责人厉声道，"这么重要的东西都能拿到这种仓库来？现在还被兑走了，怎么能被兑走？！"

"这种完整骨架，还是无相骨，达摩克利斯哪儿来那么多星兽兑？"另外一个女高层声音稍微温柔，但一下问到了点上，"哪怕十二场之后，他们斩杀星兽的数量也不足够兑换。查，哪个环节出了问题。"

负责人低着头，满脑的汗，声音极低道："应该是这个标价小数点错了。"

前段时间，兑换处迎来十年一次的大清理，所有材料进行统一记录在册，已兑换使用和新增材料全部都要进行统计分类，其中包括一些兑换处收藏的珍稀材料。

同时一起换上新系统，结果系统互换时，造成失误，将收藏的材料全部分到几个仓库中，被发现后，工作人员立刻上报高层，着手回收错误分类的材料，最后只剩下一副无相骨。

现在这边的工作人员又犯错，将无相骨标价弄错，小数点往前移了好几位。

现在他们晚来一步，竟然被达摩克利斯军校只用一场所获星兽数量的一半便兑换走了。

要知道无相骨这种东西是无价的，一般只能以物易物，不是金钱和普通3S级星兽可以兑换的。

"现在去要回来。"有人提议。

"吃进去的东西，谁愿意吐出来？"女高层闭了闭眼，随即睁开，"既然十年一次大清理，工作人员也需要清理一次。"

应成河个人工作室。

"这副无相骨……"应成河戴着手套摸了又摸，诧异道，"不会是兑换处那边的无相骨吧？"

"无相骨有很多？"卫三之前在仓库看见那一行短短的介绍，还以为是特别珍稀的材料。

"不多，真正的无相骨只有两副，兑换处一副黑色骨架，还有一副白色骨架早年便失踪了。"应成河几乎将眼睛钉在骨架上，"其他人说无相骨其实都是指未知3S级星兽的骨架……这副骨架看起来好像是真的无相骨！"

黑色骨架在阳光下泛着淡淡光泽，但灯光打在上面，又突然被吸收得一干二净。

那两副真正的无相骨是一对完全变异的3S级星兽，不知品种。据说是当年联邦最强的几位机甲单兵联手最强指挥共同斩杀，才得手的。

之前在仓库，应成河也没有太注意，毕竟用一半斩杀的星兽数量就能兑换，最多是从普通的变异 3S 级星兽分离出来的骨架，伪无相骨罢了。

不过这也太像传言中的无相骨了。

应成河还在想为什么这个伪无相骨看起来品质这么好时，项明化那边的视频打了过来。

"项老师？"

项明化神情严肃地出现在光幕中，看到应成河旁边的卫三，下意识地皱眉："卫三，你怎么也在这儿？还不去训练？"

卫三假装可怜巴巴："老师，我就休息一会儿。"

项明化本来还想说什么，瞥见卫三眼下的青色，把原先要说的话咽下去："既然休息就早点回去睡觉。"

随后项明化问应成河："你们用一半星兽数量兑换了无相骨？"

应成河纠正："分给帝国军校三分之一后，剩下的一半。"

项明化沉默半晌才道："兑换处系统那边出了问题，把收藏的材料全部分出去，最后一件未回收的无相骨被你们今天兑走了。"

应成河："……居然真是无相骨，为什么只要这么点星兽就能兑换？"

但凡标价高了，他们也兑不走。

项明化也不知道该怎么形容他们的狗屎运："工作人员标错了价，以为是普通的异化星兽骨架。"

卫三第一反应：幸好被她抢了过来，不然这副骨架岂不归帝国军校那边了？

这件事不到一晚上便传遍五所军校，所有人不得不感叹达摩克利斯军校的运气。

难道达摩克利斯军校从此之后手臭的传统要反转？

第二天开大会，准备抽下一个赛场。

达摩克利斯军校生个个精神抖擞，昂首挺胸，压根不像在谷雨赛场拿了倒数第一。

"不得不承认，有时候你的手气还是不错的。"廖如宁和卫三勾肩搭背，"要不然下次战备包继续你抽。"

"一人一次，轮着来。"卫三拒绝，"看谁手气最臭。"

两人走在最前面，霍宣山落在后面，三人隐隐成一个倒三角，护着中间的金珂和应成河。

他们一路嚣张地走过来，无视来自五所军校当中或隐晦或明显的目光，自顾自地站在队伍最前方。

后面各军校的老师们也过来集合，见到达摩克利斯军校的主力队，皆没什么好脸色。

无相骨，这么珍稀的材料都能被达摩克利斯军校以这种戏剧性的方式得到，还是当着其他军校主力队的面，谁不气？他们气兑换处怎么能出现这么重大的失误，气自己军校的指挥和机甲师没用，居然没有赶在达摩克利斯军校之前发现无相骨。

训练广场上站着五所军校的队伍和前方的老师们，逐渐安静下来，最后谷雨星本土势力代表上台。

"本届谷雨星能迎来这么多 3S 级军校生实属荣幸，希望这里的环境没有给诸位的训练带来麻烦。另外我们谷雨星为大家准备了一些特产包，以前谷雨星和普通星没什么区别，虽然现在……"代表顿了顿，喉咙有点哽咽，"但是我们人还在，总有一天，能恢复成原来的样子。"

底下所有的军校生沉默地望着台上的代表，这是战争所带来的必然结果，谁也无法左右。

或许有一天，像谷雨星这种星不再增多，那时候他们能腾出手助这些星系全力恢复。

"说多了。"代表笑了笑，"现在来抽赛场。"

代表开始让光幕上的字滚动起来，一分钟后道："停。"

"凡寒星。"

这三个字一出，所有人都朝平通院那边看去。

平通院所在星便是凡寒星。

很多星系的环境光从名字便能窥见一二，像沙都星，大半星上都是沙漠。而凡寒星，温度极低，一年四季，万里冰封。

"这下糟了。"廖如宁搓了搓手，"他们的主场。"

卫三没去过凡寒星，这个星的名字，她只见过一次，当初在 3212 星查询报名时，在星网上见过。

"我记得平通院的人特别抗冻。"金珂道，"他们不用机甲，徒步走，都比我们能抗。"

"机甲也比我们的机甲天然抗冻。"应成河补充，"他们的材料一般多有抗冻特性。"

卫三听他们讲，脸皱成一团："为什么我们的机甲在沙漠赛场这么大的优势，之前还得抢防尘罩？"唯一的优势，在黄沙中拔腿走挺快。

"以前我们自带防尘罩，后面被取消了。"金珂解释，"因为后面还有一个赛场环境需要用防尘罩，所以其他军校觉得不公平。"

达摩克利斯军校从以前的老大，一步一步沦落到现在，有太多原因。

赛场一确定，南帕西军校当晚便动身离开，赶赴凡寒星，应该是想尽快适应那边的环境。

第二天，其他军校也相继出发。

达摩克利斯军校是第二天晚上走的，他们走之前，帝国军校还未动身。

"怎么样？"卫三看着仪器上的数字，问医生。

"不怎么样。"医生转身拿出针管，"我需要抽你一管血，检测你到底还有什么毛病。"

卫三："……"她怀疑医生在内涵她。

"你的身体数据到现在没半点起伏。"医生单手插兜，另一只手握住针管，盯着卫三，"你没觉得自己哪儿不舒服？"

"没有，我挺好的。"卫三感觉自己精神十足，每天吃饱喝足，除了天天被解语曼打，其他方方面面都很合心意。

医生皱眉又绕着卫三看了一圈。他就奇了怪了，看测量统计的基础数据，她身体还是那副破烂状态，差到不能再差，喝了这么多营养液和补充剂，没半点反应。

但是又感觉卫三的状态比最开始要好一点儿。

"先抽管血研究，另外营养液我会加大一些元素的剂量，如果你喝完觉得哪里不舒服，记得告诉我。"医生在卫三胳膊上抽了管血后，嘱咐道。

"知道。"

"这是补充剂。"医生从柜子里拿出一个箱子推给卫三，"这次里面加了点味道，草莓味。"

"能不能换别的口味？"卫三打开看着里面粉红色的补充剂，她不由自主地想起自己当年在垃圾场尝到的草莓味营养液。

"可以，你想要什么口味？"医生问。

卫三努力想了想，最后放弃："除了这个口味，其他都可以。"

第 105 节

达摩克利斯星舰抵达凡寒星时还是深夜。

军港灯火通明，但军校生们一下星舰便感受到极寒，任是 3S 级机甲单兵一下来都打着哆嗦，赶紧跑进飞行器内。

"这也……太、太冷了。"廖如宁冲进飞行器内，哆哆嗦嗦地对着手哈气。

廖如宁见旁边的霍宣山似乎没什么反应，伸手去摸他裤腿，发现霍宣山也在抖，啧啧两声，他就是要面子。

几个人相继进来，廖如宁一转头，发现卫三居然披着厚大衣进来的。

"你哪儿来的？"廖如宁挤过来，蹭着她厚大衣袖子。

霍宣山不着痕迹地坐在另一边，扯过卫三大衣的另一只袖子，将手伸进去暖。

"医生给的。"卫三得意地挑眉，"我身体虚，经受不得风寒。"

廖如宁一脸便秘，虽然情理上他知道卫三以前过苦日子来的，身体确实差，但现实中，卫三分明一拳下去得死一头星兽。

金珂看着三个人挤在一块儿哆嗦，摇头，带着应成河坐在对面，然后按了按座椅什么地方，一股热气便烘来。

应成河靠在上面，惬意地闭上眼："到了喊我。"

三个没见过世面、光靠物理取暖的机甲单兵目瞪口呆。

见廖如宁想扑过来，金珂立刻道："座椅下方白色按钮。"

最后五人舒舒服服靠在座椅上，至于医生的大衣……

卫三太热了，把它塞给霍宣山，霍宣山拿了一会儿又扔给廖如宁。

廖如宁到底是沙都星本地人，对高温耐受，就这么抱了一路。

抵达凡寒星的训练场，众人下飞行器，再一次感受到极寒。

达摩克利斯军校生们哆哆嗦嗦地进了寝室大楼，好在凡寒星不像谷雨星设备陈旧，甚至需要主力队员去检查，当晚他们到了之后就能去休息。

只是当他们进入寝室后，震惊地发现一件事，室内没有任何能调高温度的设备，甚至连被子都只有薄薄一层，掀开床垫，底下居然还是铁板！

"他们过着这样的生活，为什么还是达摩克利斯的艰苦环境声名远播？"沙都星本地人廖少爷无法理解。

霍宣山语调无波："达摩克利斯过苦日子是因为真穷，平通院过这样的生活是为了锻炼学生。"

廖如宁："……"有一点点扎心。

"所以接下来我们睡觉要靠抖？"卫三抱着大衣，好在她还有件大衣。

"极寒赛场比这里还要冷，做好心理准备。"金珂并不惊讶，他提醒，"这半个月尽量适应。"

3S级军校生和普通人的体质还是有差别的，至少在这种恶劣的环境下，他们的适应能力会更强。

到达凡寒星训练场的第一晚，众人皆没有睡好，被冻得脑子都慢了半拍，尤其是一些自小在沙都星长大的人，比如廖少爷，人已经冻傻了。

廖少爷起来抖着手去烧了一壶热水，半天烧不开，终于有了点温度，倒在杯中，再入口又冷了。

"我想回家。"

廖少爷一边说着一边往客厅冰冷的板凳上坐，屁股一凉，立马弹了起来。

廖如宁："……"

其他几个人也好不到哪里去，哆哆嗦嗦地一起出门，周围其他军校生虽然先到，但仔细看也都在抖，唯独平通院一干人，正常行走在训练场内。

众人内心齐齐冒出一个声音：绝！

塞缪尔的肖·伊莱抱着自己的手臂："现在想想沙都星还行，无非是热了点。"

习乌通看了他一眼，之前在沙都星，肖·伊莱没少在房间内发牢骚。

众人哆哆嗦嗦地去训练场，经过一上午的训练后，身上虽然不至于热，但也没那么冷了。

达摩克利斯军校的人想着去食堂总能吃上一口热乎饭菜，结果进了食堂才发现连饭菜都是冰冷的。

当天晚上，廖如宁便倒了，开始不断地进出厕所，冻得拉肚子。

他奄奄一息地躺在床上，双眼饱含的都是冰冷的泪水："我死前遗愿，只想喝杯热水。"

"热水不可能有，凡寒星的人都喝冷水。"金珂打破他的幻想，"过几天就好了。"

所有人都只能硬生生扛着，最先适应的是卫三，她第三天便已经活动如初，对温度没有太大的反应了。

随后其他人也开始陆续适应，虽然廖如宁十分厌恶这种环境，但也还是逐渐恢复，没那么夸张了。

这天中午，刚好帝国军校抵达训练场。

他们军装整齐，所有人有条不紊地进来，最关键的是完全没有其他军校来时的狼狈。

卫三盯着最前面的应星决，问旁边的金珂："他不冷吗？"

"两个原因。"金珂堪称万事通，"一是应星决感知实体化，可以阻挡他想阻挡的任何东西，包括寒气；二是帝国军校的学生曾经来凡寒星特训过。"

"特训要向凡寒星支付大量金钱，目前只有帝国军校会定期组织学生过来，据说南帕西已经在和凡寒星这边谈特训的事情。"应成河也知道一点儿内部消息。

说来说去，还是沙都星最穷，什么都没有。

众人望着帝国军校走过，卫三还盯着那边看。

"人都走了。"金珂凉凉道。

"知道。"卫三收回目光，或许是错觉，她觉得应星决现在状态很差。

五人照例去训练场，解语曼还在等着他们。

现在廖如宁上解语曼的课轻松许多，因为解老师已经将头号目标放在了卫三身上，她没来之前，要数他挨打最多。

"天天垂头丧气。"解语曼坐在椅子上，低头往手臂上绑着布条，绑完之后道，"看你们这样，我手就痒。"

五人顿时挺直腰背，恨不得顿时拔高自己的精气神。

"今天谁先来？"解语曼起身问道。

除了卫三指向旁边的霍宣山，其他人皆指向她。

卫三："……"天天她第一个挨打！

"去吧，看着解老师打完你，我们心里会好受点。"金珂拍了拍她肩膀，真挚道，"牺牲你一个，造福我们四个。"

卫三只能硬着头皮上，毫无疑问，被解语曼抢在地上打，甩在半空打，各种被打，只有她想不到的，没有解语曼做不到的。

又一次，解语曼操控机甲瞬移到卫三身后，捏住她后背，直接将人拎起来抱摔。

她速度太快了，是卫三迄今为止遇上速度最快的人。

卫三只来得及转身挣脱，甚至没有走远，另一只小腿被解语曼抓住，整架机甲骤然腾空。

解语曼抓着她的小腿抡起，朱绛在半空转了一百八十度，最后以撞在训练场柱子上为结局。

机甲内的感知传到卫三脑中，她仿佛也被这么撞了一回。

朱绛四肢摊开倒地，卫三躺在机甲舱内，忍不住感叹自己命途多舛。

如果她有钱，她就不会报错名，没有报错名，她就是一名光荣的机甲师，成为机甲师后，就不用被解老师这么狠揍。

"下一个。"解语曼转身盯着剩下的人。

卫三好半晌才从机甲内爬出来，背靠墙坐下来。

应成河慢慢移过来："告诉你一个好消息。"

"嗯。"卫三有气无力地应道。

"校方同意脑芯片外带。"应成河示意卫三看他的光脑，是校方发来的一封加密函，"而且已经提前到了凡寒星，中午吃完饭，我们去拿。"

卫三终于打起精神："我可以继续学？"

应成河点头："你学做自己的机甲。紫液蘑菇还在屏蔽盒内，一直没有打开，项老师那边在和鱼天荷谈，要鱼青飞剩下的屏蔽物质。"

就是在之前他们出谷雨赛场时，身上被喷的那种物质。

要想用紫液蘑菇，势必要打开屏蔽盒，如果工作室没有这种物质屏蔽，照样会有气味泄漏。

第106节

"目前机动性能降低率在0.15% ~ 0.18%。"应成河检测完三人的机甲道，"要做点小改动。"

"能提升多少？"金珂问他。

"改动之后，机动性能降低率可以减少到0.07% ~ 0.09%。"应成河给出一个数据。

凡寒星温度极低，周围冰雪万里，平通院的机甲材料多从本地来，天然具有抗寒性，而其他军校的机甲到这里后机甲性能会相应降低。尽管在设计之初，机甲师们已经尽可能让机甲能够适应各种极限恶劣的环境，但还是有所差别。

"材料够，第二场时我兑换了。"金珂将一部分清单传给应成河，"想办法减少到0.05%以下，我刚得到消息，帝国军校大赛前已经为主力队的机甲加了冰液涂层。"

"冰液涂层？"旁边廖如宁一个单兵都听说过这种东西，"他们帝国钱烧得慌吗？"

凡寒星本土少数星兽的皮肤间隙有这种冰液，如果用来做机甲涂层，会提升机甲的抗冻性。有了这涂层，非凡寒星制作的机甲到这里，性能便不会受影响。只是材料稀少，制作烦琐，且凡寒星本土机甲也不需要这种冰液，所以价格一直居高不下。

搞好一架机甲涂层的价钱，至少能翻新一半达摩克利斯军校大楼，而主力队有五架机甲。

"他们向来对总冠军势在必得，不允许出现任何差错。"站在另一边的霍宣山半点不惊讶，"只要赛前能做好的准备，帝国军校绝对会提前做好，无论多大代价。"

一所军校天然适应这里环境，一所军校早有准备，不受影响，达摩克利斯军校要想取胜，困难重重。

"我再想想怎么做。"应成河不确定能不能做到，这里面牵扯的东西太多，发动机受冻和机甲外壳材料遇冷收缩等问题都要尽可能消除影响。

下午，五人最后交谈后，便各自分开训练，卫三和应成河一起去他的工作室。

"你先用，我先找到资料。"应成河连上脑芯片后，点了什么地方，露出一块光幕。

卫三凑近看，发现全是各种笔记："这些是谁的笔记？"

"前辈们留下的，还有他们导入进来的很多资料。"应成河解释。

卫三伸手翻了几页，明白过来："这才是S级所有资料的存放处？"

难怪在星网上找不到任何关于S级的资料，只能见到名词。

应成河摇头："不全是，五所军校的脑芯片加起来才是全联邦S级及以上的资料信息。"

达摩克利斯军校这块脑芯片里面只有鱼青飞一个人的教学，至于笔记则是跟着鱼青飞学过后的其他机甲师留下的。

"之前我只能给你进去的权限，现在进资料入口的权限也可以给你。"应成河低头打开权限设置，现如今校方拿出来后，所有权限彻底在他手里。

"那学校的机甲师？"卫三下意识问道。

"已经到了凡寒星，中午他们会过来用，你晚上来就行。"

和其他军校相比，达摩克利斯军校S级及以上的机甲师少得可怜，从沙都星那边过来，也没引起人注意。

卫三随意看了几眼，便戴上脑接口，进入虚拟教学中。

之前她熬通宵将武器材料和大致制作流程学完，现在一进来便可以选择下一课程："机甲制作"。

"市面上的机甲类型五花八门，但归根结底只有两种。"鱼青飞像是刚处理材料出来，浑身脏兮兮的，他随意地坐在工作室的机甲平台上，"一种是A级机甲，另一种是S级机甲。目前A级材料和S级材料还没有区分出来，但我相信未来A级机甲所有的材料皆可以人工制造。另外一种S级机甲，尤其是越往上的机甲，机甲外壳以及关节，乃至发动机和引擎内部依然需要用到生物材料，即星兽。"

时间已经验证鱼青飞的前半句话，如今A级机甲的材料多数可以人工制造。

"S级机甲说到底也是一种星兽，只不过是由我们人类控制的星兽，你要想做好一架机甲，不光要了解人，还要了解星兽。"鱼青飞顿了顿道，"这几年星兽越发猖狂，很多人希望我做出更好的机甲。为了寻找好的发动机液，必须深入星兽群，那些机甲单兵看不懂材料，所以我决定成为一名机甲单兵，找了校长特训一年。"

卫三：……原来鱼青飞兵师双修的真相是这个？

"后面去星兽群中找合适发动机液的情况，我有录下来，你先看着。"工作室外面似乎有人找鱼青飞，他将镜头固定，卫三只能在工作室这一小块范围走动，看着眼前开始播放的视频。

鱼青飞操控机甲，跟在星兽群后面，伺机寻找目标，最后找到一头星兽，开始引着它往偏僻地方动手。

卫三看着和星兽厮杀的男人："……"

如果没看错，那头 3S 级星兽已经开始异化了，鱼青飞临时训练一年，居然能彻底压制，利落斩杀。

这个脑接口芯片类似一个中转站，卫三这边进来能见到很久以前的鱼青飞，鱼青飞则将自己的想法和教学留在芯片中，他可以随时随地留下自己的影像及话语。而此刻卫三进来后，时间流速和外界已经不同了。

卫三逐渐看入迷，甚至忘记自己进来的目的，只顾着注意鱼青飞和星兽打架缠斗。

也不知道是那位校长太强，还是鱼青飞天赋太好。随着时间一点一点过去，星兽群居然被鱼青飞搞得七七八八。

"看清了吗？"鱼青飞再次进来，问道，"星兽身上哪些地方可以用在机甲上？"

他进来后衣服都换了一件，显然已经不是同一天。

卫三："……"她光顾着看鱼青飞和星兽动手的场面，下意识地记着他的招式。

"这是我当初找到的发动机液。"鱼青飞打开一个盒子，里面有一管透明液体，"完全异化蛇兽的毒液，一共取了两管。用这种材料混合进发动机液时，要注意用你的感知去控制，否则一旦材料发生排斥，后面机甲会出问题。"

卫三明白了，假使机甲是星兽，机甲师构建机甲，必须去平衡各种材料之间带来的差异，像是输血，机甲师要使不同血型融合在一起。

这和 A 级机甲理论完全不同，A 级只要尺寸大小合适，材料没问题便可制作构建机甲。而 S 级机甲材料还残留 S 级星兽的力量。这也正是为什么 A 级机甲师无法触碰 S 级机甲材料的缘故。

S 级及以上材料残存的高阶星兽精神力，A 级机甲师自然碰不得。

鱼青飞关上盒子，又开始继续讲设计并构建 3S 级机甲的理论。他说得比较杂乱，基本上是在工作室内想起什么便开始录制下来。

卫三努力去吸收他讲的内容，一直到外界应成河提醒她。

"明天还有其他训练，早点休息。"应成河也已经收拾东西，准备和卫三一起回寝室。

卫三站在原地恍惚了一会儿，应成河便在旁边等。

"你知不知道发动机液？"过了半晌，卫三问他。

"发动机液？知道，怎么了？"应成河问完，顺便解释道，"如今联邦有三家公司为所有 S 级以上机甲提供发动机液，他们回收高阶星兽，再做成发动机液售卖。"

一般而言，发动机液能够用很长时间，甚至够一个单兵用一辈子。

"鱼青飞认为发动机液应该由机甲师自己制作，才能完美贴合发动机。"卫三想起刚才鱼青飞的话。

"他说过这种话？"应成河疑惑皱眉。

卫三走到放紫液蘑菇的盒子前："项老师什么时候和鱼天荷那边谈好？"

"快了，明天下午应该可以出结果。"应成河跟着她走过来。

卫三看着屏蔽盒："我还没仔细看过它到底长什么样。"

"最迟后天，你就能用。"应成河问她一个问题，"这次比赛你要继续用朱绛，还是现在设计机甲，等到半个月后的极寒赛场上用？"

这里存在一个很大的问题，卫三替换上来之后，就不能再用外来机甲和材料，只能用赛场内兑换来的材料。

现在他们手里头还有 3S 级机甲的配件，只不过品质一般。

卫三是超 3S 级，如果紫液蘑菇加在像无相骨这类珍稀材料中，机甲可能会比原本超 3S 级机甲更好，她实力提升也会更快。

应成河更倾向卫三凑齐材料之后再用紫液蘑菇。

"里面的液体取出之后一定要立刻用完？"

应成河："……我明天去问问鱼天荷，看她知不知道怎么保存。"

"如果可以保存下来，我想先换掉朱绛，之后再慢慢改。"卫三想先要一台属于自己设计的机甲。

"也可以。"应成河无非再忙一点儿，测试导入卫三新机甲数据，最难的是她自己要重新适应机甲。

不过，既然设计者是她自己，应成河相信卫三适应得更快。

应成河将紫液蘑菇收好，两人一起出门准备离开训练大楼。

刚下楼，碰见往上走的应星决。

"堂哥。"应成河拉着卫三，靠墙喊了一声。

应星决点了点头，径直朝楼上走去，没有心力多分出一点儿注意力给两人。

他们刚一走出大楼，卫三再次扭头往后看去，沉思。

"怎么了？"应成河一出来，外面的寒风一吹，又开始哆嗦。

"刚才好像有人用了感知。"她觉得后面整栋训练大楼有一瞬间被无形笼罩住。

"我堂哥？除了必要比赛，医生禁止他随意使用。"应成河认为卫三产生了错觉。

卫三皱眉：这是第二次错觉？

第 107 节

凡寒星训练场这几天，有一批军校生熬不住陆续病了，大部分是指挥和机甲师，单兵体质好，连一开始百般不适应的廖如宁都已经开始习惯。

"风水轮流转。"廖如宁看着开始吃药的金珂，带着幸灾乐祸的语气在旁边晃悠。

"前两天不还是好好的？"卫三从房间出来随口问道，现在的指挥都这么容易生病？

金珂裹着薄被："在训练室感知用过度了，出来抗不住。"

他最近一直在训练感知攻击性，想要努力提升，不拖累队伍，至少不能再像谷雨赛场一样被动。

"我们去训练了。"卫三和霍宣山最先走出去。

廖如宁去自己房间把被子抱出来，扔给金珂，这才离开。

三人的课程有点不同，尤其是卫三还有加训，很快也分开。她连走路都是小跑，才有时间赶上下一节训练课程。

下午训练结束，卫三准备去找应成河，路上碰见黎泽上校，他穿着军装，步履匆匆，衣领上还沾了点血。

"卫三。"黎泽最先发现卫三，喊住她，"最近训练得怎么样？"

"挺……好的。"卫三现在见到黎泽，满脑子是解语曼打人的画面，她太想问他一句，解老师踢不踢他屁股。

"我刚才路上查你课程，怎么安排还是那么满？"黎泽皱眉问，"还没选出合适的？"

"选什么？"卫三一脸茫然。

"算了，待会儿我去找项老师。"黎泽似乎赶时间，走了两步，他又忽然退回来，盯着卫三眼下，"你最近又在搞什么，黑眼圈都出来了？"

卫三："压力大，睡不着。"

黎泽："……"这话谁说都能信，唯独卫三。

"最近别乱生事。"他警告完一句，这才快步离开。

卫三不明就里，摇头去训练大楼，敲开应成河的门，她进去敏锐地发现有什么不一样。

"项老师和鱼天荷谈好，现在室内已经涂上特殊物质，门一关便可以打开屏蔽盒。"应成河将盒子拿出来，示意卫三将门关好。

卫三关好门，凑过来："你问了紫液取出来后，隔多久还能再用？"

"问了。"应成河从口袋摸出一大块绿色软树皮，"她说这些东西都是鱼青飞放在一块儿的，用针管取出蘑菇内的紫液后，再用这个套住蘑菇头，便能保存下来，不过只能保留一年。一年之后紫液的性能会逐渐消散。"

说着，应成河打开屏蔽盒。

"呕！"应成河虽有心理准备，但还是被腐臭和香气混合在一起的浓郁味道冲满鼻子，直接反呕一声，他不由得退后一步，抬手捂住鼻子。

卫三倒是没什么反应，她反而上前一步，伸手戳了戳紫液蘑菇，随即凑近闻了闻："腐臭味从根部传过来，香味应该是从蘑菇头上散发出来的。"

应成河已经转身捞了一张面罩，他闻言，立刻打开光脑记载，顺便给紫液蘑菇拍照。

卫三拿来软尺量大小，报给他记录，做完这些，紫液蘑菇又被放了起来，她还要继续现学机甲构造。

鱼青飞的教学跳跃且零散，卫三学得有点吃力，不过稍微反应之后，还能跟上。

她在里面待了四个小时才出来，照例晃了晃神，才摘下脑接口："成河，机甲抗冻的事情你做得怎么样了？"

"只能压到 0.08%。"应成河查了不少资料，目前只能做到这一步。

卫三走到应成河身边，伸手移动他设计改造的机甲板块："我刚才在里面看到鱼青飞也到过凡寒星，他在引擎上做了点改动，我们没有那么多材料，但是也能试试。"

鱼青飞倒不是教了她，而是中途他讲累了，坐回桌前，开始改造他自己的机甲，后面再出现已经在凡寒星了。

卫三窥见一点点，大部分看不懂，不过看懂的地方，正好给了她提示。

应成河看着卫三动的那几个地方："故意造成引擎过热，提高机甲内部温度，抵消机动性能降低率？"

"这样做对引擎有负担，所以只能临时用。"卫三提出这个改动建议，效果明显，缺点也同样明显。

"我试试。"应成河盯着光脑上的机甲部件思考半晌道，他开始测试引擎温度在哪个临界点最合适。

卫三则站在旁边查机甲材料，她手里头有一副无相骨，加上紫液蘑菇，现在需要挑机甲外壳等部件。

至于设计什么样的机甲，她脑海中隐隐有了想法。

两人一个在不停测试，另一个则开始画图纸。

这天晚上，两个人都没走，到了凌晨两点，应成河双手揉了揉脸，稍微清醒一点儿："我们该回去了。"

卫三半靠墙，单膝屈起，板纸放在膝盖上，低头快速画着什么，没听见应成河说话。

"卫三，我们该走了。"应成河又喊了一声，他知道机甲师的毛病，他自己也一样，没做完不想干别的事。不过明天她还要大量训练。

"等我五分钟。"卫三这次听见了。

她手还在纸上写写画画，五分钟过后，准时停笔，起身："走了。"

凌晨这个点，训练大楼基本没什么人。

"鱼青飞哪节课去了凡寒星？"路上应成河问出自己的疑惑。

"他还有哪节课？"卫三没明白应成河的意思，鱼青飞只给了一个大方向，再一个小标题，其他全是随意讲，想到什么讲什么。

应成河沉默过后道："……之前我就想问了，我们上的课程好像不太一样。"

卫三说的鱼青飞教的那些，他没听过。

"你进去后，他讲什么？"卫三问他。

应成河大致讲了讲里面都有什么，每一版块都被分得很详细，以及平时讲课的样子，等等。

卫三越听越迷惑："他讲课温雅平和？"

难道应成河没见过鱼青飞一边血淋淋分割星兽的皮毛，一边讲课的场景？

她甚至能清晰地看到鱼青飞脸上被溅到的血渍。

两人仔细一对，终于发现没有一处对得上的，甚至连年龄都对不上。

"鱼青飞四十岁才开始录制教学，导入芯片内。"应成河震惊，什么时候还有个青年时期的鱼青飞？

"有好几个年龄段，不过多是青年。"卫三仔细回想道。

两人互相沉默了会儿，最后应成河猜测："也许是因为你是超3S级，所以

122

进去触发的教学不同。"

"我选的是 3S 级教程。"卫三没见到什么超 3S 级选项。

应成河也不清楚为什么，全联邦的脑芯片也只有五块，只要连上脑接口便能进去学习，还能上传笔记和资料，但不联网，只存在芯片中。

"这是好事。"应成河道，"你可能会学到更多的东西。"

卫三心中嘀咕，为什么她觉得自己学的是鱼青飞第一版无经验教学。

两人回到寝室，发现金珂还没睡。

"你怎么还在客厅？"应成河走过去，伸手摸了摸金珂额头，烧退了。

金珂看着光脑，声音因为发烧，已经哑了："明天五所军校的主指挥要出去检查身体，我在看凡寒星医院近年收录的数据。"

主指挥手下有一批学校给的人，能随时调查各星的数据，用来给他们提供信息。

霍宣山也没睡，从房间内出来，光脑开着："除了平通院的路时白，其他军校的主指挥也病了。"

"光你们指挥生病？"卫三扬眉，未免太巧了。

"凡寒星这两年寒气有加重的趋势。"金珂将统计好的数据转给他们看，"医院收治的军校生数量逐年攀升，但之前还没有人发现。"

凡寒星这种极端环境，能在这里生活，依靠的是高科技，普通人进出有设备，感觉不到变化。只有平通院这种军校出身或要进军校的人才会不依靠设备，硬扛着。

这届五所军校的主指挥都是 3S 级，来这里过了几天，比众人率先感受到寒气加重的情况，因此受到影响。

主指挥一起出事，那边才猜测有问题，今天晚上紧急开会，决定明天统一带主指挥去检查，同时凡寒星各个检测点的数据也将往年记录的数据传过来，确定是不是环境变化。

"联邦最近很乱？"卫三突然问道。

金珂抬头："为什么这么问？"

他没得到任何消息。

"之前碰到黎泽上校，他让我最近不要惹事。"卫三现在想想，才察觉"最近"那两个字特意加重过，但当时她以为上校的意思是在大赛期间不要生出事端。

"你们照常训练。"金珂说完忍不住咳了几声，"我再查查。"

第二天，主指挥皆病倒的消息传遍整个训练场。

"校队指挥好像还行，没有太多病倒的，和上届差不多。"有参加大赛经验的人比较能抗。

"主指挥感知强，这次又全是 3S 级，对外界环境感知最为敏锐，恐怕这次真的有问题。"

"平通院的主指挥好像没事。"

"他们优势大。"

…………

五位主指挥皆在去医院的路上，他们分散坐在各自的飞行器内，周围布控极为严格，原本在清理赛场的十名少校全部被抽调过来护航，黎泽虽升为上校，但也依旧在其中。

金珂望着对面时刻警惕的黎泽上校，没有开口问最近联邦是否有异动，既然无人告知他，要么是不想告诉，要么是没有异动。

他只能另外收集信息推算。

"待会儿你们会进同一层楼进行检查，那层已经清空。"黎泽忽然扭头过来提醒，"里面只有医护人员，检测时全程保持清醒，除去抽血，不会注射任何药物。"

五个主指挥，按惯例，将来会成为军区最重要的那批人，其间不能有任何差错。

抵达医院，金珂发现，不光是清空那层，整个医院都被清空了，其他楼层全是布防人员。

五人先后下来，被周围的少校护着进医院。

应星决被安排在中间，金珂站在最后的位置。

五人分别进入五部电梯中，两分钟后抵达同一层。

除去路时白，其他人状态都不好，应星决也不例外，唇色没有一丝红润，肤色甚至白得有点透明。

"进来。"里面站着五位医生，开始让主指挥们做检测，少校留在外面，通过玻璃观察里面的情况。

金珂本来打算在群里直播检测程序，结果一点开光脑，发现通信信号被屏蔽了。

负责检测他身体的医生，透过口罩笑道："整栋大楼都没有信号，只有他们有专用通信信号。"

金珂顺着医生的目光朝外看去，是护着他们过来的少校们。

第 108 节

五位指挥坐在一排，脖颈处和食指皆被贴上测量极片。金珂面前的医生说话时，应星决朝这边看了一眼。

金珂察觉，侧脸看去时，他已经收回目光。

医生开始记录数据，测量体温，不出意外，这几个人都有发烧的症状。

测量极片被取下，五人走到另外一处，那边有五台仪器，需要他们躺在上面，进去检测。

金珂按照医生所言，率先躺下，医生抬手打开仪器，他便被送进去。

没什么特别感受，只有一道绿线从头移到脚，又从脚移到头，金珂睁眼看着上面，等这一轮检测结束。

这时候，外面突然传来一道声音，金珂立刻想出去，被医生喊住："别动，马上检测完。"

少校那边似乎没人进来，应该没事，金珂稍微放下心。

等金珂出来时，发现其他人也已经出来了，只有应星决还未出来，他那边桌子上的检测仪器被打翻在地。

刚才那道声音是不小心摔了仪器？

金珂和其他人坐下，医生开始准备抽血。

虽然没有信号了，金珂依然再次打开光脑，录了视频，准备回去发给卫三他们看。

好不容易生个病，还这么大张旗鼓来医院检测，不讹他们一顿饭，说不过去。

他的怪异行为让旁边其他主指挥侧目，前面三场比赛已经知道这届达摩克利斯军校的主力队花里胡哨的，没想到连检查身体，抽血也要录个视频。

那边应星决也出来了，被医生扶着坐在金珂旁边。

其他人倒没有诧异，应星决感知过高，比他们受到的影响更大也正常。

五人伸出手臂，准备被医生抽血。金珂旁若无人地说话，丝毫不在乎这里紧绷的气氛。

"我马上要抽血了，朋友们，这么一大管血，医生说回去之后必须要好好补补，希望你们立刻马上众筹请我吃饭。"

旁边其他人："……"

正在抽血的医生手一抖，差点插歪了针。

"抽了抽了！"金珂将镜头对向自己的针筒，"我现在头晕眼花。"

他一个人自演自导十分起劲。

这时候应星决突然伸出另外一只手，拦住给他抽血的医生，他抬眼，声音有些低，却凌厉："你紧张什么？"

金珂话一顿，扭头朝应星决和那个医生看去。

医生戴着口罩看不清脸，只有胸口处挂着一块名牌，医生也被惊住，下意识地道："什么？"

外面有两位少校立刻冲了进来，分开两人的距离。

"我只是要给你抽血。"医生无奈道。

应星决盯着他半晌，突然出手。

——是感知攻击。

金珂下意识地起身，应星决居然随便用感知攻击人。

医生后退几步，捂住头，口罩在挣扎间脱落，面色痛苦，旁边的医生们欲言又止，想要救自己的同事。

其他主指挥和外面的人皆皱眉望着应星决，不清楚他的目的。

足足一分钟过后，应星决才放手，他脸色苍白并不比地上半跪着的医生好到哪里去。

检查室内一片诡异的安静，只有医生微弱的痛苦声。

负责金珂的医生扶起同事，让他离开："我来负责给您抽血，可以吗？"

检查必不可少，所有人都在等他回应，而应星决站在原地，垂眸不知道在想什么。

最后他还是坐下，伸出手，由刚才说话的医生负责抽血。

金珂重新坐了回去，他不确定应星决向来如此警惕，还是最近联邦真的有事发生，但看应星决的态度，刚才是认真地想要杀死医生。

抽完血，五人又继续去另外一个房间进行检测，这回医生只剩下四人。

刚才的医生被外面待命的护士扶着出去了。

检测项目差不多二十项，一整层都快走遍了，金珂甚至怀疑检查完后，他病情更严重了。

一直持续到晚上，医生们给他们开了药，简单的补充剂和退烧药，以及一大沓检测报告，要带回去上交。

金珂和应星决几乎前后脚出大楼，他走过医院大门柱子，发现柱子上有一道擦痕，像是子弹留下的。

刚才楼下发生过什么？

金珂跟着黎泽进入飞行器，坐在座位上，往外看去。

"刚才你离应星决和那个医生最近，有没有察觉出来什么？"黎泽问道。

"没有，我应该察觉出来什么？"金珂反问。

飞行器内一阵沉默，半晌黎泽开口："这是应星决第二次失控。"

失控？

金珂的关注点没有在"第二次"，而是首先注意黎泽用"失控"这个词来形容应星决。

"我们五所军校主指挥一起过来检查身体，你们都这么警惕，他小心不在情理之中吗？"金珂没忘记联邦之外还有个独立军，一直致力于打击联邦。

"你认为那个医生有什么问题？"黎泽问他。

"……不知道。"金珂犹疑道，他自己没有察觉医生有什么问题，但应星决的感知超越当前联邦所有人，或许能看出不同来。

"那五位医生已经经过各军校全方位调查，从出生到现在所有大大小小的情况被查得一清二楚，没有任何疑点。"黎泽道，"各军校分开来查一遍，一共五次，没有查出任何问题。"

见金珂不语，黎泽继续道："几年前，应星决第一次用感知攻击一位护士，且时常处于过分警戒状态。那时候消息被压了下来，没多少人知道前因，只知道一个月后他的身体系统崩坏，我们怀疑感知失控是应星决身体崩坏的前兆。"

金珂第一反应是："卫三也会这样？"

黎泽闻言愣了愣："卫三？她是机甲单兵，体质不同，而且医生发现她身体一直处于一种动态平衡状态，比应星决好很多。"

这点卫三比应星决幸运，她的身体不知为何，没有一点儿崩坏的迹象，能查到的只是营养不良，以及测试时感知偏低。

任那些军校怎么也想不到，驾驶 3S 级机甲的卫三，测量感知时只有 S 级。

听到这话，金珂便放下心来，他问道："这次比赛，应星决能撑得下来吗？"

"你应该希望他撑下来。"黎泽面色凝重，"一旦身体崩坏，他感知失控，下手没有了分寸，你们这些人最先倒霉。"

金珂："……"

失控还能威胁到其他军校，不愧是帝国双星之一。

检查一整天，金珂回来受到前所未有的"温暖关怀"，四个人端茶倒水，虽然倒的还是冷水，但金珂十分大爷地坐在客厅板凳上："我今天抽了一大管血，身体太虚弱。"

廖少爷不太信。

金珂当即放出录像。

"这么一管血也叫大。"卫三摇头比画了下，"之前那个医生抽我的血才叫多。"

几个人聊天，随后录像播到应星决失控攻击工作人员的画面，金珂也来不及关闭，便让它放下去。

"你堂哥干什么？"廖如宁戳了戳应成河问道。

应成河自然也不知道。

"上校说他这是第二次失控，以前也发生过，误伤周围的人。"金珂简单解释了一下。

卫三站在旁边："为什么医生要紧张？"

"毕竟抽血的人是应星决，医生紧张也正常。"廖如宁眯眼，认真道，"我有时候看着他，也挺紧张的。"

"但是……"卫三皱眉，"这个医生看起来有点奇怪。"

金珂抬头："哪里怪？"

卫三也想不清自己要表达什么："眼睛有点丑？"

其他人："……"

"他会乱释放感知？"卫三忽然想起那天晚上在大楼的错觉。

"更确切地说是封闭自己，不让任何人靠近。"金珂解释。

第 109 节

应星决当着其他军校主指挥攻击医生的事，转头各军校主力队成员皆知道了。他们最先想到的是如果应星决真的彻底失控，这次极寒赛场便会有机会拉下帝国军校。

一时间，各军校训练力度居然再次加大，纷纷想着他们可能有机会夺得名次，甚至对那个位子有所想法。

与此同时，凡寒星各检测点也将近年数据汇总送了过来。

会议室，五所军校的领队老师们和主解员都在，以及主办方背后的各军区代表开着视频会议。

"寒潮？"

众人看向会议桌最前面的人。

凡寒星代表放出统计好的曲线图："是，提前来袭的寒潮。"

或许是因为温度极低，所以凡寒星环境变化缓慢，也相对稳定，只有十年一次的寒潮需要注意。谁也未料到寒潮会提前整整一年到来，假设各军校主指挥没有一起生病，他们不一定能注意到变化。

"这两周空气中粒子活跃度直线攀高，根据计算，寒潮会在他们进入赛场后第七天开始，如果能在第七天提前出来，便无大碍。"

应月容坐在会议桌右边第一个位子，她看向凡寒星代表："如果没有人发现，贵星检测点打算就这么混过去？"

代表有点尴尬："我们凡寒星的寒潮时间固定太多年，差距仅仅在一天内，所以检测点才有所松懈。"

"我看各大星上的人都安逸太久，方方面面出问题，前段时间兑换处可以把无相骨弄丢，现在连寒潮快来了也不清楚。"应月容低头理了理自己的披肩，冷淡道，"下一次不如直接将联邦军区拱手让人。"

整个会议室，无人出声。

这里面也有和应月容同级的人，但没有谁抢在她前面说话。

首先她是指挥，其次又是帝国军校出身，目前在第一军区任职。最重要的一点，应月容曾在第五军区担任总指挥长达五年。

全联邦十三个军区，除去第三、第十一区被独立军占据，第五军区所驻守的幻夜星是最凶险的地方，多数人在那边待了三年便会替换一轮，至少休息一年才能回去。

应月容现在的话语权是她一年一年扛出来的。

"第四场分赛要不要提前比？"凡寒星代表硬着头皮问。

寒潮一来便是一个月，显然不能往后推移。

"该怎么比赛就怎么比赛，各军校领队老师回去告知你们学生，让他们心中有个底，其他不必改变。"应月容起身，瞥向凡寒星代表，"你们要做的是查明原因，为什么寒潮会提前来。"

她说完，其他军区的人也没什么好反对的，皆关了通信视频，鱼天荷和习浩天不管这些，见应月容离开，便也跟着出去，会议室只剩下这些老师。

"有可能碰上寒潮也不提前比赛？万一学生出问题怎么办？"

"只要提前出来就行，七天时间应该够。"

前面三场也都是提前出来的，若实在来不及，像在谷雨赛场一样，损耗大量能源，开启飞行状态，赶去终点就行。

"我看他们应家分明是拖延时间给应星决调理。"塞缪尔军校的老师撇嘴低声道。

应星决确实在调理，这两天从帝都星来的人一批又一批，最先到的是医生，大老远带着各种大型仪器过来，飞行器来了一趟又一趟。还有两队合编的机甲单兵，一支是应家护卫队，还有一支是姬元德抽调来的队伍，这两支队伍一共二十人，皆是 3S 级机甲单兵，据说从这个赛场开始，要开始跟队。

卫三站在训练场旁边，正好见到路过的两支队伍，愣住："我们 3S 级机甲单兵是大白菜？怎么遍地都有？"

大赛前分明说 3S 级机甲单兵特别少，每一个 3S 级都是最珍贵的人才。

"首先，'我们'这个词的范围不包括你。"金珂靠墙站着，望向逐渐走远的二十人队伍，"其次，这里面有十人是应家护卫队，应家人自己培养的单兵，和军区没有关联。最后帝都星背后军区的 3S 级机甲单兵不能说遍地走，但也常见，比其他军区多数倍。"

每一年帝国军校吸纳联邦的精英人才，多年积累下来，抽调十位 3S 级机甲单兵不算难事。

"应星决这么重要？"廖如宁啧啧了几声，"卫三以后是不是也能享受这种大场面？"

金珂扭头用一种看傻子的眼神望着廖如宁："这是防止应星决失控的人，一旦应星决失控无差别攻击人，会被他们当场斩杀。"

"什么？！"

廖如宁沉默良久，干巴巴道："……他不是被称为联邦希望？"

唯一的超 3S 级指挥，说杀就杀。这未免太狠了，军区就算了，自己家人也跟来准备动手？

"'联邦希望'是建立在联邦还有人的情况下，失控威胁到联邦各军区的人不可能被留住。"金珂内心复杂，倘若第三场应星决没有表现出感知实体化的能力，或许军区那边也不会派这么多 3S 级机甲单兵来。

姬元德在向各军区表示他会以大局为重，不偏袒应星决。

"卫三会不会失控？"霍宣山忽然问道。

"顶多力量失控，一般出事的是她和对手。"金珂不咸不淡道，"放心，就算她失控到处伤人，我们达摩克利斯背后军区，也没那么多 3S 级机甲单兵抽调出来。"

旁边的卫三："？"

"那些人只是起牵制作用，如果我堂哥失控，真正动手的人应该是姬初雨。"应成河慢慢道。

廖如宁听不下去了："我去训练场，再见。"

丧心病狂，这些人一个比一个狠。

"掌控不住就要杀了，这些人有意思。"卫三丢下一句，跟着离开。

剩下三人看了看，也相继离开。

单独医疗室内，应星决重复做着上次的检查，只不过现在的医生是他自小的私人医生，即卫三身边那个医生的学姐。

"这段时间情绪波动大？"许真拉过椅子坐在旁边，问应星决。

"还好。"应星决淡淡道，完全不像会做出突然攻击医生的人。

许真调出光脑上的数据，进行对比："除了感知波动，身体没什么太大的变化，可能是营养液失效，通选公司那边送来了新的营养液，我先测试完再拿给你。"

应星决靠在床头，转脸看向窗外，灰茫茫一片，连空气都带着冰冷，只能见到对面灰色建筑，是医疗大楼后侧。

"对了，我刚才好像见到我学弟。"许真惯常自言自语，"井梯，就是那年先发现你营养液有问题的医生。不知道他来这儿干什么，我记得他去了十三区。"

许真最开始在第二军区当医生，后来自接手应星决后，便辞去军务，全力研究他一个人的情况。

应星决垂眸："医生出现在这里，只有一个原因。"

"达摩克利斯有人病了？"许真起身拿来一瓶补充剂，给应星决挂上，"黎泽上校的伤还没好？"

应星决不语，他知道井梯来这里是为了谁。

"我下午要训练。"他微抬眼看向吊瓶。

许真手一顿："滴速已经调到最大，训练往后推吧。"

卫三训练一下午，刚结束便快速跑去医生那边。

昨天医生提前打招呼，要测她训练结束后的数据，最好在训练完两分钟之内。

卫三："两分钟太短了，你不能过来测试？"医务大楼和训练场隔得并不近。

医生微微一笑："我用的仪器是这个训练场内的，搬不走，不像帝国军校，他们自己带上所有医用仪器。"

所以训练一结束，卫三便飞蹿出来，一路狂奔，绕小道到了医疗大楼那边，她也不走大门坐电梯，直接徒手爬上高楼。

许真回头给应星决取吊瓶时，顺着他目光朝窗外看去，见到徒手飞快爬楼的人影一惊："那是谁？"

应星决望着卫三快速攀爬到某一高层，见到她伸手敲窗户，里面一个男人推开窗，眼睛瞪大，不知道在说些什么，随即让她进去。穿着白大褂的男人探头出来往楼下看了看，一脸震惊地关窗。

他才收回目光，回答许真的问题："达摩克利斯的人。"

许真回神："是单兵吧。"也只有那些单兵能做出这么莽的事了。

应星决没有否认。

"刚才开窗的人就是井梯，我之前没看错。"许真扯掉应星决手背上的针，"你可以去训练了，不过我建议你先休息。"

应星决起身，走出医疗室，他仰头朝某层窗户看去，窗沿留下的手印逐渐被寒气覆盖消失。

片刻后，他转身朝训练大楼走去。

"你们这些单兵真是……"医生让卫三捞起袖子，将贴片贴在她手臂内侧，"服了。"

卫三："医生，你让我两分钟内赶到。"

"……你训练完不能借哪个老师的飞行器开过来？"井梯将各种测试线贴在卫三身上，坐下，"非要用腿跑？单兵的实力是用脑子换的，果然名不虚传。"

卫三："……"她也是技术人员！

"你先坐着别动。"井梯打开一个冷链箱，里面有两管血，"上次抽的血，我检测了。左边这管是我的血。"

卫三看着两管分不出差别的血："所以？"

"你血液成分中多了点东西，查不出来，也不清楚是好是坏。"井梯叹气，"我不知道是不是超 3S 级的原因。"

等级不同，血液的指标确实不同，但卫三是多了不明成分。

"要不然你去要管应星决的血？"卫三出主意。

井梯："……我保管刚开口就被那帮护卫队抓起来。"

第 110 节

"你刚刚上完谁的课？"井梯看着测量出来的数据，一言难尽，碰到卫三，他总要先怀疑仪器是不是出了问题。

"解老师。"卫三探头去看仪器上的数据，看不懂，"怎么了？"

井梯转身望着卫三："刚从解语曼手下出来，你没有任何波动？"

解语曼特别能打的事，整个十三区都知道，连黎泽对上她都不自在，卫三训练完，身体居然平静得好像才刚刚苏醒。

卫三真挚道："其实我内心波动挺大。"

井梯：信你才有鬼。

"算了，就你现在这个样子，测不出什么，比赛的时候或许有点变化。"井梯在医疗室转了几圈，"这样，我去找我学姐，看能不能借那个微型测量仪器，到时候比赛，你全程带着。"

卫三白跑一趟，没测出什么问题，只知道她血液中多了不明成分。

等她一走，井梯盯着箱子内两管血沉思片刻后，去找许真。

许真的位置不需要问，把守最严格的地方就是应家那个医疗团队。

"我找许医生，麻烦通报一下。"井梯对护卫说了自己的名字。

许真听到他来找自己，立刻让护卫放行。

"开始我以为是看错了，刚才见到你推窗探头出来才确定。"许真示意他随便坐。

井梯："……学姐你刚才看到了？"

许真失笑："不光我，旁边还有星决。那个爬窗的人是达摩克利斯主力队员？"

井梯点头："卫三。"

"说吧，找我有什么事？"许真直接问道。

"之前听说你们手里头有一种微型检测人体数据的机器，我有个研究需要，想借来用一段时间。"井梯半真半假道。

应星决父亲不光吞并了通选公司，还有联邦最大的医疗器械公司，用来研发专门适用应星决身体的医用仪器。

井梯要的便是其中一种。

"要这个？"许真心下转念，"借可以，但我想邀请你一起研究星决的问题。"

井梯刚要开口，便被许真截住："我知道你一直不想被世家聘用，这次还是只属于私人帮忙。"

井梯本来想要应星决的血，现在正好是瞌睡遇上枕头，他照例推托一番，不让许真生疑。

最后两人达成一致，井梯和许真一起研究应星决当前的问题，许真借他微型仪器。

"这是微型测量仪器，只需放进被测动物的身体内。"许真交给他一个小盒子，里面一把小型金属钢枪和芯片，"芯片插上光脑后，你能时刻收到数据。"

井梯收好："应星决现在状况很差？"

这是许真第二次邀请他，她作为一个成名已久的医生，若非真的没有办法，不会轻易开口。

许真点头后又摇头："他失控的事应该已经传遍了，不过目前暂时查不到原因，他身体状况还算稳定。"

"我有必要提醒一件事。"井梯道，"应星决是一个超 3S 级指挥，他完全有能力控制自己变成你们眼中的稳定状态。"

许真沉默过后道："星决的身体我知道，暂时没有问题，这次可能是营养液失效。"

井梯没有再说，如果她真的这么想，便不会私下邀请他一起研究。

"唉——"

"这是你第七次叹气。"霍宣山坐在餐桌前冷静道。

廖如宁干脆放下筷子："我就是有点……姬元帅为什么会这么做？"

"第一军区是联邦权力最集中的地方，他作为元帅，代表全联邦，自然需要表态。"金珂数着盘子里的米饭，"舍一人为众人，是军区内最常见的做法。"

几乎不用犹豫。

"不懂，也不想懂。"廖如宁长叹一声，他一直觉得自己只是来比赛的，打就完事了，现在突然窥见成人世界，有点转不过来。

"卫三呢？"应成河问。

"留堂挨打。"霍宣山轻飘飘地丢出一句。

应成河："……解语曼老师的课？"

霍宣山点头："她今天踢了解语曼老师一脚，老师说她必须再成功踢一脚才能走。"

话音刚落，卫三一瘸一拐地端着盘子过来。

"踢成功了？"霍宣山扭头问。

卫三握着筷子的手还有点抖："成功了。"但她同时成功解锁了解语曼老师的新水平。

就这水平，难怪黎泽上校都被解语曼打。

"你再不来，廖少爷饭都吃不下去了。"金珂道。

卫三看了廖如宁一眼，廖少爷虽然平时撑人撑得狠，其实比谁都多愁善感。吃饭的时候见到不远处的帝国军校主力队，难免开始想东想西。

卫三下意识地朝那边望去，却恰好对上抬眸的应星决。

但她这个人面对这种情况并不尴尬，反而抬手朝他打招呼。

只要自己不尴尬，尴尬的就是别人，卫三深谙其中的技巧。

果然，下一秒应星决便收回目光，不再看她。

"今天要不要出去玩？"金珂提议道。

今天上午封闭训练时间已经结束，他们可以自由活动，按照惯例，几个人要么赛前出去玩一圈，要么赛后出去玩一圈，不过这次寒潮提前，赛后凡寒星所有地方会关闭。

"你请客？"卫三随口道。

"我请客。"金珂答应。

其他人："？"

今天金珂转性了？居然不抠门了。

"就这一次，下次轮到你们。"金珂对这几个人眼中冒着的狼光表示唾弃。

五人坐着飞行器出去，很快便知道金珂并不是真心想请客，而是带着他们绕了一圈，在一家医院附近停下。

"你在干什么？"廖如宁看金珂观察来观察去，忍不住问道。

此刻五人挤在一家咖啡馆的一张桌子前，金珂透过落地玻璃朝外看来看去，面前的热咖啡早冷了。

"前面那家是上次我们指挥过来检查的医院。"金珂靠着落地玻璃，目光还在观察外面。

"所以？"卫三捧着续的第二杯咖啡问。

"我仔细想了想。"金珂道，"那天楼下应该是发生了什么。"

"你们五个主指挥一同出现在医院，如果有人想动手，那是最佳时机。"霍宣山搅拌咖啡，望着升起的热气，"你没见到，意味着事情已经解决。"

霍家的人分布在各个军区，各军校，联邦史上很多有名的刺杀活动，便被歼灭在霍家人手里。

"我知道。"金珂收回目光，"但我总感觉……不太对。"

那天柱子上的划痕说明有事发生，按理说事发后，楼下提前整理过，所以他们下来才没什么变动。

只是金珂当时背后突然一寒，那种感觉似乎提醒他有什么不对。

所以他今天想要再来一趟。

"那就进去看看。"廖如宁无所谓道，"有我们三个单兵呢。"

五人从咖啡馆出来，又转去服装店各自买了套衣服，霍宣山和金珂走在一起，廖如宁带着应成河走，卫三落在后面，可以看见他们四个人。

医院人来人往，和那天状况完全不同。

金珂再次经过那根柱子时发现，划痕已经消失不见。

他在一楼大厅里面转了一圈，没发现异常，只能出去。

"我们可以去周边看看。"霍宣山道，"或许能看出什么。"

金珂点头，朝身后三人打了个手势。

他们绕着各种建筑转，霍宣山检查周围："有两支队伍在这边战斗过。"

他蹲在地上，伸手摸着地砖，冰冷触感顿时传来。霍宣山摩挲了一会儿缝隙，抬起手看着指尖："新灰，补上去的。"

金珂环视周围，肯定道："这里不是防守点，太远了。"

那天五所军校都有人在这边驻守，他处于指挥的习惯，观察过，这里离医院过远，没人守。

"痕迹是这段时间留下的。"霍宣山道。

金珂皱眉沉思，当天五所军校的人都在，不可能动手，防的人也只有独立军。如果一楼有独立军去过，那么这一队人在这儿干什么？又是哪一方势力发现了他们？

最后他起身："……走吧。"

他们一走出巷子，和应成河、廖如宁会合。

"卫三呢？"金珂问他们。

"在后面。"廖如宁转身指过去，"……人呢？"

金珂皱眉，立刻往那边走："卫三？"

三人跟过来，到处绕了一圈走，依旧没有发现卫三的踪迹。

"你最后见到卫三是在哪儿？"金珂脸色难看，问廖如宁。

"我们跟着你们俩一起出来，卫三也跟在后面。"廖如宁当时见到金珂的手势，便搭着应成河的肩膀，好哥儿俩似的走出来。

金珂重复问："你确定你出来的时候，见到卫三也出来了？"

廖如宁点头："我确……我没看见。"

四个人直接不管不顾往医院内走，刚一走进医院大门，便和卫三迎面撞上。

"卫三！"应成河第一个发现她。

"刚想去找你们。"卫三抬头见到四人道。

金珂不言不语，伸手揪住卫三衣领，往小巷带，最后停在角落里，质问："我刚才让你们跟上，你去哪儿了？"

卫三还是头一回见他生气，她拍了拍金珂的手，示意他放开自己的衣领："你先放开，我再解释。"

金珂反而揪得更紧："应星决那天表现很不对劲，我不希望你在这里出事。"

不知道为何，金珂一回到这儿，脑海中始终回想起当时应星决看过来的一眼，理智克制，根本不像后面突然爆发的样子。

卫三双手抬起，诚恳道："我知道，下次不会了。"

金珂这才松手，闭了闭眼，复又睁开："说吧，去哪儿了？"

卫三被他扯脖子扯得勒得慌，抬手整了整衣领："我刚才见到那个丑医生，跟过去看了看。"

第111节

"什么丑医生？"金珂皱眉，突然想起卫三之前看他录的视频后说的话，"应星决攻击的那位医生。"

卫三点头："是他。"

"你跟着他干什么？"旁边廖如宁先问出来。

"……我就想看看。"卫三叹气，"真的丑。"

四人皆皱眉看向卫三，平时卫三会阴阳怪气和对手说话，但不包括说普通人，更何况那位医生在视频中拉下口罩时，分明相貌端正，根本谈不上丑。

"卫三，你现在很奇怪。"金珂沉默良久说道。

难道那家医院那个医生真的有什么问题？

"我觉得自己挺正常的。"卫三扬眉，"心跳、血压全部正常，更没有感知失控的情况。我刚刚只是好奇而已。"

"除了丑，你还看到什么？"应成河问她。

卫三想了想道："他和其他医生护士打招呼。"很丑。

她说不出来什么原因，但从内心深处觉得那个人丑。

金珂："没了？"

"没了。"

"我们先回去，后面我会让人盯着那个医生。"金珂抬手按了按眉心，既然两个人都因为那个医生发生异样，或许医生有什么问题。

"不去玩了？"卫三还想着去凡寒星其他地方转一转。

金珂深深吸了一口气："你看我们所有人，还有心情去玩？"

卫三点头："我有。"

廖如宁也缓缓举手："我也有。"

"……"

最后五人还是去别的地方逛了一圈，买了一堆东西，全是金珂付钱，他站在旁边面无表情地刷卡，丝毫没有往常的抠门，大方得邪门。

回来时，其他军校生大部分刚从训练大楼出来，看着这五人悠哉地回来，皆撇开脸。

也不知道达摩克利斯军校为什么一直这么自信，不封闭训练就开始往外跑，人家帝国军校次次拿第一，都从来没有松懈过训练。

五人回到寝室，结果发现门已经开了，项明化就坐在里面等着他们。

他们看清人后，松了一口气，还好里面不是解语曼。

"回来了？"项明化打量五人，"都去逛了什么地方？"

已经比过三次赛，达摩克利斯军校的老师也差不多了解这五人的习惯，每到一个星就会抽出一天外出逛。

廖如宁嘴快说了一堆，不过没说去过医院。

"嗯，你们早点休息，我找金珂说点事。"项明化显然只是客套一句，他示意金珂坐下。

金珂掏出一堆东西，堆在客厅桌上，这才坐下。

项明化：这帮学生真是……

"刚刚收到消息，独立军有异动，具体情况没有人知道，只知道第三区和第十一区有人出来了。"项明化道。

"我们需要做什么？"金珂问。

项明化摇头："校方商讨过，不希望你们牵扯进来，独立军的事由军区来处理。"

金珂眯了眯眼："项老师，其他军校呢？"

达摩克利斯校方商讨，不要他们牵扯进来，说明有人要让他们也插一手。

"帝国那边已经下令，极寒赛场比完过后，接下来除了比赛，帝国军校的主力队会出去对付出现的独立军，其他三所军校还没回应。"项明化顿了顿道，"独立军和星兽不同，我们暂时不希望你们接触。"

星兽是全人类的敌人，而独立军则是内部分化势力，这是两个概念。

这些学生甚至还未成年，达摩克利斯校方希望他们能够专心比赛，对付星兽，获取经验，而不是陷入人类的斗争中。

"他们出去，不用训练？"

项明化无奈地笑了一声："只是一个应急计划，独立军现在想干什么还不清楚。"

独立军最初曾经是军校生出身，只不过一夜之间突然叛逃。

第十一区曾隶属达摩克利斯军校，这一区多数人平民出身，他们叛逃，其他军校甚至没有半点惊讶。有些平民有点力量就想反，在他们看来正常。

只是第三区一起叛逃，所有人皆未料到。

第三区是彻头彻尾的贵族军校生，因为这一区曾隶属帝都星，当年叛逃中的人还有帝国军校最优秀的指挥应游津，此消息一出震惊全联邦。

两区叛逃封禁后，没有人知道他们在其中做了什么，他们一直龟缩在军区内，甚至还护着防线。

一开始各军区的人以为他们只是不服管教，当时军区权力混乱，有这样独立守卫防线的心思倒也不是不可能，他们甚至逐渐放松了警惕。

直到两年后平通院机甲师季良叛逃，奔向独立军。

指挥、机甲师，以及第十一区实力强劲的那几位机甲单兵会集。

第三区和第十一区自此开始合称独立军，他们打出"奔向自由，不为军权所限"的口号，却做出屠杀平民的行为，他们目前占据的几个大星，便是屠尽大星原住民得来的领地。

该事件目前记载在指挥手册的第一页，各军校要求所有指挥记住这一天，这是联邦的耻辱。

各军区联合起来讨伐独立军，只是有应游津，当时联邦还没有任何一个指挥能与之抗衡，导致双方僵持。

最后双方各退一步，明面上暂时保持泾渭分明，但私底下独立军总是动作不断，各军区也并不手软，发现独立军的痕迹便直接动手抹除。

"之前我们去医院检查，楼下是不是有独立军攻击？"金珂问道。

项明化点头："黎泽没告诉你？一楼有一小批独立军出现，不过被逼退了。"

金珂掐着指尖，控制不露出异样，今天卫三的问题还是以后再说。

项明化一走，廖如宁便从房间内探出头："这种事情为什么只和你说？"

金珂："你刚才没听见？"

"听是听见了。"廖如宁半颗头露在门外，"如果碰上独立军，我们要直接杀了他们？"

好歹大半人曾经是同源呢。

"我们只待在训练场，没有机会碰见他们，除非独立军突袭训练场。"金珂朝卫三房门看了一眼，过去敲了敲，"你就睡了？"

"没。"卫三开门，"在画图纸。"

金珂再次打量卫三一遍，确认没有任何异常，才放过她："刚才项老师的话你听见了？以后我们别胡乱出去了，省得碰上独立军。"

"行行行。"卫三敷衍地将金珂推出去，"不早了，我还要设计机甲。"

她刚刚回来的路上得了一点儿灵感，得赶紧画下来。

金珂回到自己房间，始终睡不着，各种事情缠绕在他脑海中。

最后干脆直接坐了起来，他还是觉得卫三的表现太奇怪，两个超3S级身体都有问题，发生失控完全有可能，只是碰上同一个人都表现奇怪的概率太低。

金珂低头打开光脑，盯着发了一会儿呆，最后决定打给应星决。

深夜这个时候，贸然打过去一个通信电话，还是竞争对手，想必应星决也有一瞬间犹豫，铃声响了几秒才被接通。

应星决穿着军服，看样子他还在个人训练室。

"有事？"应星决直截了当问道。

金珂咳了一声："那天检查，你真的失控了？"

应星决神色不变："为什么问这个？"

"只是觉得你突然失控很奇怪，抽血前看着挺正常的。"金珂当然不会说是因为卫三今天的行为举止奇怪。

应星决沉默，走到墙角处，拿起一瓶水仰头喝了几口，有些发白干燥的唇被湿润，他淡声道："我失控不失控，帝国军校一定是大赛总冠军。"

"……"金珂心底骂了一声，面上带笑，"将来我们都在各军区任职，说不定还能在一个区合作，比赛而已，友谊第一，我只是关心你的身体。"

"不劳你关心。"应星决依旧是冷漠模样，和他堂弟好好说话的样子简直有天壤之别。

"我知道你没失控。"金珂突然说出一句，目光紧盯他。

应星决自始至终皆没有神色变化，他抬眼看向金珂："不清楚你想知道什么，但试探太明显。"

金珂："……"

最后应星决微微点头，算是客套结束，便伸手关了通信。

金珂瘫倒在床上，他潜意识在告诉自己卫三很正常，但今天卫三不打招呼，突然离开本身已经不对了。

训练室，应星决挂断金珂的通信后，拨通另一个通信。

"他们今天出去了？"

"是，主力队五个人一起出去在凡寒星各处热闹的地方转悠。"

应星决听完这句话后便挂断通信，指尖无意识地搭在手腕光脑上，垂眸沉思。

他生性多疑，当时在医院检查有什么怀疑的事，这次势必会再次过去，卫三自然同行。

所以金珂莫名打来电话，和卫三有关？

第112节

"只要这么点？"应成河站在旁边观察卫三取紫液蘑菇。

"关节和外壳混合紫液，后面的以后再说。"卫三拿起量筒放在眼前晃了晃，淡紫色的液体缓缓流动，仿若紫色水晶，香气从其中散发出来。

应成河将剩下的紫液蘑菇保存好："引擎和发动机不用？"

"不了。"卫三拿着量筒放在工作台上，"以后找到好的再用，现在的发动机外壳和引擎没什么特别的。"

既然得到了无相骨，卫三希望她机甲的材质全是好的，现在先用兑换来的3S级材料顶上。

"以后有机会，我想找到合适的发动机液，试试混合紫液会有什么效果。"卫三伸手摸了摸无相骨道。

"试验？"

"嗯。"卫三每天晚上抽空跟着鱼青飞学机甲，还有太多没学完，现在只能大致学会构建机甲框架，其他的还要应成河在旁边辅助。

"金珂帮你请了假，说在我这儿测试新机甲。"应成河走过来，"这几天不用训练。"

"知道了。"卫三看着工作台上的各种材料，有种穷人乍富的感觉，"你送给我的S级引擎还放在沙都星。"

应成河失笑："你当时一个A级，居然敢要S级引擎。"

卫三摊开图纸："那时候只是想看看S级机甲结构和材料，引擎只是碰了一下就开始流鼻血。"

搞得她以为自己是个货真价实的A级。

"引擎也是由S级星兽做成的材料，你接触自然会引发体内感知波动。"

现在卫三依旧还是时不时地流鼻血，不过周围人已经习惯了。

从今天晚上开始，到接下来的几天，应成河和卫三基本上只待在这里面，甚至连睡觉都舍不得花时间，两个人玩命地熬夜。卫三设计构建机甲，应成河在旁边观察，以防意外发生。

廖如宁和霍宣山来到门口几次都没敢进去打扰，最后还是去训练场训练了。

直到赛前一天早上，卫三才和应成河完成第一次机甲构建。两个人眼神带着亢奋，但显然已经连续熬了好几天夜，浑身乱糟糟的。应成河顶着一头鸡窝和硕大的黑眼圈，卫三不光这些，她衣领及手指上都带着干涸血渍，鼻子还塞着纸团。

门口等着的廖如宁探头往里看了看："你们这是……凶案现场？"

白色地板上到处都是血滴，有些被鞋底踩得糊在周围。

"我去睡觉。"卫三眼睛已经快闭上了，她从外面三个人中挤出来，直接往寝室飞奔。

"你不给我们看看机甲？"金珂在背后喊。

"等我睡醒。"卫三声音传到时，她人已经不见了。

应成河也熬不住：“我走了。”

“卫三机甲做得怎么样？”霍宣山问他。

“看起来挺好。”应成河打了个哈欠，也跑了。

“这一个两个吊我们胃口呢。”廖如宁啧了一声，“什么叫看起来挺好，他们还没试？”

这话被廖如宁说中了。

下午两个人醒过来，周边依旧围着金珂三人。

“你们机甲数据没进行调整？”金珂诧异，“还有一晚上，我们就要去比赛了。”

“确切地说，我们机甲数据还没完全测完。”应成河道，“来不及了，要测完一台新机甲，再进行调整至少需要两天。”

之前在沙都星，应成河改造调整朱绛都花了两天多的时间。

“现在直接去练练，再调就行。”卫三有点得意，“鄙人兵师双修不是白修的。”

“吹。”廖如宁蹲在旁边丢出一个字。

“让你见识见识。”卫三抬步率先往训练场走。

其余四人皆跟在后面一起出去。

一般机甲师没办法精通操控战斗机甲，不清楚机甲操控起来其间的细微差别，只能靠机甲运行时的数据来总结。

而卫三不光是机甲师，她同时是一名超 3S 级机甲单兵，自己构建设计的机甲，再经自己的手去操控机甲，是最快能了解机甲哪方面有问题的方法。

五人来到训练场。

“你的机甲不会和以前黑厂那台机甲一样吧？”廖如宁怀疑地看向卫三。

“那台机甲怎么了？”金珂还没见过这台机甲。

廖如宁抬手挡住嘴，声音却不小：“丑！”

“那是没钱的无奈之举。”卫三放出机甲，“现在让你看看，什么叫高级机甲。”

一台十米左右的黑白机甲出现在训练场中间，带着中型机甲特有的修长体形，机甲壳表面光泽崭新，机甲舱外面有白色的防护甲，双腿膝盖边有着什么东西，甚至能嗅到一丝无名香气，但再仔细去闻，却再也闻不到。

“看着还挺有模有样。”廖如宁靠近摸了摸机甲，“叫什么名字？”

卫三：“无常。”

金珂问她：“有什么寓意吗？”

卫三挑眉：“没有。”纯粹因为机甲是黑白色，她便图方便，直接取了无常。

霍宣山走过去仰头观察这台机甲膝盖：“匕首？”

卫三点头：“可分离匕首鞭。”

她招式杂乱，有什么武器就用什么，基本不挑，所以经过和应成河讨论之后，决定在膝盖旁边加了武器。

"什么叫匕首鞭？"金珂注意到卫三说的那个词。

卫三扬眉："打一场就知道。"

她径直跳上机甲问霍宣山和廖如宁谁先来。

"我！"廖如宁连忙上前一步道，但霍宣山已经放出机甲，进去操控机甲站在了卫三面前。

廖如宁："……"为什么每次都能被霍宣山抢先！

那边卫三和霍宣山已经打了起来，霍宣山的主场在空中，他直接在半空中攻击卫三。

卫三没有拿出刀，反而在躲闪过程中，弯腰取出两边膝盖上的匕首。

旁边的金珂和廖如宁皆不解，非近身战斗，她拿匕首根本无用。

显然上方的霍宣山也不明白，他抬手拉弓，数发箭射向卫三，毫不留情。

机甲舱内的卫三扬唇，操控机甲向右侧身，双手握着匕首一甩，短短的刀刃竟然瞬间拉长变成极细的鞭子。

卫三握着两条细鞭，侧身同时甩向半空中的霍宣山，他一时不察匕首居然能拉长成鞭子，冰箭被她鞭子全部打落，甚至差点被卫三的鞭子碰到手中的弓。

廖如宁在旁边看得有点眼馋："为什么卫三总有这些能变形的武器？"

"你各种武器用得一样好，我也能帮你做出来。"应成河扭头道。

"……算了，我还是用刀吧。"廖如宁从会走路开始，就开始用刀了，换其他武器完全不如刀。

"不是什么珍稀材料，匕首鞭用的是稀释过的游金，再加上一点儿其他的材料，延展性非常好。"应成河看着还在打斗的两人，慢慢解释。

想法是卫三提出来的，但很多东西她没有学，比如该用稀释多少比例的游金，很多东西比例都要靠着不断试验探索才能得知。

这些由应成河来做，他提供配制好比例的材料给卫三，卫三再接手。

除去开始，霍宣山被匕首鞭惊住，后面很快便适应这种武器，两人你来我往，僵持不下。

"先到这儿。"卫三最先喊停，随后下来和应成河站在旁边讨论刚才自己体会到的差别。

机甲开始一点一点根据卫三的感觉来调整。

接着是廖如宁陪卫三打，两个3S级机甲单兵轮流，卫三打完一场就开始和应成河讨论怎么改。

终于到了凌晨一点多，几个人才停下来。

卫三蹲在墙角，额头布了一层汗。

靠在边上的金珂递给她一张纸。

她接过来，直接抹向额头。

金珂："……我让你擦鼻子。"

卫三一愣，伸手抹鼻子，又是一手的血。

蹲过来的霍宣山又给了她一张纸："医生还没有一个确定的方案？"

现在卫三使用 3S 级机甲，只要时间一长，便会流鼻血，他们几个人现在已经习惯随身带纸。

"还没有。"卫三擦了擦鼻子。

正说着，医生的电话打了过来。

"这么晚打给你，我……"医生话还没说完，便见到光幕里从卫三左右和上方各探出一颗头，甚至左上侧又有一颗头缓缓伸过来，五个脑袋齐刷刷地盯着他。

"……为什么你的光脑不设置隐私？"而且这几个主力队员不知道避嫌？关系未免太亲密。

卫三慢吞吞道："我的光脑没这个功能。"

医生沉默半晌道："算了，说正事，明天就要比赛了，你过来我这边一下，我找我学姐借了微型记录仪器。"

"行，我现在去。"

医生想起什么，立马补充："没有时间限制，你别爬楼扒我窗。"

通信挂断，廖如宁意味不明："你为什么还要扒医生的窗？"

"他让我两分钟赶过去，训练场这么远，跑过去已经快两分钟，电梯来不及，只能扒窗。"卫三起身，"我过去了。"

"我陪你过去。"霍宣山道，"待会儿一起回来。"

"我也去。"廖如宁赶热闹。

金珂和应成河默默站在卫三后面。

最后，卫三拖着四个尾巴，五个人一同往医疗大楼走。

"你说是电梯快，还是我们爬得快。"刚走到医疗大楼门口，廖如宁跃跃欲试道。

几个人一看廖如宁眼神，便知道他在想什么。一秒沉默后，三个单兵齐刷刷地朝后门蹿去，应成河和金珂跑进大楼，乘坐电梯。

"来了。"井梯听见敲门声，立刻起身去开门，"卫三……怎么是你们？她人呢？"

金珂抬起下巴朝医生背后点了点："那里。"

医生猛然转身，发现三个人扒在窗外："……"看多了，半夜得做噩梦。

"电梯快。"应成河对着进来的廖如宁道。

卫三解释："我们多绕着大楼跑了半圈，那天我抄小路过来，电梯离我远。"

"你们闲得慌，坐下。"井梯让卫三撩起袖子。

其他四个人眼睛眨也不眨地盯着医生，像门神一样站在旁边。

医生："……"

卫三坐在桌子前，露出手臂，井梯用酒精擦了擦她手腕内侧一处，打开旁边的箱子，用镊子夹出一个比指甲盖小数倍的东西。

"这种仪器放在你皮下组织，能够时时刻刻监控记录下你身体变化的数据，到时候全部传到我这里来。"井梯示意旁边金珂拿住镊子，他取出一把手术刀，轻轻割开卫三手腕内侧的一小块皮肤，再接过镊子，把这个小东西放进她皮下组织。最后贴上愈合剂，"好了。"

"为什么现在要记录卫三身体变化数据？"金珂问医生，"之前你没有要求。"

医生扭头解释："之前还不太清楚卫三的情况，现在检查发现她身体状况一直保持在固定状态，训练前、训练后完全没有波动，我想要知道她对上星兽或者危险的时候，身体会有什么变化。"

金珂："你学姐是应星决的医生？"

井梯点头："对，她最近过来了，你应该知道。"

金珂："应星决也在用这个仪器监测身体状况？"

医生顿了顿道："是。"

第113节

微型记录仪器被装好后，卫三和另外四个人便转身准备回寝室。明天就要进入极寒赛场，也只有他们还在外面溜达。

"祝你们一切顺利。"医生站在门口道。

"肯定顺利。"廖如宁挥手，"我们还得拿个总冠军回来。"

"这次要是在平通院主场拿到冠军，那个宗政越人会被气死。"卫三想起上次对方的眼神，坚定夺冠的信念又加强了。

卫三就喜欢看别人恨她又没有办法的样子。

五人回到寝室一夜好眠，第二天起来集合，和其他军校一起赶赴极寒赛场。

"是不是越来越冷了？"廖如宁站在飞行器内，抱着手臂抖来抖去。

不只他，校队成员也有相当一部分人开始发抖。

卫三伸手贴在窗户上，看着外面："白雾越来越大了。"

"极寒赛场比凡寒星其他地方要冷数倍，那里曾经是冰川，不过我们过去需要小心，因为赛场内有不少水面结冰脆弱，机甲一站上去会裂开。"路上金珂再次仔细说了说极寒赛场的注意事项，给主力队及校队成员听。

他们离极寒赛场越近，温度越低，在飞行器内众人已经感受到刺骨的冰冷。

"到了。"大型飞行器最后缓缓降落，达摩克利斯军校生依次出来，廖如宁躲在边上一动不动。

卫三伸手扯他："下去了。"

廖如宁嘴唇发白："……我不想下去。"

正好最后一名校队成员下去，霍宣山转回来，直接绕到廖如宁身后，一脚把人踹了出去。

骤然面对冰冷世界的廖如宁："！"

这一瞬间，他感觉自己连呼吸都被冻住了。

"你怎么事儿这么多？"金珂瞥他一眼，"又是怕蛇，又是怕冷。"

廖如宁双手抱着自己，哆嗦："是这个世界太可怕，我还是个孩子。"

"孩子，走了。"卫三走上前，丢下一句。

五大军校皆抵达入口，老师们站在那儿要求他们派人过来抽战备包。

"这次轮到你了。"金珂扭头对最后面的廖如宁道。

廖如宁畏畏缩缩挪过去，和其他军校的人形成鲜明对比。

其他军校的人还是那些固定的人来抽战备包，周边的媒体纷纷对着五个人拍照，不得不说，现在达摩克利斯军校已经变成媒体最喜欢的一所军校。

因为他们每一场都要出幺蛾子，有话题讨论度，像今天这幕，达摩克利斯军校主力队成员和其他军校主力队成员姿态对比，又可以拿来做文章，大谈一番。

廖如宁冻得受不了，前面又在排队，他干脆在原地摇晃起来。

整个直播现场都能看见他扭着屁股，一圈又一圈。

项明化习惯性地伸手挡脸："……"这帮人真是完全不要形象了。

现在他已经想开了。不是卫三一个人的问题，这几个人当初选择达摩克利斯，本来就不是什么守规矩的人。

比如霍宣山表面上继承了霍家人的沉默内敛，实则从他每个选择上都代表了叛逆，霍家擅长用重型机甲，他偏选了轻型机甲。霍家很多年没有人报达摩克利斯军校，他就要报这里。

当初几位老师带着他时，还维持着世家子弟的礼仪风范，现在经过卫三起头，彻彻底底变了。

又如应成河，第一个选报达摩克利斯军校的应家人。

项明化如今知道了，不是卫三带坏了他们，而是这五个人臭味相投！

终于轮到廖如宁抽战备包，他已经没得选了，直接过去拿最后一个。

他拿过来，走回主力队，打开战备包的清单，仰头看去："这……"

"终于轮到我们达摩克利斯翻身了！"廖如宁得意道，"少爷的手气就是最好的！"

达摩克利斯军校这次抽到的战备包最为充足，甚至每个人都有一套完整的保暖衣，可以套在外面。

应成河拿出一套保暖衣看了看："是这里的星兽皮，加工过后，可以抵御明显的寒气。"

不算厚，只是薄薄一层，但足够他们比其他人多了点优势。

"先让我试试。"廖如宁扯过应成河手里的保暖衣，当场表演一个套头外穿。

廖如宁穿好后，仔细感受一番："……为什么还是冷？！"

"防寒防风，没有温度。"应成河摇头，"保持人体不失温，这样已经足够了。"

反观其他军校，他们没有保暖衣，虽然身体已经在抖，但强行保持挺拔姿态。

准备好后，第一个进入极寒赛场的军校便是帝国军校，达摩克利斯军校再次排到第五位。

应星决站在队伍最前方，这次身边没有护卫队跟着，他们已经提前进入赛场，会跟随帝国军校移动。

其他军校主力成员目光皆落在他身上，每一个人都想把他拉下来，只要应星决出现问题，仅凭姬初雨无法凌驾在其他军校之上。

而应星决无视所有视线，似乎周遭所有一切都与他无关，漠然穿过极寒赛场的入口。

帝国军校其他人安静快速跟在他身后，进入极寒赛场。

落在最后的达摩克利斯军校众人望着所有军校一个又一个进去，还要继续等待时间到后，才能动身。

平通院第四位入场，宗政越人扭头直直对上卫三的眼睛，他想要让对方知道极寒赛场，平通院才是王。

然而卫三在第一眼对上宗政越人时，便突然把眼睛闭上，还伸手挡住。

"你干吗？"廖如宁见她莫名其妙的动作问。

"宗政越人肯定要挑衅我。"卫三用双手挡住眼睛，侧脸和廖如宁道，"我什么都看不见。"

不是怕他挑衅，纯粹是要气宗政越人。

旁边金珂几人闻言一边纷纷抬手挡住自己双眼，一边若无其事交谈，做着最屁的动作，气死人不偿命。

宗政越人下颌紧绷，他自不可能要这群人把手拿下来，只能憋着一腔怒火转身，带着队伍进入极寒赛场。

"人走了吗？"卫三手还挡在眼前。

"走了。"霍宣山拿下手，只看到最后一位平通院校队成员进去。

达摩克利斯军校的人还要在这里继续等半个小时才能进去。

直播现场内，达摩克利斯军校的老师们看着镜头内的学生，心中纷纷祈祷他们这一次同样所有人能平安回来。

"走了。"金珂带队走在前面，卫三和霍宣山分别在两边，应成河在中间，廖如宁落在后面。

刚一靠近入口，廖如宁便开始哆嗦："入口就这么冷，里面得是什么样子？"

直播现场的老师们看着他不争气的样子，有些无奈，沙都星本地人都太怕冷了。

老师们望着学生缓缓进入极寒赛场，镜头一切，达摩克利斯军校所有成员已经进去了。

原本在门口还哆嗦的廖如宁还站在应成河身后，只是已经没有了任何畏缩的样子，冻得发红的手直接露在外面。

仿佛变了个人。

其他原本还有些松散的人也无一例外地全部变回平常训练时的样子，似乎感觉不到极寒赛场陡然降低的温度。

"小心脚下，这里的冰面并不稳定。"金珂提醒道，"不要掉了下去，假如……"

他话还未说完，校队末尾的一支小队便突然踩碎冰面，齐齐掉了下去。

冰面之下的温度太低，人一掉进去便能立刻失温，最后直接沉底，片刻便能冻在里面。

好在他们穿了保暖衣，虽感到刺骨冰冷，但还能动弹。

附近的小队试图救他们起来，被金珂喝住："所有人往右散开。"

冰面下的轻型机甲单兵率先出来，她在摔进冰面那瞬间打开了机甲，在水下忍着刺骨冰冷进入机甲，操控升空，同时拉起小队的指挥和机甲师。

"小心！"

金珂的声音突然出现在这个轻型机甲单兵的脑海中，她来不及反应，凭着本能操控机甲将指挥和机甲师捞进怀中。

冰面之下猛然蹿出一头巨鲨，破开周边，跃起朝轻型机甲单兵咬来。

霍宣山最先冲过去，凌空射冰弓在巨鲨身上，只是平时能够冻伤目标，使之延缓速度的冰弓在巨鲨身上失效。

轻型机甲单兵护着指挥和机甲师，没办法回手，只能放弃自己。

她的翅膀连带机甲舱被咬碎。

巨鲨一击得中，迅速往水下沉。

卫三第二个赶去，她连续踏着冰面，赶到破冰处，直接沉下去。

她踩在了巨鲨身上，无视周边冰水，大刀径直砍下。

刀起头落，巨鲨的头被砍断。

她用力踩在巨鲨身体上，随后操控机甲到鲨鱼头附近。

达摩克利斯军校队伍一片沉默，附近小队迅速扶起被救上来的指挥和机甲师，冰面上只有半截轻型机甲，冰面破洞下，浓郁的血红色分不清是巨鲨的还是人的。

漫长的一分钟，无常破冰而出，跟随一起出来的还有两个单兵，他们成功进入机甲。

无常抱着半截轻型机甲出来，单手扯开已经破碎的机甲舱，单兵左侧身体已经被鲨鱼牙齿洞穿，血流不止，加之底下冰水刺激，她想说话，但只是徒劳吐血，身体抽搐。

单兵仰头看着无常，挣扎着朝里面的卫三竖起一个大拇指。

金珂赶过来，摸到机甲舱边按下出局键。

"达摩克利斯校队出局一名单兵。"

救助员立刻赶来，这里还是入口附近，他们来得极快，带着单兵进入治疗舱。

达摩克利斯军校瞬间弥漫一股沉重感，卫三从机甲内出来："她一定会没事。"

廖如宁："下一场继续，等我们拿冠军给她看！"

"我的疏忽。"金珂没有料到只是刚进来便出事，"所有人戒备，冰面之上有星兽，冰面之下同样有危机。"

第114节

刚进来，当着主力队的面损失一名校队单兵，达摩克利斯陷入前所未有的沉重中。

赛场外的老师们一下子紧张起来，他们担心的不是赛场内到处潜伏着的星兽，而是这帮学生的心理状况。

从第一场一直到谷雨赛场，他们或许没有拿到冠军，但绝对获益匪浅，信心从未受到过打击，甚至能让平通院吃亏。

而现在……

赛场内，达摩克利斯军校继续往前走，这一次，连续走了两个小时，也没有再遇见薄冰面。

"前方冰山后面不远处有星兽。"金珂停下道，"在冰下面。"

他们要下水作战。

廖如宁站出来："我带他们下去。"

金珂盯着他看了一会儿："冰面下有两头双S级星兽，还有十六头A级星兽，分隔百米内，你带五十名单兵下去。"

廖如宁转身："哪些人是沙都星本地出身，跟我一起走。"

很快走出五十名校队单兵，在第五十一名单兵被拦住后，其他人皆不再出列。

廖如宁和五十名校队单兵进入机甲，朝前方赶去，他们赶到金珂所说位置，一起踏碎冰面，沉入水下。

金珂和其他人站在原地等着，极寒赛场内刮来的风带着白色颗粒，是空气中的水分成冰，打在脸上生疼，但没有人动。

所有人目光越过前方凸起的冰山，都在等待后面的廖如宁和五十名校队单兵出现。

他们站在这里，不加入战斗，除了金珂半跪在地，单手放在冰面上，用感知替水下战斗的人建立屏障，其他人看不见廖如宁等人下面的状况，只能嗅到冰冷空气中时而传来的淡淡的血腥味。

唯一得到的好消息便是没有消息，没有任何广播声。

三十分钟后，廖如宁带着五十名校队单兵缓缓出现在冰山上。

"达摩克利斯军校斩杀两头双S级星兽，十六头A级星兽。重复……"

他们其中不少人身上挂着冰溜，显然是在水中湿透后，上岸结冰了，只是廖如宁和后面的五十位校队单兵没有任何一个人发抖，似乎完全感受不到寒冷。

直播现场的老师们皆心中松了一口气，这些学生看来是将刚才发生的事情，当成动力了。

"继续前行。"金珂起身道。

他话音刚落，远处几个方向同时升起光束和广播声。

在达摩克利斯军校队伍后续赶路的几个小时中，播报平通院的广播声几乎每半个小时便有一次，甚至超过了帝国军校。

平通院这次将自己主场优势发挥得淋漓尽致。

"我们绕这条路走。"金珂指着地图道。

他说的路线前半段全是冰面，越过之后，和平通院现在这个方向往前会合了。

"你是说我们要抢在他们之前到？"霍宣山问他。

金珂点头："平通院既然熟悉这种环境，走他们的路一定更好。"

抢在他们之前，将周边的星兽斩杀，得到资源。

"但我们前半程会一直在冰面上。"应成河道，"会面临两方的攻击，而且冰面上温度更低。"

"我知道。"金珂紧握地图，"机甲的事，你看着办。"

显然最开始金珂的路线并不是这一条，现在他突然改变，很难说不是因为之前入口处发生的事。

不过达摩克利斯军校队伍中无人反对。

直播现场。

"不知道你们学校主指挥的这种性格是好还是坏。"南帕西的领队老师对项明化道，"虽然是化队员出局的愤怒为力量，但是现在危险度直线上升，胜败率更无法确定。"

"他是主指挥，他做主。"项明化靠在椅背上，"同队的其他人不反对，就行。"

南帕西的领队老师不再多言，能说什么？他们达摩克利斯军校的老师都不将胜负放在心上，他们说再多也无用。

赛场内的达摩克利斯军校队伍，开始只走冰面，这边路线速度更快，当然躲在冰面下偷袭的星兽也更多。

再加上不知道哪块冰面会突然破碎，从出发到现在，已经有数队突然掉进去，不过再没有人因为这个出局。即便掉下去时，冰面之下有星兽，也能以最快的速度配合先护着指挥和机甲师出来，单兵之前那么长时间的训练，终于派上了用场。

"卫三。"霍宣山在半空中提醒。

"知道了。"

此刻，两人在队伍最前方，和大部队相距五公里路。

他们负责清理前面的高阶星兽。

霍宣山飞在空中，透过白雾，观察冰面下的动静，有些冰面看起来更薄，是因为有星兽躲在下面。

卫三听见他的提醒后，直接放出机甲，单手握住大刀，直接插进冰面之下，微微转动刀把。

冰面以刀身为圆心，逐渐开裂，发出令人心惊的咔嚓声。

下一秒，一条巨鱼撞出来，满口利齿，朝卫三咬来。

她就势滚开，以手撑地。

巨鱼望见机甲笨拙的动作，眼中闪着兴奋，感觉自己马上就能咬断机甲。

半空中的霍宣山猛然俯冲下来，双手抓住巨鱼，硬生生地将它一半身体提出水面。

卫三快速上前，拔出大刀，挥刀直接砍向巨鱼露出冰面的腹部。

大刀侧身一半划在冰面之上，因为速度太快，甚至划出了冰花。

一切发生得太快，直播镜头前的观众，只能看到大致：卫三往冰面上插刀，巨鱼出现咬向她，半空中的霍宣山突然俯冲抓起巨鱼，卫三拔刀单手就着冰面扫去，巨鱼直接断成两截。紧接着冰面开裂，无法站立机甲，霍宣山一手抛开巨鱼的半个身体，转而抓住卫三机甲，让她不沉入水中。卫三手握刀，往泛出来的水中一插。

半空中霍宣山，双手抓起卫三，而卫三刀插在剩下的半截鱼身上，两人带着半截鱼身离开破碎冰面，落在刚才他丢巨鱼上半身的地方。

从头到尾，甚至不到一分钟。

一头巨鱼，双 S 级高阶星兽，便在他们手中丧生。

"……这台新机甲不是卫三第一次用？"习浩天望着镜头中的两人，实实在在疑惑了，在他看来卫三这次换上据说用了紫液蘑菇的新机甲，也讨不了多少好处。毕竟这是一台崭新机甲，其他人的机甲已经用了至少十年。

鱼天荷笑了笑："她一个无名星出身的人，当初用朱绛也才多久？一个学期？也没比谁差。"

"这样，我承认卫三差不多能和姬初雨、宗政越人一个水平。"习浩天盯着卫三和霍宣山，"他们配合起来也不错。"这样一来省了入水消耗能源。

之前习浩天一直不看好卫三，她招式太乱，没有章法，战斗意识也不足，但现在一看，好像并不是那么回事。

第 115 节

在达摩克利斯军校选择前半程全是冰面路线时，帝国军校同样选了一条难度大、距离短的冰谷，是曾经冰川遗留下的痕迹，巨大开裂的山体即便到现在表面依旧覆盖厚厚的一层冰。

"据凡寒星监测点通知，寒潮会提前到来，所以这次赛场时间我们缩短在七天，各军校要赶在第七天出来，否则便会在内直面寒潮。"鱼天荷向直播现场的观众解释，"相信在场很多人应该比我要清楚寒潮的威力，极寒赛场是寒潮发生的中心地带，一旦碰上，他们基本没有出来的可能性。"

直播现场观众议论纷纷，虽然之前整个凡寒星的居民都接到寒潮即将到来的通知，且已经和周边星系暂时切断交通，但他们向来只是寒潮来临前，囤好物资，在家休息，只当放假。现在被鱼天荷这么一说，他们才惊觉寒潮的可怕，连这些军校生都无法摆脱。

应月容补充："帝国军校选择这条路是不想放弃争取资源的机会，相比之下，塞缪尔军校和南帕西军校这次则选择稳妥，他们走了最安全但偏远的路线，两所军校轻装上阵，时常切换机甲状态赶路。根据半个月前主办方探测到的数据，这两条路星兽相对而言不多。他们基本等于放弃这次比赛的资源，只追求排位。"

鱼天荷继续道："平通院显然对这里的环境很熟悉，他们走的那条路属于中间范围，但星兽最多。不知道五所军校谁能率先抵达终点。"

从五所军校选的路线，便能看出来他们的定位。帝国军校既要资源又要速度，对自己的实力有着绝对的信心。

第二梯队的南帕西和塞缪尔则直接放弃资源，至于近些年一直在第二梯队，甚至经常在最后一位打转的达摩克利斯军校，今年在几个赛场上的行为难测，这次极寒赛场更是直接挑难度高的冰面路线走。

只第一天，这帮人便像破坏狂一般，所到之处，任何星兽皆不放过，冰面不破，他们自己戳破，下水寻找星兽。

观众们几所军校来回看，看得眼花缭乱，广播声也一道又一道。

"帝国军校、达摩克利斯军校，还有平通院疯了吧，第一天进去就这么搞？"

"离寒潮时间越近，星兽越会躲起来，要想得到资源，现在拼命杀星兽才是正解，这届三所军校都要争总冠军，难免激烈。"

"达摩克利斯军校也是有意思，从开始的四名 3S 级主力成员变成全员 3S 级，现在那个卫三的机甲又换了，据说可以达到超 3S 级的效果，彻底能和两所军校争第一。"

"只能说老牌军校有底子，找到机会就能爬起来。"

"得了吧，达摩克利斯军校老牌是老牌，但哪里来的底子？你们有空去各大军校转一圈，学校破破烂烂的，操场好几处被学生机甲搞坏了，都舍不得花钱修。"

"沙都星本地都有很多学生报了其他军校，人才全部流走了。"

"还好吧，我是沙都星本地老师，这个月我们学校预填志愿，学生基本选的都是达摩克利斯军校。"

"卫三学姐就是最骚的！我今年一定去达摩克利斯军校！"

"前面还是预备生？赶紧去训练，跑来看直播干什么？"

…………

"今天晚上在这里休息。"金珂从左侧的冰山上下来，"附近暂时没有星兽。"

达摩克利斯队伍此刻正停在一处周围全是冰山的地方，脚底下的冰面已经彻底冻结，刀插进去再拔出，完全影响不了旁边。

各小队从战备包中翻出帐篷，就地驻扎。

这里冰面上有一层厚厚几近液体的冰冷白雾，军校生们即便穿着厚厚的长军靴，也依旧能感到刺骨的寒气，更不用说帐篷，睡进去根本就是睡在冰上。

"主办方为什么不能发质量好一点儿的帐篷？"卫三从帐篷里蹿出来，人都傻了，她还以为帐篷能隔寒，结果刚躺下去，那股寒气直接往骨头缝里钻。

廖如宁蹲在旁边半截冰山上，朝下面卫三道："他们美其名曰锻炼我们呢。"

霍宣山缓缓补充："现在军区的人出行，会随身带着胶囊舱，抵御外界各种恶劣环境，在一定程度上还能防止星兽攻击。"

站在外面寒气逼人，帐篷内虽能挡住外面寒风，但从冰面上不断涌起的冷意同样让人睡不着，金珂也没有办法解决这个问题，只能是大家自行看着办。

卫三几个跳跃，和廖如宁一起蹲在半截冰山上，正好在冰山凹陷处，挡走了大部分寒气。

"我们都这么冷，他们更难受。"廖如宁看着下方的校队成员，S级和A级的体质相差太大。

"坚持几天就出去了。"卫三搓了搓手，哈了口气，"明天多找点星兽，打起来没那么冷。"

"金珂能不能熬得住？他比A级还惨。"廖如宁怕冷有大半原因是心理问题，金珂作为3S级指挥，寒潮直接影响他感知，进而间接对身体造成损害。

下嘴唇已经变成紫色的金珂还在观察所有人的位置，找到最合适的布防点。

"进来之前，他们五个主指挥都打了补充剂，一定程度缓解寒潮带来的影响。"卫三低头看着脚下的冰块，这是纯粹的冰山，除了冰没有任何物质。

她朝附近看了看，几座不算高的冰山拔地而起，正好挡住大半吹来的寒气。

等所有人安定下来，天已经彻底黑了下来，卫三和廖如宁没有从冰山上下来，就蹲在这里休息。

极寒赛场渐渐安静下来，守着各军校直播间的观众已经准备休息，而直播现场已经有不少观众在打瞌睡，轮流守着的主解员也没有再开口说话，只是看着各军校的镜头。

卫三没睡，她移到另外一个冰山上继续蹲着守夜，顺便回忆鱼青飞教的东西，她进入这种状态，目光便显得有点散。

解语曼是下午休息的，半夜回来接项明化的班，望着冰山上双眼无神的卫三："她这是睡着了还是没睡着？"

项明化摇头："旁边霍宣山还在，应该没事。"

两人刚要换班，帝国军校那边异动，受到星兽攻击。

项明化脚步一顿，转回来看着帝国军校的直播镜头。

"小股星兽潮。"解语曼视线落在帝国军校中间应星决身上，这些星兽靠得太近了，他没有提前发现？

显然帝国军校那边老师也全部清醒过来，皱眉看着赛场内的军校生进入机甲和星兽搏斗。

"他受到寒潮影响很严重？"解语曼皱眉，否则以应星决的能力，绝不会任由这一小股星兽潮靠近才提醒。

"大概。"项明化站在桌前，"他看起来比其他主指挥状态更差。"

帝国军校领队老师那边，虽没有出声说话，但脸上的神情已经表明不悦，这还是第一次他们这么被动。

"到底还是学生，总有失误的时候。"平通院的领队老师突然安慰旁边帝国军校的老师们。

学生？赛场里面，所有人都能用这个理由开脱，唯独应星决不能，他从参与那次幻夜之战后，就不再是简单的学生。

校队率先赶上去抵抗星兽，霍剑对付高阶星兽，司徒嘉和姬初雨护着应星决和公仪觉。

应星决漠然望着对面的星兽，一步一步朝那边走去。

他每走一步，便有一头星兽突然倒下，一直走到战斗边缘，停下脚步，抬手虚空一捏，所有星兽像被无形的东西攻击，瞬间倒下。

不少刚进入机甲，正准备战斗的校队成员愕然地望着倒在自己面前的星兽，失了声。

"原地休息。"应星决垂手转身，似乎只是做了一件再寻常不过的事。

霍剑收了剑，从机甲内出来，继续立在应星决旁边。

直播现场一阵沉默。

刚才还倍感怒意的帝国军校老师们心中皆松了一口气，领队老师扭头对平通院刚才开口的老师道："学生，难免张狂了些。"

平通院的老师们："……"

"真不知道当初幻夜之战是什么场景。"项明化望着直播镜头内的应星决有些感慨。

第五军区是帝都那边的势力，达摩克利斯军校作为曾经的老大，两方隐隐对立，自然得不到这么重要的战役记录。

"其他人也在成长。"解语曼坐下来，"应星决这样的人只是个例，多少年才能出一个。"

项明化忽然低声笑了笑："卫三也是个例。"

赛场内其他军校的人被广播声惊醒，看着帝国军校那边升起的光束，心思各异。

"他们不用睡觉？"卫三从冰山上跳下来，走到起来的金珂身边道，"要不我们也去找星兽。"

金珂瞥她一眼："大晚上好好休息。"

"现在帝国军校斩杀的星兽比平通院还多。"卫三仰头看着光束所在地，"我们还差了点。"

"明天继续努力，现在去休息，你别守了。"金珂道。

"没守夜，我只是睡不着。"卫三呼出一口白气，"越来越冷了。"

"速度快的话，明天晚上我们就能出去，赶在平通院前面。"金珂也没怎么睡着，闭上眼全是地图路线。

平通院那边。

所有成员状态比其他军校生好一点儿，在帐篷内勉强能睡着。

这时间听见广播声后，几个主力队成员从帐篷内出来，看着光束方向。

"帝国军校速度很快。"路时白毫不意外道。

"达摩克利斯什么意思？"宗政越人问。

今天一天达摩克利斯光束的那个方向全处在冰面范围。

"他们想抄道抢在我们前面。"路时白猜中金珂的打算，"胆子够大。"

宗政越人扭头看了一眼校队成员："明天加快速度前行，天越来越冷了。"

平通院的人甚至都开始感到不舒服。

第116节

第二天一早，达摩克利斯军校队伍便起来继续赶路。

"为什么轮到我们比赛，寒潮就提前！"廖如宁仰头抱怨，他感觉呼出来的气都能瞬间结冰。

其他人面上不显，心中也在赞同他的话。天太冷了，他们还穿着保暖衣，完全不顶用。

队伍快速赶路，一上午过去居然没有碰见星兽，冰面下也没有星兽突袭，甚至连能挡掉寒风的冰山都消失不见，只有一望无际的冰原。

"感觉这地方已经没有星兽了。"廖如宁话多，走了这么久忍不住道，"是不是太冷了，它们都躲起来了。"

金珂环视周围的队员："不管有没有星兽，我们继续赶路，尽快走出冰原。"照这样下去，他们在里面根本待不到七天。

赛场内温度太低，设备太少，假如有胶囊舱，他们还能再支撑一段时间，现在完全不行。

寒潮果然名不虚传。

与此同时，选择稳妥路线的两所军校——南帕西和塞缪尔军校也同样感觉温度越来越低。

"斩杀的星兽还没有山丘赛场多。"肖·伊莱脸色不好，"那三所军校都杀了多少？"

"现在的温度越来越低，机甲机动性能也不断下降，我们与其冒险，不如安稳拿下排位。"高学林思虑半晌，最后做出一个大胆的决定，"全员机甲状态，我们赶去终点。"

"全员机甲状态？"吉尔·伍德犹豫，"会耗费大量能源，谷雨赛场我们主力队已经耗了不少能源。"

高学林看了她一眼道："同时托达摩克利斯军校的福，我们在上个赛场得到的能源也不少，足够支撑全员机甲状态。后面赛场情况目前不得而知，先拿下这场排位再说。"

这届情况复杂，他们再为后面赛场打算，倒不如争取好现在每一场。

"走吧。"习乌通率先进去机甲。

五所军校的目标一致，方向路线不同，从直播现场的平面图可以看到，有两所军校都开启了机甲状态，赶赴终点。

"雾是不是越来越大了？"解语曼看着达摩克利斯军校的直播镜头皱眉道。

项明化仔细看了一会儿，才确定："大了，可能因为寒潮快来了。"

解语曼眼皮跳了几下，不知为何，她望着这些白雾，心中逐渐急躁："他们得赶快离开冰原，寒潮越来越近……"

"啪！"

达摩克利斯军校的一个镜头突然裂开，那个镜头画面瞬间黑了下来，这仿佛是一个信号，达摩克利斯所在地所有的摄像头开始一个一个裂开，直至最后一个画面彻底黑下来。

全场安静，达摩克利斯军校的领队老师们克制不住地站起身，互相看着，完全不知道什么情况。

鱼天荷反应过来，率先联通赛场内高空上的救助员及兑换处人员。

信号不好，只传来刺刺的声音，场内一片寂静，终于能听见断断续续的人声："白……雾、看……不清。"

平通院那边老师回神，面色难看："寒潮来了！"

这才第二天！怎么又提前了？！

凡寒星的领队老师也站起来："寒潮所到之处，所有通信都能被瞬间破坏，寒气冻坏了那边的摄像头。"

项明化和解语曼等人面无表情地看着黑下来的镜头，转身继续试图去联系高空上的救助员们。

就在他们还处于寒潮再次提前的状态中时，帝国军校的直播镜头开始一个一个破碎。

鱼天荷当机立断，对其他军校老师道："现在通知你们学生出来还有机会。"

平通院的老师们望着直播镜头内的学生，寒潮到来需要时间，达摩克利斯军校和帝国军校正好在寒潮升起位置，只要平通院能够意识到不对劲，全员加速或许可以争夺第一。

除了疯狂联系救助员的达摩克利斯军校和帝国军校，另外三所军校老师都还在犹豫，寒潮还没有蔓延过去。

"塞缪尔军校决定出局。"谁也没料到塞缪尔的领队老师会第一个站出来，"现在就通知他们上飞行器。"

主办方那边有专人联系高空之上的救助员等人。

众人见到塞缪尔军校高空上驶下飞行器，救助员等人通知还一无所知的军校生们，塞缪尔方主动出局。

"不是说七天之内出去就行？"肖·伊莱不想出去，"我们很快就到终点了。"

"塞缪尔军校已经选择放弃，你就是现在拔旗也无效。"救助员强硬道，"请吧。"

"搞什么？"肖·伊莱临上去时还踢了一脚飞行器。

塞缪尔军校的老师见他们开始启程往回走，心中松气时也有点后悔，或许再拖一拖也好。

"南帕西也选择出局。"鱼天荷突然道。

"你干什么？"南帕西的领队老师震惊，"我们不出局，他们已经进入机甲状态，只要再过一天就能抵达终点。"

"只要寒潮过来，他们连命都没了。"鱼天荷坚持要南帕西出局。

"你只是主解员，这届领队老师是我。"南帕西的领队老师始终不同意，"出局权在我手里。"

现在达摩克利斯军校和帝国军校处在寒潮中心，皆失去了消息，手里头又没有设备，且连他们高空上的救助员等都失去了联系，除非有逆天好运，才能在为期两个月的寒潮中存活下来。

整个极寒赛场只剩下平通院、塞缪尔和南帕西军校，而塞缪尔军校又主动放弃。

只要寒潮没那么快蔓延，南帕西不是第一就是第二，胜利就在眼前，怎么可以就这么弃权出局。

鱼天荷看着南帕西的领队老师半响，最后当场打通信电话给第九军区的人说明情况，那边再联系校方，最后校方打给领队老师。

"现在弃权，等于放弃了冠军！"领队老师看着镜头内的军校，表示不服，"我们学校已经赶在了平通院前面。"

校方顶着军区那边给的压力，只能强硬道："现在立刻让他们出局，放弃这场比赛。"

最终南帕西军校只能和塞缪尔军校一样主动弃权。

南帕西的领队老师双眼赤红地盯着鱼天荷："现在的南帕西不是你那个时代的南帕西，你到底清不清楚我们军校现在的状况？"

南帕西和达摩克利斯军校已经处于边缘状态，这届眼看着达摩克利斯军校重新起来，南帕西军校的老师心中一直压着沉甸甸的负担。

"学生活着才是最重要的事。"鱼天荷不为所动，"后面还有机会拿到排位。"

南帕西不争第一，只要能拿到总积分第三便算有所交代。

他们僵持这么长时间，塞缪尔军校的人已经坐着飞行器快到出口。

同样遭到被告知军校主动出局的南帕西自然也不愿意放弃。

"现在接到的消息是，有两所军校失去消息，包括上方的人，你们再不出去，碰上寒潮就再也出不去。"救助员拉开飞行器的门，"走吧。"

经过一段时间无声抵抗，南帕西军校的人最终还是坐上了飞行器。

尘埃落定，极寒赛场只剩下平通院一所军校。

镜头内路时白朝周围看了看，似乎察觉到有些不对，下令让所有人进入机甲，准备开启机甲状态，快速前行。

直播现场平通院的老师心也提起来了，现在场内只剩下他们一所军校赶赴终点，老师们只希望寒潮再晚一点儿蔓延过去。

然而希望显然落空。

寒潮蔓延太快，剩下的三所军校镜头，全部炸裂，所有画面停止。

他们甚至还未见到平通院队伍进机甲。

"……"

现场观众甚至没有人交谈，只是望着黑下来的镜头发怔。

"他们出来了没有？"塞缪尔军校的领队老师让人联系飞行器上的救助员。

"通话没有人接。"

"刚才他们是不是已经快接近出口了？"塞缪尔的领队老师听着通信频道内嘈杂的刺刺声，忍不住伸手摸下巴，眉毛紧皱，自言自语，"都到出口了，应该能出来。"

他都这么着急，旁边南帕西的老师们脸色更难看。

南帕西军校的学生出局晚，离出口还有一大截路。

至于平通院，所有老师心如刀绞，他们比在场的人更清楚寒潮的威力，只是往年寒潮来得没这么快，从形成到蔓延需要一段时间。

按理说这段时间足够平通院的学生们出来。

"刚刚接到通知，寒潮来临，现场所有人撤离。"应月容起身严肃地望着下方观众席，"观众从左、右两道撤离，其他人往后方走，飞行器已经停在外面。"

项明化站着没动，声音嘶哑："这些学生怎么办？"

到现在还没有任何一所军校的学生出来，达摩克利斯军校一千多人，最先出事，现在毫无消息。

"我们先撤走，待在这里也无用。"解语曼用力地拉着项明化往外走，"我已经联系军区那边的人，我们去想其他办法。"

现场开始疏散，所有人脸色都极为难看。

寒潮会在比赛第七天开始，这是凡寒星这边测了数次的结果，谁也未料到寒潮还会提前，而他们放任这些学生在里面遭遇寒潮。

"有消息了！有人出来了！"

在这些老师和主办方人员撤离时，突然收到极寒赛场出口那边的消息。

所有人心都在跳。

"是不是我们学生出来了？"塞缪尔领队老师急忙问道。

其他军校老师明知道不可能是自己的学生，但内心依旧希望听见的是自己学校的名字。

"塞缪尔军校！"收到消息的工作人员大声道，"他们刚刚从出口飞出来，现在直接往城区赶，我们也过去。"

第 117 节

寒潮来临时，达摩克利斯军校众人正好处于中心位置，那一瞬间所有人脑中一片空白，什么也想不起来。

是金珂最先反应过来，声音响在所有人脑海中："进机甲！"

这时主力队员最先反应过来，率先进入机甲。

机甲抗寒，本身能适应极限环境，几个人分头去提醒还没有进入机甲内的校队成员。

待所有人进入机甲后，大脑终于清醒过来，看着周遭大片白雾，缓缓反应过来。

"这是寒潮？"卫三左右看了看，她已经听不见白雾外的声音，所有感官都在传递一个消息：冷。

"怎么会是寒潮？不是说我们进场第七天才会来寒潮？"廖如宁刚才差点冻傻了，现在进入机甲内还是哆哆嗦嗦，说话都带着颤音。

金珂压下心中的沉意："既然寒潮能提前一年时间，再往前提前几天完全有可能。"

"幸好我们站在中心位置。"应成河试探性往白雾更浓郁的外部踏去，立刻收回脚，"这里反而没有外面冷。"

"中心会变，我们在这里待不了多少时间，所有人清点战备包，十分钟后会合。"金珂吩咐下去。

霍宣山仰头看了看，天空也被厚重的寒气所掩盖，只剩下白色雾气："我们的比赛还在进行吗？"

应成河低头清点战备包："寒潮一旦来临，目前联邦所有的监控镜头都会在这种环境中失效炸裂，如果没猜错，直播赛场内的人应该已经看不到我们的画面。"

金珂望着越来越厚重的白雾："按照这个蔓延速度，整个极寒赛场很快就会被寒气覆盖。往年覆盖的时间在五天以内，现在看来两天甚至一天就能覆盖。比赛绝对进行不下去，我们处在中心，一定是第一个出现问题的军校，就看其他军校能不能主动出局，上了飞行器还有一线生机。"

卫三听他说完，问道："我们这些没上飞行器的人，没有生机了？"

161

"胡说，少爷我还活蹦乱跳的。"廖如宁反驳，甚至当场表演一个机甲跟斗。

金珂看着机甲舱内的红色按钮，咬牙直接按下。

廖如宁眼尖，发现他能源灯暗了，吓一跳："金胖子，你干什么？！"

金珂也没管廖如宁说的绰号，他仰头等了一会儿，没有等来救助员。

"果然，寒潮可以破坏所有通信信号。"金珂虽然没有收到自己出局的消息，但心情更加沉重，"高空中的飞行器应该也出了问题，我们只能自救。"

十分钟后，金珂收到所有人的战备包清单，他花了五分钟将所有东西整合，告知卫三和应成河："你们协助其他机甲师检查大家的机甲，分配能源。"

随后霍宣山和廖如宁分头往外试探，看看他们能不能出去。

金珂则勾连所有指挥，用感知探测周围的寒潮变化。

相比之下，帝国军校便没有那么幸运。

这次寒潮之所以这么快蔓延，是因为有两股寒潮。同样处于寒潮中心的两所军校，达摩克利斯因为刚好在寒潮中心眼处，反而没受到损伤，还得到了喘息时间。

帝国军校却处于寒潮中心，受到最剧烈的冲击。

在镜头炸裂那瞬间，寒潮平地而起，帝国军校所有人皆处于最冰冷地带。

应星决出手，他操控感知实体化，将所有人纳入实体屏障内，紧接着姬初雨反应过来，进入机甲内，最后是其他几个主力队成员。

校队成员几乎和姬初雨同一时间进入机甲，甚至比霍剑、司徒嘉及公仪觉快。

因为在应星决感知实体化的同时，他操控了校队成员的思想，直接进入机甲。

司徒嘉扭头看向整齐进入机甲内的校队成员，再回望这时候才进入机甲的应星决，心中悚然：这就是超3S级指挥真正的能力？

应星决进入机甲舱内才吐出压抑的血，他抬手擦净，传到外部的声音平淡："寒潮提前，我们处于中心位置，比赛终止，现在所有人聚集在一起，我们找出口。"

霍剑指了指高空："上面的人……"

"寒潮中所有通信中断，他们自身难保，救不了我们。"应星决用的全是陈述句。

"军区应该会有人来救我们。"司徒嘉道，"我们可能要撑两天。"

"早在半个月前，凡寒星已经切断所有交通要道。"姬初雨提醒他。

司徒嘉："……"

应星决强行撑着感知实体化，他要所有人落在一起，围成圈，慢慢往前移。

"护卫队还在赛场内，他们能不能找过来？"姬初雨站在应星决旁边，低声问道。

许久后，应星决开口，却不是回应他的问题："寒潮在加强。"

凡寒星城市中心大楼。

"四所军校现在困在里面，我们怎么可能静得下来？"南帕西的领队老师要求凡寒星方面出军队进入极寒赛场搜寻。

"我们的学生也在里面，大家都同样心急。"凡寒星代表眉头紧皱，"但现在寒潮前两天，里面寒气变化多端，进去搜寻等于送命，我们不可能现在过去，至少要等一周后。"

"一周？他们能不能撑过一周都是问题。"南帕西的领队老师深吸一口气，"这么多 3S 级主力队在里面，还有应星决，你们必须进去。"

凡寒星代表还没回应，坐着看戏的塞缪尔军校领队老师忽然笑了一声："现在知道着急了，当时鱼师要求你们主动出局，你还不同意。如果没耽误那段时间，说不定你们南帕西军校的人已经出来了。"

他说的鱼师是鱼天荷，一般称呼成名已久的机甲师，喜欢在姓氏后，加"大师"两个字，但有鱼青飞在，鱼天荷便不称鱼大师，省去了"大"字。

南帕西那帮老师，脸色青一阵白一阵，无法反驳。

只是他们学生已经上了飞行器，还有机会生还，现在还是要争取搜寻。

"两天，两天之后必须有人去搜寻。"南帕西的领队老师依然坚持道。

凡寒星代表其实并不将南帕西的人看在眼里，即便鱼天荷在这里又能如何。但现在连帝国军校的人都被留在里面，他们不得不回应。

"一周已经是我们最大的限度，提前进去只有死路一条。"凡寒星代表说话时，目光没有落在南帕西那边，反而看向这里话语权最大的人。

——应月容。

应月容一天一夜没合眼，她靠在椅背上："我已经向元帅申请抽调第五区的人，四天后，我亲自带队进入极寒赛场。"

众人一惊，第五区！

"四天？"凡寒星代表想要劝她，"四天，赛场内依旧处于不稳定状态。"

应月容打断他的话："帝国军校最优秀的年青一代全在里面，我和第五区的人会一个不落地将他们带出来，即便是……尸体。"

"十三区也已经在赶来的路上，我们希望四天之后一同进去。"解语曼出声。

凡寒星代表见劝说不了，脸色有点难看，缓缓道："我们的星港已经全部关闭，现在不允许外星系的人进来。"

凡寒星一到寒潮，所有通信皆有问题，现在放其他星系的人进来，等于将自己完全暴露在其中，只要有人想，便能找到凡寒星上的各种漏洞。

所以寒潮一旦来临便会提前关闭交通要道，开启星系屏障防护，阻止有人对凡寒星有所图谋。

凡寒星自己的学生都在里面，心中也着急，但和整个星系比，学生还是要靠后，况且他们相信平通院的军校生们可以坚持。

"之前已经商讨好赛后，你们会开放临时通道，让我们出去，现在进来也是同一回事。"项明化道，"我们只往极寒赛场走，不进入城区。"

"没有商量的余地。"应月容更是直截了当道，"你们放不放我们进来，第五区都要进来。"

言下之意，打也要打进来。

凡寒星代表下颌绷紧，垂在桌下的手已经握紧，掌心全是汗：第五区和十三区是全联邦军区中最不要命的队伍，说到做到。

"独立军还在外面，放你们进来，他们可能会趁机闯进来。"凡寒星代表还想挣扎。

"我们塞缪尔军校也能联系军区，到时候过来对付独立军。"塞缪尔的领队老师主动道，言语中透着悠哉。

这次他们塞缪尔军校无一人受伤，全部赶在寒潮之前出来了，其他军校的人要是没了，他们塞缪尔差不多就是老大了。

凡寒星代表立刻拒绝："不必，我去和上峰汇报，一个小时之后给你们答复。"

第 118 节

两个最强悍的军区施压，背后还有姬元帅支撑，凡寒星当夜开了一个小时高层会议，最终同意开放港口三小时。

在这三个小时内，第五军区和十三军区必须抵达进入凡寒星，否则港口关闭，星系防护再次开启后，谁也不能再进来。

"十三区和第五区能不能一起赶到？"项明化出来后，满脸愁意，偏偏是他们学校第一个出事，甚至连后悔的机会都没有。

"已经通知了他们，全力加速中。"解语曼情绪也不高，达摩克利斯军校最先出事，和金珂选择冰原路线有关系，但他没错。

寒潮到来时间向来是固定的，有监测数据支撑，提前一年也有依据，只是那边工作人员疏忽，没有发现，所有数据清晰显示寒潮会在他们进入极寒赛场第七天才会来临。而现在的寒潮是突然提前，没有任何征兆。

来临前，凡寒星那边的监测仪器甚至没有任何反应。

各军校的人被安排在军港大楼内休息，这里可抵御寒潮，除了塞缪尔军校的人有心思休息，其他军校的人都在和各方联系，外面的通信塔也逐渐失效，他们没有太多的时间。

"护卫队也在里面，和救助员一起，不过他们飞行器上的通信已经失效，我们无法联系。"应月容站在房间内，面前立着一块光幕。

光幕内的人赫然是应家主事人应清道，即便是现在的情况，他也依旧保持冷静："不用指望护卫队，第五区派来的人中有一半是应家人，只要星决能撑一段时间，一定能找到他们。"

"姬家的人呢？"

"没有，元帅认为他们能自己出来。"应清道作为应星决的父亲，自然了解应星决的能力，他一个人或许再加上主力队能走出来，但校队那么多人基本没有了指望。

"在凡寒星中心大楼地下 12 层，我曾经安插了人进去，里面有特殊加密的通信频道，供紧急使用。"应清道提醒道。

普通光脑通信很快便会失效，只有凡寒星的军用频道可用，用这个频道，所有信息流都必须经由凡寒星那边。

"……进入赛场前，他身体怎么样？"应清道关闭通信前，还是问了有关应星决的话。

"许真医生说暂时没有检查出他身体异样，还和以前一样，可能是营养液成分跟不上。"房间内没有外人，应月容说话终于带上了点温度。

应清道最终也没有再说什么，只是抬手关了通信。

寒潮来临后，除了在家中的本地居民能惬意享受，其他人则度秒如年。

每过一段时间，寒潮的威力便在叠加，极寒赛场的温度可想而知。

"有信号！"负责监测极寒赛场附近的工作人员大声喊道。

几所军校的领队老师皆围了过来。

工作人员仔细捕捉分辨赛场内传来的信息，最后确定道："是飞行器的求助信号！"

飞行器……

"一定是我们学生！"南帕西的领队老师激动道。

"高空还有四辆大型飞行器，也不一定是你们的学生。"塞缪尔领队老师在旁边说风凉话。

他话一出口，南帕西领队老师脸色瞬间变得难看，偏偏无法反驳，赛场内确实还有四辆大型飞行器。

其他军校又多了一点儿希望，或许自己军校的学生坐着高空上的飞行器回来了。

"信号所在位置找到了！"工作人员手指快速移动，"在赛场出口一公里处，现在安排军用飞行器去接应。"

因为这条消息，四所军校的人都无法冷静下来，皆在这里等着凡寒星的人将这架飞行器救出来。

"他们去了多久？"项明化坐在门口，双手合拢，放在脸上，眼中的焦急始终掩盖不了。

"四个小时。"解语曼同样看着门口那扇紧闭的大门，每一个人都希望下一秒门口，走进来的是自己学生。

"这么久，该找到了。"项明化按捺不住，起身走来走去。

"军用飞行器回来了！"扒在二楼窗户前的一个老师朝下喊。

大楼内的人皆盯着大门，等待外面的人进来。

一秒、两秒……漫长的一分钟过后，紧封的大门终于缓缓打开。

项明化和解语曼已经站起身，那一刻连呼吸都屏住了。

门开，映入众人眼帘的是凡寒星军区的人，所有人还未反应，便见到他们背后走出一批学生。

是南帕西军校的人！

"有没有事？"南帕西的老师们从二楼冲下来。

高唐银摇头："所有人都在，当时飞行器开到最大速度，寒潮过来的时候，我们晚了一步，所以陷在赛场内，好在你们接收到了信号。"

"人没事就行。"南帕西的领队老师朝后望了一眼，他们的学生都还在，彻底松了一口气。

"这次比赛还比吗？"高唐银下意识地问道。

"比什么，五所军校就剩下我们了。"肖·伊莱从二楼跳下来，"剩下三所军校的人还不知道能不能活着出来。"

他一派轻松的样子惹得其他军校候补成员愤怒。

"只有我们出来了？"高唐银诧异，"他们没有登上飞行器？"

当时那个状态下，他们都有点不愿意主动出局，更不用提帝国军校这几所军校。

"我带你们先去休整。"南帕西的领队老师没有回答她这个问题，现在其他军校都在这里，不好说话。

等只剩下南帕西的人，领队老师才告诉他们最先出事的是达摩克利斯军校和帝国军校，在他们决定主动出局时，平通院仗着有经验，没选择主动出局，结果寒潮暴发得太快，直接炸了所有镜头，平通院也失去了联系。

"幸好老师提前让我们出局了。"山宫勇男有些庆幸，当时他们在飞行器上近距离感受到寒潮的可怕，飞行器几乎瞬间便出现了问题，窗外的玻璃寸寸开裂。

那时候所有机甲师去资源兑换处拿来材料，尽可能封闭窗户，最终以飞行器报废为结果，停在了出口附近。

几位老师下意识地朝领队老师看去，没有出声。

"先去洗个热水澡，这里设备比训练场好。"领队老师岔开话题。

一楼大门处，从见到南帕西军校生进来后，项明化便伸手扶着墙，半天没有说出话来。

明明知道进来的人不可能是卫三他们，等真见到其他军校生，他一时间还是难以接受。

这几所军校当时还有选择的机会，他们达摩克利斯军校连主动出局的机会都没有。

解语曼伸手拍了拍他肩膀："能多一所军校的队伍出来也不错。"

项明化等彻底冷静下来，才开口："他们在寒潮中心，又对环境不熟悉。"

生存概率比平通院低太多，队伍里也没有像应星决那样可以将感知实体化的人，他甚至不知道这些学生能不能坚持四天。

"现在多想无用，等十三区一来，我们就去找他们。"解语曼心中叹息，黎泽也还在里面，希望黎泽能找到这些学生。至少待在飞行器内还能多撑一段时间。

南帕西的学生一回来，还在不断沟通各方人员的只剩下帝国军校和达摩克利斯军校。

平通院的老师们虽然急，但有这两所军校的队伍对比，平通院的学生不在寒潮中心，熟悉极寒环境，当时又快进了机甲，存活率大大提高。

现在所有人都在等待寒潮完全暴发，以及第五区和十三区的到来。

…………

"所有机甲检查完毕，能源分配后，每个人至少能待在里面一天。"应成河这边弄完后汇报。

卫三也从另一头过来："寒潮来了，星兽还在不在？"

金珂回道："基本都躲了起来，没躲起来的像我们这样，活不了多久。"

"那我们还需要改改。"卫三看向校队,"小队中的两个单兵进入机甲师和指挥的机甲,省两台机甲的能源,一个单兵在旁边护着机甲师和指挥。"

况且机甲师和指挥的机甲本身便自带防御。

应成河想了想:"这样一来,需要将座位改成两个人的。"还要拆除一些东西。

"可以。"金珂同意,"你们尽快,我看寒潮中心要变了。"

说完,他给出一个哪些类型的单兵留在自己机甲内的方案,即便知道寒潮下几乎没有星兽,阵形依旧需要保持。

拆机甲内部零件,还要保持机甲基本性能完整,之前在谷雨赛场应成河和卫三做过一次,有经验。

他们需要现场教这些机甲师。

刚从机甲内出来,应成河便冻住了,中心眼甚至没有太多寒气,他已经受不了。

"我们动作快点。"卫三将机甲师召集过来,划成两队,两人分别指导。

应成河体质没有作为单兵的卫三好,示范改造一台机甲后,便要进入机甲内回暖。

卫三更能抗,她连续改造好几台机甲,问校队的机甲师:"看懂了吗?有些机甲内部结构特殊,不知道怎么改,问我。"

校队机甲师:"……"什么时候机甲单兵也能改造机甲了?还这么熟练!

这帮人完全不知道卫三还是机甲师,当初沙漠赛场改防尘罩的事,除了总兵小队的机甲师见到过卫三动手,其他人只见过那组令人惊叹的手速数据,并不知道这个人就是卫三。

"怎么了?"卫三看着没有动静的校队机甲师们,"没学会?"

"会了。"终于有机甲师回神,开始动手快速改造机甲内部。

一个机甲单兵都会的事,他们作为机甲师,怎么能说不会?

必须会!

第119节

"怎么样了?"金珂问赶回来的廖如宁和霍宣山。

两人的机甲外壳全挂满冰霜,廖如宁心有余悸:"外面那层寒潮威力太大,还有小股寒潮高速卷曲扩散,机甲进入只有被撕裂的结果,要不是我反应快,你们可能见不到我了。"

金珂绕着他的机甲转了一圈,没见到伤痕,转身问霍宣山。

"轻型机甲也飞不出去。"霍宣山道，"只能走，刚才我走了一点儿路，很难。"

"能走吗？"金珂问。

"可以，不过机甲损耗大。"霍宣山朝校队那边看去，"他们中有些人的机甲引擎可能撑不住。"

"只要能走出寒潮中心，后面的情况应该会好一点儿。"金珂目光凝重，"你们三个人在外围，以防校队成员有人出事。"

霍宣山点头："中心眼已经开始移动，我们需要尽快离开。"

卫三和应成河那边，还在一起帮着机甲师改造，闻言动作又加快了几分。

其他机甲师："！"

输给应成河可以，坚决不能让卫三比下去！

机甲师手速飙到极致，等他们回过神还没有高兴自己突破历史时，发现卫三那边已经又换了机甲。

校队机甲师们："……"一定是单兵体力好吧，一定是这样，不是他们水平太差。

"好了！"所有机甲师基本完成小队的机甲改造，卫三和应成河也停了手。

金珂和应成河站在中央位置，让校队的人围起来，中间穿插机甲单兵，而主力队的三个机甲单兵则站在三个角上。

整个达摩克利斯队伍，从上方看便是三角形内含实心圆。

"所有人手拉着手，待会儿进入寒潮内不能松开。"金珂站在中间道，"寒潮中心地带会有小股高速旋涡流，被卷进去只有死路一条，大家提起十二分警惕心，到时我会指挥你们移动。"

内圈圆的人手牵着手，最后卫三和霍宣山、廖如宁握住离自己最近的校队成员的手。

廖如宁是三角形的一角，他站在最前面，率先移动。卫三和霍宣山则站在平行角上。

整个队伍以三角阵形挺进寒潮中心地带。

所有人在离开中心眼进入寒潮中心地带的那瞬间，呼吸不由得一窒，即便他们在机甲内也能感受到外部环境的寒冷。

假设当时他们处在这个位置，而不在中心眼，又没有进入机甲，恐怕早已经失去了性命。

寒潮中心地带，由于冷雾浓重，能见度极低，只能靠着指挥的感知来移动。

"五点钟方向和九点钟方向皆有小股高速旋涡流，所有人移阵。"

金珂的声音出现在整个队伍成员的脑海中，他们迅速变阵，三角方向变化了，但总体的角含圆没有变化，只是躲开旋涡流。

旋涡流从霍宣山身边擦过，他伸手用力一拉，将旁边没有反应过来的机甲单兵拉到一条线上来。

"打起精神。"霍宣山提醒。

机甲单兵也是新生，还是个替补上位，结果正好赶上赛场出事，心态不够稳："我有点……怕。"

他甚至还没有机会斩杀星兽。

"里面是指挥和机甲师。"霍宣山没有安慰他，"你一失守，防线断了，他们也没有活路。"

机甲单兵一怔："抱歉。"

"不用说这个，从你成为单兵的那一刻起，便没有资格说怕。"霍宣山拉住他的手，"走吧。"

寒潮中心地带温度极低，所有人机甲状态开启，引擎一直在响，保持机甲内部的温度。

"报数据。"应成河在中间汇总所有机甲移动时的数据，"562号机甲引擎在二十分钟后会出现故障，439号和215号拉住他，带着一起走。"

…………

应成河在不停关注圈内的机甲，金珂则勾连校队指挥们，探测周边的高速旋涡流，以防被卷进去。

他们不知道寒潮中心地带有多长多远，只能咬着牙朝一个方向走，途中不断有校队机甲出现问题，但机甲师不能出来修理，只能靠着周围小队的人拉着一起走。

所有人的机甲外壳早已经挂上厚厚的冰霜，望不到头的冷雾完全没有消散的迹象，众人心上的阴影越来越重。

"正后方有高速旋涡流，避让。"

达摩克利斯军校的队伍再一次变换，只是这次正后方旋涡流转近时，突然分开，变成两股。

"卫三那角散开！"

金珂立刻提醒，只是其中一股竟然又分开，有一台机甲没来得及反应，被卷进去。

"你们牵住手。"卫三双手用力一拉，让左、右两边的机甲互相拉住，她自己退出来。

随即放任自己被卷进高速旋涡流，拉住那台机甲。

"卫三！"转到和她平行的廖如宁正好看见这一幕，不由得喊道。

但已经来不及，两台机甲随着旋涡流高速转到远处去，只留下几块机甲外壳。

"卫三被卷进去了！"廖如宁朝内圈的金珂大声喊道。

"丁和美补到卫三的位置，所有人维持好阵形，不要乱。"

金珂没有回应，依旧指挥所有人。

整个队伍安静异常，就在刚刚他们损失了一名主力队员和一名校队成员。

廖如宁拉着旁边机甲单兵，扭头朝刚才的地方看去，现在连机甲残片都看不见了，被白雾遮挡得干干净净。

"卫三的机甲外壳配了紫液蘑菇，延展性好。"在又一次转队形时，应成河对前面的廖如宁道，"她有分寸。"

"她能有什么分寸！"廖如宁沉默一会儿，厉声道。

应成河："……她进去，或许还有一线生机。"否则那台机甲内的两个人都没有了生存的希望。

刚才被卷进去的是校队指挥的机甲，里面有指挥和校队单兵。

"况且换成你，你一样进去救人。"

廖如宁还是接受不了。

应成河突然又道："刚才你那句话我录下了。"

廖如宁："……？"

"等出去见到卫三，放给她听。"应成河带着笑意道，"你完了。"

廖如宁喊了一声："不就是请她吃饭，有本事出去之后把少爷我吃穷了。"

内圈的金珂一直没有说其他的话，甚至仿佛不知道卫三已经被卷走一样，他不停地观察周围环境，给队伍下指令。

这里面高速旋涡流有些可以突然分成好几股，他要找到其中的规律，下一次再碰上后，才不会又有机甲被卷进去。

队伍又向前行进了一个小时，此刻校队成员的机甲已经有三分之一出现问题。

他们还是低估了寒潮中心地带的可怕，A级机甲引擎在里面支撑的时间比应成河预料中的还要少。

"我出去修，战备包还有一个备用引擎。"有机甲师主动申请。

"不要命了？"应成河第一个喝止。

中心地带出来，又没有防护，能撑得了多久？

"我穿上了旁边单兵的衣服还有保暖衣，可以抵一会儿。"那位机甲师依然坚持，"不出去修好，我们机甲坏了更走不出去。我们机甲师的本职就是修好机甲，无论什么环境下。"

这位机甲师的话引起其他校队机甲师的共鸣，纷纷要求出来修机甲。

"给你们五分钟。"最终金珂同意，"五分钟后，所有人必须进入机甲。"

"五分钟只够卸下引擎。"那位机甲师犹豫道。

"不能完全卸装好，那就继续赶路。"金珂直接道，有两层保暖衣加持，五分钟已经是人体极限，再在外面待下去，人体会受到不可逆转的伤害。

且周围还有旋涡流的威胁，他们不能在原地待太长时间。

机甲师们咬牙，最后答应下来。

金珂找了一个位置停下，穿好衣服的机甲师们全部出来，他们一下来便冻住了，还是金珂用感知刺激这些机甲师才反应过来。

机甲师们爬上机甲，有些人为了控制自己手不抖，直接咬了手背，让疼痛刺激自己，再飞快动手拆卸引擎。

"你们还有两分钟的时间。"

达摩克利斯校队的机甲师们身上已经结冰，随便动一动便有冰屑掉下来，手指僵硬地将引擎换上。

"好了！"有机甲师换好了，瞬间进入机甲内。

众人稍微松了一口气。

有几个换引擎的机甲师还没能换好，人变得极为僵硬，头狠狠撞在机甲外壳上，让自己清醒过来，才终于能继续动手。

"十秒，十秒之后，必须进去。"

出来的机甲师们爆发出极大的潜力，基本在五分钟之内完成。

还剩下几个机甲师依旧不肯回去，坚持要修好引擎，还有一个机甲师修的就是自己的机甲，他没有穿第二层保暖衣，引擎取下后，机甲内部也失去了温度，里面还有一位同队单兵。

"对不起、对不起……"这个机甲师红着眼睛喃喃道，眼角的泪还没有滑下来已经被冻成冰。

那一瞬间，金珂胸口涌起巨大的悲恸，被卷走的卫三和校队成员，现在的校队机甲师。

他脑海中闪过以前的事，现在的事……

"这是？！"霍宣山望着外面被感知包裹的几位机甲师，眼中满是震惊。

他目光转向金珂：感知实体化！

达摩克利斯军校的人来不及震惊，有人开始喊外面那几位机甲师："你们快点！修好进来！"

几个机甲师顾不上看身边实体化的感知，快速换上引擎，两分钟后，所有人全部进入机甲。

"金珂。"应成河喊了他一声。

金珂这才从刚才奇怪的幻觉中回神。

"是感知实体化。"廖如宁喊了一声,"金胖子,你出息了!"

第 120 节

金珂站在原地,没有办法再进入刚才的状态,反而头疼欲裂。他没有告诉其他人,强撑着要所有人继续赶路。

达摩克利斯军校的人因为他刚才的感知实体化,自信心大增。

加上被破坏的机甲全部修好,行进速度便又加快了一些。

"难不成金珂也是个隐藏的超 3S 级?"廖如宁絮絮叨叨,"你们 3212 星风水这么好吗?"

"闭嘴!"金珂被他吵得头疼,"超 3S 级哪里是那么简单的。"

他现在感觉一系列后遗症开始出现,眼前甚至有点斑驳。

队伍咬着牙往前行,途中又遇见几次分股旋涡流,好在此时众人已经有了经验,对到来的每一股旋涡流都保持绝对的警惕,后面再没有机甲被卷入其中。

"我们是不是快出来了?"霍宣山突然道,"白雾淡了点。"

众人闻言,仔细观察,果然白雾开始淡了,或者说他们开始远离寒潮中心地带。

"全速往前走,大家坚持。"金珂强撑着精神道。

二十分钟之后,达摩克利斯军校一众人彻底走出了浓郁白雾中。

"终于出来了!"廖如宁感叹。

"我们好像出了冰原。"应成河打量前面的环境。

"……这都已经快固态化了。"廖如宁回头看着寒潮中心地带,浓郁白雾形成一个巨大白色的球体,缓缓移动着。

"是冰谷。"金珂知道这里,"寒潮来之前,帝国军校就在这个方向。"

"你说他们有没有出去?"霍宣山问。

金珂也不清楚。

"我们现在能不能去找卫三他们?"廖如宁过来问道,"她肯定还在某处。"

"找……"金珂还要说什么,却直接晕倒在机甲舱内,机甲不受控制地往地上倒。

霍宣山反应最快,大步上前,拉住金珂的机甲。

还在某处的卫三此刻正和那台被卷进旋涡流的机甲内两个人话家常。

当时卫三主动被卷进旋涡流中，用无常护住那台外壳已经开始被撕裂的机甲。

不得不说，加了紫液蘑菇的无常，机甲外壳特别抗造。

旋涡流根本撕不碎她的机甲，无常的外壳受到剧烈拉扯，会往外拉，但一旦受力点失去后，又重新恢复成原样。

卫三护着那台机甲，任由高速旋涡流卷来卷去，最后机甲卷到最高点，被旋涡流抛了出来。

卫三晃了晃脑袋，操控机甲起身，对底下的机甲道："你们还活着吗？"

过了好半天，机甲舱内才传来微弱的声音："……还活着。"

"活着就行。"卫三转头打量周围的环境，喷了一声，"我们这是提前从寒潮中心地带出来了。"

底下那台机甲缓缓地站起来，身上外壳破得不成样子。

"你们里面一个是机甲师还是指挥？"卫三问道。

"指挥。"

卫三盯着他们的机甲看了看："指挥，你们战备包有没有材料？"

里面单兵和指挥找了找，最后在单兵的战备包里翻出合适的材料。

"行，给我。"卫三直接从机甲里出来，被寒潮的风一吹，打了个哆嗦，"快点，我帮你们把外壳修修。"

不然一直漏风也不是个事。

校队单兵："……"这年头的主力队的机甲单兵未免太多才多艺了点。

"你们该庆幸救人的是我，换成另外两个人，你们直接被冻死。"卫三吸了吸鼻子，埋头修机甲。

等卫三修好之后，她在原地蹦跶两下，才进入机甲内。

"我们往哪儿走？指挥。"卫三问道。

指挥犹豫了一会儿："……我来决定？"

卫三理所当然道："这种时候不是指挥决定，还能是我来决定？"

机甲舱内的指挥和校队单兵对视一眼，才缓缓道："你是主力队的。"

"我不管，你指个方向，以前我也是校队的，都听指挥的话。"卫三随意挥手，"现在你决定我们去哪儿。"

机甲师和机甲单兵都是搞机甲，指挥这种活，她做不来。

指挥："……"不知为何，心有点虚。

两台机甲，三个人，慢慢往前走着，指挥也不知道现在是哪儿，感知也和主指挥勾连不上。

"你们哪儿的人？"卫三八卦问道。

指挥："我是帝都星的，他是凡寒星的人。"

卫三想了想："你们都是大星上的人，厉害。"

指挥："……"

单兵："……"

"你们怎么不报帝国军校和平通院？"卫三继续问。

指挥无奈道："帝国军校竞争太激烈了，S级指挥都一大片，A级没人要，所以我选了这里。"

"单兵，你呢？"

"平通院不装暖气。"单兵蹦出一句，"我讨厌冷，沙都星才是我的家！"

卫三："……"

指挥大着胆子问："你又为什么报达摩克利斯军校？"

"我？"卫三叹气，"这里提供学费贷款，还离我们星最近，星舰费最便宜，本来我挺想去帝国军校的。"

指挥沉默，原来还有这么朴素的理由。

三人拉着家常，心情逐渐放松下来，甚至快忘记他们处在什么环境中。

两台机甲慢慢走着，卫三突然停下来："这里是不是有点眼熟？"

指挥四处张望，打量半天周围地形，最后慢慢道："好像……是赛场终点。"

地图他们都看过了，终点似乎就是这里。

"走，我们去找终点台。"卫三兴奋道。

单兵："？"

"会不会碰上3S级星兽？"指挥想起之前终点附近都有的3S级高阶星兽。

"寒潮来了，即使是高阶星兽也会退让，不会待在这种地方。"单兵是凡寒星的人，多少比他们更了解。

机甲舱内的卫三扬眉："那我们更得去找终点台了。"

指挥不解地问："金指挥之前说比赛终止了，我们还要去找终点台干什么？"

终点台又不是出口，那边没有人守着。

"你听到广播说比赛终止了吗？"卫三扭头问他。

"没有，寒潮来得突然，比赛应该是临时终止，甚至其他军校也有被围困在里面的可能性。"指挥回答。

"既然我们没有接到广播通知，他们就是主观停止比赛，不算。"卫三在机甲舱内打了个响指，"现在开始，比赛还在进行中。"

指挥："……"还能这样？

"寒潮温度太低，终点台的广播应该被冻坏了。"单兵还存了一点儿理性。

"先过去看看，再不行，我们扛着旗出去。"卫三大步往前走着。

两台机甲顶着寒风往终点台走，一时半会儿没走到。

"我们是不是在绕着转圈？"指挥犹豫半天问道。

昂首挺胸走在最前面的卫三脚步一滞："……"

好在指挥上道，立刻操控机甲走在卫三前面带路。

周围还是有白雾，虽然可以见到一点儿依稀的影子，但能见度依旧低。

指挥凭着感知记忆，终于走对了路，三人遥遥看见终点台，上面的五杆旗已经折断了。

这架势，恐怕终点台的广播早被寒潮破坏了。

三个人继续往前走，一直走到终点台前。

卫三弯腰捡起达摩克利斯军校的旗子，往四周看了看，其他军校的旗子都在，显然没有任何一所军校成功拔旗。

"朋友们，这次极寒赛场的冠军就是我们达摩克利斯军校。"卫三把达摩克利斯军校的旗子拉开，放在胸前，"指挥，你打开录像，把这一幕录下来，当作证据。"

指挥："……"突然有点窃喜的感觉是怎么回事？

通信虽然不能用，但录像功能还在，指挥还有单兵齐齐打开光脑，点开机甲视窗录像，对着卫三使劲拍。

"还有他们的旗子也录下来，没一所军校过来拔旗。"卫三啧啧几声，"我们达摩克利斯军校就是最牛的。"

指挥和单兵闻言，立刻将镜头转向底下折断倒地的四面军旗，将每一面旗子拍得清清楚楚，明明白白。

卫三抖了抖达摩克利斯军旗上残留的冰屑，拉着它靠近镜头："瞧瞧，我们达摩克利斯军校的军旗，比地上那四面旗好看多了。这上面的波浪条纹代表沙漠，就是沙都星。波浪条纹上的剑，达摩克利斯之剑，代表我们达摩克利斯军校。"

她当着镜头的面把旗子叠好，塞进机甲，随后抬头："观众朋友们，如果你还在犹豫，犹豫孩子该报哪所军校，来我们达摩克利斯军校，环境朴实，没有繁华迷人眼，最适合想要提升实力的人。这里的学长学姐都像我这样，水平高，说话又好听。报军校，选达摩克利斯准没错。"

卫三吹完一波，离开镜头："好了，录像关掉，等我们出去把这个发给蓝伐媒体，让他们宣传。"

指挥："！"

这波招生宣传是他没想到的。

第 121 节

"寒潮好像在变强。"机甲舱内的单兵突然道。

指挥："……我机甲没坏吧？"他没觉得机甲舱的恒温系统出现问题。

"多年的经验告诉我，今年寒潮比往年强。"单兵笃定，他最讨厌冷，对温度特别敏感。

指挥和单兵一个小队，了解他不会随意说这种话，便冲蹲在终点平台的卫三喊："寒潮可能还在变强。"

"稍微等等。"卫三操控机甲徒手挖终点台下方的设备。

指挥看着被掀开的终点台："……你在干什么？"

"看看能不能修好广播。"卫三也不管外面多冷，径直从机甲内跳出来，进入掀开的平台底下。

终点平台下是主办方的通信发射器和能源，往常他们一旦拔旗，底下便能瞬间感应，之后所有高空等候的飞行器会得到显示通知，将终点的广播扩散至整个赛场。

机甲舱内的单兵透过视窗看见卫三蹿出来，不由得咝了一声，捂着一只眼睛："她皮真厚。"

寒潮期间，3S 级机甲单兵体质再强，也没办法在外待很久时间。

卫三跳下去，拆开设备外壳，拨动里面的线。

里面有五种颜色的线，全冻上了冰，卫三看了半天，又返回去拿工具，幸好之前帮忙改造校队机甲时，还留着一些工具在战备包内。

她拿着工具过来，发现一个转身的瞬间，拆开的机器又结了一层厚厚的冰。

这时候卫三想起自己在谷雨赛场直播回放中见到应星决的能力，如果旁边有人能感知实体化，修仪器方便太多。她看着还在不停结冰的线路，最后决定撬开里面最关键的仪器，抓起旁边的能源块，直接扛起底下的设备往机甲里塞。

机甲舱内指挥和单兵："……"好家伙！一套动作那叫一个行云流水。

"你们先商量往哪里走，给我十分钟。"卫三一进机甲，便开始捣鼓。

这种广播感应设备比机甲简单太多，卫三看了一会儿便差不多能明白结构作用。

指挥："我们在终点，以这里为圆心，离出口还有很长一段距离要走。"且前提是他们不会走错路。

终点和出口距离不近，所以每次他们抵达终点后，会有飞行器过来接。

卫三将设备里面的碎冰清扫干净，接通代表沙都星的那条线，仪器顿时亮了亮。

"好了。"卫三起身，"我来试试。"

她将设备拉过来，牵着黄色的线插在自己机甲上。

终点二十米内顿时响起一道熟悉的广播声："恭喜达摩克利斯成功抵达终点、恭喜达摩克利斯……"

指挥："……"一定要这么有仪式感吗？

卫三听了一会儿，有点可惜道："差了点儿，没让整个赛场都响起广播声。"

指挥："寒潮中，定点处的设备应该也坏了，高空上通信信号连不上，广播不可能同步播放。"

"这样也行。"卫三扭头看了看还在不停播放的广播，"能源块多，我们一路放过去，一直到出口，他们必须得承认这次赛场冠军是达摩克利斯军校。"

播放这个只消耗能源块，不占用机甲的能源。

机甲舱内的指挥和单兵认命地在前面带路，卫三走在后方，每隔一分钟她那边就开始响起广播恭喜声。

一路播过去。

自达摩克利斯军校建立起，加起来也没有这么多次数的恭喜。

被寒潮卷到某处的飞行器内。

"刚才终点广播的灯好像亮了。"守着各种光幕中间的一位工作人员扭头对同事道。

"怎么可能？"同事想也不想道，"哪所军校在这种情况下还拔旗，就算拔了，终点平台下的设备也早被冻坏了。"

总不能拔完旗，还把广播设备修好了，谁能做出这么离谱的事。

"但……我真看见了。"工作人员刚才清清楚楚地见到代表终点广播的灯亮了，"也许真的有人拔旗了。"

同事弯腰拿了一瓶水扔给工作人员："喝口水清醒一点儿，就算终点平台的广播设备没有坏，我们飞行器上高频接收器也已经受损，除非飞行器离终点很近，否则根本接收不到信号。"

然而几个小时前飞行器上的救助员出去查探过了，他们被卷过来的地方并不在终点附近，应该还在赛场某处。

"可能是我太累了。"工作人员叹了口气。

"我们先去休息算了。"同事起身道。

他们守在这里也没用，所有通信设备都坏了，至少要等飞行器上的维修人员把飞行器内的通信完全修好。

两人转身离开那一秒，光幕上的红光再次微闪。

"指挥，你行不行？"卫三跟在后面，"确定我们是往出口走？"

指挥惭愧道："其实……我现在也不确定。"

周围白雾已经肉眼可见地在加重，寒潮还在加强。按理说，越往外走，寒气应该有所减弱。但现在四面八方都白茫茫一片。

三个人除了一台挖过来的广播设备，什么也没有，联系不到任何人，最后只能听天由命，朝着一个方向走。

"我们的能源好像最多能支撑半天。"走着走着指挥道，"要不然，我们就在原地等，支撑的时间能久一点儿。老师应该会派人来救我们。"

单兵最先不赞同："寒潮一来，救援队能不能进来都是问题，等他们过来，或许我们已经冻死在极寒赛场。"

"如果找不到出口，能源用完，我们一样冻死。"指挥无奈道，现在他们甚至不知道自己在哪儿。

"先走，说不定能到出口。"卫三坚持不懈地放着广播，"寒潮在移动，我们待在原地死得更快。"

三人再次往前走，广播始终没有停过。

休息了一段时间的工作人员回到自己的位置，现在飞行器开不起来，除了维修人员在抢修，救助员时不时出去探路，其他人没事都待在自己的工作岗位上。

他坐在椅子上，双眼无神望着光幕，大型飞行器内有不少机舱，留给军校生的座位，兑换处存储资源的房间，原先光幕上能清清楚楚调出监控，现在基本全黑了。

正在发呆时，工作人员发现那处代表终点广播的光点，再次亮起红光。

"你快看！"工作人员连忙起身拍躺在旁边长椅上休息的同事，"亮了，它亮了！"

同事迷迷糊糊地抬眼，看着一如往常的光幕："哪里？你心理压力太大了。"

工作人员心中焦急，盯着又黑下去的光点："我真的看到了！心理没问题！"

还躺在长椅上的同事忽然起身，连毛毯掉在地上也顾不得，上前望着光幕上彻底亮起的红点："真的亮了？！怎么会？"

"都说我看见了……"工作人员低声道。

同事跑到飞行器的窗户前，往外看去："没有动，我们飞行器还在原地，怎么会有红点？"

工作人员想了想，问："是不是我们主舱的光幕显示屏坏了？"

"不可能。"同事扭头看着光幕，"最开始维修人员已经检查了这里。"

"恭喜达摩克利斯军校成功抵达终点，恭喜……"

一道道广播声若有若无地顺着寒风穿过来。

同事竖起耳朵，问旁边的工作人员："你听见了吗？"

工作人员愣愣点头："好像是广播声。"这该不会是死前幻觉吧。

广播声似乎越来越清晰了，同事扒拉在飞行器窗口处，恨不得把脸贴上去，但是外面的冰雪覆盖在窗玻璃上，他只能看到白茫茫一片。

"恭喜达摩克利斯军校成功抵达终点……"

那道声音再一次清晰地传过来，同事和工作人员对视一眼，皆看见对方眼底的震惊。

怎么回事？！

飞行器一直没动，难不成终点平台还能自己跑过来？

同事当机立断往外跑，想要出去一探究竟。

而此刻随着广播声越来越清晰，飞行器内不少人也听见了，纷纷直起身或停下手中的维修工作。

"什么情况？"

"我快被冻死了？现在已经开始产生错觉。"

"什么破幻觉，居然是达摩克利斯成员。"

"去外面看！"同事一边跑，一边大声喊道。

这不是幻觉，一定有原因，发生了什么，才会让终点的广播声开始移动？

难道有什么巨型星兽吞了终点台？

不，不可能吞下之后，广播设备还完好无损，甚至开始播报。

"我不想死在这里。"单兵抱怨，"早知道还不如死在沙漠赛场，我恨这种天气。"

指挥叹气："可惜，没办法让联邦见到我们勇夺冠军的英姿。"

他低头打开光脑，把之前拍的视频发到自己星网账号上，没有信号，一直处于发送中。

估计等不到出去发给蓝伐媒体了。

等寒潮过去，这里恢复通信，到时候不管他们怎么样，视频就能直接发出了。

"你们还有一台机甲，能再撑段时间，别动不动就死来死去的。"卫三情绪异常平静，"我觉得说不定出口就在前面。"

同事和工作人员一起进入机甲，从飞行器内出来，他们站在外面，依旧只能见到白茫茫一片，广播声隐隐约约，似乎在远离。

"那边！"同事朝右边飞奔而去。

"等等救助员……"工作人员看着已经快不见了的同事背影，咬牙跟了上去。

越来越近了！

同事在机甲内听着广播声，心跳得厉害，不管是巨型星兽还是什么东西，他一定要查个明白。

"……"

同事望着不远处，忽然愣在原地，傻了。

"嗯？"卫三若有所悟，扭头朝侧后方看去。

此刻广播还在放："恭喜达摩克利斯军校成功抵达终点。"

第122节

白茫茫的冰原之上，只有广播声坚强地发声，同事和后面赶来的工作人员震惊地望着那两台机甲，其中一台还在不停传出恭喜声。

"你们哪儿的人？"卫三拔下插在机甲上的线，关掉广播。她靠近几步，朝他们机甲手臂望了一眼，"不是军校生。"

没有军徽。

"……我们是平通院高空处的人。"同事半天才找回自己的声音，所以真的有人去了终点拔旗，还把终点平台的设备装到自己机甲内？

"工作人员？"卫三单手握拳，捶在掌心，"正好做个证，这次极寒赛场我们达摩克利斯军校拿了第一。"

同事和旁边的工作人员："……"寒潮肆虐，还惦记着这个是不是有点过了？

"你们军校其他人呢？"同事开口问道。

当时他们在跟随平通院的飞行器上，已经听说寒潮到来，达摩克利斯军校和帝国军校皆失去联系，现在这里只有两台达摩克利斯军校的机甲，莫非其他人……

"不知道，可能已经出去了。"卫三看着这两人的机甲，没有太多冰霜，"你们刚从飞行器内出来？捎我们一程。"

"我们的飞行器坏了。"工作人员道，"维修人员在修，你们先进来。"

指挥："你们还有多少机甲能源？借我们一点儿。"

高空大型飞行器，不光有救助员，还有兑换处的人，所有资源都在里面。

"能源有，不过现在必须先保证飞行器不出问题。"同事扭头道。

机甲舱内的单兵出声："平通院的人也在飞行器内？"

同事和工作人员被防御机甲内第二个人的声音惊住。

"你们里面还有人？"工作人员下意识地问了出来。

卫三微微一笑："事发突然，机甲师对他们小队机甲做了点改造。"

之前在中心眼时，金珂便提醒过校队成员不得将卫三可以改造机甲的事说出去，有些能力留着，能出奇制胜。

"寒潮威力太大，我们当时在高空中被卷落，没有机会通知平通院的学生。"同事领着他们往飞行器走，"你们两……三个人是我们第一次碰见的军校生。"

飞行器看样子在这里停了很长一段时间，表面布满了冰霜，外面站着几台机甲，不停清除表层的冰。

他们进入飞行器，舱门关上。

几人出来，收起机甲。

卫三也从机甲内出来，不过她是抱着设备下来的。

"稍等。"卫三收起机甲，蹲在设备面前，将里面连接其他军校播报声的线拔了，打结绑在设备上，最后将一头线绑在自己腰上。"好了，请。"

工作人员一脸疑惑。

虽不解，但两名工作人员还是领着他们往里走。

卫三落在后面，她伸手按下广播的开关，拖着设备往前走。

"恭喜达摩克利斯成功抵达终点……"

突然响起的广播声成功将最前面的两位工作人员吓得一抖，他们扭头看来，眼神带着质问。

"不好意思。"卫三真心实意道歉，"乡下人，第一次拿到冠军，忍不住多炫耀几下，你们别介意。"

两位工作人员："……"

一行五人朝飞行器内走去，卫三拖着一台广播设备，跟在最后面。

广播声慢慢在飞行器内传来。

从工作人员出去时，里面已经聚集不少人，开始他们还隐隐约约听见一点点声音，到现在广播声清晰明白，只要不是聋子都能听见恭喜达摩克利斯的广播声。

"我觉得里面好像没有我们达摩克利斯的人。"单兵偏头对卫三道。

飞行器中的人好像全是平通院出身的工作人员。

"什么？"卫三被广播声塞住了耳朵，听不太清单兵的话。

几次下来，单兵干脆大声喊："这里面全是装腔作势的平通院工作人员！"

卫三听到了。

不光她听到了，周围过道的人，前面的工作人员也全都听到了。

"……"翻车的单兵当即扶着指挥，拼命咳嗽，好像刚才说话的人不是他。

五所军校生私下曾搞过投票，平通院荣登"装腔作势"榜的第一位，力压帝国军校。

因为这些人总喜欢压抑天性，全面军事化管理。人家帝国军校的竞争压力大是大，但学生还是各有性情。

而且平通院的人，除了感知等级之分，还有什么阁主身份差别。

"这是大家公认的。"单兵悄声对卫三道，"不能怪我。"

"达摩克利斯军校的人？"一位救助员赶过来，"能不能先关了广播？"

卫三瞥见他军装上的两杠一星，知道这是位少校级别的救助员，还是第二区的人，隶属帝都星。

负责飞行器的工作人员和底下军校队伍是同样出身，兑换处的工作人员来自不同军校。至于救助员，皆按照抽签分配到不同飞行器上。

卫三把广播关掉，直起身："所有军校都被困在里面？"

"塞缪尔军校和南帕西军校主动出局。"少校道，"不清楚最后有没有出去，我们所有的通信都不能用了。"

少校接替工作人员，将他们带去休息处："你们可以待在里面，飞行器在维修，一旦修好，或许能有机会出去。"

"我们想要机甲能源补给。"卫三直接道。

"我记得你是 3S 级。"少校盯着她许久，"能源可以给你，但你必须外出和我们一起寻找其他人。"

卫三扬眉，这位少校的目标显然是帝国军校。

"可以。"卫三正好想去找达摩克利斯军校的人。

他们在飞行器内休息一段时间后，卫三让单兵和指挥留在里面："我去找人，你们待在这里，广播设备保管好，出去后得放给所有人听。"

"你的机甲能源。"少校给了卫三足够撑四天的能源，以及一个老式通信仪，"这个在一定范围内能联系到我。"

飞行器内有兑换处的资源，在坠落后，救助员们便立刻控制所有资源，负责进行再分配。

卫三收拾好："有没有营养液？"

少校手一顿："墙角，自己拿。"

卫三扭头看着一箱营养液，走过去，抱起整箱就要放进战备包中。

"你干什么？"少校震惊。

卫三犹豫道："……喝？"有哪里不对。

"这是我们两个人的。"少校咬着后槽牙，慢慢说出口。

卫三低头看着箱内的营养液，摸出一排放在少校面前："够吗？"

少校沉默。

她继续拿出一排营养液。

少校依然不出声。

卫三拆开一排，从里面拿出两支营养液："不能再给了，少校，我还小，在长身体。"

少校："……"

最后卫三又抠抠搜搜地摸出一支，放在少校面前，转身出去，也不管背后人什么心情。

卫三独自一人出去搜寻，出来前简单被救助员培训过。

他们在半个月前清扫过赛场，每完成一块地方会做个标记。虽然寒潮来袭，标记被冰雪覆盖，但按照所给地图，慢慢走过去，能大致摸清楚地点。

即便没有遇见其他人，他们也可以摸清路线，为逃出去做准备。

不过卫三要算着时间返程，有可能飞行器修好后会离开，不能超过通信范围。

达摩克利斯军校队伍。

金珂倒下那一刻，所有人的心都提了起来，他们才失去一个主力单兵，现在主指挥又出事，甚至还没有彻底逃开寒潮中心地带。

"我……没事。"金珂被喉中的血呛醒，脑中如无数细小的针在扎。

霍宣山扶着他："因为之前感知实体化？"

这不是谁都能轻而易举做出来的事，像应星决那种撑着实体化屏障护着整个队伍一路，还面不改色的人，实属独一份。

"越级技能对感知影响大。"金珂擦了擦嘴角的血，"我缓缓就好，所有人继续赶路。"

他们从冰原，赶到冰谷，实属不是好征兆。

"机甲碎片！"有人在脚下发现零星机甲碎片。

廖如宁闻言走过去，屈膝一拳打碎冰面，拿出机甲碎片："是帝国军校的机甲。"

正好有一块是胳膊上的半面军徽。

廖如宁送到金珂手里："他们可能也在附近。"

金珂抬头看了看天空，冰层厚重地看不出之前的模样："注意脚下，还有没有其他机甲残片，我们去找他们。"

寒潮之下，比赛终止，现在集结的人越多，生存率越高。

众人打起精神，时刻关注周边冰层，唯恐漏过一点儿信息。

机甲舱内的金珂，透过视窗望向前方，他心底有不好的猜想。

感知实体化之后，金珂才彻底明白应星决的力量有多强，有这样一个人在，帝国军校竟然还有机甲受损，这里的遭遇或许不比寒潮中心地带的威力弱。

如果猜想成真，达摩克利斯军校是不是又踏入另一个巨大威胁中？

"寒潮会不会有两个中心？"金珂一路走着，忽然问道。

"两个中心？"应成河下意识地反驳，"凡寒星观测到的历来寒潮只有一个中心。"

"世上没有绝对的事，帝国军校的实力目前绝对高于我们，看看这些。"金珂举起校队成员又找到的机甲残片，"他们受到的威胁似乎比我们还要大。"

应成河沉默下来，他想起应星决，那个只大自己几个月，却强悍到要用二十位 3S 级护卫队员看着的堂哥。

"风在转向。"金珂抬头看着灰白色的天空，"所有人靠拢，加速前行。"

"搞什么？"廖如宁震惊，"这天是又要变？总不能再出一个寒潮。"

"闭嘴！"霍宣山丢下一句。

这时候不能让廖如宁乌鸦嘴。

第 123 节

应星决升起感知实体化屏障后，所有人皆得到喘息的时间，只是周围无数寒潮涌起，在屏障外打转，将所有东西撕裂卷走。

屏障内的人甚至能感受到空气都被寒潮撕裂，窒息感不断在队伍中蔓延。

"我们在寒潮中心地带！"公仪觉站在前面咬牙问应星决，"主指挥，接下来怎么办？"

"继续走出去。"应星决依旧淡声道，似乎世上没有什么能够引起他情绪波动，"机甲师检查各小队所有的机甲。"

虽在寒潮中心地带，但帝国军校所有人没有感受到寒气，因为应星决一人挡住了外面的寒潮。

"所有通信失去信号，护卫队也联系不上。"姬初雨道。

"他们当时在高空上，寒潮一来，极易被卷走。"公仪觉心中惶然，寒潮的威力他再清楚不过，公仪家十年前便在这里折损了一位为了寻星兽材料的机甲师。

那位机甲师是他的父亲。

没想到，十年后他可能会是和父亲一样的结果。

应星决持续不断地释放感知，唇上最后一点儿血色褪去，只剩下苍白。他看着逐渐形成的旋涡流，若有所思。

"这些是什么？！"有校队成员控制不住自己情绪。

一股一股旋涡流高速靠近屏障，不停撞击着。

应星决带着队伍不停加速，改变方向。

不止如此，众人加速前行时，发现旋涡流越来越多，撞击他们的旋涡流竟能够产生分支，且随着时间推移，继续变粗，甚至变得比分支之前的旋涡流还要粗。

每一次无声撞击在屏障上，都让人心惊胆战，唯恐下一秒屏障便会破碎，应星决会撑不住。然而一秒一秒过去，屏障依旧完好无损，只是旋涡流几乎挡住了他们所有的视线。

"这些旋涡流在追着我们。"姬初雨观察了一段时间，笃定道。

"是针对。"应星决示意所有人停下。再放任这些旋涡流分离结合，它们最终会形成一个巨大旋涡流，届时整个屏障便会被碾碎，"我们分开走。"

应星决要独自一人开着实体化屏障，吸引旋涡流，其他主力队成员带着校队的人走另一个方向。

"我留下来。"姬初雨道。

"你带着校队离开。"应星决并不改变计划。

"我要留在这儿，看着你。"姬初雨强硬道，"护卫队不在，只有我一个。"

说完，他便有些后悔，这些话不应该说出来。

应星决望着外面不断增加的旋涡流，声音清淡却带着压迫："只要我想，没有人能压制我。"

机甲舱内的应星决操控实体化感知变形，直接拉开旋涡流一道口子。

站在旁边的司徒嘉心惊：他一个单兵都无法拉开单独一个旋涡流，应星决却靠着感知，硬生生地撕开这么多旋涡流，甚至屏障还稳稳当当，没有任何问题。

"走。"应星决从围着的旋涡流中撕开一道口子，将帝国军校队伍送出去。

最后姬初雨带领队伍离开屏障，留下应星决一人往另外一个方向走。

他们一出屏障，便瞬间感受到寒潮中心地带的威力，A 级机甲连站都站得摇摇欲坠。

帝国军校所有人回头去看那个逐渐走远的旋涡流，应星决一个人撑起那么大的实体化屏障，抵御寒潮。

超 3S 级指挥，就连帝国军校的人也是第一次真正见识到其堪称可怕的力量。

泰吴德不知为何在心中默默拿卫三和主指挥应星决比，应星决应该是当今联邦最强指挥，毫无疑问。

卫三……好像也挺厉害，一下子蹦到了 3S 级。这届 3S 级单兵那么多，要真从里面选，泰吴德觉得卫三以后会最强。

没什么理由，他单纯觉得卫三认真打起来，谁也斗不过她。

那些高速旋涡流并没有追着帝国军校的队伍过来，而是随着应星决离开。

旋涡流似乎对实体化屏障极为感兴趣，也或者说是对建立屏障的应星决感兴趣。

帝国军校队伍暴露在寒潮中心地带，指挥们还能和应星决感知勾连，听从他的指挥，及时变换阵形。

但帝国军校队伍走了一段路后，发现又有新的旋涡流形成，偶尔会朝他们攻击。

按照应星决给的阵形，众人边前行边抵御旋涡流。

霍剑斩断被卷进去的机甲单兵一条手臂，再伸手将他拉回来："封锁断口处。"

被斩断手臂的机甲单兵立刻对机甲创口处采取紧急措施，以防寒气入侵。

帝国军校的战备包向来丰富，他们比同样闯出寒潮中心地带的达摩克利斯军校要轻松，机甲损坏率也低不少。

"又来了。"司徒嘉看着地上升起的旋涡流，带着队往前跑。

所有人没有办法和旋涡流斗争，只能避开。

校队中有个别人反应慢半拍，便被旋涡流抓住机会，卷入其中。

"这些旋涡流……"公仪觉升起一个不好的猜测，"似乎有意识。"

"意识？"司徒嘉扭头，"你是说这些是活的？"

"它们先是针对屏障，现在又针对落单的机甲。"公仪觉闭了闭眼，"谷雨赛场的变异植物你们都见过，为什么旋涡流不能有意识？"

后面的霍剑又拎着两个快被卷进去的校队单兵上前，他直接问道："是旋涡流有意识，还是寒潮有意识？"

公仪觉一室，旋涡流有意识已是他跳出常规思维的猜测，如果寒潮有意识……

"先出去。"姬初雨打断他们的对话，现在的目标只有一个，逃出寒潮中心地带。

帝国军校队伍每在里面多拖延一秒，这些旋涡流便开始增强变多。

主力队都有些疲于应对，直到有一个瞬间，旋涡流开始慢慢消散。

"寒潮要退了？"司徒嘉敏锐察觉到旋涡流开始减少。

姬初雨停下来看了一眼："不是退了。"而是朝着之前应星决离开的方向移动。

随着寒潮离开，帝国军校队伍前行，逐渐离开寒潮中心地带。

众人皆松了一口气，姬初雨要校队清点人数。

"主指挥……和我们的感知断开了。"校队的一名指挥站出来，紧张道。

姬初雨握紧手："和所有人断开了？"

校队中的指挥无人回答，沉默便是答案。

主力队其他人也愣住，这是之前赛场从来没有发生过的事。

应星决感知过于强大，从一入场便和校队指挥们感知勾连，无视距离。

其他军校的主指挥和校队指挥的勾连则有距离限制，一旦过远，便会失去连接。

"才过去多久。"司徒嘉不信，"我们的距离不会太远。寒潮而已，主指挥一定能出来。"

现在感知勾连断开，分明在表示应星决那边出了事。

"我们现在怎么办？"霍剑问姬初雨，"要等还是走？"

姬初雨立在前方半响，最后道："走。"

帝国军校整顿好后，便继续前行，想要找到出口。

不知走了多长时间，姬初雨突然飞身而起，朝侧方杀去。

"什么人！"

廖如宁刚换到前面探路，想着动作快点回去汇报，结果碰上这么突如其来的一刀。

他操控机甲快速退开，望着被太武刀砍出来的深深沟壑，忍不住骂了一句："你有毛病？上来就砍？"

姬初雨停手，见是达摩克利斯的人，便转身离开，不与其浪费口舌。

"欸，你怎么就走了？"廖如宁跟着他过去，见到站着的帝国军校队伍，"都活着呢，还以为出事了。"

公仪觉皱眉看着达摩克利斯军校的这个单兵，没记错，他应该叫廖如宁，是沙都星人。

"你们队伍只有你一个？"公仪觉问他。

"不是，就在后面，我们看到机甲残片，过来找你们一起出去，刚才还以为你们出事了。"廖如宁没什么隐瞒，他看了一圈，突然问，"你们帝国之火呢？"

帝国军校的人沉默，并不懂他的意思。

帝国之星听过，帝国之火是什么？

"什么帝国之火？"公仪觉隐隐猜到他说的是谁。

廖如宁咳了一声："帝国之星，怎么没见到，他出事了？"

帝国军校的人闻言，立刻对他怒目而视。

"你们从后面过来，没有见到寒潮？"霍剑问廖如宁。

"寒潮？岂止是见了，我们刚从寒潮里面过来。"廖如宁抬了抬下巴，"你们要不要一起走？"

"你们从寒潮里面过来？我们也刚出来。"司徒嘉分明记得寒潮起时，里面只有他们一所军校的人。

"有什么问题，问我们主指挥。"廖如宁朝侧方看了一眼，"他们快来了。"

第 124 节

之前天空中风向发生变化，像是寒潮在聚集扩散，达摩克利斯军校立刻往前走，廖如宁被派去探路，金珂见他一直没有返回，以为出了什么事，便命令队伍加速前进。

"你们……主指挥呢？"金珂带队赶到，见到帝国军校的队伍，打量一圈，最先问的也是应星决。

"我怀疑他出事了。"廖如宁往金珂那边靠，小声道。

只不过再小的声音透过机甲的扩大，周围的人都能听得清楚。

"我们主指挥只是引开寒潮内的旋涡流。"泰吴德头一回在帝国主力队成员面前主动开口，"卫三去哪儿了？"

姬初雨朝这个校队总兵看了一眼，虽然他突然冒出来出声有些突兀，倒也没有过多联想。

而达摩克利斯这边主力队知道泰吴德也是 3212 星的人，和卫三熟，对他的问话并不感到诧异。廖如宁听见他后面一句话后，装作不在意道："卫三被旋涡流卷走了，说不定这时候已经出了赛场。"

机甲舱内的泰吴德一怔，卫三被卷走了？听说她这次那台无常机甲很厉害，应该不会有事。

两所军校都有人为旋涡流所害，罕见地没有再针锋相对。

"你们也刚从寒潮中心出来？"公仪觉问金珂。

金珂点头："应该不是和你们一个中心，极寒赛场这次可能有两个寒潮中心。"

公仪觉若有所思道："这样……难怪寒潮会再次提前暴发。"

"这次寒潮比往常更强，在里面多待一段时间，危险便会增强。"金珂发出邀请，"我们两所军校最好一起走。"

众人皆公认寒潮暴发后，比赛终止。两所军校碰头，队伍中的情绪实则有所上升，这种时刻，人多会更安心。

应星决不在后，话语权自然落在姬初雨手中，帝国军校的人都在等着他的决定。

姬初雨往寒潮离开的方向望去，应星决便是消失在那里，他收回目光，同意金珂的提议。

最后达摩克利斯军校和帝国军校共同朝一个方向走，只不过两队之间的尴尬氛围还是有的。

冰谷之中，除了凌厉的寒潮，呼啸而过的冷风，帝国军校无人说话。

这种情况，一般沉重的情绪会不断弥漫甚至吞噬整支队伍，但现在帝国军校的人只有一个想法：达摩克利斯的人吵死了！

旁边达摩克利斯军校的人叽叽喳喳，从南扯到北，什么都聊，甚至还有人聊一天上几次厕所！

神经病！

说难听点，没有救援队，走不出去，他们就要死在这里了！达摩克利斯那帮人还在谈上几次厕所有益身心健康！

帝国军校那边开始和自己旁边的人讨论机甲问题，声音比达摩克利斯还大，力图压过那帮无聊的人，表现出帝国人的坚持。

金珂看着聊起来的队伍，才收回感知。

如果有人仔细观察，会发现达摩克利斯军校队伍中的话题多半是由小队指挥提起的。

金珂不希望队伍中的气氛变得沉重，便通过感知向这些指挥传递信息。

"你机遇不错。"霍剑落在后面，对霍宣山道。

霍宣山作为霍家第一个使用轻型机甲的单兵，只能靠学校老师和自己，霍家教不了他。当初他选择达摩克利斯军校，霍家以为他要自我放弃。

毕竟各大世家已经在心中默认，再过几年达摩克利斯军校或许会彻底掉队，跌出五大军校。

霍家已经有很多年没有主家的子弟报达摩克利斯军校。

未料到应家还有个 3S 级机甲师也报了达摩克利斯军校，当时志愿报完出来，那几个月霍宣山和应成河一直是被讨论的话题。

结果开学后，众人发现达摩克利斯军校这届新生居然有 3S 级指挥和沙都星本地一个 3S 级单兵。

四名 3S 级主力队，起码能撑到霍宣山毕业前，达摩克利斯军校还是五大军校之一。

结果他们倒好，还藏着一个 3S 级单兵，现在突然有了和帝国军校争冠的实力。

"能出去才是机遇好。"霍宣山没有看向霍剑，说完便操控机甲飞上前方半空之上，去探路。

霍家每一年只有实力最强的那个才能进帝国军校的主力队，其他人必须报其他军校。

霍剑便是他们这代实力最高的那个。

霍宣山张开机甲翅膀，飞在半空中，这里的温度比地面还要低，他不敢飞得太快，否则寒气会损伤翅膀。

他仰头朝高空看去，一路过来，没有见到高空处任何一架大型飞行器。

两所军校会合总结出来的情况表明：极寒赛场有两股寒潮升起，都处在中心地带的达摩克利斯军校和帝国军校上空的飞行器估计结果不会太好。

不知道黎泽上校在哪架飞行器上。

霍宣山抖了抖机甲翅膀，皱眉发现上面结冰的速度越来越快，半空中的白雾似乎又开始聚集。

他飞下去，两所军校的主力队成员也停了下来。

"温度在加速降低，寒风持续增大。"金珂望着周遭，这种情况像是要再一次聚集寒潮，"我们必须找到地方躲起来。"

"这么多人，躲哪儿？"司徒嘉有些烦躁，如果此刻高空上的飞行器降落，停在这儿，他们便能有完美的躲避点。

金珂目光落在冰谷周边："现在打出一个洞穴。"

"这里？"司徒嘉觉得金珂简直是在痴人说梦，这么厚的冰谷，要打出多深的洞才容纳得了他们。

"只要打出足够容纳我们两所军校的人的洞便可。"金珂冷静道，"这是唯一的办法。"

他们的机甲可以赶路，但不能再经受一次寒潮，况且谁也不知道会持续多久。

公仪觉明白过来："你想我们收了机甲进洞？"

寒潮来临，基本见不到星兽，所有人在有恒温系统的机甲内，不必感受外界的冰冷。而他们脱离有恒温系统的机甲舱，躲在冰洞内，又怎么保证存活下来？

"或许你们还有更好的办法。"金珂也在赌，赌寒潮不会持续很久，赌他们能熬下来，赌外面的老师们在拼力救援。

队伍前面的廖如宁身形一动，直接一拳砸在冰谷山体之上。他收回手，凹陷处顿时开始向四周开裂。

姬初雨瞥向其他人："动手。"

两所军校的人一起轮流打洞，硬生生在冰谷山体中打出洞来。

洞口不大，但里面的洞越打越宽，以便容纳两所军校的人。

"风还在加速。"外面的应成河突然对洞内的人道。

里面的几个主力队单兵速度再次加快，校队的人负责将碎冰运出去。

连十分钟都没过去，外面的寒风越发刺骨，白雾逐渐成股，远处的白雾则浓郁到近乎实质，不断升高涌来。

"来不及了。"金珂让里面的人收了机甲，"外面所有人进来。"

两所军校的人统统出了机甲，躲进冰洞之中，众人僵硬地站在一起，温度太低了。

金珂没有收机甲，他操控机甲堵在洞口遮去洞外弥漫来的大半寒气。

白色寒雾如同海水般升起并蔓延而来的那一刻，金珂心中又沉了几分，这种情况每多一次，他们出去的机会便更加渺茫。

"这样下去，我们在里面会出事。"应成河观察从洞口缝中弥漫进来的少许白雾，低声道。

冰洞温度过低，他们没有机甲抵御，时间一长，根本熬不住。

公仪觉扭头："卫三的那把刀做得有意思，以前没发现你还有这种想法。"

应成河："？"

这时候说什么刀，应成河服了他。

"你们军校的能源还有多少？匀一匀。"应成河只当没听见，继续道，"我们拆一部分机甲的发动机，拆了散热片，让它们转动起来。"

公仪觉皱眉："你要拆机甲当取暖工具？"这不是一个机甲师该有的想法。

机甲于机甲师而言是神圣的，应成河在达摩克利斯军校都学了些什么。

"现在没有星兽，比赛也终止了。到时候再装回去，不会有问题。"应成河匆匆道，"你们出二十台，我们二十台，动作快。"

公仪觉还在挣扎，那边应成河已经开始带着机甲师们一起拆发动机。

旁边帝国军校的机甲师们和公仪觉同样感到三观被震碎，身为机甲师，怎么能做出这种……

发动机开始高速转动，温度升高，离他们最近的达摩克利斯人已经最先享受到这温度。

帝国军校的其他人隐隐感受到热度，心中羡慕，目光控制不住地朝自己小队的机甲师看去。

"……"

最后帝国军校还是出了二十台发动机，放在周边转动取暖。

冰洞内，两所军校的人挤在一起，勉强存活，外面则完全是另外一种场面。

白雾凝冰，寒潮不断，冰雪覆地，人即便是在机甲舱也几乎无法抵抗。

卫三从飞行器出来后，沿着周边寻找救助员以前留下来的标记，在找到一个标记后，她打开通信，准备汇报，结果一抬头，便见到白雾寒潮从她来的那个方向涌来。

卫三立刻往前跑，顺便想用老式通信设备联系飞行器上的人。果然没有人回复，只有不停的刺啦声。

"……"

那么大型的飞行器应该不会出事，卫三一面心中安慰自己，一面狂奔。

卫三抽空转头去看背后涌过来的寒潮，吓一跳。

谁能告诉她，为什么白雾中间还能凸出一股，涌得比旁边的雾气要快？

卫三加速，后面的那股白雾也加速，距离在不断拉近。

她再扭头去看，才发现这股白雾也是旋涡流。

一台机甲在冰原上飞速狂奔，背后凸出来的旋涡流越来越快，慢慢接近。

躲不过，卫三不想跑了，干脆急刹车，骤停。

凸出的那股旋涡流一下子超过了她，但很快停了下来。

卫三扭头看了看还在背后的寒潮，再看停在前面的旋涡流："……"我的天，这旋涡流是活的？

下一秒，前面的旋涡流转了转，猛然朝卫三这个方向扑来。

确认了，这居然真是活的旋涡流！

卫三心中骂着脏话，变异植物她能接受，为什么旋涡流也能变异？！

她没有再躲，而是任由旋涡流将自己卷了进去。

既然是变异的活物，那她就能反抗。

被卷进去的那瞬间，卫三拔出须弥刀，由上至下砍这股旋涡流。

没有用。

旋涡流本质是寒气形成的白雾，气态再浓郁也还是气态。

卫三这一刀砍下去，没有任何实感。

而此刻旋涡流已经在试图撕裂她的机甲。

机甲舱内，卫三微微闭眼，握住须弥刀再次刺中旋涡流。

她有一种感觉，旋涡流在嘲笑她做无用功。

卫三微微扬眉，她还从来没有用过须弥刀真正的属性。

须弥刀从刀把到刀身瞬间泛起白霜，卫三心神一动，比寒潮更为诡异的冷气从刀身散发出来，气态的旋涡流顿时开始凝结成冰。

卫三闭眼，握住刀把的一只手用力一拉，一把合刀被拉出来。她直接松开另外一只手，让剩下的那把合刀固定在被冻住的旋涡流上。

她随即转身，单手握住拉出来的合刀，径直刺向旋涡流某处。

一股灰色的无状物游走在还未完全凝结的旋涡流中。

卫三屈膝，拉出两把匕首分别扔向灰色无状物，挡住它前后的去路，那一瞬间她近身，将合刀送了进去。

"吱——"

旋涡流中灰色无状物发出一声尖叫。卫三拔出钉在旋涡流上的另一把合刀，旋涡流开始消散，她还没来得及观察旋涡流消失后灰色无状物是什么。

后面的寒潮覆盖了过来。

再次被真正的寒潮旋涡流卷走的卫三一阵无语。

第 125 节

和帝国军校的人分开后，应星决的屏障便一点一点收缩，那些旋涡流不断挤压，他撑着一个人的屏障，朝外走去。

应星决目光落在这些旋涡流上，开始他以为寒潮有意识，后面发现有意识的是旋涡流内的东西。

旋涡流中有活物，这些活物在窥探他的力量。

在他快要走出去时，极寒赛场内再一次掀起寒潮，寒潮范围再次扩大，他依旧被困在其中。

屏障撑得太久了。

机甲舱内，应星决吐出一大口血，他朝战备包摸去，里面的营养液已经空了。

得不到及时补充，应星决最终体力不支，单膝跪地，他勉强撑着屏障，周边的旋涡流再一次挤压过来。

…………

再一次被旋涡流卷起来的卫三，任由这股旋涡流像卷垃圾一样，将自己转来转去。

这股旋涡流里面没有刚才的灰色无状物，因为卫三感觉不到任何窥探的气息，只有冰冷无情的旋涡。

势要卷尽一切的寒潮旋涡流，所到之处寸物不留，在卫三无数次被冰石子砸了脑袋后，她终于动了动，想要试图挣脱出去。

一动，旋涡流带来的压力便成倍压来，卫三只好再次四肢摊开，任由旋涡流继续卷。

卫三机甲头被卷到旋涡流外去了，她坚强地睁开眼，看着外面的寒潮，突然发现对面聚集着数十股旋涡流。

这场景有点可怕，更重要的是，她再次察觉到那种窥探感。

非要形容，就像对面数十头星兽围在一起低语，然后全扭头盯着冒出来的卫三。

卫三亲眼见到有几股旋涡流朝她这个方向来了。

那几股旋涡流一过来，卫三便透过缺口见到一台熟悉的机甲。

黄金铠？

再次被旋涡流卷进去的卫三仔细想了想，帝国军校只有两台黄金铠，这个落单的应该是机甲师公仪觉，帝国军校那边怎么也不可能放任应星决一个人留在这儿。

啧。

卫三顺着旋涡流的力度，翻正机甲，拔刀插地，硬生生地留下。旋涡流卷了半天，只把这台机甲卷了一点儿距离，实在卷不动，最后放弃，跟着寒潮继续往前。

她抽刀起身，那边几股有灰色无状物的旋涡流又逼近了。

机甲舱内，卫三转了转手，直接朝对面冲了过去。

一回生二回熟，卫三并不怕这种东西。

几股旋涡流明显未料到她会主动攻击，在一股旋涡流被须弥刀定住后，其他旋涡流表现出人性化的害怕，往后撤退。

卫三一个都没放过，刀刀刺中旋涡流中的灰色无状物。

在刺中的瞬间，旋涡流便开始消散，灰色无状物便如同消失般，卫三再见不到它的踪影。

还围在对面的那些旋涡流似乎开始忌惮卫三，但又舍不得离开，一直到她靠近，这些旋涡流像是下定决心，合成了一大股旋涡流，朝卫三席卷而来。

应星决从模糊的视线中看见有机甲过来，又发现这些旋涡流汇在一起将那台机甲卷了进去。

这些旋涡流的活物……他强撑着最后的力气，释放感知攻击那股合成后的旋涡流。

在攻击后，应星决甚至没有见到那台机甲最后有没有出来，眼睛便缓缓闭上。

——他有些累了。

卫三刚挥刀准备砍去，便发现旋涡流突然消失，刀势差点没能收回来。

"……"

卫三往四周看了看，确定没有新的旋涡流形成，这才收刀，上前朝那台黄金铠走去。

不过她现在没时间仔细看到底是谁，直接操控无常，抓起黄金铠，扛在肩上，往外走去。

中途也遇见其他旋涡流，不过只是普通的旋涡流，对卫三没什么太大的影响。

好在之前在飞行器内补充了不少机甲能源，身边还有营养液，卫三在寒潮中还算从容，但周遭的温度依旧在降低。

她一直没能走出寒潮，最后路过冰山，余光见到有头星兽挂在上面，于是卫三眯了眯眼，走过去，将星兽扯了下来，才发现里面是被薄冰结起来的洞口。

这头星兽受伤严重，没能活着进去，半边身体还留在外面。

卫三扛着黄金铠进去，洞内很深，显然是星兽常居住的地方，她转身捡起星兽的尸体挡住洞口。

随即将肩上的黄金铠扔在地上，她操控机甲坐了下来。

暂时不走了。

能有个地方歇会儿，卫三松了口气，这时候才有空去看帝国军校的防护机甲。

啧啧，这机甲外壳全身珍稀材料，帝国军校果然有钱。

卫三情不自禁地伸手去摸离自己最近黄金铠的大腿，一边摸一边心中幻想自己有这么多这么好的机甲材料，会做成什么样的机甲。

…………

应星决还和机甲连接着，感知布满整台机甲，从机甲大腿传来的异样感觉，透过感知传到他大脑中。

"你做什么？"应星决忽然睁开眼，撑起机甲上半身，打开大腿上的手。

黄金铠的手打在无常的手背上，发出啪的一声。

卫三下意识道："抱歉，我就是摸摸，你设计的机甲……"

她说着说着，才终于想起刚才那道声音是谁的："怎么是你？"

卫三以为机甲舱内的人是公仪觉。

机甲舱内，应星决抬起手擦了擦嘴角的血渍："只有你一个人？"

卫三顿时有点意兴阑珊："你不也一个人。"

应星决能敏锐察觉她情绪的变化，却想不通为什么。

"刚才那股合成的旋涡流是你动的手？"卫三问他，既然机甲内的人是应星决，旋涡流突然消失的理由也有了，恐怕是他动了手。

应星决没有否认，只是沉默。

冰洞内一片安静。

应星决压抑不住的咳嗽声从机甲内传来，即便他很快关掉了机甲舱内的传音器，卫三也听得清清楚楚。

"你要不要营养液？"卫三说出这话时，心在滴血。

应星决依旧没有说话。

卫三："……"这么爱面子？

她扔了几支营养液下去，营养液从无常掌心伸出。

"先给你几支。"卫三操控机甲递过去，对面的机甲还是没有动静。

无常的手一直放在半空中，对面没有任何反应。

机甲舱内，卫三皱眉，最后跳出机甲，靠近黄金铠，她敲了敲舱门："应星决？"

没人回。

别死在这里，她扛了半天呢。

卫三无法，最后暴力拆除黄金铠的舱门，爬进去，果然见到应星决闭着眼睛躺在那儿，不知死活。

捡了个麻烦。

卫三爬过去，从战备包翻出工具，拆了几个零件，好让她转身。

她靠近应星决，看着他唇边和衣领上的血，顿时有点感同身受。

卫三伸出手探了探应星决气息，还活着。

她拆开一支营养液，捏着应星决下巴，将营养液灌了进去。

卫三也不是医生，手里只有营养液，是死是活看他命了。

她将手头的营养液全喂给了应星决，对方始终没有反应。

卫三觉得洞里寒气进来了，过去将舱门合上，扭头看了看毫无反应的应星决，天之骄子这么死了还挺可惜。

她靠在旁边打量里面的结构，防护型机甲和战斗型机甲内部结构有很多地方不同。

正看着，卫三突然又开始流鼻血，她熟练地摸出纸巾擦干净，大概是之前用须弥刀时，感知波动过大导致的。

想起同样满身血的应星决，卫三下意识地朝他那边看去。

"你醒了。"看过去，正好对上同时睁开眼睛的应星决，卫三不由得微微挑眉，她挪过去，想要好心扶起他，"刚才你一直没反应，我只好拆了你机甲舱进来。"

卫三一靠近，应星决便突然出手，用感知攻击她。

陌生带着杀意的感知侵入脑中，卫三直接不耐烦地伸手用力掐住应星决："之前我说过，最后一次，听不懂？"

应星决撞在座椅上，一双清透黑色眼睛盯着卫三，有些困惑，他的感知对她无效。

"别告诉我你现在感知失控。"卫三皱眉，原本掐住他脖子的手往上移，捏住应星决的下巴，左右移了几下，她甚至凑近打量，"看你眼神也不像失去理智。"

她靠得太近，应星决微微偏开脸。

下一秒便被卫三重新扳了回来："看在现在情况特殊就算了，下次再用感知攻击我，别想活着。"

应星决闭上眼睛，不去看她。

见他一副不配合的样子，卫三啧了一声，松手准备离开他的机甲舱，走之前她转身："忘记告诉你一件事，这次极寒赛场的冠军是我们达摩克利斯军校。"

应星决睁开眼睛看向她，哑声道："你确定我们能出去？"

"为什么不能确定？"卫三扬眉，恍然，"你机甲应该没有多少能源了，我有，所以别再用感知烦我。"

威胁之意溢于言表。

应星决看着卫三离开，她甚至仔细帮他把舱门带好，完全看不出刚才暴力的样子。

他从她眼中看到了杀意。

应星决毫不意外，因为他刚才的感知攻击也带着杀意，只不过被卫三设立的屏障挡住。

他们都是超 3S 级的人，就在刚刚，应星决确定她的等级不在自己之下。

应星决强撑着清醒过来，他从来没有失控过。

这一点，应星决一直比任何人清楚。

只是如今，他开始有些动摇了。

她身上带有那种气息，使自己产生了幻觉……

应星决透过视窗，看着卫三翻身进入机甲中。

医生曾诊断，他感知过于强大，作为快要破碎的容器的身体，无法自控。

若再找不到解决方法，以后失控的次数只会越来越多。

应星决从来坚信自己没有失控……但现在他感知似乎确实出现了问题。

"再给你几支营养液，别再晕了。"卫三操控机甲送过去营养液，"我不想扛着你走，下次再晕了，我会丢下你，自己先走。"

第 126 节

卫三休息够了，便准备继续动身。她走出洞口，瞥向后面的应星决，大概是因为之前应星决的感知攻击，她语气冷淡："你要跟着我一起走，还是去找你们帝国军校？"

应星决抬眸："和你一起。"

两人一前一后走在寒潮中，凭借着 3S 级机甲支撑，卫三走了一段路，忽然停下来："你走前面，防止你偷袭我。"

应星决慢慢走上前，越过她时轻声道："感知攻击和前后无关。"

卫三："……"

说出去的话就像泼出去的水，收不回，但她脸皮厚，从来感觉不到尴尬。

"我好像知道我们军校的人在哪个方向。"不知过了多久，应星决出声。

卫三这时候想起应星决作为一个超 3S 级指挥的能力："你能不能探查到其他人？"

"大概。"应星决压下喉间的血腥味。

"好像，大概……"卫三有些怀疑应星决在敷衍她，"金珂都不这么说话。"

全是不确定词。

应星决脚步慢了下来，侧过头道："我现在感知出现问题，很多事情不能确定。"

卫三想起他在机甲舱内的样子，啧了一声："麻烦。"

应星决走得越发慢了下来，转身去看卫三："机甲能源不够了。"

卫三："……不然，我还是扛着你走？"她舍不得把能源给他。

应星决站在原地，平静道："好。"

卫三靠近他，最后挣扎了一番，还是匀了一点儿储备机甲能源给他。

人还醒着，扛机甲有点怪怪的，况且他都不用走路，哪儿来这么好的事？

"你碰上了飞行器？"应星决装好机甲能源，不经意地问她。

"平通院上面的飞行器。"卫三散漫道，"我们进去补充了能源，我出来找出口。"

"你们？"应星决抓住这个字眼，"达摩克利斯的人都在飞行器上？"

卫三撩起眼皮看侧前方的机甲："想知道什么我直接告诉你，我们两所军校最先出事，南帕西和塞缪尔军校主动出局，已经上了飞行器，有可能已经躲过极寒赛场内的寒潮。至于平通院也在里面，没有消息，也没有主动出局。"

应星决垂眸深思，先不考虑帝国军校，达摩克利斯军校这么多学生在里面，他们的老师一定会想尽一切办法来救援，或许会出动军区的人。

只是凡寒星寒潮来临前，已经切断所有交通要塞，整个星也笼罩在星系防护中。

仅凭达摩克利斯军校的力量恐怕无法要求凡寒星打开交通港口，让军区的人进来，但现在平通院的人也在内，如果应月容出面，凡寒星或许会同意。

"我们已经在里面待了三天，最多五天，便会有救援队进来。"应星决缓缓道。

卫三朝周围看了看："寒潮越来越强，他们能不能进来还是个问题。"

五天之后，极寒赛场内没有找到飞行器的军校生，得不到机甲能源补充，又碰上寒潮，只有死路一条。

"你们的人在哪儿？"卫三问应星决。

"往前走……"应星决还未说完，便被侧后方的卫三一把扯开。

——是旋涡流，那种有活物的旋涡流。

卫三拉开应星决后，扭头警告他："别乱用你的感知，这些我能对付。"

他一怔，半晌才低低应了一声："……好。"

只不过这时候，卫三已经拔刀冲上前，对付那股旋涡流。

这旋涡流似乎比之前的更为狡猾，气息极为隐蔽，卫三频繁使用须弥刀，皆未刺中。

她有点烦了。

卫三闭上眼，顿时周围陷入一片黑暗，单手握住须弥刀，快速转了半圈，反握刀把，径直刺向后方。

她没有回头，但确信刚才刺中了灰色无状物，只是这股旋涡流依旧没有散去。

"九点钟方向。"

一道声音响起或者说有个想法附在卫三脑海中，她想也未想，须弥刀便脱手而出，朝九点钟方向掷去。

一声刺耳的尖叫声响起，旋涡流散开。

落地前，卫三握住刀，她朝不远处的应星决看去，刚才是他在提醒？

指挥可以让单兵在脑海中听见自己的声音，也能直接让单兵感受到指挥自己的想法。

刚才应星决用的是第二种。

"只是想告诉你那东西在哪儿。"应星决对上她的目光，轻声辩解。

"走了。"卫三转身，没有对应星决这次擅自做主发表意见，她在想这些灰色无状物是什么东西，有点熟悉的恶心感。

两人继续往前走，中途遇见好几股那种旋涡流，甚至越来越强。

应星决在旁边告诉卫三，灰色无状物在哪个方向，她负责杀了。两人配合起来，竟没有任何生涩感。

"侧后方偏35度。"

卫三直接出刀，一秒犹豫都没有，仿佛只是一台机器，极为迅速地清理掉这些灰色无状物。

旋涡刚消散，卫三还未落地，便眼尖地见到应星决脚下有一小股突然形成的旋涡，而他依然没有察觉。

她毫不犹豫将手中的刀朝他掷过去。

应星决保持着仰头看向她的姿势，没有动。

卫三甚至怀疑他在机甲舱内有没有眨眼，完全不怕她的刀。

"你脚下有一个。"卫三落地上前，拔出应星决脚边的刀，随口解释。

"……嗯。"机甲舱内，应星决抬手拭去唇边的血，"我们快出去了。"

卫三看着周围一模一样的寒潮白雾，她完全看不出来他们要出去的迹象，这里范围大得好像整个赛场已经被厚厚的寒潮所弥漫。

"这些东西想要我们的力量。"应星决望向远处，"我们离寒潮越远，它们会更加频繁攻击。"

他、卫三，皆是超3S级，这些东西贪念超3S级的力量。

应星决不知道这些东西是什么，联邦已知星兽数量虽多，却比不上未知星兽的数量，更不用说这种怪异的东西。

机甲舱内，卫三转了转手腕，活动手脚："行，待会儿你躲好，别拖我后腿。"

应星决愣了愣，随即沉默，从来没有人说过他会拖后腿。

"我可以杀死它们。"应星决下意识道。

卫三握着刀，警惕周围随时出现的旋涡流："留着力气找人，指挥搞什么打打杀杀的事。"

万一失控，殃及她怎么办？

她言外之意，应星决知道。

"之前在机甲舱内的事，抱歉。"应星决犹豫了一会儿，轻声道。

卫三扭头："你平时失控就那样？"

他的杀意不假，否则卫三也不会暴起，只不过她对上应星决的眼神，分明觉得他是清醒的。

她原先以为应星决是借着失控的由头，想杀了自己，夺了无常内的能源。

现在看来……他真的失控了？

第 127 节

应星决沉默。

自始至终，每一次无端攻击人，皆是他主动控制感知攻击，而非传言中的失控。

有问题的是他如今无法分辨什么才是真实。

"算了。"卫三见他不语，并不在意，她也被医生叮嘱不要情绪波动过大，区别是达摩克利斯军校那边没想过她会对其他人造成危害，大概是应星决有前科。

两人顶着割裂刺骨的寒风慢慢往外走去，应星决余光看着侧后方的机甲，额间传来的刺痛一直在提醒他，感知被过度使用。

"在谷雨星训练大楼，我用的模拟舱……"应星决似不经意道，"坏了。"

"什么？"

卫三心神皆放在周围环境上，提防随时可能出来的旋涡流，听见应星决说的话，半天才反应过来，随口道："那边大楼设备老化，我的模拟舱直接烧了。"

应星决自然知道，因为她那台模拟舱便是他弄坏的。

在达摩克利斯没抵达前，他已经进入过模拟舱，却未料受到攻击。

模拟舱本身便是模拟战斗，受到攻击再正常不过，但那次攻击，分明是掩藏起来的真实攻击，应星决反应过来后，便将模拟舱毁了，从里面出来。

但应星决发现除了他，其他人毫无异样。

后来卫三进入训练室，他便使用感知，关注隔壁的情况。

她进入模拟舱后，应星决立刻察觉到熟悉的攻击，直接出手毁了她训练室内的模拟舱。

他可以确定当时知道卫三是超 3S 级的人皆没有问题，训练室随机分配，无人能预测他在哪个房间。一开始应星决猜测有人在模拟舱总接口做了手脚，所以无论他用哪一台模拟舱都会受到攻击，但隔壁的卫三第二天便换上新的模拟舱，没有再受到攻击。

问题出现在那些旧模拟舱上。

应星决让人私下调查谷雨赛场历届的事故，自己则继续训练。

等谷雨赛场结束，其他军校离开后，应星决以身体出现状况为由，让帝国军校最后走，他则等着调查报告。

调查报告上显示，谷雨星训练场的训练大楼曾出现过三次事故，分别是一名指挥、两名机甲单兵，他们进入之后，再出来感知已经受损，无法再待在军校。

这三个人所处年代不同，最长间隔达到七十年，性别、家世背景皆不同，唯一相同的只有感知等级，他们皆是已知的 3S 级。

这三起事故没有引起任何一方注意，因为太正常了，其他训练场的模拟舱也有军校生出现问题。无论是什么等级，不是所有人都能接受和星兽对抗的场景，个体差异化，有些人即便进入模拟舱，痛感降到 70% 以下，也完全接受不了。

尤其这三人的年代，当时的军校生心理出现问题的概率远高于现在。

应星决各方面表现皆高于 3S 级，加之近年来兴起的理论支持和他在幻夜星的表现，才成为联邦目前唯一被明确的超 3S 级指挥。

看完调查报告后，应星决又翻看这三人的资料，无一例外，在进入谷雨星前，皆是极为优秀的人。

他怀疑他们或许也是潜在的超 3S 级。

应星决猜测有一股势力在联邦隐藏布局，已超过百年，这股势力甚至有能力检测出来超 3S 级的人，并对其进行毁灭打击。

这个猜测太过匪夷所思，超 3S 级是近些年才被提出并兴起的理论，这三人出事时间在此之前。

应星决将这个想法埋在心中，没有告知任何人。

"谷雨赛场的模拟舱有什么特别的场景？坏了之后，我没有进去过。"应星决似乎只是在闲聊。

卫三在心中啧了一声，这就是超 3S 级指挥的底气？她机甲坏了，立刻下去登记换新，怕耽误训练，对方则干脆不练了。

"模拟舱能有什么特别的场景，无非是那个赛场……"卫三说到一半，想起来什么，"哦，旧模拟舱比新模拟舱要多一个训练场景。"

应星决缓下脚步，和卫三并排，扭头去看她："多了什么训练场景？"

"有个一堆虫子组成的黑雾，不知道什么品种的星兽，没来得及看清楚，模拟舱就烧了。"卫三有点可惜，"后面换上的新模拟舱也没有见到。"

那个时间点……是他在隔壁感知到攻击后，出手的时刻。

应星决垂眸沉思，只是他在受到攻击时，并未见到什么黑雾，而是受到里面星兽的攻击。

"别停在这儿。"卫三伸出手拉着他往前走，心中再次觉得带着应星决太麻烦，这种紧张时刻，他问东问西，还走神。

"……嗯。"应星决收回飘远的神思，跟着卫三的脚步往前走。

这时候一股大旋涡流朝他们席卷而来，在靠近时又分开七八股，每一股旋涡流内都有着灰色无状物。

"照这个数量对比。"卫三双手握住须弥刀，随后拉开，两把合刀握在手中，漫不经心道，"我们……快出去了。"

从一开始发现灰色无状活物，卫三从未受到精神攻击，因此也不确定这种东西到底是不是星兽的一种变异体。

但就在刚刚，卫三清晰感受到自己受到了精神攻击。

下一秒，那种攻击被突然出现的屏障所阻断。

"卫三，右二那股旋涡流是本体。"应星决出声。

灰色无状活物似乎能听懂他们在说什么，攻势顿时全朝着应星决去。

卫三握着合刀转了转，挡在他面前，拦住那些旋涡流："看不起我呢？"

她刀刺向右二那股旋涡流，灰色无状活物越来越狡猾，不但逃开这一击，甚至和周围旋涡流合体再分开，速度极快，应星决甚至来不及提醒卫三，灰色无状活物本体便又换了位置。

应星决望着被几股旋涡流迅速包围起来的卫三，无视额间刺痛，想要出手。

被旋涡流围住的卫三却陡然暴起，双手合刀在半空中划出一个圆，拦腰斩断旋涡流，所过之处，截面皆被白霜覆盖。

合刀划完一个圈，直接交互变回大刀。卫三单手横握，在降落途中，大刀朝一道灰色无状活物刺去。

她无法分辨哪个才是本体。

但只要速度够快，杀尽所有的灰色无状活物，谁是本体已然不重要。

应星决放下刚抬起的手，望着前面的卫三，单论战斗力而言，现在的她其实不如姬初雨，甚至比不上宗政越人。

除去还未完全爆发出的超 3S 级能力，她在作战中，唯一超越两人的便是心理素质。

卫三似乎……没有产生过任何情绪。

无论害怕或激动皆没有，应星决只能从她身上感受到无尽的冷静，仿佛面前的只是一个物品，而不是能杀人的变异星兽。

即便是动作爆发，也仅仅是表面，她的感知没有发生任何波动。

卫三收刀，不太高兴道："没完没了。"

在应星决看来没有任何情绪的卫三，杀完所有灰色无状物后，表现得十分不耐烦。

"我们走快点。"

应星决侧脸看她，眼中有自己也未察觉到的困惑，即便到现在，他依旧没有感受到卫三感知波动。

任何人，只要离应星决太近，很容易被他感知察觉情绪。

卫三的感知和她的行为举止完全不符合。

"外面的人离我们还有多远？"卫三扭头问他，正好发现应星决也在看她。

机甲舱内的卫三挑眉，怀疑应星决在悄悄打量自己的机甲，也是，无常虽然只有黑、白两个配色，但绝对是卫三目前设计最协调好看的机甲外壳，加上滴入紫液蘑菇，表面看起来总有一层流光闪过。

卫工程师愿将无常看作一件完美艺术品。

完美艺术品自然会不自觉吸引外人的目光。

卫三理解，并且在内心对应星决的品位表示肯定。

"按照目前的速度，一个小时可以赶到。"应星决收回目光，望向远方道。

硬打出来的冰洞中，帝国军校和达摩克利斯军校的人已经抖得不成样子，周围二十台引擎还是太少。

"这些寒潮会不会一直都在？"有人承受不住这种压力，颤声问道。

"不会的。"

"已经这么久了。"

"主指挥，你们先走吧。"达摩克利斯校队中有人开口。

金珂还未出声，廖如宁有点暴躁道："胡说八道什么？我们怎么走？"

"我们的能源收拢给你们，你们一定能出去！"这位校队成员说的话，竟然得到大部分人支持。

"你们先出去，再带人来救我们就可以了。"

"没错。"

"没错个鬼，我们一走，你们直接冻死在这儿算了。"廖如宁指着带头说话的那个人，"你闭嘴，别煽动其他队员。"

主力队不放弃校队，目前寒潮于他们不过是消耗能源，只要不碰上大量高速旋涡流，还有机会逃出去。

霍宣山站在金珂机甲旁边，慢慢道："帝国军校的主力队还带着校队，没道理我们会抛弃校队。"

"你什么意思？"司徒嘉霍然起身。

"字面的意思。"霍宣山礼貌地微微点头示意。

帝国校队成员："……"

达摩克利斯校队成员想了想，帝国军校主力队向来不和校队有过多交往，但这种状况下好像也没有人提出牺牲校队，让主力队离开。

"外面还有老师们，他们会来救援，我们只要再坚持一段时间。"金珂出声，"寒潮似乎往后移了。"

"那我们继续往前走。"应成河道，"说不定能碰上飞行器。"

他们处在冰谷中，按照地图看，离出口还有很远的距离，加上现在白雾笼罩，分不清方向，即便没有走错路，能源也不足以撑到出口。

金珂看向姬初雨："你们上面的飞行器……"

他话说到一半突然停下。

众人都望着他，显然不明白金珂为什么不继续说了。

机甲舱内的金珂汗毛竖起，他虽然在机甲舱内，但状况并没有太好，为了及时感受洞口外的状况，他的感知一直和机甲完全连接，因此露在外面的机甲背部上的感受也传给了他，金珂一直处于后背冻僵的错觉中。

而就在刚刚，他感觉后背被什么东西摸了。

金珂："……"

和应星决通力斩杀最后一大股疯狂的旋涡流，卫三刚走出寒潮没多久，便见到一个机甲撅着后背和屁股冻在外面。

卫三上前盯看了半天，才确定这个是不死龟，她弯腰伸出手拍了拍。

没反应？

卫三伸脚踢了踢不死龟的屁股："里面有没有人？"

金珂："卫三？！"

听见她的声音，金珂顿时忘记自己屁股被踢了。

洞内达摩克利斯军校的人也纷纷挤向洞口。

"外面寒潮往其他地方移了，可以出来了。"卫三后退几步道。

帝国军校的人脸色复杂，被卷走了还能找回来？他们的主指挥却还没有动静。

"你走路怎么没动静？"金珂动了动腿，没有立刻退出去。

卫三朝旁边的人看去，随后道："刚才应星决屏障没撤。"

"主指挥在你身边？"公仪觉朝洞口走去。

帝国军校也开始骚动起来。

卫三听到里面的声音，挑眉："你的人？"

两所军校的人都急着出来，金珂用力一撑，才从洞口出来，背上全是厚实的冰。

军校的人出来，全部快速进入机甲内。

两所军校的人全员会合，一时间竟冲淡了心中的沉重。

廖如宁出来，探头看应星决和卫三背后，没有见到被卷走的校队成员。

卫三抬手拨开他的机甲脑袋："别看了，他们不在这儿。"

她语气平静，不像是出事的样子。

廖如宁下意识地问道："他们在哪儿？"

"不知道了。"卫三拿出那个没用了的通信设备，"我们拔完旗，后面碰到平通院那边的飞行器，他们在里面。我出来碰上第二次寒潮，又被卷了进去，然后就到你们这儿来了。"

她几句话信息量太大，众人有长达几分钟的安静。

"这次比赛，我们达摩克利斯军校是第一。"卫三再次重复，"可能你们没听到广播，不过没关系，等找到飞行器后，可以听个够。我已经把终点平台下的设备挖了出来。"

众人有些发蒙。

"比赛不是已经终止了吗？"泰吴德小声问道。

卫三微微一笑："你听见主办方说比赛终止了？"

怎么可能，事发突然，谁知道主办方那边什么情况。

只是这种状况下，谁还有心思比赛。

"我们真得了第一？"廖如宁有点喜滋滋地问道。

"我怕他们到时候不承认，已经录了视频。"卫三冲自己竖起一个大拇指，"还有军旗也放好了。"

帝国军校的人："……"多少有点不甘心。

"如果主办方说了终止，你们拔旗也无效。"公仪觉道。

卫三叹了一口气，看向公仪觉，颇为可惜："很遗憾，他们没有说。我们两所军校一起被寒潮覆盖，南帕西军校和塞缪尔军校主动出局，平通院还在比赛。寒潮彻底暴发时，平通院那边还没接到出局通知。"

"南帕西和塞缪尔出局了？"应成河问。

卫三点了点头："他们可能已经出去了。"

金珂听到现在，才出声："平通院在不在飞行器内？"

"不在，飞行器当时摔了下来，我走的时候，工作人员在修，现在不知道情况怎么样。"

消息好坏参半。

找到飞行器，他们还能再支撑一段时间，但第二次寒潮后，卫三已经失去和飞行器的联络。

"按照救援标记找过去。"应星决道，"我知道那些标记在哪儿。"

第 128 节

问清楚卫三从哪个标记区域遇上寒潮，以及飞行器所在的位置，应星决便确定好了方向。

"他比你厉害。"廖如宁悄声对金珂道。

金珂："……废话。"他能不知道？

在比赛开始，应星决拿到地图后，便已经推算大部分救援标注点在哪儿，确定卫三之前的区域，他很快选出最短的那条路。

所有人的机甲能源不多了，走不了太远。

"你是说旋涡流中有星兽？"路上金珂听完卫三说的话，不由得皱眉。

"它们个别可以精神攻击。"卫三打开光脑，"我录了一点儿下来，之后给你们看。"

站在最前方的应星决脚步微不可察地顿了顿，她在那种时刻，还记得用光脑记录？

这种行为……他只在机甲师身上见过。

金珂看着周围白雾："极寒赛场以前只有一个寒潮中心，朝凡寒星其他地方扩散，这次却出现了两个寒潮中心，甚至还重复聚集寒潮。或许和你说的星兽有关。"

不过还有待商榷。

两支队伍在应星决的带领下，渐渐朝卫三来时那个方向走去。他们这次运气不错，没有再出现聚集的寒潮。

中途帝国军校出现能源不足的情况，他们机甲师学达摩克利斯，出来将机甲舱扩大，同时借了达摩克利斯军校的能源。

两个主指挥达成翻倍还的约定。

"他们指挥一有机会就开始互相算计。"廖如宁撇嘴对卫三道。

"还是我们好。"卫三颇为赞同地点头。

两所军校从白天走到天黑，不过对他们也没什么影响，反正白天黑夜都看不见周围环境。

"是不是那边？"司徒嘉从半空中飞下来，"我看到了红光灯在闪。"

——是飞行器上特有的信号灯。

原本还沉闷的队伍立刻振奋起来，纷纷望向远处，快速前行。

"之前不在这儿。"卫三诧异道，"他们修好了飞行器？"

不过就飞了这么点距离？

"恐怕不是修好了。"金珂望着被冰雪覆盖得几不可见的飞行器，侧面有一个凹下去的大坑，分明是撞击后形成的。

众人赶过去，姬初雨最先站在飞行器前，敲了敲门，他控制着力度，将门口的厚冰敲碎。

良久，里面终于有人出声："谁？"

姬初雨回身让开位置，应星决上前："帝国军校和……"

里面的人听见前半句便立刻打开门："快进来！"

是帝都星的工作人员。

"里面没有一个沙都星的工作人员。"卫三提醒自己军校的人。

所有人收起机甲，迅速进入飞行器内。

工作人员见到后面涌入的达摩克利斯军校的人不由得一怔，卫三还真找到了自己军校的队伍。

"里面什么情况？"司徒嘉看着并不算整洁的地面，问旁边的工作人员。

工作人员下意识地望向卫三："她和少校出去后，寒潮再次来临，正好碰上旋涡流，我们外面的维修人员直接让飞行器飞起来，他们……没来得及进来。"

他们是军用飞行器，但比不上 3S 级机甲，碰上旋涡流，整个飞行器一旦受损严重后，便无法提供庇护。维修人员只能断然让飞行器起飞，但飞行器没有修好，只摆脱旋涡流，飞了一小段距离后便再次坠落。

"少校呢？"卫三问工作人员。

"失去了联络，这次坠落，我们的飞行器内很多设备又出现了问题。"工作人员说话时声音有点抖，"有一部分人想要带着机甲能源出去，在里面闹。"

卫三是和少校等救助员一起出去的，他们一边找标记一边搜寻军校生，当时飞行器内只剩下工作人员和兑换处的人，全是 A 级。

工作人员便守在门口，防止其他人带能源出去。

"今天谁也别想带着能源出去！爷早看不惯你们装腔作势了！"达摩克利斯军校那位单兵站在桌子上，背对门口，怒道，"就凭你们出去也是死，还浪费能源。"

对面立刻安静下来，单兵还以为自己唬住这群人，没来得及再说话。

"咳咳。"卫三在他背后提醒。

单兵身体一僵，扭头见到达摩克利斯的队伍，大喜："你们来了！"

"先下来。"金珂道。

单兵立刻跟着旁边的指挥挤进达摩克利斯校队中。

"你们要带能源去找我们？"应星决目光扫过对面那些人，淡声问道。

对面的人沉默，不敢回应。

他们是认为没有出路了，要带着所有能源逃离，说不定还能活着出去。

平时有主办方背后的力量撑着，这些工作人员自觉年龄大，资历高，有些高高在上。但面对 S 级以上的人，他们态度能好多少便好多少。

何况对面那么多 3S 级。

"谁是负责人？"应星决视线落在最后面的一个人身上道。

最后面那个人出来："……我是。"

"登上这架飞行器时，你发了什么誓言？"

负责人满头大汗，第一条，出现极端情况，飞行器内所有人要以参赛军校生生命为重。

按照誓言，他们必须守住飞行器，等着军校生找过来。

"我们出去后，才能求援。"负责人试图辩解，"极寒赛场现在的情况，我们没办法坐以待毙。"

应星决敛眉："既然做不到，负责人的位子不要也罢。"

他手微微一动，对面的负责人便捂着脑袋哀号一声。

对面的人齐齐退后一步，抬手间便能伤害人的感知，这种能力……

"把飞行器内打扫干净，清点所有能源。"应星决转身看向帝国军校的机甲师们，"派人去修飞行器。"

等帝国军校的人散开，卫三问金珂："什么誓言？"

"总结起来，就是在这种情况下，他们这些人要么原地等待，要么到处搜寻军校生。"金珂双手抱臂，"要死也要跟着我们一起死。"

这些誓言时间太久远，联邦也过于安逸，以至于现在的工作人员只当表面功夫，出事后第一个想法便是自己活着。

卫三一愣，她不知道他们还有这些誓言。

"没碰上我们，他们自己能活着也行。"

金珂伸出一根手指头摇了摇："这些工作人员来这里得到的好处不少，也不用和军区里的人一样面对大量星兽。"

但必须履行这条誓言。

从两所军校队伍进来后，飞行器内恢复原先的平静，所有人有条不紊地做事。

机甲师们已经开始清理维修飞行器，应星决和金珂在讨论如何出去的事。

卫三则带着廖如宁几个人去拿广播设备。

"我们一直好好护着它们。"单兵将设备抬出来，还有军旗也叠得整整齐齐。

卫三抱起设备："走，我们去找飞行器的广播室。"

半个小时后，恭喜达摩克利斯军校的广播声再一次响彻整个飞行器内。

帝国军校生："……"

赛场内没有通信信号，无法使用光脑，金珂只能到处找卫三，最后广播响起来时，他直接往广播室跑。

"卫三，你说的那个录下灰色无状物的视频呢？"金珂扶着广播室大门，看着卫三和廖如宁、霍宣山几个人在里面说说笑笑。

"哦，这里。"卫三打开自己光脑，让他们看。

"这什么东西，看起来奇奇怪怪的。"廖如宁凑近盯着，只看到一团灰色的雾。卫三不指出来，他都看不见。

"你光脑不太行。"霍宣山道，质量太差，没办法完全重现。

"凑合着用。"卫三无所谓道。

金珂重复看了几遍："等我们出去，可以交给老师，让他们查一查。"

这种东西，他甚至没有听说过。

金珂目光落在拉起来的军旗上："你运气还真行。"

不过换了其他人，即便到了终点也不一定有心思想比赛的事。

飞行器内的资源全被清理出来，飞行器上所有工作人员的任务皆被两所军校的人接管。

大晚上，卫三睡不着，揪起应成河："我觉得我们需要一个通信。"

"我是机甲师。"应成河担惊受怕这么长时间，终于找到一个暂时避风港，现在困了，"不会搞通信。"

"我也不太会。"卫三坐在应成河床头，严肃道，"但是我们可以现学。"

"……"应成河翻身起来，"容我提醒一下，飞行器上没有现学的资料。"

卫三打开自己光脑："我曾经下过很多书，里面应该有。"

应成河偏头看着她的光脑，一脸困惑："你为什么要下载这些书？"

她要当机甲师，为什么要下载《园艺一百零八式》《高级按摩手法》《推销员的话术》？

"穷，想多学门手艺。"卫三翻着自己下载的书，她记得有下过一本通信技术的书，当时想着学了，说不定能做个光脑出来。

卫三手一顿："找到了。"

应成河凑近看去：《通信的发展起源及光脑型号》。

"这些……你都看过？"

"没有。"卫三哪儿来那么多时间看这些书，下载到光脑里纯粹图个安心。

"那我们试试？"

两人开始熬夜看书，试图硬生生做出一个小信号基站出来，向外界发出定位信息。

"需要什么材料……"卫三一边看一边记，"你去兑换处那边拿。"

大半夜，应成河跑去拿材料，路上碰见了还未休息的应星决："堂、堂哥。"

"你做什么？"应星决视线落在他怀里的材料，再抬眼，带着审视问道。

"我想看看能不能做出一个小信号基站，让我们能和外界通信。"应成河解释。

应星决一怔："你现在还会做这个？"

达摩克利斯军校教的东西未免太杂了。

应成河当然明白他堂哥言外之意，不过这种关键时刻，能通信才是最重要的事。

"堂哥，我先走了。"

"少了好几样，兑换处那里没有。"应成河抱着材料回来道。

"嗯。"卫三还在看那本书，兑换处的材料都是给机甲用的，自然不可能完全找到信号基站材料。

应成河熬不住，睡着了，卫三还在看，等他再醒过来，卫三已经看完了大半本书。

"我们去拆飞行器上的通信线。"卫三起身道。

应成河跟着她往通信室走，这边已经没有什么人，只有两个守着的机甲单兵。

见到是卫三和应成河也没有阻拦，便让两人进去。

卫三摸索着拆下飞行器顶上的通信板，拉下线，半跪在地上开始搭建信号基站："这块芯片炸了，所以和外面联系不上。"

她将那老式通信器拆了："我们可以模仿这个类型，做出一个信号放大器将通信距离拉远。"

应成河还是觉得不够现实："寒潮暴发这么长时间，已经蔓延到赛场外，放大的信号也不一定能联系到外面的老师。"

"先试试，能有一秒的信号，也行。"卫三搭到一半，整个飞行器忽然晃了晃。

"怎么回事？"应成河抬头，"他们修好了飞行器？"

卫三停下手中的活，仔细听了听后起身："你先按照我说的做，我去外面看看。"

她转身出去，应成河回头看着地上乱七八糟的线："……"

一走出来，卫三便发现飞行器内的人开始跑动，她随手拉住一个人，想要问发生了什么。

应星决的声音通过广播传来："极寒赛场内的寒潮在集结，一分钟后会有一次大暴发，立刻通知飞行器内的机甲师进来，其他人集合。"

或许是因为还有另外一所军校的人在，所以他没有用感知，而是通过广播告诉飞行器内所有人。

外面的机甲师开始进来，两所军校的人朝飞行器中间会合。

"这一次的寒潮会比之前强数倍。"金珂见到卫三，看了看她背后，"成河呢？"

"在通信室。"

金珂也顾不了那么多："他那边可以听到广播，你跟我来。"

寒潮出现得过于密集，这次应星决率先观察到有寒潮在集结暴发，他准备再次使用实体化屏障，来保证飞行器的安全。

"他一个人撑住的时间有限，我会想办法试着能不能使用实体化屏障。"金珂嘱咐卫三，"最坏的情况，飞行器被破坏，到时候或许会出现你说的灰色无状物控制旋涡流，你带着宣山几个人护着他们。"

"知道了。"卫三皱眉，寒潮继续这么发展下去，救援人员根本进不来。

通信室。

应成河听完广播，低头看着搭了一半的信号基站，咬牙没有集合，而是快速按照卫三说的继续搭建。

只是他除了机甲，没碰过其他东西，更没卫三修家电的经验，手忙脚乱地搭完。

应成河盯着上面亮起的信号灯，下意识地拨打联邦救援电话，凑近"喂"了几声，没有反应。

他也不知道自己有没有设置成功，低头打开光脑，想要看看有没有信号，这时候，飞行器忽然猛烈摇动。

应成河吓一跳，想抱着基站往会合点走，结果这个基站不知道哪根线搭错了，冒出火花，直接烧了整个搭建起来的简易通信板。

"！"

应成河连忙灭掉火，也顾不上其他，迅速往外走。

完蛋，他刚才见到卫三把飞行器通信板上的线全拉了下来，现在没了，彻底没了通信的可能。

飞行器中央，所有人会集在一起，应星决和金珂站在最中间。

更大的寒潮已经过来了，应星决撑起屏障，抵挡住第一波，但地面却因为寒潮的力量而震动。

金珂在旁边观察，他使用过一次短暂的实体化屏障，或许还能更近一步。

所有人连呼吸都不敢大声，生怕打扰应星决。

应成河气喘吁吁地跑过来，挤到卫三身边，小声道："搭完之后，通信板和基站不小心被我烧掉了。"

卫三："！"

"烧之前没有信号发出去？"

"我还没来得及看光脑有没有信号。"

"……"

第 129 节

凡寒星港口。

帝国军校和达摩克利斯军校的老师在停泊的飞行器内等着。

"只剩二十分钟了，怎么还没到？"项明化着急地望着外面，"按时间他们早该到了。"

解语曼："第五区的人也没有到。"

"二十分钟一到，港口会重新封闭。"凡寒星的人过来特意提醒。

"联系得上十三区的人吗？"项明化问其他老师。

"没有消息，可能是路上有什么事情耽误了。"

与此同时，帝国军校那边同样焦急地等候着第五区的人到来。

帝国军校的领队老师转来转去："不是说好提前到，怎么现在还没来，会不会出现问题？"

应月容看着飞行器外越来越大的雪："是已经出现问题了。"

第五区的人从来不晚到，除非途中遇到棘手的麻烦。

"什么问题？"帝国军校领队老师下意识地问，总不能是飞行器坏了。

应月容透过结霜的玻璃，没有回答他的话："第五区会在最后一秒赶到。"

在凡寒星代表过来，准备要重新关闭港口时，一支军队远远赶了过来。两所军校的人出来，请求凡寒星的人再等等。

"时间已到。"

"他们已经到了！"项明化看不清远处是哪个军区的人，但现在他们缺人去救援，谁都行。

解语曼盯着越来越近的星舰："是第五区的人。"

随着她话音落下，星舰上的军区旗露出来，众人皆看清了是哪个军区，同时也见到星舰上的痕迹。

"那是……"

应月容侧头对凡寒星代表道："现在关港口，所有人做战斗准备！"

港口内的人还未反应过来，便见第五区的星舰到港口中间横插进来另一艘星舰，在它斜插进来时，众人将星舰侧身上的"十三"看得一清二楚。

十三区的星舰忽然出现在众人面前，并且开始对第五区的星舰进行攻击。

"他们在做什么？！"帝国军校的领队老师看到后大惊。

应月容脸色极为难看："里面不是第五区的人。"

她此话一出，周围的人顿时一静，随后凡寒星代表："独立军，一定是他们，现在就关港口，立刻！"

港口的屏障逐渐关闭，屏障也开始启动。

项明化的心高高提起来，手掌内全是汗。这个时间节点独立军突然冒出来，难道是想让这届军校生彻底留在极寒赛场？

那两艘军舰打得不可开交，忽然十三区的星舰打开，从内飞出几艘军用飞行器赶赴凡寒星港口。

"他们要弃了军舰？"项明化盯着趁屏障还没完全封闭赶来的飞行器，喃喃道。

十三区的星舰横亘在中间，作为目标被第五区猛火力攻击，却也挡住了他们前进的位置，为这些飞行器争取了时间。

"快点快点！"有老师已经忍不住低声喊着。

最后一架飞行器进入屏障缩口，被屏障边缘切割掉半边翅，直接坠落下来。

"屏障已开，打！"凡寒星代表命令道，随后又让医务组去救出那架飞行器上的人。

"是他们！"项明化见到熟悉的军服，激动道。

解语曼却皱起了眉："最后一架飞行器上的人有申屠坤。"

项明化一愣："申屠坤？他才进入军队多久？"更不用提过来救人。

"不止，还有第五军区的人。"解语曼说完便快速往刚才封闭的港口处去，她想要早点知道发生了什么。

项明化也跟着她过去，果然见到了申屠坤。

"你怎么来了？"解语曼问申屠坤。

"收到消息后，总指挥让我们分成两路走，但对外只有一条路。"申屠坤解释，"另一个你们知道的十三区被独立军缠上，我们行踪只有主指挥知道，第五区来的路上也遭到了袭击，正好碰上我们，所以大家干脆一起走。"

解语曼："也是独立军？"

申屠坤点头："帝国军校带来的东西大部分放在飞行器上。"

第五区和十三区来到港口后，立刻汇报情况。第五区带着东西逃出来，放弃了星舰，而作为第二队的十三区，是总指挥临时从训练营抽调的人，表面给的任务是外出训练。

"独立军这时候冒出来添乱。"项明化心中极为不舒服，"难道他们还想再屠城？"

申屠坤朝极寒赛场方向看去："老师，我们现在就去救他们。"

解语曼拍了拍他肩膀："我去找帝国军校那边商量，我们最好商量完一起出发。"

港口外，驾着第五区星舰的独立军，往屏障上连续发射炮弹后，见没有任何反应，停在附近半天，无视凡寒星防守攻击，最后似乎才接到命令离开。

应月容透过凡寒星港口监控画面，扭头看向第五区这次来的负责人："为什么连星舰都能被抢？"

"遭到伏击。"第五区负责人低头道。

应月容盯着他半晌："还有呢？"

"奸细。"第五区负责人沉声，"军区内混入了独立军的奸细。"

应月容胸口起伏："第五区所有人皆是帝都军校出身，每一个人从出生到入伍都打着帝国的烙印，独立军怎么渗透进去？"

她一直认为第五区是最不可能混入其他势力的。

"多少名奸细能让你们放弃星舰，搭着十三区的星舰过来？"

第五区负责人沉默半响，最后才缓缓道："一个，星舰总副官，我助手。"

"你……助手。"应月容忍不住伸手扶在前方台面上，"那个孩子我记得。"

六年前帝国军校主力队的机甲单兵，很优秀，也是很典型的世家子弟。

应月容最后一年在幻夜星待的那段时间，带过他一段时间，心性绝不会有问题，没想到这样一个人，居然是独立军。

"第五区这样的人都是独立军的势力，其他军区……"应月容冷嗤一声，"先跟着我去救人，剩下的事以后再说。"

她一转身，正好见到过来的解语曼。

"我们要怎么去？"解语曼主动问道。

这里只有应月容是指挥，她能最有效地提供方法。

"四天了，极寒赛场内寒潮应该不会再加强，我们带上充足的能源，一半人驻扎在赛场外，另一半人深入其中搜寻。"应月容大步朝外走去。

两个军区的人迅速集合，听从应月容整顿。

"我们需要一支熟悉赛场内环境的队伍，你们派人过来。"应月容对凡寒星的代表道。

凡寒星代表直接拒绝："现在无人。"

"十人便可。"应月容皱眉，不清楚为什么凡寒星出尔反尔，"你们的学生也在里面。"

凡寒星代表这时候说话也十分暴躁："我们能不知道学生也在里面？但现在外面也出了问题，这里面有独立军！"

代表狠狠地指了指凡寒星地面。

"里面有独立军？"解语曼听到代表的话诧异，"刚才第五区星舰没有人进来。"

"不是港口，是凡寒星内部。"代表咬牙，"刚刚收到的消息，有一小部分独立军的势力在屠杀平民，凡寒星的军队和平通院那边所有人已经开始找这些独立军了。"

又是屠杀平民。

独立军从独立开始，基本没有做过什么大动作，一旦动手必然屠城。

"现在我们帮不上忙，就算学生死在里面也帮不上忙。"凡寒星代表沉沉道，"外面的人更重要。"

应月容朝第五区和十三区看了一眼，随后对解语曼道："你们替补队员中有谁参加过去年大赛？"

解语曼才刚见过申屠坤，她道："正好有一个毕业生，极寒赛场进了三次。"

"把他叫过来。"应月容又让帝国军校的领队老师去替补队问。

每个赛场每年都会产生一些变动，加上大赛的特殊性，地图也只有救援员清理赛场时画的那种，应月容太长时间没有进去过，只能通过问的形式来了解内部形式。

帝国军校和达摩克利斯军校立刻动身，坐在凡寒星提供的三架军用大型飞行器上。途中应月容通过这些近几年进去过的学生描述，来确定极寒赛场的地形。

顶着风雪，飞行器飞得慢，且高度不高，即便如此能见度依然低得可怕。

"怎么回事？"

"飞行器坏了？"

"寒潮已经暴发过了，温度虽然降低，但我们还没到极寒赛场应该没事才对。"

他们飞到一半，飞行器忽然一阵剧烈颠簸，所有人都在议论发生了什么事。

应月容站在通信光幕前，通过特殊频道联通凡寒星的代表，想问问情况，但前几次通信皆显示无信号。

飞行器又颠簸了几分钟，应月容再次拨打凡寒星代表的通信，这一次有人接了，只不过里面夹杂着信号受到干扰的刺刺声。

"寒潮……极寒赛场的寒潮在聚集暴发，你们别再靠近。"代表的脸因为信号问题，在光幕上晃来晃去。

"之前不是暴发过了？"帝国军校领队老师皱眉，"什么叫聚集暴发？"

代表断断续续的声音传过来："我们也不清楚情况，只是……几个巡查的摄像头、在、在破碎被卷进去时，拍到一部分，极寒赛场上空正在聚集寒潮，和以往完全不一样，你们别、进去，没希望了……"

一个寒潮过了四天进去都有危险，现在这么多寒潮聚集，再一起暴发，最起码要等到一两个月后，进去才不会有危险。

代表还想说什么话，信号再一次中断。

帝国军校和达摩克利斯军校的人到底没进去，不是听了代表的话，而是因为他们光到极寒赛场附近都花了很长时间，入口更是被寒风眼堵住，进不去。

最后应月容让所有人停下驻扎。

先等这个聚集的寒潮过去之后，再进入极寒赛场。

"我们连停在外面都这么难，他们在里面根本坚持不下去，这都多少天了？"项明化走来走去，"能源早用光了。"

"他们碰到里面的飞行器应该还能熬一段时间。"申屠坤穿着十三区的军服，笔直地站立在旁边。

项明化薅了一把头发："凭他们那个破运气，再说进飞行器现在也没什么用，我们外面飞行器都能被吹着跑，他们更不行。"

现在三架飞行器停在极寒赛场外面，每一架外部都用特殊固定器定住，否则便会一直往风吹的那个方向移。

至于飞行器内的人只能瞪眼干看着。

眼看着时间一点点过去，凡寒星特殊频道的信号站修了一次又一次，各地方的消息也时隔一段时间才能发过来。

"帝国军校那边好像要放弃。"解语曼匆匆进来道。

"应月容要放弃？"项明化用力拍桌子，脑门青筋暴起，"里面那么多学生，当初是她说就算是尸体也要带回来。"

"不是她。"解语曼坐下，抹了一把脸，"姬元帅打来电话，说不希望失去这批学生后，还有军区的人做无谓的牺牲。"

"疯了。"项明化双手紧握，抵在桌子上，"什么叫无谓的牺牲，那么多3S级学生，联邦未来的希望。里面的情况都还不清楚，就定下生死？"

解语曼盯着桌面的纹路："姬元帅看了凡寒星这边给出的报告，这里正遭受百年难遇的大寒潮，具体原因未知，但破坏力极强，所有居民已经被通知进入地下避难所。连平通院也彻底放弃，直接腾手对付突然冒出来的独立军。"

项明化看着外面的情况，也知道多严峻，但……

"只要他们还有活着的可能性，我们必须得救。"申屠坤上前一步，"我愿意进去。"

解语曼站起来，把手搭在他肩膀上："单独我们几个人没有办法，上面看不到他们还有活着的可能性。"

军令如山。

"医生之前说过给卫三装了什么记录仪器？"项明化霍然起身，"我去问问。"

解语曼和申屠坤对视一眼，跟了上去。

"微型记录器。"井梯点头，"我在她身上装了，但那个也要搭载通信信号，从寒潮暴发那一刻开始，仪器便自动停止发送数据。"

项明化怔在原地。

"应星决身上也有这个，如果有用，帝国军校那边应该最先知道。"井梯无奈道，"除非里面能发出什么信号，证明他们还活着，我们才能不惜一切代价进去。"

医生房间内一片寂静，申屠坤低头看着金属地板，那几个人明明说过要拿到总冠军给他看。

"老师老师！"

一个替补学生急忙跑过来，到处大声喊，见到项明化和解语曼顿时眼前一亮。

"怎么了？"项明化皱眉望着脸上带着莫名激动喜悦的学生。

"他们、他们……"替补学生狠狠咽了一口气，大声道，"赢了！"

众人一头雾水。

"什么赢了，说清楚。"解语曼还算冷静。

替补学生喜滋滋道："我们达摩克利斯军校拿到了极寒赛场的冠军！"

"……"

项明化有心梗的趋势，他还没从没办法救援赛场学生的无力感中出来，现在活着的学生又疯了？

"胡说八道什么？"项明化想要把学生打发走。

"真的！老师您看！"替补学生立刻打开自己的光脑，"刚才信号时好时不好，我登光脑随便一看，就发现这个。两个小时前发的！他们还活着！"

几个人围过来，连井梯医生也站了过来。

光脑一打开，镜头摇晃了几下，卫三的机甲脑袋便撑在镜头面前，十分得意的声音传了出来："冠军是我们的，瞧见没？"

这还不算，后面还有一波结结实实的招生宣传。

项明化："……她在里面活得还挺好。"

第130节

"这视频你从哪儿看到的？"解语曼问替补学生。

"是校队94小队指挥发的。"替补学生想打开给他们看，但这时候信号又没了，只能解释，"我关注了他星网账号，刚才一刷新就看到了，立刻下载，过来找老师你们。"

"他们在里面哪里来的信号？"项明化想起刚才看到的画面，心情一松，听里面卫三说话的语调也不像其他人出事的样子，"我们拿着这个视频过去找帝国军校，里面的人一定还活着，我们必须进去找。"

几个人连带着替补学生朝帝国军校的会议室快步走去。

他们过去时，帝国军校的会议室也正在看刚刚接到的视频，应月容看着门口的人，抬手按下暂停键，正好停在了卫三拉开达摩克利斯军旗的画面。

"进来。"

"里面的人还活着。"项明化一进来便道，"我们必须去救他们。"

应月容示意他们坐下，继续播放光幕上的内容。

她得到的不只是视频，还是一份整理好的视频和其他星网上的内容。

那位小队指挥也是个新生，不过他喜欢在星网上分享自己成为一名军校指挥的日常。达摩克利斯军校虽近年垫底，但也是五大军校之一，在普通人眼中仍然高不可攀。从预备役到校队指挥，加上从校队看大赛的视角，最后又因为这届达摩克利斯军校一开始便出尽风头，这名小队指挥的粉丝量一升再升。

极寒赛场出事后，星网上不少人都跑到这位小队指挥发的最后一个视频中发消息，愿平安。

他最后一个视频正是入场前偷拍的短视频，那时候达摩克利斯军校的人都特别高兴，因为他们终于手气好了一回，抽到保暖衣。

星网上的观众不知道主力队的账号，小队指挥最后一条视频底下的留言也越来越多，加上媒体推波助澜，整个联邦已经开始陷入默哀的状态。

结果两个小时前，全联邦关注这位校队指挥的观众，都看到了最新推送。

"？"

"我的眼睛坏了？这是卫三的机甲无常吧？声音语调一模一样。"

"什么垃圾媒体，人家明明还在比赛，怎么就成三所军校葬身寒潮？"

"寒潮是真的，我凡寒星上的朋友已经联系不上了，通信全部断开了。"

"哈哈哈哈，卫三就是最骚的！"

"既然通信断开了，为什么他的视频还能发出来？"

"应该有特殊通信信号，里面其他军校的旗子都倒在地上了，真的是寒潮，但他们还活着！"

"既然卫三还活着，是不是其他军校也没有事？"

"希望有军区的人去救他们，这些人是我们联邦未来的希望，虽然……莽撞了一点儿。"

…………

短短两个小时，这条视频的转发量已经超过联邦十年间转发量最高的那条。

那条应星决从幻夜星回到帝都星、走出港口的视频，因为这条视频的推送内容便是讲联邦第一位超3S级指挥的出世，普通民众此前并不知晓还有超3S级的存在。

"无数人请愿，希望各军区去救人。"应月容往前快进，让会议室内的人看请愿截图，"元帅答应了。"

项明化一听这话，没忍住转头对解语曼几个人笑了起来。

"里面的情况不得而知，单看卫三视频中的画面并没有想象中的严重。"应月容缓缓道，"但那是几个小时前，加上信号搭建所需的时间，我认为他们拍摄时间点还要再往前，也就是说当时卫三还没有遇到现在的大寒潮。"

听见她这话，会议室刚升起的一点儿希望，又淡了下去。

"我们进去援救的人要做好心理准备，进去之后或许还会遇到寒潮加强的情况。飞行器在这种情况下无法行动，我们必须使用机甲，徒步进去。"应月容一步一步分析道，"带上足够的能源，治疗舱也需要，但为了加快行进速度，治疗舱不能带太多。"

带的能源不光要给里面的人，还要保证他们进去的人能活着回来。

"我特地让第五区带来了兽皮绳子，行进途中，所有机甲必须绑上。另外，我们分成两队找，没有加强的通信设备，只能进行简单的信号定位。"接下来，应月容又仔细讲了讲注意事项。

两所军校的替补学生和少部分军区的人留下来守着飞行器，其他人皆在为进入极寒赛场做准备。

"平通院一个人也没来？"申屠坤往四周扫了一圈低声道。

"他们来了一个人，到时候负责带着我们走，应指挥带着第五区的人。"解语曼示意他看应月容旁边的男人，"这里能源有一大半是平通院提供的，他们要我们帮忙找平通院队伍。凡寒星内部出现了一支独立军，平通院负责护送平民进地下避难所，腾不出人手。"

一个个时机都撞得这么巧，解语曼心中叹息。

好在他们现在能进去。

众人将兽皮绳子捆在身上，这种绳子比金属链条轻，柔韧性更强，一直在幻夜星使用。

第五区和十三区的人分开连在一起，前后脚顶着大寒潮进入极寒赛场。

他们一进去，所有人的机甲外壳便瞬间覆盖上了一层冰，并不断加厚。

所有人的机甲温度设定在一定范围内，既不大量损耗能源，又能在覆盖了一定厚度冰的情况下正常行走。

队内的人越走越心惊，单纯和自然环境对抗要比对付星兽难太多，因为他们可做的事太少。

…………

从寒潮席卷而来，应星决便站在中间，升起实体化屏障。这是达摩克利斯军校的人第一次亲眼见到如此大范围高强度的屏障实体化，再望向应星决的目光中不由得带起了尊重和敬佩。

应星决脸色苍白得透明，因为在飞行舱内，微微拉下的训练服，可以清晰见到他修长脖颈上凸起一道青色血管。

飞行器再一次摇晃得厉害，但内部没有受到一丝损伤。金珂单手微转，闭目回忆当时实体化感知的情形，试着找到那种感觉。

"之后再找你算账。"卫三对应成河的技术表示唾弃，侧身挤了出去，趴在窗户上看着外面。

应星决都升起了感知屏障，为什么飞行器还摇得这么剧烈？

外面的窗户已经彻底结成冰，只能透过厚冰看到外面模糊的样子，但也是白茫茫的一片。

不对，有几道特别白的影子。

卫三眯了眯眼，这是旋涡流，再联想摇晃的飞行器，她直起身去找两所军校的主力队单兵。

"这个看一遍。"卫三打开自己录下灰色无状活物的视频，"有些特别狡诈的旋涡流中就有这种东西，偶尔还有能攻击的精神力。"

姬初雨望着她："你想做什么？"

卫三关了视频："现在，我们出去收拾它们。"

"这种情况，你让我们出去找死？"司徒嘉嗤道，达摩克利斯军校的单兵果然都这么没脑子。

卫三双手交臂，目光落在帝国军校的三个单兵身上："你们真的好意思？让一个主指挥撑着，自己什么也不干。"

"主指挥让我们做什么便做什么。"霍剑目光沉沉地盯着卫三，显然对她的话感到不舒服。

"这么下去，他也撑不了多久。"卫三屈起手指，漫不经心地用指节敲了敲手腕上的光脑，"对了，这东西似乎对超3S级指挥特别感兴趣，我怀疑就是冲着你们主指挥来的。"

"外面寒潮汇集，机甲出去不到片刻便会出问题。"公仪觉过来道。

"想办法，你不是机甲师吗？"卫三去里面把金珂拉了出来，跟他说了外面旋涡流的事。

金珂朝窗户看了一眼，又看了看内圈还在独自一人撑着的应星决："我跟你们一起出去，防止有精神力攻击。"

"取下一片散热器，改通风口道，等发动机高速转动时，既省能源又提高内部温度。"应成河过来道，"但是废引擎，你们要随时注意发动机有没有异常。"

达摩克利斯军校的人去旁边改机甲，帝国军校的人沉默地望着中间的应星决。

"公仪觉改机甲。"姬初雨抬眼道，"我们的主指挥还轮不到别的军校护。"

卫三正好刚回来，听到他的话，摇头啧啧几声："想什么呢，里面还有我们达摩克利斯的人，你们大局观没有他强。"

她说话间指了指应星决。

因为帝国军校的主力队也要出去，卫三几个人只好再等一会儿，这时候中间的应星决眉心微蹙，便吐出一口血，显然已经在硬撑。

"太惨了。"廖如宁看着里面的应星决，又靠着卫三，"我发现超3S级就是个顶包的，天塌下来，第一个要顶住的就是超3S级，然后是我们3S级。"

"我们享受这么多资源，自然要付出代价。"霍宣山活动手脚，随口道，"也算公平。"

"在没有用须弥刀冻结旋涡流时，他便能发现灰色无状物在哪儿。"卫三对金珂提醒道，"我能察觉一部分。"

其他 3S 级的单兵没有碰到过，不知道能不能察觉。

"肯定没有到超 3S 级。"廖如宁道，"真那么厉害，早把我们解决了。没有到超 3S 级，一切好说。"

那边帝国军校的人也改好机甲，两所军校的主力队快速通过飞行器的闸门，走到外面。

"啊！"廖如宁一出来便喊道，"我都要被吹上天了！"

卫三朝四周看去，那些旋涡流有一部分在攻击应星决的屏障，还有一部分更狡猾，在屏障百米附近打转，一直往冰面下钻。

"这些旋涡流果然是活的。"霍宣山看着这不同寻常的场景道。正常的旋涡流会跟随寒潮一起移动，而不是这种停在周围打转。

帝国军校的人之前在寒潮中心地带已经见过类似的旋涡流，这一次再见到，依然感到心惊。

"我先去那边。"卫三朝飞行器侧方赶去，那边已经有旋涡流开始钻下去。

她靠近那股旋涡流，明显能感受到其中传来的恶意，仿佛他们逃脱不开。

机甲舱内，卫三手指在操控面板快速移动，将发动机提高转速，升起防水罩，护住机甲重要部位，随后径直跳进旋涡流内。

旋涡流下半截已经在冰面下，卫三掉入旋涡中，越过厚厚的冰层，下肢能接触到水，上半身被禁锢，活动范围并不大。

"虽然不知道你们是什么脏东西。"卫三提前抽出纸巾塞住自己的鼻子，"但今天你们别想破坏屏障。"

旋涡流收紧，她双手抽出须弥刀，再分开时，每只手上已然各有一把合刀。

冰面之上，其他 3S 级机甲单兵第一次对付旋涡流，一开始甚至无法发现灰色无状物在哪儿，吃了几次亏后，皆开始隐隐有所察觉。

廖如宁每摇动一次三环刀，周围的单兵也会受到影响，不过相同的旋涡流似乎也受到了影响，他毁去第一个旋涡流，得意地朝旁边看去，正好见到使用七杀剑的霍剑也弄毁一个旋涡流。

似乎比他还要早，廖如宁无趣地撇了撇嘴，准备物色下一个目标。

结果地面一阵剧烈震动。

他朝卫三所在方位看去，不由得自言自语："搞什么东西，阵势这么大？"

话音刚落，廖如宁便见到那个方位突然裂开，无数旋涡流从内升起。

"……"

一瞬间，冰面上的旋涡流已经多到不是他们能对付的数量。

卫三最后才从冰面之下蹿出来。

"你捅了它们的老巢吗？！"廖如宁震惊，高声问，"这么多怎么搞？！"

"硬搞。"卫三握住合刀，转了转。

刚才她一入水，才发现水面下已经有无数旋涡流在飞行器底下钻，不将它们赶出来，恐怕应星决的屏障也撑不了多久。

六名主力队成员分成六个方向，分别守在飞行器旁边，金珂则在舱门口给他们设屏障，防止灰色无状物质用精神力攻击。

"疯了，这么多。"司徒嘉咬牙道。

无数旋涡流朝着他们席卷而来，每一个机甲单兵都在拼尽全力对付这些旋涡流内的灰色无状物，防止它们靠近实体化屏障，同时还要抵御大寒潮的影响。

短短半个小时，所有机甲皆带上不同程度的伤。霍宣山原本的翅膀做了抵御，被旋涡流卷碎，司徒嘉则自断了机甲的金属翅膀，用来当作柳叶刀。

"这该死的极寒赛场。"廖如宁单膝跪在冰面上，三环刀撑着不让自己倒下，目光凶狠地盯着面前的数股旋涡流。

机甲舱内姬初雨抬手用力擦去嘴角的血，眼神中透着疯狂，从幻夜星离开，他还是第一次陷入这种困境。

霍剑握着七杀剑站在飞行器尾翼前，始终不退让一步。

卫三鼻子内的纸巾早已湿透，她面无表情地轻声说了一句："我真的烦了。"

如果医生植入的仪器还有信号，他便能同一时间发现这一刻卫三身体的所有数据都在疯狂变化。

卫三偏了偏头，将刀重新合体，单手握着须弥刀。

这一刻，所有旋涡流的攻势在她眼中都变得极慢，卫三每多踏出一步，须弥刀便多一层白霜，直至整个刀身覆满厚厚白霜。

而在其他人眼中，甚至无法完全捕捉到她的速度和动作，只见黑白影子疾速朝前，横刀一扫。

数股旋涡流被瞬间冻结，再被拦腰斩断，最后像是玻璃般碎开，飘散在白雾空中。

机甲舱内卫三目光平静至极，她微微扭头看向其他人面前的旋涡流。

它们都得死。

第131节

白雾冰冷伤人，空中凝结的细冰屑漫天飞舞，飞行器周边所有机甲都不由得停下动作，望着不断游走在旋涡流间的那台黑白机甲。

所到之处，旋涡流皆碎散，甚至一刀斩断数股。

周遭一切的流速仿佛变慢，眼中仅有那一道黑白身影，耳间只听见寒潮呼啸声，但他们又似乎听见了旋涡流内灰色未知生物的尖叫声。

无数的旋涡流现在看来似乎也有数，在她杀完一圈后，肉眼可见地少了大半，那些有意识的旋涡流甚至有后退的趋势。

压迫。

飞行器外所有人唯一的感受。

那股从无常身上传来的巨大压迫感，即便只有一瞬间，也足够让主力单兵们心中生怖。

但那股气息消散得极快，快到他们怀疑是自己的错觉。

再见时，依然还是那道黑白身影，靠着一把刀斩杀周围大量旋涡流。

飞行器舱门外的金珂若有所察，微微扭头看向舱门内。

"主指挥！"

飞行器内，应星决身体晃了晃，直接单膝跪下，修长白皙的手撑在地上，金属地板硬生生凹陷，原先手背若隐若现的淡青色筋此刻绷紧，可见其在强撑。

卫三握着须弥刀，站在飞行器正前方，将刀直接插进冰面，声音带着嘶哑："所有人进去，修机甲。这里，我守着。"

廖如宁、霍宣山在她说完后，立刻往内走。帝国军校的人没动，直到姬初雨起身朝里走去，其他人才跟着一起走。

飞行器内的人不知道发生了什么，只能从应星决身上看到事态的严重性，帝国主指挥还从未如此狼狈过。

两位主机甲师迅速帮助机甲单兵修整机甲，幸好兑换处在这里，幸好还有3S级机甲要的材料。

卫三站在飞行器前，那些旋涡流试探地后退前行，显然不肯放弃。

那些旋涡流开始不断汇集，形成的已经不是多少股，而是一面遮天蔽日的巨墙。

还留在外面的金珂仰头看着那面白色巨墙，心惊不已，甚至升起无力反抗的情绪。

飞行器内，应星决缓缓起身，朝外走去，众人不知道他要做什么，却下意识地让出一条路。

他朝舱门走去，按下开门键，慢慢走了出去。

众人看着重新关上的舱门，才陡然反应过来，应星决直接走了出去，没有进机甲！

卫三望着远处那一堵灰色的巨墙，像是察觉到什么，低头看去，发现应星决从飞行器里走了出来，没有机甲，没有任何防护措施，就这么站立在寒潮风雪中。

"你不冷？"机甲舱内卫三眼底的几不可见的颜色彻底褪去，低头问他。

应星决仰头看着无常，唇色被血染得极红，这抹红在他身上透着一股妖异，他缓缓出声："屏障。"

行吧，这实体化屏障厉害。

卫三心里有那么一点点羡慕，不过现在正事要紧："你们往后靠靠，我要动手了。"

应星决抬眼望着远处的灰色巨墙，轻声道："我帮你。"

站在旁边不死龟机甲内的金珂看着两人走神，他作为指挥对指挥的感知变化最为敏锐。之前卫三爆发的那一瞬间，随即那股压迫的力量消失。

在场的机甲单兵不知情，但他似乎察觉到应星决的感知有所变化，有一部分朝卫三那个方向罩去。

应该不可能，应星决总不能知道卫三也是超 3S 级，即便知道，为什么要替卫三掩盖气息。

卫三的超 3S 级不稳定，更可能是一瞬间爆发后又恢复原来的样子。

灰色无状物见到应星决出来后，更加兴奋了，巨大的诱惑摆在眼前，卫三的震慑力已经不够了。

那堵巨墙开始往他们这边四面八方挤压过来，堵死了所有的去路。

卫三握住须弥刀，操控机甲朝前面的巨墙冲去。

在冲入巨墙面前几步之遥，卫三几个踏步腾空，直接踩在巨墙半身腰上。

卫三离得近，已经能感受到巨墙内传来的极大喜悦和恶毒。

巨墙虽然现在看起来像一堵平滑厚墙，但实质还是由灰色无状物控制的旋涡流，只要她踩上来，内部旋涡流立刻就会卷住她的腿。

咚——

卫三踩在了巨墙之上，却又不是巨墙。

脚下有小范围的实体化屏障，卫三每踩下一脚，屏障都精准地送到无常机甲脚底下，隔绝她和巨墙的接触。

一层之隔，却完美阻隔灰色无状物的狩猎。

应星决出手了。

机甲舱内，卫三透过视窗看向后方的应星决，微微扬唇，挥刀利落切进巨墙内部。

白茫茫天地间，只见一道黑白身影与巨墙呈九十度倾斜，踩在巨墙上疾速跑着，单手握着一把长刀，插进其中。

这道身影每踩下一脚，便发出咚的一声，合着心脏跳动节奏。

咚、咚咚——

长刀所过之处，巨墙消散。

极寒赛场内，各个角落的双S级以上的人都似有所觉，皆仰头朝一个方向看去。

那里……发生了什么？

"我们往那边走。"解语曼当机立断，带着队伍往那个方向赶。

十三区的人顶着大寒潮的极限冰冷，一步一步朝着那个方向走去，所有人心中都明白有事发生了，意味着那里还有人存活，他们必须及时赶到。

"总指挥。"第五区负责人扭头看向应月容。

应月容收回目光："这么大动静，十三区离得更近，一定会过去，我们继续搜寻。"

几所军校不会那么恰好在一个地方。

某个冰洞内。

"还有人活着。"黎泽上校低哑着声音道，眼中带着点希望，会不会是他们？

"应该是帝国军校的人。"路时白道，"只有应星决和姬初雨一起，才能有这么大的动静。"

黎泽上校眼中的光黯了黯，随即安慰自己。卫三也是超3S级，未必……未必不是达摩克利斯军校的人。

"即便有人还活着，他们遇见了什么？发出这么大的动静，恐怕也凶多吉少。"旁边有兑换处的工作人员出声。

山洞内一阵沉默。是了，寒潮这么严重，所有星兽能躲的已经早躲了起来，没躲起来的，冻死在外面。

突然发出这么大动静，绝不是什么好事。

"我们要不要去那边看看？"救助员问黎泽。

"不同意。"路时白率先道，"能源不多了，你们必须先护着我们出去。"

"我们本身找的就不是你平通院。"有个来自达摩克利斯军校的工作人员撑道。

路时白不在意他这话，双手捧起，低头在掌心哈了一口气："你们这些人在登上飞行器的那一刻所发的誓言，针对的是所有军校生，理应一视同仁。"

寒潮来临那一刻，帝国军校上方的飞行器被卷落，直接摔在冰山尖上，断裂成几段。当时不少材料能源被卷走，还有相当一部分没有反应过来的工作人员。

飞行器上有二十名 3S 级护卫队，黎泽也在里面，他们第一时间进入机甲，护住了一些人和能源。

护卫队要找帝国军校，黎泽要找达摩克利斯军校的人，其他人想跟着他们。

最后飞行器内还存活的人一起在极寒赛场开始搜寻，希望能找到军校队伍。

第二次寒潮发生后，终于找到一所军校，却是平通院。

平通院损失惨重，当时虽提前察觉不对劲，让所有人进入机甲，但校队的人还是有一部分没有反应过来，直接被寒潮冻伤，队伍在原地整顿了相当长的时间，后面碰上旋涡流，小酒井武藏的翅膀被卷断，插进了他的机甲舱内，腹部被捅穿。

如果没有碰上找过来的黎泽等人，小酒井武藏恐怕已经没了。

不过即便现在，他的状况也不好，还有平通院的一些被冻伤的校队成员同样开始不停发高烧。

最熟悉凡寒星环境，了解寒潮的平通院反而受到这么严重的伤害，显然连他们自己也没有反应过来。

"我们要去那边。"护卫队的重要任务便是守着应星决，现在有了线索，必须过去。

宗政越人的目光落在这些护卫队身上，二十个 3S 级，动起手来，只有平通院吃亏，更何况他们还有一位主力单兵受重伤。

"你们走可以，但大部分资源必须留下。"路时白道。

护卫队的队长视线冰冷地看向他。

路时白背在身后的手紧紧握了握："你们的任务只包括应星决一个人，和帝国军校其他人无关，剩下的资源留下来，我们平通院军校生才可能活下去。"

"平通院和帝国军校比起来，我们更想选帝国军校。"护卫队的队长扯了扯僵硬的脸道。

"……"路时白看向黎泽，"我们队伍中有很多人快死了，你们的职责必须送我们出去。"

黎泽抬头，他更想去找达摩克利斯的队伍，但冰洞内这些学生也不能不管。

"能源分半，你们带走一半去那边，我们带一半出去。"黎泽侧脸对护卫队的人道。

果然，路时白心下稍定，幸好这次碰上的是达摩克利斯军校的救助员。

护卫队的队长嗤笑："杀了你们所有人，再带走所有能源岂不更好。"

三方势力顿时在冰洞内僵持住。

"你可以试试。"黎泽面无表情道，"只要动手，我便毁了所有能源，一个都别想出去。"

僵持了一段时间，护卫队让步了。

他们将能源分成两部分，出山洞，准备两头分开行进。

"那里！"

突然有人先看到远处有一道闪光。

不亮，甚至因为白雾，基本看不清，只有昏黄的光一闪而过。

"外面的人一定进来了！"

原本要分开的护卫队也停下脚步，和黎泽他们一同往那个方向走。

应月容带着第五区的人往赛场深处移动，每走过一段距离，便让人放燃光棒，只是一直没有发现任何人。

"这里！"

突然不远处的一个雪堆内出来一台机甲。

"什么人？"第五区负责人问道。

"负责平通院的救助员。"救助员少校见到是帝国军校的救援队，心下一松，掰开手臂上的冰，露出上面的编号，"我来自第二军区。"

帝国军校出身的人。

"只有你一个人？赛场里面什么情况？"应月容问道。

"寒潮来临时，我们飞行器被卷落，但飞行器整体完好。所以维修人员在修飞行器，我们救助员出来搜寻军校生。"少校一顿，"然后有三个达摩克利斯军校生路过，其中一个是叫卫三的主力单兵，她补充能源后，和我一起出来分头搜寻。"

因为她抱走一大箱营养液，他去兑换处重新抱走一箱营养液，还顺手多拿了几块能源，否则现在早死了。

"卫三……原来如此。"应月容明白过来，她和那个指挥在一起，所以飞行器内有人做成了通信信号，达摩克利斯那个校队指挥趁机发出了那道视频。

但为什么飞行器内的人，没有联系外面的军校，即便通信只有一秒，也可以事先编辑好消息，抓住机会发出求救信息。

少校闻言茫然，不过他还是把自己知道的都说了出来："他们扛着广播，一路走一路放，被我们工作人员听见，才带着他们进飞行器。那个卫三还说达摩克利斯拿了冠军。"

"嗯，全联邦现在都知道了。"

少校：什么叫全联邦都知道了？

应月容看着他："飞行器在哪个方向，你们有没有找到其他人？"

少校低头："没有，我和卫三出来后，赛场内又发生了寒潮，我被卷走，已经找不到飞行器方位，当时只见到卫三他们三个人。"

"去中间，绑好自己。"应月容道，准备继续前行。

忽然第五区的所有人戒备，前面有动静。

"应指挥！"

护卫队的人率先发现应月容和第五军区的人。

"你们……"应月容望着他们背后的队伍，心下一松，再仔细一看，发现是平通院的队伍，嘴角的弧度落下去，"帝国军校的人呢？"

护卫队闻言，来不及感受被救援的喜悦，低声道："我们一路上没有碰到，不过刚才我们准备去那个方向找。"

他抬头指了指之前异动的方向。

"平通院的学生需要治疗舱。"黎泽上前一步道。

应月容视线落在平通院的人身上，最后示意第五区的人就地放出胶囊舱，带着伤员进去治疗。

等候中途，应月容收到十三区的消息。

她再抬眼时，已然恢复最冷静的状态："我们现在出去。"

护卫队队长惊讶："帝国军校生……"

"已经找到了，他们和达摩克利斯军校的人在一起。"应月容打断。

黎泽闻言，心中的大石头终于落地，他们还活着。

"应指挥，能否知道外面的情况？"路时白客气地问道。

"乱。"应月容只说了一个字，瞥向黎泽补充道，"进来救援的队伍是第五区和十三区。"

黎泽一怔，十三区的人来了。

在卫三沿巨墙踩了一圈后，落地时无数旋涡流汇集而成的巨墙彻底消散在空中，甚至连白雾都一瞬间飘远，目之所及清晰不少。

她落地，站在飞行器正前方，想吹声口哨，显示一下自己神气。

结果眼前一黑，直接正面朝下倒了。

被扑通声惊醒的金珂看着倒下的无常，刚想跑过去，旁边这位便开始不要命地吐血，最后直接倒下，连屏障都没了。

金珂："……"

他犹豫一秒，还是先捞起应星决冲进飞行器内。

这个人什么防护都没有，先去拉起卫三，估计转头回来就被冻死了。

"什么情况？"廖如宁机甲刚修好，准备出去看看外面发生了什么，搞出这么夸张的动静，就见到二道闸门内金珂扶着应星决回来。

"你们去把卫三带进来。"金珂扶着应星决，将他交给帝国军校的人，对廖如宁和霍宣山道。

两人闻言，立刻出去。

一出去，廖如宁忍不住发出一声受到惊吓的感叹。

白雾夹杂冰雪漫天，一支军队悄无声息地出现在两人眼前，他们站立在风雪中，恍如隔世。

解语曼和项明化上前扶起地上快被冰雪覆盖的无常。

"你们在搞什么？"项明化问霍宣山和廖如宁，还能这么精神地感叹，看样子也没出多大的问题。

"老师，我好想你们。"廖如宁激动道。

"把人抬进去。"解语曼伸脚踢他屁股，"卫三这是做了什么？"

"不知道，我们刚刚出来。"霍宣山解释，"帝国军校的人也在里面。"

所有人进入飞行器后，应成河过来拆开机甲舱，众人才把卫三抬了出来。

她呼吸还算平稳，如果不看脸上和鼻子上的血，更像是睡着了。

项明化和解语曼对视一眼，带着卫三去了单独的房间。

队伍中还有一个医生，是许真。她是应月容派来的，以防十三区的人遇上帝国军校的人。跟着第五区军队的医生是井梯，不是达摩克利斯这边派去的，而是受许真邀请。应月容可以直接在旁观察，她便同意了。

卫三被放在床上，解语曼找来毛巾帮她擦拭脸上的血迹，再喂给她带来的特制营养液。

"好像没有受伤。"解语曼检查了一遍，出来对项明化道。

"既然没有受伤，就不用让许真过来。"项明化道，"以防被她发现什么。"

解语曼点头，看着传来的特殊信号："第五区的人找到了平通院学生和负责帝国军校飞行器上的人。"

"还有负责达摩克利斯军校的飞行器没有消息。"项明化道，"我带着十三区的人去找，你等着卫三醒过来。"

"好。"

许真一直在研究超3S级，要说谁最能发现卫三的异常，非她莫属。

另一边医疗室内。

"感知透支过度。"许真将仪器连在应星决身上，关上治疗舱门，问旁边的姬初雨，"你们在这里遇见了什么？需要他这样。"

姬初雨下颌收紧，又想起卫三的攻势，加了紫液蘑菇的机甲……这就是超3S级机甲的威力？

"怎么了？"许真弯腰将营养液通过机器，喂给应星决，"你们碰见了什么？"

"旋涡流。"姬初雨回神，"里面有未知星兽。"

"旋涡流内有未知星兽？"许真皱眉，"刚才达摩克利斯军校的卫三一个人倒在外面又是什么情况？"

姬初雨没什么心思再说这些，他看着闭目躺在治疗舱内的应星决："星决这次身体会不会留下后遗症？"

"还不清楚，要出去再做一次彻底的检查。"许真心中叹息，这一次次比赛都出现问题，也不知道今年撞了什么邪。

救援队带来了相当多的能源，飞行器内的人顿时放松下来，知道他们出去的机会大大提高。

现在只等两个人醒过来，他们便能动身回去。

第 132 节

不知道被灌了多少支营养液，卫三才终于醒过来。她睁开眼睛望着天花板，做的第一件事便是吹完那个没有吹完的口哨。

坐在旁边的项明化和解语曼："……"

这学生脑回路到底怎么长的？

卫三吹完口哨，爽了，这才开始打量周围环境，结果一扭头见到端坐在旁边的两位老师。

她唰地起身："老师？"

项明化看着她利索的动作："睡得挺香。"

卫三犹豫："还、还行？"

项明化："……"

卫三扭头仔细看了一圈："我们出赛场了？"

"没有，这里还是你们之前的飞行器内。"解语曼道，"醒了就起来。"

她在里面躺了一天，另一架飞行器都找到了，人已经带着资源过来，把这架飞行器挤得满满当当。

卫三起身，见到床头摆着的营养液，一把抓过来跟着两位老师出去，顺便仰头喝干净手中的营养液。

"你醒了。"霍宣山本来想过来看看卫三，结果在过道就碰上老师和后面的卫三，"感觉怎么样？"

"还行。"卫三打了个哈欠，"好像没睡饱。"

项明化和解语曼还有事，先走一步。

"老师们怎么进来的？"等他们走后，卫三问霍宣山。

"你们发出去的视频在星网上传遍了，全联邦的人都请愿派军队进来救我们。"霍宣山声音带着笑，"我们得冠军的消息，所有人都知道了。"

卫三眼中露出困惑："什么视频？"

信号都没有，怎么发？

"你带着校队的指挥和单兵在终点台录的视频，被那校队指挥发了出去，他录完后，光脑就一直处于发送状态。"霍宣山道，"成河最后可能接通了一秒信号，校队指挥的视频发出了。"

"这样……"卫三表示明白，联邦网速自然快，一秒时间，发出视频还是可以的。

"能源现在不缺。"霍宣山又说了说这一天内的变化。

寒潮来临时，负责达摩克利斯军校的那架飞行器也被卷飞坠落，尾翼虽坏了，但维修人员很快想办法堵住了那个漏洞，里面的救助员每隔一段时间便出来搜寻军校生。后面大寒潮出现，他们才进飞行器内，逃过一劫，便一直没再出来。

最后被十三区的人找了过去，一起撤离到这边来。

"帝国军校那边……应星决还没醒。"霍宣山犹豫了会儿，补充道。

这次没出事，有一半得益于应星决。

到底是超 3S 级指挥，太强。

"没有医生过来？"卫三问。

"来了，他的私人医生这次专门跟了过来。"

两人一边说一边往外走。

"你终于醒了。"廖如宁正坐在桌前，一抬头见到卫三，立刻蹿过来，"我还以为你和他们那位一样，还要继续躺在里面。"

卫三躲开廖如宁的手："申屠学长你怎么也来了？"

申屠坤笑了笑："我们在训练时接到命令来极寒赛场找你，你身体怎么样？"

卫三坐在桌前，直接拉过应成河面前的盘子，拿起盘子内的面包咬了一口："我没受伤，就是有点累了。"

廖如宁拉过自己盘子，把吃的都倒进卫三盘子内："还是我们单兵身体素质好，指挥都是瓷娃娃。"

"你这叫歧视。"金珂抬头，将自己盘子推到卫三那边，"我身体素质也行，够解老师打十分钟。"

卫三把桌面上所有吃的一扫而光，最后靠在椅子上，有点懒洋洋："我们什么时候动身出去？"

"要等应星决醒过来，我听说平通院已经被第五区的人带着往出口走了。"金珂朝校队那边围在一起的人看去，"都看了一天，还没看厌。"

"看什么？"卫三顺着他目光望去。

"还能看什么，你录的视频。"廖如宁把手搭在椅子上，"一听说还有这么个视频，都让校队那个指挥拿出来放。"

旁边帝国军校的人脸色变了又变，但也不能说什么。毕竟达摩克利斯军校确实拿到了旗，还把终点台的广播设备挖了出来。

应成河摸着自己的胸口："幸好那个视频一直在发送状态。"不然他就是罪人。

卫三醒过来后，达摩克利斯军校的人彻底放松下来，现在只等着应星决一醒，他们也能出赛场。

过了两个小时，应星决终于醒了过来，但状态显然很差，不过他现在坚持要走。

"多在赛场内留一分钟，便多一分危险。"

许真有些不赞同："至少再休息一段时间。"

应星决摇头："她……醒了吗？"

"谁？"许真反应了一下，"你是说达摩克利斯的卫三？她没事，几个小时前就醒过来了，生龙活虎的。"

应星决握拳抵住唇咳了几声："带我去找解语曼。"

一个小时后，飞行器内所有人接到通知，准备动身出发。

他们要走出飞行器，靠着机甲走出极寒赛场，每一台机甲都绑着兽皮绳。十三区的队伍在外围，护着里面的人。

"感觉申屠学长好像气质有点不太一样了。"廖如宁挤在卫三身边小声道，之前的学生气彻底褪去，多了分狠厉和坚毅。

"他们的训练是真实的战场。"金珂望着前方的申屠坤，"和我们这个不一样。"

真实的战场根本不用去找星兽，无穷无尽的星兽会主动出现在你面前，每一天每一晚，战斗不曾停下。

谁也没办法停下来，只能像机器一样，不断斩杀星兽，没有办法分神去想其他事，一旦分神便彻底再也回不了神。

大寒潮还在持续，也有旋涡流卷过，只是再没有遇见那些有意识的灰色无状物，队伍走得艰难却持续。

漫天白雾冰霜中，救援队护着军校生和飞行器内的工作人员往极寒赛场的出口走去。

两天后，帝都星第一军区官网发布通知，所有军校生皆已被接出极寒赛场，请静候下一次比赛。

"出来了？卫三有没有事？我想看达摩克利斯军校登上奖台拿冠军。"

"可惜极寒赛场被毁了，不然夺冠的一定是帝国军校。"

"得了吧，拔旗的人分明是我们达摩克利斯军校。"

"这届比赛看得心脏病都要犯了，我以为谷雨赛场已经够刺激了，没想到这次更刺激，直接遇上了大寒潮。"

"据说平通院有一个主力单兵差点死了，幸好碰上第五军区的救援队。"

"要说惨还是平通院的队伍最惨，明明还有机会出来，结果在自己主场折了不少学生。"

"为了胜利荣耀，那帮老师不把学生的命放在眼里，还好塞缪尔军校提前出局。"

"照这么说，达摩克利斯是平通院的救命恩人也不为过吧。没有卫三发出来的视频，里面的人都要被直接放弃，或者等救援队进去，平通院的主力队员也要死一个。"

"我还是粉达摩克利斯军校吧，他们骚操作一套一套的，有意思。"

…………

"我们还要在这里待到寒潮结束？"卫三坐在扶手边缘，仰头看着大厦顶端。

"对，凡寒星的港口关闭了。"廖如宁猫在大厦顶端的灯上晃脚，"我们现在无所事事。"

训练场也没办法去了，只能在这栋大楼蹲着。

"你们俩干什么？！"项明化站在一楼喊，"给我滚下来！"

"老师，我们需要放松心情，这段时间心理出现了问题。"卫三装可怜。

"出现了心理问题，你们跟老师谈谈。"解语曼不知从哪儿走出来，微笑着对两人道。

卫三离地面更近，立刻翻身下来："老师，我现在突然好了。"

后反应过来的廖如宁一惊，解语曼已经一脚踢了过来。

"一个两个不学好，别人都在训练体能。"解语曼恨铁不成钢道。

"我爬上去，也在无形中训练了体能！"廖如宁反驳。

"是吗？"解语曼收了脚，好声好气地问。

"不是！"廖如宁立刻收回，"老师，我错了。"

"别再让我见到你们爬楼顶。"解语曼警告。

来来往往都是其他军校的人，这两人也不嫌丢人。

两个人被老师赶了下来，只能去其他地方荡悠，这里面压根没有训练场，娱乐室倒是有几个。

这栋大楼本身便是给非凡寒星人临时住的，各大军校的人都在一起，又没了训练场和模拟舱，每一天低头不见抬头见。

"训练体能，这里哪儿来的地方训练？老师就知道骗我们这种弱小无辜的学生。"廖如宁撇嘴，"我都快闲得长出蘑菇了。"

卫三找了个角落蹲下："我们从赛场里面出来几天了？"

廖如宁也挤了过来："感觉我们在这楼里待了好长时间。"

"我们从赛场出来到现在刚刚过二十四小时。"应成河突然出现在两人面前，抬手看了一眼光脑道。

"才一天时间？"廖如宁震惊，"听说往年寒潮消失要好几个月，今年大寒潮岂不是要一年半载。"

应成河摇头："不清楚，凡寒星那边还在试图分析原因。"

"唉——"廖如宁和卫三齐齐叹了一口气。

应成河伸手拉起他们俩："金珂和宣山在七楼帮我们占位子。"

"七楼有什么？"卫三问道。

"风花雪月厅。"

啧啧，这名字一听就……很有意思。

卫三和廖如宁当即决定去七楼。

七楼现在已经去了不少军校的人，经过一次生死，老师们特地给他们休息时间，调整状态。

一进去，便是数排大的自助长桌，卫三目光落在那上面的吃食上便收不回来了，立刻要去拿盘子装吃的。

"他们在那边。"应成河揪着卫三和廖如宁朝左侧的座位走去。

"幸好提前来了。"金珂面前摆着一堆吃食，示意他们看向周围，"人都坐满了。"

里面沙发不多，大部分人站在大厅中间跟着音乐晃动身体，跳舞。

卫三撩起眼皮看了看，丝毫不感兴趣，坐在金珂旁边："就这？"

"几所军校一起交流感情的舞会。"霍宣山捧着杯饮料，"以前会在第六场举行，今年特殊一点儿，又正好无事，老师们便在这里开了。"

"交流感情？"卫三有点怀疑，难道老师不怕这里变成群殴现场？

不过出乎她意料，几所军校的人在里面显得异常平和，还有不少校队成员站在一起说笑。

泾渭分明的是各军校主力队成员。

"没想到……"卫三咬着一块糕点，缓缓咽下去，盯着中间和女伴一起跳舞的宗政越人，一脸震惊，"他还会跳舞？"

平通院这帮人给人感觉就像一群苦行僧，现在看来无异于和尚来到现代舞厅和女伴一起扭腰摆臀。

廖如宁也很震惊："他还挺会扭！"

卫三就算了，廖如宁一个成天少爷少爷的人也震惊这种事，不由得让旁边三位诧异。

"这不是世家的礼仪必修课？"金珂拍开廖如宁伸向自己盘中的手。

"是吗？"廖如宁表示完全不知道，"我们机甲单兵难道不是要将所有精力花在训练上？"

他父亲一直告诉他，这些乱七八糟的学了也是浪费时间。

金珂摇头："我也去跳舞了。"

霍宣山和应成河也纷纷进了舞池。

留下卫三和廖如宁，以及桌上一堆吃食。

"他们屁股都挺会扭的。"廖如宁靠在沙发上，完全没有不会跳舞的尴尬，"这水果甜。"

"哪块？"卫三拉过水果盘问。

"刚刚最后一块了，绿色的。"

"我去拿。"卫三起身，一路走去，看着舞池内的人有些恍惚。

一天前，他们还在极寒赛场内，顶着漫天风雪艰难行进，现在所有人好像都已经忘记了。

第133节

卫三站在长桌面前，慢慢往盘子里夹水果，发现并不是所有人都来了七楼，平通院有些队员还在治疗舱内，没办法过来，比如主力队的小酒井武藏。

她视线落在舞池内，成双成对的人跳着舞，倒不是真如廖少爷所说扭屁股，他纯粹使用夸张语气。

这时候，卫三见到应星决从门口进来，他唇色依旧苍白，身材修长清瘦。他应该在找帝国军校的主力队，视线往周围转了圈，却正巧对上她的眼睛。

卫三没有先移开目光，也没有打招呼，纯粹只是看着门口的应星决。

反倒是应星决朝她微微点了点头，算是打招呼，随即朝帝国军校主力队那边走去。

卫三没什么波动，两人虽在极寒赛场也算合作过，但在后面的比赛中依旧是对手。她端着两盘水果回去，给了廖如宁一盘。

"他们说跳舞就跳舞，上哪儿找人去？"廖如宁已经躺在沙发上了，丝毫不注意形象。

和其他军校那些端坐在沙发上，一派世家子弟气质的主力队员完全不同。

"随便邀请人就行。"卫三打开光脑，虽然凡寒星已经在尽力修信号塔，但偶尔还是会出现信号中断的情况，她趁有信号时，又下载了一堆书，五花八门，什么都有。正好现在舞会有时间，她低头翻着这些书，也算放松。

"邀请其他军校的人也可以？"廖如宁问道。

"可以，就像单挑一样，你随便过去选个人，发出邀请。"卫三点开一本《凡寒星历史》，回应着廖如宁的话。

廖如宁听到"单挑"这个词，又看着有几个人一直在踩舞伴的脚："原来这就是跳舞的真谛。"

卫三指尖点在页面上，随口问："什么真谛？"

"双方交流'感情'！"廖如宁盯着被踩脚的人面孔扭曲，恍然大悟，"我也去找人跳舞。"

卫三闻言抬头："你不是不会跳……"

廖如宁已经蹿到塞缪尔军校主力队那边。

"我们一起跳舞怎么样？"廖如宁站在肖·伊莱面前道。

肖·伊莱："？"

他扭头看着其他主力队员，吉尔·伍德就在旁边，廖如宁偏偏要站在自己面前。

"你什么意思？"肖·伊莱皱眉。

"我真心想找你跳舞。"廖如宁一脸真诚道，当初卫三动了手，他现在也想对肖·伊莱动脚。

旁边塞缪尔军校的人完全在看好戏，不出言阻止。

"我不和男的跳。"肖·伊莱嫌弃地打量廖如宁，什么毛病，总不能他对自己有好感？

"你想和卫三跳？"廖如宁想了想道，"我劝你还是放弃。"

卫三比他厉害，踩人肯定更狠。

"我什么时候对卫三感兴趣？"肖·伊莱莫名其妙地看着廖如宁，"不要随便诬蔑人。"

"你不敢和我跳。"廖如宁深谙单挑话术，他啧了一声，十分瞧不起肖·伊莱的样子。

肖·伊莱怀疑廖如宁是故意来恶心人的，既然如此，他干脆恶心回去："你跳女步，我跳男步。"

男步女步，廖如宁并不知道什么意思，他只想借机踩肖·伊莱的脚："好。"

居然还真答应下来了，肖·伊莱心中一梗，这个廖如宁该不会真的……难道是自己的魅力值太高？

两人一进入舞池后，廖如宁便道："我们开始。"

肖·伊莱皱眉，原本想忍着怪异，伸手拉住廖如宁，结果下一秒他便一脚踩了过来。

从脚趾传来的痛让肖·伊莱想直接弯腰蹲下，但廖如宁又一脚踩在另一只鞋面上。

"你干什么？"肖·伊莱大怒。

"当然是跳舞。"廖如宁理所当然道。

肖·伊莱和他目光对上，这次瞬间明白廖如宁的意思，他分明是借着跳舞的机会来踩脚的。

好一个损招，比赛规定参赛军校生在赛场外不得互相攻击，所以廖如宁才借着这次机会来对付自己。

肖·伊莱想通之后，立刻反击，伸脚要踩廖如宁。

对面的廖如宁早有准备，躲开来，顺便又是一脚。

肖·伊莱也是个 3S 级单兵，没有防备被踩了两脚后，后面有防备之后自然能躲开。

两人就这么借着音乐和灯光的掩盖，开始互相踩脚，越踩不到，动作越大，直到被旁边的人注意。

他们周围一群人已经开始停下来，看着这两个莫名其妙的人。

"跳大神呢。"金珂站在旁边见两人动作，不由得道。

他一说话便被肖·伊莱注意到。

肖·伊莱明面上还在和廖如宁纠缠，实际离金珂越来越近，最后一下他原本要踩廖如宁，半道拐弯踩在金珂脚上。

金珂："啊！"

"宣山。"金珂把霍宣山喊过来，两个人假装跳舞，转到廖如宁和肖·伊莱身边。

肖·伊莱双脚难敌六脚，很快鞋面被踩了又踩。

塞缪尔军校的人当然不能眼睁睁望着自己主力队的人被欺负，当即换舞伴，重新进去舞池，开始围攻金珂等人。

达摩克利斯军校也不是吃素的，逮着自己同校的人，手一拉，就这么进去踩人。

舞池里已经彻底乱了，其他军校的人被迫退了出来，全是达摩克利斯军校和塞缪尔军校的人，在里面踩来踩去。

不知道是哪个缺德的人，把原本悠扬雅致的音乐换成了激昂有节奏的音乐。

音乐一变，卫三下意识地抬头朝舞池那边看去，乍一看那些人还在跳舞，仔细一看，分明在打架，只是没动手。

是自己学校的人。

卫三当即关了光脑，挤了过去。

舞池中央，廖如宁正在被塞缪尔军校的人围攻，鞋面已经被踩黑了。同样肖·伊莱也被踩得脸色发青。

"卫三，进来一起踩……跳舞。"廖如宁挣扎着冲她喊，"赶紧来。"

塞缪尔军校的人："……"

不知道为什么多了一个卫三，他们背后就开始发凉，毕竟这个人骚操作太多，谁知道下一秒她能做出什么来。

卫三低头看了看自己的脚，冲廖如宁道："给我十分钟。"

她转身跑出七楼，翻身直接跳下楼，去应成河房间翻出一堆铆钉，粘在鞋底，这些铆钉原本是应成河要试用在机甲外壳上做造型的，还有一大堆没用完。卫三把所有的铆钉打包，又快速翻上七楼。

坐在座位上看戏的其他军校主力队，看着卫三从门口进来，视线落在她脚下："……"

应星决视线落在她鞋底，眼睫垂落下来：和她做对手，总会在某个方面吃亏。

卫三穿着铆钉鞋，将铆钉和速干胶交给还未进入的达摩克利斯校队成员，自己进入舞池，一路实打实踩去，一路都有人弯腰捧着自己的脚抽泣。

最后到了舞池中央，主力队的"战场"，卫三扬眉："你们谁要和我跳舞？"

肖·伊莱看见她，就想起当初那个巴掌，脸上火辣辣地疼，他伸手拉住廖如宁的肩膀，非要只和他一个人"跳"。

卫三扫了一圈，和塞缪尔的习乌通对上，这分明是在比腿法。

她半点不怵，习乌通脚再快，能比解语曼快？

卫三躲过习乌通一脚，抓住空隙，狠狠踩在他鞋面上。

"……"习乌通没有发出声音，但头皮一炸，心中抽泣，这东西踩在脚上太疼了。

一楼几所军校的老师靠在沙发上聊天，气氛难得的融洽。

"不知道能成几对，我记得那谁也是在舞会上认识自己另一半的。"

"难得死里逃生，正好放松心情。我听说帝国军校和达摩克利斯军校在里面合作过？"

项明化端起一杯茶："是合作过。"

"一起合作过的人，机会大。"

项明化闻言，从鼻子里哼出一声，刚才某两个人还跟猴子一样爬楼顶，一看就是万年单身的苗子，这种事情离他们太远了。

不在舞会上闹出事就算不错了。

舞会结束后，有好事的老师站在附近观察，最先出来的是帝国军校和平通院，随后是南帕西，这三所军校的人依旧是面色平静，各跟各出来，没有混在一起。

老师心中不由得嘀咕一声，往届多少有些学生是和其他军校的人一起说说笑笑出来的，今年怎么回事，难道是提前开了舞会的原因？

然后是达摩克利斯军校的人出来，个个意气风发。

最后是塞缪尔军校的人，一个个面目扭曲，双脚一瘸一拐地往外走着，主力成员尤甚。

"你们等着！"肖·伊莱在后面指着廖如宁几人，"下一次我们再'跳舞'！"

蹲守观察的老师，心中更加疑惑。

廖如宁脚虽然疼，但心里畅快，扭头热情道："好，下次一定和你跳。"

难道达摩克利斯军校和塞缪尔军校之间感情变好了？但看塞缪尔的军校生似乎又不是那么回事。

观察的老师弄不明白，最后只说塞缪尔军校的肖·伊莱和达摩克利斯军校的廖如宁好像和解了。

后来从本校老师那儿得知这传闻的肖·伊莱："……"

原本用来交际的舞会，被廖如宁带头一搅和，加上卫三的铆钉鞋，塞缪尔和达摩克利斯之间结的仇更厉害。其他军校也没人接触，全在看热闹，并且把这事

242

记住了，此后舞会悄然发生变质，成为大赛中唯一一次可以动脚报复的机会。

"你学到哪儿了？"应成河问刚取下脑接口的卫三。

"3S级机甲大致结构都听鱼青飞讲了一遍。"卫三站在他旁边，望着面前的光幕，"有没有什么机甲材料大全，我想看看。"

无常只是徒有外壳，内部还只是普通的3S级机甲的设备。

假如卫三要发挥须弥刀最大能力，无常的发动机完全不能支撑，只是现在的卫三还处在初期S级感知中，才能勉强用一用。

"明天我整理出来给你。"应成河抬手点开另一页光幕，"这是须弥刀测出来的数据，伤害值翻倍了。"

最开始在谷雨赛场，卫三那一刀也只是结了薄薄的一层白霜，且无法控制，但现在她可以随意控制白霜出现在刀身上。

"须弥金能成长。"应成河确定道，"这刀很适合你。"

真如传言中所说，须弥金可以随着所持之人升级，那么超3S级的人用这把刀，或许能让其成长为超3S级的武器。

"接下来需要找到合适的发动机液和引擎。"没有这些，卫三将来身体感知恢复，超3S级的能力也无法发挥。

卫三看着光幕上的数据："顺其自然。"

目前全联邦加上她就两个超3S级，应星决也不见得实力能全发挥出来，她机甲的事不急。

应成河点头，随后想起一件事："凡寒星的通信大部分恢复了，明天举办极寒赛场事件的总结会，全联邦播放。"

"我们的冠军呢？"卫三只关心这个冠军算不算数。

应成河笑出声："顺便给我们颁奖。你那个视频全星网都转发了一遍，主办方想不认都没办法。"

"多亏了校队指挥。"听见能拿到冠军，得到积分，卫三终于对明天的总结会感兴趣了。

两人待在一个房间内，应成河开始整理卫三可能需要的资料和笔记，卫三则靠在一旁刷魔方论坛的题目，感觉很长时间没有进去过。

卫三专门挑难度高的题目答，自从她开始学3S级机甲知识后，很多A级机甲相关方面自动明白了。

二十道、三十道……在卫三答完目前网站上所有在她眼中看来比较有意思的题目后，界面上再次跳出她升级的窗口提示。

升到了 L2 级。

卫三重新登录账号，查看所有版块，果然又多了一个版块：S 级机甲类型。

这个论坛……

卫三将光脑界面转给应成河看："这里有 S 级相关的资料。"虽然不多，只有一个小版块。

应成河抬手翻了翻："S 级基础机甲类型。"

他不算很惊讶，既然联邦有散学单兵，不和军区有所往来，那在其他地方有 S 级机甲师传授倒也不奇怪，但卫三现在是 L2 级，意味着上面可能还有 L3 级，甚至更高的等级。

"这个论坛会不会有 3S 级机甲的内容？"卫三问道。

应成河第一反应便是不可能："3S 级内容只在芯片内，而芯片一直都只在五大军校手里。"

"你不是说过我们军校的芯片丢过一次，会不会被人复制了？"卫三觉得说不定论坛内会有 3S 级内容。

"不会，芯片有很多加密的方式，授权看一回事，复制看又是另外一回事。要真那么容易复制，各大军校早复制了。"应成河拿出芯片，"如果复制不当，极有可能将里面所有的内容毁去，达摩克利斯那次芯片丢失，很快便找了回来，对方没有时间进行破解复制。"

更何况这么多年过去，破解的方法到现在各大军校都没人能找出来。

卫三盯着自己账号上的等级："升级上去就知道里面有什么了。"

一直存在于军校之外的魔方论坛，居然有 S 级机甲知识，甚至还可能有更高级的机甲知识。

应成河皱眉："你时间不一定充足，到时候训练的时候，账号给我登，我帮你升级。"

"好。"卫三答应下来。

第二天一大早，五所军校的人聚集在港口大楼，在那边空地上举行全联邦的极寒赛场总结会。

所有人穿得严严实实的，站在外面，顶着风雪。除了达摩克利斯军校，没有任何一所军校心情好。

因为待会儿领奖台上只会有一所军校站在上面。其他军校有出局的、有超过比赛时间没有拔旗的。

卫三在最前方，站姿一如既往地松散。

第 134 节

全联邦直播，还是在帝都星第一区官网直播，上线人数达到一个极为壮观的数字，一度挤爆了官网，足足两分钟之后，官网后台才修好。

项明化一眼就见到卫三双手互插在衣袖内，像极了村口闲聊的老太太老头子，双脚还叉开，眼看着就要开始抖腿。

他立刻靠了过去，挡住前面的摄像头，瞪着卫三："手给我拿出来，放下去，别抖腿！"

卫三不情不愿："……哦。"

那边的工作人员已经在喊项明化让开。项明化抬手，竖起食指和中指，指了指自己眼睛，又对卫三点了点，表示自己时刻注意她。

卫三把手拿出来，放在身侧，双腿站直，看着笔挺，但她目光很明显在看着那边对着达摩克利斯队伍的摄像头。

登上官网的观众第一反应："她在看我。"

这还不算完，卫三居然盯着摄像头，笑了。

"呜呜呜呜，又来了，骚粉只想做个骚粉，但是卫三总想勾引我去当颜粉。"

"别笑了，笑得我魂都没了。"

"喀——"

台上在试音，几个工作人员在旁边和主解员说着什么话，最后应月容站在最中间。

这次总结会没有凡寒星本地什么势力，只有主解员，因为凡寒星本地的人都还在排查独立军的事，所以由主解员中的应月容来主持整个总结会。

"大寒潮被我们遇上，很遗憾但同时很庆幸。遗憾比赛匆匆结束，庆幸大部分人都活着走出了赛场，庆幸是我们遇上了大寒潮，而不是其他人。"应月容握着话筒，手指被冻得发红，但仿佛毫无知觉，完全不为所动。

"这次大寒潮，我们一共失去三十四名工作人员，两名救助员，以及十一名军校生。"应月容报完这一串数字后，底下一阵沉默。

负责平通院飞行器的两名救助员是在第二次寒潮来袭时失踪的，少校幸运，多带了能源，又碰上了第五区，否则这里的数字又要再加一名。

三十四名工作人员是黎泽上校那架飞行器上的人，当时飞行器坠毁，这些工作人员没有及时进入机甲内，被旋涡流卷走。

其余的军校生中有九名是平通院的人，这些人都是在碰上救助员之前死亡或消失的，剩下两名是应星决和帝国军校分开后，帝国军校有两位也被旋涡流卷走，再寻不到踪迹，反倒是最先出事的达摩克利斯军校没有伤亡。

"此次比赛，除去帝国军校和达摩克利斯军校无反应时间，平通院原本有机会避免失去九名学生。"应月容望着刚才上来的平通院代表，将手里另一个话筒递给他，"这位是平通院的代表，有些话想要和大众说。"

平通院代表接过话筒，第一件事便是鞠躬道歉，随即道："九名军校生的逝去令人心痛，是我们没有领好队……"

接下来平通院仔细剖析了他们当时在极寒赛场的问题，诚恳道歉。

不只平通院，主办方的代表人也同样过来将比赛时存在的问题一一说明，最后道歉。

直播弹幕间一片蜡烛刷过。

众人还沉浸在沉重的情绪中，应月容继续开口道："但在这次未完全比完的赛场中，有一所军校不光去终点拔下旗，还努力将他们活着的信号传了出来，他们功不可没。"

应月容说这话时，内心复杂。原本她以为在极寒赛场那时的动静是应星决和姬初雨一起弄出来的，结果问过后才发现是卫三和应星决。

"这所军校就是——达摩克利斯军校！"应月容既然来主持了，便会尽职做好，"他们作为唯一一所抵达终点且摘下旗的军校，此次获得冠军，拿到十积分。"

底下达摩克利斯军校顿时欢呼起来，时隔多年，他们第一次拿到分赛冠军，即便只是分赛也值得欢呼。

其他军校的人面无表情地看着他们。虽然不愿承认，但主办方确实没有说终止比赛，只大家私底下公认而已，现在达摩克利斯拿着军旗出来，连主办方都必须承认他们可以得到冠军。

"下面请达摩克利斯军校五名主力队员上来领奖。"应月容看向台下的五人。

卫三落在最后面，一边走一边从战备包中翻出那台广播设备，咣的一声放在领奖台上。

五人及一台广播设备都在领奖台，卫三低头摆弄设备，直播镜头前的观众并不知道她什么意思，但曾经遭受过荼毒的帝国军校成员立刻明白她要做什么。

帝国军校众人："……"

卫三弄好后，又将话筒对准广播设备。

此刻，全联邦观看直播的观众都听到一道广播。

"恭喜达摩克利斯军校成功抵达终点。重复一遍……"

卫三足足来回播放了五遍，才拔下广播设备的线，她直起身，拿着话筒："不好意思，极寒赛场内的广播，相信大家都没有听见，所以我们决定多放几遍。"

直播镜头前的观众："……"她没看见底下其他军校生难看的脸色？

"喀喀！"项明化在下面拼命咳嗽，提醒卫三不要太过了。

"这次达摩克利斯军校拿到冠军有什么想对大家说的？"鱼天荷接过应月容手中的话筒，问出这个惯例问题。

"有。"卫三握着话筒，当着全联邦人的面，单手揽着应成河，"我们一直有个问题想问帝国双星之一的应星决。"

应成河扭头，忽然一惊，明白卫三要说什么，试图拿过她的话筒。

卫三抬了抬手，用力揽住应成河，并揪起他一小撮干燥的头发："请问你头发的保养秘诀是什么？"

众人哗然，尤其以帝国军校的人反应最大，这个卫三未免太会挑衅了。

卫三丝毫不在意他们的反应，目光对上应星决的眼睛："能不能传授一些秘诀？"

"卫三，你不要欺人太甚，没有我们主指挥，你们不一定能撑得回来。"司徒嘉脸色极为难看。

"只是讨教一些问题，不说就算了，我也没有强求。"卫三无奈叹气，仿佛司徒嘉在无理取闹。

应星决抬眸望着冠军台中间的卫三，淡淡道："你可以私下找我问。"

卫三扬眉："好啊。"

"这要是私底下去讨教，恐怕得发生世纪大战吧？"

"你们说是指挥强，还是机甲单兵强？"

"当然是应星决更强，他可是超 3S 级指挥。"

"但卫三那台无常加了紫液蘑菇后，好像也能算超 3S 级。"

"朋友们，这就是赤裸裸的挑衅啊！"

…………

直播间的观众纷纷讨论卫三和应星决从此势不两立，针尖对麦芒。

底下项明化对卫三一干人使眼色，眼皮都快抽搐了，最终是金珂出手，从卫三手中拿过话筒，开始说些漂亮话。

应成河悄悄抹了抹额头的汗，低声对卫三道："你还真问？"

卫三诧异："当初不是商量好站在领奖台上，拿冠军要问他这个问题，你反什么？"

"……烧头发的事，我是开玩笑的。"应成河提前撇开关系。

"但我没有开玩笑。"卫三若有所思，又朝应星决那边看了一眼，"我想烧。"

廖如宁往后弯腰，微微侧脸对卫三道："加我一个。"

应成河抬手捂住耳朵，他什么也没有听见，什么也不知道，堂哥被烧头发后，千万别来找他。

冠军台上，最右边的霍宣山眼中带笑地看着达摩克利斯军校那边，他旁边的金珂则握着话筒说话。最中间的卫三放松地站着，不知道在和应成河说什么悄悄话，应成河则低头看地，双手捂耳，好像并不想听，而最左边的廖如宁则后仰，偏头看向卫三那个方向，也在说着什么。

这一幕被定格在镜头内，被其他媒体作为达摩克利斯军校在极寒赛场夺冠的头条照片。

总结会上达摩克利斯军校再一次在全联邦出了名，原本快要掉出五大军校的老牌军校在这届大赛中，光芒越来越强，越来越多的观众看好他们，已经有不少人后悔自己没有押达摩克利斯军校。

有一件事可以确定，在后面的分赛中，押达摩克利斯军校夺冠的人会越来越多。

"总结会，他们没说下一场比赛什么时候。"卫三回来后才反应过来。

"等凡寒星开放港口，我们才能去下一个赛场。"金珂抱着奖杯摸来摸去。

"那什么时候抽下一个赛场？"廖如宁问。

霍宣山用指尖摩挲着奖牌："应该是开放港口的前一天才抽。"

独立军频繁异动，主办方这边为了减少意外，只提前一天抽赛场。

"万一寒潮半年才退，我们岂不是要在这里待半年？"廖如宁几天没有训练，非常不自在。

"那个时候，各军校可能会和凡寒星的高层交涉。"金珂丢下一句，走向里面的申屠坤。

"学长，这是冠军奖杯。"金珂将奖杯塞给申屠坤，"之前说过的冠军，我们拿过来了。"

申屠坤笑着抱起奖杯："我第一次碰到冠军奖杯。"

卫三过来，把自己的奖牌塞给申屠坤："你们站好，我拍张合照。"

五个人站在一起，卫三帮他们拍下一张照片后，申屠坤喊她一起过来。

"等一下。"卫三随便拉过旁边一位达摩克利斯军校的队员，请她帮忙照一张合影。

六个人刚一照完，后面的校队成员又挤过来一起合照，人越来越多，但所有人没有不耐烦，脸上一直带着笑。

"喊，小人得志。"肖·伊莱路过撇嘴，极为鄙视达摩克利斯军校的这帮人，"拿了一次分赛冠军就得意成这样，还当众挑衅应星决。"

高学林望着他们，眼中却带着谨慎："这只是开始，达摩克利斯军校现在已经和我们拉开了距离。"

全员 3S 级，加上卫三的机甲，完全可以抗衡平通院，与帝国军校争冠。

果然是三十年河东，三十年河西。

达摩克利斯军校生源差到这种地步，居然还能有机会凑齐五个 3S 级主力队成员。

总结会过后，各大军校又开始了咸鱼生活，每天吃喝玩乐，没有训练。稍微刻苦一点儿的学生，会在自己房间里训练体能。

卫三已经完全不训练了，每天泡在脑接口芯片内，跟着鱼青飞上课。有时候会抽出时间去魔方论坛回答题目，还会在上面设计 S 级机甲。

魔方论坛升级后的版块，有很多人留下的开源 S 级机甲数据，卫三观察之后猜测将设计好的 S 级机甲开放给魔方论坛，也是升级的必要手段之一。

应成河则继续研究他们的机甲，在剩下赛场内如何根据环境调整修改。

"卫三，你几天没出房间了？"廖如宁蹲在外面敲门，"要不要一起出去跑步，我看很多人围着大楼跑。"

"不去。"卫三趴在桌子上画 S 级机甲设计图。

"真不去？"廖如宁叹气，"别的军校都成队成队地去，我们达摩克利斯只有两个单兵，万一打起架来很吃亏的。"

卫三："……等我五分钟画完这个。"

"可以，你快点！"廖如宁瞬间站起来，走到霍宣山旁边，"五分钟后，我们一起出去跑步。"

这几天楼下跑步，老碰上塞缪尔那帮人。二对三，眼神中的杀气都不够用，得将卫三带出去才行。

五分钟后，卫三画完最后一笔，将画纸卷好放起来，她打开房门："走不走？"

三个人穿着达摩克利斯军校的训练服，下到一楼，走出大门，开始绕着大楼跑。

卫三一出大门便被吹得浑身一激灵："这么冷，我回去穿衣服。"

霍宣山一把揪住她衣领："跑一会儿就不冷了。"

廖如宁开始原地活动："没错，跑一会儿就好了，我现在都不怕冷了。"

卫三："……"你说话牙齿别打战，她就信了。

三个人顶着寒风，匀速跑着，黑色长军靴踩在五厘米厚的冰雪上，堪堪淹没靴面。

港口这里的地面有加热系统，冰雪落在地面上很快便被融化了，防止积雪过厚，阻碍飞行器和星舰的运行。

卫三跑了一会儿，发现果然一路都是各军校的机甲单兵，穿着各自训练服在大楼外围跑着。

"可惜了，现在大寒潮，不然比赛完，我们还能去这里的黑厂看看。"廖如宁好长时间没有活动手脚，骨头缝里都在叫嚣要打一场。

"自己和自己军校的人打，算不算犯规？"卫三突然问道。

霍宣山和廖如宁陷入沉思，他们还没想过这个可能。

"规定上好像没有说明同一军校的人打斗，会被出局。"霍宣山仔细回想规定后道。

"也没有说不会被出局。"廖如宁和卫三、霍宣山并排匀速跑着，慢慢道，"待会儿我去问问项老师。"

可以的话，他就抓着卫三和霍宣山一起好好打两架。

他们一边跑，一边闲聊，忽然卫三朝侧前方看去。与此同时，廖如宁和霍宣山也停了下来。

侧前方一位凡寒星路过的工作人员，突然朝附近学生下手，他手里握着一把刀，直接将学生割喉。随即又冲向另外一群学生，掏出枪连续打了六发。

每一枪都中了学生的头部，救无可救。

"救人！"廖如宁第一个冲了过去，要抓住那个工作人员，但他还未靠近，那个工作人员便被远处的鱼天荷一枪打死。

鱼天荷收了枪，跑过来蹲下看被割喉的学生，最后摇了摇头："没救了。"

捂住这位学生脖子的另一名军校生始终不肯放手。

"他已经死了。"鱼天荷示意旁边的学生将这位军校生拉开。

如此凶残，无差别地残杀学生，霍宣山只想到了一个组织："独立军竟然混进了这里。"

卫三盯着被割喉的学生，他身边的雪被血染得极红。

片刻后，卫三揉了揉眼睛，再放下手，对霍宣山道："我有点不舒服，先回去了。"

第135节

在港口大楼，众多军校生面前，一个独立军杀了七个学生。

此事一出，震惊五所军校。

当天下午，紧急会议，同时各军区实时连线，商讨凡寒星上存在的独立军。

大楼内的军校生全被下令回到寝室，无事不得出来。

"这些独立军疯了。"廖如宁扒着窗户，往大楼外看去，已经见不到任何人影，只有还在不断飘落的冰雪。

金珂捧着一杯热水暖手，现在大楼比之前的训练场环境好很多，他透过缥缈的白气："那个独立军既然在里面埋藏了这么多年，突然冒出来，只为杀几个学生？"

"七个全是平通院的学生，我更倾向于是复仇。"应成河坐在对面，"这段时间凡寒星在对付冒出来的独立军，平通院这边派了不少学生过去。"

金珂点头："继续查下去，或许能查到他，所以干脆拉着平通院的学生一起死。"

"碰上百年一遇的大寒潮，失去了十一名军校生。"霍宣山靠在客厅的墙边，"而他一个独立军杀了七个军校生。"

直逼大寒潮带来的伤害。

客厅内一阵沉默，死去的七名学生虽是他们竞争对手平通院的人，但独立军不光在凡寒星有，谁也不知道他们的势力扩散到什么地方，下一个是不是就轮到其他军校，轮到其他星系。

"这帮人就是丧心病狂！"廖如宁坐下来，他情绪波动大，始终冷静不下来，当时那个独立军动手，他就在旁边，眼前一直不停闪现那名学生捂着喉咙倒下的样子。

"之前十三区派来的那批救援军怎么样了？"应成河抬头问金珂。

"和独立军纠缠了半天，双方皆在试探，后面独立军撤退了。"金珂皱眉，"他们这次想趁着寒潮，要我们这届学生葬身赛场，后面才好有机会动手。"

"幸好我们都出来了。"应成河双手交握抵在下巴上。

金珂低头喝了一口热水："二十几名 3S 级军校生，外加一名已知的超 3S 级指挥，一旦消失，独立军在后面的十年，绝对可以放开手脚。"

独立军最开始只有两个区，要对抗整个联邦，势必不敢直接硬刚，所以这些年一直龟缩，不断渗透。

"独立军有什么特征？"霍宣山问道。

"暂时不知，只知道他们渗透得悄无声息，谁也不知道独立军用了什么手段。"金珂沉思，他猜测独立军大概采用两种手段：一是那些人从头至尾便是独立军插进来的奸细；二是收买的奸细。

廖如宁对这些独立军想什么完全不感兴趣，他只知道这帮人杀性极重，对联邦危害严重："老师是担心我们受到报复，所以才不让我们和独立军牵连上？"

"大概，照这么发展下去，我们不动手，独立军恐怕也得找上门来。"金珂搁下水杯，卫三一个还未完全成长起来的超3S级单兵，一旦被独立军知晓，绝对会被他们想尽一切办法堵杀。

想起卫三，金珂抬头问："卫三还在房间里？"

"好像受了刺激。"廖如宁叹气，"早知道当时就不喊她出去。"

这样卫三也不会见到大楼外那幕，到现在她都还没接受过来。

应成河起身："我进去看看。"

他站在门外敲了敲，里面没人应，但门轻轻一推便开了。

应成河推门进去，卫三躺在床上，单手盖住眼睛，看着像是睡着了。

"卫三。"应成河拉过旁边的椅子反坐下，"今天晚上要不要上课？"

"不上。"卫三扯过被子盖过头顶，从被子内传出来的声音闷闷的，"我饿了。"

应成河眼底带上笑意："想吃什么？我们现在不能出去，只有营养液和水果。"

"都行。"

应成河转身去客厅，拿来一盘切好的水果和营养液。

卫三翻身而起，接过水果盘："下午六点我还要去见医生。"

"让金珂帮你打申请。"应成河双手放在椅背上，下巴抵在手背上，"还在为今天楼下的事难过？"

卫三吃完水果，重新躺下，双眼望着天花板："不是，我只是在想机甲的事。"

应成河半信半疑："我以为你心情不好。"

"一般，凡寒星那边什么情况，港口工作人员突然杀学生？"卫三扭头问他。

这是才反应过来？

应成河看着卫三，心中诧异，但还是解释："那个港口工作人员是独立军，估计是想在被发现前，报复平通院的学生。"

"这么长时间，凡寒星还没有清扫完独立军？"卫三侧身对墙，双眼盯着白墙。

"难度很大，谁也不知道身边的人是不是独立军。"应成河趴在椅背上道，"之前第五区派一艘星舰过来，他们星舰总副官就是独立军，差点出事，赶不到凡寒星。现在各军区都在排查，想找出独立军。"

"不应该排查军校学生？"卫三枕着手臂，"如果要塞独立军的人，从军校开始更方便。"

"可能已经开始了。"应成河也不知道军校那边开会内容。

"叮——"

两人光脑同时响了一声，是五校联网系统消息，卫三点开看："今天所有出大楼的学生，请下午六点，排队进医务室进行心理调查。"

"你要去医务室还是医生那儿？"应成河看完问她。

卫三还未出声，光脑又发来一条消息，是井梯医生："今天下午六点你去医务室，我还要去帮学姐查应星决的事，明天下午六点再过来。"

"去医务室，明天再去医生那儿。"卫三干脆起身，和应成河一起走到客厅。

"好了点？"霍宣山问卫三。

卫三坐在客厅沙发上，打起精神："饿了。"

"刚刚端进去的水果还有几支营养液你没吃？"廖如宁啧啧称奇，"卫·无底洞·三又出世了。"

卫三伸腿踹了廖如宁一脚，靠在沙发上问："心理调查什么？"

"可能测试一些问题。"金珂道，"不用紧张。"

他们主力队成员最开始一起去实战训练，也进行过心理调查。如果有问题，校方会进行积极干预。不过卫三半道参加，一直没有机会做心理调查。

不像极寒赛场内所有摄像头直面寒潮，凡寒星外部虽冷，但远比不上赛场里面冷，加之凡寒星已经在港口大楼做了防冻措施，所有摄像头完好。

一下午，所有录像被调了出来，但凡出过大楼的人都要进行心理调查，连当时站在大楼窗户前的军校生也要过去。而当时附近见到那名独立军杀学生的其他军校生全部被列为重点干预对象。

达摩克利斯主力队五个人一下子被标红了三个。

下午六点，所有领队老师也已经开完了会议，站在医务室门口，等着学生到来。

站在门口的项明化一时间很难说清楚自己内心的感受，明明被杀的是平通院学生，结果他们达摩克利斯军校主力队三个单兵名字被标红。

"不管哪儿出事，都有你们达摩克利斯军校的人。"塞缪尔领队老师站在旁边，不阴不阳冒出一句。

项明化："……"

来的学生进行分批排队，第一批就是名字被标红的人。

卫三和廖如宁及霍宣山成功变成第一批。

"为什么我们名字红了？"卫三瞄了一眼旁边达摩克利斯军校的其他学生手里的单子。

"代表主力队的意思。"廖如宁自信道。

项明化："……一天天想什么？名字标红是因为你们作为近距离目睹独立军杀人的对象，要进行重点关照。"

"那他呢？"卫三指着最前方的应星决，"当时没在旁边见到他。"

项明化视线落在应星决手中标红的单子上："他当时站在窗户边，看到了下面的场景。"

原来是这样。

卫三低头在单子上签下名字，过了一会儿被老师分到应星决后面。

"……"卫三目光落在手中的单子上，偶尔忍不住抬头，看着前面应星决柔顺如黑绸缎的长发。

对方笔挺地站在医务室门口，一身清冷气质似乎和周遭所有人隔离开来。

卫三捏着单子的手动了动，应星决的头发看起来太顺滑了，她情不自禁想伸手过去摸一摸。

只摸一下，动作快，对方应该不会察觉。卫三自我催眠，完全忘记了之前在赛场外摸人家头发，被发现的事。

卫三极快伸手摸了一把应星决黑色长发，冰冰凉凉的，像浸了水的上好绸缎。

这手感……和应成河那一头干枯毛草完全不同。

应星决好像没有发现，并未回头，自始至终都正视前方的医务室大门。

卫三目不转睛地盯着应星决的长发，如果她在这里点燃他的头发，会不会被帝国军校的人围攻？

"喀！"项明化用力咳嗽一声，把卫三往后拉，"各位同学保持一定的距离。"

随后压低声音对卫三道："别骚扰其他军校的学生。眼睛都放光了。"

卫三："……哦。"

应星决第一个进去，他熟悉流程，里面心理辅导医生大概知道情况，很快将人放了出来。

门打开，应星决从里面出来，墨色眸子对上卫三的眼睛："医生让你进去。"

说完，他便将单子交给旁边等候的老师，转身离开。

卫三拿着被标红的单子进去，医生坐在对面，语调温和："坐。"

她坐下，视线在医生背后扫了一圈。

"你们单兵都这个习惯。"医生拿着她的单子，笑了笑道，"进来先看一圈环境，以防意外发生。"

"职业习惯。"卫三顺着他的话道。

"今天是你第一次出大楼跑步？"医生伸手点了点面前的光幕，他光脑应该带着屏蔽功能，卫三只看到光幕，其他什么信息也见不到。

"对。"

"你对独立军什么看法？"

"没看法。"

医生关掉光幕："抱歉，这上面的问题写错了，我想问你对那个独立军的行为怎么看？"

卫三靠在椅子上："没看法。"

医生脸色温和："里面的心理检查内容不会流出去，只是我们两个人的交谈。"

"没有看法，事情发生得太突然。"卫三真诚道。

她目光真挚，从肢体语言看，像在说实话，只是实话的内容却分明在敷衍。

"我看过你当时离事发现场的距离，很近。"医生抬眼，话语变得直接，"据我了解，除了在极寒赛场那次出局的校队成员，这次是你第一次直面军校生死亡。"

"嗯。"

"你对生死有什么想法吗？"

"没有想法。"

医生脸色虽还保持着温和，但语气逐渐严肃："卫三同学，我希望你能配合我的工作。"

"我在配合。"卫三认真道，"都是机甲单兵了，对生死能有什么想法。被星兽杀死和被独立军杀死有什么区别？"

医生一愣，随后缓缓道："不一样，星兽是没有感情的外来物种，独立军曾经和我们一样是正常人。"

卫三扬眉："死在两者手里，不都是死？提升实力才是最关键的。"

后面任由医生问什么，卫三都用最真诚的语气说出最敷衍的话。

足足交谈一个多小时，医生最后才放卫三离开，在光脑上写了一句：心理暂时无问题，疑似情感缺失，建议再做测试。

卫三接过盖章的单子出去。

"你怎么这么久？"廖如宁和霍宣山已经做完了检查，在外面等了大半个小时，他探头瞄了一眼卫三手里的单子，"也没多个印章。"

卫三把单子交给老师，推开廖如宁的脑袋："回去了。"

三人和项明化打完招呼，便走回寝室。

从下午六点一直到第二天下午六点，所有在大楼外的学生测试皆结束，主要重点还是在亲眼见到学生被杀的那些军校生身上。

结果被统计出来，当时距离被枪杀的六名学生最近的其他军校生心理或多或少都有些问题。

有人自责为什么没有拉开受害的同伴；有人则愧疚自己逃过一劫，而旁边的人却被枪击中。更多的军校生是愤怒，愤怒独立军所作所为。

会议室。

项明化打开光幕："这是卫三的测试结果。"

解语曼盯着那条医生的评语看了一会儿："这个有什么问题？个体差异化，不是谁都要感情充沛。"

不过卫三看起来不太像情感缺失的样子。

"或许和她身世有关。"黎泽看着光幕上的评语道，"正常。"

项明化站在桌前："塞缪尔那帮人抓住这个点，说卫三情感缺失，没有集体荣誉感，很容易被策反。"

"笑话。"解语曼双手抱臂，冷笑一声，"第五区这次来的星舰总副官还不够有集体荣誉感？当年还是军校生的时候，怎么领着帝国军校夺冠，所有人有目共睹，还不是被策反了？"

"他们已经提出申请，要对卫三启动监控程序。"项明化脸色不太好看，"我看塞缪尔那帮人是想搞学生心态。"

"问问卫三，要不要把她身世爆出来。"解语曼道，"给他们看，这种身世背景，情感再怎么缺失也不为过。"

黎泽皱眉："一定要让其他军校的人知道？"

解语曼抬头："卫三不会在乎这些，你们先去问她。"

项明化点头："我问问。"如果对卫三启动监控程序，她超 3S 级的事也隐瞒不了多久。

三个人坐在会议室，桌边摆着小型屏蔽器。

解语曼忽然道："对了，在极寒赛场，应星决和卫三合作过一次，我觉得他表现很奇怪。"

黎泽和项明化闻言，皆朝她看去。

项明化："怎么说？"

当时项明化一直都在，只是那次应星决醒过来，找解语曼谈话时，他去看卫三了。

解语曼端坐在桌前："他一个超 3S 级指挥，感知本身异常强大，那次合作弄出的动静，你们都有感受到。把卫三的能力推给机甲，倒也不是不行。但是应星决来找我，要求立刻出赛场，言语中对卫三丝毫不感兴趣。"

黎泽不太明白："应星决向来待人疏离，这种情况很正常。"

"作为帝国军校的主指挥，和卫三合作过，一定会注意她的实力，这关系到后面的比赛。"解语曼道，"即便不动声色，也要关注卫三的变化，他没有。"

"或许是超 3S 级指挥的自信。"黎泽想起当初在十三区见到路过的应星决，"他上过真正的战场，目前的卫三应该威胁不了他。"

解语曼皱眉："总之，卫三的等级要严格保密，独立军如今生事，谁也不知道他们会做出什么疯狂的事。"

如果独立军要借机毁掉联邦新生一代，卫三绝对是除应星决之外的头号目标。

这么多年，应家不断招徕 3S 级高手，各种产业扩张，为的就是护住应星决，不被独立军所害。

毕竟那次通选营养液事件，影响太大。

卫三接到项明化的通信，听他说完来意后，她无所谓道："可以说，我不想要监控程序。"

"好，我会和他们说。"项明化顿了顿，忽然警告卫三，"除了在赛场，别去招惹应星决。"

"我没有。"卫三狡辩。

"你摸人家头发，我亲眼看到了。"项明化想起这个就头疼，"我看应星决是不想理你，不然废了你的手。"

"摸摸头发而已……"卫三低声嘀咕。

"你那叫摸头发而已？你那叫骚扰！"项明化怒道，"我要是帝国军校的老师，当场捉住你！"

卫三："……下次不摸了。"听老师意思是在赛场内就可以为所欲为。

第 136 节

塞缪尔军校的老师找事，说卫三的心理测试结果表明她容易出问题。达摩克利斯军校便搬出卫三的背景，一个无父无母的孤儿，可怜到情感缺失，塞缪尔军校的人不表示同情，甚至还要落井下石，找理由监控，无异是在逼人走向独立军。

塞缪尔军校的老师被反将一军，他们只知道卫三是无名星出身，后面暴露出 3S 级后，档案被达摩克利斯军校那边封了，谁也不知道她什么情况。

达摩克利斯军校这次把卫三的身世资料拿出来，监控程序不了了之，但她是无名星的孤儿，这事很快流传出来，被其他军校的人知晓。

帝国军校的人同样也知道了。

"卫三不光是无名星出身，还是个孤儿。"司徒嘉语气中透着难以置信，"她怎么进达摩克利斯军校的？"

没钱没势，也接触不了机甲，而现在她不光进了军校，还和他们这些自小用机甲训练的人一起比赛。

司徒嘉心中有些别扭，他学十几年的机甲，还不如一个接触机甲不到一年的人？

"身世是这样，也许她被谁收养了，可能是达摩克利斯军校的人，否则也不会一开始便隐瞒等级。"公仪觉道，"或许是达摩克利斯军校准备多年的王牌。"

公仪觉说完，其他人皆认为有理，这也恰好说明为什么达摩克利斯军校能在一开始隐瞒卫三的缘故。

"指不定那个卫三就在无名星接受达摩克利斯军校老师的单独训练。"司徒嘉释然，如果是这样，卫三接触机甲的时间肯定不比他们少。

姬初雨看向应星决："你觉得呢？"

"不清楚，证据不够。"应星决说的话，其他人没有怀疑。

应星决垂眸，目光落在由肩上垂落在腰间的长发。他并不认为卫三是达摩克利斯军校藏起来的王牌。

假设卫三是王牌，达摩克利斯军校不会后来才发现她是超 3S 级。作为王牌，势必每年都有身体检查，不会没人发现她是超 3S 级。更像卫三是普通军校新生入学，参加选拔进入校队，谁也不知道她真实的等级。

十三区那个医生，并不是一开始才跟队的，足够说明达摩克利斯军校事先对卫三超 3S 级的事毫不知情。

……孤儿吗？

现在看来之前调查的资料有不少遗落和错误。

所有军校的学生还被控制着不能出房间，只有在固定的时间内可以出来吃饭。

五大军校那边开会，准备要主力队跟着出去巡逻帮忙。

其实所有人心知肚明，凡寒星不过是为了分散独立军的视线，将只在平通院的风险分担到其他军校身上。

达摩克利斯军校投票无效，最后结果是所有主力队都必须出去。

"独立军总不能忽然跳出来，大喊一声'我是独立军'，巡逻有什么用？"廖如宁不满道，"他们人手明明够了。"

金珂低头戴好达摩克利斯军校的徽章："互相监督，如果凡寒星巡逻队伍中有独立军出现，我们可以动手。相反，我们中有独立军，也避免了伤害大楼内其他军校生。"

"我们？"廖如宁想了想，觉得不可能，"如果主力队真有独立军，要动手早动手了。"

"反正其他军校投票同意了，我们必须得去。"应成河拿着卫三的营养液道。

卫三穿着军靴踩在凳子上，弯腰系鞋带："耽误我学习的时间。"

本来趁这个时候正好上鱼青飞的课，她还有好几个构建的机甲没有做完。

"我们在哪儿巡逻？"霍宣山问金珂。

"这条线，从东城穿过西城。"金珂打开光脑，示意他们看，"西城那边靠近寒潮暴发点，飞行器过不去，我们在中途会下来。之前还有一小批出现过的独立军藏在凡寒星某处。"

"如果碰上，是抓活的还是？"廖如宁犹豫问道。

"死活勿论。"金珂想起一件事，"塞缪尔军校的人和我们一起巡逻。"

其他人："……"

金珂就知道他们是这个反应："平通院和帝国军校的人走南北线，南帕西军校被安排去了地下避难所，在那边观察平民。"

虽然独立军要杀平民，但也可能会有独立军的人冒充平民，哪一边都不能放松。

五个人穿戴好，便走出大楼，几个老师都在大楼门口等着。

"路上小心。"项明化看着五个人，"不要逞强。"

解语曼朝卫三走过去，卫三下意识地捂着屁股躲开。

"给我站住。"解语曼对卫三道。

卫三停下来，不管三七二十一，抢先道："解老师，我错了。"

解语曼走过去，抬手拉正卫三手臂上的徽章："……一天天地脑子里都在想什么？"

原来是徽章歪了，卫三松了口气。

"你们就是去走过场，别乱来。"解语曼拍了拍她手臂，"真出了事，也别怵。"

"知道。"卫三点头。

五个人登上飞行器，塞缪尔军校的人一早便到了。

两所军校向来势不两立，这次却要执行同一条线上的任务，飞行器内的气氛十分僵硬。

"早上好。"卫三最后进去，冲塞缪尔军校的五个人热情打招呼。

塞缪尔主力队五人："……"

两所军校的人面对面坐着，卫三喊了一声对面的习乌通："下次再一起跳舞啊。"

习乌通扭头不想搭理她，但脑海中立刻记起之前被铆钉鞋踩脚的痛苦。

这帮神经病！

外面风雪依然大，飞行器开得不快，里面除了他们两所军校的主力队，还有凡寒星的巡逻队，一半 S 级一半 A 级。

"独立军一般都什么等级？"肖·伊莱问旁边明显是队长的人。

"什么等级都有。"巡逻队队长面无表情地回答。

"如果我们不来，你们碰上 3S 级的独立军不就死定了？"肖·伊莱继续问道。

"暂时没有发现 3S 级独立军，基本都是 A 级。"巡逻队队长道。

金珂侧头对卫三几个人解释："目前已知的唯一一个 3S 级独立军是之前第五区的星舰总副官。"

"一条线完全过一遍，需要一整天的时间，还请各位做好心理准备。"巡逻队队长说完后，便不再开口，目光放在外面的摄像头上，观察街道周边有没有人出没。

越靠近西边，飞行器越慢，一直到中线上，飞行器彻底停下来，所有人需要走过去。

不过他们不在赛场，有足够的能源消耗，直接进入机甲状态。

"之前我录制的视频，灰色的无状物有没有得出结论是什么？"卫三走了一会儿，望着漫天飞雪问金珂。

"没有什么结论，他们也没有见过，怀疑是未知的变异星兽。"金珂道，"移动范围应该也有限，目前为止在赛场外没人见过那些灰色无状物质。"

"可能依存旋涡流，外面没有什么旋涡流。"应成河猜测。

廖如宁撞了撞卫三的机甲："说不定全被卫三杀完了。"

"嘁。"肖·伊莱嘲讽，"那是卫三杀的吗？我看分明就是应星决动的手。"

"你又知道了？"廖如宁扭头看向肖·伊莱，"人都在赛场外，你看个鬼。"

"我是不在里面，不过猜都能猜到，既然连姬初雨都没办法，你卫三仗着加了点紫液蘑菇，就能横扫？"肖·伊莱鄙视地看着达摩克利斯军校这几个人，"要点脸。"

卫三点头："你说得对，没有应星决，我确实做不好。"

肖·伊莱："……"承认得还挺快。

两所军校针锋相对，一路朝西走去，路上还遇到了凡寒星其他的巡逻队。

"这种天气，独立军在外面没有补给，也藏不了多久。"肖·伊莱对自己军校的指挥道。

"既然他们能隐藏多年，一定有自己的据点。"高学林低头看着路边倒塌一半的建筑物，"最怕的是和之前那个工作人员一样，凡寒星内部有独立军的人。"

如果独立军渗透到高层，简直无法想象。

一开始两所军校还会针对几句，到后面所有人只是往前扫路，埋头寻找有没有独立军的踪影。

卫三揉了揉眼睛，打了个哈欠，她一上课就容易忘时间，前两天没有休息好。

再抬眼时，她朝巡逻队左边看了看，全是倒塌的房子，上面插了一面平通院的旗子。

"这里发生过战斗？"金珂问巡逻队队长。

"撤退的时候，独立军曾经出现过，这是第一次屠杀的地方，平通院有些学生在这里反抗独立军，全丧生于此。"很明显，巡逻队的队长对那些独立军恨之入骨。

卫三靠近倒塌的房屋，脚上踩中被雪覆盖的什么东西，她踢了踢表面的雪，露出里面的金属外壳。

是机甲外壳。

她操控无常弯腰捡起地上的金属外壳，只是一个残片，上面也没有任何图案和徽章。

卫三翻来覆去看了一会儿，引起旁边廖如宁注意，他挤过来也想拿着看一看。

下一秒卫三便把手中的金属外壳扔掉。

廖如宁一句"我看看"堵在嘴里，他低头看着扔在地上的金属外壳："你扔了干什么？"

"脏。"卫三示意他跟上队伍，"看不出是谁的机甲。"

脏就算了。廖如宁抬脚跨过机甲残片，他对自己机甲可珍惜得很，不碰脏东西。

他们走在前面，没有注意到巡逻队中有一个人一直在观察卫三。

一条线走完，众人走到中城区，坐着飞行器回到港口大楼，正好另外三所军校也这时候回来。

应星决一眼便见到从飞行器上下来的卫三。她和那个机甲单兵廖如宁勾肩搭背，看起来感情异常地好。

他皱眉望着旁边的应成河，堂弟没有任何异样。

应星决不太能理解达摩克利斯主力队员和卫三之间的关系，每一个人都和她太过于亲密了。

"你们居然带老师和师娘去那种地方？"廖如宁难以置信，"那些地方专门骗游客的。"

卫三："……"果然无论什么世界，不变的就是虚假宣传的奸商。

"下次，我带师娘逛沙都星。"廖如宁拍着胸口道，"纯正沙都星人，好玩好吃的，我都跟着我父亲转了一遍。不像这两个人，对帝都星的了解还没有金珂多。"

捧一踩二的事，廖如宁做得极为纯熟。

"卫三。"

司徒嘉突然喊出声。

其他军校的人都在卫三和司徒嘉之间来回打量，连帝国军校几个人也诧异看向司徒嘉，不明白他要干什么。

"听说你是孤儿？"司徒嘉盯着卫三，露出一个意味不明的笑，"你分明是达摩克利斯从小暗中培养的人，要装也装得像一点儿，一开始别和主力队感情太好。再者，没有军校背后资助，一个孤儿能走到现在这个地步？"

卫三收敛脸上的笑意："你想表达什么？"

司徒嘉："底层的人不可能走到你现在这个位置，即便是孤儿，你也是靠着达摩克利斯军校资源培养出来的。"

卫三挑眉："是又如何？"

司徒嘉摊手："不如何。"

既然是，他心中稳固的阶级就还在，底层那些人不可能爬上来，能爬上来也只是因为有上层人的培养。

心底隐隐的恐慌感也彻底消散了。

走进大楼，卫三突然扭头对着应星决和姬初雨，扬唇："说起来，我们三个人几年前见过一面。"

应星决倏然抬眸，倘若他见过卫三，一定会记住，但在记忆中从来未见过。

姬初雨同样眼中带着惊讶。

"你们什么时候见过？"金珂在旁边低声问，他不过是提前两年出了3212星，在此期间，卫三不可能见过应星决和姬初雨。

那就是他走的那两年间……金珂脑海中快速转动，卫三来沙都星是第一次出3212星，所以只可能是应星决和姬初雨去3212星？

他们俩怎么会去一个无名星，不对，是经过。

金珂脑海中浮现当年应星决和姬初雨赶赴幻夜星的路线，假设稍微偏离一点儿，他们完全可以去3212星。

"你们还救了我一命呢。"卫三挑眉，夸张地叹了一口气，看着姬初雨，"如果你没杀那头星兽，现在达摩克利斯军校就没有第五个3S级了，你们夺冠的竞争对手也就少了一个。"

气死你们。

姬初雨杀了那么多星兽，完全记不起什么时候救过卫三，他皱眉盯着卫三的脸，根本想不起来。

"你不是还在墙角发现了灰晶？"卫三"好心"提醒。

应星决一怔，他记起来了，他们曾在一个无名星发现过灰晶。

第137节

大楼门口五所军校的主力队员都在，所有人安静地看着卫三和应星决、姬初雨。

姬初雨听完卫三说的话后，很快在记忆中找出来这件事。他没有忘记，甚至记得很清楚。只不过他记忆侧重点不在当初那个躺在地上快死的人，而是在无名星上斩杀的第一头星兽。

"那个人是你？"姬初雨面无表情地问道，手指却快速转动戒指。

他不信当初躺在地上浑身是血的人是卫三，那个人分明只是一个连机甲都没有的普通人。如果真如卫三所言，那她接触机甲才多长时间？三年不到。这么短的时间，却已经追上了他们主力队所有人。

卫三叹气："那还是我第一次见到战斗机甲，多亏你们搭救，从此我就立志当一名机甲单兵。如果不是帝国军校学费太贵，还没有贷款，可能我们就是队友了。"

姬初雨："……"

"指挥，你们真的救过她？什么时候的事？"司徒嘉被卫三突然爆出来的这一招给弄蒙了，站在旁边低声问。

"不算救。"应星决抬眸望着卫三，认真缓慢地回复她的话，"那头星兽是我们的失误，没有它，你便不会受伤。"

几年前，帝国双星未成名之时，跟随第五区增援队赶赴幻夜星，一同前去的还有帝国军校的新生代队伍。那头星兽还未成年，是增援队途中抓来的，原本要交给第五区实验室，却被新生代队伍中的人误放了出来。由于应星决和姬初雨从未在现实中和星兽动过手，那次追捕任务便交给两人。

两人一路追赶到3212星。他们直接驾驶飞行器突破无名星的防护，追到废弃大楼。无名星上那栋废弃大楼内有块灰晶，对星兽有莫大的吸引力。那头星兽想要吃下灰晶，补充能量，结果当时卫三设计的小机甲射中了墙那边的星兽，引起了星兽的注意。

姬初雨的任务原本要留下那头星兽，但他们未料到赶到时，星兽已经伤人，便直接斩杀了那头星兽。

在他们赶到大楼时，星舰那边发来紧急通知，幻夜星防线暴动，增援队需要加速赶赴第五区，两人连星兽的尸体都顾不上便直接走了。

至于被星兽伤的人，他们顾不上，也不需要顾。

早在飞行器强行突破无名星防护时，这个星上就应该有人追踪过来，地上被伤的平民自然会被发现。

"还是要感谢的，没有你们，我还是无名星的普通人。"卫三用一种松了口气的口吻道，"再者多亏你们这几个学校学费贵，不然我真去了你们学校。"

其他军校的人："……"

见到几个军校生站在门口不走，以为闹事而迅速赶来的老师们："……"

应星决垂在身侧的指尖蜷了蜷，他望着卫三，从她眼中看不到任何波动，这件事于她而言，似乎根本算不上什么。

卫三眼中没有她口中说的感激，更没有对他们的愤怒，情绪平静到堪称冷漠。

她并不在乎这件事。

应星决偏开视线，有些不想对上她的目光。

因为司徒嘉突然的多嘴，现在帝国军校所有人心中都堵了一口气，甚至连带其他军校的人心里也怪怪的。

什么叫没有应星决和姬初雨，她还是普通人，意思是帝国军校自己给自己找了对手？还有学费贵，没有贷款，难道卫三曾经想来他们学校？

其他军校的人下意识地带入，假设卫三来了自己学校，是不是受气的就是别的军校，而不是他们？

"大家都散了，早点休息。"项明化揪着卫三往里走，示意达摩克利斯军校的人都跟上。

站在门口的众人还能听得见达摩克利斯军校那几个人的声音。

"什么叫你要去别的学校？卫三你今天不好好解释，别想吃晚饭。"

"老师，我只是表达这就是缘分！我注定就是咱们达摩克利斯的人！"卫三迅速辩解，"真的，今天晚上吃什么……"

"受伤什么情况，仔细讲清楚。"这是金珂的声音。

卫三："吃完饭再说。"

其他军校纷纷离开，只剩下帝国军校五个人还站在原地。

公仪觉对司徒嘉有点不满。这都什么事，莫名其妙来这么一遭，现在所有人心里都不舒服。

"我不信那个人是卫三。"姬初雨沉默了一会儿，对应星决道。他更倾向卫三是由达摩克利斯军校一直暗中培养出来的。

应星决垂眸，掩去眼底情绪，淡声道："无名星出身，知道我们找到灰晶，所用招式混乱。"

分明没有经过正统训练，或者说接受正统训练时间极少，导致她什么招式都有。

应星决抬眼看向姬初雨："你不信的是她一个人能走到现在的位置。"

姬初雨彻底沉默。

一个无名星孤儿，无权无势，甚至连学费都要贷款。如今却和一群天之骄子站在同一高度，甚至将来还会更强。

他们只是不愿意相信罢了。

应星决回忆起大赛最初自己对卫三的看法，连他也避免不了对人标签化。

"早点休息。"应星决视线扫过面色复杂的几人，率先离开。

应成河坐在卫三面前："你之前没说过认识我堂哥。"

"说说，什么情况？"金珂坐在卫三左边，"你在3212星怎么和他们扯上了关系？"

卫三抬头，右边的廖如宁和对面的霍宣山也在等着她回答。

"其实没什么好说的，就见过一面。"卫三摊手，"那个司徒嘉不上来找事，我也就不提这件事。"

没什么重要的。

"我没听说过应星决和姬初雨到过3212星。"金珂道，"你受伤了？"

卫三拉过盘子，准备吃饭，被旁边廖如宁按住了手："先说再吃。"

"……他们应该是去幻夜星的时候，追着星兽跑到3212星上。"卫三重新抽出手，握着筷子，"我被那头星兽抓过一爪子，算是被他们救了。"

"去幻夜星增援，他们中途还追星兽？"廖如宁第一个表示不明白。

"可能是抓给第五区实验室的星兽。"应成河道，"我好像听说过。"

"所以那时候你还没有学机甲？"霍宣山问她。

"学了。"卫三敲了敲桌子，示意他们也赶紧吃，"不过我们3212星只有几台B级机甲，只有快毕业的时候才能拿来训练。"

在一顿饭的时间，卫三给这几位全方位科普了3212学院的穷。

"太惨了。"廖如宁当即表示，"我让我父亲去捐机甲。"

一些A级机甲还是可以捐出来的，完全可以供给3212学院用。

"我在帝都星的工作室内还有很多用不上的材料，可以拿出来兑换，做几台机甲。"应成河同样要捐。

"更应该捐的是第三代感知测量仪器。"霍宣山指了指卫三，"不然以后会有更多高等级的人失去本该有的机会。"

不是所有人都像卫三一样，能靠着自己慢慢走上来，有些高感知的人或许因为没有正确测试出自己的感知，而被埋没。

卫三低头挑着盘子里的饭菜："全联邦有多少个像3212星一样的无名星？"

金珂直起身："无名星因为数不清，所以连名字都懒得取，只用编号。"

足见无名星之多，况且3212星还算人多，有些无名星上居住的人极少，情况更为困顿。

"先给3212星，后面有能力再慢慢帮助其他无名星。"廖如宁想了想道，"像卫三你这种等级的人还是少数。"

金珂望着吃饭的卫三，他开始对一件事感兴趣，联邦有多少无名星还在用初代感知测试仪器，其中又有多少测量出现问题的人。

第二天一早，卫三醒过来，便见到廖如宁和霍宣山蹲在客厅，看着光脑，不知道在笑什么。

"哈哈哈哈！"廖如宁一拍大腿，余光见到卫三出来，立刻起身，"卫三，你快猜猜昨天晚上之后，其他军校发生了什么。"

"什么？"

廖如宁把自己的光脑转过来，给卫三看："今天一早各军校官网上发通知，从下一学年，学费全部减半，还提供贷款通道，哈哈哈哈哈哈。"

大赛比了这么几场，再过段时间又将迎来下一届新生，各军校之后的比赛好坏直接代表能吸纳多少生源。

五大军校官网上一直都在发招生宣传，达摩克利斯现在官网首页挂的就是卫三那个视频。

别看其他军校嫌弃卫三，但要重新来过，他们都想拉她进自己军校里。

"怎么突然搞这种事？"卫三看着各军校官网通知，"就因为我昨天说学费贵？"

廖如宁点头："差不多，他们肯定后悔没招到你。最先是帝国军校发的通知，其他军校见状便紧随其后。"

"我听说帝国军校那边是应星决提出的建议。"霍宣山道，"他认为学费阻碍了一批优秀学生加入帝国军校。"

"听听，应星决分明在说你优秀。"廖少爷朝卫三竖起大拇指，"失去你是他们最大的损失。"

卫三仔细看了看帝国军校发的通知，居然真的连夜弄出来一个贷款通道："帝国军校那边真的同意，不怕掉价，好好的一个贵族世家军校。"

廖少爷揽着卫三："这你就不知道了，让少爷我好好讲一讲。咱达摩克利斯军校是老牌军校，多少年前一直都是老大，这些年被帝国军校霸占。现在眼看着我们要起来了，他们慌了，哪里还管生源背景。"

"平通院规矩那么多，淘汰率真算起来，比帝国军校还高，他们也要改变？"卫三翻到平通院官网问。

"平通院作为万年老二，我们上来后，压力不比帝国军校那边小。"霍宣山扔给卫三几支营养液。

这次不光帝国军校，连带着平通院都跟着搞表面功夫，想抢生源。

事实上，几个人猜对了大半。

昨天晚上，应星决便向帝国军校那边提出建议。

卫三说的话，帝国军校的领队老师也听见了。一想到因为这种莫名其妙的理由，导致帝国军校少了一个3S级，多了一个强劲对手，这些老师心中就怄得慌。

军校那边最开始自然不同意，要他们帝国去放低身段，学着达摩克利斯军校迎合那些无名星来的穷学生，想想都不可能。

"几年前，我们遇见的卫三不过是个普通人，而现在她却能和3S级军校生站在同一高度。仅仅因为帝国军校学费昂贵，便成为我们的对手。"应星决望着视频对面的人，"校方愿意看着此类事再次发生？"

"我们的学费并不算昂贵，连学费都出不起的学生，相比进入军校前也没有机会碰过什么机甲，天然实力低于其他学生。"校方的人反驳。

"这一切，在卫三身上都不成立。"应星决一字一句道，"帝国军校的规则该变了，否则达摩克利斯军校将再一次将帝国军校踩在脚下。"

他后半句话戳中了校方内心一直存在的疙瘩。

即便这么多年帝国军校在大赛中一直保持第一，达摩克利斯军校因为生源断层问题，一年比一年差，但联邦这么多军区，人们提起最强军区第五区时，背后永远还会跟着一个十三区，认为十三区并不比第五区差。

最终校方开会商议，还是做出了让步，不光学费减半，还有正规的贷款通道，保证没有钱的学生能够进入帝国军校。

五所军校第二次巡逻，在外面飞行器上再次相遇，其他军校的人看着卫三的眼神都不太对。

"这些人都在忌妒你。"廖如宁与有荣焉道，"他们成天享受最好的资源，还是打不过你，心里肯定酸得很。"

卫三扬眉："你也打不过我。"

"没办法。"廖少爷夸张道，"有时候不得不承认，这世上就是有天才。"

其他军校的人："……"说话就说话，有必要这么大声？生怕他们听不见。

"走了。"金珂喊他们上去。

和昨天同样的队伍，今天塞缪尔军校成员陷入罕见的自闭中，没有给达摩克利斯军校生任何一点儿眼神。

现在大家心中隐隐有了一个大致的共识，别惹卫三，一惹，不痛快的人肯定是自己，顺便还要捎上别的军校。

连肖·伊莱都不和达摩克利斯军校的人互相讽刺，他怕卫三再刺激自己。

他并不想知道卫三有多天才。

卫三坐在靠窗的座位，往外看去："外面的雪是不是小了一点儿？"

"温度没有回升。"应成河让她看飞行器内的显示屏，"要好几个月寒潮才会逐渐消散。"

这次飞行器照例在中心城停下，一群人下来，进入机甲内。

"我们接下来天天这么巡逻？"才第二天，廖如宁已经预见未来枯燥无味的生活，"太无聊了。"

"有意思的……说来就来。"金珂缓缓道，示意他们进入战斗状态。

塞缪尔军校和达摩克利斯军校以及巡逻队全部背对背收拢，从远处不断有星兽出来，收缩成圈。

"每年寒潮时，都会有星兽突破赛场屏障，跑到外面来。"巡逻队队长解释，"这还是今年第一批出来的星兽。"

他们还以为里面的星兽会被全部冻死，所以才一直没见到踪影，没想到现在出现了。

成群结队的星兽挤在一起，收拢包围圈，对里面众人虎视眈眈。

"好久没有动过手，我快憋死了。"廖如宁扭了扭手臂，"少爷要教教它们重新做兽。"

比起带着旋涡流的灰色无状物质，这些星兽实在不够看，两所军校的3S级机甲单兵动起手来，几招便能解决一头星兽，旁边的巡逻队有些愣住了。

在这些凡寒星的巡逻队看来，除了帝国军校的学生，平通院才是最强的，而现在无论是塞缪尔军校还是达摩克利斯军校，动起手来和他们巡逻队也根本不是一个层面的水平。

"你这一刀不过如此。"廖如宁杀完一头星兽后，扭头看着旁边习乌通道。

巡逻队队长："……"这一刀下去，直接将两头双S级星兽斩首，还不过如此？

习乌通并不搭理廖如宁，转身继续对付星兽。

"你们的王牌也不过如此。"肖·伊莱没忍住指着卫三讽刺道。

正在划水的卫三："你说我？"

之前还在心中嘱咐自己，不要招惹卫三的肖·伊莱强撑道："听说你在极寒赛场有一个大招，看样子是虚假消息。"

卫三踢开脚边的星兽："就算是虚假消息，你能奈我何？"

肖·伊莱："……迟早翻车。"

原本被收缩的圈子，因为3S级单兵的出手，被重新扩大，但周边仍旧有星兽围着。

就在众人专注于周围的星兽时，从建筑物半空中突然蹿出其他星兽，甚至还有大片飞行星兽出现，攻击圈内的人。

有一头白色巨狼从半空中跳下，径直张开大口咬向最中间金珂的脑袋。卫三伸手连人带机甲拉过来，自己挡在前面，握住长刀一转，刀身冷霜一结，带起刀风斩去。

南飞竹离得近，机甲脸上被溅到星兽的血，但他注意力却在卫三的长刀上。在谷雨赛场也曾见到过她的刀上有一点儿白霜，而现在他分明能从刀身上感受到极为冰冷的杀气。

……这是什么材质的刀？

南飞竹脑海中顿时浮现出几种带着寒冰属性的材质，皆找不到最适配的比例，能做出卫三手中的长刀，更不用提这把长刀的几种变化。

应成河对武器的造诣已经达到这个地步？

内圈的轻型机甲单兵已经腾空飞上去和飞行星兽战斗，廖如宁左肩被一只飞行星兽抓住，它的爪子犹如钢爪，直接穿透他的肩甲。

机甲的损伤瞬间通过感知传递给廖如宁，他面不改色，任由飞行星兽抓住机甲的肩膀，用力下腰，将它从半空中拉下来，单手抓着把这头飞行星兽摔在地上。

　　飞行星兽带着翅膀直接落地，廖如宁没有动手，半空中的霍宣山抽空射出一箭，直接钉死这头飞行星兽。

　　廖如宁仰头顺手对霍宣山比了个心，随后冲卫三道："你杀了多少头星兽？我们早点解决回去。"

　　"我只杀这一边，其他不管。"卫三最近战斗兴致不高。

　　"行，塞缪尔的，你们自己也分配好。"廖如宁冲着肖·伊莱等人道。

　　卫三想要快速解决这些星兽，将须弥刀分成合刀，开始往外冲。

　　"抱歉。"

　　塞缪尔的吉尔·伍德被星兽一脚踢到卫三这边，不小心碰到她，两个机甲撞上了。

　　卫三皱眉退开："小心一点儿。"

Weekly plan

Mon.	看医生 ✓
Tue.	
Wed.	比赛 ☆☆☆
Thur.	
Fri.	
Sat.	
Sun.	随手捞了一个人……

第六章

西塔赛场

第 138 节

吉尔·伍德用的武器叫不动斧，两把重型斧头，她被星兽踢倒，连累卫三的手一顿。但吉尔·伍德很快便站起来，重新对上那头 3S 级星兽。

卫三看了一眼旁边其他人，都在和星兽缠斗。她干脆将吉尔·伍德拉过来，两人换个位置："你去那边，我对付这边。"

吉尔·伍德一愣："我……"

"别耽误我回去的时间。"卫三说完，自己对上那边的 3S 级星兽和双 S 级星兽。

吉尔·伍德握紧手中的不动斧，移到卫三之前杀了大半星兽的方向。她只是双 S 级，对付 3S 级星兽太吃力，现在换到这个方向，明显轻松许多。

内圈不断扩大，两所军校的主力单兵之间的距离也越拉越开。

卫三面无表情地清理周边的星兽，她最近不太想战斗，只想把鱼青飞的课上完，她有几个设想，但现在还无法实现，满脑子只剩下机甲的各种结构。

"那边有人！"吉尔·伍德指着卫三那边半倒塌的建筑物道。

卫三抬眼看去，果然有人影闪过，她扭头朝巡逻队队长喊："队长，那边好像有人，要不要过去看看？"

巡逻队队长："……"有毒吗？她离那么近，有人不立刻跑过去，转头问他干什么？这一会儿，人早跑远了。

"我这里快完了。"霍宣山在半空拉弓，射中一头星兽，对下面的卫三道，"我和你一起过去看看。"

"好。"卫三又开始专注面前的星兽。

塞缪尔军校的人："……"

肖·伊莱："平民都进了地下避难所，这条线上除了我们，多出来的一定是独立军！"

他语气中对卫三的反应表示唾弃，躲开星兽的攻击，肖·伊莱第一个朝那边人影闪过的地方跑去。

肖·伊莱一跑，那些星兽则分散去其他人那边，给剩下的人带来了压力。

"你一个人别被独立军杀了。"廖如宁在背后喊，他以为自己够莽了，没想到塞缪尔军校的人比他还要莽，就这么直挺挺地追了过去。

塞缪尔的指挥高学林只能带着其他人去追肖·伊莱。

金珂："……"

这样一来，星兽的压力全得交给达摩克利斯三个人。

卫三看着跑远的塞缪尔军校五人："都这么久了，再去追也晚了。"

"既然你知道，为什么一开始不去追？"巡逻队队长有些不满道，"好不容易发现独立军的踪影。"

卫三躲开旁边星兽的攻击，转头："我一个人去，不太好，万一出事，后面比不了赛怎么办？"

巡逻队队长：一个3S级居然怕这怕那。

等塞缪尔军校的人追完回来，达摩克利斯军校已经把所有星兽解决完，巡逻队则在收拾星兽的尸体。

"追上了？"卫三问他们。

肖·伊莱面色不虞："没有。"

"那么快，说不定是耗子，不是人。"卫三"安慰"道，"别灰心。"

"你有没有一点儿责任心？"肖·伊莱反而开始质问卫三，"那是独立军，不抓住，他们以后还会出来莫名屠杀平民。"

卫三努力思考了会儿，指着吉尔·伍德："她才是最先发现人影的，按理说立刻追过去的人是她才对。"

吉尔·伍德："我……你离得更近，才喊你的。"

高学林抬手示意吉尔·伍德不用再说："达摩克利斯军校不过是想独善其身，但有一点你们最好明白，独立军到处屠杀时，不会管你们有没有参与进来。"

返程时，两所军校之间的氛围再一次变得僵硬。中间夹着巡逻队的人。

不光是他们遇到了星兽，帝国军校和平通院那边同样碰上了星兽。

这些星兽基本上全部是从极寒赛场内出来的，但这是个时间点，没有人再去赛场附近，只能再次加强城内的防护。

达摩克利斯军校和塞缪尔军校在巡逻时见到可疑人影，怀疑是独立军这件事，没有引起太大的重视，因为此刻所有人都在关心另外一件事。

从联邦第一军区传来的消息，各军区的防线隐隐有松动，尤其是幻夜星，他们还派出了一艘星舰来凡寒星，现在那边人手肯定不够。

第二区和第一区已经派队增援，但也要求凡寒星这边开放星系防护，让第五区的人出去，顺道各军校的学生也一同出去，继续参加比赛。

凡寒星高层和那边杠上了，不肯再开一次星系防护，唯恐出事。

会议是一个小时开完，又一个小时，连带着各军校的领队老师也在各大会议室进进出出。

"这个时间节点防线松动？"卫三靠在沙发上，头往后仰，随口道，"这些星兽还能知道第五区走了一批人？"

廖如宁和她一样后仰着脑袋："说不定我们中间也有星兽奸细。"

"胡说八道什么。"金珂踢了他一脚，"我曾经听说过这么一个说法，天才同一时间出现得越多，说明后面会有更大的邪恶力量出现。"

霍宣山看他："你在说你是天才。"

金珂面无表情："我是说我们都是天才。"

应成河若有所思："这么说，这个邪恶力量就是独立军了，以后我们会对上独立军。"

"感觉老师他们不希望我们对上独立军。"卫三扭头看着窗外。

"那里面曾经有一半人是我们学校的人。"廖如宁倒是比较理解老师们的想法。

达摩克利斯军校向来传承的不光是机甲知识，还有一种同伴的精神，莫名其妙变成独立军的十一区，一直是达摩克利斯跨不过去的坎。

卫三突然起身，走到窗户外："停了。"

"什么停了？"金珂问她。其他几个人也都顺着她的目光看去。

"外面的风雪。"卫三直接用力推开窗户，寒风一股一股地吹进来，但只是寒风和残留的冰雪，空中原本不停飘散的风雪突然停了下来。

几人全部挤过来，伸出手感受外面。

"真的停了。"

"也许只是一会儿。"

"没听说过寒潮不停，风雪先停的事。"

在他们说话间，也有人发现了这件事，老师们也纷纷从会议室出来，下到一楼，走出大门观察。

"要么寒潮停了，要么寒潮在蓄力。"金珂望着外面逐渐变淡的白雾道。

这一天，所有人都没有再离开港口大楼。反而第五区和十三区的人开始不断进出大楼。

一直等到第三天，消息确定了：大寒潮散了。

卫三看着外面变晴的天空："我记得他们说要好几个月，寒潮才能消散。"

"有专家猜测是大暴发的缘故，寒潮压缩成大寒潮一下子暴发出来，所以才会后续无力。"金珂翻着光脑不断传来的消息，"再等两天，没有问题，我们就能离开凡寒星。"

"独立军呢？"廖如宁问。

"暂时顾不上。"金珂皱眉，"他们不现身，也没办法找出来。"

寒潮一下子消散，如同心中阴霾消散，所有人心情好了不少。但五所军校的老师以及主解员都在忙，联系当地的势力代表准备抽取下一个比赛场地，还有两个军区队伍离开的事。

第五区星舰被劫走，他们要回幻夜星，应月容便向凡寒星高层借了一艘星舰，将第五区的人送到幻夜星附近的星系上。

等了两天，白雾彻底散去。大赛的抽选场地活动也正式开始，五所军校再次集结，但周边站着还未离开的两个军区的人，以防会有独立军出现。

"希望能抽中轻松一点儿的赛场。"廖如宁双手合十，拜了拜，又攥起手指，点自己额头和胸口，"阿门。"

"不是说越往后，赛场越难吗？"卫三不解地问道。

"话是这么说没错，但也还有几个相对比较简单的。"廖如宁和她小声咬耳朵，"南帕西星那边就稍微简单一点儿。"

金珂低头看了一眼光脑，余光往帝国军校那边一瞥，站在最前方的应星决一如既往地冷静自持。

"你看什么？"霍宣山低声问他。

金珂看着其他四双扫过来的眼睛："……"

他点开五人群，发了一条消息出去。

金家发财："那个医生死了。"

廖少爷："什么医生？"

暗中讨饭："那个丑八怪？"

金家发财："对，我之前让人注意他，那个医生前两天被发现是独立军，想要杀同事，反被巡逻队的人给杀了。"

成河大师："又是独立军？卫三说他丑，难道是看出独立军的不对？"

暗中讨饭："没有，我单纯觉得他丑。"

霍西西："应星决和你都是超 3S 级，又都对这个医生没有好感，这事情不太对。"

廖少爷："独立军和我们都是一样的人，总不能丑的就是独立军。况且，看照片第五区那位总副官明明长得还行。"

暗中讨饭："嗯……不丑。"

五个人当众低头用光脑发消息，项明化想不注意都难。他悄无声息地走过来，其他四人的光脑都自带隐私功能，他看不到，但卫三的光脑只隐藏了自己的 ID。

　　项明化靠近，卫三迅速把光脑关了，但他还是看到最后那句"不丑"。

　　"又在搞什么幺蛾子？马上就要抽赛场，还是一点儿都不紧张！"项明化简直恨铁不成钢。

　　"没有。"卫三试图狡辩，"我们在紧张地等呢。"

　　项明化冷哼一声："别以为拿到一个冠军就了事，后面还有那么多比赛，够你们熬的。"

　　在训斥的时候，台上的本地代表已经上台，简要地说了几句鼓励人心的话，便开始抽赛场。

　　光幕上星系的名字不断滚动，一直到这位代表说停，才停止滚动。

　　"西塔星。"

　　廖如宁抬头一看，立刻抱头："怎会如此！"

　　卫三看着这名字，没看出什么特征，赛场内全是塔？

　　"西塔星大部分面积都是海洋和悬崖，对重型机甲不友好。"金珂解释，"而且西塔星空中有飞行星兽，海中还有星兽攻击，是比较适合轻型机甲的赛场。最关键的是，往年主办方只会提供一艘星船，就放在抽选的战备包内。其他没有抽中的人自己想办法渡海。"

　　"我觉得我们运气不错，一定能抽中。"廖如宁给自己打气。

　　几个人没说话，他们运气说好不好，指望这个，基本没戏。

　　霍宣山看着光幕只说了一句："只希望帝国军校抽不到星船。"

　　星船坚硬无比，更重要的是船体全部由 3S 级星兽材料制成，甚至还有变异超 3S 级星兽的骨架，带来的威压可以避免海中 3S 级以下的星兽攻击。往年抽到这个船的军校，基本上稳赢。

第 139 节

　　"这就是往年的星船。"回到寝室后，金珂将往届收集总结的资料拿出来给几个人看。

　　"每届的船都一个样。"卫三看着那些照片。

　　"都是同一艘船，基本十年一换，除非星船被毁得严重。"金珂翻到一张照片，"这一艘外壳还是原来的，但里面全部换了。六年前塞缪尔军校抽中星船，帝国军校强行进入，争抢控制权时，内部被烧。"

"这些外壳的材料皆是真正的变异龟壳，只有西塔星才有。"应成河伸手放大照片上星船外壳的纹路，"除此之外，外壳表面涂层用的是变异植物的茎液。"

"之前不是说变异植物的那个星已经毁了？"卫三问他。

"被毁之前，留下的一些材料，茎液收集了很多，原先在实验室内做研究，后来拿出来用了，能够驱避一些星兽。"应成河解释道。

寒潮停止得突然，但大赛仍旧要进行，所有军校的人开始恢复原先的状态，霍宣山和廖如宁在客厅转来转去，美其名曰训练身体。卫三在看应成河整理好的资料，应成河则登她的账号，在魔方论坛答题。

金珂一个人窝在沙发内继续翻看西塔星往届的比赛视频以及解说，但明显他看得不太认真，有点走神。

他抬手将光幕移到一旁，视线落在卫三身上，那个医生是独立军，一个超3S级指挥攻击他，一个超3S级单兵觉得他丑。

金珂沉思片刻，花了一下午时间，找出来一张照片，他撤掉光脑隐私，再抬头想找卫三，她已经不在客厅了。

"这谁？长得挺好看的，你喜欢的人？"廖如宁一下午在客厅小跑冲刺，正要休息，路过见到他光脑上的照片。

金珂："……"

"谁喜欢的人？"卫三从房间拿着图纸出来，听到廖如宁后半句话，也八卦地凑上来。

金珂让她看清楚照片："你觉得她长得怎么样？"

"好看。"卫三认真看完，竖起大拇指，"漂亮！"

金珂闻言却皱起眉，这个人是当年应星决第一次攻击的护士，所以卫三只是单纯觉得那个医生丑？

"这是哪所军校的校队成员？"应成河探头过来，"虽然你喜欢，但我们碰上还是不会手下留情的。"

金珂起身看着客厅几个人八卦的眼神："……不是军校的人，她大我很多岁。"

"你喜欢大姐姐。"霍宣山立刻冒出一句。

"不是。"金珂还想说，结果客厅这几个人思维已经发散得拉不回来，他干脆进了自己房间。

关上门，金珂重新调出那个独立军医生，仔细看着他的照片：好像笑起来确实丑了点，是自己想多了？

抽中赛场后，他们第二天便要离开凡寒星，为避免意外，此次五所军校一同赶往西塔星，不在凡寒星多作停留。

"他们怎么上那艘星舰？"廖如宁向来喜欢看来看去，临上星舰时，发现帝国军校的主力队全部跟着第五区的人上了一艘星舰。

众人看去，果然见到应星决等人上了另一艘星舰，和帝国军校校队分开了。

项明化一边对着学生名字，一边让这五个人赶紧上去："别看了，他们要去幻夜星增援。"

"他们不比赛了？"卫三问道。

"什么不比赛，想得美。他们只是去幻夜星帮忙，主要还是应星决，其他人算是锻炼。"项明化示意他们赶紧上去。

"那我们为什么不去十三区增援？"廖少爷觉得他们也需要去战场锻炼。

"这能一样？"项明化扭头朝那边看去，"十三区还撑得住，不需要你们这些学生去。第五区不一样，此次防线松动，应月容和应星决都必须过去。"

两人都是有过经验的指挥，现在统领增援队伍，可以以最快的速度进入状态。至于剩下跟去的那几个，纯粹是帝都星各世家博弈后的结果。

幻夜星是最容易成名的地方，当然也最容易出事。

项明化看着自己军校这群成天心中除了比赛就是吃的学生："赶紧上去，到了西塔星的训练场好好训练，不然人家回来，碾轧你们。"

五人最先上星舰，找到自己房间，卫三走进去两秒，突然从房间内探出头来，望着隔壁门牌号："我旁边还住着谁？"

"空的吧。"廖如宁声音从对面没关上门的房间内传来。

就在他话音刚落，隔壁门"咔嗒"一声打开了："找我？"是解语曼。

卫三身体一僵："老师，您没去十三区？"

解语曼瞥她一眼："我今年负责带你们，不会离开。"

"那、那黎泽上校都去了。"卫三期期艾艾道。

"他去他的，这里总要留人看着你们。"解语曼打量着卫三的两个黑眼圈，"你最近又在搞什么？"又没有训练，难道心理出现了问题？

"没搞事。"卫三伸手小心比了比，"可能睡晚了那么一点点。"

解语曼用下巴点了点她房间："待会儿就去西塔星了，你现在去睡觉。我还有事，要去招待鱼师。"

看着解老师走远的背影，卫三下意识地道："什么鱼师？"

"鱼天荷，这次她坐我们星舰一起走。"应成河放下东西，靠在门口道。

"他们不是有专门的星舰，要去也去南帕西那边，来我们这儿算什么？"廖如宁扒着房门问。

"三个主解员坐哪个星舰都可以，顺便可以观察我们，到时候讲解的时候也有话可谈。"金珂倒是知道一点儿，"除了应月容要去第五区外，习浩天这次上了平通院的星舰。"

"解老师住在旁边。"霍宣山看着对面隔壁门，悄然摸了一下屁股，"危矣。"

"学长也要回十三区了，不知道什么时候能再见。"廖如宁感叹，"还好这次我们拿到了冠军。"

"以后总有机会见面。"卫三道。

五个人站在门口唠了一会儿，最后在离港前回到自己房间，开始休息。

与此同时，已经进入轨道的第五区星舰上。

帝国军校的主力队成员坐在会议室最后方，等着即将要来开会的第五军区的人。

"幻夜星真的和传闻中一样，星兽特别难对付？"司徒嘉问去过幻夜星参赛的两人。

姬初雨慢慢转着戒指："星兽无非是那几个等级。"

难得的是幻夜星环境特殊，一颗星上各种环境都有，且昼短夜长，一天二十四个小时，只有四个小时是白天。再者整个星系还有一种特殊的磁场，人在那里待久了，会产生幻觉。

霍剑目光落在应星决身上，原先这次增援只有应星决和姬初雨两人去，霍家帮他争取了这次跟随的机会，后面公仪家和司徒家知道后，也向上申请一起过来。

在他们说话间，会议室的门被推开，应月容和第五区的舰长等人一起进来，坐在会议桌前。

应月容站在会议桌最前方，抬手中间便出现一道光幕："根据那边传来的消息，第五区防线的星兽实力普遍有所增强。"

她目光扫过会议室内的所有人，才继续道："这意味着星兽在不停进化，帝国军校的学生再跟不上，无法变得更强，最后幻夜星只能被星兽占领。"

幻夜星在各星系中地位超然，这里是星兽最先攻击的一颗星，但到现在为止，那些星兽依旧没有完全占领整个星球。幻夜星代表了联邦几百年来的奋斗希望。

最开始幻夜星一直由十三区守着，后来帝国军校崛起，便夺走了幻夜星，交由第五区来驻守。这个地方难度高，伤亡大，但驻守幻夜星象征着帝国军校全方位的碾压达摩克利斯军校。

"其他防线上的星兽变化如何？"应星决抬眼问道。

会议桌前的人皆扭头望过来，这里面有些人曾在几年前和应星决共同战斗过，眼中带着敬佩，还有些人对其不以为意，认为当年的事不过是一场铺天盖地的虚假宣传。

"我们只拿到了第二区和南帕西那边几个军区的研究数据，暂时只有第五区星兽实力在发生变化。"应月容调出第五区那边传来的几个视频，"这是他们战斗时录下来的。"

一开始画面中昏暗不堪，基本上看不清里面有什么。随后应月容调了调，画面一下清晰许多，能看清楚里面的星兽。

星兽身体表面黏腻异常，明明在陆地上，却长有触手。触手一动，黏腻的液体便甩得到处都是，机甲被沾上后，立刻被腐蚀出斑斑点点。

镜头晃动得厉害，显然这个镜头是装在战斗的机甲身上。

驾驶机甲的人对这种星兽见怪不怪，处理起来极为熟练，每一次攻击都能让其受伤。坐在会议桌后面的几位军校生见到军区的人能对付这些星兽，心中的恶心感稍微减少。

然而下一秒，那头原本奄奄一息的星兽，突然暴起，口器大张，从里面吐出一股黏液，精准地射在机甲舱所在位置。

黏液将机甲舱外壳腐蚀，视频中传来里面人的惊呼声，大概是想要逃出机甲舱，却正好对上了那头星兽，直接被星兽咬断脖子，嚼碎身体。

会议室一阵沉默，司徒嘉和公仪觉几个人更是第一次见到这种视频，脸色特别难看，尤其听见视频中传来那个机甲单兵惊恐的求救声后。

应月容目光掠过后面那几个军校生，继续放下一个视频。

每一个视频都代表着视频中的人已经死去，且死状凄惨，会议桌前有人低头，眼神散乱。

司徒嘉有点忍不住，起身要出去，被应月容喊住："回来，继续看。"

司徒嘉眼神逃避，十分抗拒，手还搭在会议室大门上。

"或许我现在让他们停下，送你回帝国军校星舰。"应月容冷冷道。

司徒嘉咬牙松开手，坐了回来，看着旁边的应星决，自始至终他的神色都没有任何变化。

"这些星兽实力多年都保持在一个范围内，死去的几个也都是双S级及以上的机甲单兵，经验丰富，第一位已经是第三轮末幻夜星，原本要在一个月后退役。"应月容关掉光幕，"实验室那边认为是因为这些年幻夜星上死去的高手太多，我们在将防线拉大的同时，我们的人也不断成为星兽的口粮，所以导致星兽加速进化变异。"

"既然你们这次要过来，我希望你们忘记学生的身份，到了战场，只有战斗一件事，没有人在乎你是谁。"应月容看着五人，"这里不是你们所想的镀金区。"

第 140 节

"这是什么？"

应成河新整理的一堆资料，拿过来给卫三，看见她桌子上的图纸，S级机甲，但有些地方看起来很奇怪。

"S级机甲。"卫三堵着鼻子，瓮声瓮气道。

应成河听见她声音后，才发现卫三又在流鼻血："医生检查过了吗？怎么还在流鼻血？"

"待会儿就去医生那儿。"卫三头发也乱糟糟的，和应成河没什么区别，是研究员的通病，专注设计，无心打理自己。

应成河下意识地收回手中的资料，被卫三按住："这次是什么方向的？"

"引擎，有些是我以前学过的，算是公仪柳的理论。"应成河重新放下来，"你基础知识有遗漏，要注意。不过现在最需要注意的是你的身体。"

"知道。"卫三把最后一笔画完，起身穿上外套，随手抓了抓头发，"我现在不看了，去医生那里。"

应成河也跟着她出来，看着卫三手腕："微型记录芯片是不是要取出来？"

"对，井医生说要取下来看我在极寒赛场的数据。"卫三就这么一边堵着鼻子，一边往星舰医务室走去。

微型记录仪器一直在卫三体内记录，只不过之前信号消失，医生那边看不到了，后面一段时间医生又去他师姐那边，没来得及将这块仪器芯片取出来。

卫三低着头，脑海中还在想之前图纸上的结构，没发现迎面走来的人。

直到对面的人喊住她："卫三？"

卫三抬头一看，是鱼天荷。

"你鼻子怎么了？在星舰上还打架？"鱼天荷笑着问道。

卫三抬手摸了摸鼻子，鼻孔里还塞着一团纸，随意编了个借口："不小心撞墙上了。"

鱼天荷温柔地笑了笑："下次小心一点儿。"说罢便往前离开。

卫三还是第一次见到说话这么温和的前辈，达摩克利斯军校的老师对他们都特别凶！

走到医务室门口，卫三伸手敲了敲门，把鼻子上的纸团取下扔掉。

"进来。"里面的井梯道。

卫三进去之后，井梯示意她坐下，他在拆一次性工具："最近又流鼻血？"

"嗯。"

井梯用镊子夹了酒精棉球，擦了擦卫三鼻子下方的血渍："前段时间，我拿到了应星决的营养液配方，可惜你用不了。"

"为什么？"卫三仰头，让他擦干净。

"他身体被破坏得更严重。"井梯将酒精棉球扔进医疗垃圾桶内，随口道。

卫三皱眉："破坏得更严重？我身体也被破坏了？"

井梯手一顿，抬眼："你这么多年营养不良，还不算被破坏？不过你这种多养养，能养回来。"

"我记得你之前说应星决是因为得不到需要的元素才会身体崩溃的。"卫三道，"他不应该也能补回来？又不是中毒。"

"不一样，你是单兵，他是指挥。"井梯指了指脑袋，"这里受伤了。把手伸出来。"

卫三伸出手来，他划开之前切开的皮肤，将里面的芯片拉出来。

"你在赛场时，信号断了，只能拿出来查看，我把数据导出来，再重新放回去。"井梯直接将卫三手腕的划口擦上药，"明天这个时间再过来。"

"现在不放进来？"卫三抬头问他。

"导出数据要一定的时间，我还不确定这个记录仪器有没有坏，你先回去忙你的。"井梯从后面的箱子内翻出一堆营养液，"这个拿着喝，新改良的，试试效果。"

卫三嫌弃地看着粉红色的营养液："草莓味？"

"西瓜味。"井梯指着医务室大门，"赶紧回去，事多。"

卫三抱着一堆西瓜味的营养液往回走，中途还开了一支尝味道，确实是西瓜味的。

关上门，井梯清理芯片表面的血，将其放在读取盒中，再连上光脑，片刻后，将仪器芯片拿出来，放到一旁。

光脑上多了一堆卫三之前在极寒赛场的数据，一天二十四个小时，平静得仿佛这个仪器坏了。

井梯继续往下滑，算节点，这个时候应该是达摩克利斯军校第一次碰到寒潮的时候，卫三的数据依旧是一条直线，没有任何波动，仿佛她这个人已经心如止水，老僧入定，压根没有半点情绪。无论是感知还是心跳。

做了多年医生的井梯："……"

他一直翻下去，终于发现异动，卫三的感知在一个节点突然爆发，陡然升高，足足持续一个多小时，甚至在拔高之后，又继续拔高，再往后又是一条平的怀疑仪器坏了的直线。

井梯算了算时间，这个爆发的时间节点，正好是当时军区进去之后，察觉到波动的时间点。原来搞出动静的人是卫三？

井梯想了想，开始和项明化通话。

"那个时候卫三什么状况？"项明化毫不犹豫道，"我们去的时候，她倒在雪地上，后面睡了一段时间，醒过来也没什么异常。她身体出现问题了？"

"没有，我只是问，在极寒赛场那个动静，好像是她弄出来的。"

"差不多，她和应星决，两人第一次合作。"项明化道，"确实厉害。"

他们没有见到灰色无状物质控制的旋涡流，只能看到卫三录下来的那一点点视频，即便如此，也能看出那些东西不好对付。

两个超3S级第一次的合作，据金珂所言，的确震惊。

"行，我知道。"井梯结束通话，转动椅子，去拿刚才从卫三手腕内取出来的芯片。

"升了一级。"应成河捧着光脑去卫三房间内。

"什么一级？"卫三扭头看他。

"……"应成河看着卫三乱糟糟半长不短的头发和她塞在鼻子内的纸团，有一瞬间怀疑自己其实还处于昨天。

卫三起身瞄了一眼："魔方论坛的等级？多了什么版块？"

"版块没有多，还是S级的内容，不过各个版块的内容多了起来，我看了看里面S级的机甲师水平还行，勉强可以和我们军校内的S级机甲师相比。"应成河坐下来，让卫三一起看，"只要答题越多，在这里的设计数据开源越多，等级就容易升上去。"

"你放了一架完整的S级机甲数据？"卫三翻了翻问道。

应成河点头："用了以前和你讨论的原理设计，被人发现，也牵扯不上达摩克利斯。我发出去之后，立刻就升了级。既然能升L3级，上面肯定还有更高的等级。"

卫三看着上面的机甲模型，忽然问应成河："这个论坛你是从哪儿知道的？"

"也是在某个论坛听别人提起过一次，后面翻了很久，才找到的。"应成河回忆道。他一开始只是想解压，里面全是A级的东西，在他看来简直就是在问1+1等于几，谁能想到还能升级。

"我也是从外面的论坛翻到的。"卫三道，"你问学校的其他机甲师，基本上没多少人知道。"

"大概是散学的人建立起来的论坛。"应成河猜测。

两人还想说什么，金珂敲门进来，手里拿着两包东西："鱼师带上来的，说是之前准备的南帕西特产，一直没机会送过来。你们刚才在讨论什么？"

卫三几句话概括了说给他听。

金珂抱着两包东西坐下来，若有所思："照你们这么说，这个论坛是在筛选。"

卫三和应成河皆看向他，但下一秒两人伸手抢过金珂手里的特产。

金珂看着两个低头拆袋子的人，慢慢道："正常军校生不会翻到这种论坛，成河，你觉得公仪觉会知道这种论坛？"

"不会。"应成河毫不犹豫道，公仪觉是正统的不能再正统的世家机甲师。绝不会浪费时间在这上面。

"你发现了这个论坛却一直没有升级，反而是她升了级。"金珂看向卫三，"有空闲给 A 级答题，放开源机甲数据……卫三做了这些才升级，发现论坛的另一面。这个论坛背后的目的，或许是在筛选一批没有等级观念，愿意共享自己成果的机甲师。"

应成河顿时明白过来："难怪放了开源机甲数据，立刻升级。"

金珂看着那个账号，嫌弃道："这什么 ID？"

"贴近生活的 ID。"卫三拆开鱼天荷分的特产，"那我们继续升上去，看看里面有没有别的厉害机甲师，说不定能学到东西。"

几个人没把这件事看得太重要，联邦有官方军校，有散学的世家，自然就有民间组织。

卫三和两个人说了一会儿话，便要去医生那儿，金珂和应成河说要跟着一起去。

"你们干什么？"霍宣山见到三个人一起往外走，问道。

"去医生那儿。"卫三对这两个强行贴上来的人表示唾弃。

"我跟你一起去。"霍宣山立刻站在后面。

廖如宁开门："去哪儿，我也一起去。"

卫三："……"最后卫三如同鸡妈妈，背后跟着一串鸡崽，到医务室门口。

"又是你们。"井梯一看卫三后面那一串，嫌弃道，"怎么每次来都要跟着一堆人来。"

"医生，我们只是担心卫三害怕，所以一起来安慰她。"廖如宁义正词严道。

"这点小事，一个机甲单兵怕什么？"井梯示意卫三伸出手，"你怕？"

卫三朝后面看了一眼："……我怕。"

井梯："……行。"

卫三：这群大傻子，分明是出来找乐子。

记录芯片被重新放了进去，井梯摘下手套："我看了你的数据，只有一个爆发，其他时间和往常一样。我猜测你那时候应该爆发出超 3S 级感知。"

"大概。"卫三也不太清楚。

井梯看着后面的金珂："正好你们过来了，听项老师说，第一次你们几个都在场，后面金珂也在，你们有没有感受到什么？"

"超 3S 级的能力？"廖如宁第一个出声，"当时好像是有什么可怕的力量觉醒，但很快消失了，是卫三感知爆发了？"

"我也察觉到了，但卫三那时候很清醒。"霍宣山道。

"消失得很快？"井梯摸着下巴，若有所思，"她从爆发到消失，持续了一段时间，而不是一秒。"

金珂皱眉："应星决。"

井梯手一顿："应星决？"

金珂回神："应星决当时也在，卫三体内的芯片会不会记录了他的感知波动？"

"不会，这个仪器芯片，只会记录卫三一个人。"井梯看了卫三一眼，"可能是她保持在清醒的状态，所以你们只察觉到一瞬间的爆发。"

将芯片放回去后，井梯医生便让他们离开。

五人出去，一路无言，到了房间走廊，他们默契地走到卫三的房间内。

"你刚才想说什么？"卫三最后一个进房间，关上门问金珂。

"当时我们在外面，你感知爆发，我察觉到应星决的感知扩大了范围。"金珂道，当时其他人只知道应星决的实体化屏障在飞行器周边，并未察觉到异常，甚至连他自己都存疑。"他感知异动的那瞬间，我便无法再继续察觉你感知的情况。"

应成河困惑："可是我堂哥并不知道卫三是超 3S 级，况且为什么要替她掩盖？"

金珂摇了摇头，他也想不明白，但有一件事他确定，在未探明应星决意图时，这些事没必要让医生或者其他人知道。

卫三坐在床边："应星决……好像当时很相信我能解决灰色巨墙。"

"灰色？"金珂下意识地皱眉，"你色盲？那明明是白色。"

卫三："……你才色盲，旋涡流组成那么大的灰色巨墙，颜色你都能看岔。"

"旋涡流白色的，它们组成墙后还是白色的，你看到的应该是里面的灰色无状物质。"金珂拉过椅子。

"没有，全是灰色。"

剩下三人看着这两人争论，不知道站谁那边，当时外面的人只有他们两个和应星决，其他人也没办法透过窗户看清。

最后卫三道："等应星决到西塔星，找他问问。"

"他不一定搭理你。"金珂不由得想起当初打给应星决的那个通信，撇嘴道。

"反正得找他问问。"卫三搭起脚，手臂杵在腿上，托腮漫不经心道，"顺便再问问他有没有替我屏蔽。"

"能说才怪。"金珂已经能预见卫三被拒绝的样子，"唉，指挥中也只有我这么一个善良的人。"

其他四人齐齐嗽了一声。

在各军校抵达西塔星时，第五区也搭乘星舰到达幻夜星系附近的停泊星上。

"所有人下舰，搭乘第五区的军舰赶赴幻夜星。"应月容站在最前方，"进入幻夜星后，只有生或死。"

除了应星决，即便是第二次来的姬初雨，心情也谈不上多平静。

第 141 节

停泊星离幻夜星有一段距离，途中司徒嘉见到一批又一批军舰从后面赶过来，加速往前。也有一批一批返回的军舰。

这些返回的军舰身上多数坑坑洼洼，他甚至见到远处有一辆军舰摇摇晃晃，最后在空中炸开，没有驾驶机甲及时出来的人全部葬身其中。

"我们要不要去救他们？"司徒嘉扭头问同样站在窗户前的应星决。

那艘炸开的军舰的火光映在应星决眼中，他低声道："我们不同路。"

司徒嘉还想说什么，见到前面有返回的军舰转身去接那些逃出来的人，这才不再出声。

离幻夜星越近，类似的事情越多，司徒嘉还是不明白为什么会这样。

"要抵达幻夜星，首先需要越过星兽潮。同理，想要回来，照样需要经过战斗才能返回。"姬初雨来过这里，知道什么情况。

"为什么不清理这条防线？"公仪觉问道。

"清理不完，幻夜星的星兽知道我们来过这里。"姬初雨面无表情道，"杀净一批星兽，又会有一批新的星兽出现。"

幻夜星的星兽繁殖能力极强，比普通星系上的星兽要快数倍，这也是为什么这个星难守的原因。实验室花了很长时间研究，试图抓住星兽，使其绝育，人为造成星兽繁殖断层，可惜效果不大。

幻夜星本身星兽之间的竞争便大，有些星兽甚至等不到繁衍，便已经被其他星兽吞噬。而要抓住活的星兽又极为困难，最后这个方法只能不了了之。

说话间，他们已经到了那条横亘在幻夜星军区的星兽潮。

不光下面有星兽，周围还有数量庞大的飞行星兽，他们只要一降入范围内，便会立刻遭受它们的攻击。果不其然，军舰一下降，飞行星兽似乎感受到里面有等级更高的人，疯狂地往这边扑来。

"我们要出去吗？"司徒嘉不由得问道，手紧紧握了握，准备战斗。

"不必。"应星决看着最前方的应月容，她进入机甲，出去了。

应月容一个人站在军舰前方，除了机甲，没有任何防护，身边也没有任何机甲单兵。一个指挥到了最高点，基本不再需要机甲单兵的保护。

她手抬起，释放感知，直接攻击这些飞行星兽。

半空中各种飞行星兽开始发出尖叫声，甚至有些直接掉落，司徒嘉目光随着掉落的飞行星兽往下，发现它们一掉下去，立刻被下方的星兽撕裂分食。

远处的飞行星兽还在源源不断地飞过来，应月容只是为军舰打开一道口子，让他们进去。

造成几秒的空隙后，她重新回到军舰内。当军舰进入幻夜星的防护范围内，后面追过来的飞行星兽一旦进入军区射程范围，便立刻会被打下来。

"总指挥！"应月容一落地，便有人过来敬礼喊道。

"我只是增援指挥，这位是应星决指挥。"应月容只介绍了他一个人，在她眼中，其他人还不够资格让她来介绍。

"应指挥！"对方打完招呼，便带着他们进去，"东南面的星兽近来频繁暴动。"

"没记错的话，你之前来的时候也是东南面暴动？"应月容转脸去问应星决。

"是。"应星决点头，"东南往百里，我们尽数踏平。"

那年他过来这里，应月容已经去了第二区，并没有亲眼见证。

"这么说来，东南面的星兽繁殖速度比想象中的还快。"应月容看向他，"那这次你依然增援东南面，带着他们一起。"她往后看了看帝国军校这次跟来的几人。

应星决没有拒绝。

幻夜星常年处于黑暗中，且空气中弥漫着说不出来的味道，血腥味、淤泥的味道、海水的腥味，甚至腐烂尸体的气味混合在一起。

非要用一个词来形容这颗星上的味道，只有用"黑暗"表示。

来这里第一天，帝国军校的人没有办法睡着。

应星决在看星网上的视频，最近联邦最火的几个视频全是达摩克利斯的人。

第一个依旧是卫三在极寒赛场录制的那个招生视频，到现在留言人数仍然每一秒都在增加。应星决看过一遍，但仍旧再次点开。

盯着视频中的机甲，他有些走神，漫无目的地放空大脑，罕见地什么也没有思考。

等到视频播放完许久，应星决才回神，点开排行榜的第二个视频。

这是他们在领奖台的内容，只有一所军校的领奖台，且周围只有官方的镜头，没有任何媒体。

应星决看着卫三问他头发保养的秘诀，下意识地低头看着头发，不明白为什么这个会引起卫三的注意。

当时他以为至少她会像平时一样挑衅，说些下次达摩克利斯会夺冠的话。

应星决抬头，望着视频中脸上皆带着笑的五个人，帝国军校的人拿到冠军时也高兴，只是似乎和他们这种又不太一样。

应星决翻了翻光幕，点开一个新飙升的视频，他还未看过。

点开一看，才发现是今天上午媒体采访的视频，在西塔星港口。

视频一开始，便有无数西塔星的人在外面等着，镜头特意对准这些人。他们手中拿着横幅，在庆祝达摩克利斯军校得到分赛冠军，还有人不停地喊着卫三的名字。

应星决看着视频中的那些人，从面部特征看，他们是西塔星的本地人，并不是沙都星的人。

往届，似乎连帝国军校也没有受到过这么多人的欢迎，尤其西塔星背后没有任何军区，对待各校一直处于不咸不淡的状态。只是每届腾出训练场，让各校进来比赛，顺带清扫星兽。

达摩克利斯军校的人一出来，便受到各个媒体的热烈欢迎，纷纷挤上前去采访："卫三，请问你们在大寒潮内有没有发生什么有趣的事？听说你们一直和帝国军校在一起。"

应星决安静地望着镜头内的卫三，想听她怎么看待和帝国军校在一起的那段时间。

卫三接过蓝伐媒体的话筒，咳了一声："你们媒体记者说话用词严谨一点儿，什么叫在一起，是待在一起。"

被接话的媒体记者从善如流，立马改口："是是是，待在一起。请问你们之间有没有发生什么比较有意思的事？"

"有啊。"卫三忽然朝这个镜头看过来。

那瞬间，应星决以为她在看自己，心下莫名一跳。

"请问是什么？"媒体记者的声音都大了几分，似乎等到了什么劲爆的新闻素材。

"大寒潮来临时，帝国军校主指挥一个人护住整个大型飞行器，他感知很厉害。"卫三话锋一转，"不过我的一刀更厉害，可惜的是，你们没见到。"

欲扬先抑被她运用得纯熟。

那一刀确实厉害，应星决垂眸，回忆起那天在极寒赛场，她踩在灰色巨墙上的场景。

"星决。"应月容的声音从门外传来。

应星决快速关掉光脑，起身开门："指挥。"

第 142 节

应月容走进来："明天去东南防线，你身体怎么样？"

"无碍。"应星决站在门口，左手轻轻搭在背在身后的右手手腕上，无意识地掩盖腕上的光脑。

"之前在凡寒星上，我一直没来得及问你，那个卫三怎么回事，听说你们单独两个人待过？"应月容看着已经高出她半个头的侄子。

"和校队他们分开时，正好碰上了她，后面一起找到了两所军校。"应星决垂眸道。

"那个卫三有点邪性。"应月容皱眉，"恐怕是帝国军校夺冠的变数，她说的什么因为学费才去达摩克利斯军校的话，我半点不信。"

应星决望着脚下的地板，没有出声，卫三一个超 3S 级单兵，假设像之前在极寒赛场那样发挥出自己的实力，的确能让帝国军校为难，况且他的感知压制不了她。

"算了，这事不应该和你说，你做好自己的就行。"应月容递给他一个小铁盒，"你父亲让我交给你的。"

应星决低头打开，盒子内是一块白金令，他目光一顿，抬头看向应月容："父亲他……"

"收好，别让其他人看到。"应月容见他放好盒子，走出门口，"十天之后，我派人送你们去西塔星。"

应星决关上门，重新拿出盒子，低头看着里面的白金令。这块白金令是应家主事人的象征，他父亲这个时候交给他，最关键的只有一个作用。

——命令护卫队中的十名 3S 级机甲单兵。

在此之前，应清道向来对第一区表现出来的是利益为上，十名 3S 级机甲单兵是他向第一区投诚的代表，甚至可以用来监视自己儿子。

应星决关上盒子，他父亲或许不知道超 3S 级指挥真正的能力，十名 3S 级机甲单兵并不能威胁到他，除非他自愿受困。

第二天，应星决和应月容分头带队，他带着帝国军校的主力队，以及第五区军队赶赴东南面的防线。

为了防止被空中的飞行星兽攻击，他们没开飞行器，要从军区大门口走出去。

"幻夜星一天之中只有四个小时白昼，这四个小时，我们可以用来整顿休息，但其他时间要面临的星兽无穷无尽。"应星决主要讲给霍剑他们几个第一次来幻夜星的人听。

后面的队伍中有听见他说话的人，这些人基本上皆是新一批换上来的，并不是几年前军区中的人，对应星决的到来以及领导，队伍中充斥着不信任。

不信任应星决能带好这么庞大的队伍，尤其在幻夜星。

即便他以前有过战绩，但这些人没有亲眼见识过，只当是传言。而传言的真假，那便只能自由心证了。

"应指挥，这些我们都知道。"其中明显是领头的年轻军官出声道，将"应"字特意加重，"知道您是好心解释给这几位听，不过现在情况紧急，大家去一趟战场便知道了，没时间浪费在这上面。"

霍剑等人闻言后，想要出手，被应星决挡住，他并不在乎这些，几年前面对的争议声比今天更大，他只要做好自己的事便可。

队伍整合成一把利剑的形状，朝东南方向赶去，他们才出军区大门不到五公里路，便遇上星兽潮。

应星决将主力队和后面军队分开战斗，军队中的人大概有显摆竞争之意，下手极为狠辣。帝国军校几人虽是第一次上战场，但有应星决在这里，只要听他吩咐便可。

两边斩杀星兽的速度极快，军区的 S 级军官们带着小队开始疯狂收割星兽，只是即便他们有经验，也无法避免伤亡。

有些人一时不察，陷入星兽围攻中，机甲被扯碎。那些星兽狡诈，知道机甲单兵就在机甲舱附近，或咬断或抓碎，要么将机甲单兵弄死在机甲舱内，要么等人逃出来再一爪拍过来。

星兽的嘶喊声和人类的尖叫声在周围交织，直刺耳膜，司徒嘉从未亲耳听过这种惨叫声，即便上次，也只是从视频内听到的声音。

又是一道尖叫声，那道声音开始尖锐高昂，随机陡然停下，变得含糊。

司徒嘉第一次恨自己耳朵太过灵敏，他甚至听见那个人在喃喃说着自己很疼，不想死，想回家。

"你干什么？"霍剑砍断司徒嘉侧面的一头星兽的爪子，厉声喊道，"专注！"

如果司徒嘉此刻注意力集中，便会发现霍剑也只是强行镇定，他声音带着不易察觉的颤抖。

这才刚出军区大门，便有人阵亡，和大赛完全不同。不是按下出局键便能停下来的游戏，也没有救助员会来救他们。

公仪觉站在应星决身后，他周边没有星兽过来，或者说周边的星兽对他们蠢蠢欲动，只不过碍于应星决的感知能力，而不敢上前，只能在外围嘶吼。

应星决在倒数时间，十分钟数完，他便要求所有人归队，继续前进。

"这种情况怎么走？"队中的军官砍断一只星兽的头，咬牙道，"它们把我们的路全部挡住了。"

应星决淡淡瞥了他一眼，抬手攻击周围的星兽，他仿佛只是动了动手指而已，周边的星兽便嘶吼着后退，显然遭遇了什么威胁。

军区队长哑然，军区内也有厉害的指挥，能够这么抬手便轻而易举地控制周边的星兽，但不属于他们能见到的级别。

"我们走。"应星决望着前面的一片黑暗道，"所有重型机甲单兵站在前面，中型机甲在他们后面，空中的轻型机甲目标不变，继续精准打击下方纠缠机甲的星兽。"

"空中有飞行星兽。"有轻型机甲单兵道，如果他们只顾着下方，那他们自己的性命呢？

姬初雨眉心微皱，盯着那个说话的轻型机甲单兵："其他指挥带队时，你们也这么没有纪律？"

轻型机甲单兵被他气势一压，不得不飞上去，其他轻型机甲单兵也陆陆续续动了起来。应星决站在中间，跟随着队伍一起走。

实际上，半空中的飞行星兽根本无法靠近他们。应星决利用感知，将这些飞行星兽的精神力攻击一一还给它们。

越走到后面，半空中的轻型机甲单兵发现，他们才是最安全的。

战场没有休息可言，他们赶赴东南面，实则是一路打过去，从头到尾没有任何休息的时间。不像大赛内，他们可以去追着星兽，而现在是星兽群围堵他们。

司徒嘉飞在半空中，已经很努力地压抑自己，不要注意下方尖叫的人，但每一次都忍不住去看，心中的阴霾越来越重。

接连几个小时的战斗，他们如同一个推进型的绞肉机，将星兽连同自己人绞碎，甚至连回头的时间都没有。

公仪觉、司徒嘉、霍剑……开始麻木，不再对那些尖叫着死去的人投去一眼。

反倒是队伍中一些经常出来战斗的人，开始越杀越兴奋。

应星决这个指挥，简直是个天然的屏障，可以护着大部分人，让那些星兽畏惧。他们动起手来，毫无后顾之忧。

从早上六点一直到下午三点，所有人没有停止过和星兽的战斗，终于走到了东南面。

公仪觉往前一看，不由得倒吸一口气：这里的星兽比之前见到的多了无数倍，即便在黑暗中，也能看见这些星兽密密麻麻发亮的眼睛。

"比我们第一次来时的数量还要多。"姬初雨望着对面那些星兽，对应星决道。

应星决视线越过那些星兽，看向更黑暗的地方："通知军区，派增援。"

军区队长下意识地皱眉，他们来的人不少，足足万人，即便一路过来损耗，但人手依然够。刚才他还在想这位应少爷有几分本事，看着还算镇定，现在一看到星兽多就暴露了？

"我们再多的星兽也见过，可以对付，今天只负责清扫削弱。"因为刚才一路过来，应星决表现尚可，军区的队长现在说话客气了一点儿，"还有一个小时，天就亮了，不需要增援。"

应星决偏头看他："我说过的话，不想再重复一次。"

军区队长对上他的目光，眼神瞬间涣散，手不由自主地拿起通信器，开始联系军区那边。等他打完电话后，人才回神。

军区队长想起刚才自己做的事，背后陡然升起一阵冷寒，这就是高级指挥的本事？能够控制人的神志。

"你们帮我开路。"应星决对帝国主力队的单兵道，"那里有高阶星兽群。"

高阶星兽群，双 S 级以上的星兽。

应星决还有一句话没说，除了高阶星兽群外，他感应到更为厉害的星兽。

东南防线的星兽一定要削减，否则它们会逐渐扩张版图。

这些星兽见到他们，十分兴奋。S 级以下的星兽全部统一起来，朝他们冲过来，嘶吼着。

那一瞬间它们的步调统一得可怕，如同一支训练有度的军队。

应星决没有让队伍就地等着，他感知扩散覆盖到所有军区的人，同样将他们的思维频率控制在一个调上，攻击出手的速度出奇得统一，杀伤值成倍增加。

他在操控所有人。

军区内所有人，包括帝国军校的主力队此刻升起的唯一想法。

他们知道应星决在控制他们，偏偏他们还能在脑海中思考，这种状况像是脑子还是自己的，但身体已经不听自己的支配，变成了应星决的武器。

双方都在用生命消耗。

应星决控制着整个军队，目光却落在更远处的黑暗中，他从那边感受到一股邪恶的力量。单凭他们，不一定能对付。

杀戮仿佛无止境，星兽成片地死去，军区队伍中的人也在不断丧失生命。

第五军区，会议室。

"那边要增援？他们才去了多久？"

"应星决想要双 S 级以上的人尽快赶过去。"

"理由？"

"有高阶星兽潮。"

"立刻抽调人过去。"

应星决的话对第五区高层而言，很有分量，当年他便曾经提过类似的预测，那时候第五区的领导不愿意相信，差点翻车，好在翻盘了。

远处，天空渐渐泛起了一丝白，周边星兽的尸体快堆成山。

军队成员的体力也已经到了极限，这时候星兽群缓缓分开，给后面的高阶星兽们让出位置。

司徒嘉机甲脸上和胸膛上布满了血，他手指尖握着柳叶刀："这仗怎么打下去？"

体力先被这群低级星兽潮耗尽，现在又要面对高阶星兽。

不在这里面。

应星决打量完所有高阶星兽后，便明白暗处的那头星兽并没有出现。

还有半个小时，天便亮了。

应星决看向身后这些军区的人，扭头对帝国军校主力队的几人道："半个小时。"

再撑半个小时，在第一缕光线出现时，所有星兽会如同潮水般退去，他们便能休息。

这一次，顶在最前方的是主力队几位 3S 级机甲单兵。

霍剑迎面对上那头和之前视频中同样的黏液触手星兽，心下一惊。

"避开口器，小心它的触手。"

应星决的声音在他脑海中响起，霍剑重新冷静下来，他目光落在旁边的姬初雨身上。

或许是第二次来战场，姬初雨比他们表现得更为稳妥，完全没有害怕的情绪。

与此同时，应星决用感知控制着后方军区队伍，他们去围剿落后的星兽。

一时间整个东南防线再一次充斥着各种战斗。

"咚——"

应星决视线落在对面，有些恍惚，他听见了什么声音，但其他人似乎什么也没有听见。

他在仔细听，却只察觉到自己心脏跳得厉害。

"星决！"姬初雨扭头冲他喊道。

应星决的感知屏障弱化，几个3S级机甲单兵已经能感觉到对面高阶星兽传过来的精神攻击，姬初雨不由得立刻提醒。

应星决回神，重新加强屏障防护。

不对！

"所有人退后！"应星决强行控制军区队伍从战斗状态改为撤退，给自己所带来的冲击力，不由得面色苍白，捂着心口吐出一口血。

霍剑在最前方，撤退不及时，司徒嘉避开空中的飞行星兽，任由背部被抓，飞去抓住霍剑后撤。

在幻夜星第一缕光线升起时，东南防线地面突然塌陷，那群星兽直接随着塌陷地面掉下去。

霍剑低头望着下方，甚至看不清楚地下到底有多深，那些高阶星兽连反应都没来得及，便一起掉了下去。

司徒嘉没有低头看，用力拉扯着霍剑往队伍那边撤退。

"地面怎么会突然塌陷？"公仪觉望着那边突然消失的星兽群，有些茫然。

机甲舱内的应星决抬手拭去唇边的血渍，他不清楚，只是刚才有股预感。

幻夜星环境复杂，星兽和人在上面，没有任何区别，碰上类似的情况都得死。

军区队伍恢复了对自己的掌控，望着仿佛被切割一样，突然陷下去的地面，全部哑然。

没有应星决，他们全都要葬身于此。

对面没有塌陷的地面上，还有一群星兽，它们和应星决这边隔着一道深壑，同时快速往后退，像是在怕它们那边还会塌陷一般。

"这样……防线算是护住了吗？"司徒嘉问道。

"暂时。"应星决再抬眼看向对面，那种被窥探的邪恶感已然消失。

司徒嘉突然从机甲内出来，半撑在地上呕吐。

他第一次亲眼见到人能死得这么惨，见到人的下肢被咬断之后，居然还能哭着喊着想要活。

白昼出现后，星兽潮逐渐消失，他们顾不上休整，立刻返回。

在途中遇上了来支援的队伍。

"你们防线也塌了？"对方显然从哪里得到消息，也有类似的情况发生。

"还有哪儿？"应星决问道。

"总指挥……应指挥那边，西北方向。"来人道，"有一部分军队跟着星兽一起掉了进去。"

高阶星兽掉入塌陷的深渊。应星决感知到的那头星兽，也没有出现过。支援队只能护着他们回去。

回到军区后，应星决没有休息，而是去了第五区的实时地形勘测室。

已经有几位指挥在里面，刚刚回来的应月容站在最中间的位置。

"几乎是同一时间，连续四个防护线发生坍塌，只有东南防线没有掉入大批的军队人员。"应月容看着地形图，"目前为止，掉进去的人没有传来任何消息，也没有人上来。微型侦察机下到百米后，便自动炸毁。"

"要不要派人下去？"

"去了只是送死。"应月容不认为下去的人还能上来。

"我下去。"应星决道。

众人扭头看向他，目光再移向应月容。

应星决望着她："我能感应到下面有东西。"

"即便你能实体化屏障，下去的危险性也极大。"应月容不赞同地看着应星决，不明白为什么要这么鲁莽，"若有意外，只会平白损失一个超3S级指挥。"

"除了我，没有其他人有能力下去。"应星决并不退让，他一定要下去看一眼，里面是什么东西。

漫长的沉默过后，应月容答应下来，但有一个要求，必须等到第二天白昼时，应星决才能下去，且两个小时后，没有发现任何东西，必须上来。

"你疯了。"姬初雨站在应星决的门口，拦住他的路，"突然几个地方同时塌陷，必定有蹊跷。"

"所以我下去看看。"应星决淡淡道。

"……我和你一起下去。"姬初雨看着他，"多一个人保护。"

"不必。"应星决拒绝。

姬初雨脸色逐渐变得难看："你是一个指挥，我是机甲单兵，本来就该我护着你。"

应星决抬眼："我是超 3S 级指挥，倘若我出事，3S 级机甲单兵同样护不住。"

他绕开姬初雨，开门进去。

姬初雨垂头站在门外，双手逐渐攥紧。他知道超 3S 级指挥有多厉害，第一次来幻夜星时便见识过了。在那之前，他一直只把应星决当朋友，而过后，却始终处于仰视的状态。

应月容带队护着应星决来到东南防线，昨天坍塌的地方，依旧是一道深壑。

他们在附近驻扎，一直等到白昼来临。

应星决进入机甲，抬步走向深渊，爬了下去。

应月容站在附近，她看着光幕，上面的画面是从应星决身上带着的摄像镜头传来的。

和昨天他们从微型摄像机上见到的一样，深不可见的沟壑，完全看不出什么。

"是昨天的高度。"旁边的机甲师道。

所有人心都提了起来，看着应星决继续往下，摄像头没有炸开，才放松一点儿。然而下一秒，镜头再次炸裂，画面消失。

第 143 节

见到镜头炸裂的那瞬间，应月容面色一变，她强行控制情绪不外露，问旁边的技术人员："是不是信号不好？"

技术人员摇头："可能是底下环境不适合，所以摄像头会坏。"

"只是镜头的问题，不一定会出事。"公仪觉出声，"黄金铠的防护甲昨天夜里我加强了一层。"

众人齐齐看向不远处的深渊，只能等着，看两个小时过去，应星决能不能上来，才可以确定他有没有出事。

深渊中，应星决握着刚刚砸碎的镜头，伸手扔下去。

没有回响。

机甲舱内的应星决朝四周看了一眼，随即松开手，直接跳了下去。

随着他往下坠落，一股杂糅着各种气息的味道越发浓重。

应星决抬手滑过控制面板，改变机甲的形状，使其加速下沉。原本深不可见底的沟壑，逐渐露出其真面目。

足足花去大半个小时，他才落在底部。

没有任何星兽尸体。昨天随着塌陷地面一起坠落下来的高阶星兽群，他皆未见到它们的尸体。

应星决站在深渊底部，仰头望着上方。摄像头是他故意破坏的，之所以要求一个人下来，是因为他隐隐感知到底下有熟悉的气息。

这种气息他曾经在几个人身上感知到。

应星决竖起实体化屏障，在深渊底部快速走动观察，没有任何星兽的踪影。

周围的一切看起来像是寻常的地质塌陷，正因为太寻常，所以才最诡异。

应星决闭上眼睛，释放出感知，一瞬间整个深渊底部皆被他的感知所覆盖，他陷入一种极为广阔的视野中。

黑色……整个深渊底部的峭壁上布满了黑色的雾，不对，是黑色的虫子。

应星决睁开眼睛，再看向深渊峭壁，依然正常。只有闭上眼睛，用感知才能"看"见。这种东西……

应星决心中不可避免地升起一股杀意。

他闭上眼睛，准备用感知毁去这些黑色虫子，但它们似乎能感受到他的想法，开始聚集，朝他扑来。

应星决的感知一接触这些黑色虫子，它们便立刻被消融。他沿着深渊裂缝走到最后，每一寸都毁得一干二净。

这些黑色虫子并不难除，甚至可以说很容易清理，应星决只是费了一点儿感知，然而他毁去后，心中却升起一股无法克制的郁气。

这些黑色虫子的气息太过熟悉。

应星决站在深渊底部许久，不知想了些什么，最后才操控机甲升上去。

深渊之上。

"应指挥，已经两个半小时了，我们要不要派人下去看看？"

"他上不来，再派人下去送死？"应月容盯着深渊裂缝，"等到白昼消失，我们便动身回去。"

天空中最后一丝光线消失，远处传来星兽的异动，所有人都在等应月容命令。

应月容望着不远处的裂缝，几近艰难道："我们走。"

她刚一转身，公仪觉便喊道："上来了！"

应月容骤然回头，果然见到应星决从深渊中上来了。

她压住自己的各种情绪，最后才问道："下面什么情况？"

"有几头棘手的星兽，其他几个裂缝，这几天我都下去看看。"应星决看着帝国军校主力队的几个人，"他们，麻烦您带着。"

"既然只是星兽，就多派些人下去帮你。"应月容道。

"不必。"应星决道，"我一个人处理更快。"

应月容看着他一会儿，最后同意。

西塔星。

卫三正在和解语曼对抗，她现在已经能控制自己十分钟之内不被解语曼踢屁股。

"厉害，卫三……咳。"廖如宁看得上头，正要为卫三打气加油，解老师眼神一瞥过来，他立马蔫了，借着握拳咳嗽的姿势，小声补充，"她。"

解语曼追着狂奔的卫三，心中又是气恼又是骄傲。

气恼她滑不溜秋，什么招都能使得出来，简直气死人。又有点骄傲卫三进步之快，谁能想到几个月前她还是一个 A 级，接触 3S 级机甲才这么一点儿时间，就已经足够在自己手下过这么多招。

"行了。"解语曼停下来，"今天先练到这儿。"

卫三怀疑地看着她："真的吗？我不信。"

"……你以为谁都和你一样不要脸皮？"解语曼直接从机甲里出来，"这几天多在海水内练练阻力对抗，尤其是廖如宁，毛病多。"

卫三也从机甲内跳出来："老师，我今天表现怎么样？"

"一般。"解语曼随口道。

"我不信，你今天只踢中了我两次。"卫三掰着指头道。

解语曼："……很光荣吗？"

"报告老师，光荣！"卫三挺胸抬头，站在廖如宁和霍宣山旁边，十分骄傲道。

旁边霍宣山和廖如宁低头闷笑。

"笑，还笑？"解语曼指着三个人，"明天加练！"

等解老师一离开，三个人就瘫坐在地上。

"唉，你那招不太行，差一点点反踢中老师。"廖如宁感叹，"什么时候能打败解老师。"

"争取下一个赛场，不然就下下一个。"卫三直接躺在训练场地上，捂着胸口，"最近心跳得慌。"

"熬夜熬多了。"霍宣山屈膝靠墙道。

"最近没怎么熬夜，我按时睡觉呢。"卫三睁眼看着训练场的天花板，"机甲也没有设计出来。"

"现在设计什么机甲？你又没有材料，无常也改不了。"廖如宁扭头看她。

"不是无常。"卫三抬手挡住眼睛，又往上抬，"我想做一架 A 级机甲单兵可以用的 S 级机甲。"

霍宣山和廖如宁齐齐看向她，最后霍宣山开口："虽然我不是机甲师，不过也知道这事不太可能。"

廖如宁："你有没有和成河提过这事？他怎么说？"

"没说。"卫三翻身坐起，双手撑着地面，"观赏型机甲是公仪柳做的，那种机甲的原理便是让感知低或者没有感知的人体会到驾驶机甲的感觉。为什么 A 级能驾驶的 S 级机甲不可以做出来？"

"你说得有道理。"廖如宁若有所思，"等以后你做出来这种机甲，就是划时代的大师，到时候书上记载你，括号，好友联邦机甲单兵强者廖如宁。"

卫三："……重点是这个？"

霍宣山认真想了想："那我先预订一百台这种机甲，到时候先给我们霍家。"

廖如宁顿时不干了："我先预订！他出多少，我价格翻倍。"

"行啊。"卫三一口答应下来。

三人训练完，晃晃悠悠地往食堂走。

托卫三的福，西塔星的人对达摩克利斯军校表现出极大的热情，在食堂打饭，连菜都比其他军校多一倍。

"他们怎么这么喜欢你？"廖如宁望着自己盘里的两个鸡腿，又看了看卫三盘中的三个鸡腿，摇头感叹。

"没办法，魅力值太大。"卫三端着盘子坐在金珂和应成河对面。

"不完全是。"应成河抬头道，"鱼青飞曾经在这里待过很长一段时间，西塔星大半是他开发出来的，这里的人很喜欢他。"

卫三有时候那种浑水摸鱼式偷懒和鱼青飞挺像。

"鱼青飞是不是十二星都待过？"卫三问道。

"差不多。"应成河想了想，"但沙都星一直都是鱼青飞的根据地。"

这个点基本都是各军校吃饭的时间，除了帝国军校的主力队不在，其他军校的主力队都在附近，没有哪所军校像达摩克利斯这样，吃饭聊天都这么融洽。

基本上都是安静地吃完，便去训练。

这次，尤其以平通院气氛最为沉重。他们的一名主力队员，从极寒赛场出来后，状态便一直不太好。

据说感知有点受损，不过那边医生已经在尽力调养，如果实在不能恢复，可能要换人。

"也是命。"廖如宁摇头，"在他们自己的主场受这么严重的伤。"

"我看极寒赛场前面那段回放直播，以为第一个离开的会是平通院。"卫三托腮看着那几所军校，结果是塞缪尔军校老师第一个让学生出局。

"前几届我们和塞缪尔军校都损失了学生，这种苦果已经尝过了。"金珂低头随口道，"再来一次，他们塞缪尔也不用争第三了。"

只能说每所军校都有自己的考虑，平通院想要保持在第二，冲刺冠军，所以才会冒险，却没想到碰上提前的大寒潮。

几个人的饭菜比其他军校生的都多，还要闲聊，但没比别人吃得慢，甚至还抢先吃完。

"走走，下午训练水下加压阻力。"廖少爷充满斗志。

五个人端着盘子特地绕路经过其他三所军校的主力队，十分嚣张。

放下盘子，走到食堂大门口，卫三皱眉回头朝里面望了一眼。

"看什么呢？"廖如宁伸手揽着人走，"训练去。"

…………

"喊，不过是拿了一个分赛冠军，嚣张成什么样子。"肖·伊莱极为不爽道。

原本他就最讨厌达摩克利斯军校那群人，比完这几场赛，更讨厌这五个人了。

一个个都不是好人。

肖·伊莱突然一顿，他自己好像也不是好人。

"帝国军校那五个人去了幻夜星，回来之后不知道进步多少。"习乌通忽然开口道。

"他们不是去幻夜星镀金吗？"肖·伊莱诧异。

习乌通视线落在同桌其他人身上，没有回他的话。

"我们没必要和他们比。"高学林开口道，"我们也在进步。"

"平通院一个3S级单兵受伤，只要他们重新换一个双S级机甲单兵，我们就有机会更进一位。"吉尔·伍德看着平通院那边的小酒井武藏，说道。

"感知受了一点儿伤，也好过换一个没有潜力的双S级单兵。"肖·伊莱阴阳怪气道，"可惜，如果换一个双S级，正好适合你这个双S级。我们学校今年运气不好，没有全员3S级。"

吉尔·伍德："……"

"好了。"高学林放下筷子，"我们的目标是拿到前三，第三位就算完成了任务。"

肖·伊莱以前也是只想拿第三，但现在他不服气，达摩克利斯军校都能一跃成为夺冠的热门军校，而他们塞缪尔却被一个双S级机甲单兵拖了后腿。

"卫三都能变成 3S 级，你怎么不能也变成 3S 级？"肖·伊莱不满地看着吉尔·伍德。

吉尔·伍德："……"

高学林和其他几个人起身，示意吉尔·伍德一起走。

肖·伊莱最后才动身，刚站起来便见到吉尔·伍德扭头看过来，目光冰冷。

不是看他。

肖·伊莱顺着她目光往后看，是平通院那个方向。

嘁，还算有点志气。

第144节

所有裂缝下方，应星决都去了，每一次都能发现那些黑色的虫子，但皆能用感知消融。

明明这种黑色虫子给他带来的威胁感还在，但处理起来却十分简单，应星决心下隐隐感到怪异。

这些黑色虫子，只能用感知发现，最后一次下去时，应星决带了实验试管，装了一小管黑色虫子。

这种试管是特质的，本身便是用来装一些星兽实验物，抗腐蚀、抗压、耐热耐冷。

他最开始以为这些黑色虫子会反抗，然而黑虫进入试管中瞬间形成一团黑雾，从被关进来后，只知道在试管内无脑打转，似乎完全没有攻击力。

但掉下来的星兽以及军队的人，在下面完全消失了，什么也没有见到，应星决不相信和这些东西无关，他握着最后剩下的这一管黑色虫子，在深渊下等了许久，黑色虫子依然没有任何反应，只会在试管内壁打转。最后应星决用自己的感知包裹住这支试管，不给黑色虫子出来的机会，这才带着试管上去。

"应指挥，底下的星兽处理完了？"见应星决从下面上来，军区队长问道。

应星决将试管收好，并未让他们见到，点头表示结束。

这几天，他在深渊下处理"星兽"，帝国军校主力队的其他人则被应月容带走，去其他的防线锻炼。

应星决回去后，便将试管取出来，里面依旧是一团黑雾。他将试管放在自己腰间，露出半支出来，这才从房间内出来。

几个小时后应月容带队回来，姬初雨几个人一身杀气还未褪去。

"深渊下的星兽处理好了？"应月容第一眼便发现应星决腰间的试管，"这是什么？"

"只是找不到军区的人。"应星决低头拉出来一点儿，道，"幻夜星的空气。"

说这话时，应星决目光扫过应月容以及旁边的帝国军校主力队，他们虽诧异他带了一支装着空气的试管，却并没有反驳他，显然见不到试管中的黑雾。

"这次裂缝突生，反而挡住了一大部分星兽的攻击，我们以几条深渊裂缝为线，重新调整了防护面，暂时能抵抗住暴动的星兽。"应月容没有在意试管的事，只是道，"两天之后，你们去西塔星，比赛快开始了，不必再留在这儿。"

"好。"

等应月容一走，帝国军校几个人才松懈下来，看向应星决。

"怎么突然想起装一管空气？"姬初雨问他，之前第一次来幻夜星时，并未见到应星决有这种举动，这次有什么不一样？

应星决将试管全部拉出来："没什么，今天在深渊下装的。"

几个人闻言，以为他是用来提醒自己的。

应星决看着他们回到自己房间，最后才抬手碰了碰腰间的试管，他们都看不见。

有那么一瞬间，应星决以为还是他自己的感知出现了问题，但低头看着试管内那一团黑雾给自己带来的熟悉的感觉，作不了假。

西塔星。

卫三操控机甲踩在水中的另一台机甲上，看着还在里面挣扎着的廖如宁："少爷，你行不行？怕这怕那的。"

廖如宁挣扎着露出一个头："你的机甲占了便宜，我只要再练练就行。"

"都多久了，还有几天就要比赛。"卫三话才刚说完，廖如宁便伸手抓住她的脚，将她拉下水。

两人在拟海水环境中，大打出手，卫三差点吃亏，扭转身，按住廖如宁的脑袋，往下压。

明明廖如宁在机甲舱内，不会进水，但他依然身体一顿。

卫三抓住这一秒，将他踢下去，随即冲了上来。

她站在水池边，等了会儿，廖如宁才从水下重新冒出来。

卫三："你这是心理障碍，怕冷怕水，还怕'长条'，少爷你这样出去和别人对上，百分之百出问题。"

廖如宁上来，从机甲内出来："知道了，这几天再多练练。"

"之前在极寒赛场，冰面之下也没见你有这些问题。"旁边一直看着的霍宣山道，"要受刺激，你可能才不在乎这些环境。"

廖如宁："……"

三人训练完之后，便准备去休息，路上见到帝国军校的人往外走。

"帝国军校什么情况？"卫三扭头看着他们。

"帝国军校主力队刚才到了门口。"金珂也从另一头过来，"现在过去迎接他们。"

廖如宁看着出去的帝国军校校队成员："他们这么快从幻夜星回来？我以为还要再待几天，到临比赛的那天才过来。"

"幻夜星突然发生地震，出现数条裂缝，正好挡住了星兽，他们也不用花太多时间在那边。"金珂站在旁边解释道，"不过即便如此，他们也算是上过战场的人，不知道会有什么改变。"

"在这边等着看看。"霍宣山道。

除了还在工作室的应成河，四个人便站在墙边，等着帝国军校的人过来。

帝国军校的主力队被簇拥着过来，应星决照例走在最前面，除了他，后面的四个人眉眼间皆有所不同，多了煞气和凌厉的气质。

"啧，这才去了几天，怎么都跟变了一个人一样？"廖如宁看着帝国军校的主力队道，"之前申屠学长也这样。"

金珂的目光来回在应星决和姬初雨身上打转，这两个人都是第二次去幻夜星，和那次时间长达一个月不同，这次仅仅待了五六天，但显然军区战场对姬初雨还是有影响。而他从应星决身上完全看不到变化，这份冷静不是谁都能有的。

"他身上那支试管里装了什么黑色的东西？"卫三遥遥望去。

"谁？"霍宣山朝那边看去，最后视线落在应星决腰间，"那不是透明的试管？里面没有东西。"

金珂和廖如宁也被他们的对话吸引，看着应星决腰间若隐若现的试管，一致认为那是根透明、里面什么都没有的试管。

"卫三，原来你真的是色盲。"廖如宁确定道，"难怪你之前的机甲涂层那么丑。"

"你们才是色盲。"卫三坚决不承认自己的色盲，等她还想仔细看看，却被姬初雨挡住了视线，他站在应星决旁边，低声说着什么，恰好挡住试管。

帝国军校主力队的人回来，引起了各所军校的注意力。原本帝国军校主力队便比其他军校的强，现在还去战场上实战过，他们的改变，众人也看在眼里，陡然间各校主力队开始紧张起来。

"明天就要比赛了，这次比赛没什么寒潮、海潮的，正正经经比赛，虽然你们实力堪忧，"解语曼看着几人道，"不过勉强还能入眼，我也没什么指望，你们只要赢了帝国军校就行。"

几人："……"好一个"只要"。

"老师，您需要花生米吗？"廖如宁举手问。

"我要这个干什么？"解语曼瞥了他一眼，没反应过来。

"配酒，老师。"卫三主动道。

解语曼追着两个人满训练场踢："没有拿总冠军的信心，你们一天天高兴个什么劲？！"

西塔赛场开场，媒体记者的问题皆比较和善，主要因为上次几所军校差点出不来，这次更像是劫后余生的比赛。

金珂站在中间，问几个人："这次该轮到谁去抽签了？"

"我。"霍宣山道。

"希望能抽到星船。"廖如宁双手合十，朝天空拜了拜。

卫三目光一直不停往应星决那边跑，上次没看清楚他腰间试管内的东西，这次借着抽战备包的机会，想要彻底看清楚。

但是帝国军校主力队的那几个人一直站在应星决身边，挡住了卫三的目光。

"达摩克利斯军校。"

工作人员站在箱子前，喊上一赛场第一名先上来抽战备包。

"快去快去。"廖如宁推着霍宣山过去。

"由于上次极寒赛场只有一所军校拿到了名次，所以其他四所军校按照前三场总分来算，上一场分高者先抽。"工作人员道。

目前赛场总积分最高的依然是帝国军校，他们有三十分，其次是达摩克利斯军校，拿到了十六分，平通院只有六分。塞缪尔军校在谷雨赛场拿到一次第二,五分，而南帕西只有一分。

因此西塔赛场抽战备包的次序依次为达摩克利斯军校、帝国军校、平通院、塞缪尔军校、南帕西军校。

其他军校抽战备包的人自始至终都是一个人，卫三就等着应星决走出来，她一步一步往外挪，正好可以看到抽战备包的那个地方全貌，只要应星决走过去，她便能见到他腰间放着的试管。

什么试管还可以带进赛场？

工作人员报了帝国军校的名字后，应星决果然从队伍内走出来，卫三目不转睛地盯着他的腰间，等到他走在霍宣山身后，她才看到那支试管。

确实是黑色，她没眼花，卫三盯着那团黑色看了一会儿，突然发现试管内的黑色在动。

这一动，卫三顿时想起当初在模拟舱见到的那团黑雾，同样的黑色，能动，只有凑近才能发现是虫子。

在她目不转睛盯着人时，应星决同一时间捕捉到几道目光在他身上打转，但等他装作不经意地回头时，只见到卫三盯着自己腰间的试管，毫不掩饰。

应成河杵了杵卫三，嘴微动，小声提醒："卫三，别看了。"他堂哥都看了过来。

"你堂哥腰间的试管，里面装了黑色的虫子。"卫三压低声音对几人道。

镜头扫过来，达摩克利斯军校主力队的几个人皆挺直腰背，暂停交头接耳，等镜头移开，应成河才开口问："那里面什么也没有。"

金珂扭头："我昨天晚上打听了，是应星决从幻夜星装的一管空气，里面没东西。有东西，主办方不会让他带进去。"

"有。"卫三盯着应星决腰间的试管，强调，"我在谷雨赛场的模拟舱见过。"

廖如宁也往应星决腰间的试管看去，还是透明的，什么东西都没有："谷雨赛场模拟舱的所有场景我都练过一遍，没见过黑色的虫子。"

等霍宣山抽了战备包过来，想几个人一起打开看，过来却发现他们安静异常："怎么了？"

几个人站在一起，作势打开战备包，金珂问卫三："新的模拟舱内？"

"不是，旧的。"卫三压低声音道，"进去之后，一团黑雾，朝我飞过来，全是细密的虫子，不知道什么品种，还没来得及动手，模拟舱就炸了。"

金珂皱眉："我们都看不见，不代表没有，先比赛，之后再说。"

霍宣山一知半解地望着几人，抬手将战备包清单打开。而此刻塞缪尔那边传来骚动。

"哈，星船是我们的，这次冠军也一定是塞缪尔军校的。"肖·伊莱看着战备包清单，自信道。

廖如宁闻言，朝塞缪尔清单上看去，果然有一艘星船："居然被他们抽中了。"

再看达摩克利斯军校抽中的战备包，只能说一般。

几所军校中，帝国军校抽中的战备包最差，没什么可用的东西。

应星决的心思不在战备包上，他指尖搭在腰间试管上，刚才卫三的眼神，他看见了，和其他人完全不一样，不是看一个空荡荡试管的眼神。

且五所军校内还有其他人，视线不断地落在这支试管上。

应星决再一次确定自己没有问题，那股厌恶的气息真实存在，但不是所有人都知道。

他垂眸望着地面，假设卫三真的能看见，她和自己最大的共同点便是感知等级。

应星决瞬间回忆起谷雨赛场的模拟舱那几个出了问题的 3S 级，还有当时卫三训练室内的模拟舱传来的气息，有东西在针对超 3S 级。

只是他想不明白，为什么那次卫三在自己机甲舱内，身上传来淡淡的气息和那股邪气相同。

那时候应星决下意识地出手，像当年出手击毙那名护士一样，同样之前在凡寒星医院针对那名医生，也是因为他感受到那股气息。

那时候卫三身上的气息极淡，他甚至到现在还怀疑自己是否重伤，产生了幻觉。

站在帝国军校队伍前，应星决悄无声息释放感知，笼罩在每一个人身上，试图找到除卫三以外的打量自己的人。

没有任何异常。

反而达摩克利斯军校的几个主力队成员时不时朝他看过来。

金珂咳了一声，低声提醒道："快要进去了，别分心。"

达摩克利斯军校第一个入场，金珂带着他们走进去。

屏障一开，达摩克利斯军校的队伍进入西塔赛场，迎面吹来的是海风，并不冷，甚至带了点惬意。

金珂打开地图，低头看了一会儿道："终点在中间这一座岛上，有几条路可以过去。全部走海路，这个适合有星船的队伍；还有沿着峭壁走大半路，最后经过一小段海路，能到终点岛。"

"我们走哪条路？"应成河问道。

"这要看抢不抢到船了。"金珂抬头道。

"那我们要在这儿等？"霍宣山问他。

金珂摇头："我们先走，去对付星兽，抢船的事不急。"

达摩克利斯军校选着一条峭壁乱石路，这些路不够平稳，各种大大小小的石头，无论是人走还是驾驶机甲走，都走得不稳。

后面的校队保持着五人一队的阵形，走得极为谨慎。

"看样子，前一个赛场开头便有校队成员出局的事，对达摩克利斯军校的人打击很大。"新来的主解员代替应月容的位置，坐在旁边道，"不过有时候太过谨慎，反而是拖累。"

鱼天荷笑了笑，没有多言，目光落在赛场入口，还未进去赛场的军校的镜头上。

到底是军校生，体能不光强于普通人，还经过大量的训练，达摩克利斯军校生走了半个小时后，便能适应乱石路。

"没看见飞行星兽。"廖如宁抬头望着天空，"我们什么时候才能碰见星兽？"

"这附近没有星兽。"金珂扯了一把还在走神的卫三，才开口道。

廖如宁走在最前面，有点无聊，还没扭头说话，脚下忽然踩中一条软趴趴的东西，这种触感……

当即令他蹦得几米高，并伴随着一声惨叫。

金珂还以为出了什么事，立刻让所有人停下，警惕戒备。

而廖如宁一溜烟回来，抱着霍宣山不肯撒手。

众人站在原地等了一会儿，最后从前面一块巨石上爬出来一条蛇，冲着他们凶狠地吐芯子。

"……"

这蛇太正常了，根本不是星兽，众人虚惊一场。

廖如宁脸色苍白，双脚离地，挂在霍宣山身上，完全不顾后面校队成员怎么看他。

金珂盯着那条蛇："只是一条海蛇，继续走。"

"这是西塔海蛇，它们会成群结队出现。"校队的丁和美出声，"主指挥，我觉得我们应该赶紧走。"

廖如宁一听，顿时背后一凉："你、你怎么知道会成群结队？"

"我是西塔星人。"丁和美挠了挠脸，"这种海蛇会钻机甲，破坏机甲内部结构，有时候会顺着通风管道，爬进机甲舱，而且它们有毒。这附近是它们的领地，陆地、海中都能见到它们的身影。"

不是星兽，却比星兽麻烦。

廖如宁抓住霍宣山的手不放："你带我飞到半空中。"

霍宣山毫不留情地抽出自己的手："一切听安排。"

金珂也不知道西塔海蛇，他关注点都在星兽上，只能问丁和美，关于这种西塔海蛇的信息。

丁和美快速大致说了说，那边已经不断有海蛇从石头缝内爬出来，盯着这群不速之客。

"怎么越怕什么越来什么？"廖如宁扒拉着霍宣山，不肯放手，"金珂，快想办法！"

"我能有什么办法，冲过去。"金珂摇头，"都省着点能源。"

直播现场。

"来之前一直听说达摩克利斯军校的运气差，没想到这么差。"新来的主解员路正辛是平通院出身，他笑道，"西塔赛场这么大的地方，只有这一块地方有西塔海蛇，偏偏被他们碰上。鱼师，你认为他们中会不会有人因为这种非星兽出局？"

鱼天荷朝达摩克利斯军校的镜头看去一眼："没有发生的事，谁也不知道结果。"

路正辛笑了笑，不语。

乱石中西塔海蛇越聚越多，金珂看着后面的校队，干脆道："所有轻型机甲单兵进入机甲，拎着机甲师和指挥离开。"

"机甲单兵怎么办？！"廖如宁震惊，"我不想留在下面！"

"不然……"金珂想了想，"剩下的两个机甲单兵就扒拉着轻型机甲单兵的脚。"

每个队的轻型机甲单兵此刻承受了不该承受的生命之重。他们飞在半空中，一手拎着一个人，两只脚上还扒拉着两个人。

卫三和廖如宁抓着霍宣山的脚，和后面校队成员一样搭着顺风车。

"啊！海面上都是蛇！"廖如宁低头往下看，脸都绿了。

太恶心了！

丁和美带着自己小队的人往前飞，又想起一件事，不由得飞高："主指挥，忘记告诉你们，这些西塔海蛇还会借力跳，不能飞得太低。"

话音刚落，乱石上和海面上的西塔海蛇便扭曲着身体，开始往上跳。

把廖如宁吓得够呛，在半空中吱哇乱叫。

"吵死了。"卫三踢了踢廖如宁，"它们跳不上来的。"

廖如宁低头盯着那些乱石上的西塔海蛇，越看越不对劲，叫得更厉害了："不好！它们越跳越高了。"

卫三往下看去，发现那些海蛇在接力跳，一条蛇跳上一段高度，另一条便抓住时机跳在这条蛇身上，借力跳得更高，而旁边还有蛇等着借力。

"这些蛇比星兽还可怕！"廖如宁恨不得把自己缩成一团。

金珂一直用感知和其他指挥勾连，将整个队伍保持平衡状态，且同一时间传递命令。

他抬头往上看去，让所有人注意，上方出现了星兽。

"不是说附近没有？"廖如宁一听就知道自己完了。

"被厚云层挡住了。"金珂无奈道，"恐怕我们需要下去了。"

廖如宁脸色煞白："这些蛇会钻进机甲内，到时候跑到机甲舱内怎么办？"

"毛病多。"卫三一脚把他踹了下去，自己也跟着松手下去。

即便在半空中进入机甲内，廖如宁的尖叫声还是传到每一处。

卫三在掉落中途已经拔剑，加速下降，先于廖如宁掉入海面，在那瞬间，她将须弥刀插进海水中。

"？"

廖如宁以为自己掉入海水中，立刻会有无数西塔海蛇缠过来，结果海面连带那些海蛇直接被冻住了。

卫三缓缓抽出须弥刀："走了。"

偌大海面直接结成了冰，校队成员跟在他们后面，快速往前跑。高空中突然出现一堆飞行星兽，等级不高，但是多，轻型机甲单兵被迫在上空对付它们。

"有没有火？弄个喷火器。"卫三扭头对下来的应成河道。

应成河："……"按照原来，他肯定拒绝，不过现在他对机甲师的概念已经模糊了。机甲师就是个手艺人，什么都应该得会点。

带着校队机甲师，应成河直接改造枪支，用 A 级机甲中的热武器弄出喷火器来。

不得不说，这招有效，他们对着一顿喷，直接火烧乱石上爬过来的西塔海蛇。

卫三负责用须弥刀冰冻海面，高空中的霍宣山被众多低等飞行星兽缠着，他直接将星兽踹下来，让下面的廖如宁接手。

场内冰火两重天。一帮机甲师毫不犹豫地改造武器的技术，让直播镜头外的观众和主解员、老师们看呆了。

路正辛目光落在卫三的长刀上："她这把刀有点意思，我看可以在 3S 级武器排行榜排进前十。鱼师，你觉得里面加了什么材料，才能有这种属性？"

鱼天荷淡淡道："冰金吧。"

"一般用了冰金的武器，应该像霍宣山的弓一样，时刻泛着寒气。卫三这个不太像，平时更像普通的长刀。"路正辛摇头。

"这个你可能需要问给她做武器的机甲师。"鱼天荷看着镜头内的人，"有太多属性材料能混合一起，除非制作武器的机甲师主动告知，否则其他人无法得知。"

"鱼师也不知道？"

"不知道。"

习浩天听着两人讲话，下意识地朝鱼天荷看去，她今天讲解得有点少。

没什么高阶星兽，只是高空中的飞行星兽数量多，加上下面有西塔海蛇，达摩克利斯队伍成员才感觉棘手，现在西塔海蛇被解决，也就没什么要紧，下面的人快速往前走。

终于没有再见到西塔海蛇，过了半个小时，霍宣山也领着校队的轻型机甲单兵赶上大部队。

廖如宁还恍恍惚惚的，重新踩在乱石上，生怕有西塔海蛇再冒出来。

卫三瞥了他一眼："我看你刚才烧起来的时候挺起劲。"

"我那是不畏恐惧压力，坚持奋战在一线。"廖如宁自我感动。

"少说点儿话。"卫三拍了拍他肩膀。

"为什么？"廖如宁茫然。

应成河同样拍了拍他肩膀："你是乌鸦嘴不知道吗？"

廖如宁不承认："之前我说帝国军校会抽中星船，也没见到他们抽中，还不是被塞缪尔那群人抽去了。"

"有区别？"金珂越过来，"指不定现在帝国军校已经抢走了星船。"

最后霍宣山拍了拍他肩膀，摇头往前走。

廖如宁落在背后，突然反应过来："帝国军校抢星船？万一他们抢到了，那我们怎么办？还抢不抢了？"

"抢！"前面四个人齐声道。

"这帮人还真是……"项明化望着镜头内达摩克利斯军校的人，最开始动手抢星船，不光要浪费时间等塞缪尔进来，而且有可能抢完，半途被另外的军校抢走。

现在达摩克利斯军校也要做最后出手的一方。

第 145 节

在达摩克利斯军校进入赛场的两个小时后，帝国军校才被允许进入赛场。

应星决带着队伍直接在附近等着，他们要抢星船。

然而平通院的人进来后，同样没走。

"他们也想要抢星船？"公仪觉皱眉看着站在原地不动的平通院道。

应星决盯着路时白看了一会儿，便带着帝国军校的人离开。

"我们不抢了？"司徒嘉问道。

"他们联手了。"应星决淡淡道。

从抽中星船的那刻起，高学林脸色便难看起来，他不像肖·伊莱一样高兴。没有足够的实力根本无法护住这种烫手的资源，一如当年南帕西被抢一样。

所以在达摩克利斯军校和帝国军校进去之后，高学林便主动走到平通院那边。

"我们将星船送给你们。"高学林直接道。

路时白面色不变："你的要求。"

"星船勉强可以容纳两所军校队伍，星船送给你们，带我们上岛。"高学林道，"星兽六四分。"

"我们六？"路时白望着他问。

高学林点头："你们六。"

两所军校就此达成合作，所以平通院在进去之后，没有离开，反而留在入口。不是像公仪觉认为的平通院也要抢星船，而是等着塞缪尔军校进来一起走。

帝国军校选择乱石路往终点赶去，但同样和达摩克利斯军校那边一样，没有放弃抢星船的打算。

直播现场。

"应星决选择的这条路，很快可以和达摩克利斯军校碰上。"路正辛看着帝国军校行进的方向道，"我猜帝国军校可能会联手达摩克利斯军校，共同抢下星船。只是不知道如果抢下之后，第一谁来拿。这两所军校可不像塞缪尔军校，愿意退一位。两位主解员认为这次西塔赛场，谁能拿下冠军？不如我们赌一赌？"

"我赌帝国军校能赢。"习浩天毫不犹豫道，并不在意刚才路正辛对塞缪尔的评价，"他们刚从幻夜星回来，我相信会有所进步。"

"我记得现在西塔赛场帝国军校和达摩克利斯军校的赔率快到一比一了，顶了之前平通院的位置。"路正辛看向鱼天荷，"鱼师押哪所军校能赢？"

"达摩克利斯军校。"鱼天荷道，"他们总能做出意料之外的事，我赌这次同样结果能出乎意料。"

路正辛看着几所军校的镜头："这样，你们都猜帝国军校和达摩克利斯军校，那我爆个冷，选塞缪尔军校。"

"你这是自愿认输？"习浩天扭头看他。

路正辛摊手："避嫌，你们都避开了母校，我当然也不能选平通院。"

达摩克利斯军校保持着前进的速度，应成河朝海面上遥望："塞缪尔军校的人已经进来了。"

"这么顺利？"金珂看着远处海面上的星船，"要么被帝国军校的人抢了，要么和平通院的人联手。"

"那我们还抢不抢了？"廖如宁望着那边，"一打二，我觉得不太行。"

"看帝国军校那边愿不愿意和我们合作了。"金珂继续往前走。

"和他们合作？"廖如宁想了想那幅画面，"不太合适，我们抢完后，谁拿第一？"

"自然是抢完之后，上岛再说。"金珂道，"上岛之后各凭实力。"

他们走了半天，途中又遇上星兽。这次不是飞行星兽，而是在乱石上的巨型白熊群，其间还有高阶变异白熊。

"自动送上门的资源。"金珂抬手示意所有人进入战斗状态。

校队所有人都在金珂的掌控之中，他的命令顺着指挥的感知传到各个小队之中，所有人的攻击，虽武器不一样，却有着异常整齐的弦调，仿若一张大网，将这些星兽笼罩其中，再逐一绞杀。

而中间两头变异高阶白熊则交给主力队三个单兵负责。

霍宣山和廖如宁各对付一头，吸引白熊的注意，至于卫三，她穿梭于两头变异白熊中间，时不时补刀。

一开始并不算顺利，他们操控机甲踩在乱石上，走得还算稳定，但和白熊战斗时，跃起降落，时常踩在各种不同的乱石上，大大小小，颠簸不平，机甲站得并不稳。变异高阶白熊抓住这个机会，反击回去，爪子已经分别在三人身上留下痕迹。

最后霍宣山张开翅膀，基本上是虚浮在乱石表面，不再发生踩空。廖如宁更直接，他是重型机甲，干脆每一次落脚，把乱石踩平。卫三既不能像霍宣山一样长时间飞，虚浮在乱石表面，更没办法直接踏平乱石，太耗能量，只能每一次落脚前，计算出自己的位置。

直播现场。

解语曼望着几个人的表现，最后视线落在卫三身上："进步很快。"这么短的时间便找到自己的优势，寻求到解决方法。

项明化闻言脸上带了点笑："昨天你还在骂他们。"

"这几个人不骂，能皮上天。"解语曼现在想起当初最开始教申屠坤和霍宣山、廖如宁的时候，都有点恍惚。那时候他们还是正经学生，每天严肃地跟着她学习。后来……进来一个卫三，全变了样。

"卫三，很厉害。"项明化有点感叹，这么乍一看，谁也不知道她才接触机甲不到一年的时间，而且无常还是她新换的机甲。

解语曼看着镜头内的卫三，目光又移向帝国军校那边，心中不由得感叹造化弄人。这两个超 3S 级都无法将自己的实力发挥到最大，应星决身体受损，无法支撑庞大的感知。而卫三还营养不良，虽然能养好，却没办法拥有一台真正意义上的超 3S 级机甲。

如果能再出现一个超 3S 级机甲师，这两人配上超 3S 级机甲，也不知道会有多大威力，是否能颠覆现在的局面。

廖如宁站在变异高阶白熊正面对战，假意被其四肢压制，卫三在背后挥刀砍来，却不妨变异高阶白熊早有准备，直接松开廖如宁，让开位置，眼看着卫三的刀即将砍到廖如宁身上，她刀势一转，直接砍在另一头变异白熊下肢。

此刻廖如宁已然逼近高阶白熊，趁其放松等待他们误伤时，摆动三环刀，恍惚了白熊的心智，最后一刀刺进白熊心脏。

两人一开始便识破了变异白熊的计策，只不过顺势而为。

另一头变异白熊被砍断下肢，仰头嚎叫，被霍宣山的冰箭射穿喉咙。

海水依旧翻滚，海浪拍打在乱石滩上，空气中弥漫着血腥味道。

"达摩克利斯军校斩杀两头 3S 级变异星兽，四头 S 级星兽，七十六头 A 级星兽。"

第 146 节

光幕升起那一刻，帝国军校便确定了达摩克利斯军校的位置，同一时间，他们这边也刚刚斩杀完星兽。

西塔赛场，几乎在这个瞬间，接连升起数道光幕。

金珂："果然，平通院和塞缪尔军校联手了，我们暂时停一停。"

"真要和帝国军校合作？"霍宣山问道。

"不合作白不合作。"金珂看着帝国军校那个方向，"星船的主导优势太强，如果任由平通院和塞缪尔军校过去，第一、第二就是他们的。"

与此同时，应星决也在加速朝他们这个方向走。

四十分钟后，帝国军校和达摩克利斯军校会合。

两所军校第一次在赛场中有合作的意向，算得上历史，按照往届，帝国军校从来不搭理达摩克利斯军校。

他们还没什么表现，直播现场的观众以及联邦看直播的观众已经开始激动了。

"历史会面，帝国军校居然真的愿意和达摩克利斯军校的人合作，以前完全瞧不起咱达摩克利斯。"

"说到底还得实力强，才能入别人眼。"

"这届达摩克利斯军校确实强，全员 3S 级不说，行事风格也突然转变，让人摸不着头脑。可惜，当初总冠军赌注开盘，我押了帝国军校，不然我一定押达摩克利斯军校。"

"得了吧，达摩克利斯军校几次拿到的排名不是靠着运气才拿到的？十二场，不是每次都有这么好的运气。"

"对，帝国军校每次都实打实地拿到的冠军，再加上应星决这么一个超 3S 级的指挥在，达摩克利斯军校总不能每次都像在极寒赛场一样走狗屎运，总冠军肯定是帝国军校的。"

现在星网上讨论总冠军时，已经逐渐变成帝国军校和达摩克利斯军校，平通院开始退出讨论。

帝国军校生碰上达摩克利斯军校队伍时，卫三几个人正坐在乱石上，看着不像来比赛的，反而是坐在礁石上看海景的。

见到应星决等人，金珂起身，原本以为旁边几个人也会跟着站起来，到时候来一场强龙和厉虎的碰面，结果光他一个起身过去，卫三和廖如宁几个人坐在那边动都不带动一下的。

金珂走了会儿才发现不对劲，一扭头就发现卫三单膝屈起，散漫地坐在礁石上。他连忙朝几个人使眼色，让他们跟上来。

卫三率先对他竖起一个大拇指，随后霍宣山紧跟其后，廖如宁和应成河也不甘落后，送了他四个大拇指。

金珂："……"

就这样，金珂一个人强撑着气势，走到帝国军校队伍面前。

"我们合作。"应星决对上金珂眼睛，直接道。

"……可以。"金珂努力不去看应星决背后的主力队，太憋屈了，瞧瞧人家这站的，杀气腾腾。

"星船我们各占一半，星兽平分。"应星决视线掠过礁石上的卫三，最后对上金珂的目光，"上去之后，我们对付平通院，塞缪尔军校交给你们。"

金珂有点愣，应星决这算是给足了合作的诚意，基本上没有再商量的必要，他说的都是自己心中算好的。

"咳，行，那……我们合作愉快。"金珂说完，扭头朝达摩克利斯军校那边看去，"都赶紧起身赶路。"

一个个大佬似的坐在那儿，不知道的还以为帝国军校过来求他们了。

卫三起身，等着他们过来，拉着金珂走远了点。她没往应星决腰间看，镜头本身便有慢放功能，外面的人只要用心看，很快能发现异样。

不过他们最好还是离应星决远一点儿，她在模拟舱内便极为不喜欢那种黑雾，那些虫子看着太恶心。

两所军校从头到尾，只用了不到一分钟的时间，便决定好合作，随后他们各占一半，开始往前走。

两支队伍井水不犯河水，泾渭分明却又能看出来有一丝默契。

直播现场。

"听说极寒赛场，是这两所军校待在一起，才护住了一架飞行器。现在看来，果然有合作过的影子在。"路正辛望着两所军校行进的模式道，"这比赛越来越有意思。我看平通院和塞缪尔军校那边也差不多知道两所军校合作了。"

光幕原本便是给其他军校确定对手位置的一种方式，只要帝国军校和达摩克利斯军校一同出手斩杀星兽，势必会发现。

"南帕西好像只剩下孤零零一支队伍了。"路正辛扭头看着鱼天荷，"还是最后一个入场，说不定四所军校碰面纠缠时，南帕西可以后来者居上。"

鱼天荷随意敷衍点头，并不回他的话。

旁边的习浩天也不怎么回应路正辛，他话太多，而且不符合一个场外主解员的样子。一般指挥作为主解员只会根据各军校的部署来进行解说，再给予一点儿自己的推测。但路正辛不是，他什么话都说，东扯西拉的。

有点乱七八糟的意思。

偏偏看样子，底下的观众很喜欢听他讲的。

赛场内。

两所军校各保持着自己的队形向前走，他们开始往峭壁上抄小路走，想要追赶平通院和塞缪尔军校的星船。

"主办方简直是故意搞事，放这么大一张王牌在战备包里。"廖如宁抱怨，"这分明是鼓励我们各大军校内斗。"

"光杀星兽也没有意思。"金珂越过帝国军校主力队，走到前面，"现在这样也好，抢到星船，后面的行程能缩短一半。"

帝国军校照例沉默，主力队的几个人并不怎么开口说话，更不用提和达摩克利斯军校的主力队一样，从东扯到西，什么都聊。

应星决望着侧前方的卫三，她除了之前下礁石时，看了他们一眼，后面基本只走在达摩克利斯军校那边，没有再回头看一眼。

她既然特意保持距离，不看他们，包括刚才拉开达摩克利斯军校的主指挥的动作，应星决笃定卫三能看见试管内的东西。

等出去之后再问她，他并不想在这里问卫三关于试管的事。

应星决收回目光，扭头看向海面，他们离星船的位置不近，抄小路是为了走在星船的前面，之后要潜入水面，且不能斩杀星兽，保持这样的状态才能上星船。

"现在潜下去？"金珂站定一个位置，问应星决。

应星决点头，抬手让所有人跳下峭壁，走进海面。

廖如宁还在那边说话："我们潜水之后，万一我下手重了，杀掉星兽怎么办？"

"你以死谢罪。"卫三瞥了他一眼道。

廖如宁："……不了吧。"

两支军校队伍悄无声息地入水，在入水后，所有人进入机甲状态。应星决抬手便建立起实体化屏障，将所有人纳入屏障范围内，包括达摩克利斯军校。

达摩克利斯军校的人还是第一次亲眼见到这种待遇，之前隔着飞行器也没感受到这种震撼。廖如宁惊叹地朝四周看了看，不由得竖起大拇指："牛，太牛了，现在就不用担心下手重了。"

霍宣山摇头，心中感叹帝国军校里有应星决，简直是躺赢。

应星决侧头看向金珂，他们要联手攻击周围一切靠近的星兽，使之不敢过来。

潜入水后，两所军校的机甲单兵基本没有了作用，只是安静地快速前进，完全靠着主指挥的感知攻击和屏障化。

金珂在释放感知攻击时，无可避免地接触到应星决的实体化屏障，因为他在内部，应星决并不阻碍他。金珂感受到一种浩瀚澎湃的力量，他心中一惊，这就是超 3S 级指挥的能力？

在感知攻击驱赶星兽的同时，金珂从应星决的实体化感知屏障里感受到的力量中，开始回忆起自己当初所用出来的那一点点实体化屏障。

金珂低头抬手，周身忽然升起一层薄薄的实体化屏障。

卫三和应星决最先注意到他的变化，两人在海面下不经意间透过视窗对上一眼，随即便各自移开目光。

"金珂学会了怎么实体化屏障。"卫三对旁边几个人道。

霍宣山看着金珂周边时而消失时而出现的实体化屏障："老师们知道后一定会很高兴。"

到目前为止，论配置实力，达摩克利斯军校已经隐隐超越帝国军校。

"金珂进步这么快？"廖如宁感叹完道，"那我们也该再进步才行。"

他们感叹，旁边帝国军校的人则是震惊，指挥感知实体化屏障，这是应星决用过之后，才重新出现在众人视野中的词，而现在达摩克利斯军校的主指挥竟然也能用出来。

姬初雨皱眉看着金珂，显然对方是借着在实体化屏障范围内，释放感知光明正大地偷学。

偏偏应星决任由金珂偷学，没有采取任何措施。

姬初雨皱眉盯着金珂半晌，最后不了了之，他不想打扰应星决。

实体化屏障还谈不上收放自如，金珂便开始察觉到感知隐隐有干涸的现象，连忙放弃练习，专心对付靠近的星兽。

靠着两名主指挥，两支军校队伍兵不血刃地往前行进，对外界的哗然震惊毫不知情。

直播现场，达摩克利斯军校的几位老师在金珂释放出实体化屏障的那一瞬间，不由自主地站了起来，眼中布满了震惊。

他们完全不知情。在极寒赛场发生太多事，尤其当初金珂释放那一点儿实体化屏障，艰辛异常。达摩克利斯军校众人回来也只是说些运气好碰上的事，一时间没有提过这个事，连带金珂自己也下意识忘记了。

导致达摩克利斯军校的老师们看着这个场景，和其他老师同样震撼。

"这是感知实体化屏障？"路正辛像是看到什么有意思的东西，"达摩克利斯军校的主指挥居然能做到这个地步。"

鱼天荷虽惊讶却不震撼："感知实体化屏障早年流传时，联邦还没有超 3S 级的存在。"

"但是那个年代，对感知等级的划分并不明确，谁知道使用感知实体化屏障的指挥们是不是和应星决一样，是超 3S 级。"路正辛敲了敲话筒，"说不定达摩克利斯军校这位主指挥也是超 3S 级。"

"不可能。"习浩天最先反驳，"超 3S 级不是凭一招就能判定的，虽然近年来兴起等级改变的理论，但谁都知道那只是一个幻想。感知等级的最高点一直刻在所有人基因中，我们通过训练只是实现这个最高点。"

路正辛脸上挑起一个笑："是嘛，我是新兴派，训练到极致，感知总能提高一点儿。"

鱼天荷朝他看去一眼，并不多言。

底下其他军校的老师，个个脸色不好看，这届大赛简直是眼睁睁地看着达摩克利斯军校实力一次比一次往上升。先是一个卫三，隐瞒 3S 级实力，现在又来一个 3S 级指挥，用出了超 3S 级指挥应星决的本事，怎么他们自己学校的学生，一个个这么不争气？

"这帮学生……"解语曼重新坐了下来，收拾好自己的心情，"一个个主意大得很。"

项明化眉眼带笑，简直像焕发了第二春："行，行，等他们回来，一定要好好奖励。"

平通院和塞缪尔军校的人进入星船后，便开始驶向终点岛，其间两队偶尔下水绕着星船附近寻找星兽。同时还有偶尔凌空压低来攻击的飞行星兽，两所军校的人皆能解决。

有了星船，他们可以随时在甲板上休息，基本立于不败之地。

海面之下的帝国军校和达摩克利斯军校行进速度越来越快，只要长时间没有光幕出现，他们合作的事很快便会被星船上两所军校察觉，所以要赶在平通院和塞缪尔军校未怀疑时，抢先登船。

众人行进时，应星决忽然示意他们停下来："离星船不远了，水下和高空都有星兽，我们趁这个时间节点登船。"

金珂闻言道："我们两队绕过去，分开登船。"

应星决同意，带着帝国军校的队伍离开。

他们一离开，达摩克利斯军校便没有了实体化屏障。往届队伍也没有，单靠指挥一个人的感知攻击驱赶星兽，总有不及时的时候，意味着队伍要付出相当大的代价，不能造成星兽死亡，不能有队员出局，即便是重伤也不能，否则便会被星船上的人发现。

金珂在原地想了想，最后咬牙强行撑起实体化屏障，将队伍笼罩进来。

"这么大的屏障，你的感知能撑多久？"卫三往四周看了看问道。

"撑到我们上船为止。"金珂扭头看着达摩克利斯的队伍，"走。"

这么做能将损害降低到最小。

他们在海面之下追赶星船，星船上的两所军校果不其然遇上了高空袭击的飞行星兽，水下也开始聚集星兽。

水面下的星兽受星船上的气息压制并不攻击，只是跟着他们，像是要等着上面的人主动下来。

"这已经是第几次了，星兽全是他们的。"肖·伊莱眼红地看着平通院的人派轻型机甲单兵上去对付星兽，"我们也下水算了，这么多星兽。"

高学林盯着海面上若影若现的星兽，朝甲板后方的平通院等人看去，最后决定下水。

没有全部的人都下去，只下了一半队伍，剩下一半留在星船上守着。

高学林和肖·伊莱带着一半队伍下水，吉尔·伍德和习鸟通留在船上，以防平通院异动。

两所军校虽在合作，却也互相不信任，各自防备。

在塞缪尔军校入水的那瞬间，应星决便有所察觉，他们正好绕在船头，附近的星兽最少。

他带队在水下等了一会儿，察觉到达摩克利斯军校的人靠近之后，才准备动手。

星船周边都有人把守，帝国军校和达摩克利斯军校要想上去，势必会被人发现，他们抓住的是那一瞬间，星船把守人的愕然。

数架主力队机甲破水而出，腾空对付把守星船的人，那一瞬间抢先落在船上。

主力队对上校队成员，简直不费吹灰之力便能成功，给后面破水而出的校队开出一条路。

可惜，卫三运气不好，一出来，差点被宗政越人一枪刺穿。

机甲舱内的卫三吓一跳，连忙操控机甲偏开，踩着星船船身，借力重新跳起，从半空中挥刀砍向宗政越人。

宗政越人冷嗤一声，长枪挥去，径直对上卫三的须弥刀。

须弥刀和长枪相击发出一声刺耳的声音。

卫三暗中转着自己的手，平通院的枪法果然有一套，手都快被震麻了，这要换个稍微弱一点儿的人，恐怕不只是震麻了，得直接震碎。

她原本便没有支撑点，不像站在船上的宗政越人，几下便被他挑落水。

刚掉下去，便见到有几头星兽开始冲她过来，卫三："……"

"卫三，快点上来！"星船上有人对水下喊了一声。

卫三立马蹿了上来，重新破水而出，这次成功上船。

宗政越人被霍宣山缠住了。

"谢了。"卫三甩了甩手。

"他交给你，我先走了。"霍宣山一见卫三上来，立刻从另一边离开。

卫三："不是……"好歹两个人联手，先把宗政越人弄出局再走。

宗政越人扫过四周："帝国军校居然和你们联手。"

"你这话说的。"卫三回神，"别忌妒，下次你们可以来和我们合作。"

宗政越人冷冷道："妄逞口舌。"

卫三反转须弥刀，将长刀把对准宗政越人："明明是你先逞口舌，我好心回答，还要被倒打一耙。"

躲过宗政越人的枪头，卫三长叹一声："你们平通院，真的不知所谓。"

宗政越人下颌收紧，佛枪入定，摒弃所有杂念，手转无影，佛枪径直打向卫三小腿。

他的佛枪一棍表面是单纯打中一次，实则高频率的击打。

饶是卫三，被他佛枪击中后，直接小腿一软，单膝跪地。

宗政越人不仅是这一招，在她跪地的瞬间，佛枪已经敲上了卫三肩膀。

从肩膀传到大脑的痛意，让卫三上半身不自觉压低，远远望着更像是她主动单膝对着宗政越人跪下低头。

宗政越人眼中杀意极甚，这个卫三几次三番挑战自己，是该让她明白 3S 级单兵之间存在的差距不是靠一点儿运气就能弥补的。

他握紧佛枪，手微微一转，枪便来到了卫三头顶。

宗政越人要一枪击中卫三的头。

直播间的观众和现场达摩克利斯军校老师见到这一幕，心都快跳出来了。

"啪——"

佛枪和机甲外壳相击发出的声音，极为刺耳。

卫三还保持着单膝跪地的姿势，但此刻上半身已经直起来，她另一只手紧紧握住佛枪，完全不在乎手中传来的刺痛感。

"事不过三。"卫三握着宗政越人的佛枪，强行站起身，"这个道理不懂？"

宗政越人瞳孔一缩，她居然还能站起来，刚才那三枪击打下去，他用了十成十的力度。

在他猛力抽回佛枪时，卫三便松开了手。

"哎，你这几招不错。"卫三仿佛拉家常般地开口，刚才好不容易营造出的气势顿时消散。

只是这时候宗政越人的警惕心已然拉到最高。

卫三笑了笑："怎么不说话？你不信？那我让你感受感受。"

话音刚落，无常便如同鬼影般靠近宗政越人身边。

宗政越人接连后退，再出枪时，已经没有了那种一击必中的决心。

直播现场。

"宗政越人乱了。"路正辛后仰靠在椅背上，"恐怕没想到有人在他全力三招之后还能站起来，不过，用无相骨做机甲关节的机甲，再加上紫液蘑菇的加成，他那三招本来就不够看。"

鱼天荷看着直播镜头内的打斗："类超 3S 级机甲确实强。"

路正辛目光意味不明地掠过鱼天荷，重新看向赛场星船上的军校生们。

卫三逼近宗政越人，她握着须弥刀中间的圆环，刀把对准他，挥回去时，被宗政越人躲过。

只是他忘记了，卫三的须弥刀可以拉开成为两把合刀。

那瞬间，卫三将刀一分为二，依旧是刀把出招，直直抽向宗政越人小腿。

同样的招数，同样的频率，还给了宗政越人。

比起小腿传来的痛楚，卫三所出招式才更让宗政越人震惊。

一模一样的角度，毫无差别的高频率击打合成一招，他甚至有那么一刻出神，卫三是不是平通院的人。

"还有一招呢。"卫三紧接着一招同样抽中宗政越人肩膀，使其低头。

"啧啧，你们怎么跪来跪去的？"廖如宁被习乌通追着路过，还不忘吐槽。

下一秒宗政越人暴起，向她攻击而来，没有再给卫三机会。

卫三接连退后，偏头："我告诉你一个秘密。"

宗政越人已经不再被她的言语分神，一心想打败卫三。

双手交握，卫三重新握住须弥刀，两人再一次正面交锋。

刀枪对决。两台机甲所站之处，已经开始龟裂。

卫三双手握着须弥刀，抵住宗政越人的佛枪，两人距离极近，忽然她屈膝朝他踢来。

在沙漠赛场时，平通院的霍子安曾被她这一招暗算，宗政越人目光一顿，躲过她的膝盖，然而无常膝盖上并未弹出匕首。

卫三不过是吸引他注意罢了，须弥刀刀身凝结白霜，一瞬间沿着刀枪相抵处蔓延。

宗政越人察觉不对时，已经晚了，握着佛枪的手已经和白霜紧紧粘在一起。

他下意识地卸力，想要摆脱这古怪白霜。宗政越人从这里已经败了。

卫三抽出合刀，一把刀还在和佛枪对抗，另一把刀径直插向宗政越人的机甲能源灯。

灯灭出局。

"平通院宗政越人出局，重复一遍，平通院宗政越人出局。"

卫三扬唇，补完之前未说出来的话："你打不过我。"

宗政越人站在星船之上，无法动弹，他接受不了这个现实。

这道广播一出，无论是在星船上抵抗两所军校的，还是半空中和飞行星兽对战的平通院成员皆愣住了。

他们一愣，便给了对手机会，一时间平通院人出局的广播声不断响起。

直播现场平通院的老师们脸色极为难看。

宗政越人出局，还有不少校队成员一起出局，平通院大势已去，基本没有了夺冠的机会，甚至连排名能不能拿到都是另外一回事。

"可惜了。"路正辛叹息，"五场比赛，这应该是第一次有主力队成员这么早淘汰，还是主力队的重要成员。"

习浩天朝路正辛看去，从他语气中完全听不出有多可惜。

赛场星船上，卫三慢条斯理地抽回刀："朋友，该打道回府了。"

宗政越人从机甲内出来，脸色苍白得像鬼。他到现在还无法接受自己骤然出局的现实。

出局的人会被带离赛场，平通院骤然失去宗政越人，阵形大乱，等他们的指挥路时白回神时，平通院已经彻底被帝国军校的人压制。

霍宣山在对付吉尔·伍德，习乌通和廖如宁对打，在听到平通院宗政越人出局后，水面下的肖·伊莱等人终于摆脱星兽，回到星船上。

卫三转了转手腕，朝肖·伊莱靠近，她率先热情打招呼："伊莱兄，之前我打你一巴掌，现在要不要报仇？"

肖·伊莱："……"简直猖狂，别以为他不知道刚才宗政越人是她弄出局的。

"要不然，我们弃船？"肖·伊莱当机立断扭头问高学林。

高学林："……"

他朝帝国军校那边的应星决喊道："应指挥，这船分你们一半，到时候冠军给你们，我们只要拿到排名就可以。如果和达摩克利斯军校合作，到达终点岛，你们势必还有一场恶战，倒不如现在我们两校联手，将他们赶下去。"

卫三偏头面无表情地看着高学林和肖·伊莱："不管合不合作，今天你们都得出局。"

应星决抬眼淡淡道："帝国军校不和弱者合作。"

肖·伊莱一听，气炸了："就凭你们这种假清高，我赌达摩克利斯军校拿冠军。"

高学林无语。

周边其他人也无语了。

"谢谢。"卫三真诚道，"伊莱兄，冲你这句话，待会儿我下手会轻一点儿。"

星船上的几个主力成员还在缠斗，霍剑对上霍子安，高空中的小酒井武藏落在星船上，对着司徒嘉。

"听说你受伤了？"司徒嘉看着小酒井武藏，"这也没必要继续打了，你们还不弃船？"

小酒井武藏不语，径直开打。

平通院少了一位主力成员，塞缪尔军校也不够看，一时间星船上战况结果显而易见。

正当众人以为大局已定时，霍宣山那边出了问题。

塞缪尔军校的重型单兵吉尔·伍德是双S级，霍宣山作为3S级单兵，一旦对上，自然想要她出局，下手毫不留情，但却迟迟没有得手。

金珂正在观战，卫三将宗政越人挑出局后，他便收回目光，一直在看霍宣山和廖如宁这边。

廖如宁和习乌通皆是 3S 级，他原本更关心这边，但霍宣山迟迟未得手，他不由得开始关注吉尔·伍德。

她的战术素养极高，速度虽比不上霍宣山，却能提前一步预知他的路数。

金珂越看越觉得不对劲，这种场景他太熟悉了。

卫三当初还是总兵时，实力被禁锢在 A 级机甲内，便是这种表现，速度跟不上，但战斗素养非常高。

吉尔·伍德简直是翻版卫三，仿佛实力被禁锢在双 S 级机甲内。

金珂通过感知，让霍宣山小心。

霍宣山自己已经察觉出来了，吉尔·伍德实力在不断拔高。

再一次，霍宣山失手，差点被吉尔·伍德斧头砍中，她双斧头砍在星船上，直接砍碎了大半甲板。

这种力度不是一个双 S 级单兵可以轻而易举做出来的，两人彻底引起所有人注意。

肖·伊莱扭头朝吉尔·伍德看过去："她居然还没出局。"

高学林有所察觉："……我们撤。"

应星决望着吉尔·伍德，比起他人的猜测，他直接可以确定她是 3S 级。

吉尔·伍德从和霍宣山打斗开始，感知便不断攀升，像是……现场升级。

霍宣山是那个练手的人，假如吉尔·伍德现在用的是 3S 级机甲，他势必会受伤。

塞缪尔军校的人全部下水离开，附近海面下的星兽开始跟着他们走。

"吉尔·伍德什么情况？"廖如宁被习乌通打中了几次，头还有点昏沉。

"她的感知在不断提升。"霍宣山皱眉，低头看着自己的手，那种感觉……对方好像不停在进步，而他却原地踏步。

卫三过来："感知还能升级？"

"可能和你一样。"镜头还在，金珂假意补充一句，"塞缪尔军校特意隐瞒实力。"

直播现场。

塞缪尔军校的老师："……"

吉尔·伍德本来就是主力队成员，根本不像卫三那样从总兵升上来，进入主力队时还可以自带机甲。

"她是 3S 级？"塞缪尔军校的老师傻眼，心中一半高兴一半怒气，"吉尔·伍德为什么擅自隐瞒，现在还要浪费资源来做 3S 级机甲，况且这么短时间，她以为自己和那个卫三一样，适应快？"

"我看不像隐瞒，她都用了多少年双 S 级机甲了。"另外一个老师道，"更像是突然升级上去的。"

"感知怎么能升级呢？胡说八道。"

"等他们出来做感知测试就知道吉尔·伍德到底是什么等级。"

台上的主解员们看着吉尔·伍德离开的方向，各怀心思。

"这世上居然真的有感知能升级的人。"路正辛感叹，"这届军校生越来越有意思了。"

鱼天荷目光闪过一丝冰冷："我不信感知可以升级，每个人的感知等级早已经刻在骨子里。即便吉尔·伍德是 3S 级，那也是她原本便应该是 3S 级。"

习浩天也不信，超 3S 级的存在，因为应星决出现得到了证实，但感知升级？太不可能了，联邦自出现有感知的人开始，从来没有人可以感知升级。所谓的感知升级，皆是刺激基因内本身便存在的感知。

塞缪尔军校的人弃船离开，只剩下平通院的人还在。

司徒嘉一时不察，被小酒井武藏踢飞，撞在船舷上。

小酒井武藏握紧连乌弓，目光扫过星船上达摩克利斯军校和帝国军校所有人，最后目光重点落在卫三和应星决身上。

机甲舱内小酒井武藏咧嘴一笑，突然握住连乌弓用力一捶，直接刺破甲板，连带机甲落下水。

剩下平通院的主力成员得了提示，纷纷砸破甲板，凿穿船离去。

帝国军校和达摩克利斯军校的人赶去阻拦，却只阻拦一部分，星船到底破了。

卫三在小酒井武藏下去时，便跟着跳下去了，不是追他，而是找回破碎的船板。

这些船板带着让其他星兽畏惧的气息，失去船板，换上普通的材料，只会让船变成被水下星兽围攻的对象。

其他主力成员也纷纷下水找船板，卫三扔上来几块碎船板："成河，快点带人，补船板。"

应成河："……来了。"

他不得不暗自给自己和达摩克利斯其他机甲师洗脑：机甲师就应该无所不能，修补船这种事，他们可以！

星船一破，水下的星兽来得极快，应星决和金珂不得不下水，使用感知攻击驱赶星兽。

卫三和其他人还在找碎船板，廖如宁一边找一边骂骂咧咧，他还以为夺了星船之后，便能休息一会儿，平通院这帮人，打不赢就使阴招。

应星决在船尾，金珂负责船头，两人合力将水下的星兽驱赶走。

卫三已经找到几块碎船板，传给霍宣山，让他拿去给机甲师修理，她掉头去找其他碎船板。

从船侧身一直转到船尾，卫三见应星决背后漂浮着一小块碎船板，她立刻顺着水流过去。

应星决察觉有人靠近，侧脸看去，发现是卫三的机甲，她快速径直朝他移来，两人贴得极近，近到他从视窗内可以清晰见到无常外壳所有的纹路，他不由得一怔，愣在原地："你……"

卫三伸手越过应星决肩膀，将那块碎船板拿在手中，再收回手。

她捏着碎船板在应星决眼前晃了晃："看到这个，记得捞起来。"

说完便转身往船边走。

应星决回神道："我知道所有碎片在哪里。"

卫三这才想起这位是超 3S 级指挥："行，你告诉我，我去找。"

应星决抬手点了点侧额，想问她可不可以通过感知联系。

卫三点头，表示可以。

他微微闭上眼，用感知覆盖这一片区域，感受到海面之下所有的波动，碎片沉入水时带起的震动，所有信息不断涌入他脑海中。

应星决从无数庞大的信息流中选出自己想要的信息，最后睁开眼，声音传进卫三的脑海中："星船侧身九米处有两块碎船板。"

卫三立刻转身过去，果然见到两块不大的碎船板，刚一拿到手后，应星决的声音便又出现在她脑海中。

他说一个，她便去拿一个，抢在大量星兽聚集时，将碎船板全部拿上去。

应成河现场研究怎么补船，好在机甲师大概真的天生是手艺人，连补船都能很快学会，最后一个个还补出花来了，船舷内壁各种纹路都有。

补完之后，应成河还去找帝国军校报销一半。

公仪觉古里古怪地看着应成河，一言难尽。他不知道应成河现在怎么变成这个样子，毫无顶级机甲师的自觉，什么事都干。

"你们……达摩克利斯军校是不是穷得什么都要机甲师来干？"公仪觉摇头，"居然连修船都这么熟练。"

应成河现在脸皮厚了："谢谢，我也觉得我们有修船的天赋。"

公仪觉："……"

"星兽没有攻击船体。"金珂站在甲板旁边，低头看着海面，水下的星兽不远不近地跟着，但没有上前。

两所军校忙碌半天，终于得空休息。

达摩克利斯军校占一半船，帝国军校的人占一半，依旧泾渭分明。

"刚才和吉尔·伍德对战什么感受？"金珂问霍宣山。

霍宣山摸着手腕，之前近战时，被吉尔·伍德砍中手腕，到现在还能感受到疼痛："最开始我以为很快便能将她解决，但几次都被她逃脱，甚至后面她的气势一点点攀升。"

霍宣山想了想措辞："像是我激发了她的潜力。"

金珂朝卫三看了一眼。卫三经过测试，基因便是超 3S 级，她之所以没被发现，是因为卫三出身无名星，无权无势，所以才没有人检测。

但吉尔·伍德不同，她之前如果是 3S 级，早被检测出来了。

除非她能进化。

第 147 节

西塔赛场出口。

"出来了出来了！"

正在出口外等待的媒体记者一听到这话，纷纷起身，挤上前，镜头对准出口，采访第一个出局的主力队成员。

宗政越人面无表情地从出口走出来。

"宗政越人，请问你对这次出局有什么感想？"

"在大赛最初，各方势力都评论你会和姬初雨有最终一战，现在突然冒出来的卫三把你挑出局，请问你有什么想说的吗？"

"请问当时出局时，你在想什么？"

"宗政越人看这里，卫三真的有那么厉害吗？"

…………

无数灯光照在宗政越人脸上，各种问题砸向他。

平通院的老师过来带着他，挡住记者的话筒，想要将宗政越人带离现场。

这种事情，谁也没想到。

当时卫三破水而出，对上了宗政越人，平通院的老师甚至还幻想宗政越人能将卫三斩于水面，结果反而成了现在这个样子。

"宗政越人，再给你一次机会，你有把握打赢卫三吗？"还有记者大声喊道。

"走。"老师想带着宗政越人离开，他却主动停下来。

宗政越人停下看着镜头，任由镜头照着他，面无表情道："下一次，我会赢，卫三绝不可能再用我的招式赢我。"

"如果卫三又赢了呢？"

"不可能。"宗政越人双手紧绷，显然再一次想起在星船上的耻辱，这是他一辈子最大的耻辱，输给那样一个人。

一直以来，他心中唯一的对手只有帝国军校的姬初雨。

卫三？一个不知道从哪个旮旯角落里冒出来的玩意。

下一次他会让她尝到出局的味道。

星船开向终点岛，两所军校时不时就斩杀尾随的星兽，可谓坐等收割资源。

光幕一次又一次亮起。

南帕西军校从一开始便没有想过和这几所军校有什么纠葛，埋头赶自己的路。从一开始见到平通院和塞缪尔军校光幕亮在一个方向，到现在平通院宗政越人出局，帝国军校和达摩克利斯军校的光幕替代那两所军校亮起来，高唐银便知道星船已经落入帝国军校和达摩克利斯军校手中。

"之前我以为宗政越人是唯一能和姬初雨抗衡的人，现在看来，姬初雨依旧是最强单兵。"昆莉·伊莱看着海面上时不时升起的光幕道。

"平通院这次大创，塞缪尔军校估计也不会太好，我们要抓住这次机会。"高唐银回头看着南帕西军校队伍，"我们加快速度前进。"

"是。"

塞缪尔军校。

他们从下水之后，一路逃到礁石滩上，靠着高学林的感知攻击，但他无法完全护住整支队伍，中途还是发生了战斗，有校队成员出局。

上岸之后，高学林顾不上自己头疼欲裂，抓住吉尔·伍德问："之前在星船上怎么回事？"

吉尔·伍德伸手扶着高学林，不让他倒下："我也不知道，只是忽然间感觉身体轻松了许多。"

"难道感知等级真的可以进化？"肖·伊莱向来说话没遮拦，想到什么说什么，"我听说幻夜星那边有星兽开始进化了，那我们人类进化也不算什么。"

高学林一阵无语。

虽然各大世家都到处安插探子，但肖·伊莱这么一开口，不亚于向所有人告知，伊莱家有探子在幻夜星。

肖·伊莱还在那儿幻想："吉尔·伍德都能进化，想必接下来就快要轮到我了，到时候我成为超3S级，卫三直接被我打出局。我们塞缪尔绝对能得到冠军。"

"好了，你去侦察周围环境。"高学林将肖·伊莱支开，再听他讲话，自己可能要被气晕过去了。

吉尔·伍德看着肖·伊莱走开，便道："指挥，我确实感觉双S级机甲不够用了。"

"这次我尽量帮你兑换出3S级机甲需要用的主要资源。"高学林扭头对南飞竹道，"从现在开始，你整合一下吉尔的数据。"

虽然还不确定吉尔·伍德是否进化成3S级，但高学林愿意冒这个风险，将所有资源换成3S级机甲所需要的东西。

全员3S级才有可能去竞争那个位子，才会让帝国军校把他们看进眼中，而不是说不和弱者合作。

…………

夜晚降临，卫三睡不着，靠着甲板船舷坐下，正好旁边守夜的人是霍剑。

她抬头朝霍剑那边打量，看了半天，最后觉得霍家这些人当中还是霍宣山看起来更顺眼。

"你不去睡觉？"廖如宁在对面喊她，"那你过来帮我守着，少爷熬不住了，要去睡觉。"

卫三起身，拍了拍膝盖，朝廖如宁走去："年轻人精神这么不好？"

"少爷我要保养，不能年纪轻轻和你一样，挂着两个大黑眼圈。"廖如宁说完一溜烟跑了，生怕卫三动手。

卫三站在甲板旁，望着水面下的星兽和盘旋在半空的飞行星兽，啧了一声，这些星兽简直如附骨之疽一样。

不过都是活生生的资源。

"我下去热热身。"卫三冲旁边达摩克利斯军校的校队成员道。

一个小时内卫三不停地在水面下动手，广播声也一道一道响起。

原本看直播看睡着了的观众们，被这机关枪声似的广播吵醒，睁大眼睛看着直播镜头。

更不用提星船上本来休息的人了，金珂睁开眼听了一会儿，便重新倒头睡下，能干出这种事的人不是卫三就是廖如宁。

卫三在下面搅了个翻天覆地，破开水面出来，正准备回到自己位子，继续守夜，突然发现甲板上多了一个人。

是帝国军校的应星决。她目光掠过他腰间，有点不适地背过身，她不太想见到那支试管，尤其是里面的东西。

偏偏不知是有意还是无意，应星决从船尾走到船头，又从船头巡视到船尾，总要经过卫三，她不可避免地见到他腰间的试管。

"应指挥还不休息？"卫三干脆主动开口，"你们指挥需要多多休息，恢复感知。"

"刚才听见广播，一时睡不着。"应星决淡声道。

卫三眉心微皱，这是在怪她吵了。

"是吗，刚才一时手痒，下次你们晚上休息时，我不会动手了。"卫三虚情假意道，"应指挥现在可以去休息了，我保证不吵了。"

应星决墨色眼眸对着卫三，似乎有许多话要说，最后也只是轻轻扬起唇浅笑。

月夜之下，海风拂面，长发俊秀少年扬唇浅笑，按理说卫三不吹个口哨，都不符合这美好场景。

可惜，她目光全落在应星决不经意搭在腰间试管上的手。

如果没有看错，刚才应星决再对上她眼睛后，随即视线便若有若无落在试管上。这是……暗示？

卫三望着转身离开的应星决，他在暗示自己什么？

算了，卫三想不明白，等比完赛再找他问清楚。

星船还在前行，海面看似无比平静。

霍宣山休息完后，便出来接班，见到卫三："廖少爷呢？"

"睡了，你守着，我去睡了。"卫三拍了拍霍宣山，往里走去。

"好。"

霍宣山过去时，正好和霍剑擦肩而过，两人视线对上，他点了点头示意，霍剑径直离开。

一夜平安无事，众人出来，精神大好。

"可以开始干活了。"廖如宁活动手脚，"金珂，快说今天要多少资源，我们帮你弄回来。"

金珂打开光脑，在赛场内光脑的信号被上方飞行器携带的屏蔽仪屏蔽了，只能接收到高空上方飞行器提供的数据。他看了看达摩克利斯军校还有多少没有兑换的星兽："越多越好。"

他没忘记卫三的机甲还是不完整的超 3S 级机甲。

驾驶星船起码要花四天的时间才能抵达终点岛，走陆路的时间会成倍翻。

他们还有三天的时间在海面上猎杀星兽，这次资源绝对管够，只不过不一定能兑换到好的机甲材料。

毕竟像当初收藏处的材料被动流入兑换处的好事，只会发生一次。

两所军校待在星船上，互不干涉，各自划分区域对付星兽。

今天卫三没下水，不知道从哪儿捞来的椅子，挪到甲板上，就这么大剌剌地坐下，开始闭眼晒太阳，单脚放在膝盖上，脚还一抖一抖的。

直播现场。

众多观众和主解员："……"

解语曼："……"

项明化咬牙切齿："……我就知道，她一天不搞出个新花样就皮痒，看看人家帝国军校的机甲师不下水，都站在甲板前关注战况。"

"应成河呢？"听见项明化提起机甲师，解语曼不由得去注意达摩克利斯军校的机甲师。

项明化一愣，看着镜头，始终没见到应成河在哪儿。

过了半个小时，应成河双袖撸得极高，不知道从哪儿转出来，走到卫三身边，仰头看了看半空中还在和飞行星兽纠缠的霍宣山："我刚才去检查了一遍补起来的船板，没有漏水，只要不碰上什么暴风雨就不会有问题。"

他话说完，陡然安静下来，和坐在椅子上睁开眼睛的卫三对上。

卫三："你刚刚是不是立了什么旗子？"

应成河："……没有，我刚才说话了吗？"

"没有，我什么也没听见。"

两人齐齐看着平静的海平面，心中只有一个想法：不会吧，好端端的天气总不能突然起暴风雨。

这两个人的一举一动，透过镜头完完全全传到直播间内。

"恍恍惚惚，如果真的出现暴风雨，一定是达摩克利斯军校的错！"

"他们这个队乌鸦嘴几次了？"

"往届有在星船上遇暴风雨的军校吗？"

"有啊，隔几年就会有军校碰上，运气好就这么过去了，运气不好……我记得大概往前数七届，是哪所军校抽中了星船，结果碰上了暴风雨，被卷得老远，等他们好不容易从暴风雨中挣脱，星船又回到了原点，反而被走陆路的军校夺了冠。"

…………

两个人安静异常，金珂几个人上来的时候见到他们这么安静，甚至有点不自在。

"怎么了？"金珂问道。

"没事，我下去再检查检查船板。"应成河主动道。

"哎，成河。"廖如宁喊住他，"你帮我看看机甲，刚才被底下星兽戳破了防水罩，差点机甲舱都被淹了。"

应成河只好留下来，给廖如宁检查机甲。

"我下去看看有没有地方漏水。"卫三起身道。

"你会补船吗？"应成河回头，当着所有人的面特意问道。

卫三比了个手势："会。"

她顺着楼梯走下去，一路检查之前补好的船舷，碎船板全部拼接好，用黏胶封住。

水是不漏，但牢固性堪忧，只要那些星兽用力撞一撞，立刻碎掉。现在完全是靠着外壳涂层糊弄水下面的星兽。

卫三走到第一个被破坏，也是最大的一块碎船板前，这是被小酒井武藏弄碎的船板。

她沿着缝隙走了一圈，这里应该是应成河动手补的，和他改造机甲的手段一样，每一处都追求完美，所有数据都要保持一致……

卫三弯腰伸手摸了摸旁边一条缝隙，这里没有粘好。

她蹲下来，拨开黏胶，外面黏住了，没有水漏进来，但碎船板内部间隙有一点儿没弄好。

不像应成河的风格，他有强迫症，不可能漏掉这块。

卫三起身往回走，找一个机甲师要来黏胶，回去把那块小缝隙补好，补好前还拍了照。

"成河，那块最大的碎船板是你补的？你刚才检查了？"卫三补完回来，应成河已经在给霍宣山修整机甲。

"昨天我补的。"应成河蹲在霍宣山机甲上方，头也不抬道，"我刚才检查过了，出什么问题了？"

"有个小缝隙没弄好。"卫三把照片给他看。

应成河闻言，停下手中的活，仔细看着照片："这里？我之前补好了，刚才检查的时候也没问题。"

卫三皱眉，应成河虽然不打理自己的头发，邋里邋遢，但对待这种事情向来仔细，甚至有强迫症，他既然确定没问题，那就没有问题。

"怎么破了？被谁弄开了？"应成河放大照片，"这种痕迹，不像是外部破开的，可能是黏胶碰到了什么，没粘好。"

卫三关掉照片："算了，我刚才已经粘好了。"

应星决坐在房间内，单手撑着桌面休息。

这里面有摄像头，但他们可以选择关闭，应星决一早便关掉了。

过了会儿，应星决睁开眼睛，将腰间的试管拿出来，摆在桌上。

试管内的黑雾依旧在里面缓缓移动，不见任何疲惫。

应星决的感知始终覆盖在上面，他看着这团黑雾，便心生杀意，想要将其毁去，但他一直在控制。

他指尖搭在试管身上，盯着这团黑雾，思绪扩散。

忽然，应星决抬手往后一扬，实体化屏障罩住房间内的通风口处。

他转身望着那边，目光一顿。

——黑色虫子。

更确切地说，是一滴血形状的黑色虫雾。

应星决拿起桌上的试管，靠近那滴血虫雾，骤然发现试管内的黑雾转动速度开始变快。

他看着两团黑色虫雾不断挣扎，沉思半晌，最后抬手刺开指尖的血，滴在那滴从通风口处移来的黑色虫雾上。

应星决低头看着试管内的黑色虫雾，它们快速转动蔓延，甚至有撞击试管壁的举动。

而通风口那团黑色虫雾在挣扎，明显贪恋他的血，想要占据里面的能量，却又无法承受，最后渐渐融化消失。

应星决没有掉以轻心，反而用自己的感知粉碎这滴血，此刻试管内的黑色虫雾似乎感受到外面的虫雾死去，再次恢复原先缓慢游动的样子。

这些东西……看来数量大时，可以吞食人类的血肉。

或许还有星兽。

应星决站在房间内，垂眸深思：所以幻夜星深渊下那些星兽和军队掉下去之后便消失得无影无踪，而超 3S 级的感知或者血能压制这些黑色虫雾？

他在脑海中快速回忆起幻夜星那些牺牲在深渊下的军人名单，无一例外，全是双 S 级以下的人。

那些人实力不够强，所以裂缝开始时，他们没来得及反应，全部掉入深渊。

当时东南方向也有双 S 级的高阶星兽掉入深渊，照样消失不见，可以推测这些黑色虫子能够吞噬双 S 级及以下的星兽和人。

超 3S 级可以压制，而 3S 级……不明。

应星决站在房间内迟迟没有动，刚才通风口的那滴血状黑色虫雾，又是谁的血？

"主办方好人。"廖如宁捧着盘子真诚道。

星船不光能一路开到终点岛，还有个大食堂，上面摆满了速食，虽然比不上食堂，但也好歹比营养液口感丰富。

卫三盘子里堆满了各种食物，她不能带特制营养液进来，暂时又恢复了无底洞的胃。

"我刚刚看了看兑换处的清单，没什么好东西。"金珂对卫三道，显然在说机甲材料的事，"我先换了别的东西。"

"无常还能撑。"卫三无所谓道，兑换处资源有限，到时候比完赛，她再去其他地方找一找，看能不能找到合适的发动机和发动机液。

金珂却不这么认为，靠近道："你昨天把宗政越人弄出局，有很大因素是你出招让他蒙了。"

虽然之前大家都知道卫三喜欢现学别人的招式，但那是对付星兽，昨天卫三突然用到人身上，还是用宗政越人的拿手招，是个人都傻了。

不过下一次，宗政越人有了心理准备，护住能源灯和卫三打，不一定谁能赢。宗政越人十几年的机甲也不是白练的，他本身就是天之骄子。

金珂悄悄指了指对面桌的姬初雨："那位恐怕心中已经有对付你的方法了。"

卫三嚼着口中的软饼："只能看看在赛场能不能找到合适我的材料。"

"难找，只听说过公仪柳在谷雨赛场那边留过东西，没听说谁还在其他赛场有留下什么宝贝。"金珂一本正经叹气。

卫三伸脚在桌子底下踢他："那你说这么一大堆。"

"你踢我？"廖如宁抬头对卫三道，伸脚就往霍宣山那边踢去。

霍宣山哪不知道廖如宁借机生事，收脚猛踹廖如宁，但廖如宁脚往卫三那边靠。

应成河默默收回自己的双脚，任由四个人开始乱踢，顺便端起自己的盘子，防止桌子被踢翻。

对面帝国军校的人听见他们桌子震动的声音，下意识地看过来。

这帮达摩克利斯军校的人怕是有毛病。

众人正放松心情时，平空一道雷声响起。

卫三突然一顿，朝应成河看去。

应成河僵硬道："……哈哈，不会有暴风雨吧。"刚才一定是错觉。

众人饭也不吃了，直接跑到甲板上看外面什么情况。

天一下子黑了起来，原本平静的海面，现在已经蓄势待发，像是炸药桶，随时会暴发。

卫三："你们的嘴开过光？"

应成河："……要不然下次专说反话？"

廖如宁看着应成河："你说要有暴风雨了？"

应大师看天望海的，就是不看主力队其他人。

金珂还算冷静，他走到中间，和应星决碰面："看现在的样子，暴风雨就要来了，星船没沉，我们还是一条船上的人，沉了，咱们就各走各的道。"

应星决微微点头，算是同意他说的话。

金珂心中有些诧异，不知道是不是他的错觉，应星决比起昨天又沉默了许多，虽然话都是一样的少。

"那届抽中星船的军校就是帝国军校，原本以他们的实力稳赢，结果碰上暴风雨，把星船带到起点，他们反而成了最后一名。"廖如宁还在和卫三科普。

"那届总冠军依旧是帝国军校。"霍宣山补充道。

应成河自我安慰："实力太强，运气差也没关系，比如我们。"

所有人进入机甲内，保持战斗状态，以防星船破损，掉入水面被附近的星兽围攻。

天越来越黑，一直黑到如同浓墨一般，将所有光线遮挡得一干二净。海面开始翻滚，周围的星兽暂时沉下水面，伺机围攻。

众人立在星船之上，稳稳站立。

应星决远远地望着海面，等着海浪暴发。

平通院自从失去宗政越人后，便憋着一口气，埋头前进，遇兽杀兽，速度极快。

天空闪过惊雷后，他们才慢下来。

路时白抬头望着开始迅速黑下来的天，又看向暂时还平静的海面，嘴角似笑非笑："暴风雨，看来帝国军校从来没有坐星船的命。"

霍子安朝远处礁石滩看去："暴风雨来临，陆面上的星兽也会躁动，我们需要小心。"

路时白回头望着平通院沉默的队员们："即便星船被抢，阁主出局，我们也必须要拿到名次，才对得住阁主。"

"是！"

礁石滩上，响起整齐低沉的声音，所有平通院的人都憋着报仇的气。

小酒井武藏低头，他脸上有一小道口子。之前握着连乌弓砸星船时，破碎的船板炸开，有一块碎屑刺穿机甲舱，在他脸上划破了一道口。

他低头的瞬间，无人知晓小酒井武藏的眼睛瞬间变成全黑色，仔细看能发现那些黑色是可以流动的虫子。

再抬头时，小酒井武藏又是原来的模样。

天空中雷声不断，黑云压顶，风雨欲来。

"卫三。"

泰吴德站在卫三背后，趁帝国军校的人没注意，小声喊她。

卫三听着，没有回头。

这点上，两人还是比较有默契的，不在帝国军校的人面前表现出彼此熟识。

"你们达摩克利斯军校生是不是扫把星转世？"泰吴德没忍住吐槽，"只要碰上你们就倒霉。"

"怎么不说帝国军校生才是扫把星转世？你们以前碰到暴风雨，还转了回去呢。"卫三压低声音道。

泰吴德不由得叹气，不知道为什么他看前几届军校大赛，感觉只是比赛，也没什么难度，但是这届除了第一场还算和平外，每场都能发生点什么事。

他只是一个普普通通的总兵，能打败那些驾驶A级机甲的双S级单兵，已经是高光时刻，万一帝国军校拿到总冠军后，他还能回去和父母吹一吹，在亲戚面前显摆显摆。但现在泰吴德总觉得这大赛越往后，小命就如同那风筝，而线随时会断。

"行了，你们主指挥肯定能护好你们。"卫三背对着镜头道，"他感知那么强，你们不会有事。"

"也是。"泰吴德站好，打起精神来。

"那是海啸？"霍宣山和司徒嘉飞在半空观察海面，远远望见海面升起的海墙，立刻回到星船上告知所有人，"海啸在逼近。"

直播现场。

习浩天不由得抹了一把脸："这届军校生比赛状况确实多了点，什么意外都要碰上一遍。"

鱼天荷望着镜头内保持高度警惕的两所军校队伍："我倒很想看看他们有什么应对方法，除去星兽外，面临自然环境会如何。"

习浩天拿起台上的水杯喝了一口，发自内心道："原本这几所军校，每一队拿出来都能在各届拿总冠军，结果今年全撞在了一起，可惜了。"

旁边路正辛笑了笑："能在这种激烈竞争下脱颖而出的人，将来必能在历史上画上重重一笔。"

习浩天下意识地点头："应星决、卫三、姬初……"

他话还没说完，自己忽然意识到不对。什么时候卫三的排名在他潜意识中已经提到了姬初雨前面。

下面达摩克利斯军校的老师已经开始抱着头，各自望天看地。他们想不通，为什么达摩克利斯军校总能遇到一系列意外。

项明化认命："算了……我觉得我们的目标还是放在学生能平安走完整个大赛上。"

这一次接一次，天天提心吊胆的，他人都麻了。

"再看看。"解语曼排解道，"不一定出事。"

这些赛场发生的情况，单拎出来都能津津乐道好几年，现在却一场接着一场，确实让人接受不过来。

西塔赛场内的天彻底黑了下来，没有一丝光线，天空、海面已经分不清哪儿是哪儿，闪电、滂沱大雨接踵而来。

远处的海啸，已然逼近星船，带起的海浪，将星船高高抬起，而迎面而来的巨大海墙还在不断升高，比星船高太多。等待海啸聚成势后，迟早要拍下来，到时候海墙带来的巨大压力，足够让星船变得粉碎。

更不用提，升起的海墙内还有星兽，即便星船不碎，这些星兽被摔在甲板上，也足够造成一阵骚乱。

"我觉得……"应成河看着还在升高的海墙，"我们现在逃还来得及。"

金珂望着海墙没有说话，转而看向应星决。

"你实体化屏障能撑多久？"应星决扭头问金珂。

"二十分钟，我的极限。"金珂一怔，随后道。

应星决点头："我们现在出手。"

"护住星船？"金珂问道。

应星决目光落在海墙上："不是。"

他们要联手压制升起的海墙。

金珂豁然明白，有些难以相信，但同时又心潮澎湃，指挥实体化的能力为何不能这么用？只要足够强。

所有人开始往两人身后移动，应星决和金珂站在最前方，两人在甲板上，联手释放感知实体化屏障，笼罩住不断涌起拔高的海墙。

在感知接触到海面的那瞬间，金珂能感受到水中传来的巨大翻滚的力量，这底下在剧烈震动，动能转化，给海面带来源源不断的力量。

从感知传来的力量，明明白白告诉金珂，他撑不住。

然而，实体化感知屏障笼罩海墙的那刻，竟然真的让海墙停止了升高。

金珂下意识地朝应星决看去，是了，还有他。

应星决分去了大部分海墙传来的力量，那一刻，金珂再一次清晰认识到超3S级指挥的能力，但他……还能进步！

两个指挥硬生生地压住海墙，让其不再升高，但同样海墙没有被压低，只是没有升高。

时间一点一滴地过去，双方还在僵持，而金珂已经有些松弛，他的感知不够他撑太长时间。

应星决同样面色苍白，地底下还在震动，如果这次海墙没有压下去，它会反弹得更厉害。

他回头看向卫三："你们进去，破坏海墙。"

像之前极寒赛场一样的做法，只不过稍有不同的是，当时卫三用须弥刀毁掉的是灰色巨墙内的无状物质，而这一次他们毁掉的是海墙之间的动能联系。

姬初雨皱眉看向卫三，应星决作为帝国军校的主指挥，转头对话的第一个人居然是卫三，即便他明白两人之前合作过。

帝国军校其他主力队员的脸色也有些许变化。

明知道应星决的一举一动都是从利益最大化来做的，但心中仍旧存有芥蒂。

卫三带着霍宣山和廖如宁冒雨率先冲进实体化屏障内，她率先领头挥起须弥刀砍在海墙上，廖如宁两人有样学样，只不过海墙砍过去，有种白砍的感觉。

下一秒姬初雨暴起，冲进实体化屏障内，他跃在海墙中间最高点，握住太武刀，径直劈下。海墙硬生生被他一分为二。

在海墙重新合一时，应星决抓住这个机会，实体化屏障同样一分为二将海墙分开。

星船上两所军校的队员对这两人的配合，看得目瞪口呆，直播现场的所有人同样惊叹不已。

帝国军校的领队老师不无骄傲道："这才是帝国双星的实力。"

有一学一，两所军校主力队开始将海墙不断切分，而应星决则分散自己的感知屏障，一点一点将海墙压下去。

旁边金珂看着应星决的做法，学得吃力，他才刚刚掌握实体化屏障，无法像应星决一样做到得心应手。

霍宣山射出冰箭，廖如宁快速劈碎海墙，旁边卫三劈开海墙，须弥刀插进去之后，便让海墙结成冰，再握住刀把用力一转，海墙块便碎了。

不停蓄能的海墙无法用须弥刀冻结，只有斩断分割之后才能冻结打碎。

他们切割海墙，有应星决不断兜底，一面要倾覆星船的巨大海墙居然就这么逐渐被消弭。

廖如宁和卫三说悄悄话："那个姬初雨怎么回事，是不是忌妒应星决先喊你？"刀都砍得有点疯魔了。

"这有什么好在乎的。"卫三不解，"他喊我无非因为在极寒赛场是我们俩合作的。"

廖如宁摇头："谁让咱们强呢。"

卫三朝那边的姬初雨看去："他刚才那一刀，我不一定能接得住。"

"谦虚。"廖如宁十分自信道，"宗政越人是第一个，下一个出局的人就是姬初雨。"

看似说悄悄话，但他们这时候所有的一举一动都被镜头传到了直播现场。

帝国军校的老师们忍不住嗤笑，想说廖如宁在痴人说梦，原本应星决先喊卫三名字这件事都过去了，谁也没怎么在意。偏偏被他点出来，怎么听怎么硌硬得慌。

"在回落了！"星船上的军校生们发现那面巨大海墙开始回落，纷纷喊道。

应星决也发现了，他干脆继续释放出感知，将海墙再一次压下，金珂感知已经隐隐有枯竭的症状，发现应星决还能释放感知时，心中已经麻木了，只能以超3S级就是这么厉害来安慰自己。

金珂同样跟随应星决继续用感知压制海墙。

肉眼可见，原本升起的海墙被渐渐压下去了。

等到海墙被压制到星船之下时，应星决才撤回感知，胸口一闷，口中传来熟悉的铁锈味，他眼前一黑，半跪在地上，神志混乱。

金珂也好不到哪里去，直接往地面上倒，被后面的应成河手疾眼快一把拉住。

海墙回落，主力队单兵也准备回到星船上。

"虚惊一场。"廖如宁拍着自己胸口道。

卫三却猛然抬头，朝船尾看去。

一道庞然大物从船尾处升起，看不清是什么东西，但卫三浑身的细胞都在告诉自己危险。

"逃！"

卫三只来得及提醒一句，那个庞然大物尾巴一甩，直接将星船拍碎。

"不好！"廖如宁飞快赶去破碎的星船，拖着靠船尾最近的队员离开。

两所军校队员还来不及高兴，星船到底还是破了，他们入水时还处于一阵茫然中。

卫三飞快入水，没有轻举妄动对付那个庞然大物，而是和廖如宁、霍宣山护着人离开。

黑暗中也分不清哪个人是哪所军校的。

卫三见所有人都分散开来，没有被那个庞然大物所伤，这才沉入水中往前走，顺道捞走一台没有反应的机甲。

"达摩克利斯军校的人往这边走。"霍宣山和轻型机甲单兵们飞在半空中，喊道。

卫三听到他的声音，立刻摸黑往霍宣山那个方向去。

直播现场。

观众还没闭上张大的嘴，这一出一出的，太惨了，惨无人道，惨绝人寰！

他们甚至还没感叹完，又来这样的意外。

主解员和底下的老师们久久陷入沉默。

这还能叫事儿？

塞缪尔军校的老师率先幸灾乐祸道："这就是夺人之物的报应。"

项明化已经心淡如水："人没事就好。"虽然惨了点。

解语曼："……等他们出来之后，带去拜拜佛。"

越来越离谱了。

船都翻了，两所军校的临时"友谊"自然破裂，各自分头上岸。

中途还在水下碰到星兽，好在因为刚才的海啸，那些星兽晕晕乎乎的，也没有太大的攻击力。

等上岸时，天空中的黑云才渐渐散开，大雨也慢慢停了。

霍宣山在清点上岸人数。

主力队全在，校队有人受伤，但无人出事。

"你脚下是谁？"霍宣山飞回来，见到卫三脚下还躺着一台机甲。

"不知道校队的谁。"卫三下意识地低头。

这时候天空中最大的黑云散开，光线清晰，甚至还有阳光照下来。

卫三低头看着熟悉无比的黄金铠："？"

霍宣山："……"

廖如宁凑过一看，翻了翻黄金铠的手臂，抬头缓缓道："你把人家主指挥捞了上来。"

卫三："……"

直播现场所有人："……"

直播间的观众也彻底愣住了。

"？"

"发生了什么？"

"绝了，达摩克利斯军校这是什么运气？现在直接挑了应星决的能量灯，第一个主指挥出局的历史又是他们创下的。"

"我看到了，帝国军校的主指挥倒下时，刚好船尾被拍碎了，站着的公仪觉根本没反应过来就掉进水里了。"

"达摩克利斯军校的主指挥也倒下来了吧，被他们机甲师拉住了。"

项明化盯着镜头内达摩克利斯军校一干人，脸色古怪，但并没有太高兴。

旁边达摩克利斯军校的老师神色各异，唯独不见兴奋之色。

他们甚至有点担心达摩克利斯军校主力队接下来的做法。

"卫三，你都没发现是他？"廖如宁摇头站起身。

"我怎么知道。"卫三从机甲内出来，"水面下那么黑，还下着雨，我以为是哪个被拍晕的校队成员，随手捞过来了。"

霍宣山看着躺在礁石滩上的机甲，脑壳疼，走到应成河那边："金珂怎么样了？"

"晕过去了，估计是感知消耗过度。"应成河刚把金珂从机甲里带出来。

一个个……霍宣山摇头，带着轻型机甲单兵守着外面。

卫三蹲在礁石上，冲应成河喊道："你看看你堂哥。"

应成河起身过来，花了一段时间，才把黄金铠的机甲舱门拆开。

他每一次动手，都让直播现场的帝国军校老师们心惊肉跳，生怕应成河把能源灯给灭了。

应成河拆得满头大汗，扶着腰："卫三，你帮我把我堂哥拉出来。"

卫三跳下礁石，熟门熟路进去，应星决面色苍白，同样处于昏迷中。

她将人拉出来之前，特意看了一眼应星决腰间的试管，伸手去碰，发现还有感知附在上面。

人都晕了过去，还有感知覆盖在试管上，可见他的执念。

卫三把人拉了出来，交给应成河："你堂哥你看着。"

应成河："这……不太好吧。"

可惜没人听他说，应星决仿佛被彻底遗忘，每个人都做着自己的事。

另一边帝国军校也上了岸，清点人数，发现他们主指挥不见了，所有人陷入茫然状态。

"怎么会不见了？"姬初雨站在中间，问公仪觉，"你在旁边，星决人呢？"

公仪觉脸色难看："我见到主指挥脱力跪下，原本想要去扶主指挥，但是掉进海里，等反应过来，已经看不到主指挥的身影。"

很好，再得一个噩耗，星船破碎时，应星决可能陷入了昏迷。

姬初雨下海来回找，还有司徒嘉也在附近半空中寻找，始终没有发现应星决的踪影。

帝国军校的人站在一片礁石滩上，所有人沉默异常。

泰吴德突然小声道："会不会在达摩克利斯军校那边？"

司徒嘉第一个反驳："如果主指挥昏迷了，被达摩克利斯军校的人抓住，他们一定会让主指挥出局，这么好的机会，不动手，怎么可能？"

泰吴德继续缩回去当一个安静的校队总兵，他只是提供一个可能性而已。

"或许被冲到什么地方去了。"公仪觉低声道，"可能还在昏迷，不然他可以用感知勾连到其他指挥。"

"既然没有广播声，就证明主指挥没事。"过了一会儿，霍剑道，"我们现在需要的是赶赴终点岛。"

姬初雨僵持半晌，最终同意他说的话，只要广播没有响起，便代表应星决没有出局。

"我们从这个方向翻过去。"姬初雨面无表情道，"随时注意有没有主指挥的踪迹。"

他们全然不知道直播间都在喊泰吴德是预言家。

第 148 节

在帝国军校主指挥被达摩克利斯军校的机甲单兵捞到自己队内这个消息传出去之后，达摩克利斯军校的直播间再一次被挤爆了，所有人都想看达摩克利斯军校的人会怎么处理帝国军校的主指挥。

"惊了，为什么每场比赛，达摩克利斯军校的人都有新的骚操作？"

"这就要去问问卫三了，她干的。"

"他们还不动手吗？我好急！"

"再不动手，万一应星决醒过来之后，感知恢复，说不定能逆转局面。"

"对啊，应星决感知的可怕，达摩克利斯军校的人又不是没见过，再不赶紧动手就来不及了！达摩克利斯军校，你们支棱起来！大好机会！"

"只有我觉得他们不像要动手的意思吗？几个主力队队员都无视应星决，达摩克利斯军校校队成员也都干着自己的事。"

"其实按照往届达摩克利斯军校的品行，他们还真不会动手，但这一届就难说了，主力队个个都难以捉摸，随时随地出馊主意。"

观众在直播间猜测的同时，直播现场的主解员一时间也不知道达摩克利斯军校下一步动作。

真的是，达摩克利斯军校场场都出现意料之外的动作，这一次更是怪异了。

"你们觉得达摩克利斯军校的人会不会动手？"习浩天主动问道，他内心是充满好奇的。

无论从哪方面来看，动手是常规操作，换上任何一所军校的人，或者他自己，都会选择动手。但不知为何，习浩天内心深处有那么一丝希望。

希望达摩克利斯军校的人不动手。

鱼天荷看着镜头内达摩克利斯军校的队伍："他们怎么选择都没有错。"

路正辛没有出声，靠在椅背上，望着达摩克利斯军校的人若有所思。

宗政越人待在自己房间内，开着两个直播间，注意力全在达摩克利斯军校那边，他冷笑一声，摆明了达摩克利斯主力队这几个人不会对应星决动手。

莫名其妙！

这么好的机会放在眼前，绝对可以重创帝国军校，他们居然不动手。

明明那个卫三对他动手毫不留情，现在却对应星决讲起道义了？

他们到底知不知道这届大赛中最强的人是谁，就是躺在那儿昏迷不醒的应星决。

西塔赛场。

"醒了？"卫三坐在礁石上，看着金珂睁开眼，"现在天黑了。"

金珂撑着坐起来，摸着头，现在还有点晕："大家都没事？"

"没事，有几个队员受伤了，擦了药，没什么事。"卫三仔细解释。

金珂皱了皱眉，缓缓清醒过来，他盯着卫三："你这么殷切，又干了什么事？"

卫三沉默了。

直播间的观众。

"哈哈哈……笑死人，金指挥居然这么快就察觉到不对劲！"

"这个要从哪里开始讲起呢？你家队员把人家主指挥捡了回来呢！"

"哈哈哈哈哈，怎么办，果然没有粉错人，达摩克利斯军校就是最骚的。"

"卫三，快说，我要立刻看到金指挥的表情。"

"你们说金指挥会不会动手？"

"不好说，指挥有自己的考量，但是又感觉他们主力队应该不会有什么分歧。"

…………

卫三咳了一声，小声道："我把应星决捞了过来。"

金珂怀疑自己还没有完全清醒过来，不然为什么卫三说出来的每个字他都听清楚了，但合起来却完全听不懂："你说什么？"

卫三深吸一口气，抬头快速道："星船碎了，我随手捞了一个人，把应星决捞了上来，现在他在我们队伍里。"

这次金珂努力理解了卫三所说的每一个字，无言以对。

他宁愿自己没听懂，现在脑子越来越疼了。

金珂沉默半晌后，问她："应星决人呢？"

"还在昏迷中，刚才成河喂了营养液。"卫三心虚道。

"等应星决醒过来，让他赶紧离开。"金珂头疼道，"什么人还占我们营养液的便宜。"

卫三低头看着自己的手，这手当时怎么就不听使唤，把应星决给捞了上来。

直播现场，帝国军校的老师们听见金珂发话，心下不由得松了一口气，但同时不是滋味。什么时候他们帝国军校最强指挥沦落到被达摩克利斯军校的人决定生死了。

达摩克利斯军校的老师们脸上并没有其他军校老师所想象中的难看，项明化反而轻松下来，和解语曼吐槽这帮学生："一场一次，我是想不出来他们接下来还能搞出什么新花样。"

解语曼笑道："这才是我们达摩克利斯军校的学生。"

表面手段频出，实则内里还是那个一直坚守精神的达摩克利斯人。

西塔赛场。

和达摩克利斯军校颇为古怪的氛围不同，其他军校队伍的心情极为复杂。

帝国军校自不用说，从找不到主指挥后，他们队伍仿佛失去了精气神，主心骨被抽去了，也难怪会低沉下去。

塞缪尔军校和平通院，从暴风雨开始，便一直期待听见达摩克利斯军校和帝国军校的出局广播。

结果暴风雨都散了，天亮了又黑，居然没有听见任何一所军校的出局广播。

不过后面他们分别在两个方向听见达摩克利斯军校和帝国军校斩杀星兽的光幕，显然星船被毁了。

"抢了我们的东西，真以为可以平安抵达终点岛？"肖·伊莱幸灾乐祸道，"船还不是翻了。"

吉尔·伍德："……但是他们没有人出局。"

这么大的暴风雨，居然只是星船破了，人依然无事，可想而知两所军校的实力有多可怕。

肖·伊莱本来就嫌弃吉尔·伍德是个双S级，一直认为她拖了塞缪尔军队的后腿，但现在得知吉尔·伍德可能进化成3S级后，心里又酸酸的，反而更讨厌她了。

"船翻了不是好事？"肖·伊莱反问，"总比船没翻好。"

"好了，专心赶路。"高学林阻止两人继续吵下去。

现在达摩克利斯军校离终点岛距离最近，帝国军校第二，随后是平通院。南帕西居然还赶到了他们塞缪尔军校前面。

高学林心中焦躁，还有肖·伊莱这个没脑子的"大喇叭"在吵闹，更烦了。

"我们走哪儿？"卫三问金珂。

金珂先瞪了她一眼，才道："我们要先靠近这个岛，然后过海，翻山之后，再沿着这条礁石滩走。"

"就能上终点岛？"旁边廖如宁插进来。

"……想得美。"金珂摊开地图，"要过一段海路才能上终点岛，这里估计会有高阶星兽，至少3S级，海中霸王多。过去不会太简单。"

应星决还没有醒过来，估计身体在自我修养。金珂扭头一看见这个烫手山芋，心情就坏了："卫三，你捞的人，你看着。"

"不了吧，他是成河堂哥呢。"卫三下意识地拒绝。

应成河立刻道："堂哥，关系隔挺远，不亲。还是你看着，我一个柔弱的机甲师，护着指挥，护不住。"

卫三心累："碰上星兽怎么办？我机甲也塞不进两个人，妨碍我战斗。"

金珂丢下一句："你们自己想办法。"

主力队几个互相看了看，霍宣山率先转身离开，这回廖如宁学机灵了，跟着就跑。

"成河……"

应成河也抬腿就跑。

卫三一阵无语。

队伍都开始整顿，准备走了。卫三走到应星决旁边，盯着他："给你三秒钟醒过来，一、二……"

应星决毫无反应，依旧躺在地上。

卫三认命，干脆扶他起来。

"成河在改他的机甲。"过了一会儿，廖如宁转身回来，和她一起扶起应星决，"到时候他们俩可以在一个机甲内。"

这样，应成河机甲的防护性会下降，其他主力单兵要时刻注意。

等应成河改完自己的机甲，他接手应星决，校队中的聂昊齐和应成河一起带着应星决走，这样卫三能腾出手。

金珂等着他们安排好之后，才动身离开。

礁石滩路不好走，海路同样难走，尤其金珂刚刚醒过来没多久，感知已经干涸，只能靠着队员拼搏。

明明只是短暂的一段路，走起来却显得异常慢。

随着比赛时间推移，各所军校的成员都陷入这种疲惫的困境中。

直播现场。

"平通院好像在憋着一口气。"路正辛望着平通院那个直播镜头，"超过了帝国军校。"

习浩天抬眼看去："优势并不明显。"

"但是状态不同，帝国军校失去了他们主指挥，情绪已经在最低点。反而平通院失去了他们最强的单兵，却激起了血性。"路正辛挑眉笑了笑，"帝国军校看似强悍，实则溃洞不少。"

鱼天荷看着五所军校的直播镜头，心中对路正辛说的话赞同，这里面表现最好的绝对是达摩克利斯军校。

随着时间推移，西塔赛场上除去南帕西因为单独落后，避开了纠纷，单纯和星兽搏斗，没有看出什么问题，其他军校的毛病已经逐渐显现出来。互不信任、相互补刀，失去队伍内最厉害的那个人后，队伍便处于一种茫然状态。

反观达摩克利斯军校在星船破碎，主指挥陷入昏迷后的行动。轻型机甲单兵同一时间飞向半空中，引导同队成员往一个方向移动，主力队中重型机甲单兵赶往船尾护着校队成员离开。主力队的机甲师只做了一件事，紧紧拉住主指挥机甲，带着他往同队方向移。

上岸后，所有人有条不紊做着以前做过无数遍的事，仿佛主指挥还在。

幻夜星。

应月容忙完防护线的事，回到军区休息时，打开帝国军校的直播间，原本想要看看他们现在的情况，结果一眼看去，没见到应星决。

她以为镜头没有拍到应星决，便耐心地等了一会儿，但一会儿又一会儿过去了，整个队伍都过了一遍，依旧没有见到应星决。

应月容心下一跳，以为出了什么事，导致应星决出局，便打开出局名单。

在打开出局名单的那瞬间，应月容还在想会出什么意外，才导致应星决一个超3S级主指挥出局。

结果打开名单，第一个赫然出现在纸上的人是平通院的宗政越人。

这是发生了什么？

应月容眉头紧锁，将整个出局名单翻完，没有见到应星决的名字。

怎么回事？

应月容直接拨通西塔星直播现场工作人员的电话，问赛场发生了什么。

"那个、应指挥您……"工作人员吞吞吐吐的。

"有什么直接说。"应月容坐不住了，起身冷声道。

工作人员抹了抹额头的汗："应、应星决被达摩克利斯军校的卫三捞走了。"

应月容愣住："你说什么？"

"那个，您去看达摩克利斯军校的直播间就知道了。"工作人员心想这谁能预料事情的发展呢？一时半会儿哪解释得清楚。

应月容啪地将通话关闭，打开达摩克利斯军校的直播间，看了一会儿，果不其然见到了应星决。

"……"

事情的发展让她摸不着头脑，即使应月容是一个极其优秀的3S级指挥。

应月容只能将五个直播间一起订阅，从头快进看起，等看到两所军校联手对付海墙时，不由得下意识地点头称赞，结果最后旗船被突如其来的庞然大物拍碎。她盯着顺着甲板滑下去的应星决和机甲，怒气横生，周围这些人都是死的，居然没有一个人护住主指挥。

唯一一个校队总兵奋力朝应星决那边奔去，还被浪打翻了。

至此之后，应星决便再没有在帝国军校的直播镜头内出现。

应月容将目光放在达摩克利斯军校那边，看着他们有条不紊地组织上岸，清点人数，越发对这届帝国军校生的表现不满。

最后镜头给到卫三和她脚下的黄金铠。

应月容盯着达摩克利斯军校直播间的发展："……"

应月容自认为自己人生经历丰富，什么都见过，今后无论见到什么都能保持冷静，但面对这一幕，她却失语了。

这叫什么发展？

直接将自己军校最厉害的人送到对方军校手里。

应月容沉沉吐出一口气，抬手揉按太阳穴，如果达摩克利斯军校的人对应星决动了手便算了，无非是比赛的乌龙。

偏偏……偏偏他们没有动手。

达摩克利斯军校一下子便将自己形象拉高了。

应月容没心思继续看下去，退出直播间，打开星网，浏览其他消息。

果不其然，星网上已经就达摩克利斯军校此次行为进行了激烈讨论，无一例外，"达摩克利斯军校"这个名字再一次深深刻在所有人心中。

吞并达摩克利斯军校的事，难了，哪怕是此后十年。

不，只要这届达摩克利斯军校的主力队还在，至少五十年，其他军校别想吞并的事。

西塔赛场。

应成河带着堂哥进自己机甲，他在机甲舱内，透过视窗一心一意地看着队伍战斗，完全没有注意到旁边应星决睁开了眼睛。

应星决睁开眼睛，第一反应便是去看自己腰间的试管，里面黑色虫雾还是之前的状态，被他的感知紧紧禁锢着。

打量周围，应星决发现自己在机甲内，加上旁边应成河坐在主机甲位上，不难发现他在应成河的机甲不死龟内。

他只记得自己见到海墙散去后，便开始陷入恍惚中，后面便完全进入一片黑暗，其他什么也不知晓。

应星决顺着视窗，向外看去，是卫三和廖如宁几个人在和星兽战斗，没有任何帝国军校人的踪影。

"你们和帝国军校的人分开了？"应星决问应成河。

应成河正紧张地看着主力队几个人战斗，时刻关注着他们机甲的损坏情况，闻言随口回道："早分开了，他们也不找过来，主指挥都还在我们手里呢。"

"是吗？"应星决垂眸低声道。

"可不是，要不是卫三随手捞过来，我堂哥……"应成河猛然转头，"堂哥！你、你醒了？"

老实说，应成河有点怕应星决，尤其是在密闭的空间，只有两个人的情况下。

应星决抬眼："谢谢，你们救我。"

应成河连忙挥手，紧张得一股脑把心里话说了出来："不关我的事，星船碎的时候，我只注意到金珂。是卫三把你捞起来的，堂哥你既然醒了就赶紧走，金珂说你在这里浪费我们的营养液。"

说完，应成河就闭嘴了，这说得有点太直接。

"等你们杀完星兽，我便出去。"应星决说完，接连咳了几声，将胸口中的瘀血咳了出来。

旁边的应成河看得越发紧张，连忙从手边箱子内翻出营养液和纸巾："堂哥，你先擦擦，把营养液喝了。"

他一见到应星决咯血，便不由自主地想起当年应星决躺在病床上的样子。

超 3S 级指挥能活到现在，真的全凭应星决自己的意志撑着。

应星决伸手接过纸巾和营养液，低头擦拭血渍时发现试管内的黑色虫雾开始快速翻滚，显然是闻到了超 3S 级的鲜血。

他缓慢地将身上的血迹一点一点擦拭干净，心中对黑色虫雾的杀意上升到极致。

主机甲位上的应成河隐隐有所察觉，背后汗毛都竖了起来，总不能他递过去纸巾和营养液，他堂哥就想要杀了他吧，他堂哥也不像是这种人啊。

应成河悄悄朝应星决瞥去一眼，发现他低头不知在想些什么。

或许是在想那群帝国军校的人，确实不太行。

应星决打开营养液，仰头喝下，问应成河："帝国军校现在在哪个方向？"

"我们后面一个岛上。"应成河犹豫了一会儿，"平通院的人超过了帝国军校。"

第 149 节

在说出这句话时，应成河以为他堂哥会不高兴，或者有什么其他情绪，但应星决依旧冷静，好像现在落后的不是帝国军校。

应星决靠在机甲位上，透过视窗看着外面的卫三，仿佛他才是里面的机甲师。

"你们老师有没有对她进行过专门特训？"看了一会儿，应星决突然开口问道。

应成河没有出声，这种可能涉及比赛的问题，他不会回答。

没有听见他的回答，应星决也不在意，淡声道："从第一场到现在，她吸收得很快，只不过有一点需要注意。"

应成河不自觉地竖起耳朵听他堂哥说话。

"在战斗时不认真，假设碰上厉害的人或者星兽，再想认真起来，恐怕为时已晚。"应星决墨色眼眸静静地望着外面战斗的卫三道。

在接下来的时间里，恐怕有一股未知力量会翻涌而起，作为超 3S 级的卫三，只有两种可能：被未知力量扑杀或者扛起超 3S 级的职责，将这股力量压下去。

应成河听完后一愣，他从来不知道卫三战斗时不认真。

他特意从视窗看去，卫三每一次都能对星兽造成伤害，应成河扭头看向他堂哥："堂哥，你可能看错了。"

应星决没有回复他，安静地望着外面的卫三。

等战斗一结束，达摩克利斯军校队伍便开始整顿，金珂则负责去兑换资源。

应成河从机甲舱内出来，霍宣山见到他脸色不对，问："怎么了？"

应成河伸出一根手指指向后方机甲舱，应星决慢慢从里面出来。

"你捞来的人醒了。"廖如宁过来杵了杵卫三。

卫三："……"她只不过是一时错手而已，感觉这个坎迈不过去了。

应成河扶着应星决出来，卫三和廖如宁远远地望着，开始八卦。

"为什么同样姓应，成河就那么像他堂哥的用人？"廖如宁摸着下巴若有所思。

"大概是因为头发。"卫三目光在两人之间来回看了看，道。

应星决收回手，朝卫三缓缓走过来，他对廖如宁点了点头，视线便落在卫三身上："谢谢。"

卫三："……没事，你记得翻倍还我们营养液。"

直播间。

"怎么回事？就这？"

"怎么也得大捞一笔吧，只营养液翻倍？"

"唉，卫三不行啊，要我把应星决留下来，都是救命恩人了，从此帝国军校主指挥变成达摩克利斯军校的人。"

"得了吧，应星决过去之后，金珂去哪儿？"

"我想看金珂过来见到应星决醒来的样子。"

…………

就在观众讨论的时候，那边兑换完资源的金珂回来了，他远远见到这边围在一起的人多了一个人头，便明白过来，应星决醒了。

"醒了，那你赶紧去找你们军校的人。"金珂毫不留情道。

应星决看着他，慢慢道："我可能走不了。"

金珂："什么意思？"

"感知还没有完全恢复过来，驾驶不了机甲。"应星决将自己的弱点暴露出来，神色依旧平静，仿佛在说今天天气不好一样淡然。

金珂："……要不然你自己出局？"

应星决握拳抵住唇，咳了咳道："帝国军校这次资源的二分之一给达摩克利斯军校，希望你们能带着我一起去终点岛。"

廖如宁当场就炸了："我们现在离终点岛最近，不出意外，铁定第一个到达终点岛，你只拿二分之一的资源，便想轻轻松松换第二。不对，等我们到终点后，指不定你已经恢复了感知，到时候直接把我们这些人全灭了，冠军白送给你？"

"这次资源的二分之一和下一次比赛资源的一半。"应星决压制住喉咙的痒意，缓声道，"这次赛场，你们拿冠军，等我感知恢复，可以帮你们。"

"你的要求只是我们带你一起过去？"金珂盯着他问。

应星决缓缓摇头："第二，我会在你们拔旗之后，拔下帝国军校的旗。"

金珂沉思片刻，答应下来："我信你一回。"

廖如宁看着散开的几人，摸着头，始终觉得他们吃亏了，这样帝国军校不是平白捡了第二。

"金珂脑子傻了？"廖如宁和卫三一起蹲在旁边最大礁石上，小声吐槽。

"你傻了。"卫三朝应星决那边瞥去一眼，他唇色好像就没红润过，印象中一直都是苍白的颜色。

廖如宁恨铁不成钢道："我在和你说正经的！敌人都打入我们内部来了！"

卫三："……放心，就算金珂脑子傻了，也比我们好用。"

"我不信，你们一定是全被应星决蛊惑了。"廖如宁盯着那边的应星决，怎么看都觉得他能用感知控制人心。

"我问你，那天夜里，你有没有看清楚是什么东西拍碎了星船？"卫三叹了口气问道。

廖如宁一怔，努力回想："没有，好像是什么鱼？也不太像，我看到了好多海草。"

"如果我们在去终点岛的最后一段海路遇见这种东西怎么办？"卫三继续问道。

廖如宁陷入沉思。

如果真碰上了，达摩克利斯军校队伍也不一定不能对付，但伤亡人数就不定了。有了应星决合作，凭借他的感知，达摩克利斯军校可以避免大伤亡。

"所以我们在利用应星决？"廖如宁想通之后，顿时眼前一亮。

卫三伸出一根手指摇了摇："更确切地说，是我们双方互相利用。"

"原来如此。"

从应星决醒过来后，达摩克利斯军校队伍内的氛围变得更加奇怪了。

按理说，应星决现在情况十分不理想，简直是羊入虎口，随时随地都受到威胁，换个另外的指挥，这时候恐怕已经提心吊胆了。

但他没有，无论是一个人坐着还是旁边围着达摩克利斯军校的主力队，都十分自如。

达摩克利斯军校的校队成员们，已经在心里竖起大拇指，强，不愧是联邦未来最强指挥，就这心理素质，骚！

他们在礁石滩上停了下来，就地驻扎，准备养精蓄锐后再继续前进。

卫三坐在不远处，手总是撑在脸上，时不时换个姿势，但余光总是落在对面应星决腰间的试管上。

一见到那若隐若现的黑色虫雾，她就想冲上去将其毁了。

作为超 3S 级指挥的应星决，如果这么明显的目光都未发现，也没资格被称为联邦未来最强的指挥。

他抚过腰间的试管，将其拉出来一点儿，在察觉卫三目光更加频繁地停留在自己腰间时，应星决心下确定她能看见这团黑色虫雾。

等比赛完出去，便要和她谈一谈这件事。

"平通院一直在追赶。"金珂在应星决旁边坐下来，"如果在最后一段海路碰见厉害的东西，你有没有把握在他们赶来之前解决？"

"要看是什么东西。"应星决没有把话说死，但随后话锋一转，"我们联手，不会让平通院捡去成果。"

也算得到了他的许诺，金珂从身边掏出几支 3S 级营养液，扔给应星决："这个赛场没有超 3S 级营养液，先将就。"

应星决低头看着手中几支营养液，现在他可以分辨营养液中的好坏，小时候喝的营养液他只是抗拒，却无法说出其中的原因。

另一边，帝国军校。

"现在还没有关于主指挥的广播。"司徒嘉将空中的飞行星兽摔下来，他落地冷冷道，"总不能上面那些人没有发现主指挥。"

"校队内的指挥也没有和主指挥的感知产生任何勾连。"公仪觉低声道，这次责任最大就是他。

霍剑看着几近暴走的姬初雨，最后伸手搭在他肩膀上道："平通院走在我们前面，主指挥不会想看到这个结果，现在我们唯一的任务便是跃过他们。"

姬初雨抬手打开霍剑的手，冷声道："当时我应该站在他身边，不过是一堵海墙。"

这几场比赛中，如若必要，姬初雨基本只站在应星决旁边护着。

也许最开始是自幼形成的本能，姬元德要他看住应星决，一旦有异动便直接斩杀，但现在相处多年，他已经把应星决当成最亲的兄弟，如同手足。

"现在再后悔也无用。"霍剑收回手，"比赛还在进行中，你再这么颓废下去，我们不光丢了主指挥，还把冠军丢了。"

"我同意霍剑的说法。"司徒嘉道，"冠军我们必须拿。"

姬初雨低头看着礁石，最后深吸一口气抬头："现在走。"

直播现场，路正辛看着帝国军校的镜头，不由得摇了摇头。

没有了应星决，帝国军校现在再想找回优势几乎不可能。如果帝国军校失去主指挥后，真如当时姬初雨所说，一路前进倒不成问题。偏偏队伍的心散了，连领头姬初雨也打不起精神，经常陷入内疚中，时不时便跑到海面去找人。现在靠着他们这些人，追不追得上平通院都成问题。

好在应星决那边当机立断决定再一次和达摩克利斯军校合作，勉强可能保住第二。

"现在才发现帝国军校的人，没有了应星决什么也不是。"路正辛毒舌道。

习浩天倒不这么认为："总要成长，这次对帝国军校也算是一次教训，他们也该低下头来学习，对后面的比赛有好处。"

因为想要和后面的平通院拉开距离，达摩克利斯军校赶路的速度很快，第五天下午便抵达礁石滩，马上要进入最后一段海路。

金珂让所有校队成员集中，如同一块四方的盾牌，迅速入海。轻型机甲同样入水，因为高空处有太多3S级飞行星兽，他们一过去便会遭受围攻，只能入水。

应星决感知已经恢复了一部分，可以驾驶自己的机甲。

卫三被金珂安排到应星决旁边，一是有压制的意思，二是两人合作比其他人与之合作的效果更好。

入水后，达摩克利斯军校队伍快速前进，但所有人的警惕心都提高到了极致，因为底下太安静了，连一尾小鱼都没有，仿佛什么危险也没有。

"你有没有感知到什么？"卫三问旁边的应星决。

应星决透过视窗看她："你感知比其他人强，之前在沙漠赛场便先于在场的单兵发现双头蟒蛇，不应该问我。"

卫三："……你不是超3S级指挥？肯定比我强。"

"嗯。"应星决垂眸，轻声道，"你说的也有道理。"

众人已经快行进到三分之一的路程，依旧没有遇上什么星兽。

正当他们还想前进时，被应星决喊住："我们不能再继续往前走了。"

"有星兽过来了？"廖如宁问道。

应星决点头："很危险的星兽，我们从右侧绕过去。"

金珂看了他一会儿，最后还是选择相信应星决，带队往右侧绕过去。

所有人保持着高度警惕，小心快速前进，但他们低估了这次星兽体积的庞大。

当海底开始晃动时，那头危险的星兽露出真面目，整个身躯直接将这最后一段海路的三分之二塞得满满当当，他们绕到右侧徒然无功。

"这……之前袭击我们星船的东西难道是它？"廖如宁震惊道。

"你最好希望是它，否则意味着这片海域有两头这种东西。"霍宣山盯着这头浑身长满各种海藻植物的星兽，低声道。

应成河看着这庞然大物，心中反而不太紧张："它体积太大了，活动不方便，只有一对眼睛，我们绕到它身后肯定可以过去。"

他话音刚落，突然这头庞然大物开始颤动，身上的海藻被抖落，然后整个达摩克利斯军校队伍的人便见到这头庞然大物睁开了眼睛。

不是一对，而是无数对，围着整个身体长了一圈。

众人："……"

卫三："这开光的乌鸦嘴从少爷身上转到你身上了。"

应成河："……"他真的不是故意的，刚才那番话只是基于常理推断，谁能知道这星兽不按常规长。

"活动还是不灵活的。"廖如宁好心安慰，他懂这种乌鸦嘴的心情。

下一秒，庞然大物再一次抖动，像是伸懒腰一般，将十几根极粗的触手伸了出来。

众人："……"

正紧张观看直播的所有人："……"

"这玩意是按照我们说的长吗？！"廖少爷恨不得缝了自己的嘴。

霍宣山："……你们最好闭嘴。"

"我可以暂时封闭它一半脑子。"应星决道。

"才一半？"廖少爷还是没忍住出声。

应星决缓缓道："每一根触手上都有它的脑子。"而每一根触手都相当于一个变异 3S 级星兽。

"一共十四根触手，你对付一半，还剩下七根。"卫三已经默默数完右侧的触手，"我们只有三个 3S 级机甲单兵。"

剩下的校队成员经过金珂整合，最多只能对付一根触手，或许能再拖延一根。

应星决安静地看着她，最后轻声道："或许你可以对付两根，无常是类超 3S 级机甲。"

卫三："……还有一根。"

应星决转头去看着这头庞然大物："我和金珂联手再对付最后一根触手。"

众人分配好，便直接冲了上去。

这些触手果然如应星决所说，有脑子。

行动比起整个庞然大物灵活数十倍，触手表面布满了口器，稍微被碰上，便被吸住，只有抛弃那块机甲才能挣脱。

一挣脱，被抛弃的机甲立刻被触手上的口器吸入，嚼碎。

众人见状，心中不由得一惊，但开弓没有回头箭，所有人只有硬着头皮上。

而此刻平通院登上了另一处的礁石滩岸，只有再度过这一片礁石，便能过最后一段海路，登上终点岛。

第 150 节

自宗政越人出局后，平通院一直憋着口气。

大赛开场前，即便帝国军校有个超 3S 级指挥，平通院依然是夺冠的热门。在联邦各方势力看来，他们仍旧有可争之力，因为宗政越人，能够和帝国双星之一的姬初雨抗衡。

而现在，宗政越人却被达摩克利斯军校的人挑出局，这种心理落差完全不能接受。

所以他们拼了命往终点岛赶，超过帝国军校，终于走到礁石滩。

"我们从这里直走，很快能过最后一段海路，抵达终点岛。"路时白看向后方，"帝国军校在加速，我们需要尽快赶到终点。"

在他们走过礁石滩的这段时间内，始终没有再听见有关达摩克利斯军校的光幕和广播。

路时白猜测达摩克利斯军校可能已经进入最后一段海路，甚至已经碰上终点岛的高阶星兽。

只要想到达摩克利斯军校有可能拿到这次西塔赛场的冠军，路时白便如同万蚁噬心般难受，平通院所有人再一次加速赶路。

即便无法阻止达摩克利斯军校拿到第一，也势必要让他们脱一层皮，为之前的事付出代价。

达摩克利斯军校还在水下和触手奋战，完全不知道平通院到了哪儿。

这头庞然大物的身躯简直将整座终点岛包围了，每一条触手最远可达二十米，可以随意伸缩，触手上布满密密麻麻的口器，且口器内还可以伸出更小的触须攻击目标。

廖如宁便在这些口器上惨遭滑铁卢，他的刀身宽，一刀砍去，先被口器吸住，费力才抽了回来，还险些被其他口器中伸出来的触须攻击。

霍宣山的冰箭倒是能精准射中触手，专门对准触手的口器射，它可能以为这是什么猎物，甚至不避开，被他的冰箭直接射了对穿。

到后面，这根触手已经会避开霍宣山射出来的箭，实在躲不开，则会伸出口器内的小触须拉住攻击物，冰箭速度太快，触手口器中的触须拉住之后，会断裂。关键在于这些触手口器中的触须断裂之后能再生，霍宣山的冰箭效果只能算一般。

廖如宁第十次从触手口器上用力拔回自己的刀，看着那边被应星决和金珂用感知攻击，而陷入静止状态的触手，不由得羡慕还是指挥好，哪像他们机甲单兵天天来去血雨腥风间。

至于卫三，她要对付两根触手，没有用须弥刀，选择了匕首鞭。

她驾驶无常来到两条触手中间，拔出两把匕首，用力一甩，鞭子便出来了。

卫三站在中间，双手分开挥鞭，卷住两条触手后，用力往自己这边拉，两条触手被她拉得撞在一起。

同一时间，卫三下沉，双手握着匕首朝庞然大物的下半身冲去，最后将匕首刺进它下半身中，想转身拔出须弥刀，准备斩断两条触手。

只是她还是把这触手想得太简单，口器内部有腐蚀的消化液，滴在鞭子上，匕首鞭被融断，两条触手挣脱出来，直接朝卫三抽过来。

卫三察觉到动静，想要躲开，但两条触手又长又粗，关键是还能卷成波浪状，她被抽了个结结实实。

达摩克利斯军校主力队三个机甲单兵都惨遭失败，更不用提校队。

直播现场大部分观众的视线都在达摩克利斯军校的镜头上，毕竟他们不光离终点岛最近，还带着人家帝国军校的主指挥，把帝国军校的大半粉丝都吸引了过去。

"今年西塔赛场的终点岛居然设在这里，我记得往届主办方会特意避开这片海域。"路正辛望着镜头内的战斗状况诧异，"有这头星兽，主办方他们怎么把旗插上去的？"

"走空路。"习浩天道，"我带队进去拔旗。"

现场观众闻言默默替赛场内的达摩克利斯军校默哀三秒。

"五所军校头一回这么多 3S 级，还有超 3S 级，难度不提高说不过去。"习浩天往椅子上一靠，"现在各防线上的星兽异动越来越多，这帮学生该多磨炼磨炼。"

"磨炼没错，不过得适度。"路正辛摇头，"极寒赛场的事就是教训，要不是学生们运气好，这大赛都不一定能继续。"

"主办方有安排。"习浩天只说了这一句，便不再多言。

星兽这种东西，不像极寒赛场那种无法控制，主办方在附近已经安排不少救助员，以防意外发生。

海面下，卫三折损两把匕首鞭，还要躲过两根触手再次的攻击，到处跑。

"应星决，你能不能稍微感知扩大一点儿？"卫三边跑边冲着那边的应星决喊。

金珂闻言不乐意了："我才是你的指挥，喊谁呢？"

卫三侧身躲过触手抽来的一击，问金珂："那你行吗？"

"不行。"金珂直截了当道，要是可以，一开始他就敲锣打鼓说自己可以。

卫三："……"

应星决感知还维持在原来的范围，他慢慢道："我也不能，你可以自己解决。"

两条触手还在攻击卫三。

她拉开合刀，将其折叠成扇形刀，双手紧握。

直播现场。

"卫三，这是要近战？"路正辛道，"这不是明智的选择，触手口器内能分泌出腐蚀液，时间一长，机甲势必被腐蚀坏，更不用提口器的吸力有多大。"

"她的机甲外壳加了紫液蘑菇，没那么容易被腐蚀。"鱼天荷在旁边道。

"我倒把这个忘记了。"路正辛笑道，"她机甲确实不错。"

主解员就在现场看着那两根触手将卫三瞬间卷起，她居然没有挣扎，反而任由触手伸出触须把机甲紧紧缠绕住。

底下的项明化见到触手从口器内释放出来的腐蚀液顺着触须覆盖卫三机甲时，整个人都绷紧了。他不知道卫三什么打算，但这无疑在拿生命开玩笑。

最重要的是赛场内的人不知道，他在外面能看到平通院的人已经快逼近最后一段海路，一旦入水，势必能发现达摩克利斯的动静，到时候被平通院乘虚而入……

水面下。

卫三望着被触须缠住遮满的视窗，完全无视，等着这两条触手将她紧紧缠住，试图用口器的吸力绞碎无常。

巨大的压力透过机甲传给卫三，她终于动手了。

扇形刀自手边开始割断触手的触须，卫三并没有急着从里面出来，仅仅是解放了双手，用扇形刀割断触须后，就朝附近的口器直接捅了进去，由内至外切割。

大概是感受到了痛楚，两条触手上受伤的口器不断收缩挤压，想要挤断进去的扇形刀，同时还有大量的腐蚀液吐出来。

可惜，卫三既然伸手进去了，便要做到底。扇形刀从口器内直接切割出来，卫三双手转着刀甩了一圈，触手一头被她割断。

"触手的脑子分布在整根触手上，不在一块儿。"这时候应星决忽然提醒她。

所以割断一段触手，影响并不大？

卫三管不了那么多，她砍断一段触手后，迅速破开身上的触须，直接骑在一根触手上，躲着另外一根触手的攻击。

空隙时她抬头望着庞然大物，没了眼睛，这些触手总不能一直精准攻击他们。

卫三开启和触手躲躲藏藏的模式，每动一次都能离庞然大物更近一点儿，但在她距离它还有一半距离时，这些触手似乎察觉了她的意图，疯狂攻击她。

"帮我拖住一会儿。"卫三对旁边霍宣山和廖如宁道。

这两人自己面对一根棘手的触手，听见卫三说的话，直接豁出去，以自身机甲为诱饵，想要再各分一根触手。

可惜这些触手完全不受吸引，只盯着卫三，仿佛知道她是个大威胁。

卫三脸黑了下来。

"卫三，口器吸力在于你碰上，才会形成阻力，只要速度够快，两根触手并不是问题。"应星决的声音再一次出现在卫三的脑海中。

卫三心下烦躁，她能不知道速度快可以解决，但问题是自己速度有限，做不到。

应星决似乎能听见她的想法。

"你真的做不到？之前在极寒赛场，我见到的是什么？"

应星决一边用感知牵制着触手，一边望着卫三。星船上他喊过一次卫三，本意便是要她发挥出当时在极寒赛场的实力，只是那次却平平，甚至比不上姬初雨。

既然极寒赛场能做到，没道理卫三现在做不到。

卫三朝附近看了看，她此刻找不到外援，周围达摩克利斯的队员也纷纷陷入困境。作为主力队员，机甲等级高，实力强，也只是和触手陷入僵局而已；但校队成员，他们等级低，完全是在用自己的机甲填补，好让校队其他人有机会攻击触手。

盯着那些不断上前战斗的校队成员，机甲舱内的卫三忽然想起当初在达摩克利斯军校看上一届最后总决赛时，操场上那些学长学姐沉默时的表情，还有那个号啕大哭的学长，他说想见到一次达摩克利斯军校站在最终奖台上。

如今只剩下这么一段路，她怎么也得走完，登上终点岛，拔下达摩克利斯军旗。

卫三皱眉，心却渐渐平静下来。

西塔训练场医务大楼。

"井医生，你光脑好像在闪。"路过的护士提醒。

井梯低头看去，随即奔向自己的房间，打开光脑，点开弹出来的曲线图。

是卫三的身体实时数据。

现在还在不断攀高。

井梯立刻打开达摩克利斯军校的直播间，果不其然见到卫三在战斗。

水面下，卫三握着扇形刀，用力一甩，最终还是使用合刀，穿梭在两根触手之间。

井梯眨了眨眼睛：感觉刚才卫三的身影闪了闪。

不过人还在原地，是直播间摄像镜头的问题？

他正准备后退，慢放再看一遍，突然水面下两根巨大的触手断裂成数段。

井梯："……"

第 151 节

直播现场的观众和井梯一个感受，只觉得眼前一花，但再定睛一看，卫三还在原来的位置，还以为产生了错觉，但当两条触手断裂成数段后，所有人才反应过来，刚才卫三确实动了。不光动了，还出手了。

项明化没坐住，抬手指着镜头，扭头看解语曼："她这个速度躲不过你的招式？"

解语曼心中高兴之余，又生气："你觉得呢？"

等人出来，一定要好好问问，平时到底是不是在扮猪吃虎。

见到解语曼目光危险，项明化难得为卫三说了句好话："她可能是状态不稳定。"

他们可还没忘记卫三到现在感知测试始终还在 S 级。

西塔赛场内，卫三还不知道自己被老师盯上了。她沉下心，找到一丝当初在极寒赛场的状态，感知扩散，和无常及手中的须弥刀浑然一体，身随心动，速度快到不可思议，在触手未反应过来时，将其斩断成数段，再没有了攻击力。

卫三单手握着须弥刀，没有再关注断裂的触手，而是抬头望着庞然大物上的眼睛。她朝其他人说了一声，要他们拖住剩下的触手，自己则跃上去，踩在它上半身，双手紧握刀，用力刺进它一只眼睛内。

这头庞然大物浑身开始抖动，所有触手都在疯狂收回，要去对付卫三，显然受到了严重威胁。

有用！

廖如宁使出所有招式挡住自己这边的触手，冲卫三喊："毁了它所有眼睛，本少爷不信它没有眼睛，触手还能这么猖狂。"

"等着。"卫三双脚蹬在它上半身，用力抽出须弥刀，那只眼睛流出的浑浊的血在海水中蔓延，庞然大物整个身躯都在震动，海底甚至隐隐有晃动的感觉，偏偏没有任何声音发出来，海面下的情况看着极为诡异。她转移到一边，用同样的方法废了星兽的另一只眼睛。

"有人过来了。"应星决忽然开口，金珂也察觉到了。

他转头看去，是平通院的队伍。

平通院来得太快了。

"那是……应星决？"季简看清楚和达摩克利斯军校主指挥并肩对付触手的人后，心中惊异，不由自主地问了出来。

平通院的其他人见到应星决同样震惊，他们进入这最后一段海路时，帝国军校分明还在后面，应星决怎么会在这里？

饶是路时白这种 3S 级指挥一时间都没能明白这两所军校在搞什么骚操作，难道达摩克利斯军校和帝国军校还在联手，后面的帝国军校只不过是幌子？

他眉头紧皱，盯着达摩克利斯一干人，有一瞬间不太敢动手，生怕两所军校在搞鬼。

"哎，你们来了，等我们打完，大家一起上终点岛。"金珂面不改色道，"要不然，你们也过来出点力？"

金珂越表现得轻松，路时白心中便越生疑，再加上旁边站着的应星决，他的警惕性已经提高到最大。

此刻平通院直播间的弹幕已经快"疯"了。

"路时白你快点冲！大好时机，他们没别的招了！"

"白捡的好事啊！达摩克利斯军校对付这头巨大星兽，你赶紧跃过去登岛！"

"惊现变局，这时候如果路时白胆子大，忽略应星决，就该冲上去了，西塔赛场的冠军说不定就是平通院的。"

"毕竟站在那边的人是应星决，很难不去多想。"

"我去，这次真的是机会，刚好卫三激怒了这头庞然大物，它绝对不会放过达摩克利斯军校这些人，尤其是卫三。平通院这次失去了宗政越人，还能有机会再拿到冠军。"

宗政越人见到这一幕，手紧握住随身带着的长枪。达摩克利斯军校这一次失误了，没有预料到平通院来得这么快、海路的星兽这么难对付。

他的视线落在卫三身上，没有去看路时白，他知道路时白最后会做出什么选择，要怪只能怪卫三爆发太晚，早解决触手去毁星兽的眼睛，平通院也不会得到这个机会。

宗政越人心中涌起一股快意，即使卫三将他挑出局又能怎么样，最后输了冠军的位置，便什么也不是。

路时白目光在应星决和金珂之间来回转了转，便将视线落在背后发狂的庞然大物上，最后他盯着应星决："所有人冲上去，不要管达摩克利斯军校的人。"

"如果帝国军校……"季简担心背后有诈，那个金珂看起来半点不担心。

"走到现在，我们最终目标就是夺冠。"路时白断然道，"阁主不能白出局，今天两所军校全在，我们也要冲出去！"

平通院的人闻言，立刻做好准备，跟着主力队一起跃过这头庞然大物。

见他们真冲了过来，金珂不由得在心中骂了一句脏话，路时白分明心中生疑，偏偏不在乎了。

现在达摩克利斯军校的人反而被触手拖住了，没有办法挣脱开，去挡住平通院的路。

"等卫三毁完触手的眼睛，我们已经赶不及了。"应星决还是原来冷静的样子，仿佛什么情况也不能让他情绪发生变化，"现在我们追上去还来得及。"

金珂："……怎么追？"

校队那边已经快扛不住了，卫三正绕到那边去毁掉这头星兽的眼睛。

"我和她留下来对付这头星兽，你们追上去。"应星决缓缓道。

"……你们俩？"金珂呵了一声，"你感知恢复了？"

"没有。"应星决抬眼朝卫三那边看去，"她既然刚才能斩断两根触手，只要发挥出同样的实力，不会有问题。"

金珂有点犹豫了，外人不知道，但他清晰知道卫三是超 3S 级。

"卫三，你和应星决留下对付这头星兽，我们去追平通院，行不行？"金珂对卫三喊道。

卫三："？" 她一个人？

她再看平通院，已然乘机跃过星兽身躯，开始往前移。

机甲舱内，卫三熟门熟路地先给自己鼻子塞纸团："行，你们赶紧走！"

直播现场。

"胆子不小，她刚才只不过斩了两条触手都费劲，居然敢一个人撑着。这届学生心气都这么高？" 路正辛自己评价完后不够，还要去问习浩天："习中将认为呢？"

习浩天原本没想发言，但路正辛特意问他，当着直播现场这么多观众，他又不好不回，只能道："还有应星决，说不定可以。"他现在已经不太评价卫三了，这个军校生做出来的事总能出乎意料，评价越多越容易被打脸。

"习中将似乎忘记了一件事。" 路正辛似笑非笑道，"应星决是帝国军校的主指挥，往届临时毁约的情况也不是没有。平通院拿到第一排位这个结果明显优于达摩克利斯军校夺冠。"

若达摩克利斯军校此次拿到第一位，积分便很快能追上帝国军校。

"你当达摩克利斯军校的主指挥没有脑子想清楚这件事？" 鱼天荷丢出一句，"应星决不会是毁约的人。"

底下，解语曼看着台上的主解员："我记得这两人以前在军校时期有过一段？怎么现在跟有仇一样？"

项明化感叹："大概是一对怨偶。"

其他军校老师满头问号。

这个时间是该关注这些吗？你们军校的冠军都快被人抢走了，还有一个主力单兵眼看着要陷入危险中，现在关注主解员之间的爱恨情仇？

达摩克利斯军校所有人听从金珂命令，瞬间撤走，那些触手立马回抽向卫三，显然恨极了她。

"走了，卫三你自己努力。" 廖如宁最后还留下一句。

卫三："……"

数根触手同时攻击她一个人，偏偏应星决依旧只压制原先的触手不让其动弹，剩下的完全不管，卫三只能靠自己逃开，还得不断挑衅这头庞然大物，让它的注意力只在自己身上，不去干扰达摩克利斯军校生通过。

再一次毁去一只眼睛后，这头庞然大物彻底被惹怒，触手在海水中疯狂挥动，卫三躲闪不及，被一根触手拍中背部，整台机甲从背面被触手上的口器吸住，另一根触手高高举起，触手头已经变成尖头，直直冲卫三刺过来，想要将整台机甲刺穿。

卫三背部被强大的吸力吸住，始终动弹不得，不得已看向对面完全没有动静的应星决："帮个忙，你是不是不行？"

应星决语气毫无波动，甚至透着一丝隐约的无辜："嗯，我不行。"

卫三：你赢了，帝国之火。

那根触手刺过来的瞬间，卫三将须弥刀挡在胸口护住要害，触手带着庞然大物的滔天怒意重击在须弥刀上，力道余震透过刀，反震到机甲内。

卫三鼻子没流血，先吐了一口血。

"我说了应星决有自己的考量，金珂好歹一个 3S 级指挥，居然这么天真。放心让两个人待在一起。"路正辛看到这儿不由得摇头，"如果他将他自己控制的那些触手也放开，卫三只有死路一条。"

习浩天也皱眉望着镜头内被数根触手围攻的无常，应星决虽是第一次和其他军校合作，但他面相太过迷惑人，实在不像是会违背诺言的人。

直播间。

"卫三刚才的大招呢？不能唰一下解决它们？"

"大招之所以被称为大招，是因为稀少，一直能使出来的就不叫大招了。"

"我觉得路正辛说得没错，待会儿应星决把自己那边压制的触手放开，卫三基本没有了回手的余地，就算机甲再厉害，也抵不过触手共同挤压。"

…………

机甲舱内应星决看着始终被触手围攻的卫三，眉心微皱，最后将感知一收，面前所有被压制的触手，脱了禁锢，一股脑地朝卫三那个方向去。

第 152 节

原本十四条触手，被卫三斩断两条，现在应星决一松手，十二条触手全部攻击她一个人。

被触手挤压得喘不过气来的卫三："……"关键时刻掉链子？

"抱歉，我感知撑不下去了。"

卫三隐隐约约听见应星决的声音，心中麻木，什么超 3S 级指挥，受了一次伤就不太行了，到头来还得靠她。

医务室。

井梯一边看着直播镜头，一边看着光脑上记录的数据，心情起起伏伏，十分复杂。

在卫三斩断那两根触手时，她的数据直线飙高，随即戛然而止，快速回落，恢复成一条平滑的横线，简直快得像是从来没有出现过。而现在……数据又开始上涨，涨势垂直呈九十度飙高。

井梯：这种非正常的涨幅，他还是头一回见识。

就像是一个高压锅的出气孔，堵住时，完全没有气体溢出，一旦挪开阻碍物，出气孔内的气体便冲天冒出来。

海面下所有带起来的波动有一瞬间停滞，下一秒，被十二根触手团团卷住的无常开始挣扎，观众只能见到一个巨大的茧在不停扭动，看不见里面无常的情况。

机甲舱内，应星决忽然抬眸，似乎感应到什么，透过视窗朝卫三那边看去。

十二根触手还在努力收紧，想要置卫三于死地，然而卫三并不想死，被口器中的触须缠住的须弥刀回缩变形成扇形刀。

——茧松了。

不对，是茧裂了，由内到外。

卫三操控着无常挣脱出来，手中握着的扇形刀离手朝着这头庞然大物飞去。

这头星兽似乎察觉到了巨大的危险，整个身体开始转移，想要换另一边的触手过来，只是来不及了。

这把扇形刀从左至右横向划过星兽的一排眼睛，每一只眼睛都没有遗漏，眼瞳全部被彻底划伤，最后扇形刀又回到了卫三手中。

直播间的镜头看不仔细，应星决却能见到，每一道划伤力道完全一样，甚至没有因为前面受到的阻力而有所减轻。

这意味着卫三这一刀还有极大的余力。

这头星兽吃痛，触手想要去碰自己的眼睛，却没有办法，它十二条触手全部已经断裂，与主体断开，口器内的触须也无法再生。

它身体还在转换，想要藏起这边身体，用另一边身体防卫。

卫三尝到口中的铁锈味，稍微冷静了一下，扭头去看应星决，疾速朝他掠过去。

直播现场。

路正辛见到这一幕，眼中闪过兴奋，直起身道："卫三这是要攻击应星决？超3S级指挥对上拥有类超3S级机甲单兵，不知道谁会有优势。"

直播间的观众也是弹幕发得飞起。

"打起来打起来！"

"卫三上啊！解决帝国之星！"

"我赌应星决已经在等着她攻击，他应该会用感知回击。"

"万万没想到帝国军校的主指挥也这么厚脸皮，违背诺言，明明说好一起对付触手，自己却故意放开那些触手。"

"幸好卫三够强，否则达摩克利斯军校这会儿就要出局一名主力单兵。不愧是玩战术的指挥，心太脏了。"

"之前达摩克利斯军校众人就应该直接让他出局，现在分明被蛇反咬一口，亏我之前还那么喜欢应星决，瞎了眼。"

"应星决到底是超 3S 级指挥，卫三不一定能赢得了他。"

一直到卫三靠近，两人机甲几乎脸贴脸，应星决也没动。

出乎所有人意料，卫三也不是过去攻击应星决，而是侧身一把拎起黄金铠，飞速往前蹿。

直播现场所有人愣住了。

直播间观众也看不懂了。

说好的打起来呢？

"你不斩杀这头星兽？可以抵很多资源。"应星决即便被拎着跑，声音依旧冷静，虽然在观众看来他现在有点滑稽。

"杀什么杀，打不过。"卫三丢出一句，"第一位必须是我们达摩克利斯军校的。"

平通院和赶过去的达摩克利斯军校，两所军校实力没有太大的差别，都是两个主力机甲单兵，只有她过去，才能有最大的优势。

卫三傻了才继续留在这儿，等那头庞然大物彻底转过身，又有新的触手和眼睛。

她拎着应星决往前赶，想要追上达摩克利斯军校的人。

直播现场。

此刻众人目光全放在了帝国军校的直播镜头上。

"达摩克利斯军校运气太差了，似乎一直在为他人作嫁衣。"路正辛刚才虽然被打脸，但依旧能侃侃而谈，"先是让平通院的队伍过去了，现在好不容易废了这头星兽一半，结果又给帝国军校弄出一条路来。"

达摩克利斯军校的老师们已经心如止水般麻木了。

卫三废了这头庞然大物的一半，它开始转动，要把另一半转过来，伤得彻底的那边在另一片海域，刚好就是帝国军校即将要赶到的海路。

到时候帝国军校简直不费吹灰之力，便能登岛。

但此刻西塔赛场内所有人都不知晓，卫三还在努力追达摩克利斯军校的队伍。

帝国军校的人入海之后，见到被废掉的触手怪，脸色难看。

"达摩克利斯军校已经上岛了？"司徒嘉看着伤势严重的触手怪，心中混乱，他们帝国军校除了上个赛场发生意外后，前面一直都是第一位，现在已经要失去了第一位吗？

"广播还未响起，我们加速赶过去。"霍剑出声道。

姬初雨现在很少出声，只是往前走。

帝国军校的队伍整顿过海路，途中公仪觉一直盯着巨大触手怪的眼睛和被切断的触手，最后对主力队几个人道："它眼睛上的伤痕应该是卫三那把变形后的扇形刀一刀所伤形成。"

主力队几个人没有出声，不光如此，这里所有伤痕都是一人所为，也就是说卫三一个人做的。

"走！它好像转回来了。"司徒嘉忽然道。

半个小时之后，三所军校同一时间登岛，西塔赛场外所有人都惊住了。

偏偏三所军校都不知情，帝国军校登岛后，走的那条路有高阶星兽，他们只能停下来对付这些星兽。

而达摩克利斯军校终于追上了平通院。

"卫三不在？"路时白扫过达摩克利斯军校的人，"你们要在这里打？"

金珂微微一笑："捡漏没那么容易，你们想拿第一位，先从我们身上过去。"

"正好，我们阁主出局，你们达摩克利斯军校也得有两个主力单兵出局才行。"路时白说完，便往后退一步，平通院的两名主力机甲单兵上前对上霍宣山和廖如宁。

"少爷没那么容易出局，倒是你们那个阁主，说出局就出局。"廖如宁啧啧两声，将嘲讽表现得淋漓尽致。

小酒井武藏第一个对廖如宁出手，霍子安则对上了霍宣山。

两所军校主力单兵被牵制住，接下来便是校队的对决。

达摩克利斯军校有不少人因为之前在海面下和触手交战，机甲受损，但同样平通院出局的校队成员也不少，两所军校的校队可战数量，竟然一时间持平。

现在只看到底是主力单兵中有人胜出，还是后面达摩克利斯军校的机甲师先修好机甲，让校队单兵们进入战局，赢得胜利，赶去拔旗。

在三所军校分别被牵制时，卫三扯着应星决登上了终点岛。

卫三朝四周看了看："他们去哪儿了？"走得这么快，已经跑去岛顶对战了？

应星决缓缓出声："我们可能走偏了，这边没有队伍来过。"

直播间，主办方特意切出一个俯视图，三所军校，现在分成四面登岛。

这事情发展是所有人始料未及的。

"这下，我已经不知道谁才能拿到第一排位了。"

"笑死，这什么神奇的发展。"

"明明这届各军校实力超强，为什么事情总是往奇怪的方向走？才第五场，之后还能有更奇怪的走向吗？"

"算了，我们先直接上去。"卫三往上蹿了几步，想想又倒回来，扯住应星决的手，继续朝前冲。

一路上什么都没遇上，半头星兽也未遇见，直接登上终点岛顶平台。

看着空无一人的终点平台，卫三："……"人呢？

卫三扭头朝应星决看了一眼，立马松手，跑去终点台，将达摩克利斯军校的旗子拔下来。

她一转身，应星决已经到了旁边。

卫三：速度这么快？刚才她白费劲拉着他上来了。

西塔赛场立刻响起广播声。

"恭喜达摩克利斯军校成功抵达终点，重复一遍，恭喜达摩克利斯军校成功抵达终点。"

此广播响起时，下面三所军校皆愣住了。

"谁去拔我们旗了？"应成河往四周看了看，他们这儿没人离开上去。

金珂也愣住了："……卫三？"但他一直没听见有斩杀星兽的广播声。

平通院所有人一愣，面色变得极为难看，开始疯狂地转身往上跑。

达摩克利斯军校拿到第一位后，便不能动手了。

下一秒，赛场内又同时响起两道广播声。

"帝国军校成功斩杀四头 3S 级星兽，校队出局人数 29 人。"

"恭喜帝国军校成功抵达终点，重复一遍，恭喜帝国军校……"

"什么东西？"公仪觉听着重叠的两道广播声，一时间有点怀疑自己的耳朵，"你们听见了吗？"

"帝国军校成功抵达终点。"司徒嘉犹豫道，"我们人还在这儿，怎么会？"

"星决，一定是他。"姬初雨马上反应过来。

帝国军校所有人心中松了一口气，主指挥没事，还抢在他们之前一个人拔了旗。

不对……一个人？刚才最先响起的广播是达摩克利斯军校。

第153节

听到广播声后的帝国军校队员们是蒙的，完全不明白为什么应星决会离开他们，一个人来到终点岛。

他们想要上去，到终点平台看看发生了什么。姬初雨带着帝国军校的队伍往上赶，走到一半被高空中降下来的飞行器上的人喊住了。

"别跑了，旗都拔了，赶紧上来，去出口。"飞行器还未完全降下来，舱门口站着一位工作人员拿着大喇叭喊，"说你们呢，帝国军校的人。"

直播间。

"哈哈哈哈哈，这一幕赶紧截下来，看看这些天之骄子蒙成了什么样。"

"工作人员在搞什么，哈哈哈哈，为什么不让他们上去？"

"这个工作人员好像是达摩克利斯军校出身。"

拔完旗的军校，基本上就要在原地等着飞行器来接人，帝国军校的队伍只能停下脚步，上了飞行器。

西塔星星兽害怕那种变异植物的茎液，这几架大型飞行器花了半个月，在外部做了涂层，可以趋避高空中的飞行星兽。

姬初雨上了飞行器后，打量完里面，问工作人员应星决在哪儿。

"他？这个时候也往出口去了。"

"也？主指挥不在这架飞行器上？"公仪觉找遍了飞行器上军校生待的地方，没见到应星决。

工作人员挠了挠脸，轻飘飘地来了一句："他在达摩克利斯军校那架飞行器上呢。"

帝国军校所有人一头雾水。

这是什么道理？他们军校的主指挥上了别人的飞行器？

主力队的人想揪着工作人员问清楚，不过工作人员都忙着清点星兽，没时间。

工作人员丢出一句："一时半会儿也讲不清楚，事情有点复杂。马上就出去了，你们出去问应星决或者自己看直播回放都行。"

看着工作人员离开的背影，帝国军校的人沉默了。

十分钟前。

终点岛顶，卫三转身看着拔完旗的应星决，提醒："说好的资源，不要忘记了。"

应星决将军旗放好，点头表示记得。

卫三从机甲内出来，以鼻子塞着两个纸团的形象，就这么出现在镜头内，明显可以见到她在流鼻血。

卫三若无其事，专心等着飞行器来接人，正好达摩克利斯军校上空的飞行器离岛顶更近，便先下来接她。

整个直播现场的观众接下来都看见应星决下意识跟着卫三一起进了飞行器。

那一瞬间，台下帝国军校的老师是蒙的，之前被别人捞走便算了，现在主动跟着人走是什么情况。

这时候，直播镜头内最后传出一句卫三疑惑的声音："你进来干什么？"

飞行器内没有镜头，军校生们进去之后，便和镜头切断了。

应星决沉默，之前比赛一直都是帝国军校上空的飞行器最先来接人，他习惯了。

卫三仔细打量他苍白的脸色，最后扭头问工作人员："能不能带其他军校的人出去？我看他不太行了。"

应星决："……"

他不出声，默认了。

工作人员："……能吧。"

就这样，飞行器带着卫三和应星决去岛下接达摩克利斯军校的人。

达摩克利斯军校众人一上来，没注意角落里的应星决，却围着卫三。

"你什么时候上岛的？人没见着，也没广播提示。"金珂率先问道。

"我和平通院的人打架还惦记着你和那头触手怪的情况，结果你悄无声息上岛拔旗了。"廖如宁一屁股坐在卫三旁边，"第一位的旗子拔得爽吗？我还没拔过。"

卫三挑眉："下一场你来拔，就知道什么感觉了。"

应成河坐在另一边："金珂的问题你还没回答。"

卫三摊手："我把那头触手怪一侧的触手全废了，急着追你们，结果上岸没见到人，以为你们在岛顶。"

"我们刚上岸就追上了平通院，和他们对战。"金珂靠在旁边小桌子道，"幸好你动作快走了另外一条路。"

霍宣山幽幽道："怕是迷路才走上了另外一条路。"

卫三一顿，伸脚踹了过去："能不能别揭穿我？"

"又拿到了冠军，等出去我们让老师他们请客吃饭。"廖如宁已经开始盘算着薅老师羊毛了。

"西塔星什么地方有好吃好玩的？"应成河问几个人。

卫三："……不知道。"

金珂："前段时间训练，没注意。"

霍宣山："出去查一查。"

应星决坐在角落内，视线扫过达摩克利斯军校所有人，最后将目光落在堂弟应成河身上。

在大赛前，他对应成河只有一个标签，去了达摩克利斯军校的 3S 级机甲师，他们并不是一路人。

或者说应成河并不和应家人走得近，但在应星决记忆中他很拘谨，对所有人带着防备。从未笑得像现在这样开心，不带防备的。

那边达摩克利斯军校主力队讨论了半天怎么薅老师羊毛，最后金珂才朝应星决走过来。

两个指挥面对面坐着，无非是两所军校的较量，说话带着各种算计。

他现在不想较量，只想休息一会儿。

"这一场资源的一半，出去后会交给你。"应星决直接道。

"不是和你说这个。"金珂朝那边已经把廖如宁和应成河踹开，自己霸占一条长椅躺着睡觉的卫三，"出去之后我们找个时间谈谈。"

应星决抬眼："我们？有什么可以在通信上讲。"

金珂随手从口袋翻出个东西，朝那边躺在长椅上的卫三砸去。

卫三闭着眼睛，伸手接住，睁开眼，朝金珂看去："干吗？"

金珂看着卫三，再转头视线朝应星决腰间一瞥，语气加重："我们谈谈。"

应星决沉默，最后道："……好。"

西塔赛场，很快响起第三道广播声，是平通院成功抵达终点的广播。

而此刻塞缪尔和南帕西也在最后一段海路相遇，不过两所军校运气不好，碰上了触手怪还完好的一半。两所军校只能联手对付。

对付得吃力。

毕竟之前达摩克利斯军校有应星决在，能控制一半的触手。不过，这头触手怪到底是受伤了，实力下降得厉害，两所军校联手最后还是过去了。

上岸后，两所军校联手合作的协议便立刻被撕毁，对战上了。

即便第四、第五没有了积分，但还有出发站的优势，两所军校谁都不愿意放弃。

南帕西军校的山宫波刃和山宫勇男联手可抵抗 3S 级，而塞缪尔军校的吉尔·伍德实力有所提升，3S 级单兵一时间也无法制住她，两所军校打成平手，这时候校队的优势出现了。

塞缪尔之前在星船上折损了不少人，南帕西虽最后一个入场，但稳扎稳打，校队队伍还算完整，有一支小队摆脱了缠斗困局，冲上了终点岛的平台，拔下南帕西的军旗。

"恭喜南帕西军校成功抵达终点，重复……"

岛下两所军校听见广播，纷纷停下。

"什么玩意，又是我们第五。"肖·伊莱骂了一声。

比赛排位全部出来了，而达摩克利斯军校和帝国军校也差不多一前一后抵达出口。

帝国军校的人站在后面，看着自己的主指挥站在达摩克利斯军校的队伍里，一时间心情极为复杂和恍惚。

事情怎么就发展成现在的样子呢？

一出来，媒体记者就开始将话筒对准两个军校的主力队成员，达摩克利斯军校的各种操作太多了，记者一时间问题五花八门，反倒是帝国军校的人一出来，蓝伐媒体直接上前问出了大家的心声。

"请问你们对帝国军校主指挥被达摩克利斯军校生捞走了是什么感受？"

姬初雨眉头紧锁，旁边司徒嘉开口："只是坐一次飞行器而已……"

蓝伐媒体记者在对面握着话筒道："这个'捞走'不是形容词，是动词。"

旁边有媒体记者插了一嘴："他们还不知道这件事呢。"

"什么事？"姬初雨问他们。

正巧这时候，应星决从达摩克利斯军校那边走了过来，记者便将话筒对准他，重新问了这个问题。

"帝国军校存在的问题，今后会一一改正。"应星决没有正面回答。

"这是帝国军校第二次失去冠军的位子，你们认为总冠军还能被帝国军校拿到吗？"

"不过是一场分赛，总冠军只会是帝国军校的。"姬初雨上前站在应星决身边，接过话筒，再次重申。

旁边大多数媒体记者都挤在达摩克利斯军校那边。

"卫三，你对应星决不守承诺怎么看？"一家媒体的记者站在后方凳子上，举着话筒大声喊道，两所军校的人都听得清清楚楚。

所有人都在看着卫三。

卫三一听，扭头看向应星决："你不打算给我们一半资源了？"

站在凳子上的记者："……不是这个，是之前对付海底那头星兽时，他故意放开触手，想置你于死地。"

卫三闻言，想了想，随便拿起面前的一个话筒："我们达成的协议是两场比赛的一半资源，他拖住了触手，让达摩克利斯军校过去，后面不行了，也不能强撑。"

记者沉默半晌，万万没想到卫三还是一个善解人意的人。

见其他媒体记者开始问卫三问题，他又喊道："超 3S 级指挥怎么会拖不住那么多触手，他绝对是故意的。"

卫三："超 3S 级指挥也是人，是人就有力竭的时候。"这分明是迷信超 3S 级，超人都还有出问题的时候呢。

说完这句话后，卫三便把话筒推给旁边的金珂："有什么问题问主指挥。"

帝国军校的人已经开始走出去，姬初雨跟在应星决身后，低声问他，刚才记者什么意思。

第 154 节

各军校队伍回到休息处调整，帝国军校的人一出来，大部分人连澡都不去洗，回房间内便是看直播回放，见到应星决被卫三捞走的画面，全部都陷入了沉默。

他们的主指挥，没有被自己队伍保护，反而被另外一所军校的人顺手捞走了，并且被那边的人嫌弃来嫌弃去。

不得不说，这一刻，帝国军校的自尊心被彻底踩碎了。

姬初雨盯着直播内的达摩克利斯军校众人，下颌绷得极紧，他拉开房门去找应星决，发现霍剑和公仪觉也在那里。

应星决刚刚换完衣服出来，他神情一如既往地冷静，丝毫看不出窘意。

"为什么不来找我们？"姬初雨问他。

应星决坐下，拿过毛巾慢慢擦干头发，反问："为什么要回去找你们？"

姬初雨顿了顿道："你在生气？生气我们的疏忽。但你回来，我们还有机会夺冠。"

"我离开之前，平通院在帝国军校后面。"应星决抬头，"为什么他们反超了？"

姬初雨沉默。

见他不说话，应星决也不再问，而是打开光脑订阅的直播间，拉到两所军校落水的时间，两个直播间倍速播放。

休息处一片寂静，几个人都没有开口说话，后面司徒嘉推门而入，见到他们这样，也不敢开口了，安安静静地站在一旁。

应星决看着自他离开后，变得一团混乱的帝国军校，再看金珂失去意识后，完全没有混乱的达摩克利斯军校，心下没有任何意外。

旁边站着的几个主力队员，此刻也清晰见到两所军校同时没有主指挥后的差距。

"不是我一个人在为帝国军校比赛。"应星决没有继续看下去，将光脑关闭。

"我们担心你。"姬初雨生硬道，"不知道你发生了什么，至少你应该和我们指挥联系上。"

应星决握着毛巾："没有了我，你们不能继续比赛？在幻夜星，从那些军队的合作中，你们学到了什么？"

即便是在质问，他声音依旧平缓，看向姬初雨的目光同样没有变化。

"对不起。"旁边公仪觉主动开口认错。

应星决视线落在他身上，没有半点多余的情绪："问题不在于你，在于我，明天开始复盘。"

外面广播已经在喊，让他们做好领奖的准备。

主力队的几个人出去，留给应星决空间。

帝国军校的老师们难得没有开紧急会议，这次西塔赛场让他们意识到一件事，帝国军校有多依赖应星决。

领队老师倒是有心思刺人，专门来应星决的休息处："这次西塔赛场过程太过离谱，校方打来通信，我一时间不知道该怎么和他们交代，你下次谨慎些，别把感知等级看得太强。"

主力队员才走没多久，应星决擦着头发的手一顿，起身。

领队老师吓一跳，后退一步，以为应星决要动手。

"大概是老师教导得不好，导致帝国军校越来越差。"应星决淡淡道，"接下来我会向校方申请替换领队老师。"

领队老师瞪大眼睛："你不能这么做！你……"他不过是记恨之前在会议室时，应星决下他面子，自己好歹是姬家人。

现在一听应星决这么说话，立刻怂了。

应星决走到门前，推开门，示意他出去。

达摩克利斯军校休息处。

金珂从兜里掏出一个球状屏蔽仪，放在旁边。

卫三探头伸手去摸，想看看是什么东西，被他拍开了手。

"先谈正事。"金珂严肃道。

"什么正事？"卫三盯着屏蔽仪，说话没过脑，"我们不是已经拿到冠军了？"

这时候连廖如宁都严肃地望着卫三。

卫三一抬头，见此情形，立刻正襟危坐："好，谈正事。"

"你说应星决腰间的试管里面有黑色虫雾？"金珂问道，"里面的虫雾一直都在？"

卫三点头："一直都在，他感知一直覆盖在上面，你没察觉到？"

金珂："隐隐有感觉，但我们都看不见里面有黑色的虫雾。"

"我视力正常，不是色盲。"卫三先开口道。

霍宣山双手抱臂："颜色问题，我记得这是第二次。"

众人看向他，廖如宁恍然大悟："上次在极寒赛场，金珂说白色巨墙，卫三说是灰色巨墙。"

"墙内确实有星兽，即便我们看不见。"应成河沉思，"但卫三能看见灰色星兽，以此类推，应星决那支试管内有星兽？"

"超 3S 级才能看到的星兽？"金珂皱眉，"那支试管是应星决从幻夜星带过来的，里面如果真的有黑色虫雾，一定是幻夜星上的。"

霍宣山则道："这么说谷雨赛场、极寒赛场及幻夜星都出现过不知名的星兽，这些都只有卫三或者说超 3S 级的人能看到？"

"我得到消息，幻夜星有星兽发生了进化，也许这些就是进化的星兽，人类之间或许也在发生进化，比如……塞缪尔军校那位吉尔·伍德。"金珂看向卫三道，"我已经和应星决约好谈一谈，我们一起过去，五个人。"

卫三点头："可以。"

因为讨论完这件事，达摩克利斯军校的主力队员们夺冠的好心情突然散去了，五个人的脸都变臭了。

到了领奖的时候，达摩克利斯军校的主力队成员比旁边拿到第二的帝国军校，以及第三的平通院成员的脸还臭。

各大媒体记者一脸愕然地对着领奖台上三所军校主力队成员拍了一张合照，完全搞不清楚状况。

领奖台下的南帕西军校和塞缪尔军校的主力队成员看着心里不是滋味，他们拼死拼活就为争个第三，这领奖台上的人倒好，一个比一个不高兴。

肖·伊莱喊了一声："都什么人，拿到了奖还要装，明明心里乐开了花。"

这次领奖仪式比上次隆重太多，还有各大媒体记者在，等颁发完奖杯和奖章后，记者们便纷纷上来问达摩克利斯军校主力队成员现在的感受。

金珂："奖杯很重，为什么是我一个指挥拿？"

廖如宁："挺饿的，现在想先吃饭。"

霍宣山："拿到奖章之后，想回去睡觉。"

卫三："之前已经拿过一次，这次没什么感觉。"

"请问你们达摩克利斯军校的机甲师平时都在学什么？"蓝伐的记者挤上来，"比赛中你们机甲师的表现令人瞩目。"

应成河："……机甲师其实就是技术人员，一行通，百行通。"

"所以听说当初在极寒赛场，也是你们达摩克利斯军校的机甲师搭建出了临时信号塔，把视频发了出来？"

应成河快速瞟了一眼卫三，随后道："是，多学点技术，关键时刻能救命。"

"现在星网上称你们达摩克利斯军校机甲师比其他军校机甲师强，这点你怎么看？"

"挺好，我们达摩克利斯军校的机甲师就是强。"应成河脸不红心不跳道。

完全不知道此刻远在帝都星的父母，看着这场直播采访，开始怀疑镜头内的人到底是不是自己儿子。

应父："这孩子现在怎么变成……一点儿都不谦虚。"

应母："挺好的。"

应父："还以为去了达摩克利斯军校，会变得沉稳。"

旁边帝国军校的人也被缠着问各种问题，当然都是一些针对失去冠军的问题。上一场极寒赛场没有拿到冠军还情有可原，但这一场当着整个联邦输掉比赛，问题太大了。

平通院的人虽然不高兴，但见到昔日最强劲的目标对手轮到第二，且比赛中途失去了自己的主指挥，心中竟然诡异地得到了一丝平衡。

达摩克利斯军校主力队员回答完记者的问题后，便跳下领奖台，准备溜之大吉。

卫三被解语曼拦住了。

"解老师？"

"卫三，我们想了想，你的训练还是太少了。"解语曼微微笑道，"老师们的错，没看出来你还有那么大的潜力。"

"老师……"卫三捂着头，扶着腰，"我头晕，身体虚。"

解语曼呵呵两声："来之前，我特地问了井医生，你身体好得很，徒手能打死星兽。"

"怎么会？老师，我营养不良。"卫三揪着解语曼的衣袖，"虚弱"道，"经常不舒服。"

解语曼无情地收回手："等你能打败我，这些训练才能减半。"

卫三顿时挺直腰背："真的？老师，这多不好意思。"

"……呵呵。"解语曼把训练表拍在她手里，"能打赢我再说。"

等解语曼走了，后面的金珂和霍宣山几个人才凑过来。

金珂低声道："晚上约了应星决。"

第 155 节

深夜，西塔训练场。

某大楼墙角出现一排昏暗摇摆的人影，其中一个人影伸出手去扯前面一个人影，伴随着一道压低的声音："蹲下，有摄像头。"

应成河："……少爷，能放开我头发吗？"

自从被卫三扯头发后，他的头发隔三岔五被其他人上手。

"应大师，你小心一点儿。"廖如宁朝后望了望，确定没人后，才低声道。

他们俩落在后面，卫三打头，金珂和霍宣山跟在后面，五个人成一排贴墙猫腰，等着监控器移开。

卫三盯着监控器，扭头看金珂："你不能找好地方再约？"

金珂蹲在她后面，头躲来躲去："应星决太显眼了，要是被人见到我们和他一起，星网上得炸开。"

霍宣山被金珂晃得眼晕，一把按住他的头："这个高度没进入监控范围，不用动。"

卫三："……所以你就约半夜三更爬人家楼？"

金珂在今天领完奖后，悄无声息地给应星决发了一条消息，说凌晨两三点来寝室找他。

应星决以为金珂要进帝国军校的寝室大楼，便回复另寻地方，结果金珂直接说爬楼翻窗进来。

见到这条消息，应星决第一反应便是当初在极寒赛场的训练场见到卫三爬医务大楼的场景，所以……爬楼翻窗是达摩克利斯军校的传统习惯？

最终应星决还是同意在寝室等着他们过来。

卫三打头，猫着腰快速通过两栋大楼之间的空道，后面一连串尾巴，她紧紧贴着墙壁，蹲在阴影内，等其他人一个一个蹲好。

头顶上的探明灯转了过来，几个人齐齐低头藏在大楼阴影之下，卫三反应过来，问金珂："我们谈星兽的事，见不得人？"

后面廖如宁立马竖起耳朵听，他也不明白。

金珂道："算是，先和应星决那边谈谈。"卫三是超 3S 级的事，到现在还瞒着呢，放在台面上，帝国军校其他人很容易察觉不对。

经过一段时间的躲躲藏藏，五个人终于摸到帝国军校宿舍大楼后墙。

"几楼？"卫三低声问。

"903。"金珂指着九楼一扇窗，"他亮着灯。"

"一分钟时间。"霍宣山看了看光脑，"一分钟后会有摄像头转过 903 的窗户。"

卫三当即快速爬了上去，找到那扇亮着灯的窗户，抬手敲了敲。

坐在房间内看幻夜星地势图的应星决，听见窗外传来声音，起身打开窗户，见到卫三出现在眼前，不由得一怔：窗外一片漆黑，卫三背对着高空中的一轮浅月，房间内泻出的一点儿光线洒在她脸上。

卫三不是没翻过别人的窗，井梯医生的窗户她都扒了两回，也没有太多想法，今天应星决一打开窗户，她突然觉得自己有点冒犯了。

"快点进去。"金珂在下面等半天都没等到卫三爬进去，忍不住绕过卫三，扒上窗户，探出头见到窗户前的应星决，"你让让。"

应星决见到金珂后，立刻回神，退后几步，等他们进来。

"还有五秒，我们先进去了。"霍宣山和廖如宁直接蹿到窗户上方，抢在卫三和金珂前面，跳进应星决房间内。

应星决："……"

"快点进来。"卫三第三个跳进去，转身把金珂拉进来，另一只手去扯落在后面的应成河。

最后一秒，摄像头扫过来时，应成河被卫三和过来的廖如宁一起拉了进来，五个人全部蹲在窗户下面。

摄像头只录到 903 窗户大开，以及站在窗前的应星决。

应星决看着房间内蹲在窗户下面的五个人："……摄像头移走了。"

卫三几个人继续猫着腰，分开起身贴在房间墙壁上，齐刷刷地盯着应星决。

"快点关窗拉窗帘。"廖少爷毫不客气道。

应星决沉默上前，将窗户关上，再拉上窗帘。

做完这些，他一转身，达摩克利斯军校五个主力队的人已经分别坐在他的椅子、桌子上，以及地上。

"……你们找我要谈什么事？"应星决不着痕迹将腰间试管往身后移，他原本以为金珂和卫三两个人过来要谈这件事，现在看来不像。

"别藏了，我们今天来想问一问你腰间那支试管的事。"反坐在椅子上的卫三抬了抬下巴。

应星决视线扫过房间内五个人，最后目光对上卫三的眼睛，轻声道："你是超 3S 级。"

五人来之前商量的可不是这个。

卫三装傻："我机甲确实是类超 3S 级。"

应星决站在窗户前，缓缓道："我是指你的感知等级。"

这时候轮到指挥出面了。

坐在桌子上的金珂，双脚落地，直起身："你什么时候知道的？"原本今天他带着人过来，便是想摊牌，没想到被应星决提前打乱了计划。

"沙漠赛场。"应星决视线落在卫三身上，"你们和她走得太近，山丘赛场之后，我便怀疑她是 3S 级。"

"所以沙漠赛场那次你故意试探。"金珂终于连上了当初的一些想不通的地方。

应星决微微点头："只是没有想到她是超 3S 级。"

他和十三区的指挥有过联系，并表示希望对方把这件事压下来，超 3S 级未成长完全时，只会是独立军的打压目标。

当时应星决说的是独立军，他一直以为自己营养液出问题是独立军动的手脚，但现在……或许联邦之下还有另一股力量。

至少谷雨星的模拟舱造成那三位出现事故，时间远早于独立军叛变。

卫三和其他人面面相觑，完全不明白为什么应星决知道她是超 3S 级后，没有告知帝国军校其他人。

廖如宁直接问出了这个问题。

应星决垂眸："超 3S 级是联邦对付星兽的希望，能多一个便是一个。井梯医生一直随行，卫三的身体应该也出了状况。"

金珂明白了他的意思："所以，你才会故意替我们隐瞒。"

房间内安静半晌，应星决才将腰间的试管拿出来，问卫三："你看到了什么？"

"黑色虫雾。"卫三直接道，"和我在谷雨星的旧模拟舱中见过的一样。"

"……果然。"应星决低声道，在幻夜星，他用上感知才见到那密密麻麻的黑色虫雾，第一时间便想起当初卫三曾说过谷雨星上遇见的黑色虫雾。

廖如宁凑近打量应星决手上的试管："什么叫果然，这里面真有东西？只有你们超 3S 级能见到？"

3S 级见不到，只有超 3S 级的人能看到。

应星决确认这一道信息之后，这么多年一直在心中萦绕的那些猜测终于尘埃落定。

"你这里面的黑色虫雾是从幻夜星那边带来的？"卫三问他。

"幻夜星突然出现几道裂缝，下面有大量的黑色虫雾，用我的感知可以清除它们。"应星决将试管放好，打开光脑，放大，让他们都能看见，"这是历代谷雨赛场的训练场内模拟舱出现事故的名单。"

其他人看不出名堂来，金珂越看眉心皱得越紧，最后指着三个名字："这三个人什么情况？"

好好的 3S 级的人废了。平时说起来，只会感叹这几个 3S 级心理素质不够强，但结合现在卫三的情况，显然没有这么简单。

"模拟舱事故，出来后感知废了。"应星决调出那三个人的资料。

金珂快速翻开这三个人的资料，无一例外都是当时顶尖的军校生，寄托着各方的期望，结果毁在了谷雨星的一个模拟舱内。

"时间隔得太远，无人察觉。"应星决目光掠过卫三，"上一次我和她都受到了攻击。"

他话里的指向性太强，连廖如宁都反应过来："这三个人不会也是超 3S 级吧？"

金珂脸色极为难看："独立军叛逃不过二十余年，手不可能伸到这么早的年代，我们需要告诉校方。"

"确定？"应星决墨色眼眸静静地望着金珂。

金珂从震惊中恢复一丝冷静："你还有什么没说的？"

"我两次袭击医护人员的事，你们应该听说过。"应星决握着腰间的试管，眸色复杂，"第一次的护士及上次的医生，在他们身上，我都感知到和这种黑色虫雾同样的气息。"

他这么一说，金珂和霍宣山立刻看向卫三。

卫三左右看了看他们两个人，没反应过来。

霍宣山提醒："你之前跟踪过那个医生，说他丑，或许也是超 3S 级的本能。"

卫三皱眉望着应星决："你的意思他们是黑色虫雾变成的人？"

应星决缓缓摇头，否认："我的意思是他们被黑色虫雾感染，在星船上，曾有混着一滴血的黑色虫雾顺着通风口，到我的房间内。这些黑色虫雾的目标一直是超 3S 级。"

卫三双手搭在椅背上，缓缓撑起来："碎船板。"

其他几个人看向卫三，应成河最先回忆起来："我补的那块碎船板？你之前说有一个缝隙。"

"那是小酒井武藏弄破的船板，如果有血，最可能是他的。"卫三抬眼看向应星决，"登上星船时，你和他距离不远。"

应星决一怔："我没有在他身上感知到那种气息。"

卫三皱眉："你之前在极寒赛场冰洞内，为什么攻击我？"

应星决一怔。

金珂、廖如宁以及霍宣山和应成河齐齐盯着应星决，他们还没听过卫三提起过这件事。

应成河最先开口问："堂哥，你确定你不是感知出现了问题？"

"不知道。"应星决缓缓道，"在机甲舱内我曾经感知到很浅的气息，或许产生了错觉。"

金珂比较冷静，转头问卫三："你是不是之前沾上过什么东西？"

第 156 节

"除了旋涡流中的灰色无状物，没有碰过其他星兽。"卫三回忆当时的情况，忽然道，"在他机甲舱内，我流了鼻血。"

"流鼻血和这件事有什么关系？"金珂下意识道。

"井梯医生之前说我血液中有不明成分。"卫三双手搭在椅背上，下巴垫在手臂上，"或许我也被黑色虫雾感染了。"

"胡说八道。"廖如宁暴躁地来了一句，"要是被感染了，为什么应星决现在不攻击你，分明是他有问题。"

霍宣山也不同意卫三说的话："你只不过是营养不良，血液多了什么不明成分，大概可能是十年前那批营养液的问题，和黑色虫雾没什么关系。"

"营养液"这三个字，让应星决眉眼一动："你们在说什么？"

卫三这段经历，其他人不想说。反倒她自己无所谓道："以前没钱吃饭，捡了一批通选公司废弃的营养液，听说那批营养液里面缺少必要的营养元素，所以导致身体营养不良。"

有那么一瞬间，房间内达摩克利斯军校的五个人都感受到来自应星决身上的威压。

卫三作为房间内唯一一个超 3S 级，对应星决身上那一闪而过的感知最清晰不过，于她来说，这不是威压，更像是挑衅。

她盯着应星决："你什么意思？"想打架？

应星决微微合眼，半晌才道："不是。"

卫三旁边的金珂忽然紧张起来，他莫名有一种预感，接下来应星决的话，绝对不是他们想听的。

"通选公司所废弃的那一批普通营养液只是噱头，不存在缺少营养成分。"应星决只说了这一句话。

金珂立刻明白了他的意思，脸色一变："出问题的是你那批专用营养液，那段时间大肆宣传的营养液问题只是你父亲用来清理通选公司的刀？"

"十年前，我感知出现问题，查遍周围所有，最后追查到营养液上。医生怀疑营养液内添加了什么东西，暗中停掉营养液，身体才逐渐平稳，最终确定受营养液影响。"应星决抬眸望向卫三，"我父亲为了掌控所有营养液生产流程，便设下局，夺下通选公司。"

廖如宁在旁边已经听蒙了："你是说那批废弃营养液不缺少成分？那为什么卫三会营养不良？"

"不可能有人对卫三提前动手，她的等级在沙漠赛场前，根本没人知道。"金珂否定，况且卫三在 3212 星向来独来独往。

霍宣山站在卫三旁边问到关键一点："在 3212 星，卫三腹部被星兽抓伤，流的血不少，为什么你没有察觉？"

他的话再一次提供一种可能，如果营养液没有问题，卫三可能是之后被感染的。

房间内再一次安静下来，所有人都下意识地不去想前面那个营养液有问题的可能。

"……但是卫三营养不良是从捡营养液喝开始，医生给出来的数据曲线，你们都看了。"廖如宁没忍住道。

卫三起身走到应星决面前，从兜里摸出一把刀，对着掌心一划，血从伤口处流出来："现在呢？什么感觉？"

应星决退后，撇开头，不自觉地想要攻击卫三。

金珂眉心一皱，察觉到应星决的想法，上前一把拉过卫三："你现在想攻击她？"语气不是质问，更难以置信卫三的血真的有问题。

"你能不能看见自己的血是什么颜色？"霍宣山问卫三。

卫三低头看着自己掌心："红色。"

应星决退后靠在窗户上，一只手撑在窗沿的窗帘上，低声道："我看见了。"

廖如宁看着卫三掌心的血，抽出纸给她擦："我只看见了红色的血，正常得很，难道你还在里面见到了你试管里的东西？"

"黑气，只有一丝。"应星决转过头，望着卫三道，"我可以透过感知见到。"

卫三接过纸没有擦，而是问应星决："能让我们看得见吗？"

她理智得不像是自己出现问题。

"我试试。"应星决将自己的感知覆在五人的眼睛上。

卫三掌心那道伤口流出来的血，除去原本鲜红的颜色，还隐隐带着一股黑气。

半晌，廖如宁依旧不相信："你们指挥能控制人的大脑，这是你想让我们看见的。"

卫三拿纸盖上掌心的伤口，没有怀疑应星决感知有问题，而是冷静道："我个人认为自己还算正常，暂时可以控制自己。之前你们说过通选公司提供全联邦的营养液，如果那批不缺少营养成分的营养液有问题，能感染人，你们该想想接下来要做的。"

"不会有那么多人感染，否则他不会只攻击两……三个人。"金珂看着应星决腰间，"这种东西不会那么容易弄到手。"

所有人心情越来越沉重，卫三反而没有太在意，退回去，坐在椅子上，慢慢道："护士和那个医生，都不是 3S 级。假设小酒井武藏有问题，应星决却没有发现，说明 3S 级只要没有流血，他便不能发现，能发现的只有低等级。"

"这些黑色虫雾想要我的力量。"应星决随手割开自己掌心的血，重新将感知覆盖在他们眼睛上，示意他们看清楚。

试管内的黑色虫雾开始拼命想靠近应星决流血的地方，肉眼难见的极细小触手和口器已经冒了出来，它们想要干什么已经昭然若揭。

应星决走到卫三身边，将试管靠近她掌心，里面的黑色虫雾瞬间失去了兴趣。

面对同样的超 3S 级的人的血，黑色虫雾却有着截然不同的反应。

应成河自己也随身带着匕首，同样在自己掌心中划了一刀，等血流出来后，低头没有见到自己的血有问题，抬手给其他人看。

几个人皆没有见到有所谓的黑气，而试管内的黑色虫雾也靠近他掌心的方向，但明显没有像刚才面对应星决的血那样兴奋。

"现在唯一要确定的是小酒井武藏有没有问题。"金珂说着，接过应成河的匕首，在自己掌心划过一刀，抬起来给应星决看，"或许卫三血液中的成分有其他原因。"

接下来几个人的掌心都划了一刀，黑色虫雾的反应和面对应成河时一样。

"西塔赛场开始前，除去你们看着我腰间的试管，还有其他人注意。"应星决道，"不止一人。"

他这一句话只有两个可能：一是还有不止一人是超 3S 级，二是有人被这种黑色虫雾感染。显然，第一种可能性极低。

"还有一件事。"金珂问应星决，"你知不知道凡寒星那个医生是独立军？"

应星决点头："无端攻击人，被定义成独立军。"

六个人在一间房间内，气氛格外凝重，这件事背后意味着一件极为可怕的可能。

假设营养液内被添加了不该添加的东西，感染了人，谁也不知道那个人是谁，他们无法确定高层内有没有人被感染。

"今晚的事，还请你们隐瞒下来，不要和其他人说。"应星决低声道，"包括老师。"

"要说，是不是得先割一刀找你确认？"廖如宁举起自己掌心挥了挥道。

应星决没有回应他显然的玩笑话，而是道："出去之后，我们依旧是比赛的竞争对手。"

"不然呢。"卫三低头在自己手中缠了几圈纸巾，"先走了。"

五个人避开摄像头，重新爬下楼，回到自己的寝室。

这一夜，六人皆未眠。

快凌晨的时候，廖如宁起来蹲在卫三门口，撞上同样已经蹲守的霍宣山，两人并排蹲着。

"我想半天，卫三看着很正常，也不像星兽。"廖如宁难得脸色深沉。

"星什么兽，如果真是营养液问题，她只不过是受害者。"金珂的声音从背后传来。

廖如宁和霍宣山转头看去，发现金珂和应成河也蹲了过来。

"这些黑色虫子太恶心了。"廖如宁小声道，"谁这么可怕，把这些东西加到营养液里。"

"现在还不确定是不是营养液的问题。"金珂道。

"我记得卫三说过还有人和她一样喝了那批营养液，或许可以回3212星查一查那些人。"应成河道，接着又补了一句，"带上我堂哥。"

"还在大赛中，怎么去？"霍宣山觉得不太现实。

"先找人去3212星调查。"金珂道。

门忽然被打开，卫三面无表情地看着门口蹲着的四个人："你们蹲在我房间门口说话，让不让人睡觉？"

"我们在讨论正经事。"廖如宁伸手把卫三扯下来，一起蹲着，"你再回忆回忆，大赛开始后有没有碰过其他东西，或者被人下了什么东西。"

真是营养液有问题，牵涉范围太广了。即便是他，都能明白事情的严重性。

"没有。"卫三摇头，"我们不都是一起行动的？"

霍宣山又想起一件事："为什么你可以见到应星决腰间试管里的黑色虫雾，却见不到自己血里的黑气？"

"不清楚。"卫三蹲在门内，"也没觉得自己有异常。"

"会不会是已经和卫三融合了？"廖如宁猜测道，"你现在神志清醒，又是超 3S 级，说不定能压制那些黑色虫子。"

卫三面无表情："我看那些黑色虫子把我当成了同类，所以对我的血一点儿都不感兴趣。"

金珂沉思了会儿问："你们记不记得极寒赛场的灰色无状物？平通院那边没有遇上，只有我们……更确切地说是应星决。"

"我也碰见过。"卫三苦着脸道，"不过我们俩待在一起，那些东西明显对他更感兴趣。"

未解的谜团越滚越大，但五个人暂时不打算告诉项明化他们，至少等验证过后再说。

图书在版编目（CIP）数据

我要上学 . 2 / 红刺北著 . -- 北京 : 中国友谊出版
公司 , 2023.7（2025.8 重印）
ISBN 978-7-5057-5633-5

Ⅰ . ①我… Ⅱ . ①红… Ⅲ . ①幻想小说—中国—当代
Ⅳ . ① I247.5

中国国家版本馆 CIP 数据核字 (2023) 第 065361 号

书名	我要上学 . 2
作者	红刺北
出版	中国友谊出版公司
发行	中国友谊出版公司
经销	新华书店
印刷	嘉业印刷（天津）有限公司
规格	700 毫米 ×980 毫米　16 开
	24.5 印张　440 千字
版次	2023 年 7 月第 1 版
印次	2025 年 8 月第 9 次印刷
书号	ISBN 978-7-5057-5633-5
定价	49.80 元
地址	北京市朝阳区西坝河南里 17 号楼
邮编	100028
电话	（010）64678009

如发现图书质量问题，可联系调换。质量投诉电话：010-82069336